Su único hijo

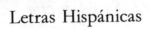

Letras Hispánicas

Leopoldo Alas
«Clarín»

Su único hijo

Edición de Juan Oleza

SEGUNDA EDICIÓN

CATEDRA

LETRAS HISPANICAS

Ilustración de cubierta: *El pífano,* de Manet. Detalle

© Ediciones Cátedra, S. A., 1995
Juan Ignacio Luca de Tena, 15. 28027 Madrid
Depósito legal: M. 40.462-1994
ISBN: 84-376-0900-3
Printed in Spain
Impreso y encuadernado en Artes Gráficas Huertas, S. A.
Fuenlabrada (Madrid)

Índice

Introducción

Leopoldo Alas en 1900.

I. Leopoldo Alas (1886-1891):
un intelectual en tránsito

Entre la publicación del segundo volumen de *La Regenta* (junio de 1885) y la del único volumen de *Su único hijo* (junio-julio de 1891) transcurren seis años decisivos en la biografía de Leopoldo Alas: aquellos en que se desestabiliza el intelectual radical de la etapa anterior, entra en trance de profunda agitación espiritual y artística, y prepara en un agudo cuestionamiento de sí mismo la labor de sedimentación definitiva de su personalidad en los años 90 y últimos de su vida. Es el *tránsito* hacia su maduración definitiva. Entretanto, y a su alrededor, se abre y se define la coyuntura del final de siglo en Europa. Clarín va gestando penosamente *Su único hijo*.

1. *Clarín periodista: entre el prestigio y la contestación*

Son los años en que su prestigio público alcanza su apogeo, y en que el articulista se multiplica, presionado por su propia demanda.

Esta masiva actividad periodística es, con toda probabilidad, su más importante fuente de ingresos, y gracias a ella gana Clarín en impacto sobre el panorama cultural español. Orgulloso de su poder, el que le convierte en dictador literario de su tiempo, en expresión de Arboleya, hace público en las páginas finales de sus libros el tributo de libros que le son enviados para reseña y enjuiciamiento; y así es como en *Museum* (1890), por ejemplo, cataloga un centenar largo de títulos entre cuyos autores está la plana mayor de la literatura española del momento: F. Giner, J. O. Picón, Echegaray, Valbuena, Galdós, J. Yxart, M. Menéndez Pelayo, E. Pardo Bazán, Cánovas del Castillo, Campoamor, Fray Candil, el joven S. Rueda... No en vano un joven escritor con hambre voraz de notoriedad, Miguel de Unamuno, llevará a la práctica un descarado asalto epistolar a Clarín para conseguir que hable de él, pues es muy consciente de que «unas observaciones críticas de usted no pueden por menos que hacer que mis trabajos sean más leídos»[1].

Y a tráves de la prensa, y en respuesta a la mordacidad de su pluma unas veces, o como provocación premeditada en busca de notoriedad otras, es como se engendran una tras otra las ácidas —y a menudo estériles— polémicas, que se concentran en estos años, y muy especialmente a principios de los 90: así en 1886-87 estallará la polémica con Novo y Colson, acabada en amago de duelo; en 1887 comenzarían los ataques de Bonafoux, que no terminarían hasta su muerte; en 1889 Clarín descalificaría a Manuel del Palacio como «medio poeta», con lo que se iniciaría otra áspera disputa; 1890 es el año del enfrentamiento con Lázaro Galdeano, y de rebote con doña Emilia; pero es en 1891 cuando Clarín parece no dar abasto: se le acumulan las polémicas con su ex-amigo E. Bobadilla, «Fray Candil», con el P. Blanco García, con Ramón León Maínez, con el P. Muiños, incluso tiene una polémica local con el P. Ángel Rodríguez Alonso[2]. La imagen que nos han transmitido las biografías de Gómez Santos y de Cabezas de un Clarín ejercitándose en el tiro a pistola sobre el prado encuadrado por el balcón de su casa, o los amagos y pantomimas duelísticas a que se entrega con «Fray Candil», Novo y Colson o toda una delegación de la Armada en 1895, son datos que completan un perfil de intelectual

---

[1] Epistolario, I, pág. 51.

[2] Para las polémicas clarinianas véase Gómez Santos (1952), Rodríguez Moñino (1951), Martínez Cachero (1950) (1953) (1959) y (1986), Botrel (1968), Richmond (1977), y García San Miguel (1987).

tan reconocido como polémico, tan polémico como contestado, y tan contestado como temido, y que hacen presagiar esa revancha de muchos adversarios mancomunados[3], que estallará con el estreno de *Teresa* (1895), con las agrias reacciones a su muerte, o con el subsiguiente y largo silenciamiento de su obra.

2. *Criticismo y afirmación personal: de los folletos a los relatos*

La contestación y la polémica dan la medida de una vehemencia que afirma su derecho a expresarse, y son los indicios de una personalidad que se siente en posesión de todos sus recursos y sin miedo ninguno a proyectarlos sobre la realidad cultural de su país, una realidad que sigue observando con esa mezcla de ira y de menosprecio que llenaba las páginas de *La Regenta,* y que ahora llena las de *Un viaje a Madrid, Cánovas y su tiempo, Apolo en Pafos* o *Rafael Calvo y el teatro español,* obras impregnadas de un agudo criticismo contra la vida cultural de la capital de España, contra el hombre más representativo de la Restauración, contra la Real Academia de la Lengua o contra el teatro español.

Pero tan significativa es, a mi modo de ver, la continuidad del criticismo clariniano, como la plataforma desde donde se formula: la seguridad —altiva— de la propia posición, una posición intensamente individualizada. No por casualidad estos años aparecen totalmente dominados, en lo que respecta a la actividad editorial de Clarín, por un tipo de libro muy personal, el «Folleto literario». Entre 1886 y 1891 sólo entrega a la prensa unos pocos prólogos (dedicados a Corzuelo, E. Bobadilla y S. Rueda) y dos libros de crítica, *Nueva Campaña* (1887), con artículos ya publicados en la prensa entre 1885 y 1886, y *Mezclilla* (1889),

---

[3] En carta —larguísima— del 9-V-1900 le escribe Unamuno: «Ha chocado usted con muchos, con "Zeda", con "Fray Candil", con Bonafoux, con... otros muchos. ¡Es una lástima!» Pero Unamuno no fue menos polémico que Alas, y además es el mismo Unamuno quien el 26-VI-1895 le recordaba el proverbio árabe: «Si haces caso a los perros que salen a ladrarte no llegarás a tiempo al fin de tu jornada» *(Epistolario,* I).

con artículos de 1887 a 1889. En cambio publica la totalidad de sus ocho folletos literarios, algunos años de dos en dos: *Un viaje a Madrid* (1886), *Cánovas y su tiempo* y *Apolo en Pafos,* ambos en 1887, *Mis plagios, Un discurso de Núñez de Arce* (1888), *A 0'50 poeta* y *Benito Pérez Galdós,* ambos en 1889, *Rafael Calvo y el teatro español* y *Museum,* ambos en 1890, y finalmente *Un discurso,* en 1891. Quiere decirse que la mayor parte de su producción literaria nueva se concentra en esta época, y a diferencia de la anterior y de la posterior, en los folletos literarios. Los folletos nacieron como proyecto en octubre de 1884[4], pero no empezó a realizarlos hasta abril del 86, y se caracterizaron siempre por su carácter creativo, ensayístico, de crítica personal, independiente y no necesariamente literaria, así como de mayor exigencia que el apunte siempre precipitado del artículo periodístico. Clarín los tenía en alta estima, y le suponían harto trabajo, casi tanto como las novelas (véanse cartas de 5-VI-87 y 29-VII-88 a su editor), por lo que continuamente está pensando en darles una periodicidad estable, en escribir nuevos proyectos de folletos, en continuar con segundas partes algunos ya publicados (como *Cánovas* o *Rafael Calvo*), en hacer una campaña de suscripciones a los mismos o en renegociar con sus editores el precio a pagar por ellos. A pesar de la escasa rentabilidad económica de los folletos, que ha demostrado Botrel (1979), Clarín publica ocho en seis años, y durante todo este periodo no cesa de replantearse sus características, hasta que en abril del 89 pasa a concebirlos como «una revista mía» (carta de 19-V-89), proyecto que no cumplirá formalmente hasta la publicación de *Museum (Mi Revista),* núm. 1 (1890), verdadero manifiesto de la necesidad de una revista propia, sin dependencias ni presiones editoriales.

Pero el Clarín de los artículos periodísticos y de los *Folletos* es también el Clarín que va publicando en la prensa

---

[4] Véase la carta a F. Fe de 27 de octubre de 1884, y la nota 28 de sus editores en Blanquat y Botrel (1981), págs. 11 y 23. En esta nota Blanquat y Botrel han descrito la historia de la producción —en dos fases— de los folletos tal como se muestra en la correspondencia con sus editores.

los cuentos y novelas cortas que reunirá en 1892 en *Doña Berta, Cuervo, Superchería*[5], y en 1893 en *El señor y lo demás son cuentos*[6]. La gran mayoría de estos relatos hay que suponerlos escritos, sin embargo, una vez acabada la redacción de *Su único hijo*. Excepciones serían *Superchería, Cuervo* tal vez *Doña Berta* y algún otro. La redacción de la novela alternaría asimismo con la de algunos fragmentos novelescos: *Palomares* (I. Mosquín) (1887), *Sinfonía de dos novelas* (1889) o *Cuesta abajo* (1890-91). La altura estética de *Sinfonía* y de *Cuesta abajo*, de *Doña Berta, Superchería*, «¡Adiós, "Cordera"!» o de *Su único hijo*, así como la riqueza de pensamiento de *Un discurso*, son los testimonios más directos de la madurez intelectual y artística del Leopoldo Alas de 1886-1891, y no hacen sino corroborar la plenitud y la tensión de trance —plural— de este momento.

3. *La servidumbre económica y la mala conciencia*

El Leopoldo Alas de estos años era perfectamente consciente de «la revolución del dinero», teorizada por Zola[7], y la necesidad de beneficio inmediato, así como la obsesión por rentabilizar su trabajo le colocaron en una posición siempre precaria y muchas veces agobiante dentro del sistema de producción literaria de la Restauración.

---

[5] Este tomo de «tres cuentos (o cuatro)» lo anuncia Clarín en carta de 26-XI-90, dando por ya escritos los tres cuentos, lo negocia a principios del 91, lo valora el 15-II-91 (*«Doña Berta* es, para mi gusto, lo más artístico que he escrito yo hasta ahora»), lo cobra antes de junio, concluye la corrección de pruebas en diciembre y se publica a principios de 1892 (Blanquat-Botrel, 1981, págs. 56 y 60 a 67).

[6] Los cuentos los da Clarín por conocidos ya en España y en América en enero del 93. En mayo dice tener acabados 12 de los 13 que publicará finalmente en el tomo, y los pondera: «es de lo mejor que yo he escrito» (8-V-93) y «el conjunto resulta lo más artístico, [de veras] y lo más *maduro* que yo he hecho». Lo negocia en junio, lo completa con el último cuento ese mismo mes, y acusa recibo de ejemplares en septiembre (Blanquat-Botrel, 1981, págs. 67 a 78).

[7] «L'argent dans la littérature» (1880). Edición en español en L. Bonet (ed.), 1972.

En todo caso se trataba de complementar un salario de catedrático de Universidad (3.500 pesetas anuales brutas en estos años) claramente insuficiente para sus necesidades, pues sus momentos de asfixia económica se repiten con demasiada frecuencia, como muestra el epistolario a sus editores, y especialmente en los años de gestación de *Su único hijo* (cartas de 29-VII-88, 19-IV-89, ésta muy especialmente, 5-VIII-89, 12-IX-89, etc.). En 1896 se ve acosado hasta tal punto que se obliga a solicitar de Lázaro Galdeano la posibilidad de reincorporarse a *La España Moderna*, con la que había roto tan ostentosamente en 1890, poniendo en juego su orgullo y arriesgándose a la humillación que supuso el rechazo del editor.

La esclavitud a la producción periodística por dinero acaba engendrando esa mala consciencia que aparece una y otra vez en sus cartas: así, en carta a Sinesio Delgado, proponiéndole un nuevo precio para sus artículos, justifica éste por las siguientes razones, entre otras: «Por el mayor tiempo que he de robar a mis estudios de crítico que va para viejo [...] Por el tiempo que robo a mis novelas que son las que podrían hacerme tan inmortal como...» (17-XII-89). A veces sus declaraciones son una mera excusa: «Yo le aseguro que si no fuera porque necesito un suplemento al presupuesto no escribía más crítica periódica» (carta a Galdós de 4-IV-84). Pero otras tienen un inevitable toque de patetismo: «¡Cuántas veces, por cumplir un compromiso, por entregar a tiempo la obra del jornalero acabada, me sorprendo en la ingrata faena de hacerme inferior a mí mismo, de escribir peor que sé, de decir lo que sé que no vale nada, que no importa, que sólo sirve para llenar un hueco y justificar un salario!...»[8].

Una mala consciencia que no parte sólo de percibir

---

[8] ¡Cómo no había de sentir mala consciencia el Clarín que confesaba a Galdós su admiración por Flaubert!, el «hombre de genio que podría hacerse rico, popular, sin más que dejar correr la pluma y prefiere que le desprecien sus libros y quedarse pobre con tal de escribir como su gran instinto literario le pide. Si Vd., como yo creo, continúa escribiendo así, tal vez pierda la popularidad de que hoy goza, pero cada vez será mejor artista» (carta del 8-IV-84).

como degradante la venta de su fuerza de trabajo y del producto intelectual resultante, sino también del sacrificio de sus posibilidades artísticas, pues Clarín sabe muy bien que las novelas no pueden realizarse con los mismos procedimientos quasi-industriales que emplea en sus artículos de prensa: «Le suplico que no me apure —le escribe al editor, contestando a sus presiones a propósito de *Su único hijo*. Para mí un libro de este género no puede ser asunto de comercio, y no puedo trabajar en él más que cuando estoy para ello» (30 de mayo del 90).

Y es que como piensa J. F. Botrel (1979, pág. 131): «Puesto en la alternativa de escoger entre sus aspiraciones personales (escribir libros y sobre todo novelas, lo cual, según dice, "da mucho más gusto") y la necesidad de una rentabilidad inmediata y más cuantiosa, parece que Clarín "escoge", o sea, se somete a lo segundo. La mejor ilustración la tenemos acaso en la dificultosa génesis de *Su único hijo* [...] y también en la no realización de otras novelas planeadas.»

Y para contestar esta mala conciencia Clarín no encontrará más armas que la de la autopunición (con su progresivo desánimo, las dudas sobre sus facultades artísticas, o la dureza de los apelativos que se dirige, como el de «jornalero de las letras» o el de «buhonero de la letra menuda») o ese precario compromiso que le hizo insistir en el «folleto» y en la «revista» literarias frente a la crítica menuda, o en el cuento y en la novela corta —a la que se entrega generosamente en la década del 90— como compensación al sacrificio de sus grandes proyectos novelescos.

4. *Castelarismo y política de partido*

Pero los años en los que se gesta *Su único hijo* son también los años de un importante cambio en la actitud política de Leopoldo Alas. Son los años del giro posibilista, los años en que el joven Clarín, demócrata y militante del republicanismo unitario, que se proclama furiosamente anticanovista, que reivindica la preservación de unos derechos y libertades sistemáticamente amenazados desde los gobiernos conservadores, que ataca como una aberración la confesionalidad del Estado, que se proclama antiposibilista y —por ello— anticastelarista, que es partidario de no aceptar ni la colaboración con la monarquía ni el juego electoral de la Restauración, y que entiende que la causa de la democracia es la causa del pueblo en su lucha por el derecho[9], se transforma en un Leopoldo Alas militante del partido posibilista, que asume como líder indiscutible a Castelar, que participa en el juego electoral y de poder de la Restauración, que llega a aceptar determinados pactos con el caciquismo asturiano (en la campaña electoral a favor de Menéndez Pelayo, en la que se busca el apoyo de don Alejandro Pidal[10], por ejemplo) o que juega ocultamente sus cartas, con el presunto apoyo de Galdós, y presionando sobre el Ministerio, para el nombramiento de alcalde de Oviedo[11]. Un Leopoldo Alas que se llena de recelos y de agresividad ante las reivindicaciones federalistas y nacionalistas[12], que asume como posible la colaboración con partidos monárquicos en tareas de gobierno[13] y que empieza a proclamar la necesidad de la tutela de la Iglesia católica en áreas clave del aparato estatal, como la educación[14].

La Regenta, con su gran gesto de rechazo dirigido contra

---

[9] Véase Oleza (ed. 1987, vol. II, págs. 31-45), y Oleza (1986), sobre el «joven Clarín».

[10] Véase Martínez Cachero, *Menéndez Pelayo y Asturias,* Oviedo, IDEA, 1957, y García San Miguel (1987), quien haciéndose eco de la tesis doctoral inédita de Saavedra, *La sociedad en Leopoldo Alas,* comenta cómo Clarín al actuar a favor de Menéndez Pelayo lo hace contra el Barón de Covadonga, y busca para ello a una personalidad que pueda ser aceptada por Cánovas y Pidal y Món. Fue pues una actuación plenamente «posibilista». El epistolario de Clarín a Castelar, publicado por Cardenal Iracheta, es otro excelente muestrario de este posibilismo.

[11] Véase la carta a Galdós de 16 de junio de 1886, en que Clarín aboga por don Manuel Díez Argüelles contra don Donato Argüelles *(Cartas,* páginas 237-238).

[12] Lissorgues (1980), págs. LVIII y ss. y cap. III muestra significativos textos de la posición antirregionalista y antifederalista del Clarín maduro.

[13] García San Miguel (1987), págs. 266-268.

[14] Posición rotundamente teorizada en *Un discurso* (1891).

la Restauración como sistema, cierra toda una época de la trayectoria intelectual de Clarín, la que hemos analizado bajo el concepto del *Joven Clarín*. Y la cierra como se cierra un ciclo: todavía moviéndose dentro del mapa de referencias que han estructurado ese ciclo, un ciclo de oposición global y de resistencia activa a la Restauración, pero sin confianza ya en la capacidad de que la teoría y la estrategia que han dominado el ciclo puedan ofrecer una alternativa real. *La Regenta* niega el sistema canovista, como lo ha negado hasta entonces el joven Clarín, pero ya no se sustenta en la fe de una nueva revolución, demócrata y republicana, que pueda sustituirlo.

Así es como, tras *La Regenta,* sobreviene el giro posibilista. No se debió producir de un solo golpe, sino paulatinamente, gestándose en el silencio. Los años de redacción de *La Regenta* debieron sedimentar muchas experiencias precedentes, y abrir paso a ideas, actitudes o intereses progresivamente diferentes. Al acabar *La Regenta* Clarín ya no era sólo, a sus propios ojos, el crítico peleón de *Solos* y *La literatura en 1881* o el periodista militante de *El Solfeo* y *La Unión:* era un novelista, un catedrático de la Universidad de Oviedo, un padre de familia —y éste es un dato decisivo de su conciencia existencial—, tenía treinta y cuatro años y se había instalado en una posición de influencia personal en ciertos ámbitos de la sociedad ovetense.

Por otra parte estaba lejos de Madrid, donde se jugaba buena parte de su destino, y todos los biógrafos han recordado la influencia personal de Emilio Castelar —a quien Clarín concibe como su protector («su aldaba», decía él) en Madrid— sobre el giro ideológico. Y en efecto, desde que se conocen ambos personajes, allá por el año 1882 (Lissorgues, 1980, pág. XLIX), parece que Castelar trata de atraerse a Clarín. A. Posada (1946, pág. 17) recuerda «haber leído cartas de Castelar en las que éste le hablaba de los tres asientos en el mundo de las letras a que le daban derecho "sus privilegios naturales" [...] Castelar se refería en otra ocasión a "un asiento en la Universidad, otro en el Congreso y otro en el periódico", donde pudiera ejercer el magisterio de la crítica. Repetía otra vez Castelar que las "tres sedes por derecho propio" de Alas, eran el Congreso, la Academia y la Universidad». En cartas de Castelar a Clarín[15] se escuchan, en versión de Cabezas, los «cantos de sirena» (1936, págs. 141-142), entre los cuales está el ofrecimiento de *El Globo,* y en el epistolario de Clarín a Galdós podemos escuchar a Clarín: «Yo estoy medio metido en *El Globo,* todavía no cobro mi paga, pero no es porque no me hayan recibido con los brazos abiertos y con frases archilisongeras» (11-IV-85). «Es casi seguro que a principio de año entraré a colaborar regularmente (y con sueldo) en *El Globo»* (17-XI-85). Convertirse en redactor de *El Globo* era, por tanto, una expectativa profesional muy definida a finales de 1885.

Lo cierto es que, según confesaría mucho más tarde en *La Justicia* (9-XI-1889), Clarín se hizo castelarista «después de pensarlo mucho (y después de morirse Alfonso XII)», esto es, en algún momento impreciso después de 1884. Pero debió ser también después del 85, en que Castelar le decía en una carta (según Cabezas): «le gusta de mí lo peor, la estética, y le disgusta lo mejor, la política» (pág. 131). En consonancia con ello están los elogios desmesurados que Clarín dedica a Castelar en *Un viaje a Madrid* (1886), pero es al Castelar hombre o escritor, y ni roza el tema político.

Sólo en mayo de 1886, según temprano testimonio de Cabezas (1936, pág. 142), aparecería Clarín comprometido en el partido de Castelar, en calidad de presidente del Comité del Partido Republicano Histórico de Oviedo, y como a tal le escribiría don Emilio. Si las fechas de Cabezas son siempre poco fiables, en este caso unas cartas de Armando Palacio Valdés, del 7 y 8 de febrero de 1886, demuestran que Clarín ya pertenecía entonces al partido, pues Armando le escribe como correligionario. Estas cartas tienen un máximo de interés, pues abordan lo que debió ser la lucha por el poder en la organización del partido de Oviedo entre el bando de «Celleruelo y sus sicarios» y el

---

[15] Desgraciadamente el epistolario Clarín-Castelar publicado por M. Cardenal Iracheta es muy corto y tardío: la primera carta es del 20-V-1893.

de Clarín y sus amigos Félix Aramburu, Genaro Alas, Ordóñez, Rubiera, etc. La actitud de Celleruelo y los suyos fue «belicosa» contra Alas, y Armando Palacio recomienda a su amigo flexibilidad y negociación, aunque en último término le garantiza el decantamiento de Castelar a su favor: «Estando en relación tan directa con el jefe [Castelar], la jefatura de Celleruelo en la provincia no es más que una sombra. Ni tú ni yo, ni Aramburu, ni ninguno de nuestros amigos, tendrá necesidad para nada de entenderse con él. Persiste, pues, en organizar el partido.» (*Epistolario I,* páginas 126 a 128.)

Lo que es indiscutible es que son estos años de 1886 y 1887 los más activos en la vida política de Clarín, posiblemente los únicos en que, empujado por Castelar, por Palacio Valdés, por su hermano Genaro, por sus grandes amigos y colegas Aramburu, Posada, etc., creyó en la posibilidad de una carrera política, y si en mayo preside el partido, y en junio maniobra para que se nombre alcalde de Oviedo a don Manuel Díez y no a don Donato Argüelles, al mayo siguiente sale elegido concejal del Ayuntamiento de Oviedo. Se inician los años en que Clarín repetirá una y otra vez la consigna de que «Castelar es mi jefe en política». Aunque la tensión duró poco, a decir verdad. El propio Posada, cuando habla de la gestión municipal de Clarín, que él compartió, es muy explícito: «la concejalía, no repetida [*sic.*] fue para Alas una agradable diversión, en rigor apolítica, que Alas utilizó principalmente para dar fin al gran teatro Campoamor»[16] (pág. 21). Su apartamiento de la política activa fue progresivo, después de estos años, y no lo vemos mezclarse en mayores batallas que las de las elecciones a senador por la Universidad de Oviedo, que Clarín libra en favor de Campoamor y, en tres ocasiones, de Menéndez y Pelayo, ambos grandes amigos suyos, aunque el segundo en las antípodas de su ideología.

Clarín no explicó nunca con coherencia las motivaciones del giro posibilista y de su activa militancia en el parti-

---

16 *Vid.* ahora, Rodrigo Grossi, «Clarín Concejal» en las Actas del Congreso de Oviedo, 1984, Universidad de Oviedo, 1987.

do de Castelar, ni siquiera cuando le azuzó a ello Alfredo Calderón, que le pedía cuentas de su cambio de ideas en las páginas de *La Justicia,* allá por 1889. Clarín contestó confusamente y A. Calderón concluyó: «se hace castelarino, no por convicciones, no por principios... sino por *un acto de amor,* por una especie de pietismo político o un misticismo de partido, semejante en el fondo al sentimiento que induce a profesar a la monja...» (Lissorgues, 1980, pág. LI). Según Lissorgues, sólo tras la lectura del Carlyle de *Los héroes,* a partir de 1893, reúne Alas los conceptos que necesita para justificar su cambio. Carlyle le proporcionaría una teoría de la historia de la humanidad basada en la acción heroica del genio individual, y Clarín imaginaba así la acción de Castelar. Pero habría que advertir que es muy probable que Clarín no leyera a Carlyle a partir de 1893, sino mucho antes, en el periodo en que escribía *Su único hijo,* entre 1888 y 1890[17].

5. *Madrid «versus» Oviedo*

El viaje a Madrid de 1886 suscita la ambigua relación que el Leopoldo Alas de estos años mantiene con la capital. Es indudable que él es muy consciente, en estos momentos de plena sedimentación de su personalidad, de que es en Madrid donde se podrían jugar a fondo, con el máximo beneficio, las cartas que ha venido reuniendo: la crítica literaria, el periodismo, la incipiente carrera de novelista, las perspectivas que empieza a explorar en el teatro, las posibilidades de un *curriculum* político y, sobre todo, las relaciones con quienes detentan directamente el poder en todas las esferas de la vida pública española: la opinión pública, la Universidad, el mundo editorial, el teatro, el Ate-

---

[17] Así lo cree M. Z. Hafter (1980), que ha estudiado el eco de Carlyle en *Su único hijo, Cuesta abajo,* y otras obras del periodo. Hafter no aduce, sin embargo, que Carlyle aparece nítidamente citado en *Un discurso* (1891), obra contemporánea de *Su único hijo,* y valorada en términos de «gran idealismo», como si el escritor inglés hubiera sido ya asimilado por el español.

neo, el parlamento... Probablemente tenía muy bien calculado el coste —en influencia directa— que le suponía vivir lejos de la capital, y probablemente es producto de este cálculo esa permanente tentación de solicitar el traslado de su cátedra a Madrid[18]. Como lo era su deseo de estar presente en la prensa de Madrid: en estos años de 1885 a 1891 Clarín inició más colaboraciones que en ningún otro periodo, y así va a hacer aparecer por primera vez su firma en *Madrid político* (1885), *El Globo* (1885), *La opinión* (1886), *La Justicia* (1888), *Los Madriles* (1888), *La España Moderna* (1889), *La Correspondencia* (1890) y *El Liberal* (1891), además de reanudar colaboraciones interrumpidas desde hacía años en *El Imparcial* (1890), o de continuar con otras largamente mantenidas, como en el *Madrid Cómico* o *La Ilustración Española y Americana*.

Pero Madrid es, también, el Ateneo, «el mismísimo cerebro de España»[19], y el mundo editorial, en el que Clarín busca espacio ligándose al editor Fernando Fe en exclusiva.

Madrid son, por último, las conexiones, los amigos, con los que mantiene una correspondencia frecuente, los Castelar, Menéndez Pelayo, Galdós, Palacio Valdés, Picón, Nuñez de Arce, Valera, Campoamor, Echegaray, María Guerrero... en ocasiones esta correspondencia le sirve para

---

[18] Así, por no poner más que un par de ejemplos, le escribe a Menéndez Pelayo el 12 de marzo del 85: «Yo, por hacer que hacemos, he solicitado la cátedra de literatura jurídica de la Central.» Y le ruega que lo tenga en cuenta «por si pudiera hacer algo en mi favor» (*Epistolario*, II, pág. 37). No muy lejos de estas fechas escribía a Galdós: «Yo estoy ahora escribiendo el programa para las oposiciones de Dro Mercantil de Madrid y me presentaré a ellas si no son muy pronto.» (*Cartas a Galdós*, págs. 224-225).

[19] Durante «sus largas estancias madrileñas Leopoldo Alas trabajaba o discurría tarde y noche, casi a diario en el Ateneo», recuerda Posada (1946, página 148); y en la historia de la institución han quedado testimonios de su participación activa en debates en torno a «El origen del lenguaje» (1880), la «influencia de la literatura en la política» (1881), la cuestión social (1878) o el naturalismo (1881-82). Ahora, lejos de Madrid, Clarín acude al Ateneo cuando se lo piden, como en 1886, con motivo de su conferencia sobre Alcalá Galiano, o muchos años más tarde, en 1897, cuando imparta su curso sobre «teorías religiosas de la Filosofía novísima» en la Escuela de Estudios Superiores, entidad auspiciada por el Ateneo de Madrid.

intentar influir en una medida de gobierno, como el nombramiento de alcalde de Oviedo (cartas a Galdós de 26-VI-86 y 29-VII-86), en enchufar a su hermano Adolfo, represaliado por A. Pidal (cartas a Menéndez Pelayo de 26-XI-91, 14-XII-91, etc.), para recomendar a un colega en un concurso oposición (carta a Ménendez Pelayo de 23-III-92), para diseñar una nueva colección editorial como la «biblioteca alemana-inglesa», para hacerse con el control del partido castelarista en su ciudad o para preparar la elección a senador por la Universidad de Oviedo...

Desde lejos pero sin perder el contacto, Leopoldo Alas vivió su relación de atracción-repulsión con respecto a Madrid, sabiéndole centro de un poder cuya proximidad le convenía —y dedicando un considerable esfuerzo a no quedarse descolgado— pero al que no podría adaptarse. Pues tantas veces como se le debió presentar la tentación de volver a Madrid, se le debió también imponer una pulsión de rechazo: «Aunque hace más de un año que no he estado en Madrid, me acuerdo de todo aquello y no tengo gana de volver» (carta a Galdós de 24-VII-84)[20]. Y cuando vuelve, en 1886, su reacción de rechazo se hace explícita en *Un viaje a Madrid,* auténtico manifiesto contra la vida literaria y cultural de la gran ciudad, en cuyo medio Clarín siente que se le ahoga el yo.

Creo que tiene razón J. A. Cabezas (1936) cuando establece, a partir de este viaje a Madrid, la tesis según la cual «*Clarín,* hombre de resoluciones extremas, no sólo se provincianiza, sino que se ruraliza también» (pág. 145), transformación cuyo resultado final será el «provinciano universal». Y es que Clarín, tal vez debido a presiones familiares, tal vez por no tener un alternativa profesional clara en Madrid, tal vez por elección consciente y madurada de vivir en Oviedo, o tal vez por todas estas razones y algunas más, no sólo acabará viviendo en la ciudad que tan duramente negó en *La Regenta,* sino justificando intelectual-

---

[20] Sin embargo, poco después escribe a Tomás Tuero: «Allá voy. No se puede vivir en provincias, por muy autonomista que se sea.» Cit. por Posada (1946, pág. 169).

mente esta decisión: la de disputar su espacio propio en la vida cultural de la Restauración no desde el centro sino desde la periferia, apostando por no plegarse él al centro sino obligando al centro a plegarse a la periferia. Si Mahoma no va a la montaña, la montaña vendrá a Mahoma. La apuesta era fuerte, y emprendida casi en solitario (tanto la generación del 68 como la del 98 se disputan el poder y la influencia literarias en Madrid, donde todos acaban por confluir), y la ganancia final fue más que dudosa, desde un punto de vista pragmático. Sin embargo, Clarín supo vivir plenamente desde Oviedo la coyuntura intelectual y estética del fin de siglo, y hacer representativo este vivir desde Oviedo, otorgándole universalidad.

Pero sus relaciones con la ciudad no fueron precisamente bucólicas. Cabezas (1936, pág. 171) ha escrito que: «Oviedo (...) nunca comprendió a Clarín (...) Esta fue la tragedia de Clarín. Vivió en Oviedo como un extraño. Si exceptuamos una tertulia de cuatro amigos.» Y el canónigo Arboleya (1926), que relata el acoso de cierta prensa ultramontana local contra Clarín, comenta: «Si Clarín era un dictador en la literatura nacional, calcúlese lo que sería en Oviedo, donde se veía adulado por los unos y finalmente temido por los otros, entre los cuales pasaba por algo infernal y diabólico, hasta con leyenda, o poco menos.» Martínez Cachero (1963) escribe por su parte: «la fama de Leopoldo Alas en la ciudad, su mala fama en algunos sectores de opinión aumenta» con *La Regenta* (pág. XVI). Probablemente las tres visiones coinciden en subrayar la condición polémica, contestada, de Clarín en los sectores bienpensantes de la ciudad[21].

Es cierto que disfrutaba, por otra parte, de la compensación de su prestigio nacional, del soporte relativo de su po-

---

[21] Distinta es la opinión de A. Posada: «No creo que Leopoldo vivió en Oviedo como un extraño, si exceptuamos una tertulia de cuatro amigos. No: Alas vivió intensamente Oviedo» (1946, pág. 158). *No creo* que el vivir intensamente una ciudad, sin embargo, sea contradictorio con el tener una imagen pública más contestada que reconocida, que es de lo que se trata aquí.

sición política y, sobre todo, de la base de apoyo de la Universidad, en cuyo claustro se mueve con un reconocimiento que tal vez no tuvo en ningún otro sitio, y que él mismo valoró reiteradamente, como en el caso de la carta (12-III-85) a Menéndez Pelayo cuando éste le recomienda a Rubió y Lluch: «Precisamente aquí, lo más tratable es el claustro». Y en otra carta a Rafael Altamira (25-III-97), previniendo su incorporación al claustro: «si bien en la Universidad ha de encontrar muchas plantas parásitas, covachuelistas, reaccionarios o pasteleros, tendrá en cambio un número de verdaderos amigos del estudio, liberales y buenos».

La Universidad de Oviedo congrega en estos años un grupo muy selecto de intelectuales, la mayoría de procedencia filosófica krausista y con una activa preocupación reformista y social, que les llevará a elaborar y realizar el famoso programa de Extensión Universitaria de 1898. Es el claustro de los Pepe Quevedo, Aniceto Sela, Rafael Altamira, Adolfo Posada, Félix Aramburu, Adolfo Buylla... Pero Clarín no conecta sólo con los que son sus correligionarios, cuya coherencia ideológica y calidad profesional debieron abastecer en esos años al grupo de una importante fuerza de presión en la vida ciudadana: sus recomendaciones a Menéndez Pelayo en favor de Armando Rúa, o sus referencias epistolares y críticas muy elogiosas a Víctor Díez Ordóñez, en las antípodas de su pensamiento político, son muestras claras de la integración y la solidaridad de Alas en el medio universitario[22].

Lejanos los amigos íntimos de la juventud, casi todos en Madrid, como Armando Palacio Valdés, Tomás Tuero o Pío G. Rubín, además de Juan Ochoa, Leopoldo Alas se abriga en la amistad de los colegas universitarios, como

[22] Martínez Cachero (ed. 1963, pág. LXIII), ha destacado este aspecto de la biografía de Clarín. Por su parte A. Posada, recordando la irónica carta de Clarín al Obispo de Oviedo, en respuesta a la pastoral de éste sobre *La Regenta,* escribe: «La carta de Clarín al Obispo, antes de cursarla la leímos —¿por qué no decirlo?— regocijados los integristas y liberales, especialmente los primeros.» Y cita entre otros a don Víctor Díez Ordóñez (1946, página 162).

Adolfo Posada, Rafael Altamira o Félix Aramburu, aparte del que quizá fue el amigo más íntimo de su vida, José Quevedo, «Orestes», también colega.

«Mi cátedra es mis amores» —le decía Clarín a Rodó en carta de 8-IV-1900— y en *Un discurso* nos dejó explícita su concepción de la enseñanza universitaria: «Partidario yo, como varios de mis queridos compañeros, de que nuestra enseñanza sea ante todo una amistad, un lazo espiritual, una corriente de ideas, y también de afectos, que vaya del profesor al discípulo y vuelva al profesor, y jamás se reduzca a un puro mecanismo (...) partidario de sugerir hábitos de reflexión más que de enseñar una ciencia, que acaso yo no tenga...» Una concepción abierta, dialogante, cordial[23], nada doctrinaria y me temo que escasamente técnica, más decantada hacia la actitud del intelectual que hacia la del académico, de la cual nos han quedado numerosos testimonios de alumnos, y sobre la cual reflexionaba Ramón Pérez de Ayala (1942): «En las lecciones de su cátedra el maestro se dejaba poseer por el genio creativo, según la inspiración del momento [...]. Al terminar el curso, no habíamos pasado de los cuatro o cinco primeros capítulos [del manual]. En otras palabras, el magisterio de Leopoldo Alas era formativo y enciclopédico [...] disertaba en su cátedra, en torno al eje de la filosofía del derecho, sobre filosofía general, metafísica, ética, religión, historia, doctrina política, sociología, economía, arqueología, filología, estética, literatura; en conclusión, la unidad necesaria y viviente del saber.» No es extraño que, tan pronto como pudiera, cambiara la cátedra de *Economía Política y Estadística* (en 1883), o la de *Derecho Romano* (en 1888), y se afincara definitivamente en la de *Derecho Natural,* en cuyo campo había realizado su tesis de doctorado (*El derecho y la moralidad*), y que es la base de sus preocupaciones filosófico-religiosas tan acuciantes en la década de los 90.

---

[23] De la intensidad con que vive la relación profesor-alumno es una prueba indudable la amistad que llegó a unirle a su discípulo Evaristo García Paz, cuya muerte prematura le conmovió tan profundamente como muestra el homenaje público que le dedicó en *Un discurso*.

6. *La vida cotidiana. Las raíces*

A pesar de la violencia de las polémicas a que se entrega públicamente, y del acoso de *Angelón* en *La Cruz de la Victoria,* la vida cotidiana en Oviedo tiene durante estos años un toque de dulce rutina[24]. Clarín vive muy concentrado en los acontecimientos familiares. La muerte del padre le había golpeado en 1884, y deja un esparcido eco en sus diferentes epistolarios. La atención cotidiana a su madre[25], la crianza del primer hijo, Leopoldo, el nacimiento del segundo, Adolfo, en 1887, o el de su hija Elisa, en el 90, centran su ámbito familiar. Difícil de deducir es la relación con Onofre, por la escasez de testimonios y de datos. Probablemente fue una relación de corte tradicional, con una mujer plenamente instalada en su papel de ama de casa y de «tesorera» del hogar, y un marido de relumbrón escasamente aficionado a quedarse en casa. Fuese como fuese los testimonios directos muestran un depurado respeto del marido por su mujer y una escasa presencia activa de ella en su obra o en su actividad. Los testimonios indirectos, en cambio, y muy especialmente en *La Regenta,* en *Cuesta abajo* y en otros cuentos dejan al descubierto una permanente identificación de la esposa con la madre y con el hogar, tanto como una desidentificación con la pasión, de la cual queda en toda su obra una irredenta nostalgia, y con el erotismo, que fascinaba tanto cuanto repelía a Leopoldo Alas.

En todo caso, y durante estos años, Clarín toma de su

---

[24] «De Oviedo no pienso salir (...) en algunos años. Hago una vida de hombre bueno que me sienta muy bien. Mi mujer y mi hijo (seis meses), mi casita con luz, aire, techos altos y vistas a la nieve de Morcín; por café la casa de mis padres, que ambos viven; en el casino billar, en cátedra algún discípulo listo, y libros de Vds. y trabajo mío. No es mal lote.» Todo un *beatus ille.* Carta a Galdós, de 15-III-84.

[25] *Vid.* el cap. V de la biografía de Posada (1946), y sobre todo el relato de la muerte de la madre y de las consiguientes cartas cruzadas con el obispo, en Arboleya (1926).

propia vida el soporte de la experiencia para su religión de la familia, como escribe Posada (1946): «Socialmente centraba su ideal (...) en ser jefe de hogar, de un hogar sereno, recatado, suyo —mi casa, mi reino, nuestro reino— constituido como Dios manda —el Dios de todo. Creía Leopoldo que el más grande invento humano es el matrimonio o la familia, retiro discreto, inexpugnable» (página 16).

Y si la familia tiene esta dimensión de abrigo, no menos lo tiene la tierra: esos rincones familiares donde Clarín busca refugio y bucolismo: La Rebolleda, la finca de Candás, Salinas y, sobre todo, Guimarán, la bella posesión en el valle de Carreño, no lejos del mar y a pocos kilómetros del puertecito pesquero de Candás, donde pasa sus vacaciones de verano: «En cuanto pude, huí este año del pueblo en que tengo ocupaciones de esas que atan como cadenas, y me vine al retiro de mis veranos, al que voy teniendo más y más afición, según yo me acerco al otoño de la vida», confiesa en el *Folleto V,* de 1889 (pág. 19). Muy cercana ya la muerte, Clarín sabría confesarle a Galdós, con frases punzantes por lo precisas, todo el arraigo y el desarraigo que se mezclaron en su relación con Asturias: «En Oviedo vivo cerca de la sepultura de mi padre; en Carreño cerca de la de mi madre. Mi mujer es como el aire que respiro, y mis hijos como una lira, que Dios me conserva intacta. Yo ya, más que un hombre, soy una planta. No podría estar mucho tiempo lejos de esta tierra, donde intelectualmente no echaré nunca raíces» (carta de 17-V-1901).

7. *Un hombre marcado por la enfermedad*

«A los treinta años *Clarín* aparentaba cincuenta», escribe Gómez Santos (1952, pág. 49). Su enfermedad, la tuberculosis intestinal destinada a acabar con su vida[26], cuando

---

26 Según diagnóstico del médico que le atendió, Alfredo Martínez, sobrino suyo, su muerte se produjo por tuberculosis intestinal en último grado.

apenas tenía cuarenta y nueve años, había empezado a amenazarle en los primeros años de su reincorporación a Oviedo, allá por el 83-84, según Martínez Cachero (1963, pág. XVI), precisamente cuando estaba escribiendo *La Regenta*. Tal vez quedara eco de ello en las dolencias estomacales de don Saturnino Bermúdez, en quien Clarín dejó filtrarse —probablemente— más de una experiencia propia, y es posible que hasta algún rasgo físico. Lo cierto es que la enfermedad debió ser dolorosa y agriarle no poco el humor, hasta el punto de hacerle vivir pendiente de ella: «llevo una temporada de no hacer más que pensar en si defeco bien o mal», le escribe a Armando Palacio ya en 1883, y nos recuerda las preguntas y prospecciones del médico Benítez a Ana Ozores en *La Regenta*. Esta dependencia psicológica llega a perturbar seriamente su capacidad de trabajo: «Ya sabes que mi manía es no poder consentir estar convertido en una alcantarilla atascada ni 24 horas. No creas que trabajo, casi nada. Nada más que lo indispensable, por mor del presupuesto ordinario (...) No leo; todo lo que quiero leer con atención lo voy aplazando (...) Quiero leerlos, cuando los pueda entender y *sentir* de veras sin este peso en la barriga» (Gómez Santos, 1952, pág. 50). Esta imagen degradante de sí mismo, en una personalidad tan orgullosa e idealista como la de Clarín, debió de obsesionarle, pues la repite muchos años más tarde, y ante otro interlocutor, Galdós, al que confiesa en 1900 que no pudo escribir su proyectado drama *La Millonaria* «por culpa del estreñimiento. ¡Esto de ser un espíritu y una alcantarilla!» (28-IV-1900).

Ignoro hasta qué punto puedan estar relacionados con la tuberculosis intestinal toda una serie de síntomas característicos de la histeria que aquejan a Clarín desde muy joven, desde su adolescencia probablemente[27], y desde luego desde la época en que escribe *La Regenta,* novela para la

---

[27] Tal vez el protagonista de *Cuesta abajo,* Narciso Arroyo, cuando es evocado en su adolescencia nerviosa y enfermiza y en su vinculación a una madre llena de energía y de autoridad, sea la proyección de la imagen que el Clarín de 1891 tenía de su propia adolescencia.

que se documentó ampliamente sobre el tema, que demuestra conocer perfectamente[28]. Los síntomas que Clarín le confiesa a Galdós en 1884 recuerdan inmediatamente a los de Ana Ozores: «Yo tengo la salud muy quebradiza; cada pocos días me dan jaquecas con un acompañamiento de fenómenos nerviosos, pérdida del habla y otras menudencias que son una delicia; el primer síntoma es perder la vista[29]. Así no se puede trabajar formalmente» (24-VII-84).

Lo cierto es que ambas sintomatologías se combinan ya desde muy temprano, y van agravándose progresivamente. En el verano del 86 los médicos le aconsejan descanso, pues «los nervios y el estómago me han molestado bastante», por lo que «mi novela no ha adelantado cosa notable» (Blanquat y Botrel, 1981, pág. 28). Durante la primera mitad del 87 parece recuperar su salud y optimismo, trabaja duro, se llena de proyectos, y promete múltiples cosas a sus editores, pero en el mes de agosto vuelven los síntomas («Estos días he estado algo malucho») y en el de noviembre reconoce que «he necesitado reposar un poco». Recrudecerá la enfermedad en el 88, año verdaderamente calamitoso. En abril le escribe a Rafael Altamira: «Acabo de pasar una temporada de nervios: hace ocho días tuve un *ataque,* como lo llamo yo a falta de palabra más exacta, gran jaqueca acompañada de mil rarezas nerviosas indescriptibles, tan pasajeras y de poca importancia, según me dicen, como endiabladamente molestas. Ayer repitió la función, con menos furores...» (Martínez Cachero, 1968, pág. 148). Y durante esos días la noticia le llega a Armando Palacio Valdés, que se preocupa: «Querido Leopoldo: Mucho siento que tu salud esté un poco vacilante y que no consigas enriquecer la sangre a fin de tener refrenados los nervios.» Y le aconseja levantarse temprano y trabajar por

---

[28] *Vid.* J. Oleza, notas a la segunda edición de *La Regenta,* XIX, 11, XXVII, 10 y 11; XXVII, 43; y XXX, 1.

[29] Gómez Santos (1952) ha puesto de relieve la sensibilidad de Clarín hacia los problemas de la vista, que se fueron agravando con la edad hasta amenazar de ceguera y prohibírsele todo trabajo. «Cambio de luz» tal vez, por ello, viene a sublimar ficticiamente una angustia muy real.

la mañana (25-IV-88). Pero en julio, lejos de haber cedido la cosa, Clarín se lo ratifica a su editor: «tuve un ataque de nervios muy fuerte» (18-IV-88), se queja a Galdós: «Yo estoy malucho; hace muchos meses que en esto de la salud doy una en el clavo y ciento en la herradura» (13-VII-88), se excusa ante su editor: «los médicos me tienen prohibido, por ahora, trabajar mucho», todo en detrimento de la nueva novela que se va aplazando: «De la novela he escrito muy poco, y no quiero escribir más que cuando esté para ello» (29-VII-88). De nuevo vuelve a sentirse «malucho» en las navidades del 90. Sin embargo, el 91, una vez publicada *Su único hijo,* parece un año de recuperación, dado el tono en que se describe a sí mismo ante Altamira: «¡Ojo con el estómago o lo que sea! Los médicos son unos sabios (...) y debe Vd. cumplir al pie de la letra lo que le manden. Mucho ejercicio y poco trabajo, a poco que Vd. no se sienta como un roble. Yo paseo como un azotacalles, no hay fiesta en que no esté y soy a estas horas un *espadachín,* un *gaucher* de cuidado, no para matar a nadie, sino por lo que suceda. No hay ejercicio como la esgrima, a mi edad, a lo menos» (1-IV-91). Pocos días antes, el 13 de marzo, le había escrito, exultante, a Narcís Oller: «No puede usted figurarse cómo estoy de ocupaciones y trabajo.

¿Novelas? tengo en el telar media docena. *Su único hijo* saldrá antes de un mes; pero en rigor no es más que un primer tomo de novelas» (S. Beser, 1962, pág. 522).

Los últimos años de su vida fueron de escasa tregua y Clarín llegó a acostumbrarse a un estado de enfermo permanente: «A las diez y a las siete de la mañana estoy yo todos los días enfermo del estómago; lo que es rigurosamente exacto, por mi mal», le confiesa a su párroco (Arboleya, 1926), y a Galdós le escribe: «De buena gana iría a Madrid unos días, pero por la mañana yo no soy una *inteligencia* con vida por órganos, sino *un vientre afligido* por *molestias* nerviosas» (4-VI-1988). Y Gómez Santos (1952) recoge el testimonio de Elisa, según la cual: «Mi padre se fatigaba muchísimo. El día que no lograba librarse de la pesadez intestinal, los alumnos recibían las clases en el despacho de su propia casa» (pág. 67).

8. ¿Crisis o transformación?

Esta condición de enfermo progresivamente grave no debió de ser factor de poca monta para la tan traída y llevada crisis personal de los años 90. Por fuerza había de condicionar —a la baja— el estado de ánimo de una personalidad tan sensitiva, como por fuerza tuvieron que consumir su empuje y gastar sus fuerzas tanta polémica mezquina, la servidumbre al artículo de periódico, los agobios financieros, el infatigable remordimiento por el sacrificio de su talento creativo...

A medida que nos vamos alejando de la publicación de *La Regenta,* se espesa la confesión de sus dudas y de la falta de confianza en sus posibilidades artísticas. Al entusiasmo de 1885, cuando Alas le escribe a Pepe Quevedo: «¡Si vieras qué emoción tan extraña fue para mí la de terminar por la primera vez de mi vida (a los treinta y tres años) una obra de arte!» (García Sarriá, 1975, pág. 275), le sigue en enero del 86 una vacilante confidencia a Narcis Oller: «Y todo eso sin saber si toco el violón o no metiéndome a novelista. Ud. sí de fijo lo es» (Beser, 1962, pág. 518). Pero todavía podría ser interpretada como coquetería, cosa que en cambio sería difícil de decir de estas frases dirigidas a José Yxart en octubre de 1887: «Estoy en una época de no creer en mis novelas pretéritas ni futuras» (Beser, 1960, pág. 393). Es el mismo tono y por la misma época en que escribe a Galdós: «ni de ser su discípulo me creo digno, ni es cosa averiguada que yo vaya para novelista» *(Galdós,* pág. 148). Pero todavía son mucho mayores las reticencias y la amargura en los años siguientes: «Estoy desorientado, dudo de mí en grado máximo, se me antoja ridículo a ratos haberme creído semi-novelista y estoy perdiendo una porción de pesetas y gastando la paciencia de los editores que me piden *original* de libros cuya urdidumbre saben que viene a medio hacer, mientras yo me enfrasco en mi *to be or not to be*» (12-III-88). Y eso lo escribe a Menéndez Pelayo, tal vez la figura —con Galdós— a quién más respetó Clarín en la literatura española. Y cuando sale a la luz *Su único hijo,* Clarín vuelve a escribirle: «Dentro de unos días le enviaré un novelucho *novelesco*» *(Epistolario,* II, pág. 52).

Quizá uno de los documentos más ilustrativos de ese estado de ánimo son las cartas a su amigo y colega José Yxart. Sergio Beser, su editor, ha destacado «las declaraciones de cansancio, de escribir con desgana, que tanto abundan en los escritos de los diez últimos años de su vida. Una prueba más de esa desgana serían las novelas inacabadas y toda la serie de proyectos anunciados y nunca cumplidos» (Beser, 1960, pág. 388). En una carta escrita el 31 de marzo de, probablemente, 1889, Clarín, hablando en general, y no de sí mismo, al menos directamente, piensa «que muchas facultades y aptitudes, acaso las más características, se quedan muchas veces en el tintero, o por pereza o debilidad para llegar al esfuerzo de expresar lo más íntimo y querido y propio, o por desencanto apriorístico, o por vicisitudes de la *historia pragmática...*». Y entonces pasa a hablar de sí mismo, a modo de ilustración, y confiesa que se encuentra definido como crítico, aunque la crítica «a la larga no me gusta, para propia, sobre todos los géneros», y ni siquiera «la misma novela (...) no acaba de seducirme» (pág. 395). ¿Sería demasiado aventurado deducir de esto que Clarín ha entrado en esa etapa en la que comienza a hacerse balance de lo hecho y a sentirse toda la melancolía de lo que se quiso y no se pudo ser? No es una persona joven ni entusiasta quien lo dice, en todo caso.

Y al desaliento se va adhiriendo, a manera de contrapunto, un deseo de emancipación personal, sobre todo de su servidumbre a la literatura de circunstancias y al periodismo, y de expresión cuajada de sí mismo. Se lo dice de forma irónica a Sinesio Delgado en 1889 (Botrel, 1979, pág. 125), lo repite muchas veces en esos años y Posada, finalmente, atestigua que seguía siendo un deseo irredento y un sueño tan dorado como frustrado en las vísperas de su muerte:

Él quería abandonar cierta acción militante, agresiva, y dedicarse a tareas de mayor serenidad, de más intensa penetración. La filosofía le atraía entonces con una fuerza extraordinaria: deseaba elaborar de alguna manera la filosofía suya, la que tenía adentro, como eje inspirador de su vida de pensador y artista (Martínez Cachero [ed.], 1978, pág. 40).

Acorde con este estado de ánimo entre el desaliento, las dudas, la insatisfacción y un cierto distanciamiento de las cosas, tal vez haya que situar la gradual pérdida de intolerancia y de agresividad, que se expresan en su célebre palique-manifiesto tolstoyano, auténtica reprimenda a sí mismo:

> mortal, está seguro de esto, puedes hacer daño; hay entre tantos dolores algún dolor que sale originalmente de ti. Por eso... no engendres el dolor. El mal que causa tu pluma, el daño que produce tu censura agria y fría en el amor propio ajeno, es cosa tuya por completo; eres creador de algo en el mundo moral: de ese daño, de ese dolor (*Siglo Pasado,* página 57).

J. A. Cabezas, en el cap. XVIII de su conocida biografía, asignaba una fecha y una circunstancia concreta a la profunda crisis moral de Leopoldo Alas: el verano de 1892, en Guimarán, a sus cuarenta años. Incluso circunscribe la duración de la misma: mes y pico. Pero no la considera como algo pasajero, todo lo contrario: a través de ella Clarín identifica su nuevo yo, «su "yo" idealista, sentimental y religioso, que ha logrado vencer una inhibición de veinte años», esto es, «ha resucitado su "yo" religioso, ha encontrado a Dios» (págs. 180 y 183).

Dejemos de lado, por el momento, el simplismo del diagnóstico y su carácter ideológicamente interesado. Lo cierto es que la mayoría de la crítica ha puesto en cuestión una datación tan precisa. Ya en 1960 lo decía S. Beser al estudiar las cartas a Yxart: «El cambio, conversión, crisis moral o lo que sea hay que retrotraerlo unos años respecto a la fecha señalada por Cabezas» (pág. 389). Y en el mismo registro se sitúan L. de los Ríos (1965) respecto a los cuentos de Clarín, Blanquat y Botrel respecto al epistolario a F. Fe y M. Fernández Lasanta (1981, pág. 62), o C. Richmond (1977b), que extiende la crisis entre 1885 y 1891 y que caracteriza este periodo más por lo que no escribió Alas (pero que sí imaginó) que por lo que escribió. J. M.ª Gómez-Tabanera y E. Rodríguez Arrieta (1985) han publicado por su parte una interesantísima carta de Clarín a Francisco Giner los Ríos del 20 de octubre de 1887, en la que ya se manifiesta esa angustiosa necesidad de fe que encontró respuesta, según Cabezas, en 1892, y Martínez Cachero (1984) recuerda la única carta conservada de las que nuestro autor escribiera a doña Emilia Pardo Bazán, datada hacia 1890, y en la que Clarín se confesaba desfallecido y viejo en lo literario, aunque no en lo moral y religioso. García Sarriá (1975) se identifica con las tesis de Laura de los Ríos y llega a precisar un posible comienzo de la crisis hacia 1888, cuando Clarín vuelve al proyecto de *Su único hijo,* y a asignarle un carácter definitivo, pues aparece ya en esta novela, fruto de esa crisis, la problemática religiosa de sus últimos años (págs. 212-213).

Se podrían añadir otros testimonios, pero creo que con estos hay suficiente. A modo de recapitulación, y desde mi punto de vista, la crisis no sería tanto una crisis puntual como una transformación que afecta a la personalidad entera de Leopoldo Alas, y también a sus ideas. Se inicia en los años que siguen a la publicación de *La Regenta,* se desarrolla durante la gestación de *Su único hijo,* y debió alcanzar su culminación en los años inmediatamente posteriores, esto es en 1892-1894, a juzgar por el tono mucho más vehemente, mucho más converso, mucho más resolutorio de los textos de estos años, especialmente de los cuentos, «El Señor» (publicado en octubre-noviembre de 1892), «Cambio de luz» (abril de 1893), «Un grabado» (1894), o del drama *Teresa* (1894). Cuando Clarín escribe el prólogo a *Cuentos Morales,* en noviembre de 1895, sus ideas parecen definitivamente asentadas, y «Viaje redondo», de 1896, podría ser el testimonio, y el balance. Tal vez, en este sentido, no le falta la razón del todo a Cabezas al destacar la fecha del 92: bien pudo ser si no *el año de la crisis,* sí el punto culminante a partir del cual comenzó a estabilizarse y resolverse. Es curioso, en este sentido, anotar como han hecho Blanquat y Botrel (1981, n. 102) el silencio de Clarín en 1892: interrumpe totalmente la correspondencia con su editor entre el 4-XII-91 y el 7-I-93, y no publica ningún libro nuevo *(Doña Berta* ya estaba preparada antes). Sólo los artículos aseguran la continuidad exterior de su *curriculum*.

Durante estos años, la transformación personal del escritor, con una poderosa componente biológica, que tiene en su enfermedad su manifestación más extrema aunque no la única —su cambiante edad es otro dato importante—, y que afecta profundamente su estado de ánimo, culmina en una transformación de su visión del mundo, que se reorganiza en torno a un eje dominante de carácter religioso y a una ética-estética espiritualista. La plena maduración del proceso es posiblemente posterior a *Su único hijo.* pero esta novela señala indiscutiblemente su primera etapa: la de la angustiosa búsqueda de la fe más que la de la fe misma, y en este movimiento ideológico de búsqueda *Su único hijo* enlaza con otra serie de textos que bien podríamos llamar los textos del replanteamiento moral y de la búsqueda religiosa: son los relatos *Superchería* (1890) y *Doña Berta* (1891), el fragmento de *Cuesta abajo* (1890), el ensayo *Un discurso* (1891), o algunos de los artículos que irán a engrosar *Ensayos y revistas* (1892).

En «El Señor» (1892), «Cambio de luz» (1893) o «Un grabado» (1894) me parece intuir la vehemencia de las primeras respuestas seguras a este replanteamiento y a esta búsqueda, dentro de una concepción del mundo ahora ya plenamente asentada.

Con «Vario» (1894), «El frío del Papa» (1894), «La conversión de Chiripa» (1894), «La noche-mala del diablo» (1894), o «Viaje redondo» (1895), entre los relatos, con el drama *Teresa* (1894), con el prólogo a los *Cuentos Morales* (1895), con las conferencias sobre las teorías religiosas de la filosofía novísima (1897), con las *Cartas a Hamlet* o con el prólogo a *Resurrección* (1901), Clarín parece haber alcanzado la serenidad de expresión y el pleno dominio ideológico de esa concepción del mundo espiritualista que caracteriza su etapa de madurez, ya más allá de las dudas.

En ella asume como patrimonio una parte importante

del joven Clarín: la sentimentalidad religiosa de base, la componente idealista (hegueliana-krausista) de su pensamiento filosófico, la fidelidad a los ideales revolucionarios del 68 y al republicanismo, su identificación estética con el realismo y, en general, su condición de intelectual liberal, ilustrado, crítico, que le integra plenamente en la cultura de la modernidad, nacida de la Ilustración y del Romanticismo.

Pero son muchas las cosas que se han perdido en el camino: el radicalismo anticlerical, el compromiso con las posiciones más laicas e izquierdistas del republicanismo, la posición política frente a y fuera del sistema de la Restauración, la adhesión a la ciencia moderna, la asunción del naturalismo como programa...

Y otras muchas las que se han transformado: su posición frente al amor, por ejemplo (García Sarriá, 1975), e incluso frente a la mujer (Oleza, 1986), la lectura que ahora hace del darwinismo y del evolucionismo en general, muy similar a la bergsoniana; o la interpretación del Romanticismo, ahora mucho más filosófica (Leopardi, Carlyle, Schopenhauer) que literaria (Chateaubriand, Zorrilla, García Gutiérrez); su mismo republicanismo pasa del antiposibilismo y del federalismo, al posibilismo y la moderación castelaristas; y su posición frente a la Iglesia católica, que se desliza desde un programa de lucha frontal a otro de respeto a las tradiciones, de exigencia de una enseñanza religiosa, de defensa de la necesidad social de la religión y de acercamiento ecuménico a las corrientes renovadoras del cristianismo.

Pero sobre todo aparecen una serie de elementos nuevos en todos los niveles de su visión del mundo: la apertura hacia las corrientes literarias anti-realistas e irracionalistas (Baudelaire, Verlaine, Barbey d'Aurevilly)[30], la identifica-

---

[30] «Desde 1890 hasta 1901, año de su muerte, la atención literaria de Clarín estuvo centrada sobre tres temas principales: censura de las *modernisterías* españolas, exaltación de los ideales espiritualistas y crítica de la tendencia utilitaria y didáctica que sobre todo en novela y teatro caracterizó la última fase del naturalismo en Europa», escribe Ramos Gascón (1973, pág. 22),

ción con la crítica literaria impresionista (Lemaître, Bourget), la decantación hacia un teatro eticista (Ibsen), la fascinación por la novela espiritualista rusa (Tolstoi) y galdosiana, el interés por la nueva novela psicologista y moralista francesa (Bourget, Rod, Margueritte), el deslizamiento hacia actitudes morales de mayor tolerancia y respeto, la progresiva asimilación de un pensamiento vitalista, intuicionista, e idealista (Carlyle, Schopenhauer) que culmina en su adscripción al espiritualismo filosófico (Ravaisson-Mollien, Renouvier, Boutroux, Guyau, Bergson, Lotze o Spir), con la consiguiente reivindicación de la metafísica, el rechazo del positivismo, la puesta en cuestión de la primacía de la ciencia, la valoración de la conciencia y de la intuición como instrumentos del conocimiento, el paso a primer plano del mundo interior y espiritual, y la defensa de la necesaria dialéctica de la razón con el misterio. Nueva es la dimensión redentorista de su moral, adquirida junto Tolstoi y Galdós, pero también con el redescubrimiento del prestigio de la acción social del santo: desde *La leyenda dorada* y San Francisco de Asís, hasta el Jesús de Renán. Pero sobre todo nuevo es el orden jerárquico que se establece en esta visión del mundo, ahora reorganizada en torno a un principio dominante: la idea del Bien como absoluto, y por consiguiente la idea de Dios. Nada tan definitivo, en este sentido, como las bien conocidas palabras que Leopoldo Alas escribió en el «Prólogo» a los *Cuentos Morales,* y en las que deja el testimonio rotundo de ese corrimiento global de todo su mundo, para reordenarse bajo un principio que no es nuevo en sí mismo, pero que ocupa ahora el indiscutible centro de su universo:

> Si en la juventud hubiese sido poeta, en el fondo de mis obras se hubiera visto siempre una idea capital: el amor, el

---

quien nota la aparente contradicción de que Clarín fuera a la vez el introductor de Baudelaire, Nietzsche, D'Annunzio, Verlaine, etc., y un crítico nada comprensivo con la «gente nueva» y los modernistas españoles. Tal vez ello se deba, pienso, a que la lectura que Clarín hace de Baudelaire, Nietzsche o Verlaine es una lectura muy particular y, cuando menos, excéntrica a los intereses de estos autores.

amor de amores, como dice Valera, el de la mujer; aunque tal vez muy platónico. Como en la edad madura soy autor de cuentos y novelillas, la sinceridad me hace dejar traslucir en casi todas mis invenciones otra idea capital, que hoy me *llena* más el alma (más y mejor ¡parece mentira!) que el amor de mujer la llenó nunca. Esta idea es la del *Bien,* unida a la palabra que le da vida y calor; Dios.

Como Clarín escribe, en este mismo prólogo, se siente entrado en el «otoño, la estación más *filosófica* del año... y de la vida» y ha comenzado a mirar hacia la muerte: «mi *leyenda* de Dios queda, se engrandece, se fortifica, se depura; y espero que me acompañe hasta la hora solemne, pero no terrible, de la muerte». Su enfermedad tenía que moverle a ello, por fuerza. Pero también los estragos que la muerte va sembrando a su alrededor: su discípulo predilecto, Evaristo García Paz, muere cuando Clarín está acabando *Su único hijo,* y a él dedica la inicial meditación de *Un discurso* (1891), y a finales de 1892 mueren Renan, su admirado maestro, y Tomás Tuero, uno de sus más íntimos amigos, como ha recordado Cabezas (1936, pág. 188), mientras Maximiliano Arboleya atestiguó la conmoción que en 1896 produjo en él «la terrible desgracia que acabo de experimentar; la muerte de mi queridísima madre» y cómo esa conmoción contribuyó al acercamiento al obispo Martínez Vigil[31], y a la revelación de ese *«alma religiosa de Clarín,* tal como era "por dentro" en sus últimos años» (Arboleya, 1926, pág. 58).

Sin esta transformación interna del universo de Leopoldo Alas, de su personalidad tanto como de sus ideas, sería difícil poder valorar todo lo que separa estéticamente dos grandes creaciones artísticas: *La Regenta* (1884-1885) y *Su único hijo* (1891). A fin de cuentas, tal vez sea la misma evolución estética y novelesca, que recorre el camino entre dos fórmulas novelescas muy diversas desde el naturalis-

---

[31] Un acercamiento que se había iniciado, justamente, en 1892, como atestigua el Epistolario entre ambos, publicado por Gómez Santos (1952, págs. 159 y ss.), y que ya no se interrumpió hasta, por lo menos, 1898.

mo a la española de *La Regenta* al espiritualismo de *Su único hijo,* el punto de vista más privilegiado para contemplar la transformación intelectual, ética y estética, de este genio de la literatura moderna.

II. «Su único hijo», una fórmula irrepetible

«*Su único hijo* es, aparentemente, una de las novelas más difíciles de clasificar de todo el siglo XIX. Y ello no porque sea difícil de describir sus características, sino por la rareza, excepcionalidad diríamos, de las mismas.» Estas palabras, escritas en 1971[32], siguen pareciéndome hoy correctas. Bien conocida ya, a estas alturas, la reacción más bien desenfocada de algunos notables contemporáneos[33], y la recepción casi siempre extrañada de los críticos posteriores, que han venido insistiendo bien en la inferioridad artística respecto a *La Regenta,* bien en su excentricidad, en su intelectualismo o en su mayor modernidad, no he de insistir en ello, antes retomaré mi discurso en el punto en que lo dejé en 1971, para presentar mi actual visión de la novela. Decía entonces que esta novela no se parecía a nada de lo que se hizo en el siglo XIX: desde luego a nada de lo hecho en España ni en Francia[34], y si apunta a algo es a la novela rusa, hacia Dostoievski, un autor al que Clarín citaba probablemente sin haber leído[35]. Pero aun así, la

---

32 J. Oleza, *Yo y realidad en las fórmulas novelísticas del siglo XIX,* Tesis de doctorado, Universidad de Valencia, 1971. Recogidas en J. Oleza (1976) y en segunda edición (1984) pág. 184.

33 El repaso de las reacciones críticas suscitadas por la novela fue iniciado por Baquero Goyanes (1952), seguido por Gramberg (1962) y hoy puede verse un buen esquema en Richmond (ed. de 1979), págs. XV a XXVII.

34 Pueden encontrarse elementos previos a la novela en ciertos relatos del propio Clarín, como han demostrado Richmond (1978) o García Sarriá (1975), o en algún relato de Maupassant (Richmond [1982]), y yo mismo he analizado la vecindad temática con diversas novelas francesas y, en especial, con *Le sens de la vie* de E. Rod (J. Oleza [1989] y [1989b]); pero aquí estoy hablando de semejanza estética global.

35 La recepción de Dostoievski en España es tardía, como muestra G. Portnoff (1932), caps. II y III. Y no recuerdo citas de Clarín, en su obra

fascinación dostoievskiana por los más profundos subterráneos del ser humano, allí donde se abre paso violentamente el subconsciente por entre la maraña de principios morales, cálculos de conveniencias, costumbres enraizadas, creencias, lecturas, aspiraciones, sensaciones o deseos más o menos asumidos, que Clarín comparte en esta novela, está contrapesada por otra tentación no menos poderosa pero si antagónica: la ironía esperpentizadora. Decía Baquero Goyanes, en un artículo temprano y lleno de sugerencias (1952), que era una novela escrita con una enorme frialdad narrativa, con una absoluta falta de aliento cordial del autor por sus criaturas, lo cual hacía aparecer al narrador como implacable, cruel y hasta cínico. Y decía bien: frente al abismamiento la novela establece otra esgrima, no menos radical, la de la infinita distancia demiúrgica. *Su único hijo* da la impresión de ser el resultado de un dificilísimo equilibrio, de una fórmula irrepetible, de una novela que no pudo dar paso a sus continuaciones en un posible ciclo realista porque se colocó detrás de ellas, las puenteó en busca de otras direcciones.

En todo caso, sírvanos de punto y aparte el lúcido diagnóstico de Azorín: esta novela «es lo más intenso, lo más refinado, lo más intelectual y sensual a la vez que se ha producido en nuestro siglo XIX»[36].

1. *A la busca de la identidad perdida*

Si Clarín escribió su novela a estirones —como confiesa en carta a Galdós (*Cartas*, pág 260)—, esas primeras cuartillas que declara haberle entregado a Fernández Lasanta antes de abril del 89, han de corresponderse con los tres primeros capítulos y la parte del cuarto anterior al

---

crítica, que demuestren un conocimiento más allá del nombre del autor ruso o de las ideas vertidas por doña Emilia en 1887: la crítica española tardó mucho en reconocer al gran autor ruso.

[36] Es cita muy conocida: *España (Hombres y paisajes)*, Obras completas, Aguilar, t. II, pág. 479.

anuncio de la llegada de la compañía de ópera. Pero este bloque, no es sólo el espacio de los materiales ordenados, producto de la observación que exigía el método experimental. Es mucho más: siendo como es la prehistoria de la acción, es una historia completa en sí misma. La historia por la cual un humilde pasante de abogado es engatusado, raptado[37], arrestado por la guardia civil, más o menos deportado a Puebla (Méjico), donde «vivía triste y pobre, pero callado, tranquilo, resignado con su suerte», hasta que es recuperado de nuevo por la metrópoli, casado con Emma, reducido a la condición de enfermero-masajista y, finalmente, fagocitado por el clan de los Valcárcel. Es la historia de un hombre expropiado. Su único atributo personal —si escondemos sus emblemáticas zapatillas— es la flauta, y hasta la flauta pertenecía a don Diego Valcárcel. La prehistoria de *Su único hijo* es la historia de cómo el bueno de Bonifacio Reyes vino a parar en mucamo de Emma Valcárcel, y privado de identidad sobrevive resignado con su suerte, hasta el punto de que él mismo firmaría «sin inconveniente» los insultos y vejaciones de su mujer, caso de que le llegaran por escrito (pág. 187).

El narrador nos sitúa pues ante una historia consumada ya antes de que comience la acción propia de la novela. Nos marca un umbral de sentido, y con ello establece una inevitable premisa: la novela tendrá que encontrar una continuación posible a la historia de un hombre ya expropiado.

Son dos los motivos narrativos que inician el desarrollo de la primera premisa. Uno interno al personaje: cumplida la expropiación, un dato permite, sin embargo, un cierto movimiento: la ensoñación —por «soñolienta» que sea, pues de un «soñador soñoliento» se trata—, la nostalgia de una vida más plena, que alimenta con su asistencia a la tertulia de los Porches y por medio de sus ejercicios de flauta: «Buscando, pues, algo que le llenara la vida, encontró una flauta», dice el narrador, no sin sorna. El segundo dato es

---

[37] «En vano Bonifacio, que se había dejado querer, no quiso dejarse robar; Emma le arrastró a la fuerza», dice el narrador, pág. 159.

externo: la llegada de la compañía de ópera a la ciudad.

La confluencia de ambos datos va a permitir que la historia del hombre expropiado sea relanzada: se abre una posibilidad de recuperación del yo expropiado en el ámbito de una realidad hasta ahora hostil. El individuo problemático de la novela del xix inicia la busca de esa añorada —tanto como temida— vida más plena, y en esa busca ha de surgir por fuerza el conflicto central. Una vida que se ofrece a los ojos de Bonifacio Reyes con diversos signos de prestigio: el de la pasión amorosa, el de la aventura novelesca, el de la belleza ideal, el del mundo del arte (teatro y, sobre todo, música), todos ellos muy románticos, como sus ensoñaciones, pero también el del protagonismo. A cada uno de estos signos que llenan de significado la posibilidad de la busca, se le opone otro contrapunto en la vida cotidiana: el desencanto conyugal, la rutina provinciana, la ruina fisiológica de su esposa, el orden burgués, la esclavitud doméstica.

Pero el héroe pusilánime no puede emprender, sin más, una aventura que le produce pánico sólo de imaginarla («El azar..., lo imprevisto..., el pan dudoso, ¡qué miedo!»). Ni siquiera después de las primeras sonrisas de Serafina.

Los capítulos cuarto, quinto, sexto, y aún principio del séptimo, narran con toda parsimonia la difícil asunción por Bonifacio Reyes de la aventura amorosa con la más bella mujer de la ciudad, la más admirada y la más deseada, aquella que le hace sentir a la vez el impacto de su belleza sensual y la fascinación de una voz que hace aflorar ecos maternales, de hogar, de honestidad, recuerdos de infancia, y también de ansias inefables, sin nombre preciso.

Los principales obstáculos para esta asunción son la propia pusilanimidad de Bonis, que es incapaz de reaccionar como se espera de él cuando Serafina trata de forzar su declaración en el camerino, a base de «cloroformizarle con miradas eléctricas y emanaciones de su cuerpo, muy próximo», o que se desmaya tras su declaración en el paseo, aquella noche de luna, cuando Serafina le murmuraba «gritando con voz baja, apasionada: "¡Un baccio, un baccio!"».

Pero también la precariedad económica y la dependencia total del bolsillo de la Valcárcel. Sus angustias económicas, los préstamos de don Juan Nepomuceno, de don Benito el prestamista y, finalmente, la aportación casi milagrosa de don Diego desde la tumba, por mediación del cura rural[38], traducen la enorme desproporción entre el objetivo a alcanzar, el amor de la Gorgheggi, y las posibilidades materiales del señorito lugareño.

En ambos casos la superación de los obstáculos le vendrá más otorgada que conseguida. Es Serafina quien hace suyo a Bonis, y por unas razones de amor y de venganza hacia Mochi que Bonis ni siquiera podría sospechar. Y son don Juan Nepomuceno y el clérigo quienes resuelven su falta de recursos económicos, por vías que nada tienen que ver con la iniciativa del propio Bonis. Sea como sea lo cierto es que Bonis asume finalmente la aventura y se convierte en héroe de novela: no podrá escribirla, como siempre hubiera deseado, pero podrá vivirla.

Y vivir un amor clandestino, en aquella pequeña ciudad, con la mujer más notable de la misma, sin apenas recursos económicos y con la dependencia psicológica y material de su mujer, no podría resultar nada fácil.

La novela nos conduce al borde mismo de un conflicto inevitable: el del adulterio y sus consecuencias. Sin embargo el conflicto no se va a producir. En el genial capítulo octavo la novela quiebra todas las expectativas del lector, produce un salto argumental en el vacío, y rompe por primera vez con la cadena de causas y consecuencias que constituye a la novela realista. El adulterio, en lugar de conducir al conflicto conyugal, con el consiguiente peli-

---

[38] ¿Se anotó Galdós la escena para, años después, transformarla en *Misericordia* en la intervención del cura don Romualdo? En todo caso no deja de resultar irónico que los dineros con que don Diego tapaba sus infidelidades sirvan ahora para tapar las de su yerno. Montes Huidobro (1971) que lo observa, lo relaciona con el hecho de que «tanto Bonifacio como su suegro son flautistas» y de que «la flauta» pasa de uno a otro, con la aprobación de Emma y una turbia connotación sexual, para concluir finalmente: «En fin, hay una corriente sexual secreta que establece relaciones entre Reyes y su suegro» (pág. 153).

gro de ruptura, que hubiera dejado a Bonis en libertad de cumplir con un destino romántico, en otra novela, que el lector casi llega a tocar con los dedos, deriva hacia la recuperación del deseo erótico en Emma —tal vez por contagio, al vislumbrar el de su marido por otra mujer y desear apropiarse ese deseo, pero no sólo por esto, sino también por la propia «palingenesia» fisiológica de Emma. Y de la satisfacción de su erotismo, de las locas noches de una voluptuosidad tan exaltada como decrépita, no va a engendrarse la oposición entre ambas mujeres, cada una con su propia necesidad de Bonis, sino todo lo contrario: su ósmosis. Desde la primera noche de amor con Emma, después de muchos años de abstención erótica, «todo revelaba el estilo de la Gorgheggi» en la cama de la Valcárcel: «oyó a Emma interjecciones y vocativos del diccionario amoroso de su querida; y vio en ella especies de caricias serafinescas, todo ello era un contagio» (pág. 279).

El narrador, que había preparado el choque de los dos mundos, el de la pasión-la aventura-el arte-el romanticismo-lo novelesco, vivido con intensa adhesión por Bonis en la cena del café de la Oliva, con el de la rutina-el orden burgués-el matrimonio-la esclavitud, representado por Emma y el clan Valcárcel, da un quiebro, elude el conflicto y dispara la acción por derroteros inesperados: marido y mujer llegan a un compromiso tácito que preserva el estado de las cosas, y Emma recupera con el deseo sexual el deseo social y se reincorpora a la vida de relación de la que había estado muchos años ausente. El programa, trazado por el médico a la medida de sus deseos, es bien preciso: «mucho paseo, mucho ejercicio, distracción, diversiones, aire libre y mucha carne a la inglesa». El capítulo décimo, con la apoteosis de Emma en el teatro y el coqueteo con el barítono Minghetti cancela definitivamente el posible conflicto de adulterio y abre la novela a una nueva perspectiva: la de la «dolce vita» provinciana.

Hasta este mismo momento el material básico de la narración no han sido los hechos positivos, tan caros al naturalismo. Nos hemos movido fundamentalmente en un universo novelesco de sensaciones, deseos, ensueños, añoranzas, y entre conflictos de pérdida de la identidad, nostalgias de una vida más plena, atracciones por la vida del artista frente a la de burgués, etc. El escenario de la novela se ha trasladado desde el urbanismo —inexistente aquí— a la conciencia de los personajes. Y es aquí donde ocurre todo lo importante de la novela. Muy especialmente a partir de este momento, en que si la acción avanza es porque avanza en el espíritu de los personajes, sin que apenas ocurra nada.

Clarín aprendió en *Fortunata y Jacinta* el trasvase de valores entre las antagonistas, y si en Galdós la mujer-orden, la burguesa, el matrimonio, Jacinta, necesita a la mujer-naturaleza, el pueblo, la pasión, Fortunata, y ésta a su vez a aquélla, y el desenlace sólo puede producirse cuando una de las dos asume a la otra, a través de la cesión del hijo, en Clarín la esposa absorbe los valores de la amante mientras la amante se aburguesa, y ambas se contagian el erotismo. Pero esto no es síntesis de los valores antagónicos sino confusión de valores, y la «dolce vita» de alemanes, italianos, Reyes y Valcárceles, esposas y amantes, tíos y sobrinos y vecinos, en que esa confusión prolifera y se multiplica, acabará por despertar en Bonis al hombre de familia, y con él la necesidad del orden restablecido.

Es decir, la «dolce vita» produce unas transformaciones psicológicas inesperadas, que vuelven a romper las expectativas del lector: Serafina se aburguesa y tiende a ocupar el espacio conyugal; Emma se «bohemiza» y se desplaza hacia posiciones de amante; y Bonifacio Reyes reacciona con un profundo desencanto, con un sentimiento de corrupción y culpa. El intento de recuperar su identidad a través de la pasión romántica, de la mujer ideal (amante y madre, sensualidad y espiritualidad, belleza y música), del acercamiento a la desordenada vida de los artistas, de la aventura novelesca, del protagonismo asumido, que ha dado sentido a la acción de Bonis, viene a desembocar ahora en este desencanto, en estos remordimientos, en esta sensación de culpabilidad, en este fracaso en suma.

Y hay profundas razones para este fracaso: Serafina supone una posibilidad de emancipación vital para Bonis porque se corresponde con sus ensoñaciones, parece lo que él esperaba, viene a recuperar las posibilidades de un romanticismo infinitamente añorado. En suma, Bonis intenta escapar a su destino de mucamo conyugal a través de un programa romántico. Con el arrepentimiento de Bonis esta vía fracasa. Pero es que esta vía ha dejado, mientras tanto, de ser alternativa, como demostraron primero Bandera (1969), y después García Sarriá (1975): Serafina ha asumido comportamientos de Emma y Emma de Serafina, pero además ambas vienen a producirse con un mismo modo de amor, esencialmente sensual: el lecho las iguala, como iguala sus caricias[39]. Hay una escena de gran fuerza narrativa al final del capítulo décimo: Emma incita a Bonis al amor haciéndose pasar por Serafina, mientras convierte a Bonis en Minghetti:

> tú eres Minghetti y yo la Gorgoritos... Minghetti de mi alma, aquí tienes a tu reina de tu corazón, a tu reinecita; toma, toma, quiérele, mímala; Minghetti de mi vida, Bonis, Minghetti de mis entrañas...

Por una vez los espectadores (Emma y Bonis) se transforman en actores, (Serafina y Minghetti), y al hacerlo asumen su personalidad sin dejar de ser ellos mismos, como los verdaderos actores. En el mismo lecho conjuran a cuatro amantes, y en esta orgía ya no caben alternativas. El amor romántico y el conyugal son lo mismo. El Romanticismo es una gran farsa que apenas encubre las miserias cotidianas.

A mi modo de ver, sin embargo, lo que fracasa no es sólo el Romanticismo —con ser importante—, es todo aquello con lo que el Romanticismo va aparejado en la

---

[39] «Desde el momento en que Bonis en estos amores lascivos, en estas "noches de Walpurgis" usa los mismos términos que en sus amores "románticos", ambos amores quedan igualados por un mismo rasero (...) la destrucción de la pasión romántica de Bonis no podía ser más total (...) La lección naturalista de Emma, el fondo del amor es el impulso sexual que el Romanticismo enmascara, abre paso a la superación de la pasión romántica» (García Sarriá [1975], pág. 135).

conciencia de Bonis: vida aventurera, bohemia artística, novelerías, pasión amorosa... los signos de una alternativa que él siente ahora falsa, asocial y amoral a la vez, escapista, irresponsable, egoísta.

La identidad de Bonis habrá de encontrar otro programa de realización.

La crítica ha venido siendo unánime en la interpretación de que *Su único hijo* representa un ataque contra cierto Romanticismo. Sin embargo, no todo el mundo está de acuerdo con identificar ese Romanticismo. Con Baquero Goyanes (1952) se inició la tendencia a desplazar las acusaciones desde el Romanticismo como concepción del mundo al falso Romanticismo, epigonal, provinciano y decadente. El fracaso de la vía emprendida por Bonis sería, por tanto, no el del Romanticismo sino el del pseudo romanticismo. Por este camino siguió Küpper (1958) y otros críticos, como recuerda Gramberg (1962). Sin cuestionarse esta idea, la aceptan entre otros, Weber (1966), Lissorgues (1982) o L. Rivkin (1982). Esta posición ha recibido una reciente reformulación con G. Sobejano (1985), quien interpreta la evolución de Bonis como una «elevación desde un romanticismo blando y mimético [...] hacia un Romanticismo superior y salvífico», interpretación adecuada a su concepción de Clarín, y especialmente del último Clarín, como «romántico medular». En cambio, para C. Bandera (1969), y sobre todo para García Sarriá (1975), lo que Bonifacio Reyes rechaza es una vía romántica de realización, no pseudorromántica. A mi modo de ver el problema es de una gran transcendencia para la interpretación de la novela: me parece indudable que «las formas» evocadas en la novela son las de un romanticismo tardío y epigonal, y que las ideas manejadas por los nostálgicos de la tienda de Cascos, incluido Bonis, son ideas degradadas y vulgarizadas, como corresponde a la escasa altura intelectual y artística de quienes las manejan. Pero la novela no juega sólo con esta carta: junto a Romero Larrañaga y Heriberto García de Quevedo, están Zorrilla y García Gutiérrez, tan amados por Clarín, además del mundo de la ópera italiana romántica, que no puede ser despachado como «epigonal» o «provinciano» o «pseudo romántico», por mucho que sea de segunda fila la condición de quienes la cantan. La ópera supone toda una red de referencias que juega un papel estructural decisivo en la novela, además de abrirla a una multitud de posibilidades intertextuales. Y están las ideas musicales de Schopenhauer y de Wagner[40] y además la cultura romántica refinada de la burguesía alemana, nada epigonal tampoco. Por muy degradados moralmente que el autor nos presente a Körner y a su hija, no por eso dejan de haberse formado con Goethe y con Heine, ni de haber leído a Calderón, ni de conocer las ideas de los críticos germánicos sobre el teatro nacional español. Pero no se trata tan sólo de que el panorama cultural presente en la novela sea el del pleno Romanticismo, a través de tres culturas nacionales. Es mucho más que eso: lo que Bonis intenta, como vía de realización personal, es una pasión romántica nada «pseudo», con una heroína romántica «nada falsa», y movido por ideas y ensoñaciones plenamente románticas. El gesto vital de Bonifacio Reyes, cuando intenta rescatar su vida de opresión del orden burgués y de la tiranía de Emma, no es epigonal, ni pseudo, ni provinciano, ni decadente, es un gesto plenamente romántico y su fracaso —sean cuales sean las causas— supone que el Romanticismo como concepción del mundo fracasa, al menos para Bonifacio Reyes, y supongo que también para Clarín.

Pues es sospecha bastante extendida que en la lucha de Bonifacio Reyes estaba implicado el propio Clarín, como explican L. Rivkin (1982), C. Feal Deibe (1974) o Y. Lissorgues (1986), entre otros. Y mal podía convenirle a Clarín la necesidad de desembarazarse de un Romanticismo falso, degradado, epigonal y provinciano. Por último, sin este fracaso del programa de redención romántica no sería comprensible lo que tiene de alternativa el programa espiritualista, como explica García Sarriá (1975): «el Roman

---

[40] Sobre las ideas musicales de Clarín hacia 1890, y la influencia de Schopenhauer, véase L. Rivkin (1987). Sobre la conexión con Wagner: L. Bonet (1984).

ticismo quedó trascendido en la idea del hijo, idea que ha surgido de la destrucción de ese Romanticismo» (págs. 141-147). El Romanticismo es, en suma, la condición necesaria que, una vez cumplida, exige su propio sacrificio.

Con la crisis de la vía romántica acaba la primera fase de la «transmigración» de Bonis en busca de la identidad perdida. La vía romántica no sólo no le ha conducido a recuperar su identidad sino que lo ha enajenado aún más[41].

La espléndida escena de la Anunciación del Hijo, tan del gusto de Clarín, con su fusión de motivos sensuales y espirituales, religiosos y eróticos, sublimes y grotescos[42], sobreviene como la culminación de todo un periodo, el de «la dolce vita», pero a la vez como apertura de otro que enterrará —al menos en el ánimo de Bonis— el anterior. La Anunciación cambia el tercio de la novela. Recupera el principio mismo, aquella situación en la que un Bonis expropiado, con una infinita nostalgia y la tristeza de no tener un hijo[43], tocaba la flauta, y lo proyecta hacia el final, hacia la asunción de la idea del hijo y su proyección como misión de la voluntad, como sacerdocio del padre.

---

[41] Si la situación inicial del Bonis expropiado puede ser analizada en términos de enajenación, como hace Bandera (1969), ahora «viene la *gran pasión*. Entonces el narrador muestra que ésta le llena efectivamente la vida, pero enajenándole. La *gran pasión* no es auténtico amor, es tan sólo imitación de los falsos héroes de novelas románticas, y a lo más orgullo compensatorio para un hombre débil y frustrado» (Lissorgues [1986], pág. 206).

[42] Sobre la fusión de motivos espirituales y sensuales, y muy especialmente sobre la continua imbricación de lo erótico y lo religioso, llamó muy acertadamente la atención F. W. Weber (1966). Si en las relaciones de Bonis y Serafina «eroticism and filial love are fused and both are inseparably linked with nostalgia for the past», la escena culminante de la simbiosis erótico-religiosa es la de la Anunciación. La tesis final de Weber, sin embargo, nos parece poco asumible: la mezcla de lo erótico y lo religioso tiende a nivelar todos los valores, de manera que «all ideals have become somehow impossible»: se trata de exponer la futilidad de todo esfuerzo de escapar a la materia por medio del espíritu, dada la falta de espiritualidad del mundo moderno, y los tragicómicos resultados de la pugna establecida entre alma y cuerpo. La conclusión de *Su único hijo* mostraría, entonces, la destrucción tanto del ideal romántico como de la «religión del hogar».

[43] «La tristeza [de Bonis] consistía en el desencanto de no tener un hijo», se dice al principio mismo de la novela, en el cap. III, pág. 181.

Es un nuevo salto en el vacío de la lógica narrativa. Una nueva suspensión del encadenamiento de causas y efectos. ¿Quién había de esperar que Bonis saliera del fracaso de su pasión romántica por medio del anuncio que su «querida», transformada en arcángel, le hace de que va a ser la virgen-madre-padre de un hijo, que le va a dar su mujer estéril y vieja, nueva Sara de opereta, y todo ello mientras canta un «Ave María» en medio de la flor y nata de la sociedad indígena?

El cap. XIII es el de la asimilación de esta anunciación sorprendente y subversora, capaz de cambiar el sentido de la vida de Bonifacio Reyes. Mientras la «dolce vita» llega a su apogeo, Emma y Minghetti intiman, Marta va contrayendo sus valvas y encerrando a Nepomuceno dentro de la concha, y alemanes e italianos acaban de despilfarrar los restos del patrimonio Valcárcel, Bonis madura trago a trago su crisis: «todos eran felices, menos él... a ratos. No estaba satisfecho de los demás, ni de sí mismo, ni de nadie. Debía serse bueno, y nadie lo era». Ni siquiera él: «él era una mala persona». De manera que «aquello iba mal, muy mal», la casa entera «era un... *burdel*», en el que se mezclaban y comían juntas la esposa y la amante. Bonis revisa su actuación hasta el momento: «su pasión no era tan grande como había creído, y que, por consiguiente, no era legítima. Además... y ¡oh dolor!, el arte mismo tenía sus más y sus menos y allí no era arte todo lo que relucía. No, no, no había que engañarse más tiempo a sí mismo; aquello era un burdel, y él uno de tantos perdidos». De la toma de conciencia de la corrupción que ha introducido en su propia casa, pasa Bonis a la necesidad de cambiar, de «regenerarse». «Pensaba en algo así como un injerto de hombre nuevo en el ya gastado tronco.» La clave de esta regeneración es la idea del hijo: «¡Un hijo, un hijo de mi alma! Ese es el *avatar* que yo necesito. ¡Un ser que sea yo mismo, pero empezando de nuevo, fuera de mí, con sangre de mi sangre!» La exaltación, la alegría de la revelación por fin asumida es también la del reencuentro con las huellas de la identidad perdida: «la conciencia clara, evidente, de que en el fondo de todos sus errores, y dominándolos casi siempre, había estado latente pero real, vigoroso, aquel anhelo del hijo, aquel amor sin mezcla de concupiscencia[44]. En él lo más serio, lo más profundo, más que el amor al arte, más que el anhelo de la pasión por la pasión, siempre había sido el amor paternal... frustrado»[45].

Todo lo que hay de alternativa al Romanticismo se expresa en estos sentimientos, como en la idea obsesiva, a partir de ahora (véase el cap. XIV), de hacer sitio a la idea del hijo expulsando la de la pasión, pues ambas son incompatibles: «se fue *ella* y viene *él* (...) se fue la *pasión* y viene el *hijo*». A partir de este momento «le daba asco su casa con aquella chusma dentro». Pues «ya no creía en la pasión (...) ya no creía apenas en el ideal, en el arte». Se abre en él la necesidad de una nueva estrategia vital, acorde con el proyecto del hijo: «¿Por qué no aspirar a la perfección moral?» Un nuevo tipo de heroísmo, de santidad laica, lo que más

---

[44] El hijo, en efecto, debe ser concebido sin mezcla de sensualidad. Escribe Montes Huidobro (1971): «Como en muchas concepciones religiosas, la mujer lleva el gérmen del pecado y se acepta como madre sólo en la medida de un mal necesario.» De ahí que Bonis se apodera del papel de Virgen, para no tener que otorgarlo ni a Emma ni a Serafina, y se apropia también de la función espiritual de la madre: él será virgen, padre y madre: «voy a ser una especie de virgen madre... es decir: un padre... madre». Por eso, en plena Anunciación, él entiende que se tratará de «un hijo suyo y de la *voz*», esa nueva forma del Verbo. «Hijo concebido sin sexo de mujer», dice Huidobro, por lo que, añadimos, la mujer debe ser reducida a su mínima expresión: debe ser la legítima, para que no haya rastro de pasión y para que el hijo nazca dentro de la ley, y su papel debe ser puramente instrumental: «voy a tener un hijo, legítimo por supuesto, que aunque me lo paras tú, *materialmente*, va a ser *todo* cosa mía». Feal Deibe (1974) insiste en el origen católico de esta idea: «La concepción del matrimonio como remedio contra la sensualidad, y no como lugar donde la sensualidad se manifiesta, es en efecto característica del catolicismo (...) El hijo, y el tipo de vida familiar que su presencia introduce, serían el antídoto de la sexualidad violenta, de la pasión sin frenos que amenaza con destruirlo todo» (págs. 259-265).

[45] Escribía Baquero Goyanes en 1952: «He aquí el tema de la novela: la ausencia del hijo como tragedia esencial y causa de corrupción en la vida de Bonis» (1956, págs. 110-111). De hecho, la novela, simplificándola un tanto, podría ser interpretada desde este punto de vista: el del estado de corrupción original cuya causa no aflora hasta la Anunciación del Hijo. La venida del Hijo, como en el Evangelio, redime al Hombre de su estado de pecado original.

adelante bautizará como «sacerdocio de la paternidad». El objetivo es doble: la realización del proyecto del hijo, de un lado; la auto-regeneración y la plena recuperación de sí mismo del otro. Pero este proyecto, aparentemente doble, resulta profundamente unitario. Como escriben Little y Schraibman (1978), Bonifacio se engendra a sí mismo a través del hijo[46]. El sacerdocio de la paternidad lo es también de la yoicidad. Bonifacio se reconvierte en su proyecto, su ser deviene su querer ser y el hombre sin atributos del principio de la novela se transforma ahora en el hombre idea.

Viene a ser así la expresión del héroe hegeliano[47], cuya identidad consiste en su *idea,* esto es, en su pasión dominante. Pero mucho más que hegeliano, Bonifacio resulta vinculado, y con él toda la novela, a la filosofía de Schopenhauer. En efecto: la acción misma de la novela, llegados a este punto, es la mejor ilustración novelesca de la

---

[46] Feal Deibe (1974) expresa una idea muy parecida: «el hijo se le aparece a Bonis como un doble de sí mismo, otro yo (...) Al concebir al hijo como otro yo, pero empezando de nuevo, el hijo resulta (...) el representante del ideal de yo. Se trata, en el fondo, de una fantasía de omnipotencia (...) Bonis sería padre, madre e hijo, fundidos en un solo ser. Es obvio el paralelo existente aquí con la idea de la Trinidad cristiana (...) Bonis se asimila al Dios cristiano» (pág. 267).

[47] A. Vilanova (1984) ha explicado la influencia de la *Estética* de Hegel en la concepción del personaje de Clarín. Para Hegel el personaje ideal ha de estar marcado por una pasión dominante, que le proporcione un fin permanente, al cual se orientan todas sus resoluciones y todos sus actos. Escribe Clarín en su crítica de *El nudo gordiano,* de Sellés: «Dice Hegel en alguna parte de su *Estética,* que el tipo heroico es el carácter más artístico (...) y entiende por tal, no determinada especie de héroes, sino todos los que manifiestan en la vida individual toda la fuerza de una razón que basta para luchar contra todas las oposiciones que en el medio social, que contradice sus tendencias, pueden encontrar (...) Cada vez me parece más profunda esta afirmación» (*Solos,* 1881). Sin embargo, en *La Regenta,* Clarín modificó la concepción hegeliana del personaje desde una posición naturalista, para dar paso a los «caracteres indecisos». Con *Su único hijo,* añadiríamos nosotros a lo explicado por Vilanova, parece que Clarín verifica la evolución del «carácter indeciso» naturalista al «carácter heroico» hegeliano, sin salirse de Bonifacio Reyes, que viene a convertirse así en primo hermano de todos los héroes del Galdós espiritualista dominados por una sola «idea», una sola «pícara idea» o pasión dominante: Fortunata, Tristana, Federico Viera, Nazarín, Benina, etc.

doctrina del mundo como voluntad y como representación que conozco: a medida que el universo social de la novela hace más y más evidente su condición de representación, incluso teatral (R. Sánchez, 1974), Bonifacio deviene más y más voluntad.

El hijo será, a fin de cuentas, el producto de su voluntad. Una mujer prematuramente envejecida, amortizada sexualmente desde hacía muchos años, diagnosticada estéril, y que además no tiene el más mínimo deseo de procrear, acabará recuperando el deseo erótico y procreando, mientras que un hombre que ha sentido siempre la nostalgia de un hijo imposible, y que «cree» que se le anuncia que va a tenerlo, acaba deseándolo con tal fuerza que se hace realidad. No es un milagro, como el Narrador se encarga de dejar bien claro[48], pero como mínimo resulta admirable, casi prodigioso, o como quiere L. Rivkin (1982) «extranatural». Podría buscarse una explicación científica, pero la novela no lo hace. Prefiere presentarnos el nacimiento de la voluntad de Bonis antes de que exista conciencia de un hecho fisiológico real, y después presenciamos el desarrollo extraordinario de esta voluntad, hasta el punto de que la realidad se verá obligada a ratificarla. Pertenece al mismo orden de sucesos extraordinarios que la invención de don Romualdo por Benina, en *Misericordia,* el canónigo fingido como coartada y que acaba interviniendo realmente en la vida de los personajes y modificando su destino. Y es, en última instancia, un posible correlato simbólico de la creación artística[49].

Pero para que el hijo de la Voluntad no sea simplemente

---

[48] «No había milagros: en eso estaba. No estaría bien que los hubiera. El milagro y el verdadero Dios eran incompatibles. Pero... ¡había providencia! un plan del mundo, en armonía preestablecida (...) con las leyes naturales» (cap. XIV, pág. 438).

[49] «Entre todas las creaciones de Bonifacio Reyes, es ésta de la paternidad la culminante (...) Reyes ha sido fundamentalmente un artista y la paternidad de su único hijo es su gran creación», escribe Montes Huidobro (1971, página 190). La tesis de que el argumento de la novela, con el engendramiento por modo extranatural del hijo, es correlato simbólico del engendramiento de una nueva estética por Clarín, extranatural, simbiosis de poesía y de prosa, es defendida por L. Rivkin (1982).

el hijo del ensueño de ese «soñador soñoliento» del principio de la novela, Bonis tendrá que enfrentarse a toda una serie de obstáculos, que cierran el paso al proyecto del Hijo. Hay obstáculos puramente materiales, como el deseo de aborto de Emma. Otros, afectan al patrimonio mismo del Hijo: la ruina inminente. Otros son sociales, como el desprecio de la opinión pública hacia Bonis, o la extendida creencia de que el padre no es él sino Minghetti. Por último, hay obstáculos morales, como la corrupción de la vida misma de unos y otros, o psicológicos, como la propia incapacidad de Bonis para la acción. Incluso amorosos, como es la oferta de Serafina de reemprender sus relaciones, sometiéndose a él y resignándose a una vida tranquila de amante. A todos tendrá que hacer frente Bonifacio Reyes en nombre de su Hijo.

Y de los medios que pondrá en práctica para superar dichos obstáculos, muchos le conducirán al fracaso. Así sus intentos de comprender las finanzas familiares, de enfrentarse al planificado saqueo de Nepomuceno, de poner en orden la explotación de Cabruñana... o el pusilánime pulso a que se presta para hacerse respetar por Emma, por los Valcárcel, por los Körner, por la opinión pública, en suma. Es cierto que su ayuda psicológica a Emma y sus cuidados serán importantes para el éxito del parto, como lo es también su rechazo de la oferta de Serafina. Pero en general Bonis fracasa en aquella parte de su estrategia que supone acción social, intervención entre y frente a los otros, medidas prácticas, y si en el capítulo XIV se estimula a sí mismo con aquello de «en adelante, menos cavilaciones y más acción», en el XV «el infeliz Reyes continuó aplazando su resolución de *tomar el mando de la casa* y ser el *marido de su mujer* para después del parto», y en el XVI se ve obligado a confesarse: «la actividad era cosa terrible; era mucho más agradable pensar, imaginar...».

Y es en el terreno de la imaginación y del pensamiento donde Bonifacio Reyes obtiene su mejor triunfo. En el prodigioso rearme ideológico que el lector va a presenciar, una vez más inesperadamente, y que va a suponer la formulación de toda una filosofía de signo religioso: la de la familia. Se ha dicho y repetido hasta la saciedad que uno de los primeros efectos de la Anunciación del hijo es la recuperación del padre. Montes-Huidobro (1971) recuerda que es la voz de Serafina quien le anuncia su paternidad, pero justamente la voz de Serafina era «recuerdo de mi madre», porque su canto «me habla a mí de un hogar tranquilo, ordenado, que yo no tengo (...) de un regazo que perdí, de una niñez que se disipó». La voz maternal, a la vez que despierta en Bonis su sentimiento de padre, lo recupera como hijo: «el clamor de la madre que no está, pasado, desemboca en el clamor del padre que pugna por su presencia, futuro. El proceso está muy bien llevado por Alas (...) apetencias de hijo-apetencias de padre» (pág. 186). Evocando el significado de la Anunciación (cap. XIV), Bonis descubre que su sombra «se parecía a la de su padre, tal como la veía en los recuerdos lejanos». De la identificación con la sombra Bonis llegará a la identificación con la persona entera de don Pedro Reyes, procurador de la Audiencia, «un vencido, que tenía miedo a la terrible lucha de la existencia; era pusilánime (...) buscaba en el hogar un refugio, una isla de amor, por completo separada del resto del universo, con el que no tenía nada que ver». Bonis evoca entonces «la lucha que el padre debía de haber mantenido entre su desencanto, su miedo al mundo, su horror a las luchas de fuera y la necesidad de amparar a sus hijos, de armarlos contra la guerra, a que la vida, muerto él, los condenaba».

Y de la solidaridad con el padre, en cuyo drama de vencido se reconoce, Bonifacio salta a la solidaridad con toda su estirpe: «Bonis se tuvo lástima en nombre de todos los suyos. Sintió, con orgullo de raza, una voz de lucha, de resistencia, de apellido a apellido (...) Los Reyes se sublevaban en él contra *los Valcárcel.*»

Uno a uno van apareciendo los elementos de la religión de la familia: la recuperación emotiva de los padres, el enlace con los hijos, el orgullo y la solidaridad de estirpe, el desamparo frente a la agresión social, la necesidad del hogar como refugio... Falta dar el salto desde lo familiar a lo trascendente, y desde lo particular a lo universal: «¡la cadena de los padres y los hijos!... Cadena que, remontándose por sus eslabones hacia el pasado, sería toda amor, abnegación, la unidad sincera, real, caritativa, de la pobre raza humana», una cadena que la muerte rompe a cada generación, y que el olvido y la indiferencia disuelven. Pero que puede ser reconstruida, exige ser reconstruida frente a la más terrible de las amenazas de la condición humana: el desamparo cósmico, la soledad, la orfandad del hombre. «Él era el producto de la abnegación ajena, del sacrificio amoroso en indefinida serie. ¡Oh infinito consuelo! El origen debía ser también acto de amor.» El cap. XVI, con el solemne bautizo de Antonio Reyes en la iglesia proporciona las últimas claves de esta filosofía: el papel de la Iglesia y de las tradiciones espirituales de un pueblo (en este caso las católicas en el pueblo español), actuando como mediadores entre la familia y la Providencia, y proporcionando un trasfondo de religiosidad a esa ligadura humana de las generaciones. Si la Iglesia es a nivel universal lo que la madre a nivel familiar[50], Dios aparece como la manifestación última de la Voluntad, en una especie de cristianización de Schopenhauer, pues su existencia es necesaria para garantizar la Providencia, y ésta a su vez para velar por la cadena de las generaciones. Dios es la última y superior exigencia de la Voluntad humana. «Cuando usted tenga hijos... crea en Dios padre», dice el Doctor Glauben, protagonista de «Un grabado», al explicar como sistema filosófico lo que ahora está descubriendo intuitivamente Bonifacio Reyes como fe: «Creo en Dios Padre, en su Único Hijo...»

Pero antes de la escena de la iglesia, tan similar a otro final de novela, el de *Le sens de la vie,* de E. Rod (Oleza, 1989), y en el marco del rearme ideológico que supone la Religión de la Familia, se produce un acontecimiento fundamental: el del retorno a Raíces, el lugar donde tuvo su origen la estirpe de los Reyes. En este espléndido hallazgo novelesco que es la parodia del regreso de Ulises a Ítaca[51],

---

[50] Bonis «reconocía que la Iglesia en aquellos trances parecía efectivamente una madre...».

[51] «Se acordó de Ulises volviendo a Ítaca...» Véase una detallada compara-

y a medida que Bonifacio Reyes recuerda el episodio y los nombres de los personajes que intervienen en él, en la *Odisea,* Clarín aboceta la gesta del retorno a los orígenes. Bonifacio acude a encontrar las razones y los lugares ancestrales de su linaje, perdidos en el tiempo, en el mismo momento en que celebra su nueva identidad recuperada. No es sólo la búsqueda del tiempo perdido, pues Clarín no podía dejar de ser un hombre formado en el idealismo alemán y en el evolucionismo: es también la búsqueda del origen de la especie y del linaje. Y el reencuentro es doble: reencuentra a los Reyes, que «no debieron salir de aquí... no servían para el mundo», y se reencuentra a sí mismo: «¿Qué había sido su propia existencia? Un fiasco, una bancarrota, cosa inútil.»

Es cierto que el episodio tiene un cruel sentido paródico, que culmina el tan único como grotesco resultado del viaje: llevarse de la cuna de su estirpe «dos buenas vacas de leche de aspecto humano». La parodia es acorde con el descubrimiento del fracaso de su estirpe, que la historia ha disgregado, pues nadie espera ni reconoce a Reyes en Raíces como uno de los suyos; y por último con la constatación de que él es el último eslabón de una historia ya de por sí mediocre: «¡A esto vino a parar la raza!», dice Bonis, refiriéndose con desprecio a sí mismo.

Pero el viaje a Raíces tiene otra significación, que escapa al fracaso. Si Bonifacio no puede conectar con su estirpe ni restaurar la casa de los Reyes en Raíces, lo hará su hijo. En la Religión de la Familia los desenlaces pueden aplazarse durante generaciones. El hijo será lo que no ha sido Bonifacio Reyes: «Él será el poeta, el músico, el gran hombre, el genio... Yo, su padre.» Él será quien vuelva a entroncar con los Reyes, por eso: «¡adiós, Raíces, hasta la vuelta! Me voy con mi hijo; tal vez volvamos juntos».

Y si la novela ha comenzado contando la historia de la decadencia biológica e histórica de una familia, la de los Valcárcel[52], muy a la manera naturalista, ahora acaba

---

ción de la parodia homérica de Clarín con la *Odisea* y con el *Ulises* de J. Joyce, en S. Sieburth (1983).

[52] Véanse nuestras notas núm. 28 al cap. II, y núm. 13 al cap. I.

planteando la resurrección moral de otra, la de los Reyes, muy a la manera espiritualista. Frente a la historia «natural» y «social» de los Valcárcel, la «intrahistoria» de los Reyes.

El rearme ideológico de Bonifacio Reyes le permite justificar plenamente su identidad recuperada: «¡Raíces! ¡Su hijo! ¡La fe! Su fe de ahora era su hijo.» Y resistir desde ella el asalto final de la opinión pública. En una última escena que recuerda inevitablemente a la de *La Regenta,* y en la que el beso del sapo es sustituido por la picadura de la culebra, Serafina que esgrime —como el Magistral— su venganza personal al mismo tiempo que la condena social, le lanza a la cara lo que todo el mundo piensa. Sin embargo, no ocurre aquí lo que en *La Regenta:* el protagonista no cae aplastado por el peso de sus enemigos. Clarín ha aprendido del maestro Galdós en *La incógnita* y en *Realidad,* que tan magistralmente analizara, el descrédito de la opinión pública, la falta de verdad de la verdad social. Por eso el veneno de la picadura de la culebra en lugar de rematar al caído, como el beso del sapo, se disuelve sin efectos mortíferos. Bonifacio recita su Credo: «Mi hijo es mi hijo (...) tengo fe, tengo fe en mi hijo (...) Bonifacio Reyes cree firmemente que Antonio Reyes y Valcárcel es hijo suyo. Es su único hijo ¿lo entiendes? ¡Su único hijo!»

Es mucha la tinta que se ha volcado sobre si Bonifacio Reyes tiene razón o no, sobre si el hijo es suyo o de Minghetti. Clarín no se compromete nunca al respecto, y tantos indicios pueden encontrarse de que el padre es Minghetti como de que lo es Bonifacio Reyes. «Es muy probable que el irónico *Clarín hubiese respondido a la pregunta,* ¿es o no es *realmente* Bonifacio el padre de su hijo? con otra pregunta no menos importante: ¿Y usted, qué cree?» (Bandera, 1969, pág. 235)[53]. A mi modo de ver el mismo plantea-

---

[53] García Sarriá (1975) realiza un buen repaso crítico de la polémica, con las posiciones de Baquero Goyanes, E. J. Gramberg o F. W. Weber, partidarios de la paternidad de Minghetti, y con la de C. Bandera, partidario de la de Bonis. La posición de García Sarriá es cercana a la de Feal Deibe (1974) y a la nuestra: «Era necesario oponerse a la afirmación de que Bonis no era el pa-

miento de la pregunta obedece a un desenfoque y resulta improcedente, si se admite que la solución de Bonifacio Reyes es un acto de fe, como deja entrever el título mismo de la novela. Si lo que Bonifacio afirma es que cree en su hijo, y ese *credo* es su programa de realización vital, entonces no importa poco ni mucho de quién sea fisiológicamente el hijo. En su doctrina final Bonis se afirma como Voluntad frente a toda fisiología, y como espíritu frente a todo condicionamiento de la materia. La novela misma ha venido haciendo todo un inventario de las derrotas de la fisiología, la menos espectacular de las cuales no es precisamente el parto de la estéril, con su evocación de la historia bíblica de Abraham y de Sara, o con su recuerdo intertextual de San José y de la Anunciación.

Pero tampoco desde el «otro» punto de vista, desde la «opinión pública», importa poco si el hijo es de Bonis o de Minghetti, pues sea de quien sea, lo que se cree oficialmente es que es de Minghetti. En realidad se contraponen, en este final de novela, dos verdades radicalmente opuestas, la social y la personal, como se habían opuesto en *La incógnita* y en *Realidad,* y cada una es irreductible a la otra. Clarín ofrece las dos, se calla su opinión, desaparece tras las bambalinas de su escena, por primera y última vez en toda la novela, y las deja manifestarse la una contra la otra. Sería un error, sin embargo, considerar que el Clarín de 1891, como el Galdós de 1889, valoraba a las dos por igual.

Y es que en este final eminentemente cervantino, en el que un Bonifacio Reyes quijotesco afirma su verdad frente a una opinión pública que lo desprecia, radica otra de las claves del gesto ideológico de la novela. El Romanticismo de Bonifacio Reyes ha tratado de abrirse paso en un espacio esencialmente Naturalista, dominio de la materia: el de Emma, los Valcárcel, los Körner, Mochi, Minghetti, etc... El resultado de este conflicto entre ideal romántico y ma-

dre [como Bandera], pero es necesario, según nosotros, oponerse igualmente a la afirmación de que Bonis es el padre (...) es necesario, partir de la incertidumbre, para captar la intención de Clarín» (págs. 198-211).

teria naturalista no es el triunfo de ninguno de los dos, antes su fracaso parcial y el encuentro de una tercera vía: la espiritualista, a través del sacerdocio de la paternidad y de la religión de la familia. El argumento novelesco viene a encarnar así el debate ideológico del momento, y de las posibilidades de superación del mismo por medio de una nueva visión del mundo, que en Leopoldo Alas se anuncia aquí, pero que con el tiempo llegará a ser una nueva metafísica, una nueva ética y hasta casi una nueva estética.

2. *Uno contra todos*

Por muy individualizados que estén los personajes, y algunos realmente lo están, puede trazarse una frontera muy neta entre Bonifacio y todos los demás: a un lado nos encontramos comportamientos de conjunto, que nos recuerdan el mundo de *La Regenta,* aunque con líneas más gruesas, una nómina mucho menor, y sin detalles. Volvemos a encontrarnos con la envidia, sobre todo en las mujeres, y con la lujuria, ahora más masculina. La codicia es la gran novedad respecto a *La Regenta.* Pero sigue igual la falta de conciencia moral, por contraste con una moral pública en la que nadie cree pero que todo el mundo respeta. Al igual que en la novela anterior, los ciudadanos de esta anónima capital viven al margen del espíritu. Esto es lo que convierte a Bonifacio Reyes en un espécimen más estrafalario todavía, preso como se halla de su conciencia moral, tal vez la única de todo el universo novelesco.

En la negatividad general todos se utilizan a todos, se explotan o se engañan, como ha puntualizado C. Richmond (ed. 1979): Apenas podría trazarse otra distinción que el grado en que unos y otros son utilizados o utilizan. Es en este sentido en el que destaca «la diferencia» de Serafina, el personaje moralmente más matizado, a medio camino entre el serafín y la «diabla»[54], entre la madre y la ba-

---

[54] «Se entregaba a sus amantes con una desfachatez ardiente que, después, pronto, se transformaba en iniciativa de bacanal, es más, en un furor infernal

cante, pero sobre todo víctima por excelencia, pues hasta Bonifacio, una vez utilizada como pasión, como estímulo para el despertar de Emma, y como arcángel de la buena nueva[55], la abandonará sin remisión. Ese final patético de una Serafina aburguesada, que renuncia a un arte que ha perdido e implora una honorabilidad de segunda mano, mientras es acorralada sexualmente por la lujuria de quienes la quisieran carne de prostíbulo, expresa mejor que nada toda la larga caída del ángel del arte y la derrota final de la heroína romántica. A fin de cuentas entre la pervertida explotación de Mochi, esa historia sórdida de aventuras otorgadas de pueblo en pueblo, y esa pasión despertada en un señorito provinciano al que finalmente corresponde y por el que es abandonada, toda su biografía suma la historia bien triste de la belleza femenina exaltada, consumida y repudiada por una sociedad machista, incluido el Narrador. En el enfrentamiento final con Bonis, ella es «la culebra», según el Narrador, pero es mayor el daño que Bonis le causa a ella que el que ella le causa a él, y en la relación de poder establecida entre ambos, él es el más fuerte, y para ella no parece reservarse redención ninguna.

Serafina destaca para el lector su condición de objeto fabricado por el deseo de los demás. En una novela en la que el Narrador registra con fruición la conciencia y el comportamiento de sus criaturas, casi nunca accede al interior de Serafina, como si no le interesara, o como si le interesara mucho más contemplada desde la imagen y el deseo de los otros: de Bonis especialmente, pero también de Emma y de otros ciudadanos.

Caso especial es el de Minghetti, con quien H. R. Weiner (1976) comenta que

---

que inventaba delirios de fiebre, sueños de haschís, realizados entre las brumas caliginosas de las horribles horas de arrebato enfermizo, casi epiléptico» (pág. 256) «las últimas caricias de aquellas horas de transportes báquicos, las caricias que ella hacía soñolienta, parecían arrullos inocentes del cariño santo, suave, que une al que engendra con el engendrado. Entonces *la diabla* se convertía en la mujer de voz de *madre*» (pág. 257).

[55] «Serafina ha sido el sexo, la madre, lo divino (...) la voz de ella lo ha llevado por estos tres caminos», Montes Huidobro (1971, pág. 200).

> Clarín ha hecho una novela picaresca en miniatura; y el personaje se parece en muchos aspectos a los pillos que pueblan algunos de sus mejores cuentos, aunque en *Su único hijo* el niño travieso ha llegado a ser mayor de edad (pág. 435).

También él es utilizado, pero ha hecho todo un modo de vida de esa utilización, la ha girado en su beneficio, escaso beneficio a decir verdad, y en el panorama de perversión general él es el menos pervertido, pues no se esfuerza en respetar ni finge creer en la moral pública. Atraviesa la novela con un gesto de amoralidad casi simpático, a ojos del Narrador, que parece suspender ante él el ceño de austero moralista. Minghetti está en las antípodas de Mesía: es un don Juan espontáneo, apicarado y con una inocencia de limbo moral.

Nepomuceno es la mejor expresión del desencanto de intelectuales como Clarín o Galdós ante los valores burgueses. Representa el orden, la administración, el ahorro, la inversión, el espíritu de lucro... Contemplado desde la mirada del joven Galdós hubiese podido ser un personaje positivo, a la manera del padre de Pepe Rey. Desde el Clarín maduro resulta repugnante: su papel histórico, el de producir el trasvase —vía especulación y créditos— de la renta feudal al capital industrial, es traducido en términos de codicioso esquilmamiento de la fortuna de Emma en beneficio propio. Y eso que de no existir Nepomuceno, Emma se hubiese arruinado lo mismo, y ni siquiera es seguro que hubiese tardado más. El Narrador se recrea en su venganza y lo abandona como un viejo chocho entre las mañas de su seductora. Él, como Bonifacio Reyes, perderá también la iniciativa masculina, y en lugar de seducir será seducido.

Marta Körner es el personaje que faltaba en Vetusta, cuna de iletrados. Quiera o no quiera el Narrador se trata de una auténtica mujer de cultura, y contra lo que ha dicho alguna crítica poco meditada, ni presenta los síntomas de la histeria ni la mala literatura ha caracterizado sus lecturas. Bien al contrario, su formación parece exquisita: toca bien el piano, canta los *lieder* románticos, gusta de Liszt, prefiere la música de Beethoven a la de Mozart (a diferencia de su padre), entiende de planos, de industrias y de contabilidad, lee mucho, especialmente «libros y periódicos que su padre hacía traer de Alemania», conoce a Goethe en su biografía y en su obra, especialmente el *Fausto* y las canciones, es una entusiasta de *El genio del Cristianismo,* que mezcla «con el Romanticismo gótico de sus poetas y novelistas alemanes», ha leído la *Dramaturgia de Hamburgo* y el *Laocoonte* de Lessing, sabe de Heine y de la Joven Alemania, dudo que haya leído a un Nietzsche demasiado moderno para esos años[56], sabe apreciar a Rembrandt, y nos habla de la Capilla Sixtina, y de las maravillas de Florencia y de otras ciudades de Italia, «por donde había viajado con su padre». Pero es que también «leía muchos libros de literatura española antigua», entre ellos *El celoso extremeño,* de Cervantes, además de a Calderón y conocía las ideas de A. W. Schlegel sobre el teatro nacional español, y por si fuera poco mantenía una activa correspondencia con escritores y artistas. Es ella quien abastece de teoría a Emma, y especialmente de la de las almas superiores, por encima de la «moral corriente» y de los «vínculos sociales», y de la del «privilegio» de la «mujer hermosa, sentimental, poética y *dilettante»,* que no consiste en otra cosa que en otorgarse como «premio del artista», del «genio». Sin embargo, puesto todo en la balanza, ni siquiera corre peligro la virgini-

---

[56] Se ha venido dando por supuesta con demasiada ligereza la influencia de Nietzsche sobre Marta Körner, que difícilmente podría haber leído sus obras si la cronología de la acción es correcta y se sitúa en los años 60. Nietzsche comienza a publicar ya bien entrados los 70 *(Die Geburt der Tragödie aus dem Geiste der Musik,* es de 1872), no entra en su tercera época, la del concepto de superhombre y de la voluntad de poder, hasta los años 80. El *Also Sprach Zarathustra* comienza a publicarse en 1883 y *Zur Genealogie der Moral,* es de 1887. Cierto que Clarín conoció la obra de Nietzsche, como ha mostrado Sobejano (1976), pero me temo que también su lectura de *Zarathustra* sea posterior a *Su único hijo.* En todo caso las ideas de Marta me parecen mucho más cercanas al concepto de genio (nacido en buena medida en torno a Goethe) y a las ideas sobre los privilegios de la aristocracia del talento, que se formularon durante el Romanticismo por Carlyle, por ejemplo, o por Friedrich Schlegel, a quien Marta debió leer, tal vez en conexión con su hermano August, a quien sí leyó.

dad, pues prefiere aquello de dormir abrazada «sin cometer, lo que se llama cometer, adulterio (...) sin pecar sino
con el pensamiento». Muy poco potencial subversivo es
ése, si bien se considera. Y sin embargo Clarín acumula
contra ella un odio visceral, que llega a persuadir al lector
de que Marta era «la buena moza que envolvía aquel espíritu repugnante». Ya desde el primer retrato la agrede: «su
principal mérito eran sus carnes; pero ella buscaba ante
todo la gracia de la expresión y la profundidad y distinción
de las ideas y sentimientos». Cuando el Narrador se fija en
Marta es para cebarse en ella con acusaciones nunca com-
probadas: «Marta, virgen, era una bacante de pensamiento.» ¿Por qué? La caracteriza una «lascivia letrada» que le
proporciona «un criterio moral de una ductilidad corrompida, caprichosa, alambicada y, en el fondo, cínica». El
Narrador, incluso, se lanza a imaginar lo que podía ocurrir
en caso de que tuviera un amante, que no lo tiene, cualquiera que fuese:

> Un hombre, por estrechas que fuesen sus relaciones con la
> señorita Körner, jamás podría saber el fondo de su pensa-
> miento y de sus vicios (...) Marta podría acompañar al varón
> en los extravíos lúbricos a que él la arrojase, pero siempre le
> ocultaría otra clase de corrupciones morales, de depravación
> ideal que llevaba ella dentro de sí.

Aquí sí que se extravía el Narrador lucubrando sobre algo
que la novela no pondrá nunca a prueba. Y es que el Narrador de *Su único hijo* tiene algún oculto agravio hacia las
mujeres hermosas (Serafina y Marta), a diferencia del de
La Regenta. De hecho sólo dos razones de índole moral parecen alimentar esa desmesura satírica del Narrador: una
es su frivolidad religiosa[57], de lectora de Chateaubriand, a

---

[57] «Era católica, como su padre, y afectaba haber escogido la *manera* devota de las españolas como la fórmula que ella había soñado (...) Una nota nueva, sin embargo, tenía en su opinión su religiosidad, la nota *artística* que no
encontraba en la dama española. Marta, entusiasta de *El genio del cristianismo*,
lo entendía a su modo, lo mezclaba con el romanticismo gótico de sus poetas
y novelistas alemanes, y después, todo junto, lo barnizaba con los cien colori-

quien sin duda le hubiera encantado confesarse con el Magistral de Vetusta, y la otra es el pragmatismo con que teoriza y pone en práctica el derecho a utilizar su belleza para hacer fortuna:

> porque era necesario ser rica; no por nada, sino por satisfacer las necesidades estéticas, que cuestan caras, toda vez que en la estética entraría el *confort,* los muebles de lujo, de arte, el palco en la ópera, si la hay, etc. Su ideal era casarse con un hombre ordinario muy rico, y proteger con el dinero de aquel *ser vulgar* a los grandes artistas, reservándose su amor para uno o más de éstos

aunque fuera tan platónico como el de la segunda versión de *El celoso extremeño.*

En el esteticismo y en la sensualidad de Marta se han visto rasgos de decadentismo[58]. No lo veo tan claro: ni sus lecturas ni sus gustos estéticos son los decadentistas, ni tan sólo los pre-rafaelistas, con los que comparte apenas el goticismo; ni se da en ella ningún rechazo frontal de la moral burguesa, antes bien un hipócrita y bien cultivado respeto; ni su perversión moral pasa del estadio teórico; ni su sensualidad la lleva hacia la belleza medúsea o el tipo de la mujer fatal; ni padece el más mínimo sufrimiento por el cansancio cultural o por sentirse envuelta en la angustia de la decadencia civilizatoria; ni tampoco la acucia el deseo de apartamiento social o de experiencias inusitadas y exóticas; ni tampoco rinde el menor culto al artificio por el

---

nes de sus aficiones a las artes decorativas y de prurito pictórico» (pág. 370). Es una vieja obsesión clariniana, la de esta religiosidad de *boudoir,* como ya mostré en otro lugar (Oleza, 1986, págs. 171-173), al localizar unos artículos de 1876, titulados «La oratoria sagrada» y publicados en *El Solfeo,* en los que se anticipaba al tipo de «canónigo guapo» y buen orador, y a las damas de su cofradía: «damas nerviosas, de corazón sensible, entusiástico y propensas a las cavilaciones y encrucijadas de los sentimientos alambicados». El presbítero, que «debe ser guapetón, fornido coloradote», manejará una bibliografía a base de obras como *El genio del cristianismo,* «obras donde la religión se hace entrar por los ojos y por los oídos» y describirá «un cielo a medida del deseo femenino que le escucha. Cielo de ruidos y de colores, músicas y responsos, tramoya y encantamiento, malicia espiritual y voluptuosidad suprasensible».

[58] Así, Valis (1981), o Lissorgues (1986).

artificio. Más bien creo que, si el narrador dejara de fustigarla con esa ferocidad insólita, probablemente el lector vería en ella el prototipo de una burguesía europea sofisticada y frívola, tan elitista como conservadora, y cuyas exhibiciones esteticistas y culturalistas constituyen el reclamo de calidad de una moral profundamente pragmática; de esa burguesía que nació bajo el signo del Romanticismo y que supo acomodarlo al utilitarismo de los nuevos tiempos.

Si Serafina es la incógnita apenas desvelada desde las miradas ajenas, y Marta es en gran medida la máscara que el Narrador le coloca, Emma es el personaje más original y más sorprendente de la novela, uno de esos personajes que pasan al patrimonio de toda una novelística. Es, sin duda, el principal argumento de quienes atribuyen a Clarín una visión decadentista[59], y que la presentan como el prototipo de la Mujer Fatal, que según M. Praz (1948) viene a susti-

---

[59] Es el caso de Valis (1981). Para una crítica de esta posición, *vid.* Lissorgues (1986), págs. 196 y ss. Por mi parte, creo que son evidentes el pesimismo de Clarín ante la realidad española, o su interés por escritores como Baudelaire, Verlaine o Barbey d'Aurevilly; o ciertos aspectos de su sensibilidad artística, como la capacidad para captar la presencia del mal, incluso sus connotaciones diabólicas; o ese puritanismo moral que se siente fascinado a la vez que repelido por el erotismo, y que al hacerlo aflorar lo hace con todo un poso de turbiedades, oblicuo y alambicado; o cierto gusto muy romántico por la teatralización de la vida, de la religión y del arte, que en el fin de siglo se recubre además musicalmente... Todos estos y algunos otros elementos hacen detectar la posibilidad de sintonía del artista Clarín con ciertos temas y formas del movimiento decadentista, aunque también del simbolista y, en general, de lo que se ha llamado modernismo internacional. Pero todos estos elementos no bastan para conformar una visión del mundo, ni tampoco una novela. Ni siquiera si les añadimos los arquetipos younguianos, que al ser universales teóricos sirven para un roto y para un descosido, y podrían encontrarse detrás no sólo de infinitas obras literarias sino también de infinitos comportamientos, desde su condición de esquemas genéricos, de manera que resultan más útiles para captar lo que obras de épocas y corrientes muy distintas tienen en común que para definir el estatuto particular de una obra o de un movimiento. Tan Bacante y Madre Buena es Fortunata como Serafina, y líbreme Dios de considerar a Fortunata como una dama decadentista. No hay desenlace más anti-decadentista que el de la regeneración por la paternidad, por otra parte, y la concepción del mundo decadentista es radicalmente antagónica de la espiritualista, como lo eran la estética y la novelística. El

tuir en el Decadentismo al héroe diabólico y byroniano del Romanticismo. Su característica más acusada, de entrada, es su condición antinatural, a contrapelo, en los roles que desempeña: de esposa (con comportamientos de marido y de concubina), o de madre (con impulsos abortivos):

> Este afán de separarse de la corriente, de romper toda regla, de desafiar murmuraciones y vencer imposibles y provocar escándalos, no era en ella alarde frío, pedantesca vanidad de mujer extraviada por lecturas disparatadas; era espontánea perversión del espíritu, prurito de enferma.

Clarín atribuye esta perversión a la enfermedad, no cabe duda, al menos en un principio.

Como histérica Emma es más la heredera del Naturalismo[60] que no una representante diferenciada del Decadentismo, y tenía una ilustre gama de antecedentes, entre ellos el de Ana Ozores. N. Valis (1981) ha comparado los casos de ambas y subrayado la justificación que el Narrador hace de la histeria de Ana, remontándose a su infancia y analizándola en sus múltiples causas y circunstancias. Nada parecido ocurre con Emma, pues el Narrador no hace ni un solo intento de buscar en el pasado las claves de su condición de enferma. Otras diferencias importantes son la teatralidad de la histeria de Emma, que hace de su enfermedad un espectáculo público, y la falta de problematicidad interior —tan característica de Ana— en un personaje que es totalmente ateo y materialista, y cuya mayor preo-

---

pensamiento filosófico del Clarín de estos años es netamente espiritualista, con nombres y apellidos (Renouvier, Boutroux, Guyau, Bergson, Spir, Lotze...), como lo es su estética, rabiosamente anti-modernista (sus críticas a la «gente nueva» expresan toda una ruptura moral y estética, no un simple desacuerdo), y desde luego su novela no iba camino de encontrarse con *Femeninas, Jardín Umbrío* o la *Sonata de Otoño,* sino con Dostoyevski, Proust o Unamuno. Por todo ello creo que es mucho más acertado hablar, como hacía Ventura Agúdiez, de la «sensibilidad» decadentista, al menos parcialmente, de Alas, que de una visión del mundo heredera de Barbey d'Aurevilly, y prima hermana de la de D'Annunzio, Oscar Wilde o Huysmans.

[60] «El histérico personaje de Emma [es] un perfecto ejemplo de la manera zolesca», dice E. J. Gramberg (1962).

cupación es la de buscar nuevas sensaciones con las que ofrecerse deleite (pág. 141). También Lissorgues (1982), insiste en la inmotivación y la falta de análisis de la histeria de Emma (pág. 53), y recuerda cómo Clarín estudió documentalmente la enfermedad en obras de Wundt, Binet o C. Bernard, y cómo conocía los síntomas y los mecanismos psíquicos de la histeria. En mi segunda edición de *La Regenta* mostré hasta qué punto los conocimientos de Clarín sobre la histeria se sitúan en el panorama cambiante de una histeria de base fisiológica (Charcot) a una histeria puramente psíquica (Janet, Freud)[61]. Pero Clarín no conocía la histeria tan sólo documentalmente: la padeció en los propios nervios, con unos síntomas muy similares a los de Ana, como se ha podido comprobar en estas mismas páginas. Y sin embargo, la diferencia de Emma respecto a Ana y al propio Leopoldo Alas es evidente: se tiende a difuminar toda la sintomatología física de la enfermedad, a descontextualizarla y deshistorizarla, ofreciéndola como una realidad inmotivada. Se presenta más como una estrategia consciente, e incluso disfrutada, que como padecido conjunto de síntomas angustiosos o dolorosos. Ana es víctima de su histeria, Emma, por el contrario, la señorea. En Ana la histeria es, sobre todo, una enfermedad. En Emma, un arma. Cuando conozca a Marta ésta no hará sino suministrarle la teoría que le faltaba: una coartada para la perversión o para el autodeleite morboso...

Y en la extremada sensualidad de Emma, que vive encerrada en su alcoba durante casi toda la novela, abasteciéndose con sus propias percepciones —y especialmente las de los sentidos más «materiales»: el gusto, el olfato, el tacto— y entregando su cuerpo a la sórdida manipulación de ungüentos, potingues y masajes, así como en el carácter mórbido, enfermizo, «extraviado», de esa sensualidad, que se deleita en sensaciones muchas veces desagradables para el común de los mortales, radica buena parte de la sensibilidad decadente de Emma. Más que nunca Clarín proyec-

---

[61] Vol. II, cap. XIX, n. 11, cap. XXVII, ns. 10, 11 y 43 y sobre todo XXX n. 1.

ta su análisis narrativo no sólo sobre la conciencia del personaje, a la manera espiritualista, sino que desflora zonas subconscientes de la psique y hace emerger los turbios pozos de la personalidad.

Es cierto que, como piensa Lissorgues (1986), para ser un personaje decadentista, y no meramente decadente, le haría falta a Emma la conciencia de su propia perversión como un placer añadido, fomentado, y culturizado. La perversión del héroe decadentista es una obra de arte medida con minuciosidad por un artista-crítico, que no se concede ni un instante de descuido. Sin embargo, en Emma el placer es directo, inmediato, casi animal, y la perversión un comportamiento mucho más impulsivo que calculado. En su condición de mujer perversa reside una de las más significativas ambigüedades de la novela, pues si Emma es la representación del mal, y ese mal ha sido diagnosticado al principio de la novela como enfermedad, pierde después su carácter clínico y llega a convertirse en un mal metafísico y diabólico, al menos en apariencia (Lissorgues, 1986, pág. 203).

Algunos de los epítetos que le dirige su marido subrayan esa condición maligna: Emma es una Furia, una Euménide, una bruja, la musa de la tragedia (Melpomene), y comparte con él auténticas noches de Walpurgis. En ello se basa N. Valis (1981) para asignar el personaje de Emma a la variante decadentista de Mujer Fatal de un Arquetipo de la Negatividad Femenina, así como lo hace en sus tendencias abortivas para identificarla con el arquetipo younguiano de la Madre Terrible. A mi modo de ver es Emma el personaje que menos mal se aviene al análisis como arquetipo, y aún así no conviene exagerar las cosas: en la atribución a Emma de una condición fatal, de un cierto diabolismo, y de la conducta de Madre Terrible, se olvida que Emma tiene dimensiones de caricatura. Comparada con Salomé, la mujer fatal por excelencia de los decadentistas, es un angelito. Ni destruye moralmente a nadie, ni es causa de ninguna muerte o gran tragedia. Su diabolismo es de andar por casa, muchas veces tiene un marcadísimo contenido infantil, y no trasciende nunca los límites de la más estricta vulgaridad: «Emma como la mayor parte de las criaturas del siglo, no tenía valor intelectual ni voluntad más que para los intereses inmediatos y mezquinos de la prosa ordinaria de la vida.» El Narrador la cita como «la enfermucha mujer» y utiliza con ella toda clase de apelativos despreciativos y nada temibles. En último extremo sería más adecuado decir que hace la puñeta al prójimo que no que lo destruye, y si se relaciona con el demonio es como «corneta de órdenes» más que como otra cosa.

Su malignidad tiene un aspecto interesante en el vampirismo, sugerido por el Narrador:

> Emma entonces olfateó muy de cerca sobre el cuello de Reyes, y éste llegó a creer que ya no le olía con la nariz, sino con los dientes ¡Temió una traición de aquella gata; temió, así Dios le salvase, un tremendo mordisco sobre la yugular, una sangría suelta... (cap. VIII).

Lo analizó Bandera en su trabajo de 1969: «Sintiendo la infidelidad de Bonis, recreándose malévolamente en ella, comprendiéndola perfectamente, Emma se apropia de la "gran pasión" de su marido», hace suyo el deseo de Bonis, captado a través de los polvos de arroz, y lo reproduce como propio en su relación con Minghetti. «En ella, cualquier deseo de este tipo ha de alimentarse del deseo de otro» (págs. 229-232).

Emma no ama realmente a nadie: su incapacidad de amor se traduce simbólicamente en esa esterilidad que en ella es militante, casi un programa, aunque tenga una más que sospechosa justificación médica, y explica el rechazo del embarazo y del hijo, al que elimina inconscientemente en su sueño y al que si finalmente acepta es por amor a sí misma, y exclusivamente a sí misma, o dicho de otra manera, por el miedo a los peligros de un aborto. Y se expresa asimismo en su enamoramiento de un antepasado, o mejor, de su retrato, del pedazo muerto de lienzo. Su egoísmo es profundo e innegociable, y está en la base de su despotismo, de su necesidad de afirmarse sobre los machos de su familia[62], aunque no sobre las mujeres, Marta y Serafina, a quienes admirará, e imitará. Es curiosa esta diferencia de comportamiento respecto a los sexos. Marta le va a suministrar la ideología de la que carece, aunque en compensación pretenda pervertirla y vengarse así de Nepomuceno, y Serafina va a producirle una fascinación turbia, muy parecida a la que siente Obdulia por Ana Ozores, y que ha permitido hablar del lesbianismo en potencia de ambas: «Serafina la había deslumbrado. Algunas veces había pensado que había ciertas mujeres, pocas, que tenían un no sé qué, merced al cual ella sentía así como una disparatada envidia de los hombres que podían enamorarse de ellas.» Emma siente ante Serafina, «mucho más alta», una especie de «protección varonil», se recrea en «aquellas sonrisas, aquellas miradas, aquellas palabras» que Serafina le dedica en exclusiva, e imagina «que la Gorgheggi fuera un gran capitán, un caudillo de *amazonas* de la moral, de mujeres de rompe y rasga; y ella iría a su lado como corneta de órdenes, como abanderado, fiel a sus insignias».

Es Bonifacio el centro del sistema radial de referencias entre los personajes que constituye la novela, y por tanto los personajes definen su contenido semántico en la medida en que lo refieren a Bonifacio, ya sea individualmente (Emma, Serafina, Nepomuceno...), ya sea colegiadamente (los artistas, los alemanes, los Valcárcel...). Muy probablemente sería difícil de explicar el rencor del Narrador a un

---

[62] La inversión de papeles en la pareja, con una Emma amazónica y un Bonifacio débil y sumiso, ha dado pie a muchos comentarios críticos. Así para R. Sánchez (1974, pág. 204) «Bonis, aunque varonil (...), posee una sensibilidad que llamaríamos femenina» y N. Valis (1981) asegura que esa inversión de papeles constituye «the particular decadent typology (strong woman-weak male)» (pág. 183), y que Bonis y Emma «in their most basic oppositeness they embody the *fin de siècle*, modern, decadent couple in which traditional rols have been reversed» (pág. 167), y apoyándose además en el sentimiento de padre-madre que Bonis experimenta en la Anunciación llega a hablar de él como «a curious variant of the androgyne» del *fin de siècle* (pág. 173). Con las mismas razones se podría hablar de una pareja típicamente decadentista en el caso de Bringas y doña Rosalía Pipaón de la Barca (*La de Bringas*), en el de Diana y Teodoro de *El perro del hortelano*, de Lope de Vega, o en el de las *Serranas* del Arcipreste de Hita.

personaje como Marta Körner, que tiene poca relación con Bonis, si no fuera porque en Marta está el negativo de Bonis: cultura sofisticada frente a cultura de oídas, ambición de poder frente a humildad, utilitarismo frente a idealismo, esteticismo como coartada frente a aspiraciones artísticas desinteresadas, erotismo como mercancía frente a pasión romántica, etc. Casi todo lo que sabemos de Serafina o de Nepomuceno, es a través de Bonis, y también mucho de lo que percibimos de Emma. Y es que el Narrador, todavía omnisciente, muestra en esta novela una clara tendencia a focalizarse, a identificarse con el punto de vista (no con las ideas o los sentimientos) de un solo personaje, el de Bonifacio Reyes, y a organizar desde él el conjunto de miradas y de voces de la novela. Es lo que el Clarín crítico llamó «perspectiva latente», y lo que Henry James iba a institucionalizar en la novela anglosajona: el comienzo de la relativización del punto de vista narratorial.

El primer rasgo semántico de Bonis lo anuncia el Narrador a las primeras de cambio: «No servía para ninguna clase de trabajo serio y constante», «era un soñador soñoliento». La incapacidad para la acción y para resolver los problemas prácticos de la vida le sitúan en la órbita de los descendientes de Oblomov, y como antecedente inmediato de los héroes abúlicos del 98, los Osorio, Antonio Azorín, etc. Y no se trata de que su incapacidad para la acción proceda de su problematicidad interior, de su alma dividida, como asegura Bandera (1969, pág. 215), diferenciándolo de Antonio Azorín o del barojiano Andrés Hurtado. Cuando al final de la novela Bonifacio Reyes haya dejado de ser un alma dividida, y todas sus potencias se cohesionen en torno al proyecto del hijo, continuará incapacitado para la acción: «la actividad era cosa terrible; era mucho más agradable pensar, imaginar...». La abulia de Bonifacio Reyes obedece a un desajuste de su relación con la realidad, y a la consiguiente incapacidad para adaptarse a ella. En Bonifacio Reyes no hay, a mi modo de ver, nada decadente, y menos de arquetípico: es un caso bien singular, y muy rico, de lo que se suele llamar —desde Goldmann— un individuo problemático, esto es, un individuo cuyos valores y deseos no encuentran cabida en el sistema social de valores y de deseos, pero cuya busca de realización personal, frente a la realidad, es contaminada por la mediación misma de la realidad. En este sentido está mucho más cerca del modelo sentimental romántico (Werther, Macías...) que del modelo de abúlico enfermizo, saturado de cultura e incapaz de comunicarse espontáneamente y sin artificio con la realidad (Des Esseintes). «Magia de lo imaginativo», es el título del famoso ensayo donde Jean Paul describe la esencia de la sensibilidad romántica. ¿Por qué —se pregunta Jean Paul— todo lo que sólo vive en la aspiración *(Sehnsucht)* y en los recuerdos, todo lo lejano, difunto, desconocido, posee ese mágico encanto de la trasfiguración? Porque en la representación interior —dice la respuesta— todas las cosas pierden sus límites precisos y es propia de la imaginación la virtud mágica de hacerlo todo infinito (...). Romántico se asocia así con otro grupo de conceptos, tales como *mágico, sugestivo, nostálgico,* y sobre todo con palabras que expresan estos estados de ánimo inefables, como la palabra alemana *Sehnsucht* y otras de origen germánico (M. Praz, 1948, pág. 31). Esta sintomatología conviene plenamente a Bonifacio Reyes, y no debe olvidarse que Clarín era un gran lector de Jean Paul Richter, que *Sehnsucht* es la palabra clave en el lenguaje de Marta Körner, y que éste es el momento en que Clarín aparece más influido por Carlyle, Schopenhauer y por una cultura pangermanista de lo inefable, como ha mostrado M. Z. Hafter (1980) respecto a *Cuesta abajo*[63].

Pero Bonis no es unilateralmente romántico. Junto a

_____

[63] Como dato complementario, pero creo que de honda significación, podría aportarse la prefiguración del protagonista y de la situación de *Su único hijo,* que un Clarín muy joven expuso en su primera carta a Pepe Quevedo. Allí, al describir el Romanticismo como una moda ya pasada, desplazada por el materialismo de la sociedad burguesa, explica que «aquí y allí» sobrevive «un alma que obra descontenta de lo que mira en torno, busca superiores modelos, quiere hacer vida más digna, y vuelve atrás sus ojos para ver si en el pasado hay algo de lo que busca». Clarín esboza de pasada la tipología de este héroe problemático, heredero del Romanticismo, en pleno triunfo de la sociedad positiva, y el recuerdo de Bonifacio Reyes resulta inevitable (Posada, 1946, pág. 137, extractaba la carta).

sus pulsiones románticas, y no menos poderosas, coexisten las pulsiones del burgués y del hombre de familia. Ese fue el destino, a la larga, del Romanticismo: acabar por cohesionar el individualismo exaltado e idealista con los intereses burgueses. Martínez de la Rosa o el Duque de Rivas señalaron el camino. Y Bonis se presenta al lector con el alma dividida entre la flauta y las babuchas. Escribía Baquero Goyanes en 1952:

> Precisamente toda la novela va a caracterizarse por esa humorística —y a la vez, dramática— oscilación entre espíritu y materia, entre los sueños románticos y los hábitos burgueses (pág. 62).

Toda la novela, no, pues Bonis encontrará salida a esta contradicción, pero esta contradicción es indiscutiblemente la de partida[64].

Como individuo problemático Bonis se define por la pérdida de su pasado y de su identidad, expropiado como ha sido por Emma y los Valcárcel. Pues Bonis fue alguien en algún momento. Escribe Lissorgues (1986, pág. 207): «En su caminar doloroso en busca de sí mismo, Bonifacio conserva siempre la memoria de una plenitud afectiva pasada», que evoca al encontrarse con la que fue la casa de su niñez, ahora derruida, y «al amor de cuya lumbre su madre le había dormido con maravillosos cuentos». En el vacío de su presente de adulto, lo más auténtico son los recuerdos de la infancia y, en última instancia, lo que busca Bonifacio más allá de la música de la flauta, más allá del canto de Serafina y de los arrebatos de la pasión, en una plenitud parecida a la del paraíso perdido de la niñez.

De ahí que su presente sea un presente enajenado, en el que Bonis sobrevive «desposeído de su propia realidad y convertido en un puro ente de ficción, en algo sin más realidad que la que quieran atribuirle» Emma y los suyos: «el

---

[64] En torno a la escisión interior de Bonifacio Reyes *vid.* F. Proaño (1973) y (1974).

auténtico héroe es ya sólo una sombra (...) el recuerdo de una realidad frustrada» (Bandera, 1969, pág. 226).

Buena parte de la actividad de este héroe alienado, espiritual y abúlico, se concentra, paradójicamente, en su capacidad amatoria y en un erotismo nada inhibido. Todo señala a que en el lecho este hombre desarrolla plenamente su iniciativa. Y sin embargo también sus necesidades eróticas están relacionadas con su alienación. Como ha mostrado Montes Huidobro (1971) la relación con Serafina está marcada, desde el principio, por su connotación maternal, que no reside tan sólo en su voz, al cantar, sino también en su trato y en sus caricias: de esta manera Serafina «lleva a Bonifacio hacia atrás, hacia los orígenes mismos del ser y del amor, ansiedad erótica y de amor materno (...). Clarín percibe el latido del sexo como latido de orígen» (págs. 157, 158). La atracción por Serafina tiene así su fuente más profunda en el déficit de madre, en la orfandad de Bonifacio:

> Mi Serafina, mi mujer según el espíritu, recuerdo de mi madre según la voz; porque tu canto, sin decir nada de eso, me habla a mí de un hogar tranquilo, ordenado, que yo no tengo, de una cuna que yo no tengo, a cuyos pies no velo, de un regazo que perdí, de una niñez que se disipó.

De ahí que toda ruptura futura de esa alienación haya de implicar, necesariamente, la superación de esa orfandad y la recuperación del paraíso perdido, cosas ambas que se darán plenamente en la religión de la familia del Bonis padre a la vez que hijo. Por ello, cuando en el cap. XIV Bonis hace la primera formulación de esta filosofía («¡la cadena de los padres y los hijos!»), reenlaza de golpe con su infancia desde el panorama —unificado ahora— de su vida:

> le temblaban las piernas, y los recuerdos de la infancia se amontonaban en su cerebro, y adquirían una fuerza plástica, un vigor de líneas que tocaban en la alucinación; se sentía desfallecer, y como disuelto, en una especie de plano *geológico* de toda su existencia, tenía la contemplación simultánea de varias épocas de su primera vida; se veía en los brazos de su

padre, en los de su madre, renovaba paladar, *sabores* que había gustado en su niñez; renovaba olores que le habían impresionado, como una poesía, en la edad más remota...

Y es que de la situación inicial a la final Bonis realiza una densa y larga evolución, que ha señalado la crítica casi unánimemente. Lissorgues (1982) habla de «cette traversée du désert, jusqu' à la certitude finale», travesía llena de espejismos (la música, el arte, el sueño romántico, la pasión amorosa) que le conducen en direcciones erróneas (pág. 57). Montes Huidobro (1971) dice que «el personaje se somete a sí mismo y a su único hijo al juego preferido de las metamorfosis», y habla de la «transmigración teatral de los caracteres», o de un «avatar» constante que culmina en la «metempsicosis» final del hijo (pág. 203). Bandera (1969) alude a un *itinerarium mentis* que, a diferencia del tradicional, en que la meta, *ad Deum,* está clara desde el principio, aquí se recorre a ciegas, frustración tras frustración (pág. 236). R. Sánchez (1974) explica que Bonis, a diferencia de los personajes de *La Regenta,* no encuentra su papel teatral, «imaginándose ya en esta figura, ya en aquélla» (pág. 204). N. Valis (1981) alude a la trayectoria de Bonis, como a una arquetípica «Quest of Self» (pág. 138). Y por otra parte, y utilizando los símbolos mismos del texto, García Sarriá (1975) resume toda la peregrinación de Bonis en tres etapas: la del «inofensivo flautista», la del «turcazo voluptuoso», y la del hijo (págs. 132 y 172).

Una de las consecuencias con mayor capacidad de modelización del hallazgo de Bonis, de su recuperación de identidad a través de la filosofía de la familia y de la idea del hijo, es la de la elaboración de un modelo de héroe y de un modelo de conducta. Es el momento en que Clarín lee a Carlyle, y frente a su concepción del héroe grandioso, «lee» Clarín la posibilidad de combinar el principio de «selección» con el de «democracia», dando nacimiento al héroe común o demócrata. M. Z. Hafter (1980) cree que en esta «lectura» se combinan el recuerdo de Renan y la herencia krausista, y enuncia los valores morales de este héroe demócrata: «Sincerity, simplicity, integrity, perceptivity, good will» (pág. 329). Pero es también el momento en que Clarín relee la *Leyenda dorada* de Voragine, y en ella encuentra los argumentos y los ejemplos para traducir ese héroe demócrata en términos cristianos: «San Francisco es el santo demócrata» escribe en «La leyenda de oro». Y en las conferencias de 1897 en el Ateneo, cita: «El catedrático Gebhardt, sabio y poeta, ha pintado como una cosa maravillosa la obra de los místicos italianos, como San Francisco y Jacopone de Todi» (Lissorgues, 1983, pág. 414). En *Su único hijo* esta concepción está plenamente fraguada:

> Si en otro tiempo se había dicho: ya que no puedo inventar grandes pasiones, dramas y novelas, hagamos todo esto, sea yo mismo el héroe, ¿por qué no había de aspirar ahora a un heroísmo de otro género? ¿No podía ser santo?
>
> . . .
>
> Y el pobre Bonis, que a ratos andaba loco por casa, por calles y paseos solitarios, buscó *La leyenda de oro* (...) y vio que, en efecto, había habido muchos santos cortos de alcances, y no por eso menos visitados por la gracia.
> Sí, eso era; se podía ser un santo sencillo, hasta un santo simple...

Y un día lee la vida de Jacopone de Todi, el juglar de Dios, que «parecía el payaso de la gloria», y que le hace llorar «de ternura» ante sus hazañas de «clown místico».

La idea del santo evolucionará hasta la de un santo de la paternidad, a la manera de los héroes de «Un grabado» o «Cambio de luz», y preparará la tesis del santo que el Clarín del prólogo de *Resurrección,* en 1901, opone a la tesis del revolucionario o a la nietzscheana del super-hombre. Y tal vez abriera en Clarín la posibilidad de escritura de una novela sobre un santo, tal como podría barruntarse del comienzo de *Tambor y gaita*[65].

---

[65] No hubiera sido nada extraño en pleno Espiritualismo: Galdós crea una larga serie de «santos» laicos, que abarcan desde doña Guillermina *(Fortunata y Jacinta)* a Benina *(Misericordia),* pasando por Tomás Orozco *(Realidad,* Nazarín o Ángel Guerra. A. Palacio Valdés, en *La fe,* E. Pardo Bazán, en *Una*

Si hemos de situar nuestra novela en el escenario inter-textual de la novela decimonónica, *Su único hijo* parece continuar el diálogo de novelistas que S. Gilmann (1975) creyó detectar entre el Clarín de *La Regenta,* y el Galdós de *Fortunata y Jacinta.* Si Galdós proporcionó una salida al drama de Ana Ozores, ahora es Clarín quien parece profundizar en la precaria esperanza propuesta por Galdós, según la cual Jacinta asimila a su antagonista Fortunata a través de la asunción del hijo, complementándose entonces como mujer total, esposa según la ley y madre según la naturaleza, aunque esta solución condenaba a muerte a Fortunata. También Clarín construye un triángulo, como Galdós: la amante (que es a la vez la belleza, el arte, el espíritu y el sexo) —el marido— la esposa (que es el despotismo, la materia, la ruina fisiológica, la esterilidad y la rutina). Y lo dinamiza dialécticamente: la amante tiende a apoderarse del papel de la esposa y la esposa del de la amante. Pero el hombre no es ya el seductor, como en *Fortunata y Jacinta,* sino más bien un anti-héroe pusilánime, a la manera de Maxi Rubín. Galdós había descubierto en Maxi Rubín la fuerza del espíritu en un cuerpo grotesco, pero todavía estaba muy lejos del Galdós de *Misericordia,* y el Galdós naturalista que aún permanece en *Fortunata* acaba por condenar inapelablemente a su destino grotesco al anti-héroe pusilánime. Clarín, por el contrario, le hará reconocer la fuerza de su identidad y recuperarla. Bonifacio Reyes consigue lo que no consiguió Maxi Rubín, y ello implica que la tesis no se encuentra ya en la simbiosis de Fortunata y de Jacinta, sino en la reconversión instrumental de las dos mujeres (la una de estímulo y de mensajero, la otra de madre biológica, ambas unificadas por su función sexual) y su postergación a un segundo plano una vez han producido la verdadera tesis, resultado de la dialéctica tan novelesca como masculina y clariniana: el hijo.

El diálogo último de Bonifacio no se realiza tanto, sin embargo, con ningún otro personaje novelesco, sino con

---

cristiana y *La prueba,* A. Fogazzaro, en *Il Santo* o P. Bourget, en «Un saint», son otros ejemplos.

su propio autor. Es bien conocida la carta de Armando Palacio Valdés a Clarín en la que le habla de Bonis: «atribuyes al pobre Reyes tales sentimientos, tan elevadas ideas como sólo un hombre superior puede tener» (*Epistolario,* I, pág. 146). Tal vez ello sea debido a la profunda identificación del autor con su personaje, al final del libro, como sugiere L. Rivkin (1982). Ya F. W. Weber (1966), o la propia C. Richmond en su edición (1979) habían tocado el tema de pasada, y Lissorgues (1986) lo retoma como fundamento mismo de su interpretación de la novela. Según él Bonifacio supone «el balance de toda la vida de Alas al llegar a los cuarenta años». De hecho, «cuando Alas escribe *Su único hijo* tiene la misma edad que el personaje» y son múltiples los elementos autobiográficos y las ideas propias que expresa a través de él, entre ellas la de la religión de la familia. Por eso, cuando Bonifacio se reencuentra en la idea del hijo, el Narrador deja de burlarse. «Todo el pensamiento de Alas está en *Su único hijo,* que viene a ser la *imago mundi* del moralista filósofo a la altura de la última década del siglo (...) *Su único hijo* es una obra apasionada, casi el primer capítulo del testamento espiritual de Leopoldo Alas» (pág. 203-210).

3. *La transgresión novelesca*

La Regenta es una novela de poderosa arquitectura y con un principio neto que organiza todo el espacio textual, el principio experimental (Oleza, ed. 1986 vol. I, páginas 73-77). *Su único hijo* es todo lo contrario, y difícilmente se podría hablar de voluntad de estructura: la composición externa se desborda una y otra vez, falta de fronteras claras.

> *La Regenta* era un mundo y unos personajes en lucha contra él. En *Su único hijo* el mundo ya no es exterior a los personajes, está dentro de ellos, pero no por eso dejan de luchar. En *La Regenta* seres excepcionales luchan contra un mundo vulgar. En *Su único hijo* seres vulgares (...) que anhelan ser excepcio-

periodo romántico (Azorín) o postrromántico (Baquero Goyanes, Küpper). C. Richmond, en su edición, llega a conclusiones que creo acertadas: «Es sumamente difícil determinar el periodo histórico durante el cual se desenvuelve la acción» (pág. XXXV). Un estudio cuidadoso permite establecer «tres periodos distintos, separados entre sí por unos veinte años»: el de los antecedentes de la acción, entre los años 40 y 50; el de la acción principal, unos veinte años después de los antecedentes, «esto es en la década de 1860»; y el del Narrador, a «finales de la década de 1880, cuando Alas escribía *Su único hijo*». A su vez, la acción principal, desde la llegada de la compañía de ópera hasta el bautizo de Antonio Reyes, «se extiende a lo largo de un par de años». En todo caso:

> la secuencia de los acontecimientos durante este lapso está presentado de un modo distinto al usual en la novela realista. No tenemos la sensación de las estaciones, los meses o los años, sino que de repente se nos hace asistir a lo que ocurre una tarde o una mañana o a una hora determinada, fuera de todo contexto temporal. Esto ofrece un contraste dramático con *La Regenta*.

Predomina, por consiguiente «un sentido vago del tiempo», en el que se abre a su vez un tiempo interior, distinto del cronológico, al que transgrede continuamente, el tiempo psíquico y personalizado de Bonifacio Reyes (páginas XXXI-XLI).

En las notas al texto he aportado algunas precisiones cronológicas que tal vez añadan alguna luz sobre la significación global de la novela. La primera fase de la acción, con los sucesos rememorados en la tienda de Cascos, transcurre en la primera mitad de los 40, teniendo en 1846 su fecha límite, pues en ese año está ya consumada la diáspora de los jóvenes románticos de la ciudad (cap. IV, n. 19 y 24). La fuga de Emma y de Bonis debió ocurrir entre 1844 (año en que fue fundada la Guardia Civil, que los detuvo) y 1846, pues Bonis estaba todavía en la ciudad cuando esa diáspora todavía no se había iniciado. Ahora bien, esos años son todavía de pleno Romanticismo en España. Por no citar más que unos pocos hitos, probablemente definitorios desde el punto de vista de Clarín, recordemos que en 1840 Zorrilla estrena *El zapatero del rey, I,* Espronceda publica sus *Poesías* y Arolas sus *Caballerescas y Orientales;* en 1841 salen a la luz *El diablo mundo,* de Espronceda y los *Romances históricos* del Duque de Rivas; 1842 es el año de *El puñal del godo,* de Zorrilla, y 1843 el de las *Pastoriles y amatorias* de Arolas; entre 1843 y 1844 se publica la biblia del costumbrismo español, *Los españoles pintados por sí mismos,* y en éste último año aparecen nada menos que el *Don Juan Tenorio,* de Zorrilla, y *El señor de Bembibre,* entre Gil y Carrasco; 1845 es el año de *María, la hija de un jornalero,* de Ayguals de Izco, y 1846 el de *El patriarca del valle,* de P. de la Escosura, las *Escenas andaluzas,* de Estébanez Calderón, o la *Venganza Catalana,* de García Gutiérrez. Y un repaso atento a las referencias culturales de la novela (operísticas y literarias sobre todo) no hará sino confirmar que nos hallamos en años de plena madurez romántica.

No es correcta, por tanto, la idea muy extendida en la crítica de que la novela apunta a los años de un Romanticismo epigonal, pasado y ya anacrónico. Provinciano sí, tardío en absoluto.

Bonifacio Reyes vive sus años de aprendizaje en plena eclosión de la era romántica.

Entre esta primera fase de la acción y la llegada de la compañía de ópera transcurren entre veinte y veinticinco años, como se deduce de la edad actual de la viuda de Cascos, de Emma Valcárcel y de Minghetti (caps. IV, n. 19, y XIII, n. 13), lo que sitúa la acción en los aledaños de 1870. Pero estos son años de revolución en España, y resulta increíble que un Clarín que fue profundamente afectado por las experiencias revolucionarias no dejara de ellas ni un solo eco en la ciudad de Bonis y de Emma, como si hubieran carecido de importancia. Los relevantes datos sobre la actividad industrial de Körner, así como sobre el comienzo de la era ferroviaria en España, vienen a darnos la respuesta, pues nos sitúan de lleno en los años 60, pero antes de la Gloriosa (1868), justo en el despertar del proceso de formación del capital industrial español (caps. IX, n. 7; XII, núms. 13, 21 y 28; XIII, n. 16; XIV, n. 4; XV, n. 4). Por último, las numerosas alusiones monetarias nos retrotraen al sistema monetario anterior al gran reajuste de 1868 (caps. V, n. 7; IX, n. 8; XV, núms. 14 y 15).

Todo apunta a que el Clarín de 1887-1891 tuviera la intención, al menos inicial, de reflejar en su novela los años de su propia juventud, los últimos de la reina Isabel II, aludida varias veces en la obra, como en *La Regenta* había dejado reflejados los de la primera Restauración. Y si en *La Regenta* se asistía a la consolidación del nuevo régimen burgués-nobiliario, en *Su único hijo* asistimos, sin duda, a la quiebra de la sociedad feudal y de la clase de los terratenientes medios y pequeños en beneficio de la ascendente burguesía, que lleva entre sus manos el proyecto más o menos impulsado desde fuera de la revolución industrial.

La cronología histórica de *Su único hijo* no es, por tanto, nada imprecisa: la novela enfoca la supervivencia de los últimos románticos en medio de la quiebra del Antiguo Régimen y de la consolidación irreversible de la sociedad positiva. Clarín adopta en la novela la misma perspectiva que había adoptado muchos años antes, cuando era estudiante en Madrid y le escribía a Pepe Quevedo:

En tiempo de Chateaubriand y luego con Lamartine, la mayor parte de la juventud era desgraciada, tenía una pasión desconocida... que le hacía disgustarse del mundo entero... se amaba una sombra, un sueño (...) era en fin la época de las almas no comprendidas. Después pasó aquello (...) el mundo se metalizó, se hizo negociante y los mezquinos intereses y los vicios al por menor vinieron a llenar la vida; hoy todavía vivimos en tal estado: estado infinitamente peor que el que le precede, porque aquello a lo menos era una sombra de idealidad, una caricatura de la santa contemplación (...) pero entre tanta podredumbre álzase aquí y allá un alma que obra descontenta de lo que mira en torno, busca superiores modelos, quiere hacer vida más digna y vuelve atrás sus ojos para ver si en el pasado hay algo de lo que busca... unas veces se hace conscientemente, ya leyendo libros del buen tiempo del romanticismo, ya dedicándose por propia cuenta a imitar personajes ilustres en el ramo; otras veces se hace esto sin darse cuenta de ello: se quiere no ser como los demás, por la intuición de que los demás son malos, y por reminiscencias que vienen de todas partes (Posada, 1946, pág. 137).

Es una lástima que la carta no tenga fecha, pero es obvio que aquel jovencísimo Clarín había intuido el drama futuro de Bonis. Le faltaba, sin embargo, encontrar su respuesta.

Pero si la perspectiva histórica de Clarín tiene un enfoque tan preciso, el tratamiento retórico del tiempo narrativo ha cambiado sus pautas: se desdibujan años, estaciones, el paso de los días y de las horas... Si el tiempo histórico subsiste es porque ha sido interiorizado y la realidad es contemplada desde el interior de la conciencia, allí donde fluye un tiempo que ya no es cronología sino duración, y donde la materialidad del espacio es sustituida por la impresión de ambiente.

En *Su único hijo* hay una casi total ausencia de esas descripciones a que nos había habituado *La Regenta*. Si de la ciudad de Vetusta se ha podido trazar un plano urbanístico muy completo[67], por la abundancia de datos sobre las residencias particulares, las instituciones sociales (teatro, casino, catedral, conventos...), las calles y paseos, los barrios, etc., nada parecido tenemos en *Su único hijo*: apenas algunas notas dispersas sobre la casa de los Valcárcel, o mejor dicho, sobre las alcobas de Emma y de Bonis, sobre el teatro o sobre el Café de la Oliva[68]. La ciudad se desdibuja hasta en su anónimo nombre, o en su condición, a veces pueblo, a veces capital de provincia. Los datos positivos son drásticamente eliminados en beneficio de la capacidad de sugerencia del narrador y de las posibilidades representativas

---

[67] Me refiero al presentado en el *Simposio internacional sobre Clarín y la Regenta en su tiempo*, Oviedo, 1984, con el título *Plano de Vetusta (Finales del siglo XIX)* y editado por la Caja de Ahorros de Asturias.

[68] G. Gullón (1976): «No sorprenderá ver que *Su único hijo* está integrado casi exclusivamente por escenas de interior, en intencionada reducción del mundo novelesco a una alcoba, cuando no a un teatro» (pág. 146). También la alcoba de Serafina jugará un papel importante en el cap. XI.

y simbólicas del espacio: una mediana ciudad de provincias en la España postrromántica y pre-revolucionaria de los 60: en esos años bobos del reinado de Isabel II cuya crónica esperpéntica esperaba a Valle Inclán.

En el ambiente creado por la novela, y que sustituye eficazmente la materialidad del espacio, una nota ambiental muy acusada es el sentimiento de pesimismo respecto a una España vista en términos esencialmente negativos. Baquero Goyanes, que hizo el inventario de las alusiones a España y lo español que aparecen en la novela (la ciudad como representativa de muchas otras ciudades españolas; Méjico y la herencia española; Aguado y la alimentación de los españoles; los Körner y su desprecio de una España atrasada, ignorante y sin comunicaciones) concluye hablando de la «visión pesimista de la España decimonónica» de Clarín, que hace de enlace entre la de Larra y la de los noventayochistas (1952, págs. 98-105). Visión que se expresa asímismo, en estos años, en la obra crítica de Clarín, tal como ha mostrado A. Vilanova en su reciente edición de *Mezclilla* (1987, págs. 12-13):

> El punto de partida de esta actitud es la tesis, típica de Giner, expuesta por Clarín en el prólogo de *Nueva Camapaña* (Madrid, 1887), según la cual España está sumida en una larga y triste decadencia, caracterizada por el agotamiento de su genio creador para las grandes empresas nacionales y colectivas.

Pero tal vez la nota ambiental dominante es la del despegue del capitalismo español y de la incipiente revolución industrial. Como podrá comprobar quien lea nuestras notas al texto, éste está lleno de alusiones al proceso de la revolución industrial asturiana, muy precisamente captada, por cierto. Desde la iniciativa en las explotaciones mineras del carbón, que confieren a Asturias la hegemonía en la primera fase de la constitución de la industria siderúrgica española, pasando por el estirón que esta industria proporcionó a los primeros tendidos ferroviarios, o a otras industrias, como la de explosivos y la química, hasta llegar a la experimentación industrial de vanguardia con la electricidad o las algas, aquello que la novela nos ofrece, desde un punto de vista estrictamente sociológico, es lo que *La Regenta* no nos había ofrecido: la revolución burguesa en marcha. Allí la burguesía adinerada, como en *Fortunata y Jacinta,* se convierte en clase rentista. Aquí, por el contrario, extrae sus beneficios de la apropiación de las rentas feudales y las invierte en el despegue industrial, con ayuda de tecnología extranjera. Con sorprendente precisión (no tanto, a fin de cuentas Alas había sido titular de una cátedra de Economía Política), el autor analiza cómo la vieja casta aristocrática de los Valcárcel (la misma que la de los Ozores) o se aburguesa como don Diego, o es desposeída de sus rentas feudales (como Emma, Sebastián y otros parientes), incapaz de sobrevivir a la nueva situación. La ruina se verifica tanto a través del despilfarro de una vida improductiva como de los créditos, intereses usuarios y maniobras financieras que uno de sus miembros, erigiéndose en administrador-especulador, aplica a sus finanzas. Nepomuceno es un espléndido espécimen del nuevo financiero de esta etapa: se apropia con medios turbios de las rentas feudales y de las tierras, especula con ellas o las vende, acumula capital, lo reinvierte industrialmente, pero ahora ya a su nombre, y reparte beneficios (y pérdidas) con la tecnología y el capital extranjeros. Este proceso, así como la acertada visión de la llegada de la tecnología y el capital extranjeros (aquí alemanes, pero podrían haber sido franceses o ingleses) al convite del incipiente capitalismo español, está contemplado ya no desde una perspectiva positiva, sino desde el adusto ceño de moralista de quien considera más importante lo que hay de usura, de estafa (Nepomuceno y Körner), que lo que hay de modernización del país. Clarín, que no fue nunca un ideólogo de la burguesía triunfante, como el joven Galdós, está, sin embargo, muy cerca de éste en su desencanto de esta época, y sus únicas esperanzas son ya de orden espiritualista.

Todas estas características hacen de *Su único hijo* esa experiencia irrepetible en que se disuelve la fórmula narrativa del realismo-naturalismo, pero en la que todavía no ha cristalizado ese nuevo tipo de novela que asoma en *Cuesta abajo*, y que llegará con Ganivet, y con las primeras novelas de Valle Inclán y Azorín. Desde el punto de vista ideológico, *Su único hijo* está muy cerca de *Tristana* o de *Misericordia*, posteriores ambas. Desde el punto de vista novelesco, *Su único hijo* va mucho más lejos. Las novelas de Galdós contienen tesis espiritualistas en fórmulas novelescas plenamente realistas. En *Su único hijo* la indeterminación temporal, la interiorización y abstracción del espacio, el predominio del mundo interior, la aparición de lo subconsciente, la disposición de la estructura externa en el fluido narrativo, la transgresión del principio experimental, la subversión de la cadena de la causalidad por los saltos lógicos y las rupturas de expectativas lectoras, el desenlace abierto, etc., todos son rasgos de un atentado novelesco cometido contra el sistema narrativo del realismo-naturalismo, en el que Clarín va más lejos que cualquier otro novelista de su tiempo. Nunca nos lamentaremos bastante de que no acabara *Cuesta abajo*.

4. *La desestabilización del lector*

Considerada como fórmula novelesca, tal vez el aspecto más transgresor de *Su único hijo* es la muy especial modalización a que la materia novelesca es sometida.

Un primer aspecto sorprendente se manifiesta en el tratamiento temporal, en el que la distancia cronológica entre Narrador y Mundo narrado es modalizada por una distancia entre estética y moral: ese ayer lejano del que se habla resulta mucho más lejano porque es sentido como moralmente, incluso estéticamente, remoto:

> En tiempo de Bonis, en esta época de su vida, no se hablaba como ahora, y menos en su pueblo, donde para los afectos fuertes y enrevesados dominaba el estilo de Larrañaga y de Don Heriberto García de Quevedo (pág. 341).
> Entonces todavía no se había inventado eso de hablar tanto de la realidad (pág. 193).

El narrador oculto, situado después de 1885, como ha mostrado C. Richmond en su edición (pág. 36), cuando «a Sagasta o a Cánovas» los puede llamar la reina regente, María Cristina, «al amanecer», para formar gobierno (página 303), contempla los hechos en un ayer por un lado remoto, por el otro vago (en la década de los 40 primero, en la de los 60 después), y finalmente relativizado. Pues el punto de vista no se queda quieto en la posición del Narrador, esos años 85-90 desde los que se mira hacia los 40 y hacia los 60. La novela descubre otro momento temporal, fuera de la acción, pero también fuera de la fabulación, en algún lugar entre la una y la otra, y desde el que puede contemplarse la una o la otra. Así en el cap. V, y cuando Bonifacio Reyes pide «mil reales» a Nepomuceno, esa acción es vista desde un punto «años después» de toda la historia, y quién sabe cuántos antes de la fabulación, un punto en el que el personaje «recordando aquel golpe de audacia», se admiraría no de lo hecho, que es lo que le admira en el momento de hacerlo, sino del «piquillo de su pretensión, los doscientos reales en que su demanda había excedido a su necesidad» (pág. 215). El punto de vista ha comenzado a recorrer el camino que le conducirá a la novela del xx, y en el cual la mirada cambia de ubicación y de momento, y se relativiza con estos cambios.

Pero tal vez la más sorprendente transgresión del tratamiento del tiempo es de carácter aspectual. El relato clásico, desde el xvi hasta el Naturalismo, es el relato de una acción completa en sí misma, en el que el tiempo tiene un aspecto fundamentalmente perfectivo. Sin embargo, en *Su único hijo,* no sólo hay un «después» de la acción, en el que los personajes siguen actuando, sino que el desenlace mismo resulta totalmente abierto: es un desenlace que contiene una afirmación y una negación, un triunfo y una derrota, y que deja las espadas en alto. Es un desenlace que casi no es desenlace. La novela se abre ante el lector, en quien solamente puede completarse.

Es cierto que en este final abierto y en este aspecto imperfectivo tiene una gran influencia la concepción de la novela dentro de un ciclo, y el que Clarín pensara continuarla. Ese pudo ser el motivo inicial. Pero no es menos cierto que, tal como hoy conocemos la posible continuación de la novela, ésta comenzaba tras una completa ruptura con el desenlace de *Su único hijo:* el discurso narrativo recomenzaba muy lejos, en otro sitio, en otro tiempo y con referencia a otros significados. La continuidad no se daba en el modo narrativo, sino en el mundo novelesco.

Sea como sea, lo cierto es que con continuación o sin ella el efecto sobre la acción de *Su único hijo* es importantísimo: abre la fábula, imperfectiviza su temporalidad, sume al lector en la ambigüedad. No es que quede aplazado el resultado, es que no hay un resultado unívoco.

Si el tratamiento del tiempo por la fabulación transgrede el sistema naturalista, el del espacio tiende a difuminarlo como ya hemos visto, y a modalizarlo poderosamente: la distancia del espacio del Narrador respecto al de los personajes se empapa de desprecio autorial: Bonis era «el último ciudadano del pueblo más atrasado del mundo» (página 226), de «aquel pueblo mezquino» donde todo lo extranjero causaba admiración por el simple hecho de ser extranjero (pág. 205), y que más que pueblo era «una melancólica y aburrida capital de tercer orden» (pág. 159).

El Narrador de *Su único hijo* es, por otra parte, un narrador de rituales expeditivos, capaz de trazar inventarios de personaje tan exhaustivos como el de Bonis y el de Emma en los dos primeros capítulos, o de realizar balances de situación tan definitivos como el de la doctrina oficial de la familia Valcárcel sobre el estado de Emma: «lo que era un dogma familiar, que tenía su fórmula invariable era esto: que por Emma no pasaban días, que lo del estómago no era nada, y que después de parir, de mala manera, estaba más fresca y lozana que nunca» (pág. 178). Es un narrador que pone en orden sus materiales, los cataloga, los analiza: «Dos preocupaciones cayeron después sobre el ánimo encogido de Bonifacio: la una (...), la otra (...)» (pág. 181).Y por si queda algún lector despistado, que no acaba de hacerse cargo de lo que le corresponde opinar, ahí están los comentarios aclaratorios («valga la verdad»), los paréntesis, o las bastardillas, auténtico guiño de complicidad con el lector, por el cual el narrador cita a su personaje por medio de palabras clave de su léxico, casi siempre risibles desde el punto de vista compartido por narrador y lector.

Estos y otros recursos técnicos, como el de los retratos de personajes previos a su actuación, de manera que el personaje queda definido de antemano y en bloque (tan diferente del de la presentación indirecta, característico de *La Regenta*), y que suele culminar o contener un diagnóstico inapelable.

«No servía para ninguna clase de trabajo serio y constante», se dice de Bonifacio Reyes en la primera página. ¿Qué puede esperar de él el lector en lo que resta de la novela? Y de Emma: «Este afán de separarse de lo corriente (...) no era en ella alarde frío, pedantesca vanidad de mujer extraviada por lecturas disparatadas: era espontánea perversión del espíritu, prurito de enferma.»

Todos estos recursos, repito, son recursos de un Narrador que se ha concedido a sí mismo todos los poderes del oficio. Su margen de conocimientos es enorme, y supera con mucho lo que los personajes saben de sí mismos. A veces porque no son conscientes: «Emma gozaba también, sin darse cuenta clara de ello...» (pág. 178); a veces porque su cavilación se queda corta: «las cavilaciones de Reyes en este punto no pasaron de ahí» (pág. 221), a veces porque no saben expresar lo que el Narrador sí sabe, por ellos: «Y vuelta a llorar, después de haber pensado así, aunque con otras palabras interiores, y aún sin palabras; porque algunas de las que ha habido que emplear Bonis ni siquiera las conocía» (pág. 341).

Este superávit del Narrador sobre la conciencia de sus personajes, le hace amo y señor de ellos, que carecen —para él— de secretos. Narrador plenamente omnisciente, sabe todo lo que hay que saber, incluso aquello que escapa a toda posible percepción exterior, como lo que hay y a qué huele en el fondo del bolsillo de una sotana:

> Y el cura metió una mano en el bolsillo interior de su larga y mugrienta levita de alpaca, y sacó de aquella cueva que olía a tabaco, entre migas de pan y colillas de cigarros, un cucurucho que debía de contener onzas de oro (pág. 233).

Y sabe explicar además todo lo que los personajes no sabrían explicar: «Ni palabra, Bonifacio no comprendió» (pág. 236), lo que el Narrador a continuación sí comprende y explica.

Desde esa sabiduría absoluta, plenamente exhibida, y que nos retorna al Narrador del primer realismo, todo en principio es narrable, aunque no todo se narra. A medida que nos adentramos en la novela, del infinito conjunto de cosas que ese Narrador podría contar, se va comprobando una selección unilateral: se aceleran, desaparecen o se difuminan los hechos materiales, los datos positivos, y la narración se sumerge golosa, con minuciosa complacencia, en la conciencia de los personajes, en los recovecos de su sensibilidad, en los detalles casi imperceptibles de los estados de ánimo, en su cambiar y en su fluir de agua que escapa... el embarazo de Emma o la reacción de Bonis a la Anunciación son ejemplos magistrales de un modo de narrar que se ha asegurado una enorme disponibilidad de saberes pero que sólo utiliza unos pocos, de manera que el lector recibe una imagen unilateral de los sucesos. Y en ese adentrarse en las galerías interiores del alma, el Narrador cumple la orden del crítico Clarín, cuando reflexiona sobre *Realidad,* incitando «a la introspección del novelista en el alma toda, no sólo en la conciencia de su personaje». Y como ha subrayado toda la crítica, y especialmente la psicoanalítica, el Narrador llega, por este camino, a revolver en las zonas más turbias del yo.

Consecuencia de todo ello es la profunda reconversión del papel del lector. Como ha escrito C. Richmond, en su edición (pág. XXIX):

> Existe una tensión entre lo impredecible, que hace vacilar al lector desde el sentimiento de confianza hacia el narrador hasta otro de sospecha acerca de su buena fe. Con esto, dicho lector se ve desalojado de la cómoda posición pasiva que es la propia de la narrativa tradicional y forzado a asumir ahora una posición más activa, correspondiente a las nuevas técnicas que en aquel momento despuntaban en la novela europea.

Por supuesto que son muchas las cosas inesperadas que ocurren, rompiendo el sistema de expectativas del lector, como ya expliqué. Pero el lector no sólo juega este papel a la defensiva, ante los saltos lógicos del relato. Le compete una desconocida —hasta entonces— iniciativa a la hora de imaginar los hechos y situaciones «reales» que se corresponden a los estados de ánimo, único material que a veces el Narrador le entrega. Se exige de él una estrategia mucho más interpretativa que aquélla a la que estaba habituado, pues posibles preguntas fundamentales, que afectan al corazón del relato, quedan sin contestar: ¿por qué ha de ser Emma, que es «vieja» y estéril, y además no ama a Bonis, la madre de su hijo, y no Serafina, que es joven, posiblemente fecunda y que sí le ama?, ¿por qué Emma pasa de estéril a fecunda?, ¿quién es el padre biológico de Antonio Reyes? A este estirón del Narrador al Lector, que lo arrastra al centro mismo de la novela, donde debe tomar sus decisiones, e interpretar en un sentido u otro, debe contribuir no poco el distanciamiento del Narrador de sus personajes, del espacio y del tiempo: en la medida en que la novela nos habla de un pobre diablo que no sirve para nada, de una enferma de los nervios, de una ciudad de tercer orden y de unos días marcados por el mal gusto retórico de don Heriberto García de Quevedo, el lector adquiere un superávit respecto al mundo novelesco que le permite una mayor capacidad de interpretación. *Su único hijo* es tal vez la primera novela española en la que el lector implícito clásico deja paso al lector implícito contemporáneo. Aquel lector que cogido de la mano del Narrador galdosiano circula por la novela como en un viaje organizado, en el que percibe lo que se le otorga percibir, y recibe los conocimientos e instrucciones que un Narrador didáctico le administra sabiamente, ha entrado en crisis. ¡No digamos ya el lector implícito de los textos románticos e ilustrados, contertulio de salón de un Narrador que casi podría nombrarlo por su nombre y apellidos! Situado al otro lado de la frontera del texto, un lector incógnito es desafiado ahora por el Narrador a entrar en el terreno de juego de la novela.

Si algo caracteriza a la modalización de esta novela es la

rotunda e inesperada —en la época— desidentificación del narrador con respecto a su mundo y a sus criaturas. Esta desidentificación impregna en múltiples ocasiones de un tono airado a la voz del Narrador, que se despliega rica en agresiones: así, Emma «no podía esconder un brillo frío y *siniestro* de la mirada, antipático como él sólo», o «Marta, con *el rostro de culebra que se infla,* repitió la carcajada». En la omnipresencia del Narrador y en la proliferación de sus voces se dibuja toda la presión de las ideas morales del autor sobre la materia novelesca: desde el simbolismo de los nombres, a la ausencia de explicación de las causas de las perversiones de un personaje, pasando por la condena moral de todos ellos, la materia novelesca se «compone», y lo hace desde una perspectiva eminentemente moral, que rehuye la impersonalidad naturalista, y que se otorga el derecho de superioridad sobre el mundo narrado.

Pero tal vez el mecanismo más eficaz de esta desidentificación y de esta superioridad del Narrador sobre sus criaturas es la particular «manera» que adquiere la ironía narrativa. Una ironía que empapa de principio a fin la novela, y la dota de su tonalidad más característica:

> Le zumbaban los oídos, y pensaba que si en aquel momento aquella mujer le proponía escaparse juntos al fin del mundo, echaba a correr sin equipaje ni nada, sin llevar siquiera las zapatillas (pág. 212).

Pero es una ironía nada bonachona ni galdosiana. Es degradante. En medio de su declaración a Serafina, un Bonifacio Reyes tembloroso, balbuciente, confiesa así su más profunda intimidad:

> Lo que yo llamo voz de madre, voz que me arrulla, que me consuela, que me da esperanza, que me anima, que me habla de mis recuerdos de la cuna... ¡qué sé yo!, ¡qué sé yo, Serafina!... Yo siempre he sido muy aficionado a los recuerdos, a los más lejanos, a los de niño; en mis penas, que son muchas, me distraigo recordando mis primeros años, y me pongo muy triste; pero mejor, eso quiero yo; esta tristeza es dulce; yo me acuerdo de cuando me vacunaron (pág. 228).

Es un humorismo despreciativo, caricaturesco, feroz, que no duda en llamar «lechuguino» y «enfermucha» a sus protagonistas, y que se vale de contrastes brutales para conseguir sus efectos:

> La Gorgheggi era un ruiseñor (...) Sí que era guapa; era una inglesa traducida por su amigo Mochi al italiano, dulce y de movimientos suaves, de ojos claros y serenos, blanca y fuerte; tenía una frente de puras líneas, que lucía modestamente (...) Bonifacio vio dos actos de *La Extranjera* la noche del estreno, y con un supremo esfuerzo de la voluntad se arrancó de las garras de la tentación y volvió al lado de su esposa, de su Emma, que, amarillenta y desencajada y toda la cabeza en greñas, daba gritos en su alcoba (pág. 202).

O de llegar al sarcasmo por pura desproporción, por desmesura, y con la consiguiente sorpresa del lector: «Buscando, pues, algo que le llenara la vida, encontró una flauta» (pág. 163). Por detrás de la frase asoma la vieja fábula, truco muy clariniano, la del burro que encontró la flauta y sonó por casualidad.

> Seguro estaba Bonis de que era aquel vivir suyo un rodar al abismo; que no podía parar en bien todo aquello era claro; pero ya... preso por uno..., y, además, en los libros románticos, a que era más aficionado cada día, había aprendido que a «bragas enjutas no se pescan truchas» (pág. 263).

> Al acercarse a su mujer se le ocurrió recordar al moro de Venecia, de cuya historia sabía por la ópera de Rossini; sí, él era Otello y su mujer Desdémona... sólo que al revés, es decir, él venía a ser un *Desdémono* y su esposa podía muy bien ser una *Otela,* que genio para ello no le faltaba (pág. 274).

El mundo así ironizado se configura como un mundo grotesco, del que son una muestra representativa las sesiones de embadurnamiento del cuerpo fláccido de Emma por el mucamo-masajista-marido.

Si en *La Regenta* el lector se mueve en el ámbito de la tragedia, aquí lo hace en el de una comedia bufa y cruel. No es de extrañar, por tanto, que ya Baquero Goyanes (1952, pág. 98) hablara del «trágico aire de esperpento, de macabra carnavalada», de la novela, y que le siguiera Gramberg (1958, pág. 113) definiendo a Emma como «otro representante del "esperpentismo" humorístico de Clarín», o Bandera (1969, pág. 226), para quien los personajes son «máscaras vacías, auténticos esperpentos (dignos precursores de esos otros personajes, también grotescos, de Valle-Inclán)», ni que sobre ello venga insistiendo actualmente una multitud de críticos.

Ni es de extrañar tampoco que aparezcan elaboradas ya muchas de las técnicas del esperpento. Así la deformación de luz y sombras disparatadas:

> Una triste lamparilla, escondida entre cristales mates de un blanco rosa, alumbraba desde un rincón del gabinete; en la alcoba en que dormía Emma, las tinieblas estaban en mayoría; la poca luz que allí alcanzaba servía sólo para dar formas disparatadas y formidables a los más inocentes objetos (pág. 273).

O la animalización de lo humano:

> En el regazo de doña Celestina vio una masa amoratada que hacía movimientos de rana; algo como un animal troglodítico, que se veía sorprendido en su madriguera y a la fuerza sacado a la luz y a los peligros de la vida (pág. 476).

O la audacísima sinestesia múltiple, con efecto de cosificación de la actividad humana, de este pasaje, con paso de un plano de conjunto a uno de detalle:

> *El habilitado* del clero siguió pasando revista a los inquilinos del año cuarenta; de aquella enumeración melancólica de muertos y ausentes salía *un tufillo* de ruina y de cementerio; oyéndole parecía que *se mascaba* el polvo de un derribo y que *se revolvían* los huesos de la fosa común, todo a un tiempo, suicidios, tisis, quiebras, fugas, enterramientos en vida, pasaban como por una rueda de tormento *por aquellos dientes podridos y separados,* que tocaban a muerto con una indiferencia sacristanesca que daba espanto (los subrayados son míos) (página 199).

Nos encontraríamos, por tanto, con la primera gran experimentación en una estética del esperpento si no fuese porque esa distancia abismal del Narrador no se mantiene estable, sino que se mueve, y se mueve por saltos bruscos, que se precipitan en el interior del personaje, muy especialmente en el interior de Bonis, donde se neutraliza la distancia, sobre todo a medida que avanza la novela y la esperpentización queda suspendida aquí y allá por momentos de plena identificación del Narrador con su criatura[69]. Tal vez el primero de estos momentos es el del banquete en el Café de la Oliva, en el cap. VIII, en el que tras el patético discurso de Bonifacio Reyes:

> Quiso continuar, pero no pudo; cayó sobre una silla como un saco, y Serafina, orgullosa de aquella oratoria inesperada y de la discreción con que su amante se abstuvo de aludirla, le felicita con un apretón de manos y otro de pies más enérgico.
>
> Mochi se aproxima al héroe, le abraza y le dice al oído...

El acortamiento de la distancia temporal (*Quiso... pudo... le felicita... se aproxima... le abraza...*) es concomitante con un léxico digno y una casi ausencia de marcas irónicas. Pero la escena es totalmente exterior, y no tiene todavía la dignidad de los momentos que transcurren desde dentro de la conciencia de Bonis. Muy especialmente la de la Iglesia, al final mismo de la novela:

> Pero al atravesar el umbral de la casa de Dios, y detenerse entre la puerta y el cancel, y ver allá dentro, enfrente, las luces del baptisterio, una emoción religiosa, dulcísima, empapada de un misterio no exento de cierto terror vago, esfuma-

---

[69] Ya Baquero Goyanes (1952, pág. 47) observaba la oscilación entre «lo tierno y lo humorístico» en la novela, llevado de su teoría dualista. F. W. Weber (1966), por su parte, se desconcertaba por la oscilación de la novela entre «irony and unconscious sentimentality» (pág. 106). Y G. Gullón (1976, pág. 137) observa el cambio progresivo de la estructura narratorial de la novela: «Según adelanta la novela (...) va experimentando un cambio revelador de la importancia que Bonis adquiere en aquélla.»

da, ante la incertidumbre del porvenir, le había dominado hasta hacerle olvidarse de todos aquellos miserables que le rodeaban. Sólo veía a Dios y a su hijo (pág. 501).

El léxico es ahora elevado y noble, la sintaxis se precipita acelerada por la emoción, la ironía ha sido eclipsada, y hasta la voz del Narrador se convierte en exclamación pura, resonancia o eco de la del personaje:

> ¡Oh, la Iglesia era sabia! ¡Conocía el corazón humano y cuáles eran los momentos grandes de la vida! ¡Era tan solemne el nacer, el tomar un nombre en la comedia azarosa de la vida! (pág. 501).

Es cierto que este movimiento de identificación y de solidaridad es sólo momentáneo, y tiene marcha atrás:

> Hasta lo de no poder entrar en el templo su hijo antes de cumplir los requisitos sacramentales, le parecía racional, si bien pensó que el clero debía tener más cuidado con los *catecúmenos*, o lo que fueran, de cierta edad, porque un aire colado, entre puertas, podía ser fatal y matar un cristiano en flor (pág. 504).

Pero no es menos cierto que la identificación vuelve, y que identificaciones y desidentificaciones se suceden, en los últimos capítulos, con un vaivén de vértigo, a veces en muy pocas líneas, y proporcionando a la novela esa tensión tremenda entre impulsos contradictorios, la catarsis dostoyevskiana y la distancia valleinclanesca, la befa y la compasión, que desestabiliza al lector, y cuando ello se ha conseguido plenamente, en el momento supremo, Serafina y Bonifacio cara a cara, la fabulación se eclipsa, y un Narrador que ha sido prolijamente omnipresente y despótico a lo largo de toda la novela, de pronto se calla, «váse por el foro», y se cuida muy mucho de decirnos quién de los dos tiene la razón, aunque deje la última palabra a Bonifacio Reyes. Culmina así la novela el repertorio de sus transgresiones.

III. La génesis de «Su único hijo»

En pocas ocasiones el historiador se encuentra con tantos datos en sus manos sobre la génesis de un texto literario como en el caso de *Su único hijo* y, sin embargo, en pocas ocasiones como ésta, la génesis misma resulta un enigma de tan difícil desciframiento y de tantas implicaciones para el sentido último del proyecto de su autor.

La primera alusión de Clarín al proyecto de una nueva novela se produce cuando todavía está fresca la tinta de *La Regenta*. Es el 20 de abril de 1885 y Alas le escribe a su editor[70]:

> Dentro de poco, cumpliendo con lo ofrecido, podré proponerle la publicación de una novelita inédita, próximamente del tamaño del *Señorito Octavio,* que se titulará *Su único hijo* y no será nada verde, o casi nada, y en cambio sentimental de buena manera y muy propia para derramar lágrimas dulces alrededor de la chimenea de familia.

En julio del 85 hay dos nuevas alusiones, en cartas del 4 y del 15 respectivamente. La cita como «Mi nueva novela» o como «mi próxima novela» y comienza a negociar el precio y a arriesgar extensión y fecha de acabamiento («principios del año próximo», o sea 1886). Insiste, por otra parte, en su carácter no polémico, que no levantará el escándalo de «timoratos» e «intransigentes religiosos», como lo hizo *La Regenta,* y en la asequibilidad para los lectores.

Pero el 5 de octubre de 1885, Alas anuncia súbita y lacónicamente que ha dejado el proyecto «para más adelante», y que se ha puesto a trabajar en otro proyecto, que tendrá

---

[70] No citaremos en adelante y en nota a pie de página el epistolario Blanquat y Botrel (1981), de donde proceden buena parte de estas noticias. Indicaremos simplemente las fechas; e igual haremos con los otros epistolarios, que el lector podrá identificar en la Bibliografía.

entre 350 y 400 páginas, como *Sermón perdido,* y por el que pide los mismos 10.000 reales. En carta anterior al 4 de diciembre precisa el título del nuevo proyecto: *Bárbara.*

A partir de este momento y durante un largo periodo de tiempo, el proyecto de *Su único hijo* se sumerge a manera de Guadiana, y lo mismo ocurre con el de *Bárbara.* Pues si en las cartas siguientes Clarín habla siempre de «la novela» en términos genéricos, como si fuera la última anunciada (*Bárbara*), el 26 de noviembre del 87 declara a su editor que, además del proyecto del que han estado discutiendo y negociando los meses anteriores, tiene otros: «v. gr. *Bárbara (costumbres de la aldea asturiana, historia de una aldeana,* etc.)». De manera que aunque Clarín discute durante meses y aún años el precio de «la novela» y habla de ésta como si fuera siempre la misma, en realidad va cambiando de proyecto, y si el precio comienza negociándolo sobre *Su único hijo* (10.000 reales pide el 4-VII-85), lo continúa sobre *Bárbara* (el editor le ofrece 6.000 y Clarín lo rechaza en la carta 8), lo regatea sobre «mi novela» (Clarín contrapone 8.000 el 29-XI-85), lo ratifica sobre *Una medianía* (30 de noviembre del 86), lo recuerda sobre *Su único hijo* (cuatro años más tarde, el 5-VIII-89, Clarín evoca el acuerdo de los 8.000 reales pero ahora refiriéndose a *Su único hijo*), y acaba por concluirlo sobre *Su único hijo* (en septiembre del 89 establece como definitivo el de 9.000 reales).

Desde el 5 de octubre del 85 Clarín abandona por tanto el proyecto de *Su único hijo,* y no lo retomará hasta dos años y pico más tarde, el 26 de noviembre del 87, cuando le devuelva a él el exceso de asunto de *Una medianía* y la necesidad de dividirlo.

Que ello es así, lo confirma una carta a Narcís Oller del 11 de enero del 86, en la que cita *Su único hijo* entre otros muchos proyectos, como *Bárbara, El redentor, Papa o Dios, Palomares,* aparentemente aparcados, en espera de acabar *Una medianía* y *Juanito Reseco,* proyectos prioritarios aunque retrasados pues «trabajo ahora muy poco».

Esta carta nos dice lo que no nos dicen todavía las cartas a Fernández Lasanta, y es que la novela innominada que negocia con el editor, es justamente *Una medianía.*

102

Yo ahora tengo entre manos, o mejor en el cartapacio, porque trabajo muy poco, una novela vendida ya a Fe, que provisionalmente se titula *Una medianía*.

Las cartas, durante 1886, no dejan de citar nunca «la novela»: insisten a veces en que trabaja en ella y prometen sucesivas fechas de terminación, pero en otras ocasiones constatan que no avanza, especialmente por causa de su enfermedad. En ocasiones se ilusiona con la posibilidad que ya practicó en *La Regenta*: entregar original para que el editor vaya imprimiendo y escribir al ritmo con que va corrigiendo pruebas. Sería una manera de obligarse. El 18 de octubre del 86 llega a prometer «en breve unas cien cuartillas». Pero era sólo otro farol más.

No es que Clarín no tuviera una imagen general de la novela: «Pasa en Madrid la acción y desarrolla en ella parte de la vida literaria. Si se parece a algo es, remotamente, a *Charles Demaylli*, de los Goncourt, pero sólo por el asunto», le escribe a Oller (11-I-86). Es que, simplemente, no avanza en la escritura. En la primera mitad del 87 llega a creer que «para octubre publicaremos "la novela"» (carta 22), pero de nuevo habrá de retractarse.

En estos meses Clarín está más lejos que nunca del proyecto de *Su único hijo,* como novela independiente. En carta a Galdós del 1 de abril del 87, le anuncia el ciclo de novelas que tiene en marcha: *Una medianía, Esperaindeo* y *Juanito Reseco,* además de otros proyectos «en el magín» como *Bárbara, Palomares, Papa o Dios,* etc. Y en carta a Fernández Lasanta (carta 23, anterior a junio del 87), ratifica el orden de prioridad: *«Una medianía* estará terminada para Septiembre, a fines. Ahora estoy contento de ella. Después emprenderé *Esperaindeo.»*

Sin embargo, *Su único hijo* se acercaba por otra parte, como material narrativo a separar de *Una medianía,* proyecto dominante de estos años. El primer síntoma aparece en la carta del 6 de agosto del 87:

Una medianía me está costando grandes aprietos. ¿Vd. sabe por qué? Por la abundancia de asunto: yo estoy decidido a que sea un solo tomo y el asunto quiere parir dos; por esto tarda la cosa, pero irá.

El proyecto de *Una medianía* parece ir concretándose mucho durante el verano y el otoño del 87, tanto que Alas se ilusiona describiendo el tipo de edición que le gustaría (al estilo de la *Bibliothèque Charpentier,* «en un sólo tomo no muy abultado, pero de bastante lectura, etc.»), pero no tanto como para que se avance decisivamente en su escritura: «tengo en el telar a *Una medianía,* novela que no acaba de entrar en el periodo de *ferrocarril* que es para mí el indispensable para escribir con un poco de ilusión y hacerlo menos mal» (carta a J. Yxart, el 28 de octubre del 87).

Por fin, el 26 de noviembre, y habiendo escrito presumiblemente muy poco de *Una medianía,* llega, sin embargo, a la conclusión de que el exceso de asunto y el temor a los dos tomos exige no una sino dos novelas:

> Es el caso que sin poder yo remediarlo, salen, en vez de una, dos novelas, que tienen relación entre sí, pero que en rigor no se necesitan; yo no quiero de ningún modo publicar dos tomos de una sola novela[71] (...) Son, pues, sin remedio, dos novelas, la del padre (Bonifacio Reyes) y la del hijo: Antonio. La primera se llama *Su único hijo* y la 2.ª *Una medianía.*

A la vista de ello Clarín ofrece a su editor tres posibles soluciones, señal inequívoca de la inmadurez y provisionalidad —aún— del proyecto:

---

[71] Desde el primer momento, tras la publicación de *La Regenta,* Clarín cobra miedo a los dos tomos. En carta a Menéndez Pelayo del 12 de marzo del 85 así lo escribe: «tiene Vd. razón, lo de salir el libro en dos tomos ha sido un gran perjuicio». Las razones las explica a Fernández Lasanta el 26-XI-87: «Yo no quiero de ningún modo publicar dos tomos de una sola novela, primero porque por el precio convenido sería demasiado barato, y segundo, y sobre todo, porque eso de los dos tomos perjudicaría la venta.» Hay una tercera razón, a la que Clarín alude en carta a J. O. Picón sobre la recepción de *La Regenta:* «El defecto en que todos están conformes, o los más, es la pesadez, lo largo de la obra y tienen razón» (3-X-85).

A.   «ir publicando en la *Ilustración Ibérica Su único hijo* y después imprimirla en tomo y publicarla; y darle a Vd. desde luego el original de *Una medianía*». Como *Una medianía* es la historia del hijo no puede ir antes que la del padre ni «la juventud de Antonio antes que su niñez». Esto supondría que el editor esperase a que se publicase *Su único hijo,* primero en folletín y después en tomo, con otra editorial. Para compensarlo Clarín le ofrecía, mientras tanto, *Bárbara* o *Palomares.*

B.   «publica Vd. *Una medianía* desde luego, aunque salga antes que *Su único hijo*. El perjuicio sería para éste, no para *Una medianía*».

C.   «publicar Vd. *Su único hijo* y dejadme publicar en la *Ilustración Una medianía* poco a poco.»

Es obvio que a Clarín la opción que le interesa más es la A.

La entrada en el 88 resuelve la cuestión, y Clarín se decanta por escribir la historia del padre y no la del hijo. El 17 de marzo le escribe a Galdós: *«me ocupo* en una novelita intitulada *Su único hijo* que es una especie de introducción para *Una medianía*. Después irá, si no lo echo todo a rodar antes, *Esperaindeo».* Y al mes siguiente, el 18 de abril, le escribe a su editor: *«Su único hijo* está ahora en buen camino, *le quiero* y eso es lo importante para *crearlo.»* También de abril del 88 debe ser la carta sin fecha que le escribe a Rafael Altamira: «Ahora tengo entre manos (es decir, de tarde en tarde me acuerdo de él, porque mis [¿molestias?] no me permiten otra cosa) *Su único hijo,* novela entre analítica, sentimental y humorística que es una especie de peristilo (con unidad) de *Una medianía.»*

Estos primeros meses del 88 son, por tanto, decisivos. Clarín se anima a pesar de los ataques. Manifiesta a tres diferentes corresponsales que está trabajando y que desea su proyecto. Y define, finalmente, y ya con mucha precisión, la novela que está escribiendo: breve, introductoria de otra, «analítica, sentimental y humorística».

A partir de ahora el epistolario reflejará el ritmo del trabajo, a veces muy lento, por el acoso de la enfermedad, o prometerá el envío de cuartillas, y calculará sucesivas fechas de acabamiento (octubre del 88, principios de junio del 89, septiembre del 89, Reyes del 90, Semana Santa del 90, junio del 90, julio y septiembre del 90, Navidades del 91, febrero y abril del 91...).

El primer original entregado son las 40 cuartillas que envía «meses» antes del 19 de abril del 89. Siguen las 30 que le remite en esta fecha. No volverá a enviar original hasta el otoño del 89 (carta 35). En junio, veintiuno, ha enviado ya las segundas pruebas de 235 páginas equivalentes a sus 200 cuartillas. El temor a tener que dividir la publicación en dos tomos le obliga a decisiones drásticas: no publicar la introducción «y abreviar todo lo posible lo que falta», de modo que el conjunto no pase de 365 cuartillas manuscritas o 400 páginas impresas. Los problemas de los últimos meses de escritura proceden de «que no sé cómo cortar y abreviar». El 26 de noviembre declara haber corregido ya unas 300 páginas (equivalentes a unas 255 cuartillas suyas), así que «o el volumen sale grandísimo, lo que no le conviene ni a Vd. ni a mí, o estropeo el asunto». De modo que se decide a cambiar el desenlace proyectado (la muerte de Bonifacio Reyes), anticipándolo y cambiándolo a «la *huida* de Reyes de casa de su mujer llevándose al hijo». El resto de la materia narrativa pasaría a *Una medianía*. En esta fecha Clarín manifiesta que le faltan aún por entregar «dos o tres capítulos», según el nuevo plan. El 13 de junio de 1891 ha cumplido por fin y todo el original está en manos del editor. El 18 de julio el editor había cumplido también y tenía los ejemplares en la calle.

Los datos reseñados hasta aquí nos permiten esbozar un calendario de la génesis de *Su único hijo*. Clarín concibe una novela en un solo tomo, relativamente breve, de fácil lectura, carácter sentimental, nada polémica, ni desde el punto de vista erótico ni desde el religioso, apenas publicada *La Regenta*, y en claro esfuerzo de diferenciación respecto a ésta. Estamos en abril-julio del 85. El tema debía tenerlo muy nítidamente imaginado, pues no se coloca un título tan orientado y simbólico como *Su único hijo* si no se desea explicitar con él el tema general de una historia. A diferencia de *La Regenta*, no se trata de un título descriptivo sino que hace aflorar y califica toda una posible situación narrativa. Es título como el de «Superchería», «Cambio de luz», «Viaje redondo», «El frío del Papa», «Una medianía» o «Cuesta abajo», por citar algunos otros de la misma época, y diferente del de «Doña Berta», «Juanito Reseco», «Bárbara», «Palomares» o «La rosa de oro».

El proyecto le mantiene en tensión —aunque probablemente con escasas cuartillas escritas— hasta principios de octubre de ese año 85. Son apenas unos meses, por tanto. Y lo que sigue es la atracción efímera por un proyecto completamente distinto: «*Bárbara* (costumbres de la aldea asturiana, historia de una aldeana, etc., etc.)» (carta 27), que tal vez podría estar en relación con las novelas y proyectos de Armando Palacio Valdés, fuertemente impregnados de materia asturiana en estos años (*José* [1885], *Riverita* [1886] y *Maximina* [1887]). Tal vez no sea una casualidad que, cuando se refiere al tamaño de su próxima novela, Clarín se refiera a *El señorito Octavio* (1881), ni que éste sea el momento de mayor actividad política local de Clarín, animado precisamente por Palacio Valdés.

Desde los primeros días del 86 Clarín se centra en el proyecto de *Una medianía,* cuya acción transcurre en el ambiente madrileño de los círculos literarios. *Su único hijo* y *Bárbara* han pasado a ser dos vagas referencias en una nebulosa de proyectos sin ninguna cohesión: *Juanito Reseco, El redentor, Papa o Dios, Palomares,* etc. Debió trabajar entonces sobre su proyecto prioritario, y no sólo imaginativamente, pues lo repite demasiado a menudo como para no hacerle caso: los meses que transcurren entre marzo y junio y entre octubre y diciembre del 86 parecen los más productivos.

El año 87 es, sin duda, el de la inflación del proyecto de *Una medianía.* En abril le manifiesta a Galdós: «Yo me siento este año mejor de los nervios (...) Me siento *fecundo* (...) Se me ocurren más cosas que nunca y tengo planes para diez o doce cuentos o novelas.» Se confiesa sintomáticamente acosado por «la vergüenza de ser una medianía», y anuncia que prepara «tres novelas que tienen el lazo común de ser la vida de una especie de *tres mosqueteros psicológicos,* como si dijéramos. La primera se llama *Una medianía*

(Antonio Reyes), la segunda *Esperaindeo* (...) la tercera *Juanito Reseco* (mi predilecta)». Y por último recuerda otros proyectos que tiene «en el magín»: *Palomares, Bárbara, Del Hígado, Papa Dios.*

Es decir, *Una medianía* se ha incrustado en una especie de ciclo de tres novelas, a manera de estudios psicológicos sobre tres personajes: Antonio Reyes, Esperaindeo y Juanito Reseco. Y por otra parte *Su único hijo* ha dejado de ser un proyecto diferente al de *Una medianía,* pues no aparece enunciado entre los otros proyectos que tiene «en el magín». *Una medianía* se ensancha hacia afuera, conectando con otros proyectos, y hacia adentro, comenzando a subsumir la materia de *Su único hijo.*

Durante el año 87 el trabajo debió de ser, sin embargo, puramente cerebral, y no proyectarse demasiado sobre el papel, al menos hasta el verano, en que empieza a sentirse agobiado por un exceso de material posible.

Es entonces cuando desglosada la materia prima narrativa, Clarín vuelve a *Su único hijo,* dos años y medio después de haberlo abandonado. Estamos en el mes de abril del 88 y Clarín escribe a su editor: «*Su único hijo* está ahora en buen camino, le *quiero* y eso es lo importante para *crearlo*»[72].

En este momento las relaciones entre *Su único hijo* y *Una medianía* son muy fluidas. No debía estar nada clara la frontera que las separaba, como se comprueba por los sucesivos desenlaces, los dos previstos (muerte y fuga) y el definitivo. Y por otro lado, el hecho de que proponga a su editor tres posibilidades de publicación para el conjunto de ambas novelas, hace pensar que su margen de maniobra es muy amplio aún y que tenía material escrito de las dos, y material escrito suficiente como para ir publicándolo ya en *La Ilustración Ibérica,* fuese cual fuese la novela elegida para ello, aunque no suficiente como para adelantar original de un libro completo al editor.

Todos estos datos hacen entrever un proceso de creación heterogéneo y dialéctico: un primer proyecto muy

---

[72] Parece, por cierto, aludir al engendramiento del hijo en la Voluntad de Bonifacio Reyes.

prefigurado temáticamente *(Su único hijo)*, es sustituido por otro no menos prefigurado temáticamente *(Una medianía)* durante dos largos años[73], y que en principio nada tiene que ver con el anterior. En un momento dado (noviembre del 87), el segundo atrae hacia sí y fagocita al primero, reconvirtiéndolo en su introducción. Conviven ambos en planes de publicación simultánea y, finalmente, el primero abandona su condición de introducción, usurpa la necesidad del segundo y lo convierte en su continuación. Dadas las diferencias radicales de ambas novelas en cuanto a espacio, tiempo, protagonistas y técnica narrativa, lo más probable es que dos temas distintos, que atraían fuertemente y por separado a Clarín, es decir, el de la paternidad redentora *(Su único hijo)* y el de la frustración intelectual *(Una medianía)*, y que comenzaron a escribirse en distintas épocas y con diferentes técnicas, acabarán por confluir y articularse, al principio de forma confusa y sólo hacia finales del 87 a partir del ciclo familiar; una vez constituido éste, el tema de la paternidad redentora se impuso al de la vida literaria y acabó desplazándolo en las necesidades íntimas de Clarín, aunque no en sus proyectos a largo plazo.

A partir de marzo del 88, en efecto, Clarín se centra en *Su único hijo,* pero no parece entrar en la fase de redacción intensiva hasta los primeros meses del 89[74]. Desde entonces hasta el 7 de abril de 1890 Clarín remite unas 200 cuartillas, un poco más de la mitad de la novela[75], negocia con Fernández Lasanta la publicación del fragmento *Sinfonía de dos novelas,* y establece el precio definitivo (9.000 reales) de la novela. Pero el año 90 es de parón en la escritura: su

---

[73] Desde octubre del 85 hasta marzo del 88, Clarín era perfectamente consciente y el 19-IV-89 declara a Fernández Lasanta: «*Su único hijo* que lo tuve abandonado años y años».

[74] Lo que significa que durante nueve meses el trabajo es muy escaso, una vez tomada la decisión de concentrarse en *Su único hijo:* es el primer parón, el segundo ocurrirá durante buena parte del año 90.

[75] En la edición *princeps* la novela ocupa 436 páginas, que en el cálculo de Clarín (200 cuartillas = 235 páginas impresas) debían equivaler a unas 371 cuartillas manuscritas.

tiempo parece mucho más dedicado a la corrección de pruebas (incluidas las terceras) de esas 200 cuartillas, que a la escritura de otras nuevas. A finales del 90 parece recuperar el ritmo del trabajo y en noviembre de ese año calcula haber enviado unas 300 páginas[76]. Entre marzo y mayo del 91 remite el cap. XV (que en marzo todavía suponía el último) y anuncia el cap. XVI, que entrega antes del 13 de junio. Ambos capítulos finales suman un total de 74 cuartillas (87 páginas, el 20 por ciento del total). Estos últimos meses debieron ser de redacción tanto como de renuncia a todo un material argumental, que remitía a *Una medianía,* pues si en mayo del 90 calculaba unas «500 cuartillas mías» (587 impresas) contando con *Sinfonía de dos novelas,* y en junio decide «abreviar todo lo posible lo que falta», reduciendo el libro a 400 páginas impresas, un año más tarde en junio del 91, entregará un libro de 436 páginas impresas, con un desenlace muy adelantado respecto a lo previsto inicialmente (la muerte de Bonifacio Reyes).

Al acabarse *Su único hijo* esta novela pasa a ocupar junto con *Una medianía* uno de los vértices del ciclo ideado en el 87 como una serie sobre «tres mosqueteros ideológicos» (*Esperaindeo, Una medianía* y *Juanito Reseco*). *Su único hijo,* le escribe a Galdós nada más acabada la novela (17-VI-91) «tendrá una segunda parte y hasta una tercera. Este verano tengo que concluir para Heinrich de Barcelona, *Juanito Reseco.* A lo que tengo gana de llegar es al *Esperaindeo* que le dedico a Vd.». Y el 6 de octubre del 91 le expone a Menéndez Pelayo el plan entero del ciclo:

> mi última novela, que no viene a ser más, en efecto, que una introducción. Antonio Reyes, es la medianía que acaba por suicidarse cuando adquiere la evidencia de esa *medianía* que es. Tiene dos amigos: *Juanito Reseco,* que da nombre a otra novela que tengo empezada hace muchos años; este Juanito es superior a Antonio y es el egoísmo absoluto y de talento sin

---

[76] 255 cuartillas, 30 de las cuales las envió el 11 de ese mismo mes, lo cual implica que sólo ha enviado 25 entre abril, como muy tarde, y noviembre, pero posiblemente entre enero y noviembre.

ocupación, lo que acaba de llamar un novelista ruso «el genio sin cartera». Juanito no se suicida. El otro amigo es «Esperaindeo», que da nombre a otra novela.

La idea del ciclo que aparece ligada a *Una medianía* en el 87, se repite ahora asimilando a *Su único hijo,* que se incorpora tardíamente, y que parece no acabar de casar con este plan preconcebido. Las tres novelas del ciclo primitivo tienen una serie de rasgos en común que S. Beser (1960) y C. Richmond (1977b) han subrayado: sus protagonistas son tres jóvenes (dos procedentes de Asturias y otro que ha estado viviendo en Galicia) que se encuentran en Madrid, espacio novelesco (al menos hasta donde Clarín las describió) de tres acciones ocurridas en época contemporánea a la escritura, esto es, en la década de 1880. Al menos en los casos de *Juanito Reseco* y *Una medianía,* personajes que se conocen y conviven (cap. 4 de *Sinfonía),* el mundo representado es en gran medida el mundo literario e intelectual madrileño.

Nada de esto tiene que ver con *Su único hijo,* cuya acción transcurre en el pasado, en una ciudad de provincias de tercer orden, entre personajes de edad madura y sin ningún contacto con la vida intelectual madrileña. Por otra parte, y a la vista de los datos indirectos con que contamos, nada parece relacionar *Su único hijo* con *Juanito Reseco* o con *Esperaindeo.* Como dice C. Richmond (1977b):

> arquitecturalmente pudiera parecer ilógico organizar una trilogía de tres novelas independientes todas ellas introducidas por una obra *(Su único hijo)* que sólo se relaciona directamente con una de las tres. En la terminología de la historia del arte, en lugar de un «tríptico» unificado sostenido por una base única, tendríamos tres «paneles» separados, de los cuales sólo uno descansaría sobre su base (su prehistoria).

Si la simbiosis *Su único hijo-Una medianía* choca con el proyecto de ciclo que Clarín había preparado para *Una medianía,* no es menos cierto que la articulación de *Su único hijo* con *Una medianía* chirría por todas partes. Para captar este chirrido es preciso acudir al único fragmento relacionado

con *Una medianía* que nos ha quedado: *Sinfonía de dos novelas.*
Su único hijo - Una medianía. Leopoldo Alas se lo anuncia a su editor el 5 de agosto de 1889:

> *La España Moderna,* digo, va a publicar en el próximo número una cosa mía que se llama *Sinfonía de dos novelas.* Es una introducción sinfónica, en efecto, sobre motivos de *Su único hijo* y *Una medianía,* independiente de ambas novelas, pero sobre asunto de ambas: esa sinfonía irá al principio de *Su único hijo.*

Esta declaración sorprendente debe ser matizada de inmediato. Escribe Clarín que

> no se la había mandado a Vd., aunque ya estaba escrita hace mucho, porque cambié de idea y en vez de dejarla para introducción de *Una medianía* la publico al empezar *Su único hijo.*

En síntesis: se decide reutilizar como «introducción sinfónica» un texto que había sido pensado en algún momento como introducción de *Una medianía,* pero que acaba proponiéndose como introducción de *Su único hijo,* y todo ello en el momento en que Clarín no tiene entregadas más allá de 70 cuartillas (un 19 por 100 de la novela).

Basta una ojeada al texto para comprender que no se trata de la continuación de *Su único hijo* y del comienzo de *Una medianía* tal como Clarín concebía ésta al acabar aquélla. Las presiones de premura y de edición en un solo tomo llevan a Clarín a trasvasar de *Su único hijo* a *Una medianía* parte del material. Así, el 26-XI-90, Clarín declara a Fernández Lasanta que va a terminar *Su único hijo* «no con la muerte de Reyes, padre, sino con la *huida* de Reyes de casa de su mujer llevándose el hijo». Por tanto, este rapto debía de ser uno de los primeros acontecimientos, cronológicamente, de *Una medianía.* Pero ninguna alusión hay a ello en *Sinfonía.* Cuando en el capítulo séptimo y último del fragmento, *Sinfonía* conecta con *Su único hijo* a través de la evocación que Antonio Reyes hace de las figuras de su padre y de su madre, éstas ya no son las mismas que el lector ha contemplado en *Su único hijo:* los vemos cinco años después del bautizo de Antonio Reyes, Bonifacio parece haberse resignado a vivir entre los Valcárcel, y la casa está ahora llena de niños (Alberto, Justo, Sebastián) que entonces ni siquiera eran previsibles.

Pero sobre todo: *Sinfonía* es anterior al acabamiento de *Su único hijo.* No podía ser por tanto su continuación.

Pero tampoco es creíble la tesis de un texto autosuficiente, independiente de ambas novelas y concebido como introducción sinfónica. El fragmento conservado es, con todas las de la ley, un comienzo clásico de novela, en la cual los tres primeros capítulos presentan al lector unos personajes: Cofiño, Rejoncillo y Reyes. Se hilvanan entonces (caps. 2, 3, 4, y 5) las relaciones entre los personajes: Cofiño es el padre de Rita, con quien desea casarse Rejoncillo, pero ella se siente atraída por Reyes, y a su vez Reyes y Rejoncillo se enfrentan por sus respectivas relaciones con Regina Theil de Fajardo. Se dibujan dos bloques de antagonismos tanto personales como de valores y significaciones: Rita-Regina, Rejoncillo-Reyes, Reyes-Reseco. En el capítulo 4 entramos de lleno en el escenario, el mundillo intelectual, político y artístico madrileño, con la visita al Café Suizo Nuevo, al que le sigue en los capítulos 5 y 6 el Ateneo, en un cuadro tan analítico que recuerda los de *La Regenta* (el casino, el tertulín, el teatro...). El periplo nocturno de Antonio Reyes en el capítulo 4, al despedirse de Regina, inicia la acción propiamente dicha, que se continúa con la parada en el Suizo (4), el paseo por la calle de Alcalá (5), la estancia en el Ateneo (5 y 6), y el recorrido en coche hacia la cita con Regina (6 y 7), siempre contemplada desde la conciencia de Antonio Reyes, con una perspectiva claramente focalizada e interiorizada, fácil a las evocaciones y saltos asociativos. Al acabar el capítulo 7 queda interrumpida una acción hasta ahora cuidadosamente justificada y trabada, e interrumpida en su punto más intenso de contacto con *Su único hijo,* el de la evocación por Antonio de las figuras de sus padres. No es en absoluto lógico que una «introducción sinfónica» tenga esta cuidada estructura de principio de novela súbitamente trunco.

Hay toda una disposición argumental de materiales novelescos (personajes, acción, espacio, tiempo) que comienza pero que no se cumple. El lector tendría que haber esperado a leer todo *Su único hijo* para llegar a saber qué pasaría en la cita de Antonio Reyes con Regina y si Rita acabaría por casarse con Rejoncillo o con Antonio. Era demasiado pedirle al lector del xix.

Más bien cabe pensar lo que insinúa Beser (1980): «Publicada cuando estaba escribiendo *Su único hijo,* seguramente era una versión de un texto anterior, tal vez escrito cuando confesaba estar trabajando en la redacción de *Una medianía.*» No debe ser casualidad que el fragmento conservado coincida tan exactamente con la descripción que Clarín hace a Oller de *Una medianía* en noviembre del 86.

A mí me parece bastante probable que *Sinfonía* fuera escrita total o parcialmente (salvo, probablemente, el capítulo 7), como el comienzo de *Una medianía* entre enero del 86 y noviembre del 87, y que abandonara su escritura para dedicarse a *Su único hijo.* Ahora bien, cuando decide publicar *Sinfonía,* en agosto del 89, como «introducción sinfónica», es porque probablemente ya no le servía como comienzo de *Una medianía.* Es cierto que aún no tenía escrito el final de *Su único hijo* (lo escribirá año y medio más tarde), pero no es menos cierto que para continuar el caudal narrativo de *Su único hijo* era ya previsible que *Una medianía* tendría que reacomodarse a su cauce. No le servía la novela inicialmente pensada dentro del ciclo de los «tres mosqueteros ideológicos»: necesitaba otra *Una medianía,* y prolongar y responder cuestiones que no había previsto inicialmente para un mundo de Ateneos y Suizos, Rejoncillos y Cofiños. Todo ello respondía a un momento anterior, tal vez al mismo en que fue escrito *Un viaje a Madrid* (1886), con su visión crítica del mundo literario madrileño.

Y es entonces cuando Clarín ejecuta ese gesto absolutamente sorprendente y —sin duda, desde un punto de vista novelesco— revolucionario de re-ciclar este viejo fragmento como introducción sinfónica, adelantándose en muchos años a las composiciones sinfónicas de la novela europea[77]. Lo revolucionario no está tanto en concebir de entrada un texto introductorio en el cual se mezclen los motivos propios de dos novelas diferentes en el seno de una orquestación sinfónica, como en imaginar esa posibilidad de reciclamiento para un texto viejo[78], cuya publicación en *La España Moderna* podía reportarle ~demás unas pesetas[79].

Pero ese gesto revolucionario de Clarín no es rotundo. Lo realiza por primera vez el 5-VIII-89 cuando le escribe a su editor que «esa sinfonía irá al principio de *Su único hijo*». Comienza a modificar sus planes, ante la presión del editor, un mes más tarde (12-IX-89): «quedo convencido de que no debe retardarse la publicación de *Su único hijo,* para

---

[77] La idea de la composición musical de la novela parece proceder de la influencia general de Wagner sobre la literatura del fin de siglo, y de su concepción de un arte total y moderno que aúne la música y la poesía. Romain Rolland fue uno de los primeros en hacerse eco, aunque fuera teóricamente. En una carta temprana define lo que él llama «le roman musical» (1890). Pero como escribe M. Raimond «Marcel Proust a su, mieux que Romain Rolland, réaliser dans son oeuvre cette composition de type musical» *(Le roman depuis la Révolution,* París, 1969 [3], pág. 144). La idea se extendió rápidamente, vinculándose a las nuevas concepciones poemáticas o líricas de la novela, y late bajo algunos de los conjuntos novelísticos más importantes del siglo XX: las *Sonatas* (1902-1906) de Valle Inclán, *La symphonie pastorale* (1919) o *Les Faux-Monnayeurs* (1925) de A. Gide, *Der Zauberberg* (1924) de Thomas Mann, *A la recherche du temps perdu* (1913-1927) de M. Proust, *Point Counter Point* (1928) de A. Huxley o, ya después de la Segunda Gran Guerra, *The Alexandrie Quartet* (1957-60) de L. G. Durrell. Así reflexiona A. Huxley, en *Point Counter Point:* «Musicalización de la novela. No a la manera simbolista, subordinando el sentido a los sonidos (...) sino a gran escala, en la construcción. Pensar a Beethoven.»

[78] Clarín tenía otros textos fragmentarios y viejos de este tipo: algunos publicados, como *Esperaindeo,* otros que no se publicaron nunca, como el tan citado fragmento de *Juanito Reseco.*

[79] No debe olvidarse que *La España Moderna* era la revista que mejor pagaba las colaboraciones literarias, cosa importantísima para Clarín, y que ahora ve la posibilidad de un doble negocio: publicar con Lázaro *Una Sinfonía,* seguida de *Su único hijo* y después volver a publicarlo todo en un tomo de Fernando Fe, cobrando así dos veces por un mismo trabajo. Al ir entregando, por otra parte, el material ya escrito de *Una Sinfonía,* Clarín retrasaba la entrega de material aún no escrito de *Su único hijo,* y eso dada la periodicidad de la revista era un precioso tiempo ganado. Véase cómo Clarín justifica su postura en la carta del 12-IX-89.

lo cual es indispensable que prescindamos de ir dándolo poco a poco en *La España Moderna*». A *La España Moderna* le dará exclusivamente, y por separado, el texto de *Una sinfonía*. Sin embargo, Clarín sigue pensando en publicarla como introducción a *Su único hijo* en la edición de Fernando Fe: «tenga Vd. en cuenta que hay que publicar delante (con numeración romana) la *Sinfonía de dos novelas* que publicó *La España Moderna*» (30-V-90). Pero de nuevo el interés económico interfiere en sus ideas y le lleva a prescindir de *Una sinfonía* cuando el editor le propone publicar dos tomos: «de ningún modo puedo admitir que se publique en dos tomos una novela que vendo en 9 mil reales. Lo que haré será prescindir de la *Sinfonía de dos novelas* que iba a publicar en principio y abreviar todo lo posible lo que falta» (25-VI-90). Reduce entonces el proyecto de su libro de 500 cuartillas a 350. Pero el 26-XI-90 vuelve a sus trece:

> vuelvo a opinar que debe ir al principio del tomo esta *Sinfonía de dos novelas (Su único hijo-Una medianía)* y así la unidad de ambas se ve mejor (...) Para poder añadir por el principio del volumen, ya en capilla, la *Sinfonía de dos novelas* basta que le ponga numeración romana a las páginas.

Y ésta es la última vez que vuelve a mencionar *Sinfonía* en sus cartas. Aparentemente su decisión estaba tomada, y sin embargo *Su único hijo* se publicó sin introducción sinfónica.

¿Cuándo y por qué fue retirado el texto de *Sinfonía* de la cabecera de *Su único hijo*? S. Beser (1980) escribe al respecto: «Los puntos señalados anteriormente nos inclinan a creer que la supresión debió de ser imposición del editor.» Es posible, pero el propio Beser anota a continuación: «resulta difícil aceptar que las treinta y una páginas que ocupa la *Sinfonía* en *Doctor Sutilis* fueran un obstáculo insalvable para su publicación», tanto más cuando en las cartas no hay en ningún momento constancia de una oposición de Fernández Lasanta a la inclusión del fragmento.

Son poco probables a mi modo de ver razones de tipo

editorial o económico (¿qué ganaba Clarín retirando un texto ya publicado y, por tanto, cobrado, en la *España Moderna?*) para dar cuenta de la supresión de *Una sinfonía,* así que no queda otro remedio que barruntar razones estrictamente literarias. Es obvio que Clarín había descubierto un procedimiento absolutamente innovador en la novelística de finales de siglo, y que iba a dar un nuevo aire poemático a la novela del xx.

¿Por qué renunciar a él, entonces? Se me ocurren algunos razonamientos:

Primero: cuando Clarín propone la inclusión del fragmento por última vez (26-XI-90) todavía está muy lejos de redactar el final de *Su único hijo* (abril-mayo del 91), y desde luego no ha previsto cómo será este final. El capítulo XVI, decisivo para la significación de la novela, y que cambia profundamente la perspectiva de la misma, no está todavía escrito, y de las vacilaciones de Clarín sobre el desenlace tenemos abundantes pruebas. En una carta sin fecha a doña Emilia Pardo Bazán que publicó C. Bravo-Villasante[80], creyéndola de hacia 1890, Clarín confiesa respecto a *Su único hijo:* «tengo escrito algo, pero el chico, el hijo, no nació todavía. No sé si nacerá». Pero es que en carta del 26 de noviembre de 1890 a Fernández Lasanta, esto es, la misma en que propone por última vez la publicación de *Una sinfonía,* escribe:

> Como en rigor el asunto de la segunda parte de *Su único hijo* (desde que nace Reyes, hijo) es el mismo de *Una medianía,* voy a terminar *Su único hijo* pronto, no con la muerte de Reyes padre, sino con la *huida* de Reyes de casa de su mujer llevándose el hijo.

Es decir, cuando Clarín propone incluir la *Sinfonía* como introducción a *Su único hijo,* prevé un desenlace totalmente distinto al que escribirá finalmente, prevé la fuga de Bonifacio Reyes con su hijo y su posterior muerte. La escritura

---

[80] *Vida y obra de Emilia Pardo Bazán,* Madrid, 1962, pág. 137. García Sarriá (1975) la anticipa a 1889 o, incluso, 1888, pero no parece tener razones muy fundadas para ello (pág. 167).

del capítulo XVI, hacia abril-mayo del 91, cambiaría las cosas, y en este cambio tal vez está uno de los motivos básicos para suprimir la introducción.

Segundo: el capítulo XVI es el del enfrentamiento de la Voluntad contra la Opinión Social, del Espíritu contra la Materia, del Yo contra la Realidad, enfrentamiento con desenlace ambiguo, de doble significación, de triunfo a la vez que de derrota, pero de indudable afirmación espiritualista. Si hay alguna posibilidad de dignidad para la miserable condición humana ésta procede del espíritu. A ello ha venido a contribuir extraordinariamente el descubrimiento que un Narrador cruel y distante realiza de la profunda dignidad del antihéroe pusilánime, y del rearme ideológico de éste por medio de la religión de la familia, doble descubrimiento que se ha concentrado en el capítulo XVI. Tal vez no sea aventurado deducir que el Clarín que acababa su novela percibiera como contradictorios el desenlace de *Su único hijo* y la introducción de *Una Sinfonía*. Esta introducción había de tener efectos importantísimos sobre el significado de la novela: el lector que leyese *Su único hijo* sabría ya que Antonio Reyes estaba condenado a ser una medianía, que repetiría —en intelectual— el prototipo del individuo abúlico, desconectado de la realidad, incapaz para la acción, soñador y fracasado del padre, y que por tanto todas las esperanzas del padre, al final de la novela, estaban irremisiblemente condenadas. Pero si esto lo hubiera sabido el lector general, el lector que era Clarín sabía, además, que el autor Clarín había condenado al suicidio a «su único hijo»: «Antonio Reyes, es una medianía que acaba por suicidarse cuando adquiere la evidencia de esa *medianía* que es». El fracaso más terrible esperaba a las ilusiones de Bonifacio Reyes. C. Richmond (1977 b) lo ha comentado así:

> Si *Su único hijo* representa la búsqueda y la esperanza de una fe, *Una medianía* es la completa desilusión (...) Su suicidio, sin embargo, significaba la destrucción de la única esperanza de Bonifacio, y nos quedaríamos con «el vacío total».

C. Richmond piensa que esta perspectiva aterró tanto a Clarín que le hizo desertar del proyecto de *Una medianía*. Es posible; a mí me basta, por el momento, afirmar que de la introducción de *Una Sinfonía* se derivaba una descalificación del desenlace de *Su único hijo,* haciéndole perder su ambigüedad y su posibilismo espiritualista y reduciendo a terrible derrota la dialéctica de triunfo y fracaso del Yo frente a la Realidad. El Clarín que escribió el desenlace de *Su único hijo* no podía condenar unilateralmente las ilusiones de Bonifacio Reyes, como las condenaba el Clarín que escribió *La Regenta* y *Sinfonía de dos novelas* (a mi modo de ver escrita en 1886) y que concibió el plan de *Una medianía,* novela que hubiera sido la prolongación de *La Regenta* y no su contestación, como es *Su único hijo*.

La coherencia de Clarín sacrificó así la brillantez de una solución tan revolucionaria como la que proponía con la *Sinfonía de dos novelas,* y el punto a que le condujeron en su evolución intelectual las peripecias de Bonifacio Reyes le apartó —además de otras muchas razones— de la realización del ciclo que un día ya lejano imaginara a la manera naturalista.

IV. «Su único hijo» como respuesta
     a «La Regenta»[81]

Si en «El diablo en Semana Santa» (1981) «la jueza y el magistral estuvieron a punto de perderse», aunque finalmente no pasó nada y la maquinación satánica se disolvió en la diablura de las carracas, que transformó la posible tragedia en comedia gracias a la intervención del hijo, cuatro años más tarde en *La Regenta* (1884-85), no había hijo, ni carracas, y eso costó a la comunidad vetustense la muerte del antiguo magistrado, el exilio de su más ilustre pro-

---

[81] Las líneas que siguen aprovechan, en parte, tres trabajos publicados con anterioridad y que representan tres momentos de la investigación que ha conducido a esta edición. Me refiero a los reseñados en la bibliografía en los años 1988, 1989 y 1989b.

hombre, la caída de la esposa más honesta de la ciudad, y hasta es probable que la condenación eterna de un candidato a obispo.

Diez años más tarde, en *Los lunes del Imparcial,* sacaba Clarín a la palestra esa otra imagen de sí mismo, ya nada ironizada, que es el doctor Glauben, profesor universitario de filosofía y protagonista de «Un grabado» (1894). El Narrador-discípulo asistía fascinado a la revelación de la clave secreta del sistema filosófico del maestro: la orfandad de sus hijos —símbolo por otra parte de la orfandad cósmica del hombre— exige como imperativo categórico una paternidad universal. Lo contrario sería monstruoso. «No se fíe usted del todo. Puedo... puedo estar equivocado... Pero cuando usted tenga hijos... crea usted en Dios Padre.» Como en el Evangelio, el Hijo revela al Padre y en esta revelación la humanidad es redimida. Así lo declarará otro intelectual con hijos, don Jorge Arial, un año antes, en 1893, acompañándose de un razonamiento que tiene mucho de consigna: «Si hay Dios, todo está bien. Si no hay Dios, todo está mal» («Cambio de luz»). Y así reverberará en la loca envidia del diablo, prisionero de su esterilidad, aquella *noche-mala* en que descubrió su diferencia respecto a Dios: «Yo no tengo Verbo, yo no tengo Hijo... Yo me inutilizaré (...) y mi Hijo no ocupará mi puesto. ¡El Gran Rey de los Abismos no tiene heredero!» («La noche-mala del Diablo», 1894). Y la doctrina vuelve a formularse en el viaje «redondo» que aquel hijo lleno de dudas realiza, con la mediación de su madre, hasta retornar a la fe de sus mayores, y en el que el milagro de la revelación sobreviene al comprender el horror de la naturaleza «como una infinita orfandad», y al sentir que «el universo sin padre, daba espanto por lo azaroso de su suerte» («Viaje redondo» [1895]).

Pero entre estos relatos y el vomitivo desenlace de *La Regenta,* Clarín gesta —penosamente, es cierto— la primera respuesta global al desastre de *La Regenta,* la de *Su único hijo.* En 1891 Bonifacio Reyes es anunciado padre y entonces se revela a sí mismo como hijo, recupera a su padre, y vislumbra aquella cadena de generaciones de hijos y de padre, que acogida al calor de las tradiciones de la Iglesia Católica, especie de matriz que la historia española ha conformado, devuelve la sensatez a la vida humana y testimonia la providencial centinela del Padre. Pero a su vez al promover en Bonifacio Reyes el sacerdocio de la paternidad, redime su vida y le proporciona una fe y un objetivo, que definen su nueva identidad.

Esta primera respuesta global no se produjo, por otra parte, en solitario. Hasta qué punto la temática de la paternidad y del hijo obsesionaba al Clarín que escribe *Su único hijo,* es algo que demuestran no sólo los relatos posteriores, sino esa espléndida *Doña Berta* (1891), compañera de gestación de *Su único hijo,* como muestran las cartas a sus editores[82]. En *Doña Berta* la protagonista abandona sus posesiones, vende todo lo que ha sido su vida, ese paraíso oculto de la montaña asturiana donde ha vegetado durante tantos años, por una decisión radical y dramática, la de lanzarse al mundo en busca de la imagen de su hijo muerto y devolverle la honra, supuestamente perdida en el juego. Aquí es la madre, no el padre, quien se encuentra a sí misma en la busca del hijo. La desproporción entre sus pobres recursos y la ambición del proyecto, así como la hostilidad del medio, son los mismos que en *Su único hijo.* La condición fantasmagórica del hijo, la vejez desamparada de la heroína y el carácter retroactivo de la búsqueda (una especie de loco deseo de recuperar toda una vida perdida inútilmente), confieren a la novela corta su diferencia respecto a la larga, y le proporcionan ese tono sentimental y patético que Clarín confesaba perseguir en sus cartas. La historia de *Doña Berta* es, en cierta forma, lo que podría haberle ocurrido a Bonifacio Reyes en caso de renunciar al proyecto de *Su único hijo,* y refuerza así la perentoria necesidad de ese proyecto.

La respuesta a la catástrofe moral de *La Regenta* que Cla-

---

[82] Clarín ofrece a Fernández Lasanta la edición de *Doña Berta* el 26 de noviembre de 1890, y le anuncia que publicará el relato en *La Ilustración española y americana* en breve: así lo hizo, en dos entregas, el 8-5-91 y el 15-6-91. Blanquat-Botrel (1981) pág. 56.

rín elabora con *Su único hijo, Doña Berta* y, después, con los relatos ya citados, se formula como posible dentro del cuadro de la religión de la familia, verdadera y específica aportación de Clarín al vasto movimiento filosófico espiritualista que conmueve el fin de siglo.

La «religión de la familia» aparece someramente anunciada ya en *La Regenta,* y curiosamente por el único ateo de Vetusta, quien en el cap. XXVI se confiesa: «Al fin hay una religión, la de hogar». Pero aparece sobre todo como agujero negro, como doctrina no nacida cuya necesidad se hace angustiosa, como confusa nebulosa hacia la que se dirigen los deseos de Ana, de don Pompeyo, de don Fermín y hasta de Frígilis y allí se pierden. Basta recordar cómo Ana manifiesta siempre su dolorida e intensa emotividad por medio de relaciones de parentesco. Desde don Víctor al Magistral, pasando por Mesía, todos son parientes. Pero en la medida en que no existe como respuesta global a la angustia del vivir humano y en la medida en que la pasión amorosa y la mística se interfieren como únicas respuestas posibles, la religión de la familia no es más que el hueco que deja una necesidad informulable.

En *Su único hijo* ya hemos visto la precisión con que es formulada, desde su enunciación hímnica como «¡la cadena de los padres y los hijos!» hasta el engendramiento de toda una política derivada de ella, la del sacerdocio del padre: «El deber de padre, el amor de padre, es para mí lo absoluto» (pág. 466). Es la misma política que ponen en práctica o teorizan «otros padres y madres clarinianos»: doña Berta, don Jorge Arial, Aurelio Marco el de *La Yermocracia,* el doctor Glauben o la madre del *Viaje Redondo.*

No es éste el lugar para extenderse sobre la génesis y las ocurrencias de esta concepción en el pensamiento del Clarín maduro. Por el momento lo que me interesa es comprender las condiciones en que pudo ser formulada y en que apareció como convincente, y ello exige, a mi modo de ver, la tesis de un modelo espiritualista de pensamiento, y a la vez la hipótesis de un prototipo de novela espiritualista. Demostrarlo implica una exploración en tres fuentes comparativas, que sea capaz de abarcar la complejidad del diálogo intertextual del final de siglo entre los artistas, críticos y pensadores representativos de la ideología liberal, ahora en crisis: el frente de la producción novelesca europea, por un lado, el de la crítica literaria por otro, finalmente el del pensamiento filosófico y de las actitudes ideológicas que tanto preocuparon al Clarín de los 90.

Estudiado ya en otra parte el frente de la crítica literaria y explicitadas allí las ideas de Clarín sobre una nueva novela, correspondientes a una poética espiritualista (Oleza, 1988), me limitaré aquí a señalar el entronque del pensamiento clariniano con la filosofía espiritualista y de su novela con la novelística europea de signo espiritualista.

En rigor, el movimiento espiritualista es esencialmente filosófico, y abarca a diversas corrientes de pensamiento herederas de la obra de Maine de Biran (1766-1824) y que imponen su protagonismo en el panorama filosófico francés y alemán de fin de siglo. En la nómina de estas corrientes habría que apuntar como más destacados los nombres de Félix Ravaisson-Mollien (1813-1900), de Charles Renouvier (1815-1903), de Emile Boutroux (1845-1921), de Jean Marie Guyau (1854-1888) o de Henri Bergson (1859-1941), en Francia, y de Rudolf Hermann Lotze (1817-1881), African Spir (1837-1890) o Eduard von Hartmann, en Alemania. Haciendo abstracción de sus indudables matices y diferencias, a todos ellos corresponde un discurso de carácter idealista que, a diferencia del idealismo alemán del XIX, es también un discurso irracionalista. Es un discurso que pone en cuestión la primacía de la ciencia, rechaza el positivismo o reivindica la función de la metafísica. Un discurso que proclama la conciencia como primer mecanismo del conocimiento por encima de la razón y de la experiencia, y con ella arrastra a un primer plano epistemológico a la intuición, la voluntad o el impulso vital (*l'èlan vital*) bergsoniano. Un discurso que traslada al mundo interior o espiritual la verdadera esencia de lo real, abandonando la larga hegemonía de la materia (positivistas) y del objeto (idealistas), y es en el mundo interior donde redefine el tiempo no ya como cronología sino como duración (Bergson). Frente a las leyes universales y los determinismos científicos exalta la libertad y la espontaneidad creativas de la naturaleza, menos mecanicista que vitalista, así como somete a crítica el valor absoluto de los hechos y los datos reales, haciéndolos depender de la teoría que los sustenta; postula la contingencia de las teorías científicas, construcciones artificiales y no reflejos de la naturaleza de las cosas, modelos apoyados en convenciones que pueden ser cambiadas en razón de su mayor o menor fecundidad explicativa; y tiende a contraponer a una moral civil, con su respeto estático de las leyes y las costumbres, producto de la necesidad de estabilidad y de orden de las sociedades, una moral de valores absolutos, moral del sacrificio y de la acción extraordinaria, del santo o del héroe que abre nuevos caminos al progreso moral.

Este es justamente el discurso y estos son los filósofos que interesan al Clarín que, rechazando el tema que se le ha pedido en principio, el de la crítica literaria, de la que es indiscutido especialista, acuerda con Segismundo Moret un ciclo de conferencias sobre las «teorías religiosas de la filosofía novísima» a impartir, en el otoño de 1897, en la Escuela de Estudios Superiores del Ateneo de Madrid[83]. Tal vez el origen del trayecto filosófico que condujo a Clarín a esa preocupación casi exclusiva por el pensamiento espiritualista, deba buscarse en el folleto contemporáneo a *Su único hijo*, *Un Discurso* (1891), libro en el cual no aparece todavía ninguno de estos filósofos, salvo Guyau, una de las referencias más frecuentes y positivas de todo el libro, pero en el que aparecen plenamente formuladas ya las bases del pensamiento espiritualista de Clarín, y que por tanto debe leerse como el mejor trasfondo ideológico de las novelas de este momento: *Cuesta Abajo, Su único hijo, Doña Berta.*

---

[83] Sobre el contenido espiritualista del pensamiento de Clarín, así como sobre el citado ciclo de conferencias y los filósofos allí estudiados, véase Lissorgues (1983), especialmente el Apéndice y los caps. 3 y 5, y dentro de éste el epígrafe «L'esprit nouveau». Es asimismo de interés García San Miguel (1987), cap. II.

Pero el espiritualismo no fue tan sólo un fenómeno filosófico. A finales de siglo es toda una oleada cultural que conmueve a los intelectuales y artistas más representativos del régimen liberal. Clarín, en concreto, se siente envuelto en esa oleada desde el impacto del drama ibseniano (*Ensayos y Revistas*), la novela rusa (prólogo a *Resurrección*), el *roman d'analyse* francés (críticas a P. Bourget en *Mezclilla* y en *Ensayos y Revistas*), la crítica literaria impresionista (asumida en *Mezclilla*)[84] y, en general, el giro espiritualista y religioso de buena parte de la crítica literaria francesa, Brunetière y la *Revue des deux Mondes* a la cabeza, pero también M. de Vogüé, E. Rod, o P. Bourget, y finalmente, pero no menos importante, desde la asimilación novelesca del espiritualismo por Galdós a partir de *Realidad*, que Clarín analiza fascinado, para seguir después con *Ángel Guerra, Tristana, Nazarín* o *Misericordia*.

A Clarín, que siempre estuvo muy atento a los cambios y novedades del mundo cultural francés, no le podía pasar desapercibida ni mucho menos la muy generalizada conmoción religiosa que sacudió el escenario de la literatura francesa, hasta entonces esencialmente laico y dominado por esa trinidad laica que componían Renan, Taine y Zola. Ahora convergen las figuras de un catolicismo militante y conservador, como Barbey d'Aurevilly o M. Barrés, con la heterodoxia católica de un León Bloy, con las conversiones al catolicismo tan espectaculares de un Ernest Psichari (el nieto de Renan), de un Francis Jammes, del admirado K. J. Huysmans, y, sobre todo, del crítico hegemónico de la *Revue des deux Mondes,* F. de Brunetière, tras su visita al Papa, que tanto revuelo levantó, y convergen con actitudes tan catolicistas como las de Paul Bourget, el nuevo líder de la novela francesa, Marcel Prévost, Pierre Loti, Emile Baumann, Henri Bordeaux o René Bazin, todos ellos novelistas. O, finalmente, y como observa el propio Clarín en «La novela novelesca» (*Ensayos y Revistas*),

---

[84] Sobre la atracción de Clarín por la crítica impresionista *vid.* el pionero trabajo de J. Blanquat (1959), y el reciente y preciso de A. Vilanova, ed. 1987.

convergen también con los libre-pensadores que, prófugos del cientifismo, el positivismo y el naturalismo, y desde su falta de fe tanto como desde su interés por las preocupaciones religiosas, se sienten atraídos por el papel histórico y moral cumplido por el cristianismo en Occidente: son los dos grandes monstruos sagrados de la segunda mitad del XIX francés: Renan (en lectura de Clarín, muy discutible), y Taine, o el filósofo Renouvier, o críticos literarios como Lemaître y Faguet, o novelistas como E. Rod y P. Margueritte. Se constituye así un movimiento de carácter generacional cuyos rasgos básicos quería ver así Víctor Giraud:

> Une sympathie respectuese et croissante pour la religion en général, et pour le catholicisme en particulier, sympathie allant, parfois, jusqu'a l'adhésion formelle; une préocupation morale très sérieuse, très intense, très realiste aussi; une disposition très philosophique à répudier les empiètements illégitimes de la science, et à la contenir dans ses justes limites (...) tel paraît bien avoir été le commun idéel interieur de la génération littéraire (de 1870)[85].

Las actitudes morales de base y el pensamiento filosófico de fondo del movimiento espiritualista conectaban muy bien con el Clarín que escribe la «Revista Literaria» de noviembre de 1889 sobre la Unión Católica, de D. Víctor Díez Ordóñez (*Ensayos y Revistas,* págs. 185-219), el denso folleto *Un discurso* (1891), las *Teorías religiosas de la filosofía novísima* (1897), las *Cartas a Hamlet (Siglo pasado,* 1901), o el prólogo a *Resurrección* (1901), y que es el Clarín que culmina el camino iniciado en *Su único hijo.*

Pero si se han podido comprobar las conexiones de *Su único hijo* con la obra narrativa de Clarín, de un lado, y con el movimiento ideológico espiritualista de fin de siglo, del otro, no es menos significativa su conexión con toda una práctica novelesca europea, heredera del realismo, pero antagónica del naturalismo, y que abarca desde el *roman*

---

[85] *Les maîtres de l'heure. Essais d'histoire morale contemporaine,* vol. II, 3.ª edición, París, Hachette, 1914, pág. 340.

d'analyse francés hasta la novela espiritualista rusa. No se trata de definir un modelo único de novela, en el que no creemos. Las diferencias tanto ideológicas como novelescas son muy marcadas, hasta el punto de permitirnos hablar de dos grandes corrientes novelescas de distinto signo ideológico, la ruso-hispánica, de un lado, y la francesa de otro. La primera marcada por su mundo de desheredados y miserables, «humillados y ofendidos», pobres gentes, en suma, que son comunes a Dostoievski y Galdós, a Tolstoi y a Clarín. La segunda por «la vida del gran mundo» o de la alta burguesía que caracteriza a las novelas de Bourget, Rod o Margueritte. La primera propugnadora de un mesianismo redentorista, cristiano a la vez que heterodoxo, y profundamente crítico respecto al estado de la civilización burguesa. La segunda de un moralismo bienpensante, que trata de reintegrar en el cuadro de valores de la sociedad burguesa los gestos de la heterodoxia finisecular, llamando a una renovación de los compromisos tradicionales: la familia, la patria, la Iglesia.

Pero sean cuales sean las diferencias, todo un conjunto de rasgos novelísticos las hacen converger, y especialmente uno, el tema de la paternidad.

Y es que todo un conjunto de novelas españolas, rusas y francesas se plantean el tema de la paternidad en términos de realización vital y redención moral: además de los relatos clarinianos habría que recordar la galdosiana *Fortunata y Jacinta*, *La Sirena Negra* de Emilia Pardo Bazán, *El Eterno Marido* de Dostoievski, *La Torre Promise* o *Némésis* de Paul Bourget, *La force des choses* y *L'embusqué* de Paul Margeritte y, muy especialmente, *Le sens de la vie* (1889) del suizo-francés Edouard Rod, novela que mantiene profundas concomitancias con *Su único hijo*[86].

En todas estas novelas, y posiblemente en muchas otras, el hijo revela súbitamente al padre su propio destino y dota a su vida de una dirección que vacila y cambia dramática-

---

[86] Para el análisis comparativo de *Su único hijo* y *Le sens de la vie*, véase Oleza (1989) y (1989b).

mente cuando sobreviene la muerte del hijo. Se trata por tanto de un tema privilegiado de la novela espiritualista.

Pero hay otros temas y otros mecanismos de desenlace del conflicto. Si a Bonifacio Reyes, a doña Berta, a Gaspar de Montenegro, a Francis Nayrac (*La Terre Promise*), a Fortunata o a Veltchaninov (*El eterno marido*), el hijo les centra la vida con un proyecto de superación de sus conflictos, Raskolnikov será salvado por el amor de Sonia, la prostituta-virgen; también Francis Nayrac será redimido de su culpa gracias a la abnegación de Henriette; la abnegación y el autosacrificio de Anastasie, por amor, tratan de salvar al príncipe Muichkine, de Dostoievski, y de redimir así su propia corrupción (*El príncipe idiota*); la abnegación de Carmen Aldao, en *Una cristiana* y *La prueba,* la redime de la impureza de la vida, de sus tentaciones y de la terrible maldición de la lepra que va matando a su marido. También en *Ángel Guerra* el amor será el elemento decisivo de la redención. Otra cosa es *Resurrección,* donde Nedlúkov se redescubre a sí mismo y el sentido de su redención no por el amor, ni por el hijo, sino por medio de su conciencia de culpa y de su pasión por el deber. Es la misma trayectoria que la de Federico Viera en *Realidad,* sólo que en él la culpa es imposible de superar y la pasión del deber sólo descubre la dignidad en el suicidio. En esta misma novela, Tomás Orozco alcanzará su propia realización gracias al ansia de perfección moral, que le define como santo y le hace superar la terrible prueba. En *Nazarín* y *Misericordia,* en cambio, serán la caridad, la solidaridad y el sentido innato de justicia los sentimientos propulsores de la plenitud humana de los protagonistas. En *La Fe,* de Armando Palacio Valdés, será precisamente la fe, recuperada súbitamente, la que salvará al padre Gil en medio de las persecuciones con que se le castiga.

Se trata por tanto de diversos factores: la paternidad, el amor de la pareja, el sacrificio por el otro, la pasión del deber, el ansia de perfección moral, la caridad y el amor a la humanidad, la fe... Pero en todos estos casos los protagonistas llegan a superar su conflicto y este conflicto es siempre un conflicto moral, producto de un choque dramático con la sociedad y los valores dominantes en ella. El individuo problemático, pues de individuos problemáticos se trata, vive en un estado de corrupción, en unos casos, de alienación y resignación en otros, propiciado en todos ellos por su medio social y que él o ella no ponen en cuestión. Así Nedlúkov, en *Resurrección*, Anastasio en *El príncipe idiota*, Veltchaninov en *El eterno marido*, René en *Mensonges*, Federico Viera en *Realidad*, Bonifacio Reyes o Da Berta de Rondaliego. En algún caso, como en *La tierra prometida*, ese estado puede ser, incluso, de felicidad. En todas estas novelas el individuo problemático experimenta una prueba, muchas veces acompañada de una súbita revelación, que les descubre en unos casos la falsedad o vaciedad de su situación, en otros casos el crimen que cometieron tiempo atrás, y en casi todos la culpa y la responsabilidad personal por haber causado o caído en esa situación. De la revelación de la propia culpa emanará la búsqueda de una salida al conflicto que ponga en paz moral al yo del personaje consigo mismo, que expíe la culpa y redima su vida. A veces ello no es posible, y la novela se enreda entonces en las contradicciones internas o en los accidentes exteriores que frustran la redención: es el caso de Federico Viera, en *Realidad*, de Anastasia en *El príncipe idiota*, de doña Berta, o de Veltchaninov en *El eterno marido*. La desolación culmina en estos casos la historia: el individuo degradado, en el centro mismo de una sociedad degradada, ha llegado tarde o ha sido incapaz de reencontrarse a sí mismo y de salvarse moralmente. En alguno de estos casos hay una contrapartida posible: el apartamiento moral del mundo, su condena con gesto de eremita, a la manera de Tomás Orozco. Dostoyevski da a este apartamiento una dimensión más brutal, con la caída definitiva en la locura del príncipe Muichkine. Clarín castiga a doña Berta y a su gato sometiéndolos a la implacable destrucción de la civilización.

En otro tipo de novelas la expiación de la culpa supone la redención efectiva del héroe, y esa redención suele efectuarse a través de la apoteosis del amor. De un amor individual, ejercido en el propio entorno y proyectado sobre la propia vida cotidiana, como en el caso de Bonifacio Reyes, de Fortunata, de Carmen Aldao en *Una cristiana*. *La prueba*, de Sonia en *Crimen y castigo*, o de Nayrac en *La tierra prometida*.

El espiritualismo revela su condición religiosa en la reconversión de ese amor en fe religiosa y expiación católica en algunas de estas novelas, como en *Mensonges* y *La tierra prometida*, de P. Bourget, *La sirena negra*, de la Pardo Bazán, o *La fe* de Palacio Valdés. En ocasiones el espíritu tendencioso y didáctico de todas estas novelas, reenlaza con las novelas de tesis, al convertir el desenlace en razonada rectificación de toda la acción argumental. El final no viene así a ser la culminación de la acción, sino la lección o tesis que sobreviene al fracasar aquélla. Es el caso de *Mensonges* o de *La sirena negra*.

Pero el grado de máximo despliegue del esquema espiritualista lo revelan las novelas en que la apoteosis del amor lo es de amor a la humanidad, de muerte del egoísmo y de entrega solidaria al destino colectivo. El héroe espiritualista, una vez redimido, aspira a redimir a la humanidad, proyectar sobre la realidad sus propias creencias y valores, transformarla por medio del ejemplo personal. Son los santos civiles que recorren algunas de las más características novelas rusas y españolas. El modelo ruso es, por excelencia, *Resurrección*, pero en España lo habría elaborado ya Galdós a partir de héroes que no pasaban por el descubrimiento y la expiación de una culpa propia, sino que aparecían dotados desde el principio de la conciencia agudísima de la injusticia social y de una filosofía del amor que se proyectaba en acción a través de la caridad, la abnegación y el autosacrificio. El áspero Nazarín y la dulce Benina fueron los prototipos.

En todas estas novelas se configura una respuesta al análisis naturalista, y una respuesta que va desde el descubrimiento de los abismos del yo y de la miseria moral de la realidad hasta la formulación de una propuesta de acción y de apostolado para transformar esa realidad. Novelas de descubrimientos súbitos y decisiones que cambian un destino, que se sumergen en estados de lucidez anormal o hacen estallar el conflicto en escenas de alta tensión emotiva, gustan de abrigarse de connotaciones evangélicas y sagradas, y si Bonifacio Reyes define el hijo que ha de redimir su vida como *Su único hijo,* el hijo de Dios Padre, Tolstoy califica la historia que nació aquel día en que la Máslova fue seducida por Nedlúkov como la resurrección del Hombre nuevo, mientras Paul Bourget llama tierra prometida al retorno del padre a su hija. En estas novelas se condensa una extremada tensión moral, siempre al borde de grandes crisis, de grandes conversiones o de ineludibles catástrofes, como si la cercanía de aquel fin de siglo lleno de amenazas les confiriera un clima de postrimerías.

SU ÚNICO HIJO
POR CLARIN
(LEOPOLDO ALAS)
MADRID
LIBRERÍA DE FERNANDO FÉ
Carrera de San Jerónimo, 2.
1890

Primera edición de *Su único hijo.*

Nota a la edición

Para establecer el texto he cotejado las dos ediciones realizadas en vida del autor, así como la excelente edición de C. Richmond. Llamo P (de *Princeps*) a la primera edición, publicada en Madrid, por Fernando Fe, en 1891, y F (de *Folletín*) a la publicada entre el 14 de octubre y el 13 de diciembre de 1900, en 53 folletines, por el periódico *La Publicidad*, de Barcelona, en el que ya había publicado *La Regenta* a lo largo de 1894, y del que era asiduo colaborador en esta época. Es obvio que F se hizo siguiendo a P y no al siempre difícil manuscrito de Alas, pero aún así F está plagada de errores tipográficos y no presenta correcciones sustanciales a P: ello convierte en texto base de nuestra edición el de P, aunque incorporando en alguna rara ocasión correcciones de F a lecturas erróneas de P, o algún punto y aparte de F (tal vez por razones de compaginación periodística) que resuelve mejor que el punto y seguido de P la distribución del material narrativo, de acuerdo con la manera de hacer de Alas. En todo caso F nos ha servido para ratificar a P en caso de duda, pues es preferible que el lector compruebe el descuido y las prisas con que Clarín escribió esta novela que proponer correcciones más ortodoxas para el idioma, cosa a la que sólo nos hemos atrevido muy raramente e indicándolo siempre. En todo caso debe advertirse que las frases mal construidas o a medio acabar abundan, que el ritmo de la prosa resulta a menudo descompuesto y que resistiría difícilmente —en determinados pasajes— una lectura en voz alta, que la puntuación es en muchos casos arbitraria y poco fiable a la hora de delimitar el estilo directo del indirecto o del indirecto libre, y que los leísmos y laísmos proliferan sin aquel mínimo freno que el autor había puesto en *La Regenta*.

Pero no todo son descuidos del autor. El proceso de impresión fue largo y penoso: comenzó antes del 30 de mayo del 90 y prosiguió, con múltiples interrupciones, hasta junio del 91. Clarín corregía primeras, segundas y hasta terceras pruebas por bloques, mientras seguía escribiendo manuscrito. Su letra confesadamente infame, y el hecho de que enviara el manuscrito confiando en completarlo y corregirlo sobre las mismas pruebas de imprenta, son dificultades complementarias. De las primeras pruebas del primer bloque entregado a la imprenta, Clarín opinó: «En general estaba bien, pero se habían comido renglones enteros» (30- V-1890), y del segundo bloque: «estas primeras, vienen atroces en parte por culpa de mi mala letra, pero también en parte por el poco cuidado de los impresores» (26-XI-1890). Tras corregir las segundas pruebas, y encontrar todavía muchos errores, algunos de ellos corregidos en las primeras, Clarín exigió garantías a su editor o terceras pruebas (21-VI-1890). Hubo terceras pruebas, y «aún he visto erratas (...) a pesar de tantas correcciones» (26-XI-1890), alguna de las cuales intentó hacer corregir por carta (15-III-91), aunque inútilmente.

He tratado de tener en cuenta estas advertencias del autor al preparar la edición que el lector tiene en sus manos.

En términos generales mi intervención sobre el texto de P ha consistido en:

1. Actualizar la acentuación.

2. Corregir algún error obvio de régimen y construcción gramaticales, no directamente achacable a Clarín, y que se mantenía tanto en P como en F.

3. Corregir, indicándolos, errores de régimen y construcción gramaticales, probablemente debidos al mismo autor.

4. Regularizar, en la medida de lo posible, todo lo que hay de arbitrariedad y de descuido en la puntuación clariniana, y corregir los errores que la imprenta le sobreimpu-

so. En todo momento he intentado restablecer un modelo clariniano (respetando su pasión por el punto y coma, por ejemplo, aunque muchas veces tenga el valor de una simple coma), suplir los numerosos despistes y olvidos parciales (de comillas, signos de interjeción e interrogación), y eliminar algún signo inútil que, a veces (no siempre) se le escapa a Clarín, como el guión interior sin función narrativa ni sintáctica: «La vida era más divertida entonces, la juventud más fogosa, las mujeres más sensibles. —Y al pensar en esto suspiraban los de la tienda de Cascos» (página 193).

La intervención puntuadora más delicada es la que afecta a la diferenciación de las voces narrativas. Clarín confunde gráficamente el monólogo interior en primera persona y la narración en estilo indirecto libre, pasando de uno a otra sin cambiar de grafemas. El poblema surge cuando muchos pasajes en estilo indirecto libre, que realizan el papel de monólogos interiores, no van entrecomillados y se confunden en el magma de la narración en estilo indirecto. Y se incrementa con las vacilaciones gráficas al representar diálogos o monólogos interiores evocados por el discurso interior de algún personaje o del propio narrador. Tratando de permanecer lo más fiel posible al modelo implícito en la manera de hacer del autor, he reservado las comillas para enmarcar expresiones del discurso interior, tanto en primera como en tercera persona, respetando así lo que ya sabemos que Alas pretendía explícitamente: que el narrador, por medio del estilo indirecto libre, supliera la voz interior del personaje (Oleza, ed. 1986, «Introducción, I», pág. 96). El guión lo hemos aplicado exclusivamente a las expresiones dialogales, en estilo directo, y allí donde ha sido posible hemos combinado comillas y guión para expresiones dialogales evocadas.

6. He regularizado el uso de la cursiva para las voces en otros idiomas, indicando a pie de página los errores ortográficos cometidos en P y F.

7. Por supuesto, todos estos criterios se han aplicado por igual a *Sinfonía de dos novelas,* cuyo texto tenía un estilo tipográfico diferente.

8. Si he incluido el texto de *Sinfonía*... no ha sido como introducción sinfónica a *Su único hijo,* sino como apéndice, siguiendo el razonamiento expresado en esta Introducción, cap. III, y ello para que el lector pueda tener entre sus manos un elemento más de esa movediza y compleja elaboración que sufrió *Su único hijo* hasta llegar a ser lo que finalmente fue. En el texto de *Sinfonía*... he contrastado las ediciones de *La España Moderna* (n.º 8, agosto de 1889, págs. 5-31), *Doctor Sutilis* (O. C., III, Madrid-Buenos Aires, Renacimiento, 1916, págs. 305-335), C. Richmond (Madrid, Espasa-Calpe, 1979, Apéndice I, págs. 327-359) y L. Rivkin (Madrid, Júcar, 1985).

Respecto a la anotación literaria he considerado que mi edición debe asumir consecuentemente la condición de obra maestra de *Su único hijo,* tanto más cuanto esa condición no le ha sido plenamente reconocida por la Historia de la Literatura Española, a pesar de los grandes esfuerzos de los especialistas en los últimos veinte años. No es novela ésta que deba vivir de rentas de la gloria de *La Regenta.* Es otra cosa: es la expresión estética cabal del mundo novelesco de un Alas ya maduro, en tránsito hacia el desenlace de su personalidad intelectual. Y como tal es una novela espléndida, además de una de las más extrañas y originales de aquellas postrimerías del XIX. Me he propuesto acercarme a ella, por tanto, desde todos los ángulos a mi alcance y acumulando la mayor cantidad posible de conocimientos previos. Como editor, me ha asustado más la ignorancia que la indiscreción. El lector que quiera encontrarse frente a frente con el texto virgen, como si acabara de imprimirse para él, puede costearse su ingenuidad con cualquiera de las ediciones no críticas a su alcance.

Como en el caso de *La Regenta* me he planteado el texto como punto de partida y no como punto de llegada del trayecto crítico. Ello ha supuesto invertir el proceso de creación en busca de sus orígenes, y tratar de reconstruir el conglomerado de «condiciones de felicidad» que hicieron posible la novela. En persecución de los datos pertinentes he proyectado *Su único hijo* sobre *La Regenta,* sobre su periodismo y su teatro, sobre sus polémicas, su epistolario, sus confidencias y sus hechos biográficos, sobre sus lecturas clásicas y contemporáneas, sobre la literatura, la sociedad, las creencias, las costumbres, el urbanismo, la religión, la geografía o la economía de su época, desde el Romanticismo al alambicado Fin de Siglo. Reconstruir, en una palabra, la «Enciclopedia» subyacente a toda obra de arte, y en la que vienen a corverger sus tres grandes fuentes generadoras: la personalidad del autor —a la que la crítica literaria debe restituir todos sus derechos—, la obra y su mundo, y la época con sus múltiples dimensiones: éste ha sido mi objetivo.

En el capítulo de agradecimientos, quisiera recordar la generosidad de S. Beser, quien me proporcionó el ejemplar del Folletín de *La Publicidad,* y a una institución como la Biblioteca Reggenstein, de la Universidad de Chicago, cuyas galerías generosamente abiertas al investigador le sumergen a uno en el sueño de Borges a la vez que le permiten casi tocar la posibilidad material de esa «Enciclopedia». Vayan para ella y para el profesor Paolo Cherhi, nuevo Virgilio de esta selva oscura, estas palabras de reconocimiento explícitas. Las implícitas serían innumerables.

El cantante Santini. Vestuario para el papel de Fígaro en *El Barbero de Sevilla*.
Biblioteca Nacional de París.

Bibliografía

I. La producción de Clarín

1. *Obras de Clarín*

El derecho y la moralidad, tesis de doctorado leída el 10 de julio de 1878, Madrid, Casa Editorial de Medina, 1878.

Speraindeo, fragmento novelesco de tres capítulos. Publicado en *Revista de Asturias,* núms. 8 (págs. 119-122), 10 (páginas 157-159) y 11 (págs. 168-170), de abril, mayo y junio de 1880.

Solos de Clarín, Madrid, A. de Carlos Hierro, 1881. Cito por Madrid, Alianza Editorial, 1971.

Prólogo a *La lucha por el derecho,* de R. Ihering, Madrid, Victoriano Suárez, 1881.

La literatura en 1881, Madrid, A. de Carlos Hierro, 1882. En colaboración con Armando Palacio Valdés.

Programa de elementos de Economía Política, Memoria de oposición a la Cátedra de Economía Política de la Universidad de Salamanca, Madrid, Imprenta de la Revista de Legislación, 1882.

Prólogo a *La cuestión palpitante,* de E. Pardo Bazán, Madrid, Impr. Central, 1883.

La Regenta, Barcelona, Daniel Cortezo, I (1884), II (1885). Cito siempre por la segunda edición de mi edición crítica de 1984, esto es por Oleza ed. 1986, vol. I, y 1987 vol. II, Madrid, Cátedra.

Sermón perdido, Madrid, Fernández y Lasanta, 1885.

Pipá, Madrid, Fernando Fe, 1886. Cito por Antonio Ramos-Gascón, ed. Madrid, Cátedra, 1976.

Un viaje a Madrid, Madrid, Fernando Fe, 1886 *(Folletos literarios,* I).

Cánovas y su tiempo, Madrid, Fernando Fe, 1887 *(Folletos literarios,* II).

Nueva Campaña (1885-1886), Madrid, Fernando Fe, 1887.

Apolo en Pafos, Madrid, Fernando Fe, 1887 *(Folletos literarios,* III).

Mis plagios. Un discurso de Núñez de Arce, Madrid, Fernando Fe, 1888 *(Folletos literarios,* IV).

Mezclilla, Madrid, Fernando Fe, 1889. Cito por A. Vilanova, ed. 1987, Barcelona.

A 0,50 poeta, Madrid, Fernando Fe, 1889 *(Folletos literarios,* V).

Sinfonía de dos novelas (Su único hijo. Una medianía), fragmento novelesco de siete breves capítulos. Publicado en *La España Moderna,* agosto de 1889 (págs. 5 y ss.) y después en el póstumo libro *Doctor Sutilis,* hay edición moderna en C. Richmond ed. 1979 y en L. Rivkin ed. 1985, Madrid, Júcar.

Benito Pérez Galdós, Madrid, Fernando Fe, 1889.

Rafael Calvo y el teatro español, Madrid, Fernando Fe, 1890 *(Folletos literarios,* VI).

Museum (Mi revista), Madrid, Fernando Fe, 1890 *(Folletos literarios,* VII).

Su único hijo, Madrid, Fernando Fe, 1891. Hubo otra edición en el folletín de *La Publicidad* de Barcelona en 1900. Hay una edición moderna, de estudioso, en Madrid, Espasa-Calpe, 1979, a cargo de Carolyn Richmond.

Cuesta abajo, fragmento novelesco publicado en *La Ilustración Ibérica,* en números del año 1890 (núms. 376, 380, 382, 384, 398, 399, 405 y 406) y del año 1891 (núms. 423, 433, 446 y 477). Hay edición moderna de L. Rivkin en Madrid, Júcar, 1985.

Un discurso, Madrid, Fernando Fe, 1891 *(Folletos literarios,* VIII).

Doña Berta. Cuervo. Superchería, Madrid, Fernando Fe, 1892. Con edición posterior en el volumen IV de las *Obras Completas* de 1929. Cito por Madrid, Taurus, 1970.

Ensayos y Revistas (1888-1892), Madrid, Fernández y Lasanta, 1892.

El Señor y lo demás, son cuentos, Madrid, Fernández y Lasanta, s.a.

·(1893). Hay edición moderna, aunque sin el primer relato, en Madrid, Espasa-Calpe (col. Austral), 1944. Lleva el título de *¡Adiós, «Cordera»! y otros cuentos.*

Introducción a *Los Héroes,* de T. Carlyle, Madrid, Fernández y Lasanta, 1893, 2 vols.

Palique, Madrid, Victoriano Suárez, 1894. Cito por Barcelona, Labor, 1973, a cargo de José M.ª Martínez Cachero.

Teresa. Ensayo dramático en un acto y en prosa, Madrid, Imprenta de José Rodríguez, 1895. Cito por Leonardo Romero Tovar, ed. Madrid, Castalia, 1975. Incluye asimismo cuentos de tema teatral: «Avecilla» y «El hombre de los estrenos».

Cuentos morales, Madrid, La España Editorial, 1896. Cito por Madrid, Alianza Editorial, 1973.

Crítica popular, Valencia, 1896 (Antología de escritos ya publicados).

Prólogo a *Resurrección* de León Tolstoi, Barcelona, Maucci, 1901.

Traducción y prólogo a *Trabajo,* de E. Zola, Barcelona, 1901.

El gallo de Sócrates, Barcelona, Maucci, 1901 (póstuma). Cito por Madrid, Espasa-Calpe, 1973 (col. Austral).

Siglo pasado, Madrid, Antonio R. López, s. a. (1901), (póstuma).

Galdós, Madrid, Renacimiento, 1912 (en *Obras Completas,* volumen I).

Doctor Sutilis, Madrid, Renacimiento, 1916 (en *Obras Completas,* vol. III) (póstuma).

Juan Ruiz, transcripción, introducción y notas de S. Martín-Gamero, Madrid, Espasa-Calpe, 1985.

2. *Recopilaciones de utilidad*

Páginas escogidas, selección, prólogo y comentarios de Azorín, Madrid, Calleja, 1917.

Obras Completas, Madrid, Biblioteca Renacimiento, 1913 a 1929, 4 vols. Por supuesto incompletas.

Obras Selectas, Madrid, Biblioteca Nueva, 1947 y 1966. Introducción de J. A. Cabezas.

Cuentos, Oviedo, 1953, selección y nota preliminar de J. M.

Martínez Cachero. Prólogo de M. Baquero Goyanes.
Leopoldo Alas: Teoría y crítica de la novela española. Con antología, introducción y comentarios de S. Beser, Barcelona, Laia, 1972. Citado como S. Beser ed. 1972.
Preludios de Clarín, estudio preliminar, selección y notas de J. F. Botrel, Oviedo, 1972. Citado a menudo como J. F. Botrel ed. 1972.
Clarín. Obra olvidada, selección e introducción de Antonio Ramos Gascón, Madrid, Júcar, 1973. Citado como A. Ramos Gascón ed. 1973.
Clarín político, selección, introducción y notas de Y. Lissorgues, Toulouse, Universidad de Toulouse-Le Mirail, I (1980), II (1981). Citado como Y. Lissorgues ed. 1980 y ed. 1981.
Treinta relatos, selección, estudios y notas de C. Richmond, Madrid, Espasa-Calpe, 1983. Citado como C. Richmond ed. 1983.
Los prólogos de Leopoldo Alas, edición de D. Torres, Madrid, Playor, 1984.
Cuesta abajo y otros relatos inconclusos, edición de L. Rivkin, Madrid, Júcar, 1985. Contiene además los fragmentos novelescos de *Palomares, Tambor y gaita, Sinfonía de dos novelas, Speraindeo* y *Las vírgenes locas.*

3. *Epistolarios más importantes*

Epistolario a Clarín, prólogo y notas de A. Alas, Madrid, Escorial, I (1941), II (1943).
CARDENAL, M., «Seis cartas inéditas de Clarín a Castelar», *BBMP,* XXIV, 1948, págs. 92-96.
GÓMEZ SANTOS, M. (1952), publica las interesantes cartas cruzadas entre L. Alas y el Obispo de Oviedo. R. Martínez Vigil, véase la Bibliografía crítica.
SÁNCHEZ REYES, E., «Centenarios y conmemoraciones», *BBMP,* XXIX, 1953, págs. 108-114, cartas a Menéndez Pelayo.
BESER, S., «Siete cartas de Leopoldo Alas a José Yxart», *Archivum,* X, 1960, págs. 385-397.

— «Documentos clarinianos; I, Seis cartas de Leopoldo Alas a Narcis Oller; II, Una necrología de Leopoldo Alas», *Archivum*, XII, 1963, págs. 507-526.

BRAVO VILLASANTE, C., *Vida y obra de Emilia Pardo Bazán,* Madrid, 1962, publica una importante carta de Clarín a doña Emilia.

Cartas a Galdós, ed. de Soledad Ortega, Madrid, 1964.

MARTÍNEZ CACHERO, J. M., «Trece cartas de Leopoldo Alas a Rafael Altamira y otros papeles», *Archivum,* XVIII, 1968, págs. 145-176.

GUASTAVINO, G., «Algo más sobre "Clarín" y "Teresa"», *Bulletin Hispanique,* LXXIII (1971) págs. 135-139. Cartas a María Guerrero.

«Cartas de Clarín a José Quevedo», en F. García Sarriá, *Clarín o la herejía amorosa,* Madrid, Gredos, 1975.

GAMALLO FIERROS, D., «Las primeras reacciones de Galdós ante *La Regenta», La Voz de Asturias,* 30-VII, 6-10-13 y 27-VIII-1978.

BOTREL, J. F. (1979), publica una interesante carta a Sinesio Delgado, *vid.* Bibliografía Crítica.

BLANQUAT, J. y BOTREL, J. F., *Clarín y sus editores: 65 cartas inéditas de Leopoldo Alas a Fernando Fe y Manuel Fernández Lasanta (1884-1893),* Rennes, Universidad de Haute-Bretagne, 1981.

AMORÓS, A., «Doce cartas inéditas de Clarín a Jacinto Octavio Picón», en *Los Cuadernos del Norte,* mayo-junio, 1981, págs. 8-20.

LISSORGUES, Y. (1983), publica las cartas a S. Moret y J. V. de la Cuesta sobre las Conferencias en el Ateneo de 1897, *vid.* Bibliografía.

GÓMEZ TABANERA, J. A. y RODRÍGUEZ ARRIETA, E. (1985) publican una interesante carta a don Francisco Giner, *vid.* Bibliografía crítica.

II. Bibliografía crítica*

Actas del Simposio Internacional sobre Clarín y «La Regenta» en su tiempo, 1984, Oviedo, Universidad, 1987.

ALARCOS, E. (1985), «Aspectos de la lengua de Clarín», en A. Vilanova ed. 1986.

ARBOLEYA, M. (1926), «Alma religiosa de Clarín (Datos íntimos e inéditos)». Cito por J. M. Martínez Cachero ed. 1978, págs. 43-59.

ARJONA, D. K. (1928), «La Voluntad and Abulia in Contemporary Spanish Ideology», *Revue Hispanique,* LXXIV, páginas 573-671.

ASÚN, R. (1982), «La editorial *La España Moderna*», *Archivum,* XXXI-XXXII, págs. 133-199.

AZORÍN (1909), *España (Hombres y paisajes),* O. C. Madrid, Aguilar, t. II.

— (1950), «Una novela», en *ABC,* 1-II-1950.

BANDERA, C. (1969), «La sombra de Bonifacio Reyes en *Su único hijo*», *Bulletin of Hispanic Studies,* XLVI. Cito por J. M. Martínez Cachero ed. 1978.

BAQUERO GOYANES, M. (1947), «Clarín y la novela poética», *Boletín de la Biblioteca Menéndez Pelayo,* XXIII, págs. 96-101.

— (1949), *El cuento español en el siglo XIX,* Madrid, CSIC.

— (1952), «Una novela de Clarín: *Su único hijo*», Universidad de Murcia. Cito por M. Baquero Goyanes (1956).

— (1952b), «Exaltación de lo vital en *La Regenta*», en *Archivum,* II, págs. 187-216. Cito por M. Baquero Goyanes (1956).

— (1956), *Prosistas españoles contemporáneos,* Madrid, Rialp.

---

* La Bibliografía crítica que sigue no es una bibliografía sobre Clarín y el conjunto de su obra, sino que es de estricta selección entre aquellos estudios que más útiles han resultado para esta edición, y salvo excepciones muy particulares, se refiere a los aspectos tratados en las notas del texto y en la introducción. Las múltiples referencias a textos literarios, bibliografía no específica del tema y obras de consulta, se ha reseñado de forma completa en cada ocasión de cita.

BESER, S. (1960), «*Sinfonía de dos novelas*. Fragmento de una novela de Clarín», *Ínsula*, núm. 167. Cito por J. M. Martínez Cachero ed. 1978.

— (1968), *Leopoldo Alas, crítico literario*, Madrid, Gredos.

BESER, S. (ed. 1972), *Leopoldo Alas. Teoría y crítica de la novela española*, Barcelona.

— (1980), «El lugar de *Sinfonía de dos novelas* en la narrativa de Leopoldo Alas», *Hispanic Studies in Honour of Frank Pierce*, Sheffield, págs. 17-30.

BLANQUAT, J. (1959), «Clarín et Baudelaire», *Revue de Litterature Comparée*, XXXIII, págs. 5-25.

— (1961), «La sensibilité religieuse de Clarín. Reflets de Goethe et de Leopardi», *ibíd.* XXXV, págs. 177-196.

BONET, L., ed. 1972, *El naturalismo*, Barcelona, Península.

— (1984), «La música como voz callada en *La Regenta*, un rastreo léxico» *Los Cuadernos del Norte*, n. 23, págs. 64-69.

— (1986), «Temporalidad, memoria y ensueño en la obra de Clarín», en A. Vilanova ed. 1986.

BOTREL, J. F. (1968), «Últimos ataques de Bonafoux a Clarín», *Archivum*, XVIII, págs. 177-188.

— (1979), «Producción literaria y rentabilidad: el caso de Clarín», *Hommage... a Noël Salomon*, Barcelona, Laia, páginas 123-133.

— (1981), «Clarín, el dinero y la literatura», *Los Cuadernos del Norte*, 7, págs. 78-82.

BULL, W. E. (1948), «Clarin's Literary internationalism», *Hispanic Review*, XVI, págs. 321-334.

CABEZAS, J. A. (1936), *Clarín. El provinciano universal*, Madrid, Espasa-Calpe. Cito por la ed. de 1962.

CIPLIJAUSKAITÉ, B. (1984), *La mujer insatisfecha. El adulterio en la novela realista*, Barcelona, Edhasa.

CLAVERÍA, C. (1945), «Clarín y Renán», en *Cinco estudios de literatura española moderna*, Salamanca.

DAMONTE, M. (1971), «Funzione dei riferimenti musicali ne *La Regenta* di Clarín», *Omaggio a C. Guerreri-Crocetti*, Genova, págs. 137-179.

DAVIS, L. E. (1977), «Max Nordau: *Degeneración* y la decadencia de España», *Cuadernos Hispanoamericanos*, 326-327, páginas 307-323.

145

Dendle, B. J. (1968), *The Spanish Novel of Religious Thesis (1876-1936)*, Princeton U. P. y Castalia.

Durand, F., ed. 1988, *La Regenta*, Madrid, Taurus.

Entreros, M., Montesinos, M. J. y Romero Tovar, L. (1977), *Estudios sobre la novela española del siglo XIX*, Madrid, CSIC.

Feal Deibe, C. (1974), «La anunciación a Bonis: análisis de *Su único hijo*», *Bulletin of Hispanic Studies*, LI, págs. 225-271.

García Blanco, M. (1952), «Clarín y Unamuno», *Archivum*, II, págs. 113-141.

García San Miguel, L. (1973), *De la sociedad aristocrática a la sociedad industrial en la España del siglo XIX*, Madrid, Edicusa.

— (1987), *El pensamiento de Leopoldo Alas, Clarín*, Madrid.

García Sarriá, F. (1975), *Clarín o la herejía amorosa*, Madrid, Gredos.

Gil, I. M. (1962), «Un verso de Garcilaso disimulado en la prosa de Clarín», *Ínsula*, núm. 190.

Gilman, S. (1975), «La novela como diálogo: *La Regenta* y *Fortunata y Jacinta*», *Nueva Revista de Filología Hispánica*, XXIV, págs. 438-448.

Gómez Molleda, M. D. (1966), *Los reformadores de la España contemporánea*, Madrid, CSIC.

Gómez Santos, M. (1952), *Leopoldo Alas, Clarín. Ensayo bio-bibliográfico*, Oviedo.

Gómez Tabanera, J. M. y Rodríguez Arrieta, E. (1985), «La conversión de Leopoldo Alas, Clarín. Ante una carta inédita de Clarín a Don Francisco Giner (20-X-1887)», *Boletín del Instituto de Estudios Asturianos*, núm. 115, páginas 467-482.

Gramberg, E. J. (1958), *Fondo y forma del humorismo de Leopoldo Alas, Clarín*, Oviedo, IEA.

—(1962), *«Su único hijo*, novela incomprendida de Leopoldo Alas»*, *Hispania*, XLV, págs. 194-199. Cito por J. M. Martínez Cachero ed. 1978.

Grossi, R. (1987), «Clarín, concejal», en *Actas del Simposio Internacional*, Oviedo.

Gullón, G. (1976), *El narrador en la novela española del siglo XIX*, Madrid, Taurus.

146

HAFTER, M. Z. (1980), «Heroism in Alas and Carlyle's *On Heroes*», *Modern Language Notes*, 95, núm. 2, págs. 312-334.

HAUSER, A. (1964), *Historia social de la literatura y el arte*, Madrid, Guadarrama, 3.ª ed., vol II.

HINTERHAUSER, H. (1980), *Fin de siglo. Figuras y mitos*, Madrid, Taurus.

IBARRA, F. (1972), «Clarín y Azorín. El matrimonio y el papel de la mujer española», *Hispania*, LV, págs. 45-54.

— (1974), «Clarín y la liberación de la mujer», *Hispanófila*, Chapell Hill, 51, págs. 27-34.

JACKSON, R. M. (1969), «Cervantinismo in the Creative of Clarin's *La Regenta*», *Modern Language Notes*, LXXXIV, págs. 208-227.

KRONIK, J. W. (1963), «Clarín and Verlaine», *Revue de Litterature Comparée*, XXXVIII, págs. 368-384.

— (1965), «The Function of Names in the Stories of Leopoldo Alas», *Modern Language Notes*, 80, págs. 260-265.

— (1966), «La modernidad de Leopoldo Alas», *Papeles de Son Armadams*, XLI, CXXII, año XI, págs. 121-134.

KÜPPER, W. (1958), *Leopoldo Alas «Clarín» und der französische Naturalismus in Spanien*, Colonia.

LISSORGUES, Y. (ed. 1980), *Clarín político*, Universidad de Toulouse Le Mirail, vol. I (1980) y II (1981).

— (1982), «Idée et realité dans *Su único hijo*, de Leopoldo Alas, Clarín», *Les Langues Néo-Latines*, LXXVI, fasc. 4, núm. 243, págs. 47-64.

— (1983), *La pensée philosophique et religieuse de Leopoldo Alas (Clarín) 1875-1901*, París, CNRS.

— (1986), «Ética y estética en *Su único hijo* de Leopoldo Alas, Clarín», en A. Vilanova ed. 1986.

— (ed. 1988), *Realismo y naturalismo en España en la segunda mitad del siglo XIX*, Barcelona, Anthropos.

LITTLE, W. y SCHRAIBMAN, J. (1978), «Notas sobre el motivo de la paternidad en *Su único hijo* de Clarín», *Boletín del IEA*, XXXII, págs. 21-29.

LITVAK, L. (1977), «La idea de la decadencia en la crítica antimodernista en España (1888-1910)» *Hispanic Review*, XLV, págs. 397-412.

MAINER, J. C. (1975), *La Edad de Plata*, Barcelona.

MARESCA, M. (1985), *Hipótesis sobre Clarín: el pensamiento crítico del reformismo español*, Granada.

MARISTANY, L. (1973), *El gabinete del Doctor Lombroso*, Barcelona, Anagrama.

— (1983), «Lombroso y España: nuevas consideraciones», *Anales de Literatura Española*, 2, 361-382.

MARTÍN GAMERO, S., (ed. 1985), *Juan Ruiz (Periódico humorístico)*, Madrid, Espasa-Calpe.

MARTÍNEZ CACHERO, J. M. (1950), «Un ataque a Clarín. Seis artículos de Ramón León Maínez», *Rev. de Letras de la Univ. de Oviedo*, 11, págs. 247-273.

— (1953), «Luis Bonafoux y Quintero, Aramis contra Clarín (Historia de una enemistad literaria)» *Revista de Literatura*, III, págs. 99-112.

— (1957), *Menéndez y Pelayo y Asturias*, Oviedo, IEA.

— (1959), «Noticia de tres folletos contra Clarín», *Boletín del IEA*, 13, págs. 225-244.

— (ed. 1963), *Leopoldo Alas, Clarín: Obras Completas*, t. I, *La Regenta*, Barcelona, Planeta.

— (ed. 1978), *Leopoldo Alas, Clarín*, Madrid, Taurus.

— (1984), *Las palabras y los días de Leopoldo Alas*, Oviedo, CSIC.

— (1986), «Polémicas y ataques del Clarín crítico», en A. Vilanova ed. 1986, págs. 83-102.

MEREGALLI, F. (1956), *Clarín y Unamuno*, Milán, La Goliardica.

MIRALLES, E. (1979), *La novela española de la Restauración (1875-1885)*, Barcelona, Puvill.

MONTES HUIDOBRO, M. (1971), *«Su único hijo:* sinfónico avatar de Clarín», *Archivum*, XXI, págs. 149-209.

MONTESINOS, J. F. (1954), *Introducción a una historia de la novela en España en el siglo XIX*, Madrid. Cito por la 4.ª ed. de 1983.

O'CONNOR, D. J. (1983), «The Telescoping of time in Clarin's *Su único hijo*», *La Chispa'83: Selected Proceedings*, Nueva Orleans.

OLEZA, J. (1976), *La novela del siglo XIX. Del parto a la crisis de una ideología*, Valencia. Bello. Cito por la 2.ª ed. en Barcelona, Laia, 1984.

— (ed. 1984), *Leopoldo Alas, Clarín, La Regenta*, Barcelona,

Cátedra. Cito por la 2.ª ed. vol. I, 1986 y II, 1987.

— (1986), «La Regenta y el mundo del joven Clarín», en A. Vilanova ed. 1986, págs. 163-180 y en F. Durand ed. 1988.

— (1988), «*Su único hijo versus La Regenta:* una clave espiritualista», Y. Lissorgues ed. 1988.

— (1989), «De novelas y paternidades: Clarín, Bourget, Rod y Margueritte», en *Homenaje a A. Vilanova,* Barcelona (en prensa).

— (1989 b), «Espiritualismo y fin de siglo: convergencia y divergencia de respuestas», en F. Lafarga ed. *Actas del I Simposio sobre la imagen de Francia en las letras hispánicas,* Barcelona (en prensa).

PATTISON, W. T. (1965), *El naturalismo español,* Madrid, Gredos.

PERCIVAL, A. (1983), «Sexual Irony and Power in *Su único hijo*», *La Chispa, 83. Selectec Proceedings,* Nueva Orleans, Tulane Univ. págs. 221-229.

PÉREZ DE AYALA, R. (1942), «Clarín y D. Leopoldo Alas», prólogo a *Doña Berta, Cuervo, Superchería,* Buenos Aires, Emecé.

PÉREZ DE LA DEHESA, R. (1969), «Editoriales e ingresos literarios a principios de siglo», *Revista de Occidente,* 2.ª, número 71, págs. 217-228.

PÉREZ GUTIÉRREZ, F. (1975), *El problema religioso en la generación de 1868,* Madrid, Taurus.

— (1988), *Renán en España,* Madrid, Taurus.

PORTNOFF, G. (1932), *La literatura rusa en España,* Nueva York, Instituto de las Españas. Cito por la ed. de 1969.

POSADA, A. (1909), *Autores y libros,* Valencia.

— (1946), *Leopoldo Alas. Clarín,* Oviedo, Universidad.

PRAZ, M. (1948), *La carne, la morte e il diavolo nella letteratura romantica* Firenze. Cito por la ed. en castellano de Monte Ávila Editores, Caracas, 1969.

PROAÑO, F. (1973), «Presencia y problemática del yo en los personajes de Clarín», *Boletín del IEA,* núm. 80, páginas 549-575.

— (1974), «Tricotomías del yo en los personajes de Clarín», *ibíd.* núm. 82, págs. 313-321.

RAMOS GASCÓN, A. (1974), «Relaciones entre Clarín y Martínez Ruiz», *Hispanic Review,* núm. 42, 3, págs. 413-426.

RICHMOND, C. (1977), «La polémica Clarín-Bonafoux y Flaubert», *Ínsula,* núm. 365.

— (1977b), «A Perystyle without a Roof: Clarin's *Su único hijo* and its Unfinished Trilogy», en *Studies in Honor of R. L. Kennedy,* Chapell Hill, págs. 85-102. Cito por la versión castellana en *Torre,* 27, núms. 103-106, 1979, páginas 113-140.

— (1978), «La ópera como enlace entre dos obras de Clarín: *Amor'è furbo* y *Su único hijo»*, *Ínsula,* núm. 377.

— (ed. 1979), *Leopoldo Alas, Clarín: Su único hijo,* Madrid, Espasa-Calpe.

— (1982), «Un eco de Maupassant en Clarín. El desenlace de *Su único hijo»*, *Los Cuadernos del Norte,* núm. 16, págs. 28-33.

— (1987), «Experiencias operáticas en *La Regenta: Il Barbiere di Siviglia* y el *Fausto»*, *Los Cuadernos del Norte,* Monografías, núm. 4, págs. 108-119.

DE LOS RÍOS, L. (1965), *Los cuentos de Clarín. Proyección de una vida,* Madrid, Revista de Occidente.

RIVKIN, L. (1982), «Extranatural Art in Clarin's *Su único hijo»*, *Modern Language Notes,* XCVII, págs. 311-328.

— (1987), «El ideal musical de Clarín», *Los Cuadernos del Norte,* Monografías, núm. 4, págs. 68-75.

RODRÍGUEZ, A. y DONAHUE, D., «The Excepcional Function of some Names in *Su único hijo»*, *Literary Onomastic Studies,* XI, págs. 197-207.

RODRÍGUEZ, A. y KAILING, B. J. (1984), «¿Hay ya intención irónico burlesca en el título mismo de *Su único hijo?»*, *Romance Notes,* XXIV, núm. 3, págs. 226-228.

RODRÍGUEZ MOÑINO, A. (1951), *Clarín y Lázaro. Noticias de unas relaciones literarias (1889-1896),* Valencia, Castalia.

ROMÁN, I. (1988), *Historia interna de la novela española del siglo XIX,* Sevilla, Alfar, 2 vols.

ROMERO TOBAR, L. (1976), *La novela popular española del siglo XIX,* Madrid, Ariel.

SAAVEDRA, L. (1987), *Clarín, una interpretación,* Madrid, Taurus.

SAINZ RODRÍGUEZ, P. (1921), *La obra de Clarín,* Oviedo, Universidad.

SÁNCHEZ, M. (1987), «La música en *Su único hijo», Los Cuadernos del Norte,* Monografías, núm. 4, págs. 120-126.

SÁNCHEZ, R. (1974), *El teatro en la novela: Galdós y Clarín,* Madrid, Ínsula.

SIEBURTH, S. (1983), «James Joyce and Leopoldo Alas: Patterns of Influence», *Revista Canadiense de Estudios Hispánicos,* VII, núm. 3, págs. 401-406.

SOBEJANO, G. (1967), *Nietzsche en España,* Madrid, Gredos.

— (1984), «Sentimientos sin nombre en *La Regenta», Ínsula,* núm. 451.

— (1985), *Clarín en su obra ejemplar,* Madrid, Castalia.

SOTELO, A. (ed. 1988), *Leopoldo Alas y el fin de siglo,* Barcelona, PPU.

TOLIVAR ALAS, A. C. (1984), «La música en *La Regenta», Los Cuadernos del Norte,* V, núm. 23, págs. 70-76.

ULLMAN, P. L. (1975), «The Antifeminist Premises of Clarín's *Su único hijo», Estudos Ibero-Americanos,* I, págs. 57-91.

UTT, R. L. (1988), *Textos y contextos de Clarín,* Madrid, Istmo.

VALIS, N. (1979), «A Spanish Decadent Hero: Clarín's Antonio Reyes of *Una medianía», Modern Language Studies,* 9, núm. 2, págs. 53-60.

— (1981), *The Decadent Vision in Leopoldo Alas,* Baton Rouge & London, Louisiana State U. P.

VARELA B. (1974), *Estructuras novelísticas del siglo XIX,* San Antonio de Calonge, Col. Aubí.

VENTURA AGÚDIEZ, J. (1971), «La sensibilidad decadentista de Barbey d'Aurevilly y algunos temas de *La Regenta», Revista de Occidente,* 2.ª época, 33, págs. 355-365.

VILANOVA, A. (1984), *«La Regenta* de Clarín y la teoría hegeliana de los caracteres indecisos», *Ínsula,* núm. 451.

— (ed. 1986), *Clarín y su obra. En el centenario de La Regenta,* Barcelona, Universidad.

WEBER, F. W. (1966), «Ideology and Religious Parody in the Novels of Leopoldo Alas», *Bulletin of Hispanic Studies,* XLIII, págs. 197-208.

WEINER, H. R. (1976), *«Su único hijo* desequilibrio y exaltación», *Boletín del IEA,* XXX, págs. 431-447.

Abreviaturas

Cabezas (1970): *Asturias. Biografía de una región,* Madrid, Espasa-Calpe.

Cartas: *Cartas a Galdós.* Ed. de S. Ortega, Madrid, 1964.

DAu: *Diccionario de Autoridades.*

DEHA: *Diccionario Enciclopédico Hispano-Americano.*

D. Frases Célebres: *Diccionario Ilustrado de Frases Célebres,* de V. Vega, Madrid, 1966.

DRAE: *Diccionario de la Real Academia Española de la Lengua.*

DUE: *Diccionario de uso del español,* de María Moliner.

EC: *Enciclopedia Espasa Calpe.*

Epistolario I: *Epistolario a Clarín,* I, 1941.

Epistolario II: *Epistolario a Clarín,* II, 1943.

ESO: *El Solfeo,* Diario.

Galdós periodista: *Galdós periodista.* Ed. fotográfica realizada por el Banco de Crédito Industrial, Madrid, 1981.

IEA: *Instituto de Estudios Asturianos.*

LUN: *La Unión.* Diario.

Preludios: L. Alas: *Preludios de Clarín,* estudio, selección y notas de J. F. Botrel, Oviedo, 1972.

Representación en el Teatro-Circo de Madrid. Grabado de época. Museo
Municipal de Madrid.

Su único hijo

I

Emma[1] Valcárcel fue una hija única mimada. A los quince años se enamoró del escribiente de su padre, abogado. El escribiente, llamado Bonifacio Reyes[2], pertenecía a

---

[1] *Emma:* al margen de que este nombre debía interesar a Clarín, pues así hizo llamarse a Emma, la segunda hija de los marqueses de Vegallana, que había muerto tísica *(La Regenta,* VIII) es muy posible que en *Su único hijo* el nombre sea un guiño de complicidad del autor hacia sus lectores, en respuesta a las acusaciones de plagio que Luis Bonafoux había hecho (1887) contra *La Regenta,* trasunto según él de la *Madame Bovary* de Flaubert. Clarín contestó a las acusaciones en su folleto IV, *Mis plagios. Un discurso de Núñez de Arce* (1888), y Bonafoux replicó en *Yo y el plagiario Clarín* (1888). (J. Martínez Cachero [1953] y J. F. Botrel [1968] han documentado la polémica.) Pero la consecuencia tal vez más pintoresca de esta polémica, como ha mostrado C. Richmond (1977), fue su prolongación oblicua a través de *Su único hijo,* novela en la que Clarín aplica a su protagonista femenina el mismo nombre que tenía la Mme. Bovary de Flaubert, pese a no tener ningún punto en común, y en que llama al protagonista masculino, periodista de ínfima calidad, con un nombre que recuerda fonéticamente al del periodista Bonafoux, y en la que incluye la narración de una representación de ópera, en una escena similar a aquélla de *Madame Bovary* de la que Bonafoux suponía que Clarín había copiado en la escena de la representación del *Don Juan Tenorio,* en el cap. XVI de *La Regenta.* Son los datos de una respuesta esquinada por la que Clarín asume los signos externos de la acusación para demostrar su disparate.

En cuanto al apellido Valcárcel, su significación es obvia dado el papel que Emma y su clan familiar juegan respecto a Bonifacio Reyes.

[2] *Bonifacio Reyes:* aparte de la posible alusión a Bonafoux, otras resonancias contaminan el nombre, tales como la interpretación en clave latina *(Bonifatius,* «el que hace bien» o «el que habla bien») o la inevitable connotación pontificia, pues fue nombre muy frecuentado por los pontífices del cristianismo primitivo. Tuvo el nombre, sin embargo, inspiración en una persona real, tío de Pepe Quevedo, a quien Clarín compara con el Jean Valjean de *Los Miserables,* que «no podía vivir sin Cossette, su hija por el espíritu... la amaba

una honrada familia, *distinguida* un siglo atrás, pero, hacía dos o tres generaciones, pobre y desgraciada. Bonifacio era un hombre pacífico, suave, moroso, muy sentimental, muy tierno de corazón, maniático de la música y de las historias maravillosas, buen parroquiano del gabinete de lectura[3] de alquiler que había en el pueblo. Era guapo a lo romántico, de estatura regular, rostro *ovalado* pálido, de hermosa cabellera castaña, fina y con bucles, pie pequeño, buena pierna, esbelto, delgado, y vestía bien, sin afectación, su ropa humilde, no del todo mal cortada. No servía para ninguna clase de trabajo serio y constante; tenía preciosa letra, muy delicada en los perfiles, pero tardaba mucho en llenar una hoja de papel, y su ortografía era extremadamente caprichosa y fantástica; es decir, no era ortografía. Escribía con mayúsculas las palabras a que él daba mucha importancia, como eran; amor, caridad, dulzura, perdón, época, otoño, erudito, suave, música, novia, apetito y otras varias. El mismo día en que el padre de Emma, don Diego Valcárcel, de noble linaje y abogado famoso, se le ocurrió despedir al pobre Reyes, porque «*en suma,* no sa-

---

más que un padre, con un amor entre el amor de esposo y de abuelo... ¡pobre don Bonifacio!» (García Sarriá, 1975, pág. 271). La versión que Posada da de esta carta presenta una curiosa variante: no dice «¡pobre don Bonifacio!», sino «¡pobre don Boni!» (Posada, págs. 135-136) y Bonifacio será llamado frecuentemente Bonis, en la novela. El apellido pluraliza otros apellidos famosos en alguna novela española (Pepe Rey, en *Misericordia),* o francesa (el Georges du Roy de *Bel ami* de Maupassant), muy atentamente leídas por Clarín, y adquirirá una especial connotación hacia el final de la novela, con la aspiración de Bonifacio-Ulises a restaurar el linaje de los Reyes (cap. XVI, nota 35). En un novelista como Clarín, extraordinariamente aficionado a despertar significados con los nombres de los personajes (en *La Regenta:* Mesía, Glocester, Santos, Visita O. de Cuervo, Paula Raíces, etc.), y con los topónimos (Vetusta, la Encimada, la Colonia, el barrio del Sol, etc.), casi ningún nombre es inocente.

[3] *gabinete de lectura:* son «depósitos de libros que pueden ser alquilados para leerlos fuera de dichos locales» (F. Almela y Vives, *El editor don Mariano Cabrerizo,* Valencia, 1949, págs. 187-195). Constituyen el precedente de las bibliotecas públicas. Los libreros Mallen, Salvá y Cía, establecieron su casa en Valencia, donde abrieron uno de los primeros gabinetes de lectura de España. De 1817 a 1820 estos libreros publicaron catálogos de las obras de que disponían. En Madrid se normalizan hacia 1830-1845 (*vid.* L. Romero Tobar, *La novela popular española del siglo XIX,* Madrid, Ariel, 1976, págs. 111 y ss.).

bía escribir y le ponía en ridículo ante el Juzgado y la Audiencia», se le ocurrió a la niña escapar de casa con su novio. En vano Bonifacio, que se había dejado querer, no quiso dejarse robar; Emma le arrastró a la fuerza, a la fuerza del amor, y la Guardia civil[4], que empezaba a ser benemérita, sorprendió a los fugitivos en su primer etapa[5]. Emma fue encerrada en un convento y el escribiente desapareció del pueblo, que era una melancólica y aburrida capital de tercer orden, sin que se supiera de él en mucho tiempo. Emma estuvo en su cárcel religiosa algunos años, y volvió al mundo, como si nada hubiera pasado, a la muerte de su padre; rica, arrogante, en poder de un curador, su tío, que era como un mayordomo. Segura ella de su pureza material, todo el empeño de su orgullo era mostrarse inmaculada y obligar a tener fe en su inocencia al mundo entero. Quería casarse o morir[6]; casarse para demostrar

---

[4] *la Guardia Civil:* debieron estrenarla, o casi, pues la Guardia Civil fue fundada por decreto de 13 de marzo de 1844, esto es, en los mismísimos años en que los novios se fugan (en la primera mitad de los 40, como se verá luego), y su reglamento, el que establecía los objetivos específicos del cuerpo, no se aprobó hasta 1852.

[5] *sorprendió a los fugitivos en su primera etapa:* la fuga de los jóvenes por amor es motivo casi imprescindible de la literatura romántica, y nos introduce de lleno en el ambiente de romanticismo decadente de la novela. Baste recordar, en este aspecto, la fuga de doña Beatriz y don Álvaro a galope tendido, atravesando los bosques en medio de la noche, en la más famosa novela romántica española, *El señor de Bembibre*. Pero no debía ser sólo cosa de amena literatura, pues del tema se ocupan abundantemente los costumbristas, y escribe Larra en «La educación de entonces» (*La Revista Española,* 5-1-1834) que las hijas de familia «se le casan a usted, si es que se le casan, poco menos que sin pedir licencia. Verdad es que yo conocí aun en aquellos tiempos más de cuatro... de las cuales una se escapó con un mozalbete a quien quería, porque la tenían oprimida sus padres», otra se murió de pulmonía en pocos días por culpa «de ver al cuyo a deshoras por la reja», otra se enamoró del criado «y hubo lo que Dios fue servido» y una cuarta «se murió ella misma de tristeza en un convento, donde la metieron por fuerza sus padres». Galdós retomaría el tema en *La Incógnita, Realidad,* y *Misericordia,* donde con el mismo acento burlesco de Clarín haría escaparse a la romántica Obdulia con el hijo del propietario en un negocio de pompas fúnebres.

[6] *Quería casarse o morir:* es bien curiosa la coincidencia entre Emma Valcárcel y Ana Ozores: ambas son acusadas de un pecado original, consistente en la fuga con un muchacho, y castigadas al encierro por ello, y para ambas el matrimonio será la vía de redención de ese pecado original: sin embargo, las

la pureza de su honor. Pero los pretendientes aceptables no parecían. La de Valcárcel seguía enamorada, con la imaginación, de su escribiente de los quince años; pero no procuró averiguar su paradero, ni aunque hubiese venido le hubiera entregado su mano, porque esto sería dar la razón a la maledicencia. Quería *antes* otro marido. Sí, Emma pensaba así, sin darse cuenta de lo que hacía: «*Antes* otro marido». El *después* que vagamente esperaba y que entreveía, no era el adulterio, era... tal vez la muerte del primer esposo, una segunda boda a que se creía con derecho. El primer marido pareció a los dos años de vivir libre Emma. Fue un americano[7] nada joven, tosco, enfermizo, taciturno, beato. Se casó con Emma por egoísmo, por tener unas blandas manos que le cuidasen en sus achaques[8]. Emma fue una enfermera excelente; se figuraba a sí misma convertida en una monja de la Caridad. El marido duró un año. Al siguiente, la de Valcárcel dejó el luto, y su tío, el curador-mayordomo, y una multitud de primos, todos Valcárcel, enamorados los más en secreto de Emma, tuvieron por ocupación, en virtud de un *ukase*[9] de la tirana

---

diferencias de matiz son importantísimas entre ambas protagonistas, y diferente será, en consecuencia, el efecto de ese pecado original sobre su destino.

[7] *un americano:* esto es, un indiano. La tradición literaria del personaje es fecunda y tiene uno de sus primeros y más célebres ejemplos en *El celoso extremeño* de Cervantes. En el XIX su figura fue tan característica que forma parte de la galería de tipos retratados en *Los españoles pintados por sí mismos*, a cargo de Antonio Ferrer del Río: «Costumbre es llamar indiano a todo peninsular que regresa de América», pero el verdadero indiano es aquel «que sale pobre de su aldea, y vuelve opulento». Galdós frecuenta el tipo en sus novelas, así el Agustín Caballero de *Tormento*, o el José María Cruz de *La loca de la casa*. Clarín, que había estado a punto de casar a Ana con un indiano, tal como querían en principio las hermanas Ozores, y que refleja en Páez y en Frutos Redondo dos caras del indiano opulento que ensancha la vieja Vetusta con el urbanismo de chalets de *La Colonia*, elaboró una variada gama de especímenes de indiano en sus cuentos: Patricio Caracoles en «Don Patricio o el premio gordo en Melilla», Elías Cofiño en *Una medianía*, Pepe Francisca en «Boroña», etc.

[8] *en sus achaques:* «el matrimonio se ha constituido como caja de retiro para los achaques de la vejez» del hombre, denuncia el joven Clarín en *Solos* contestando *El buey suelto* de Pereda (cfr. J. Oleza, ed. 1986, págs. 169-172).

[9] *ukase:* del ruso «ukaz», a través del francés «ukase», significa «decreto del zar», y por extensión «orden dada despótica o apremiantemente» (DUE).

de la familia, buscar por mar y tierra al fugitivo, al pobre Bonifacio Reyes. Pareció en Méjico, en Puebla. Había ido a buscar fortuna; no la había encontrado. Vivía de administrar mal un periódico, que llamaba chapucero y guanajo[10] a todo el mundo. Vivía triste y pobre, pero callado, tranquilo, resignado con su suerte, mejor, sin pensar en ella. Por un corresponsal de un comerciante amigo de los Valcárcel, se pusieron éstos en comunicación con Bonifacio. ¿Cómo traerle? ¿De qué modo decente se podía abordar la cuestión? Se le ofreció un destino en un pueblo de la provincia, a tres leguas de la capital, un destino humilde, pero mejor que la administración del periódico mejicano. Bonifacio aceptó, se volvió a su tierra; quiso saber a quién debía tal favor y se le condujo a presencia de un primo de Emma, rival algún día de Reyes. A la semana siguiente Emma y Bonifacio se vieron, y a los tres meses se casaron. A los ocho días la de Valcárcel comprendió que no era aquél el Bonifacio que ella había soñado. Era, aunque muy pacífico, más molesto que el curador-mayordomo, y menos poético que el primo Sebastián, que la había amado sin esperanza desde los veinte años hasta la mayor edad.

A los dos meses de matrimonio Emma sintió que en ella se despertaba un intenso, poderosísimo cariño a todos los de su raza, vivos y muertos; se rodeó de parientes, hizo restaurar, por un dineral, multitud de cuadros viejos, retratos de sus antepasados; y, sin decirlo nadie, se enamoró, a su vez, en secreto y también sin esperanza, del insigne D. Antonio Diego Valcárcel Merás, fundador de la casa de Valcárcel, famoso guerrero que hizo y deshizo en la guerra de las Alpujarras[11]. Armado de punta en blanco, avellanado y

---

10 *guanajo:* en el español de Méjico, 'bobo', 'tonto'.

11 *la guerra de las Alpujarras:* o guerra de Granada; en realidad sublevación de los moriscos granadinos contra Felipe II, en 1576, a cuyo frente se situó don Hernando de Córdoba, que asumió el nombre histórico de Aben Humeya para intentar resucitar el reino musulmán de Granada. De estos hechos han quedado numerosos testimonios literarios contemporáneos, como la *Guerra de Granada* (1610), de Diego Hurtado de Mendoza, la *Historia de la rebelión y castigo de los moriscos de Granada* (1600), de Luis de Mármol Carvajal, o el

cejijunto, de mirada penetrante, y brillando como un sol, gracias al barniz reciente, el misterioso personaje del lienzo se ofrecía a los ojos soñadores de Emma como el tipo ideal de grandezas muertas, irreemplazables. Estar enamorada de un su abuelo[12], que era el símbolo de toda la vida caballeresca que ella se figuraba a su modo, era digna pasión de una mujer que ponía todos sus conatos en distinguirse de las demás. Este afán de separarse de la corriente, de romper toda regla, de desafiar murmuraciones y vencer imposibles y provocar escándalos, no era en ella alarde frío, pedantesca vanidad de mujer extraviada por lecturas disparatadas; era espontánea perversión del espíritu, prurito de enferma. Mucho perdió el primo Sebastián con aquella restauración de la iconoteca familiar. Si Emma había estado a tres dedos del abismo, que no se sabe, su enamoramiento secreto y puramente ideal la libró de todo peligro positivo; entre Sebastián y su prima se había atravesado un pedazo de lienzo viejo. Una tarde, casi a oscuras, paseaban juntos por el salón de los retratos, y cuando Sebastián preparaba una frase que en pocas palabras explicase los grandes méritos que había adquirido amando tantos años sin decir palabra ni esperar cosa de provecho, Emma se le puso delante, le mandó encender una luz y acercarla al retrato del ilustre abuelo. «—Sí, os parecéis algo, dijo ella; pero se ve claramente que nuestra raza ha degenerado[13]. Era él mucho más guapo y más robusto que tú. Aho-

---

poema épico *La Austriada* (1584), de Juan Rulfo. Sin embargo, el eco más directo le llegaba a Clarín de un drama romántico: el *Aben Humeya o la rebelión de los moriscos,* de Francisco Martínez de la Rosa, escrito inicialmente para la escena francesa y estrenado en París en 1830.

[12] *de un su abuelo:* este sintagma, formado de determinante y posesivo antepuesto, que se usó en la lengua medieval («la mi casa», «un su amigo») resuena aquí a lectura posiblemente cervantina, viniéndose a añadir a tanto verso disimulado o cita oblicua que almacena la prosa de Clarín, densa de intertextualidad. A Clarín debía hacerle gracia la expresión, pues la utiliza en «El Rey Baltasar» (*El gallo de Sócrates y...*), para explicar que Marcelo no recibe regalo de los Reyes Magos por ser su padrino «un su abuelo, ya difunto». También Gabriel Miró compartía el gusto por ese arcaísmo: «en este trance de tan devoto casamiento, reconoce en un familiar a un su antiguo camarada» (*Las cerezas del cementerio,* pág. 186).

[13] *nuestra raza ha degenerado:* al escribir las novelas del ciclo de los Rougon-

ra los Valcárcel sois todos de alfeñique; si a ti te cargaran con esa armadura, estarías gracioso».

Sebastián continuó amando en secreto y sin esperanza. El guerrero de las Alpujarras siguió velando por el honor de su raza.

Bonifacio no sospechaba nada ni del primo ni del abuelo. En cuanto su mujer dio por terminada la luna de miel, que fue bien pronto, como se encontrase él demasiado libre de ocupaciones, porque el tío mayordomo seguía corriendo con todo por expreso mandato de Emma, se dio a buscar un *ser a quien amar, algo que le llenase la vida.* Es de notar que Bonifacio, hombre sencillo en el lenguaje y en el trato, frío en apariencia, oscuro y prosaico en gestos, acciones y palabras, a pesar de su belleza plástica, *por dentro,* como él se decía, era un soñador, un soñador soñoliento, y hablándose a sí mismo, usaba un estilo elevado y sentimental de que ni él se daba cuenta. Buscando, pues, algo que le llenara la vida, encontró una flauta. Era una flauta de ébano con llaves de plata, que pareció entre los papeles de su suegro. El abogado del ilustre Colegio, a sus solas, era romántico también, aunque algo viejo[14], y tocaba la

---

Macquart, Zola quería mostrar «une seule famille en montrant le jeu de la race, modifiée par le milieu». En el caso de los Valcárcel el narrador juega con la hipótesis de uno de los numerosos tipos de herencia experimentados por Zola en el ciclo, el de «l'hérédité dégénératice» y «en retorn». Es el tipo de herencia que liga a Adélaïde Fouque (1768-1873), fundadora de la familia, con Charles Rougon (1860-1869), que tres generaciones después se le parecía física y moralmente, pero era la «dernière expression de l'épuisemente d'une race», según los documentos del doctor Pascal, que cierran el ciclo.

[14] *romántico (...) aunque algo viejo*: no es extraño que Clarín contraponga los conceptos de *romántico* y de *viejo*. Como ha observado E. J. Hobsbawn: «nunca hubo un periodo para los jóvenes artistas (...) como el romántico: las *Baladas líricas* (1798) eran obras de hombres de veinte años; Byron se hizo famoso de la noche a la mañana a los veinticuatro, edad en la que Shelley ya era célebre y Keats estaba al borde del sepulcro. La carrera poética de Víctor Hugo empezó cuando tenía veinte años, la de Musset a los veintitrés. Schubert escribió *El rey de los elfos* a los dieciocho y murió a los treinta y uno, Delacroix pintó *La matanza de Chíos* a los veinticinco y Petöfi publicó sus *Poemas* a los veintiuno. Llegar a los treinta años sin haber alcanzado la gloria y producido una obra maestra era raro entre los románticos (...) No le faltaba razón a Byron cuando preveía que sólo una temprana muerte le salvaría de una "respetable"

flauta con mucho sentimiento, pero jamás en público. Emma, después de pensarlo, no tuvo inconveniente en que la flauta de su padre pasara a manos de su marido[15]. El cual, después de untarla bien con aceite, y dejarla, merced a ciertas composturas, como nueva, se consagró a la música, su afición favorita[16], en cuerpo y alma. Se reconoció aptitudes algo más que medianas, una regular embocadu-

vejez» (*Las revoluciones burguesas,* Barcelona, Labor, II, 1978, pág. 461). También Bonifacio Reyes vive el lento drama de envejecer y de hacerse respetable entre sus sueños y añoranzas románticas.

[15] *pasara a manos de su marido:* la flauta como emblema romántico «es un tópico de la literatura del siglo XIX. Ya Fernán Caballero en *El servilón y el liberalito* se sirve de esta afición para caracterizar al "liberalito", liberal y romántico a la vez. En *Madame Bovary,* León toca la flauta durante su juventud romántica, pero cuando llega el momento de ser serio en la vida abandona, al mismo tiempo, romanticismo y afición a la flauta (...) Eça de Queiroz, siguiendo los pasos de Flaubert, usa la afición musical para caracterizar el romanticismo de Acacio quien, como León, abandona estas aficiones cuando llega el momento de la seriedad (...) Clarín ya había utilizado este tópico para caracterizar alguno de sus personajes, por ejemplo, el don Cayetano de *La Regenta* (...) Pero en *Su único hijo* este tópico, amplificado al máximo, le sirve, al iniciar la novela, para caracterizar todo el ambiente postromántico. El padre de Emma, don Diego, el propio Bonifacio Reyes y hasta su sastre, "un sastre modesto", "flautista también" (O.S. 560), todos son aficionados a tocar la flauta» (García Sarriá, 1975, págs. 127-128). Un caso más de flautista romántico es Sindulfo, coprotagonista de «El Quin» (*Cuentos morales*). Pero esta no es la única interpretación del simbolismo de la flauta. En la transmisión de la flauta de don Diego a Bonis, autorizada por Emma, ve Montes Huidobro (1971) una «elemental nota incestuosa de tónica freudiana (...) Bonifacio está bajo el dominio absoluto de su mujer y la simbología de la flauta aparece aprobada por ella, representando a su vez un simple cambio de sus impulsos amorosos (...) En fin, que hay una corriente sexual secreta que establece relaciones entre Reyes y su suegro», que se verán ratificadas en el episodio del sacerdote (cap. VI). «La novela, que se inicia con el solo del flautista, avanza en lo estilístico y en lo musical hacia la sinfonía erótica» (págs. 152-155).

[16] *la música, su afición favorita:* tanto Bonis como don Diego forman parte de la galería de personajes-músicos, o fascinados por la música, que creó Clarín, muy influido por las ideas de Schopenhauer (L. Rivkin [1987]) y de Wagner (Bonet [1984]), quienes crearon en el fin de siglo la conciencia de que la música es la expresión más pura del arte, y la vía de comunicación natural de lo inefable, de lo que Clarín llamó los «sentimientos sin nombre» (Sobejano [1984]). En la galería aludida destacan el temprano Ventura, violinista de «Las dos cajas», don Jorge Arial, protagonista de «Cambio de luz», o ese joven Sindulfo, flautista como Bonis, que con su música hace experimentar a su perro Quin el sentimiento del amor («El Quin», *Cuentos morales*).

ra[17] y mucho sentimiento, sobre todo. El timbre dulzón, *nasal* podría decirse, monótono y manso del melancólico instrumento, que olía a aceite de almendras como la cabeza del músico, estaba en armonía con el carácter de Bonifacio Reyes; hasta la inclinación de cabeza a que le obligaba el tañer, inclinación que Reyes exageraba, contribuía a darle cierto parecido con un bienaventurado. Reyes, tocando la flauta, recordaba un santo músico de un pintor pre-rafaelista[18]. Sobre el agujero negro, entre el bigote de seda de un castaño claro, se veía de vez en cuando la punta de la lengua, limpia y sana; los ojos, azules claros, grandes y dulces, buscaban, como los de un místico, lo más alto de su órbita; pero no por esto miraban al cielo, sino a la pared de enfrente, porque Reyes tenía la cabeza gacha como si fuera a embestir. Solía marcar el compás con la punta de un pie, azotando el suelo, y en los pasajes de mucha expresión, con suaves ondulaciones de todo el cuerpo, tomando por quicio la cintura. En los *allegros*[19] se sacudía con fuerza y animación, extraña en hombre al parecer tan apático; los ojos, antes sin vida y atentos nada más a la música, como si fueran parte integrante de la flauta o dependiesen de ella por oculto resorte, cobraban ánimo, y tomaban calor y brillo, y mostraban apuros indecibles, como los de un animal inteligente que pide socorro. Bonifacio, en tales trances, parecía un náufrago ahogándose y que en vano busca una

[17] *una regular embocadura:* expresión ingeniosamente polisémica, pues indica a la vez: 1) una regular técnica bucal para un instrumento de viento, 2) una regular «madera» o disposición para dedicarse a dicho instrumento, y 3) la misma condición dócil de los caballos blandos de boca y fáciles de guiar.

[18] *un pintor pre-rafaelista:* si no es un santo sí es un ángel quien toca la flauta en un vitral emplomado de William Morris en la Capilla del Hospital Nacional Real de Londres. La percepción de Clarín es plenamente certera y esa imagen del santo músico capta elementos fundamentales de la concepción artística de la Hermandad Prerrafaelista, fundada en Londres en 1848, cuyos teóricos fueron Ruskin y Morris, leídos ambos por Clarín, y cuyo artista más representativo fue Dante Gabriel Rossetti. Caracteriza a Ruskin su repugnancia frente al arte del renacimiento y sus academicistas herederos, y su retorno al arte gótico preclásico.

[19] *allegros:* del italiano *allegro* movimiento musical moderadamente vivo. También la composición musical o parte de ella que ha de ejecutar este movimiento.

tabla de salvación; la tirantez de los músculos del rostro, el rojo que encendía las mejillas y aquel afán de la mirada, creía Reyes que expresarían la intensidad de sus impresiones, su grandísimo amor a la melodía; pero más parecían signos de una irremediable asfixia; hacían pensar en la apoplejía, en cualquier terrible crisis fisiológica, pero no en el hermoso corazón del melómano, sencillo como una paloma.

Por no molestar a nadie, ni gastar dinero de su mujer, puesto que propio no lo tenía, en comprar papeles de música, pedía prestadas las polkas y las partituras enteras de ópera italiana que eran su encanto, y él mismo copiaba todos aquellos *torrentes de armonía y melodía,* representados por los amados signos del pentagrama. Emma no le pedía cuenta de estas aficiones ni del tiempo que le ocupaban, que era la mayor parte del día. Sólo le exigía estar siempre vestido, y bien vestido, a las horas señaladas para salir a paseo o a visitas. *Su Bonifacio* no era más que una figura de adorno para ella; por dentro no tenía nada, era un alma de cántaro; pero la figura se podía presentar y dar con ella envidia a muchas señoronas del pueblo. Lucía a su marido, a quien compraba buena ropa, que él vestía bien, y se reservaba el derecho de tenerle por *un alma de Dios.* Él parecía, en los primeros tiempos, contento con su suerte. No entraba ni salía en los negocios de la casa; no gastaba más que un pobre estudiante en el regalo de su persona, pues aquello de la ropa lujosa no era en rigor gasto propio, sino de la vanidad de su mujer; a él le agradaba parecer bien, pero hubiera prescindido de este lujo indumentario sin un solo suspiro; además, creía ocioso y gasto inútil aquello de encargar los pantalones y las levitas a Madrid, exceso de *dandysmo*[20], entonces inaudito en el pueblo. Conocía él un

---

[20] *exceso de dandysmo:* exceso de exhibicionismo elegante. Es todavía el significado que le confirió a la palabra *Beau Brummell,* el «elegante» inglés que entre 1805 y 1816 dictó la moda y el gusto de los salones europeos más refinados. En los años 30 *el dandysmo* implica ya toda una actitud ante la vida, de la que participan intelectuales y artistas de diverso signo ideológico, como Musset, Gautier, Barbey d'Aurevilly, Byron... Balzac, Barbey y Baudelaire teorizaron en sendos tratados sobre el fenómeno (cfr. *Sur le dandysme,* París,

sastre modesto, flautista también, que por poco dinero era capaz de cortar no peor que los empecatados *artistas* de la corte. Esto lo pensaba, pero no lo decía. Se dejaba vestir. Su resolución era pesar lo menos posible sobre la casa de los Valcárcel, y callar a todo.

1971), pero es en los de estos dos últimos donde el *dandysmo* además de ser una forma suprema de elegancia —del vestido al gesto— se convierte en una expresión de marginalidad y de heterodoxia social. El final de siglo contempló una auténtica floración de *dandies,* tanto entre los escritores y artistas (Oscar Wilde, D'Annunzio...), como entre los grandes personajes literarios (Dorian Gray, de O. Wilde; el barón de Charlus, de Proust; el marqués de Bradomín, de Valle Inclán; Andrea Sperelli, de D'Annunzio: Des Esseintes, de Huysmans...). *Vid.* «La rebelión de los dandies», en Hinterhäuser (1980). Clarín había utilizado el término en el sentido primitivo de «elegante» y «hombre de mundo» al aplicárselo a Álvaro Mesía *(La Regenta,* I, 1986, página 366).

II

Emma era el jefe de la familia; era más, según ya se ha dicho, su tirano. Tíos, primos y sobrinos acataban sus órdenes, respetaban sus caprichos. Este dominio sobre las almas no se explicaba de modo suficiente por motivos económicos, pero sin duda éstos influían bastante. Todos los Valcárcel eran pobres. La fecundidad de la raza era famosa en la provincia; las hembras de los Valcárcel parían mucho, y no les iban en zaga las que los varones hacían ingresar en la familia, mediante legítimo matrimonio. Procrear mucho y no querer trabajar, éste parecía ser el lema de aquella estirpe. Entre todos los Valcárcel no había habido más hombre trabajador en todo el siglo que el padre de Emma, el abogado, que también había sido, dentro del matrimonio, menos prolífico que sus parientes. Ya se ha dicho que Emma era hija única, y, por tanto, heredera universal del abogado romántico y flautista. Pero los ahorros del aprovechado jurisconsulto llegaron a su hija un tanto mermados. Parece ser que la castidad de D. Diego Valcárcel no era tan extremada como se creía; su verdadera virtud había consistido siempre en la prudencia y en el sigilo; sabía que el mal ejemplo y el escándalo son los más formidables enemigos de las sociedades bien organizadas, y él, visto que no le era posible conservarse en casta viudez, entre seducir a las criadas de casa y a las doncellas de su hija, y, tal vez, como la tentación le había apuntado varias veces a la oreja, a las respetables clientes, desamparadas señoras que acudían a su despacho en demanda de luces jurídico-morales, como él decía; entre esto y reglamentar el vicio, las inevitables expansiones de la carne flaca, optó por lo último, organizando con sabia distribución y prudentísimo secreto el servicio de Afrodita, como decía él también. Y allí, fuera del pueblo, en las aldeas vecinas adonde le llevaban a menudo los cuidados de la hacienda propia y negocios ajenos[1], llegó a ser, valga la verdad, el Abraham[2] —*Pater Orchamus*—[3] irresponsable de un gran pueblo de hijos naturales, muchos adulterinos. Ni su conciencia, ni la del cura que le confesó, que en vida le había ayudado a veces a evitar escándalos, ni ciertas amenazas de bochornosas confesiones por parte de algunas pecadoras, le consintieron, a la hora un tanto apurada de hacer testamento, dejar en completo olvido ciertas obligaciones de la sangre; y como se pudo, guardando los disimulos formales que fueron del caso, se dejaron mandas aquí y allá, que disminuyeron en todo lo que la ley consentía[4] la herencia de

---

[1] *negocios ajenos:* de nuevo resulta curioso constatar la pervivencia de detalles y anécdotas de *La Regenta* en *Su único hijo.* Los «negocios ajenos», en el doble sentido de la palabra de don Diego son exactamente iguales que los que emprendía el marqués de Vegallana» (Oleza, ed. 1987, II, pág. 154, n. 10).

[2] *Abraham:* a Abraham prometió Yavé: «toda esta tierra que ves te la daré yo a ti y a tu descendencia para siempre. Y haré tu descendencia como el polvo de la tierra; si hay quien pueda contar el polvo de la tierra, ése será quien pueda contar tu descendencia». Y en otra ocasión: «Mira al cielo, y cuenta si puedes, las estrellas; así de numerosa será tu descendencia» *(Génesis,* 13 y 15). Teniendo en cuenta que el primer hijo lo tuvo de su concubina Agar, a los ochenta y seis años, no era poca promesa.

[3] *Pater Orchamus:* rey de Asiria y padre de Clicia y Leucotoe. Clicia fue amante de Apolo, quien la transformó en flor cuando se dejó morir de pena, porque él se había enamorado de Leucotoe. Otra versión expresa que Orcamo las hizo enterrar vivas a ambas, por haberse entregado al dios. La leyenda de Leucotoe, convertida en vara de incienso por Apolo, tras ser enterrada viva por su padre, puede leerse en *Metamorfosis,* IV. Sin embargo, la alusión a Orcamo es muy rara en la cultura mitológica, y aquí tiene un sentido que se me escapa, a no ser que sea el muy forzado de que don Diego «enterraba vivos», es decir, en la ilegalidad a sus hijos, al no reconocerlos.

[4] *todo lo que la ley consentía:* desde el Derecho Romano existen dos tipos de sucesión *mortis causa,* la universal, en la que se da un continuador a la personalidad jurídica del difunto (es el caso de Emma respecto a su padre), y la *singular,* en la que no se da esta continuación: es el caso de las *mandas* o *legados,* que en el Derecho Común español exponen la disposición por la cual el testador manda una cosa o porción de bienes a título singular a persona o personas

Emma. No fue esto lo peor, sino que, previa consulta del mismo director espiritual, D. Diego había hecho antes subrepticiamente muchas enajenaciones *inter vivos,*[5] a que, muy a su pesar, le obligó el miedo al escándalo, que era su gran virtud, según se ha dicho. En suma, Emma se vio con bastante menos caudal que su padre, pero ella apenas lo supo casi, porque la daban jaqueca[6] los papeles, síncopes los números y grima la letra de los curiales[7]. «Allá el tío», decía siempre que se trataba de intereses. Ella no entendía de nada más que de gastar. Bien hubiera querido D. Juan Nepomuceno, antes curador[8] de Emma y actual mayordomo[9], sacudir todas las moscas que en forma de parientes zumbaban alrededor del mermado panal de la herencia; mas no era esto hacedero, porque el entrañable cariño que a los Valcárcel pretéritos y presentes y futuros había cobrado la sobrina, exigía que la hospitalidad más generosa acogiera a todos los suyos. D. Juan tuvo que contentarse con ser el único administrador de aquella prodigalidad gentílica, pero no llegó su influencia a evitar el despilfa-

---

determinadas. Si existen herederos legitimarios (en este caso, Emma), los legados hechos a extraños no pueden exceder de la parte de herencia que resta después de deducida la legítima.

[5] *inter vivos:* tanto éstas como las donaciones *inter vivos* que aparecerán en el cap. VI son expresiones jurídicas que designan operaciones realizadas sobre un patrimonio para que tengan efecto en vida del donante o del enajenante, y no a su muerte, como ocurre en el testamento.

[6] *porque la daban jaqueca:* laísmo cuyo uso encontraremos más de una vez en la escritura de Clarín. También son bastantes los casos de leísmo. Y sin embargo ni uno ni otro fenómeno son sistemáticos (Alarcos, 1985, págs. 19 y 23). A Clarín le preocupaba el tema y en su lista de Erratas de la primera edición de *La Regenta* trata de corregir aquellos casos de que es consciente, aunque el hecho de que se deje bastantes sin corregir demuestra que no era plenamente consciente del fenómeno (cfr. Oleza, ed. 1986, vol. I, pág. 104). En *Su único hijo* son bastante abundantes y llegan a extremos tan forzados como el siguiente: a Emma «las narices se la ponían hinchadas» (página 167).

[7] *los curiales:* aquí, empleados subalternos de los tribunales de justicia, o personas cualesquiera que se dedican a gestionar asuntos en ellos (DUE).

[8] *curador:* «Se aplica a la persona que tiene cuidado de alguna cosa; tutor de un menor» (DUE).

[9] *mayordomo:* en este contexto, «encargado de administrar los gastos ordinarios en una hacienda» (DUE).

rro, ni siquiera a conseguir que redundara sólo en provecho propio la generosidad excesiva de su antigua pupila.

Emma, que tuvo un mal parto, salió de una crisis[10] de la vida lisiada de las entrañas, con el estómago muy débil, y perdió carnes y ocultó prematuras arrugas. Mas no podía esconder un brillo frío y siniestro de la mirada, antipático como él solo; en aquel brillo y en la expresión repulsiva que le acompañaba, se había convertido el *misterioso fulgor* de aquellos ojos que habían cantado, a la guitarra, varios parientes de la enfermucha mujer, nerviosa, irascible. De aquellos parientes, enamorados los más en secreto tiempo atrás, cada cual según su temperamento, hizo su corte Emma, que cada día despreciaba más a su marido, a quien sólo estimaba como *físico,* y sentía más vivo el cariño por los de su raza.

Reyes comprendía bien que, sin culpa suya, se iba convirtiendo en el enemigo de sus afines, enemigo vencido y humillado gracias a que su mujer le entregaba indefenso, atado de pies y manos, a cuantos parientes quisieran hacer de él un pandero.

Los Valcárcel, oriundos de la montaña[11], habían bajado a las villas de las vegas y de la llanura a procurarse vida más holgada y muelle, y por todo recurso acudían al expe-

---

[10] *una crisis:* C. Richmond (ed. 1979) señalaba un posible error en esta construcción, que parecía más natural como «esta crisis»; pero también en F se lee *una,* por lo que no siendo incorrecta, aunque sí rara, la mantenemos.

[11] *oriundos de la montaña:* Clarín, al hacer a los Valcárcel oriundos de la montaña les otorga la condición hidalga por antonomasia, y enlaza con aquel achaque general de tantos españoles del xvi y del xvii que, obsesionados por la limpieza de sangre y las acreditaciones de linaje, se esforzaban en pasar por hidalgos «de casa y solar montañés», pues era opinión común que la sangre más noble procedía de las montañas de Asturias, desde donde los descendientes de los godos habían iniciado la reconquista. Es bien conocida la pretensión de Lope de Vega que, procediendo como procedía de familia montañesa («Nací hombre de bien, de un pedazo de peña en la Montaña», le decía al duque de Sessa), se sintió legitimado para meter nada menos que las diecinueve torres del escudo de Bernardo del Carpio en su propio escudo, dando lugar a la célebre sátira de Góngora. Por su parte, Tirso de Molina se burlaba de una vieja «con más años que un solar de la Montaña» que quería pasar por joven, en *Los Cigarrales de Toledo* (IV).

diente de buscar matrimonios de ventaja, seduciendo a los ricachos de pueblo con pergaminos y escudos de piedra labrada, allá en los caserones de los vericuetos, y a las tiernas doncellas con las buenas figuras de arrogante vigor y señoril gentileza que abundaban en la familia. Casi todos los Valcárcel eran buenos mozos, aunque no tanto como el abuelo heroico, esbeltos; pero de palabra tarda, ceño adusto, voz ronca, trato oscuro y orgullosos sin disimulo; distinguíanse también por su apego exagerado a la capa, cuyo uso era excusado la mayor parte del año en los poblachones bajos, templados y húmedos, donde solían buscar novias. Algunos llevaron su audacia, sin dejar la capa, a extender sus correrías de caballeros pobres hasta las puertas de la misma capital de la provincia, y por fin, D. Diego, el padre de Emma, el genio[12] superior de la familia, sin duda

---

[12] *el genio superior:* se inicia aquí un tema importante dentro del ciclo novelesco que Clarín había concebido: el de la dialéctica entre el genio y la medianía (*vid. Sinfonía de dos novelas,* nota 1). El concepto moderno de genio tiene sus orígenes en el *Sturm und Drang* y en la época de Goethe, mitificado en vida como el gran genio de su siglo, y es elaborado por autores ingleses como Shaftesbury y Young. Éste, en 1759, en sus *Conjectures on Original Composition* diferencia radicalmente al genio del talento, y lo sitúa al margen de las leyes humanas. El Romanticismo desarrolló extraordinariamente la idea, y la encarnó sobre todo en un hombre, Napoleón, mientras que ensayistas como Carlyle elaboraban la teoría *(On heroes).* En la segunda mitad del xix el concepto de genio es sometido a un muy difundido cambio de planteamiento: el de Lombroso y los antropólogos criminalistas italianos. Lombroso formuló la tesis de que el genio es una forma de neurosis. Las tesis de Lombroso tuvieron un gran impacto en Europa, y numerosos seguidores, como Max Nordau o Ferri... Frente a las tesis lombrosianas el psicólogo Pierre Janet opuso en *Automatismos psicológicos* su posición radicalmente contraria: «Sean cuales fueren las analogías en cuanto a las circunstancias externas, la locura y el genio son los dos términos extremos y opuestos de todo el desarrollo psicológico.» Entre Lombroso, Max Nordau, Janet, las ideas de Nietzsche sobre el superhombre, etc., el tema se hizo tan candente que doña Emilia Pardo Bazán le dedicó *La nueva cuestión palpitante* (1894), en la que se preguntaba: «¿Existe el genio?» y en que arremetía contra Lombroso y Nordau. Clarín refleja directamente el estado de efervescencia del tema cuando en una crítica a *Fortunata y Jacinta* explica que el realismo como fórmula no es suficiente para producir una gran novela realista, «pues hace falta que lo que llamamos genio (y será lo que Dios quiera) arrime el hombro y eche el resto» (*Galdós,* pág. 159). En todo caso el Clarín de estos años 90 se decantaba claramente hacia una concepción afirmativa del genio, aprendida con Carlyle, desarrollada

alguna, entró en la ciudad sin miedo, fue estudiante emprendedor y calavera, y al llegar a la mayor edad y tomar el grado, cambió de carácter, de repente, se hizo serio como un colchón, abrió cuarto de estudio, acaparó la clientela de la montaña, aduló a los señores del margen[13], magistrados serios también y amigos de las fórmulas más exquisitas, hizo buena boda, salió de pobre, brilló en estrados con fulgor de faro de primera clase, y, sin perjuicio de ser romántico en el fuero interno, y hasta de escribir octavillas[14] en el seno del hogar, y dejar válvulas de seguridad a los vapores del sentimentalismo en las llaves de la flauta, en que soplaba con lágrimas en los ojos, fue con todo el más rígido amador de la letra y enemigo del espíritu y de toda interpretación arriesgada e irreverente de la ley sacrosanta. Y no se cuenta que una sola vez tuviera la Sala que dirigirle el más comedido apercibimiento; ni de la pulcritud de su lenguaje en estrados se hizo la magistratura sino lenguas, llegando en este punto a caer D. Diego, valga la verdad, en cierto culteranismo[15], disculpable, eso sí, porque mediante él procuraba que su elocuencia saliese como el

---

con la admiración a Castelar, Menéndez Pelayo y Galdós, teorizada de la mano de Tolstoi y de Renan, y resuelta en su idea del héroe espiritualista— de la vida cotidiana, esto es, el «santo demócrata», aunque rodeado de la mezquindad de las multitudes (véase el cuento «Rivales») y heredado por la mediocridad de sus discípulos (véase «El gallo de Sócrates»).

[13] *los señores del margen:* jueces y magistrados de una Audiencia territorial. Los de Vetusta tienen un papel destacado en *La Regenta,* al organizar los Sermones anuales del Viernes de Cuaresma, que se convierten en la prueba de fuego para los oradores de la ciudad *(Vid.* nuestra ed. de *La Regenta,* vol. I, cap. XII y vol. II, cap. XVIII, n. 14).

[14] *octavillas:* aquí se trata de composiciones poéticas en estrofas de ocho versos de arte menor, especialmente octasílabos. Fue un género métrico muy frecuentado por el Romanticismo, que dejó muestras tan conocidas como el retrato de don Félix de Montemar, en *El estudiante de Salamanca,* o el de Margarita la tornera en la leyenda de Zorrilla (T. Navarro Tomás, *Métrica española,* Madrid, 1972).

[15] *cierto culteranismo, disculpable, eso sí:* hay en L. Alas un menosprecio de época hacia el culteranismo, que se expresa en opiniones como la que vierte sobre los «versos cultos» de Góngora en *A 0'50 poeta* (1889): «Eso será malo, prueba de decadencia: pero chabacano, ¿por qué?» (pág. 53). Esa opinión era mucho más exagerada en su contemporáneo y maestro, Benito Pérez Galdós, quien al elogiar la reciedumbre moral de Pepe Rey, escribe: «No admitía fal-

armiño[16] de las cenagosas aguas de la *podredumbre privada,* adonde le arrastraban, en ocasiones, las necesidades del foro. Alguna vez tuvo que acusar, mal de su grado, a un sacerdote indigno, de delitos contra la honestidad[17]; y si bien en el fondo procuró estar fuerte, terrible, implacable, no hubo modo de que su lengua usase epítetos duros, ni siquiera enérgicos ni aún pintorescos, llegando en el mayor calor del ataque a llamar a su contrario «—el mal aconsejado presbítero, si se le permitía calificarle así. Mal aconsejado, decía después D. Diego explicando el adjetivo; esto es, que yo supongo que el presbítero no hubiese caído en tales liviandades a no ser por consejo de alguien, del diablo probablemente». Tenía el abogado Valcárcel que luchar en sus discursos forenses con el lenguaje ramplón y sobrado confianzudo que se usaba en su tierra, y que aún en estrados pretendía imponérsele; mas él, triunfante, sabía encontrar equivalentes cultos de los términos más vulgares y chabacanos; y así, en una ocasión, teniendo que hablar de los pies de un hórreo[18] o de una *panera,* que en el país[19] se

sedades y mixtificaciones, ni esos retruécanos del pensamiento con que se divierten algunas inteligencias impregnadas del gongorismo» (*Doña Perfecta,* ed. de R. Cardona, Madrid, Cátedra, 1982, pág. 90). Ambas opiniones, la de Clarín y la de Galdós, tenían posiblemente por guía la condena implacable que sobre «el príncipe de las tinieblas» lanzara Menéndez Pelayo. Góngora y el culteranismo no fueron reivindicados plenamente hasta finales de siglo por Rubén Darío, y sobre todo en los años 20 por la generación del 27. Sin embargo, todo hay que decirlo, la aguda sensibilidad de crítico permitió a Clarín una valoración de conjunto («príncipe de la luz» + «príncipe de las tinieblas», en la clásica distinción de los dos Góngoras por Cascales) muy positiva para Góngora, en quien dice que culmina el proceso de la poesía española, iniciado por Berceo (*Ensayos y Revistas,* pág. 319).

[16] *el armiño:* la alusión a las costumbres del armiño ya se daba en *La Regenta* (Oleza, 1987, págs. 151-152, n. 8), pues debieron impresionar la imaginación de L. Alas y, por coincidencia de sensibilidad, la de Unamuno, quien se hace eco del simbolismo del armiño para expresar el carácter obsesivo de Tula: «¿No es la triste pasión solitaria del armiño, que por no mancharse no se echa a nado en un lodazal a salvar a su compañero?» (*La tía Tula,* cap. XII).

[17] *delitos contra la honestidad:* de nuevo el recuerdo de *La Regenta,* a través del episodio del lujurioso cura Contracayes (cap. XII).

[18] *hórreo:* «Construcción que se hace en Asturias sobre cuatro pilotes para guardar los granos» (DUE).

[19] *en el país:* es claro que todas estas palabras (*hórreo, panera, pegollos*) así como otras que irán apareciendo (*cuetos, quintana,* etc.), son propias de ese

llaman *pegollos*[20], antes de manchar sus labios con semejante palabrota, prefirió decir «—los sustentáculos del artefacto, señor excelentísimo»[21].

A estas cualidades, que le habían conquistado las simpatías y el respeto de toda la magistratura, unía el don no despreciable de una felicísima memoria para recordar fechas con exactitud infalible, y así, había más números en su mollera que en una tabla de logaritmos[22].

Llegó, sí, llegó el apellido de los Valcárcel, gracias a D. Diego, a un grado de esplendor que no había tenido desde los siglos remotos en que había brillado por las armas. Honra y provecho había ganado el ilustre jurisconsulto, y, de una y otra ventaja, querían gozar los parientes, que, por culpa de la fecundidad de sus hembras y de las afines, incurrían en un doloroso proletariado[23] que amenaza-

---

«país», que aunque innominado en la novela se corresponde con Asturias, país al que también corresponden topónimos y descripciones geográficas, como iremos viendo. Así mismo la anónima ciudad de esta novela tendrá algunas calles, plazas e instituciones características de Oviedo. De las tres opciones que el autor realista tenía, a la hora de enfrentarse a su espacio novelesco, la del espacio real (Madrid, en *Esperaindeo* o en *Sinfonía de dos novelas*), la del espacio ficticio (Vetusta, en *La Regenta*) o la del espacio anónimo pero representativo, *Su único hijo* escoge esta última, la más abstracta y simbólica, como correspondía al momento de disolución del naturalismo. De la ciudad y de la región se podría decir lo que Clarín dijo respecto a *Teresa:* «Yo no señalo: *esto es Asturias,* pero resulta que es Asturias, y toda otra cosa contradicción» (carta a María Guerrero, reseñada por L. Romero Tobar, ed., 1976, pág. 73).

[20] *panera... pegollos:* Mosquín, el protagonista de *Palomares* (1887) amaba su terruño «con el alma hecha toda raíces», y en su imaginación uno de los signos de identidad prominentes de ese terruño eran las «paneras con sus cuatro *pegollos* (pies de piedra)» (Rivkin, ed., 1985, pág. 151).

[21] en P, punto, guión y seguido; corrijo según F.

[22] en P, punto, guión y seguido; corrijo según F.

[23] *proletariado:* la voz «proletario» aparece ya en 1499, en Hernán Núñez, como señala el DAU, pero falta en las fuentes del Siglo de Oro, y el DRAE de 1817 sólo lo admitía en el sentido figurado de Núñez y como voz anticuada. El sentido moderno aparece en el DRAE de 1843: «que sólo importa al Estado como procreador de hijos: proletario». Y así lo utiliza Clarín, aunque en forma de substantivo abstracto, que no sería recogido por el DRAE hasta 1925, según Corominas. En todo caso el término, tal como lo usa Clarín, está

ba llenar de Valcárceles el mundo. No había matrimonios ventajosos que bastasen, con esa desmedida facultad prolífica, a sacar a la raza del temor muy racional de dar al fin en la miseria. Aquel movimiento de expansión en busca de la prosperidad, que se había señalado en la dirección del *vendamont,* bajando de la montaña al valle, ya volvía a indicarse en una reacción proporcionada en sentido de *vendaval*[24], echando otra vez al monte, a los caserones de los vericuetos, a las proles numerosas de los Valcárcel, multiplicadas sin ton ni son, incapaces de trabajar; porque no se puede llamar propiamente trabajo, a lo menos en el sentido económico, los mil apuros que en redor de los tapetes verdes pasaban los parientes de Emma, casi todos jugadores, y muchos de ellos víctimas de su pasión, que estalló en forma de aneurisma[25]. Muerto D. Diego, los Valcárcel perdieron su único apoyo, y el movimiento de retroceso en busca de la montaña se aceleró en toda la familia. Cuando bajaban al llano venían cada vez más montaraces, más orgullosos; su odio a la cortesía, a las fórmulas complicadas de la buena sociedad de provincia, se acentuaba. Cuanto más pobres se iban quedando, más vanidad solariega tenían y más despreciaban la vida en poblado y en tierra llana. En la ribera, como llamaban allá arriba a las regiones bajas, sólo una cosa respetable reconocían los Valcárcel del monte: el tapete verde. Se iba a las ferias a jugar, a perder, a empeñarse... y a casa.

Por el camino de retroceso que llevaba aquella raza se volvía a la horda[26]: era aquél el atavismo de todo un linaje.

---

lejos de la acepción que iba a cobrar en la obra de Karl Marx y en la práctica del movimiento obrero internacional.

[24] *vendamont... vendaval: vendaval* aparece como préstamo del francés en todas las lenguas románicas peninsulares; no así *vendamont,* que no aparece tampoco como asturianismo. Sim embargo, en el *Diccionario Etimologico da Lingua Portuguesa,* de J. P. Machado (Lisboa, 1967[2]), se define *vendaval,* o viento de poniente y de alta mar, como opuesto al *vent d'amont,* o viento de Levante, «ya que en Francia las tierras altas están a Oriente y las bajas a Poniente».

[25] *aneurisma:* «Dilatación anormal local de una arteria o vena. Dilatación anormal del corazón» (DUE).

[26] *se volvía a la horda:* esta historia del ciclo casi biológico de los Valcárcel

Por algún tiempo contuvo en gran parte tan alarmante tendencia el espíritu exaltado de Emma. El cariño gentilicio que en ella despertó con tan exagerada vehemencia, sirvió para reconciliar a muchos de sus parientes con la civilización y la tierra llana. Las visitas a la capital fueron más frecuentes, tal vez porque eran más baratas y más cómodas. Ya se sabía que la casa del famoso y ya difunto abogado D. Diego Valvárcel, era, como él la hubiera llamado si viviese, *jenodokia*[27], *jenones*[28], o sea, en cristiano, albergue de forasteros. Emma, que en algún tiempo había desdeñado, no sin coquetería, la adoración de sus primos y tíos —pues también tenía tíos apasionados— ahora, es decir, después de haber perdido la flor de la hermosura, sobre todo la lozanía, por culpa del mal parto, gozábase en recordar los antiguos despreciados triunfos del amor, y quería rumiar las impresiones deliciosas de aquella adoración pretérita. Rodeábase con voluptuosa delicia, como de una atmósfera tibia y perfumada, de la presencia de aquellos Valcárcel que algún día se hubieran tirado de cabeza al río por gozar una sonrisa suya.

(nacimiento del clan en la montaña, pujanza y expansión por la vega, madurez en la ciudad, declive y retorno a la montaña), herencia de una concepción evolucionista de la historia humana, es a su vez uno de los escasos elementos naturalistas que sobreviven en esta novela. Zola, al establecer sus *Différences entre Balzac et moi* había insistido en el carácter social del ciclo novelesco balzaquiano frente al científico del suyo. Una sola familia le bastaría para mostrar «le jeu de la race modifiée par le milieu». Y en el plan del ciclo que remitió al editor Lacroix, Zola exponía que era su objetivo «étudier, dans une seule famille, les questions de sang et de milieu». Consecuente con ello tituló al ciclo de los Rougon-Macquart: *Histoire naturelle et sociale d'une famille sous le Second Empire*. Clarín, con una cierta ironía que no pone en cuestión, sin embargo, el carácter natural, biológico o racial de la historia del linaje de los Valcárcel, reduce a la dimensión de miniatura y a la función de contexto de fondo (que operará de principio a final de la novela, con la previsible consumación de la fase de decadencia en *Una medianía*) lo que en Zola era la columna vertebral de todo un ciclo. Aparte de las fuentes científicas de Zola (Lucas, C. Bernard...), Clarín pudo inspirarse, para la concepción de la familia como ente orgánico, sometido a las leyes de la evolución, en *L'evolution du mariage et de la famille* (1888) de Charles Letourneau, citado por Antonio Reyes en *Sinfonía de dos novelas*.

[27] *Jenodokia:* del griego: acoger extranjeros o forasteros, hospedar.

[28] *Jenones:* del sustantivo griego 'posada, hostal'.

El amor aquél en algunos de ellos tenía que haber pasado por fuerza, so pena de ser ridículo; los años y la grasa, y la terrible prosa de la existencia pobre y montaraz de allá arriba, habían quitado todo carácter de verosimilitud a cualquier tentativa de constancia amorosa; pero no importaba: Emma se complacía en ver a su lado a los que todavía recordaban con respeto y cariño el amor muerto, y consagraban al objeto de tal culto todos los obsequios compatibles con el natural huraño y brusco de la raza montés. Aquellos cortesanos del amor pretérito, tal vez al rendir sus homenajes, pensaban sobre todo en la munificencia actual de la heredera de D. Diego, única persona que aún tenía cuatro cuartos en toda la familia; pero ella, la caprichosa cónyuge del infeliz Bonifacio, no se detenía a escudriñar los recónditos motivos por que era acatada su indiscutible soberanía sobre los suyos. Es muy probable que ya ninguno de los parientes viese en su prima la belleza que, en efecto, había volado; pero algunos fingían, con mucha delicadeza en el disimulo, ocultar todavía una hoguera del corazón bajo las cenizas que el deber y las buenas costumbres echaban por encima. Emma gozaba también, sin darse cuenta clara de ello, creyéndolo vagamente; saboreaba aquel holocausto de amor problemático con la incertidumbre de una música lejana que ya suena, no se sabe si en la aprensión o en el oído[29]. Lo que era un dogma familiar, que tenía su fórmula invariable, era esto: que por Emma no pasaban días, que lo del estómago no era nada, y que después de parir, de mala manera, estaba más fresca y lozana que nunca. Nadie creía tal cosa, porque saltaba a la vista que no era así; pero lo aseguraban todos. Los cortesanos de aquella sultana caprichosa y de carácter violento y variable, se vengaban de su humillación ineludible despreciando a Bonifacio Reyes sin ningún género de disimulo. Emma llegó a sentir por su esposo un afecto análogo en

---

[29] *ya suena... en el oído:* frase de construcción más que discutible: probablemente sonaría mejor si dijera: «una música lejana que suena no se sabe si ya en la aprensión o ya en el oído». Pero tanto en P como en F se lee ese *ya* no correlativo, por lo que lo dejamos.

cierto modo al que hubiera podido inspirar al Emperador romano su caballo senador[30]. Otro dogma de la familia, pero éste secreto, era que *«la niña* había *labrado* su desgracia uniéndose a aquel hombre». El primo Sebastián confesaba entre suspiros, que el único acto de su vida de que estaba arrepentido (y era hombre que se había jugado la hijuela[31] materna a una carta), se remontaba a la época de su pasión loca por Emma, pasión que le había hecho caer en la debilidad de consentir en dar todos los pasos necesarios para buscar, encontrar, emplear y casar al estúpido escribiente de D. Diego. Aquella debilidad, aquella ceguera de la pasión, no se la perdonaría nunca. Y suspiraba Sebastián, y suspiraban los demás parientes, y suspiraba Emma también, a veces, gozando melancólicamente con aquella afectación de víctima resignada que sufre por toda una vida las consecuencias, desastrosas de una locura juvenil.

---

[30] *su caballo senador:* amaba tanto Calígula a su caballo *Incitatus* que hizo construir para él un palacio de mármol con pesebres de marfil, y le asignó un mayordomo y hasta un secretario; unas veces convidaba a los cónsules a comer con el caballo y otras éste era convidado por el emperador; la noche anterior al día en que tenía que salir, los pretorianos velaban su sueño para que nada lo turbase. Calígula lo agregó al colegio de sacerdotes y lo designó cónsul de Roma.

[31] *hijuela:* «cada una de las porciones en que se divide una herencia» (DUE).

III

El buen esposo durante mucho tiempo no paró mientes en tales injurias. En el fondo del alma, y a pesar de los elegantes trajes de paño inglés que se le había hecho vestir, continuaba considerándose el antiguo escribiente de D. Diego, a quien había pagado sus favores con la más negra ingratitud.

Todos los Valcárcel eran para él los *señoritos*. En vano, allá en los rápidos días, ya remotos, de aquella luna de miel que Emma había decretado que fuese tan breve, en vano la enamorada esposa le había exigido más dignidad y tesón en el trato con los primos y tíos; él, Bonifacio, no podía menos de estimarlos siempre muy superiores a él por la sangre, por los privilegios de raza en que confusamente creía. D. Juan Nepomuceno le aterraba con sus grandes patillas cenicientas, sus ojos fríos de color de chocolate claro y su doble papada afeitada con esmero cancilleresco; le aterraba sobre todo con sus cuentas embrolladas, que él miraba como la esencia de la sabiduría. Siempre que D. Juan daba noticia somera de las mermas de la hacienda a su aturdida sobrina, exigía que Bonifacio estuviese delante; era inútil que Emma y el mismo Reyes quisiesen excusar esta ceremonia. «—De ningún modo, gritaba el tío; quiero que lo presenciéis todo, para que el día de mañana no diga ése (Bonifacio) que os he arruinado por inepto o por otra cosa peor». El *todo* que había de presenciar por fuerza *ése,* no era nada; allí no se podía ver cosa clara, y aunque se pudiera, no la vería Reyes, que ni siquiera miraba. Si era una escena molesta, irritante para Emma la de asistir a las cuentas del tío, sin atender, sin sacar en limpio más que «aquello iba muy mal», para el marido era el tormento más insoportable. En vez de pensar en los números, pensaba en lo que le querrían aquellos ojos del administrador pariente. Le querían decir, en su opinión, «¿quién eres tú para pedirme cuentas, para fiscalizar mi administración? ¿Por qué estás tú metido en la familia, plebeyo miserable?» Sí, plebeyo, pensaba el infeliz; porque si bien sabía, con gran oscuridad en los pormenores, que sus ascendientes habían sido de *buena familia,* casi lo tenía olvidado, y comprendía que los demás, los Valcárcel especialmente, no querrían recordar, ni casi casi creer, semejante cosa.

Tan fuerte llegó a ser el disgusto que le causaban aquellas inútiles entrevistas, que, por[1] primera vez en su vida, se decidió a cumplir en algo su propia voluntad, y se *cuadró,*[2] como él dijo, y no quiso presenciar más la insoportable escena. Con gran extrañeza y mayor placer se vio victorioso en este punto, sin gran resistencia por parte del tío. En cuanto a Emma, tampoco insistió mucho en contrariar el deseo de su esposo. Y fue porque se le ocurrió que detrás de la emancipación del otro vendría la suya. En efecto, a los tres meses de haber prescindido de la presencia de Bonifacio, Emma consiguió que se prescindiera también de la suya. Y el tío, sin que lo supiera nadie más que él y la sobrina, dejó de rendir cuentas de gastos y de ingresos a bicho viviente. Cada cual firmaba lo que tenía que firmar, sin leer un renglón ni una cifra, y no se hablaba del asunto.

Dos preocupaciones cayeron después sobre el ánimo encogido de Bonifacio: la una era una gran tristeza, la otra una molestia constante. Del mal parto de su mujer nacían ambas. La tristeza consistía en el desencanto de no tener

---

[1] *por primera vez:* en P se lee *por la primera vez,* sigo la lectura de F, aunque en varias ocasiones se encuentra el sintagma *por la primera* en esta novela.

[2] *se cuadró:* aquí tiene el sentido no de obedecer, a la manera militar, sino de 'plantarse', 'mantenerse firme en una actitud' (DUE).

un hijo[3]; la molestia perpetua, invasora, dominante, provenía de los achaques de su mujer. Emma había perdido el estómago[4], y Bonifacio la tranquilidad, su musa. El carácter caprichoso, versátil de la hija de D. Diego, adquirió determinadas líneas, una fijeza de elementos que hasta entonces en vano se pretendía buscar en él; ya no fue mudable aquel ánimo, no iba y venía aquella voluntad avasalladora, pero insegura, de cien en cien propósitos. Emma, con una seriedad extraña en ella, se decidió a ser de por vida una mujer insoportable, el tormento de su marido. Si para el mundo entero fue en adelante seca, huraña, la flor de sus enojos la reservó para la intimidad de la alcoba. Molestaba a su esposo como quien cumple una sentencia de lo Alto. En aquella persecución incesante había algo del celo religioso. Todo lo que le sucedía a ella, aquel perder las carnes y la esbeltez, aquellas arrugas, aquel abultar de los pómulos que la horrorizaba haciéndola pensar en la calavera que llevaba debajo del pellejo pálido y empañado, aquel desgano tenaz, aquellos insomnios, aquellos mareos, aquellas irregularidades aterradoras de los fenómenos periódicos de su sexo, eran otros tantos crímenes que debían atormentar con feroces remordimientos la conciencia del

---

[3] *el desencanto de no tener un hijo:* la ausencia del hijo es pues un dato fundamental de partida, que irá cobrando importancia (cap. X) hasta convertirse en el tema fundamental de la novela. Bonifacio viene a reunirse así con la galería de personajes clarinianos frustrados por la falta de hijos, los más ilustres de los cuales podrían ser Ana Ozores (*La Regenta*), y el diablo («El diablo en Semana Santa»), muy cercanos por otra parte a esas madres o padres que se ven arrebatados los hijos por la muerte: Ventura («Las dos Cajas), Caterina («Superchería») o doña Berta.

[4] *había perdido el estómago:* una enferma más en la obra de madurez de Clarín, compañera, por tanto, del protagonista de «Boroña», de los dos de «El dúo de la tos», del de «El caballero de la mesa redonda» (Cuentos morales); de Nicolás Serrano (*Superchería); de* Rosario («El señor») y de Jorge Arial («Cambio de luz») (*El Señor y lo demás); del* hijo de «Un voto», del protagonista de «La médica» y de la madre y del viejo rico de «En la droguería» (*El gallo de Sócrates y...): ni* que decir tiene que la mayoría de estos enfermos padecen del estómago o del hígado, o de ambas cosas, como supuestamente Emma, y como Emma son también enfermos nerviosos. Nicolás Serrano y don Narciso («La médica») son el puente inevitable entre Emma y el propio Leopoldo Alas, enfermo del estómago y de los nervios.

mísero Bonifacio. «¿No lo comprendía él así?» No. Su imaginación no llegaba tan lejos como quería su mujer. Él no pasaba de confesar que había sido un ingrato para con D. Diego dejándose robar por su hija. De todo lo demás no tenía él la culpa, sino Emma o el diablo, que se complacía en que él no tuviese hijos, ni su mujer las necesarias condiciones para ser como todas las hembras. En cuanto se quedaban solos en la habitación de la enferma, ella cerraba la puerta con estrépito, y acto continuo se oía la voz chillona, estridente, que gastaba las pocas fuerzas de la anémica en una catilinaria de cuya elocuencia y facundia no era posible dudar. La disputa, si a estas verrinas[5] se les podía dar tal nombre, solía comenzar por una consulta médica.

—Me sucede esto, decía ella, y hablaba de sus irregularidades íntimas; ¿qué te parece que será? ¿Qué debo hacer? ¿Continuaré con tal medicamento o tendré que suspenderlo?

Bonifacio palidecía, la saliva se le convertía en cola de pegar... ¿Qué sabía él? Compadecía a su esposa (por supuesto, mucho menos que a sí mismo), pero no sabía ni podía saber lo que la convenía; es más, ni siquiera tenía una idea exacta de los males de que ella se quejaba; estaba seguro de que tenían cierta gravedad y de que eran origen de la propia desesperación, porque le cerraban la esperanza de ser padre, de tener hijos legítimos; pero de medicamentos y pronósticos ¿qué podía decir él? Nada; y se echaba a temblar pensando en los oscuros fenómenos patológicos de que ella le hablaba, y barruntando la tormenta que traía aparejada su ignorancia del caso.

—Mujer, yo no puedo decirte... yo no entiendo... llamaremos al médico...

—¡Eso es, al médico! ¡Para estas cosas al médico! Ya que tú no tienes pudor, déjame a mí tenerlo. Estas son intimidades del matrimonio: al médico no se debe recurrir

---

[5] *catilinarias... verrinas:* alusiones a los discursos de Cicerón contra Catilina y contra Cayo Licinio Verres, respectivamente. Lo de las verrinas, en particular, debió gustarle a Clarín, pues lo repite en la pág. 290, allí con un sentido más preciso.

sino en el último apuro... Tú debieras saber, tú debieras afanarte por averiguar lo que me conviene; aunque no fuera por cariño, por pudor, por vergüenza; y si no tienes vergüenza, por remordimientos, por...

Ya se ha indicado que la facundia de Emma, llegados estos momentos, no tenía límites.

Un día, en que a ella se le antojó que tenía una inflamación del hígado... en el bazo, fue en busca de su esposo y le encontró en su alcoba tocando la flauta. Su indignación no encontró palabras; allí no había elocuencia posible, a no ser la del silencio... y la de los hechos. «Ella muriendo de un *ataque al hígado* y él... ¡tocando la flauta!» Aquello merecía testigos, y los tuvo. Acudieron a la citación de Emma D. Juan Nepomuceno, Sebastián y otros dos primos. La indignación cundió por todos los presentes. El delito era flagrante: la flauta estaba allí, sobre la mesa, y el hígado de Emma en su sitio, pero hecho una lacería. Bonifacio, que a pesar de todo quería a su mujer más que todos los tíos y primos, olvidando el propio crimen, quiso enterarse del mal que padecía la víctima; a duras penas pudo conseguir que Emma, tendida en un sofá y ahogando los sollozos, señalase con una mano en el lado izquierdo la región del bazo.

—Pero, hija... se atrevió a decir, si eso... no es el hígado. El hígado está al otro lado.

—¡Miserable!, gritó la esposa. ¿Todavía te atreves a hablar? ¿No dices que tú no eres médico? ¿Que tú no entiendes de eso? Y ahora por contradecirme...

D. Juan Nepomuceno, amante de toda verdad, como no fuera del orden aritmético, en el cual prefería las lucubraciones de la fantasía, declaró, con la mano sobre la conciencia, que en aquella ocasión *¡rara avis!*[6] (dijo) Bonifacio

6 *¡rara avis!*: Clarín, como casi todos los grandes realistas partidarios del estilo indirecto libre, desde la época de Flaubert, es muy aficionado a citar en bastardilla a sus personajes por medio de tics lingüísticos que los caracterizan, especialmente si connotan algún aspecto ridículamente idiosincrático del personaje: su pedantería, su incultura, su cursilería, etc. Si en *La Regenta* se daba una variada gama de citas en bastardilla, aquí el arte de la cita, y también su crueldad, se extreman: el registro del habla de los personajes es siste-

tenía de su parte la razón; que el hígado estaba al otro lado, en efecto.

—No importa, dijo Sebastián; puede ser un dolor reflejo[7].

—¿Y qué es eso?

—No lo sé; pero me consta que los hay.

No era tal cosa; era un dolorcillo reumático ambulante; pocos momentos después lo sintió Emma en la espalda. Resultó, en fin, que no era nada; pero siempre sería cierta una cosa: que Bonifacio estaba tocando la flauta en el instante en que su esposa se creía a las puertas del sepulcro[8].

No dormían juntos, sino en habitaciones muy distantes[9]; pero el marido, en cuanto se levantaba, que no era tarde, tenía la obligación de correr a la alcoba de su mujer a cuidarla, a preparárselo todo, porque la criada tenía irremediable torpeza en las manos; y en esta parte Emma hacía a su Bonifacio la justicia de reconocerle buena maña y dedos de cera. Rompía mucha loza y cristal, y buenas re-

---

máticamente sustituido por la cita de las palabras-clave de su universo idiomático, muchas veces verdaderas impropiedades lingüísticas. Al actuar como mecanismo sucedáneo del habla entera del personaje, la cita en bastardilla realiza a la vez una reducción caricaturesca del personaje y un guiño de complicidad del Narrador al lector, al que supone en condiciones de captar la impropiedad. La pedantesca expresión latina de don Juan Nepomuceno no es única: hemos oído a don Diego nombrar 'jenones', en griego, a las posadas, y veremos a otros personajes decir 'in artículo mortis', 'sanctorum omnium', 'arca sanctorum', 'post hoc ergo propter hoc', etc. Los latinajos, muchas veces a destiempo y otras deformados, siguen siendo en la novela del xix aquello que ya eran en el primitivo teatro romance una fuente de comicidad.

[7] *dolor reflejo:* el que se percibe en un sitio distinto de aquel en que radica la lesión (EC).

[8] *a las puertas del sepulcro:* esta es aproximadamente la misma situación que se da en *La Regenta:* la mujer sufre un ataque mientras el marido se dedica a su afición preferida, aquí la flauta, allí la caza, y allí como aquí también llueven reproches sobre el marido (cap. XIX). La diferencia está, sin embargo, en la perspectiva: naturalista allí, aquí satírica; y en los personajes: amorosa reacción de Ana, despótica de Emma.

[9] *en habitaciones muy distantes:* exactamente igual que Ana Ozores y su marido, en *La Regenta,* y como en *La Regenta* este hecho tendrá una importancia notable en el desenlace.

primendas le costaba; pero tenía dotes de enfermero y de ayuda de cámara. Y también reconocía ella de buen grado, y pensando a veces en pasadas ilusiones, que a pesar de ser tan hábil en aquellos manejos, su marido no era afeminado de figura ni de gestos; era suave, algo felino, podría decirse untuoso, pero todo en forma varonil. Aquel plegarse a todos los oficios íntimos de alcoba, a todas las complicaciones del capricho de la enferma, de las voluptuosidades tristes y tiernas de la convalecencia, parecían en Bonifacio, por lo que toca al aspecto material, no las aptitudes naturales de un hermafrodita[10] beato o cominero, sino la romántica exageración de un amor quijotesco, aplicado a las menudencias de la intimidad conyugal.

Emma seguía sintiéndose orgullosa del *físico* de su Bonis, como llamaba a Reyes; y al verle ir y venir por la alcoba, siempre de agradable y noble catadura a pesar de los oficios humildes en que allí se empleaba, experimentaba la alegría íntima de la vanidad satisfecha. Mas antes la harían pedazos que dejase traslucir semejantes afectos, y cuanto más guapo, más esclavo quería al mísero escribiente de D. Diego, más humillado cuanto más airoso en su humillación. Reñir a Bonifacio llegó a ser su único consuelo; no pudo prescindir ni de sus cuidados ni de pagárselos con chillerías y malos modos. ¿Qué duda cabía que su Bonis había nacido para sufrirla y para cuidarla?[11].

Sus pocos momentos de buen humor relativo los gastaba Emma en cultivar los resabios de sus pretéritas coqueterías; todavía pretendía parecer bien a los parientes a quienes un día desdeñara; un poco de romanticismo puramente fantástico, alambicado, enfermizo, era lo único que, en presencia de los Valcárcel, y sólo entonces, revelaba la existencia de un espíritu dentro de aquella flaca criatura

---

[10] *no las aptitudes naturales de un hermafrodita:* Clarín parece prever posibles abusos de interpretación de la figura de Bonis, que alguna crítica desenfocada ha tildado de andrógino (Valis, 1981, pág. 173), y precaverse contra ello.

[11] *para cuidarla:* Clarín parecía tener muy presentes aquellos versos de Tirso de Molina: «Que la que es rica y se casa / con pobre, lleva a su casa / en un marido un criado» (*Palabras y plumas,* acto I, escena 1).

pálida y arrugada: lo demás del tiempo, casi todo el día, parecía un animal rabiando, con el instinto de ir a morder siempre en el mismo sitio, en el ánimo apocado y calmoso del suave cónyuge.

Bonifacio no era cobarde; pero amaba la paz sobre todo; lo que le daba mayor tormento en las injustas lucubraciones bilioso-nerviosas de su mujer, era el ruido.

«Si todo eso me lo dijera por escrito, como hacía D. Diego cuando insultaba a la parte contraria o al inferior en papel sellado, yo mismo lo firmaría sin inconveniente.» Las voces, los gritos, eran los que le llegaban al alma, no los *conceptos,* como él decía.

Había temporadas en que, después de los ordinarios servicios de la alcoba, para los que era irreemplazable el marido, Emma declaraba que no podía verlo delante, que el mayor favor que podía hacerla era marcharse, y no volver hasta la hora de tal o cual faena de la incumbencia exclusiva de Bonifacio. Entonces él veía el cielo abierto, tomando la puerta de la calle.

IV

Se iba a una tienda. Tenía tres o cuatro tertulias[1] favoritas alrededor de sendos mostradores. Repartía el tiempo libre entre la botica de la Plaza, la librería Nueva[2], que alquilaba libros, y el comercio de paños de los Porches[3], propiedad de la viuda de Cascos. En este último establecimiento era donde encontraba su espíritu más eficaz consuelo; un verdadero bálsamo en forma de silencio perezoso y de recuerdos tiernos. Por la tienda de Cascos había pasado todo el romanticismo provinciano del año cuarenta al cincuenta. Es de notar que en el pueblo de Bonifacio, como en otros muchos de los de su orden, se entendía por romanticismo leer muchas novelas[4], fuesen de quien fue-

---

[1] *tres o cuatro tertulias:* pues, en efecto, «no había tienda sin tertulia, como no podía haberla sin mostrador y santo tutelar. Era esto un servicio suplementario que el comercio prestaba a la sociedad en tiempos en que no existían casinos» (*Fortunata y Jacinta,* I, 3, 1, ed. de F. Caudet, pág. 162).

[2] *la librería Nueva:* en la época romántica —y aún después— las librerías fueron activos focos de tertulia. Mesonero Romanos, en «Costumbres Literarias» (*Escenas matritenses,* II, 1836-1842), nos dejó un testimonio costumbrista «de lo que es *una librería* en nuestra heroica capital», herencia imperturbada y estacionaria del siglo XVIII, que sobrevive indiferente «a las revoluciones de la moda y a las convulsiones heroicas del país». Un siglo después Valle Inclán nos dejaría una versión tan genial como esperpéntica de una situación que no parecía haber cambiado mucho, en la librería o cueva de Zaratustra, en el Pretil de los Consejos, de *Luces de Bohemia.* Leopoldo Alas mismo tomó parte activa en esta vida literaria de las librerías, y de la de Fernando Fe, su editor, decía que era el punto de cita y encuentro de literatos, artistas y políticos, «especie de cuadro de Goya donde se disputa y murmura como en tiempo de Iriarte y de Jorge Pitillas» (cfr. Blanquat-Botrel, 1981, pág. 9).

[3] *los Porches:* bien pudieran evocar, por transfiguración literaria, los Porches que cobijaban el mercado del Fontán en Oviedo.

[4] *se entendía por Romanticismo leer muchas novelas:* «El reinado del Romanticis-

sen, recitar versos de Zorrilla[5] y del duque de Rivas[6], de

mo es también el reinado de la novela», escribe A. Thibaudet (*Historia de la literatura francesa desde 1789 hasta nuestros días*, Buenos Aires, Losada, 1939, trad. de L. Echévarri). Claro que la situación en España no era la misma que en Francia. «Todo llega tarde, todo llega mal, disminuido, incompleto, adulterado, envilecido» (J. F. Montesinos, 1984, pág. 40). Aunque de manera caótica la novela acabará, sin embargo, imponiéndose como género en España. A ello contribuyó la incorporación de un nuevo público lector, y muy especialmente del sector joven y de la mujer (el hambre de ficción de Emma Bovary será el símbolo de toda una época, como lo fue la de su predecesor Alonso Quijano), la avalancha de traducciones, el empujón de la industria editorial francesa sobre España, que acabó por despertar a la española, la moda europea de la novela histórica, etc. Precisamente el periodo posterior a 1834, según el ya citado Montesinos, es la tercera y última fase de adaptación del género en España, y se caracterizó por una infinitud de novelas traducidas de las que hoy no queda ya ni el recuerdo. Lo que predominaba era la novela histórica y a partir de 1840 pudo comprobarse un vivo interés por los relatos de costumbres contemporáneos. Apareció triunfalmente el folletín. Los grandes éxitos de la época continuaron siendo Chateaubriand y Walter Scott, pero se incorporaron ahora *Notre-Dame de París*, y las obras de Balzac y G. Sand, Soulié y E. Sue, A. Dumas —el autor más popular entre los españoles— y P. Feval. Las traducciones lo invadían todo. «Nuestro país, en otro tiempo tan original no es en el día otra cosa que una nación traducida» (Mesonero Romanos, «Las Traducciones»).

[5] *Zorrilla:* la pasión por los versos y los dramas de Zorrilla la compartía Clarín con los vecinos del pueblo de Bonifacio. Y desde adolescente, como confiesa en un «Palique» de 1898 (Ramos Gascón [1973], pág. 190). Y en los comienzos de su carrera literaria el Clarín entonces iconoclasta proclama: «D. José Zorrilla, el mejor poeta de todos en muchas leguas a la redonda» («Palique», *LU,* núm. 314, 1879, cfr. Botrel, 1972, pág. 205). En *La Regenta*, como confiesa en *Mis plagios* (pág. 25), elaboró el largo capítulo XVI, con la representación del *Don Juan Tenorio*, como homenaje al «gran poeta Zorrilla». Y en sus últimos años sigue considerándole «uno de los grandes símbolos de nuestra vida moral» («Revista mínima» en *La Publicidad,* núm. 6301, de 1896, cfr. Y. Lissorgues, 1980, pág. 102). Zorrilla, que mantuvo correspondencia con Clarín, le había solicitado una crítica sobre sus obras, y éste, en un «palique» de 1893, considera el responder a la solicitud como «un deber sagrado», pues se trata de «la mayor honra que recibí en mi humilde vida literaria» (*Palique,* 1973, pág. 116).

[6] *duque de Rivas:* mucho menos admirado que Zorrilla, el duque de Rivas fue para Clarín, más que el poeta de los *Romances históricos* o de *El moro expósito*, el compañero teatral de los García Gutiérrez, Zorrilla o Hartzenbusch, el autor de *Don Álvaro o la fuerza del sino*. Mayor aprecio pareció sentir Galdós, quien reseñaba así su muerte: «En esta semana ha perdido España a uno de sus más ilustres hijos, al duque de Rivas, eminente poeta y patricio insigne» («Folletín», en *La Nación,* en *Galdós Periodista,* pág. 22).

Larrañaga[7] y de D. Heriberto García de Quevedo[8] (salvo error), y representar *El Trovador*[9] y *El Paje*[10], *Zoraida*[11] y otros dramas donde solía aparecer el moro entregado a un lirismo llorón, desenvuelto en endecasílabos del más lacrimoso efecto:

[7] *Larrañaga:* se trata de Gregorio Romero de Larrañaga (1814-1872), poeta y escritor madriñelo. Más adelante (pág. 221) se hará alusión a él por su estilo muy de época, propio para expresar «los afectos fuertes y enrevesados». Dirigió la revista de literatura y modas *La Mariposa,* y escribió de todo, y entre otras cosas: *La enferma del corazón; Misterios de honra y venganza; La mujer, el marido y el amante;* o *Cristina de Suecia.* Galdós en *Misericordia,* dirá de él: «Otras veces, lanzándose a la poesía, recitaba versos de don Gregorio Romero Larrañaga y de otros vates de aquellos tiempos bobos.»

[8] *D. Heriberto García de Quevedo:* poeta venezolano (1819-1871), que vivió en España. Escribió, también, de todo: poemas filosóficos *(Delirium),* tragedias, melodramas, comedias, zarzuelas, leyendas fantásticas, novelas cortas, poesías líricas, opúsculos de crítica, relatos de viajes, y hasta traducciones de poemas chinos, pasados por el francés. Sus *Obras poéticas y literarias* se editaron en París en 1863. Murió de un balazo en París, en 1871, durante los días de la Comuna. En la pág. 169 Clarín lo empareja con Larrañaga. Menéndez Pelayo tuvo poca piedad con él, y Valera le dedicó una de sus «Notas biográficas y críticas», en la que habla de su «megalomanía» y le llama «erudito y exótico imitador de Manzoni» *(O. C.,* t. II, M. Aguilar, 1949², pág. 1363).

[9] *El trovador:* sin duda la obra «más original, inspirada, poética y musical de nuestra literatura dramática del siglo xix». La noche que la vio representar por Rafael Calvo fue «una de las que más emociones me hicieron sentir en el teatro» *(Rafael Calvo,* págs. 52-53). No es de extrañar pues la referencia continua a esta obra en los escritos de Alas, y muy especialmente en *La Regenta* (caps. V, X y XVI). La escribió Antonio García Gutiérrez en 1835 y fue estrenada el 1 de marzo de 1836 en el Teatro del Príncipe, en Madrid.

[10] *El paje:* obra asimismo de García Gutiérrez, fue estrenada en 1837, al calor del éxito de *El trovador.* C. Richmond corrige la edición original, donde se lee *El trovador y el Paje* como el título de una sola obra.

[11] *Zoraida:* aunque este nombre fue el de muchas heroínas moras de poemas, leyendas, dramas y novelas, aquí parece referirse el autor a la tragedia *Zoraida,* del madrileño Nicasio Álvarez de Cienfuegos (1764-1809). De él escribe M. J. Quintana: «Algunas composiciones suyas, que empezaron a correr de mano en mano, y las tragedias *Zoraida* y *Condesa de Castilla,* que se representaron particularmente, le empezaron a dar un nombre literario en el público, que se acrecentó con la impresión que hizo, en 1789, de todas sus obras poéticas.» La tragedia *Zoraida,* clásica en su estructura, aparece ya como romántica por su estilo, para horror del clasicista —y admirado por Clarín, cosa que no parece ocurrir con Cienfuegos—, don Antonio Alcalá Galiano.

> ¿Es verdad, Almanzor, mis tiernos brazos
> te vuelven a estrechar? ¡Pluguiera al cielo! etc. [12].

decía Bonifacio y decían todos los de su tiempo con una melopea pegajosa y simpática, algo parecida a canto de nodriza. Y decían también, esto con más energía:

> ¡Boabdil, Boabdil, levántate y despierta!... etc. [13].

Esta era la mejor y más sana parte de lo que se entendía por romanticismo. Su complemento consistía en aplicar a las costumbres algo de lo que se leía, y, sobre todo, en tener pasiones fuertes, capaces de llevar a cabo los más extremados proyectos. Todas aquellas pasiones venían a parar en una sola, el amor; porque las otras, tales como la ambición desmedida, la aspiración a algo desconocido, la profunda misantropía, o eran cosa vaga y aburrida a la larga, o tenían escaso campo para su aplicación en el pueblo;

---

[12] *¡Pluguiera al cielo!,* etc.: como ya indicara C. Richmond (ed. 1979), se trata de los primeros versos del acto I de la *Zoraida. Tragedia,* de don Nicasio Álvarez Cienfuegos:

«HACEN: ¿Es verdad, Almanzor, mis tiernos brazos
           te vuelven a estrechar?

ALMANZOR: ¡Pluguiera al cielo
           que de Jaén en la sangrienta arena
           la paz gozase del eterno sueño!»

Pero el «¡Pluguiera al cielo!» tanto gustó a Cienfuegos que lo mandó repetir a unos y otros a lo largo y ancho de la pieza (N. Alvarez de Cienfuegos, *Poesías,* Madrid, Imprenta Real, 1798, pág. 239).

[13] *¡levántate y despierta!...,* etc.: ya identificó C. Richmond (ed. 1979) esta expresión, que procede del I Canto de *Al último Rey Moro de Granada. Boabdil el Chico,* de Zorrilla:

«¡Ay, Boabdil! Levántate y despierta,
apresta tu bridón y tu cuchilla,
porque mañana llamará a tu puerta
con la voz de un ejército Castilla.»

(J. Zorrilla, *Obras Completas,* vol. I, con prólogo de N. Alonso Cortés, Valladolid, pág. 164.)

de modo que el romanticismo práctico venía a resolverse en amor con acompañamiento de guitarra y de periódicos manuscritos[14] que corrían de mano en mano, llenos de versos sentimentales. ¡Lástima grande que este lirismo sincero fuera las más veces acompañado de sátiras ruines en que unos poetas a otros se enmendaban el vocablo, dejando ver que la envidia es compatible con el idealismo más exagerado! En cuanto al amor romántico, si bien comenzaba en la forma más pura y conceptuosa, solía degenerar en afecto clásico; porque, a decir la verdad, la imaginación de aquellos soñadores era mucho menos fuerte y constante que la natural robustez de los temperamentos, ricos de sangre por lo común; y el ciego rapaz, que nunca fue romántico, hacía de las suyas como en los tiempos del Renacimiento y del mismo clasicismo, y como en todos los tiempos; y, en suma, según confesión de todos los tertulios de la tienda de Cascos, la moralidad pública jamás había dejado tanto que desear como en los benditos años románticos; los adulterios menudeaban entonces[15]; los Tenorios, un tanto averiados, que quedaban en la ciudad, en aquella época habían hecho su agosto; y en cuanto a jóvenes solteras y *de buena familia,* se sabía de muchas que se habían escapado por un balcón, o por la puerta, con un amante; o sin

---

14 *periódicos manuscritos:* como el que dirigió, escribió y difundió en Oviedo el jovencísimo Leopoldo Alas entre el 8 de marzo de 1868 y el 14 de enero de 1869, con el título de *Juan Ruiz,* y que llegó a acumular dos tomos de 400 páginas con un total de 50 números (S. Martín-Gamero, 1985).

15 *los adulterios menudeaban entonces:* de las fugas de amantes y de sus percances ya hablamos en n. 5 de la pág. 159; los adulterios menudeaban efectivamente: las biografías de Larra, Espronceda o Zorrilla dan un testimonio sobrado, por no hablar de Chateaubriand, George Sand, Byron, Goethe, Liszt o Paganini: el prestigio de amores tormentosos y adúlteros les acompaña. Cosa curiosa resulta, sin embargo, que lo que ocurría en sus vidas no fuera trasladado con frecuencia a su literatura (excepción hecha de los artículos de Larra). El Romanticismo prefirió las grandes pasiones juveniles muchas veces trágicas, al drama de la ruptura familiar, que quedaría para los novelistas realistas: el Stendhal de *Rojo y negro,* el Balzac de *Pere Goriot,* el Flaubert de *Madame Bovary,* el Maupassant de *Bel Ami,* el Zola de *Thérese Raquin,* el Tolstoi de *Ana Karenina,* el Galdós de *Realidad,* el Clarín de *La Regenta* o el Eça de Queiroz de *O primo Basilio,* elaborarían la gran epopeya burguesa de la mujer adúltera *(vid.* ahora B. Ciplijauskaité, 1984).

escaparse se habían encontrado encintas sin que mediara ningún sacramento. La tertulia de Cascos y la tienda de los Porches habían sido, respectivamente, ocasión y teatro de muchas de aquellas aventuras, que se envolvían en un picante misterio y después venían a ser pasto de una murmuración misteriosa también y no menos picante. Aunque en nombre de la religión y de la moral se condenasen tales excesos, no cabe negar que en los mismos que murmuraban y censuraban (tal vez cómplices, por amor al arte, de tales extremos) se adivinaba una recóndita admiración, algo parecida a la que inspiraban los poetas en boga, o los buenos cómicos, o los cantantes italianos —buenos o malos— o los guitarristas excelentes. Aquel romanticismo representado en la sociedad (entonces todavía no se había inventado eso de hablar tanto de la realidad) era como un grado superior en la común creencia estética. En cambio, si los antiguos partidarios del *clair de lune*[16] de la tienda de paños tenían que declarar la inferioridad moral —relativamente al sexto mandamiento no más— de aquellos tiempos, recababan para ellos el mérito de las buenas formas, del eufemismo en el lenguaje; y así, todo se decía con rodeos, con frases opacas; y al hablar de amores de ilegales consecuencias se decía[17]: «Fulano obsequia a Fulana», v. gr. De todas suertes, la vida era mucho más divertida entonces, la juventud más fogosa, las mujeres más sensibles. Y al pensar en esto suspiraban los de la tienda de Cascos; de Cascos, que había muerto dejando a la viuda[18] la herencia de los paños, de la clientela y de los tertulios ex románticos, ya

---

[16] *clair de lune:* Clarín es un gran aficionado a utilizar esta expresión como referencia cultural del Romanticismo, y así aparece teorizado en *Mis plagios:* «el Romanticismo más grande, más noble, más trascendental (en la poesía, se entiende), ha sido el independiente, el soñador, el triste o desesperado, el del *clair de lune,* según Richter, y el de las grandes protestas, y los grandes sarcasmos, y las grandes alegrías» (pág. 74). El símbolo del *clair de lune* tuvo su más representativa encarnación artística en la sonata XIV, titulada *Clair de lune,* de Beethoven, que M. Infante pide a Augusta que toque, en *Realidad,* de Galdós: «Infante *(corriendo hacia el piano).* Augusta, por amor de Dios, la sonata catorce, el "Clair de lune"...» (final de la Escena VII).

[17] En F. dos puntos y aparte tras «decía»; sigo la lectura de P.

[18] *la viuda:* tanto P como F imprimen *la difunta,* error evidente.

todos demasiado entrados en años y en cuidados, y muchos en grasa, para pensar en sensiblerías trascendentales. Pero no importaba; se seguía suspirando, y muchos de aquellos silencios prolongados que solemnizaban la ya imponente oscuridad de la tienda con aspecto de cueva; muchos de aquellos silencios que tanto agradaban a Reyes, estaban consagrados a los recuerdos del año cuarenta y tantos. La viuda, señora respetable de cincuenta noviembres[19], tal vez había amado y se había dejado amar por uno de aquellos asiduos tertulios, un D. Críspulo Crespo, relator, funcionario probo y activo e inteligente, de muy mal genio; sí, se habían amado, aunque sin ofensa mayor de Cascos; y en opinión de los amigos, seguían amándose; pero todos respetaban aquella pasión recóndita e inveterada; rara vez se aludía a ella, y se la tenía por único recuerdo vivo de tiempos mejores; y el respeto a tal documento póstumo del muerto romanticismo se mostraba tan sólo en dejar invariablemente un puesto privilegiado, dentro del mostrador, para D. Críspulo.

Bonifacio, que había sido uno de los más distinguidos epígonos[20] de aquel romanticismo al pormenor, ya mori-

---

[19] *cincuenta noviembres:* si la prehistoria de la acción transcurre en pleno «romanticismo provinciano del año cuarenta al cincuenta», como se ha dicho al principio de este capítulo, y tendrá su punto de dispersión en el año 1846, como puede comprobarse a continuación, en nuestra nota sobre Istúriz, el hecho de que «la viuda» sea ahora cincuentona, sitúa la acción actual de la novela unos veinticinco años después, en torno a los últimos 60 o principio de los 70. En el capítulo XIV se señala que Emma está muy cerca de cumplir los cuarenta, y teniendo en cuenta que al escaparse tenía quince, allá por esos años 40, se reitera la distancia de unos veinticinco años entre la prehistoria (primeros años 40) y la acción (en torno al año 70). C. Richmond, en su edición, corrigiendo previos cálculos erróneos, situaba esta distancia en torno a los veinte años, distinguiendo una primera época (40-50) y una segunda (60-70), aunque previniendo el carácter vago de esta cronología. Un dato importante, no señalado hasta ahora, y que viene a precisar relativamente toda la cronología, es que el sistema monetario reflejado en la novela es anterior a la profunda reforma de 1868 (véase cap. V, n. 7) por lo que bien pudiera ser que Clarín hubiese querido situar la acción entre el romanticismo de los primeros 40 y las vísperas de la Gloriosa. *Su único hijo* vendría a ser una imagen de la sociedad anterior a la revolución, de la misma manera que *La Regenta* lo era de la sociedad post-revolucionaria y restaurada.

[20] *epígonos:* P, F y C. Richmond imprimen *epigones*.

194

bundo, se sentía bien quisto en la tertulia y se acogía a su seno, tibio como el de una madre.

Una tarde que Emma le arrojó de su alcoba por haber confundido los ingredientes de una cataplasma —¡caso raro!—, Bonifacio entró en la tienda de paños más predispuesto que nunca a la voluptuosidad de los recuerdos. Don Críspulo estaba en su asiento privilegiado. La viuda hacía calceta enfrente del relator. Ambos callaban. Los demás ex románticos, entre toses y largos intervalos de silencio que parecían parte del ceremonial de un rito misterioso, soñoliento, hablaban en la semioscuridad gris, fuera del mostrador, y repasaban sus comunes recuerdos. ¿Quién vivía en aquella plaza que tenían delante, el año cuarenta? El habilitado del clero, allí presente, hombre de prodigiosa memoria, recordaba uno por uno los inquilinos de todos aquellos edificios tristes y sucios, grandes caserones de dos pisos. «Las de Gumía habían muerto en la Habana, donde era el año cuarenta y seis magistrado el marido de la mayor; en el piso segundo de la casa grande de Gumía habitaba el secretario del Gobierno civil, que se llamaba Escandón, era gallego, muy buen poeta, y se había suicidado en Zamora años después, porque siendo tesorero se le había hecho responsable de un desfalco debido al contador. En el número cinco vivían los de Castrillo, cinco hermanos y cinco hermanas, que tenían tertulia y comedias caseras[21]; la casa de Castrillo era uno de los focos del romanticismo del pueblo; allí se escribía el periódico

---

[21] *comedias caseras:* como las representaba el propio Clarín, según cuenta Cabezas (1936, pág. 38), que cita *El sitio de Zamora,* en verso, y la burlesca *Una comedia por un real,* como obras escritas por Leopoldo Alas entre los doce y los trece años (él mismo, en carta a José Yxart, de 5-II-1888, confesaba haber escrito «más de cuarenta dramas» en su juventud), representadas por sus amigos y en la casa de unos hermanos «indianos». Y en *Cuesta abajo* reitera, esta vez por medio del protagonista, su confesión: «escribía comedias y dramas a docenas, algunos de los cuales representábamos en teatritos caseros, en las guardillas y desvanes». Mesonero Romanos escribió en 1832 un delicioso cuadro de costumbres sobre los problemas de tales representaciones: «La comedia casera» (*Escenas matritenses*). Y Galdós, en *Misericordia,* apunta que «el elegante fósil» don Frasquito Ponte era «un excelente aficionado al arte escénico, y representó en distintos teatros caseros papeles principales».

anónimo y clandestino[22], que después se metía por debajo de las puertas. Perico Castrillo había sido un talentazo, sólo que entre las mujeres y la bebida le perdieron, y murió loco[23] en el hospital de Valladolid. Antonio Castrillo había sido el mejor jugador de tresillo de la provincia, después se había ido a jugar a Madrid, y allí se agenció de modo, siempre jugando al tresillo, que se hizo un nombre en la política y fue subsecretario en tiempo de Istúriz[24].

---

[22] *el periódico anónimo y clandestino:* pues para esta época, llamada «la década moderada» (1843-1854), la legislación sobre la prensa fue eminentemente represiva, debido al «miedo de la burguesía dirigente a un incipiente despertar de la conciencia proletaria a lo que podrían contribuir los periódicos obreristas, asociacionistas y socialistas utópicos, que, con una vida siempre azarosa, constituyen uno de los aspectos más sintomáticos e interesantes de la prensa de este periodo», y así lo declaran los decretos reguladores de la misma. Al margen de los periódicos directamente políticos de este tipo, que aparecen, son cerrados y reaparecen bajo otro nombre (como en la propia época de Clarín, como *El Solfeo* y *La Unión*), un prototipo del periodismo aludido en el texto es *El Murciélago,* periódico satírico, clandestino, sin periodo fijo, que se colaba por todas partes sin que la policía fuera capaz de impedirlo. Sus autores probables según la *vox populi* fueron Luis González Brabo y Antonio Cánovas del Castillo, que tanto habrían de cambiar con el tiempo (M.ª C. Seoane, *Historia del periodismo en España,* II, Madrid, 1983, páginas 197-198 y 212-217).

[23] *murió loco:* en la caricaturizada trayectoria de este «talentazo» romántico Clarín se hace eco de una imagen muy popular del artista romántico, perseguido por la maldición de la locura y fácil a los excesos del alcohol. Más allá de la imagen tópica es posible constatar, sin embargo, una inquietante casuística de grandes artistas castigados o amenazados por la demencia, que parece abrirse con el Romanticismo (Friedrich Hölderlin, Juan Arolas...), espesarse en los orígenes de la mentalidad «moderna» (E. A. Poe, N. V. Gogol, F. Dostoyevski, A. Strindberg, Maupassant...) y llegar a su apogeo con los artistas y pensadores malditos del final de siglo (A. Rimbaud, A. Artaud, F. Nietzsche, Van Gogh...). Justamente a final del siglo harán furor las tesis de César Lombroso *(El genio)* y de su discípulo Max Nordau *(Degeneración)* que hacen del genio una aberración psíquica, una neurosis, y que fueron contestadas por Emilia Pardo Bazán en *La cuestión palpitante* (1894).

[24] *Istúriz:* Francisco Javier de Istúriz (1790-1871) fue presidente de las Cortes y tuvo que exilarse tras el regreso de Fernando VII. Vuelto a España en 1834, fues sucesivamente presidente de la Cámara, ministro de Estado y presidente del Consejo, cargo que volvió a ocupar entre 1846 y 1858. Sus tiempos son, por tanto, y de lleno, los románticos. Es un dato más para situar la acción de los antecedentes de la novela, ya que si Castillo fue subsecretario lo sería en la época en que éste fue presidente del Consejo, y como había pa-

Pero éste y los demás Castrillos habían muerto tísicos[25]. En cuanto a ellas, se habían dispersado, mal casadas tres, monja una y perdida la otra por un seductor del provincial de Logroño, el capitán Suero.

Al llegar a la casa número nueve el habilitado del clero suspiró con gran aparato.

—Ahí... todos ustedes recuerdan quién vivía el año cuarenta...

—La *Tiplona,* dijeron unos.

—La *Merlatti,* exclamaron otros.

La *Tiplona,* la *Merlatti*[26] había sido el microcosmos[27] del romanticismo músico del pueblo. Era una tiple italiana

---

sado antes por la tienda de Cascos «de los años cuarenta al cincuenta», es de suponer que el año 1846 sea el más indicado para su nombramiento de subsecretario, coincidiendo así en la fecha con el cargo de magistrado en La Habana del marido de la Gumía mayor, como acabamos de ver. La primera mitad de los 40 parece, pues, la época de la plenitud romántica en la ciudad de Bonis, y el 46 marca la diáspora de sus jóvenes conciudadanos.

[25] *habían muerto tísicos:* y es que la tisis es la enfermedad romántica por excelencia, la de algunos de sus artistas más representativos, como Keats, Novalis, Chopin, Bécquer o Gil y Carrasco, la de incontables personajes literarios, desde la celebérrima *dama de las camelias* Margarita Gautier, al protagonista de *La Montaña mágica* de Thomas Mann. El propio Clarín, que padeció y murió de una tuberculosis intestinal progresiva, nos dejó un bello relato de amores tísicos en el cuento «El dúo de la tos».

[26] *La Tiplona, la Merlatti:* ni a este personaje ni a su rival, la Volpucci, los he podido documentar en las historias y diccionarios de ópera, ni tampoco en las reseñas periodísticas de la época, por lo que los supongo ficticios.

[27] *el microcosmos:* es éste un término nada aséptico en la obra de Clarín. La expresión procede de la filosofía griega, en la cual el hombre es un pequeño mundo, una reducción a escala antropológica del macrocosmos, o universidad del mundo. La idea tuvo una amplia y profunda repercusión en la Edad Media y en los Siglos de oro (F. Rico, *El pequeño mundo del hombre,* Madrid, ed. corregida y aumentada, 1986). Pero revive con fuerza en el pensamiento espiritualista. El mayor representante del espiritualismo alemán, Rudolf Hermann Lotze (1817-1881), leído y citado por Clarín, es autor de un célebre libro titulado *Microcosmos, ideas sobre la historia natural y la historia de la humanidad* (3 vols., 1856-1864). La dialéctica entre micro y macrocosmos la expresa don Narciso, protagonista del cuento «La médica», y en el que Clarín puso mucho de su propia condición de enfermo crónico: «Se suponía que, siendo el hombre *microcosmos,* tenía, por *autarquía* y *autonomía* de la vida *universal-individual,* un mundo aparte, *individual,* de leyes naturales, diferentes para cada cual» (Espasa-Calpe, 1973, pág. 62).

que aquellos provincianos nos hubieran echado a reñir con la Grissi[28], con la Malibrán[29], sin necesidad de haber oído a éstas. No concedían aquellos señores formales que en este mundo se hubiera oído cosa mejor que la *Merlatti*... ¡Y qué carnes! ¡Y qué trato! Era más alta que cualquiera de los presentes, blanca como la nieve, suave como la manteca y de una musculatura tan exuberante como bien contorneada; montaba a la inglesa, tiraba a[30] pistola, y había abofeteado en medio del paseo a la *Tiplona*[31], su rival la Volpucci, que también tenía sus aficionados. Esta era delgada, flexible como un mimbre y lucía más que la *Tiplona* en las *fioriture*[32]; pero como voz y como carnes y buena presencia, no había comparación. La *Tiplona* había vencido, y había vuelto a la ciudad en varias temporadas, y por último se había casado con un coronel retirado, dueño de aquella casa de la plaza del teatro, el coronel Cerecedo; y allí había vivido años y años dando conciertos caseros y admirada y querida del pueblo filarmónico, agradecido y enamorado de los encantos, cada vez más ostentosos, de la ex tiple. Y ¡quién lo dijera! también había muerto tísica, después de

28 *la Grissi:* se trata de la milanesa Giulia Grisis (1811-1869). Hizo su debut como la Emma de Rossini, en *Zelmira* (1828). En 1832 apareció como *Semiramide* en París y fue la primera Adalgisa de *Norma,* estas dos últimas óperas cantadas en la novela por la Gorgheggi.

29 *la Malibrán:* «De esta mujer [la Briones], que era concubina de Manuel García, nació al año siguiente [1808] el portento de las virtuosas, la reina de las cantantes de ópera, Mariquita Felicidad García, conocida en su tiempo por *la Malibrán*» (Galdós, *La corte de Carlos IV,* cap. IV). Hizo su debut como la Rosina de *Il barbiere di Siviglia,* en Londres, en 1825. Fue la primera Felicia de *Il Crociato in Egitto,* de Meyerbeer, y representó a Desdémona en el *Otello* de Rossini.

30 *a pistola:* P, F y Richmond imprimen *tiraba la pistola,* lo cual no tiene sentido.

31 *Tiplona:* P imprime, por error, *Toplina.*

32 *fioriture:* adornos en el canto, bien sean escritos por el compositor o bien improvisados por el cantante, que ornamentan las notas básicas de la melodía. El uso de las *fioriture* fue especialmente frecuente en las óperas dieciochescas italianas. Y su abuso molestaba a Armando Palacio Valdés: «En verdad que las peñascas abusan de las *fermatas* y *fiorituras* y que las muchachas de Sarrió, sin tener tan buena voz, cantan con mejor gusto y afinación» (*La Fe,* cap. II).

un mal parto. ¡La *Tiplona!* El que más y el que menos de aquellos señores la había amado en secreto o paladinamente, y el mismo Bonifacio, muy joven entonces, tenía que confesarse que su afición a la ópera seria había crecido escuchando a aquella real moza, que enseñaba aquella blanquísima pechuga, un pie pequeño, primorosamente calzado, y unos dientes de perlas.

El habilitado del clero siguió pasando revista a los inquilinos del año cuarenta; de aquella enumeración melancólica de muertos y ausentes salía un tufillo de ruina y de cementerio; oyéndole parecía que se mascaba el polvo de un derribo y que se revolvían los huesos de la fosa común, todo a un tiempo. Suicidios, tisis, quiebras, fugas, enterramientos en vida, pasaban como por una rueda de tormento por aquellos dientes podridos y separados, que tocaban a muerto con una indiferencia sacristanesca que daba espanto. El vejete terminó su historia al por menor con los ojos encendidos de orgullo. ¡Qué memoria la suya!, pensaba él. ¡Qué mundo éste!, pensaban los demás.

A Bonifacio aquella narración le había hecho recordar el espectáculo tristísimo de las ruinas de la casa donde él había nacido; sí, él había visto desprenderse las paredes pintadas de amarillo y otras cubiertas de papel de ramos verdes; él había visto como un plano vertical la chimenea despedazada, al amor de cuya lumbre su madre le había dormido con maravillosos cuentos; allá arriba, en un tercer piso... sin piso, quedaba de todo aquel calor del hogar el hueco de una hornilla en una medianería agrietada, sucia y polvorienta. Al aire libre, siempre expuesta a las miradas indiferentes del público, ¡estaba la alcoba en que había muerto su padre! Sí; él había visto en lo alto los restos miserables, la pared manchada por las expectoraciones del enfermo, las señales del hierro de la cama humilde en la grasa de aquella pared... ¿Qué quedaba de toda aquella vivienda, de aquella familia pobre, pero feliz por el cariño? Quedaba él, un aficionado a la flauta, en poder de su Emma, una furia, sí, una furia, no había para qué negárselo a sí mismo. La casa había desaparecido; aquellas ruinas de su hogar habían estado siendo el escándalo de la gaceti-

lla urbana. «—¿Pero cuándo se derriba la inmunda facha-
da de la esquina asquerosa de la calle del Mercado?» Esto
había gritado la prensa local meses y meses, y al fin el Municipio había aplicado la piqueta de *doña Urbana,* como decía el periódico, a los últimos restos de tantos recuerdos sagrados. ¿Y él mismo, pensaba Bonifacio, qué era más que
un esquinazo, una ruina asquerosa que estaba molestando
a toda una familia linajuda con su insistencia en vivir, y
ser, por una aberración lamentable, el marido de su mujer?
Todas aquellas ideas tristes y humillantes las había desper-
tado en su espíritu el diablo del habilitado con aquella *ojeada retrospectiva* al año cuarenta. ¡La historia! ¡Oh! la historia
en las óperas era una cosa muy divertida... *Semíramis*[33], *Nabucodonosor*[34], *Las Cruzadas*[35], *Atila*[36]... magnífico todo...
pero las de Gumía, las de Castrillo... tanta muerte, tanta

---

[33] *Semíramis:* en realidad *Semiramide,* ópera en dos actos de Rossini, libreto
de G. Rossi, basado en el drama de Voltaire. Se estrenó en 1823. Su tema es
la historia de Semíramis, reina de Babilonia, que mató a su marido, el rey
Nino, con la ayuda de su amante Assur, para después enamorarse de su propio hijo, Arsace, a quien salvó del atentado de Assur a costa de su propia
vida. Arsace mató entonces a Assur y ocupó el trono. Fue heroína favorita
del XVII y del XVIII, por lo que hubo diversas óperas que la tomaron por protagonista, entre ellas las de Gluck, Meyerbeer, Scarlatti y Vivaldi. De la *Semiramide* de Rossini, escribía Galdós: «la [música] de *Semíramis* es la historia de
un pueblo. / Su estilo es el de la tragedia griega» (*Revista Musical,* en *La Nación.
Galdós periodista,* pág. 11).
[34] *Nabucodonosor:* es la célebre ópera en 4 actos, *Nabucco,* de G. Verdi, con libreto de T. Solera, estrenada en 1842. Su tema es también histórico: la victoria del rey Nabucco sobre los judíos y su orden de destruir el templo de Jeru-
salén desencadenan una complicada intriga.
[35] *Las Cruzadas:* probablemente *Il Crociato in Egitto,* ópera de J. Meyerbeer,
con libreto de G. Rossi, en 2 actos. Estrenada en 1824. Armando d'Orville,
Caballero de Rhodas, dado por muerto en Egipto durante la Sexta Cruzada,
se oculta bajo la personalidad de Elmireno y enamora y convierte clandesti-
namente al cristianismo a Palmide, hija del sultán. Descubierto y sentencia-
do a muerte, salvará su vida al salvar la del sultán, casándose con Palmide y
posibilitando un tratado de paz entre moros y cristianos.
[36] *Atila:* es la ópera *Attila,* en tres actos y prólogo, de Verdi, libreto de
T. Solera, estrenada en 1846. La fábula dramatiza la muerte de Atila por
Odabella durante la invasión de Italia por los Unos. Fue obra que gozó de
una inmensa popularidad por sus connotaciones nacionalistas, en especial
cuando se cantaba aquello de «Avrai tu l'universo, resti l'Italia a me», que hacía venirse abajo los teatros italianos.

vergüenza, tanta dispersión y podredumbre... esto *encogía el ánimo*. Por fortuna la conversación volvió a la Tiplona, y con motivo de esto se recordó las óperas que se cantaban entonces y las que se cantaban ahora en comparación con aquéllas. La verdad era que ahora no se cantaban óperas en el pueblo, pues casi hacía ocho años que no parecía por allí un mal cuarteto. Entonces el habilitado, que tanto había entristecido al concurso, se dignó dar una noticia de actualidad, contra su costumbre. Su costumbre era despreciar *altamente* todos los sucesos próximos, pasados o futuros, que no exigían, para ser referidos o inducidos, gran retentiva, como él llamaba a la memoria. Con aire displicente dijo el buen hombre:

—Pues ópera la van ustedes a tener ahora[37], y buena; porque me ha dicho el alcalde que han pedido el teatro desde León el famoso Mochi y la Gorgheggi.

—¡La Gorgheggi!, gritaron a una los presentes.

Y hasta el relator hizo un movimiento de sorpresa en su silla, metido en la sombra, y la viuda de Cascos le miró y suspiró discretamente.

Ocho días después estaban en el pueblo el tenor Mochi, famoso en todos los teatros de provincia del reino, y su protegida y discípula la Gorgheggi. Cantaron *La Extranjera*[38] la primera noche, y aunque el diario más filarmónico de la capital «—no se atrevió a emitir juicio por una sola

[37] *Pues ópera la van ustedes a tener ahora:* se anuncia así el comienzo de la acción novelesca, con la llegada de la compañía de ópera. El protagonismo del mundo de la ópera en esta novela parece que coincide con la pasión que despierta en Clarín por estos años. R. Sánchez (1974) recuerda que «por esos años Clarín cobró afición especial por la ópera. En 1888, en carta a Yxart en que Clarín confiesa su ilusión juvenil en ser autor dramático y actor, dice también: "Y ahora... confieso que me divierte poco el teatro, como no haya música"» (pág. 195).

[38] *La Extranjera:* se trata de la ópera de V. Bellini, con libreto de F. Romani, basado en la novela *L'Étrangère* de V. C. Prévost. Se estrenó en 1829. La ópera consta de 2 actos y no se entiende por qué Bonis sale al final del segundo acto sin que la ópera acabe. Aunque como ha señalado C. Richmond resulta simbólico que la Gorgheggi cante *La Extranjera* a su llegada a una ciudad que le es extraña, el argumento nada tiene que ver con la novela. Es una complicada historia de amores trágicos, con falsas identidades, duelos, muertes aparentes, apariciones súbitas, suicidios, etc.

audición», el público, menos circunspecto (verdad es también que con menos responsabilidad ante la historia del arte), se entusiasmó desde luego y juró en masa que «—desde la *Tiplona* acá no se había oído prodigio por el estilo. La Gorgheggi era un ruiseñor; y además, ¡qué guapa, qué amable, qué atenta con el público, qué agradecida a los aplausos!» Sí que era guapa; era una inglesa traducida por su amigo Mochi al italiano, dulce y de movimientos suaves, de ojos claros y serenos[39], blanca y fuerte; tenía una frente de puras líneas, que lucía modestamente, con un peinado original, en que el cabello, de castaño claro y en ondas, servía de marco sencillo a aquella blancura pálida, en que, hasta de día, como pensaba Bonifacio, parecía haber reflejos de la luna. Bonifacio vio dos actos de *La Extranjera* la noche del estreno, y con un supremo esfuerzo de la voluntad se arrancó de las garras de la tentación y volvió al lado de su esposa, de su Emma, que, amarillenta y desencajada y toda la cabeza en greñas, daba gritos en su alcoba porque su esposo la abandonaba, acudiendo tarde, muy tarde, media hora después de la señalada, a darle unas friegas sin las cuales pensaba ella que se moría en pocos minutos. Llegó Reyes, dio las friegas con gran ahínco, en silencio, oyendo resignado los gritos, mezclados de improperios, de su mujer, y pensando en la frente y en la voz de la Gorgheggi y en el final de *La Extranjera,* que estarían entonces cantando.

---

[39] *de ojos claros y serenos:* como ya advirtió C. Richmond en su edición se trata del eco del primer verso de un famosísimo madrigal de Gutierre de Cetina, que empieza así:

> *Ojos claros, serenos,*
> *si de un dulce mirar sois alabados,*
> *¿por qué, si me miráis, miráis airados?*

En Clarín es costumbre harto frecuentada la de incrustar versos o paráfrasis de versos en su prosa, y en *La Regenta* los había de Garcilaso (1986, VIII, n. 22), Virgilio (IV, n. 39), Rodrigo Caro (X, 1), Homero (XVII, n. 14), Calderón (XVIII, n. 3), Góngora (XIX, n. 30), etc. Véase un caso concreto en I. M. Gil, «Un verso de Garcilaso disimulado en la prosa de Clarín», *Ínsula,* núm. 190, septiembre de 1962.

Y se acostó Bonifacio, discurriendo: «¡Sí, es muy hermosa, pero lo mejor que tiene es la frente; no sé lo que dice a mi corazón aquella curva suave, aquella onda dulce!... Y la voz es una voz... maternal[40]; canta con la coquetería que podría emplear una madre para dormir a su hijo en sus brazos: parece que nos arrulla a todos, que nos adormece... es... aunque parezca un disparate, una voz honrada[41], una voz de ama de su casa que canta muy bien: aquella *pastosidad,* como dice el relator, debe de ser la que a mí me parece timbre de bondad; así debieran cantar las mujeres hacendosas mientras cosen la ropa o cuidan a un convaleciente... ¡qué sé yo!, aquella voz me recuerda la de mi madre... que no cantaba nunca. ¡Qué disparates! Sí, disparates para dichos, pero no para pensados... En fin, ¿qué tengo yo que ver con ella? Nada. Probablemente Emma no me dejará volver al teatro...» Y se durmió pensando en la frente y en la voz de la Gorgheggi.

Al día siguiente, a las doce de la mañana había ensayo, y allí estaba Bonifacio, más muerto que vivo, barruntando la escena que le preparaba, de fijo, su mujer, a la vuelta. Se había escapado de casa. Y tenía que confesarse que el placer de estar allí era mayor, por lo mismo que era un acto de rebeldía su presencia en tal sitio.

Los ensayos siempre habían sido el encanto de Reyes.

---

[40] *una voz... maternal:* el motivo de la voz maternal es fundamental en esta novela. En una crónica temprana enviada por Leopoldo Alas a la *Revista de Asturias* («Madrid», 30-XI-1879), comenta así la voz de la Schalchi, tiple a la que escuchó en el Teatro Real: «recuerda las canciones con que las madres adormecen y llenan de ensueños la infancia de todos los hombres bien nacidos. Canta, sí, como una madre que cantase muy bien. No respondo del valor técnico de estas apreciaciones, pero sí de su valor psicológico. Yo he sentido eso, y no importa que el tecnicismo no hable de *voces de madre.* Insisto: la voz de la Schalchi debe parecerse a la voz de la Virgen cuando cantaba al Niño Jesús». Citado por C. Richmond (1987, n. 25).

[41] *una voz honrada:* independientemente del hondo significado psicoanalítico y simbólico del impacto de la voz de Serafina sobre Bonis, ese impacto tiene un claro antecedente en el relato *Superchería,* en el que Caterina Porena, que en algunos otros aspectos se parece a Serafina, deja fascinado a Nicolás Serrano por su voz: «aquella voz, que recogió como si fuera para él solo, como si fuera una caricia honda, voluptuosa, franca: algo semejante a la sensación de apoyar ella su cuerpo, y *hasta el alma,* en él, sobre su pecho».

No se explicaba él bien por qué los prefería a las funciones más solemnes y magníficas. A su manera, venía a pensar esto: «El teatro verdadero, el teatro por dentro, era el del ensayo; a Reyes no le gustaba la ficción en nada, ni en el arte; decía él que los tenores y tiples no debían cantar delante de las candilejas, entre árboles de lienzo y vestidos de percal ante un público distraído y en una sala estrecha donde el aire era veneno; los tenores y tiples debían andar, como los ruiseñores o las sirenas, esparcidos por los bosques repuestos[42] y escondidos, o por las islas misteriosas, y soltar al aire sus trinos y gorjeos en la clara noche de luna, el compás de las melancólicas olas que batían en la playa, y de las ramas de la selva que mecía la brisa...» Bueno; pero ya que esto no podía ser, Bonifacio prefería oír a los cantantes en el ensayo. Porque allí veía al *artista* tal como era, no como tenía que fingir que era. Por un instinto de buen gusto, de que él no podía darse cuenta, lo que aborrecía en la representaciones públicas era la mala escuela de declamación, la falsedad de actitudes, trajes, gestos, etc., etc., de los cómicos que iban por aquel pobre teatro de provincia. En el ensayo no veía un Nabucodonosor que parecía el rey de bastos, ni un Atila semejante a un cabrero, sino un caballero particular que cantaba bien y estaba preocupado de veras con sus cosas, verbigracia, la mala paga, el mal tiempo que le tomaba la voz, o el correo que le traía malas noticias. Bonifacio amaba el arte por el artista, admiraba a aquella gente que recorría el mundo sin estar jamás seguros del pan de mañana, preocupados con los propios y los ajenos gorgoritos. «¡Cómo hay valiente, pensaba él, que se decida a fiar su existencia del fagot, o del cornetín, o del violoncello, verbigracia, o de una voz de bajo segundo, con veinte reales diarios[43], que es lo más bajo que se puede

---

[42] *repuestos:* aquí con el sentido de «apartados», «ocultos».

[43] *veinte reales diarios:* no es mucho, verdaderamente, para un cantante, pues 22 reales diarios venía a cobrar un empleado de ministerios. Pero peor era la condición del trabajador: Severiana, la hermana de Mauricia la Dura está muy orgullosa porque: «Mi marido es bueno como los panes de Dios, me gana catorce riales y no tiene ningún vicio» (*Fortunata y Jacinta,* I, 9, 8). Y aún añade: «Vivimos tan ricamente.» En general, jornaleros y oficiales albañiles

cantar! Yo, por ejemplo, sería un flauta pasable, pero ¡por cuanto hay no me atrevería a escaparme de casa y a ir por esos mundos hasta Rusia, tapando huecos en una orquesta! Acaso a mi dignidad y a mi independencia les estuviera mejor emprender esa carrera; pero ¡antes me tiro al agua! El azar... lo imprevisto... el pan dudoso, ¡qué miedo!» Y por lo mismo que él se creía incapaz de ser *artista,* en el sentido de echar a correr sin más que la flauta, por lo mismo admiraba más y más a aquellos hombres, que eran indudablemente de otra madera.

Ya la cualidad de extranjero, y aun la menos extraordinaria de forastero, era para Bonifacio muy recomendable; no ser de su pueblo, de aquel pueblo mezquino donde habían nacido él y su mujer, constituía una ventaja; ser de muy lejos era una maravilla... El mundo... el resto del mundo ¡debía de ser tan hermoso! Lo que él conocía era tan feo, tan poca cosa, que las bellezas que había soñado y de que hablaban los versos y los libros de aventuras, deberían de estar, de fijo, en todos esos lugares desconocidos... En Méjico había visto poco bueno; pero al fin Méjico había sido colonia española[44], y se le había pegado la pequeñez de por acá. El verdadero *extranjero* era otro. Y de éste venían los artistas, los cantantes... Ser italiano, ser artista... ser músico, esto era miel sobre hojuelas y néctar sobre la miel. Y cuando el extranjero, el artista, el músico... era hembra, entonces el respeto y admiración de Bonifacio llegaban a ser religión, idolatría... Por todo lo cual, y por lo antes apuntado, prefería con mucho ver a los cómicos tal como eran, a verlos pintados de reyes o de sacerdotisas

cobraban, entre 1861 y 1864, entre un mínimo de 2.760 reales y un máximo de 8.280. Un catedrático de universidad, como Clarín, ganaba unas 3.500 pesetas al año, lo que venía a resultar unos 38-39 reales diarios. Desde el punto de vista de la alta burguesía eran cantidades miserables: Juanito Santa Cruz recibía de su padre, por no hacer nada, la hermosa cifra de 20.000 pesetas anuales, esto es, unos 55 reales diarios. Y en cuanto a su propio padre, don Baldomero, «disfrutaba de una renta de veinticinco mil pesos», o sea unos 342 reales diarios» (*Fortunata y Jacinta,* I, 6, 3, ed. de F. Caudet, pág. 248).

[44] *colonia española:* Méjico había dejado de ser colonia española desde la firma del Tratado de Córdoba, en agosto de 1821.

respectivamente. En el ensayo, en el ensayo era donde se conocía al artista...

Entró en el palco proscenio, a que estaban abonados desde tiempo inmemorial sus amigos de la tienda de Cascos; era el más bajo de los *claros,* que así se llamaba entonces a los que después se denominó plateas, y tenía, por ser de proscenio y estar medio escondido por una pared maestra, el apodo vulgar de faltriquera (años adelante bolsa)[45]. No había nadie en el palco. Reyes abrió la puerta, procurando evitar el menor ruido. Para él era el teatro el templo del arte, y la música una religión. Se sentó con movimientos de gato silencioso y cachazudo; apoyó los codos en el antepecho y procuró distinguir los bultos que como sombras en la penumbra cruzaban por el oscuro escenario. No había entonces baterías de gas[46] y no podía llevarse la luz por delgados tubos, como años adelante se vio allí mismo, a una altura discrecional; las humildes candilejas alumbraban lo poco que podían, desde el tablado, como estrellas... de aceite, caídas. A la derecha del actor (así pensaba Re-

---

[45] *faltriquera... bolsa:* y en efecto, *bolsa* se llama en *La Regenta,* cuya acción es posterior (Oleza, 1987, cap. XVI, n. 37).

[46] *No había entonces baterías de gas:* la iluminación por gas comienza a dejar de ser un puro experimento hacia 1801, en Estados Unidos. En Europa se inaugura con el alumbrado del Pall Mall, de Londres, en 1807. En 1814, Londres, y en 1815, París, extienden sus redes de alumbrado público por gas. Barcelona fue la primera ciudad de España que dispuso de él. En Madrid se hizo el primer ensayo en 1832, pero no se extiende a las calles principales hasta 1847-1849, y no está generalizado todavía cuando Mesonero escribe su *Nuevo Manual de Madrid* (1854). En cuanto a los teatros, en 1838, cuando Mesonero escribe «El teatro por fuera» (*Escenas Matritenses,* II), la iluminación sigue siendo obra de una gran lámpara central de quinqués, encendidos a cerillazos por el «nuncio de la luz». Se tardaría, por tanto, muchos años, en llegar a un alumbrado teatral tan esplendoroso como el descrito en *Naná* (1880) de Zola. Aún así, y a finales de siglo, las baterías de gas alternaban con las bujías de esperma y las lámparas de aceite en los teatros, y les cedían el papel en los ensayos. Es errónea, por tanto, la argumentación de Azorín (1950), al situar cronológicamente esta fase de la acción: «Nos encontramos en 1830, en 1835, acaso en 1840, cuando se ven en Madrid los primeros faroles de la nueva iluminación.» Más aún cuando en el pueblo de Bonis, y veinte años más tarde, esto es, en la segunda fase de la acción, las calles seguían «alumbradas con aceite» (cap. XIV, pág. 423).

yes), alrededor de una mesa alumbrada apenas por un quinqué de luz triste, había un grupo de sombras que poco a poco fue distinguiendo. Eran el director de escena, el apuntador, un traspunte y un hombre gordo y pequeño, de panza extraordinaria, vestido con suma corrección, muy blanco, muy *distinguido en sus modales;* era el signor Mochi, empresario y tenor primero... y último de la Compañía. Otros grupos taciturnos vagaban por el foro, eran los coristas: el cuerpo de *señoras* estaba sentado en corro a la izquierda. Donde quiera que se juntaban aquellas damas pálidas y mal vestidas tendían, por la fuerza de la costumbre, a formar arcos de círculo, semicírculos y círculos según las circunstancias.

Reyes había leído la *Odisea*[47] en castellano y recordaba la interesante visita de Ulises a los infiernos; aquella vida opaca, subterránea del Erebo[48], donde opinaba él que tanto debían de aburrirse las almas de los que fueron, se le representaba ahora al ver a los tristes cómicos, silenciosos y vagabundos, cruzar el escenario oscuro, como espectros. Ya sabía él que otras veces reinaba allí la alegría, que aquello iría animándose; pero había siempre en los ensayos cuartos de hora tristes. Cuando al *artista* no le anima esa especie de alcohol espiritual del entusiasmo estético, se le ve caer en un marasmo parecido al que abruma a los desven-

---

[47] *la Odisea:* Circe envía a Ulises y a los suyos a visitar el reino de los muertos, para consultar a Tiresias. Es uno de los más sugestivos episodios de la *Odisea* (X, 467-XII, 7). Otro episodio de esta misma obra, el regreso a Ítaca, tendrá una influencia decisiva en *Su único hijo,* hasta el punto de que buena parte del desenlace puede ser considerado como su parodia. Las dos epopeyas de Homero debieron ser lectura muy temprana, en Clarín, pues hace decir a su *alter ego* de *Cuesta abajo,* Narciso Arroyo: «Mientras fui niño, *proximus infantiae* primero y *proximus pubertati* después, fui absolutamente épico en mis lecturas», y les mantuvo una larga fidelidad cultural. En *La Regenta,* tanto *La Ilíada* como *La Odisea* son referencias culturales de fondo. (Oleza, 1986, VIII, n. 4; X, n. 7; XVIII, n. 14; etc.) La cita de Homero se inscribe en la exhibición que Clarín siempre hizo de su cultura clásica (Oleza, 1986, I, n. 43), acentuada mucho en la década de los 90, cuando la reivindicación de los estudios clásicos se convierte en un elemento fundamental del programa educativo defendido en su *Discurso sobre el utilitarismo en la enseñanza* (1891), obra elaborada casi simultáneamente a *Su único hijo.*

[48] *Erebo:* del griego *érebos.* Infierno, averno.

turados esclavos del haschís y del opio... Reyes había hecho a su modo un profundo estudio psicológico de los pobres tenores ex notables que venían a su pueblo averiados, como barcos viejos que buscan una orilla donde morir tranquilos, acostados sobre la arena; también sabía mucho de tiples de tercer orden que pretendían pasar por estrellas: aunque era muy joven todavía cuando había tenido ocasión de hacer observaciones, la reflexión serena la había ayudado no poco. Observaba compadeciendo, y compadecía admirando, de modo que el análisis llegaba verdaderamente al alma de las cosas. Lo que él no veía era el lado malo de los artistas. Todo lo poetizaba en ellos. Los contrastes fuertes y picantes de sus ensueños de gloria y de su vida de bastidores con la mezquina prosa de una existencia difícil, llena de los roces ásperos con la necesidad y la miseria, le parecían a Reyes motivos de poética piedad y daban una aureola de martirio a sus ídolos.

Aquel día procuró, como siempre, atraer hacia sí la atención de *las partes* (el tenor, la tiple, el barítono, el bajo y la contralto), y esto solía conseguirlo sonriendo discretamente cuando algún cantante le miraba por casualidad después de *atacar con valentía* una nota, o de hacer cualquier primor de garganta, o también después de decir un chiste.

Mochi, el tenor bajo y gordo, era como una ardilla y hablaba más que un sacamuelas, pero en italiano cerrado, y con suma elegancia en los modales. Hablaba con el maestro director que se reía siempre, y Reyes, que no entendía a Mochi, pero que creía adivinarle, sonreía también. Como no había nadie más que él en calidad de mero espectador del ensayo, el tenor no tardó en notar su presencia y sus sonrisas, y al poco rato ya le consagraba a él, a Reyes, todos sus *concetti*[49]. Tanto se lo agradeció Bonifacio, que al tiem-

---

[49] *concetti*: en este contexto, «ideas», «opiniones», y si tenían una intención ingeniosa, entonces «agudezas», «conceptos»: «Grande ornamento dello estile sono quelle arguzie, che ignote a'Greci per lungo tempo, e da'latini apellate sentenze, da noi son chiamati concetti» (Pallavicino, cfr. *Grande Dizionario*, de S. Battaglia).

po de levantarse para salir del palco deliberó consigo mismo si debía saludar al tenor con una ligera inclinación de cabeza. Miró Mochi a Reyes... y Reyes, poniéndose muy colorado, sacudió su hermosa cabellera con movimientos de maniquí, y se fue a su casa... impregnado del ideal.

V

Por la noche Emma le echó del seno del hogar por algunas horas, y Bonifacio volvió al ensayo. Ahora no estaba solo en calidad de público; en todas las *faltriqueras* había abonados, y en la de los tertulios de Cascos se destacaba la respetable personalidad del Gobernador militar, que honraba a aquellos señores aceptando un asiento en lo oscuro. Reyes se sentó en primera fila, y en cuanto Mochi miró hacia el palco, le saludó con el sombrero. No contestó el tenor por lo pronto, lo cual desconcertó al buen aficionado, principalmente por lo que pensarían sus amigos; mas ¡oh gloria inmortal, oh momento inolvidable!, al lado de Mochi, frente a la cáscara del apuntador, había una mujer, una señora, con capota de terciopelo, debajo de la cual asomaban olas de cabello castaño claro y fino; y aquella mujer, aquella señora que había notado el saludo de Reyes, tocó familiarmente con una mano enguantada en un hombro del tenor, y le debió de decir:

—En aquel palco te han saludado.

Ello fue que Mochi se volvió con rapidísimo gesto, vio a Reyes y se deshizo en cortesías...

En el palco todos envidiaron aquello, hasta el brigadier[1]

---

[1] *brigadier:* equivalente al general de brigada de hoy. El Gobernador militar es el general o jefe que, dependiendo de la autoridad del Capitán General del territorio, tiene el mando y ejerce jurisdicción sobre todos los individuos militares que existen en la plaza o distrito de su cargo. El hecho de que este brigadier aparezca como primera autoridad militar de la provincia, descarta a ésta como capitanía general al frente de toda una Región Militar.

Gobernador militar de la provincia; y más envidiaron la sonrisa con que la dama de la capota se atrevió a acompañar el saludo de Mochi, muy satisfecha, al parecer, de haberle advertido su distracción.

Reyes encontró en sus ojos la mirada de la Gorgheggi —que no era otra la dama— y muchas veces, muchas, pensando después en aquel momento solemne de su vida, tuvo que confesarse que impresión más dulce ni tan fuerte no la había experimentado en toda su juventud, tan romántica *por dentro*.

«Una mirada así, se dijo en aquel instante, sólo puede tenerla una extranjera que sea además artista. ¡Qué modestia en el atrevimiento, qué castidad en la osadía! ¡Qué inocente descaro, qué cándida coquetería!...»

De las sonrisas y los saludos poco se tardó en pasar a las buenas palabras: Bonifacio y otros señores de su palco reían discretamente los chistes con que Mochi se burlaba con disimulo de la orquesta, que era indígena y desafinaba como ella sola; un lechuguino[2], que tenía fama de hacer grandes y muy valiosas conquistas entre bastidores, se atrevió a servir de intérprete, a su modo, entre el tenor y *un* trompa a quien el artista dirigió una cortés reprimenda en italiano. No era que el lechuguino supiera mucho de la lengua del Dante, pero sí lo suficiente para comprender que al hablar de *misure*[3], Mochi se refería a los compases;

---

[2] *lechuguino:* «Joven afectadamente elegante o presumido» (DUE). Fue figura tan popular en el xix que Mesonero Romanos le dedicó uno de sus cuadros de costumbres, «El lechuguino», en la serie «tipos perdidos» (1825), de «Contrastes»: «Éste era un tipo [...] que existió siempre, aunque con distintos nombres de *pisaverdes, currucatos, petimetres, elegantes y tónicos.* Su edad frisaba en el quinto lustro, su diosa era la moda, su teatro el Prado y la sociedad. Su cuerpo estaba a las órdenes del sastre, su alma en la forma del talle o en el lazo del corbatín.» Concepto y palabra percibidos como recientes y propios de la época, habían sido teorizados por Mariano de Rementería y Fica, *El observador,* en artículo del *Correo literario y mercantil* (núm. 28, Madrid, 1828), titulado «Sobre la voz 'lechugino' y sus consecuencias». Clarín, por su parte, le había colgado la etiqueta al cocinero de los Marqueses de Vegallana, Pedro, que «amaba mucho, y se creía un lechuguino, en la esfera propia de su cargo, cuando dejaba el mandil y se vestía de señorito» *(La Regenta,* vol. I, 1986[2], pág. 402).

[3] *misure... compases:* «La misura poi, come ognuno sa, nella musica è la di-

mas los conocimientos lingüísticos del trompa no llegaban allí. Poco después Bonifacio se arriesgó, poniéndose muy colorado, a traducir otra observación humilde —ésta de la Gorgheggi— al idioma del trompa pertinaz, un hombre de tan mal genio como oído; la tiple había hablado en español, había dicho «compás» como, de hablar, podría decirlo un canario; pero el hombre del bronce no había querido entender tampoco; la traducción de Bonifacio consistió en repetir a gritos las palabras de la cantante, inclinándose desde el palco sobre la cabeza calva del músico.

—¡Mil gracias... oh... mil gracias!, había dicho la artista, despidiendo, entre miradas y sonrisas, chispas de gloria para el corazón de Reyes, que estuvo viendo candelillas un cuarto de hora. Le zumbaban los oídos, y pensaba que si en aquel momento aquella mujer le proponía escaparse juntos al fin del mundo, echaba a correr sin equipaje ni nada, sin llevar siquiera las zapatillas; y eso que no concebía cómo hombre nacido podía echarse por la mañana de la cama y calzarse las botas de buenas a primeras. Siempre que leía aventuras de viajes lejanos, grandes penalidades de náufragos, misioneros, conquistadores, etc., etc., lo que más compadecía era la ausencia probable de las babuchas[4].

Sin faltar a un solo ensayo, y yendo también al teatro to-

_____

mensione della quantità» (N. Villani, I-336). El pasaje podría ser el siguiente: «La misura è sbagliata, non è vero? Non ho chi mi batta la solfa!» (Carree, 2-375). S. Battaglia, *Grande Dizionario,* Turín, 1978. En el original se escribe erróneamente *missure.*

[4] *las babuchas:* el emblema de la pusilanimidad de Bonis, de su resignada aceptación del cómodo prosaísmo cotidiano, en contraste con su asustada fascinación por la aventura, ya había aparecido con idéntica significación en *La Regenta* y en pies de otro pusilánime, don Víctor Quintanar, para quien si el florete de espadachín simboliza el afán de aventura a la manera calderoniana, su realidad cotidiana la marcan las babuchas. En uno de los momentos de mayor autoafirmación de don Víctor en el cap. XV, el Narrador constata: «El sol llegaba a los pies de Quintanar arrancando chispas de los abalorios y cinta dorada de las babuchas semiturcas» (1987, XXV, pág. 393). Las babuchas son también emblemáticas de otro gran abúlico, emparentado con Bonis y con casi todos los abúlicos europeos de la época, el Oblomov de Ivan Goncharov: «Calzaba unas zapatillas grandes, suaves y amplias, que le permitían, cuando se levantaba de la cama, meter los pies en ellas sin necesidad de tener que mirar el suelo» (*Oblomov,* Barcelona, Planeta, 1985, pág. 4).

das las noches de función en que podía robar algunas horas a sus quehaceres domésticos, llegó Bonifacio a intimar con las partes, como él decía, de tal manera, que los amigos de la tertulia de Cascos llegaron a suponerle en relaciones amorosas con la Gorgheggi.

—Yo les digo a ustedes que la obsequia, aseguraba el relator.

—Yo sostengo que no la obsequia, decía el lechuguino, envidioso.

La verdad era que la simpatía, y a los pocos días la más cordial amistad, habían llegado a tal punto entre Mochi y Bonifacio, que el tenor, después de tomar juntos café una tarde, no había vacilado en pedir al *suo nuovo ma già carissimo amico, duecento lire*[5], o sea cuarenta duros en el lenguaje que entendía Reyes. Pidió el italiano con tal sencillez y desenfado aquellos ochocientos reales[6], acto continuo de haber contado una aventura napolitana que le había costado cerca de dos mil duros, que Bonifacio tuvo que decirse: «Para este hombre cuarenta duros son como para mí un cigarrillo de papel; me ha pedido esos cuartos como quien pide lumbre para el cigarro; lo que le sobra a él, de fijo, es dinero; pero no lo tiene aquí, en este momento; lo malo es que tampoco lo tengo yo. Pero hay que buscarlo corriendo, no hay más remedio. Si se lo doy, no me lo agradecerá, aunque bien sabe Dios que no sé de dónde sacarlo; pero a él ¿qué? ¿Qué son ochocientos reales para este hombre? En cambio, si no se los busco inmediatamente me despreciará, me tendrá por un miserable... ¡Antes la muerte!»

Colorado como un pimiento declaró el español que, por una casualidad que lamentaba, no traía consigo aquella insignificante cantidad; pero que en un periquete corría a su casa... que estaba muy cerca, y volvía con los cuartos.

Y echó a correr sin oír las palabras de Mochi que, por no molestarle, renunciaba al préstamo.

---

5 *suo novo... lire:* «su nuevo pero ya queridísimo amigo, doscientas liras». Richmond advierte la incorrección del original al escribir «gia» y «duecente».

6 *ochocientos reales:* es un préstamo de una cierta importancia, pues equivale a más de un mes de trabajo de un empleado de la administración.

En efecto, la casa de Emma no estaba lejos; pero llegar a ella, entrar, era más fácil que volver al teatro, al cuarto del tenor, con los cuarenta duros. ¿De dónde iba a sacarlos el infeliz esclavo de su mujer? ¡Ay! ¡Con qué amargura contempló entonces, por la primera vez, su triste dependencia, su pobreza absoluta! No era dueño ni de los pantalones que tenía puestos, y eso que parecía que habían *nacido* ajustados a sus piernas; ¡tan bien le sentaban! No tenía dos reales que pudiera decir que eran suyos. ¿Qué hacer? ¿Renunciar para siempre al ideal? Mochi le aguardaba con aquellos ojos punzantes, risueños y maliciosos: sin el dinero no se podía volver: detrás de Mochi estaba la Gorgheggi, su discípula, su pupila. Bien; puesto que no tenía aquellos cuarenta duros ni de donde sacarlos, como no robase los candelabros de plata que tenía delante de los ojos, sobre la mesa del despacho (el despacho de D. Diego, que seguía siendo *despacho* sin adjudicación singular: el de don Juan Nepomuceno, el de Emma, el de todos); como no tenía cuarenta duros ni de donde le vinieran, renunciaría a su felicidad; no volvería a presentarse ante los queridos amigos italianos, ante los artistas sublimes, se sacrificaría en silencio; cualquier cosa menos volver allá con las manos vacías...

En aquel momento D. Juan Nepomuceno se presentó en el despacho con un saquito de dinero entre las manos; saludó a Reyes con solemnidad, y se puso a contar pesos fuertes[7] sobre la mesa; se trataba de la renta de la Comuña, una casería que entregaba limpios todos los años cuatro mil reales. Mientras don Juan, sin hacer caso del importuno, iba haciendo pilas de pesos en correcta formación hasta el punto de recordar al pobre *dilettante* de todas las artes las ruinas de un templo griego, Reyes pensaba:

—Esas columnas argentinas debía formarlas yo: ¡yo debía ser el administrador de los bienes de mi mujer!

---

[7] *pesos:* monedas de plata que valían 8 reales de plata o 15 de vellón; procedían de la época de Felipe III, y se solían apellidar «pesos fuertes» o «pesos duros» (*vid.* pág. 404), y tras la legislación de 1868 se habían hecho equivalentes a las cinco pesetas, siendo el precedente de nuestros «duros».

Una ola de dignidad retrospectiva le subió al rostro y le dio valor suficiente para decir:

—D. Juan, necesito mil reales.

Años después[8], recordando aquel golpe de audacia, para el cual sólo el amor podía haberle dado fuerzas, lo que más admiraba en su temeraria empresa era el piquillo de su pretensión, los doscientos reales en que su demanda había excedido a su necesidad. «¿Por qué pedí mil reales en vez de ochocientos?» No se lo explicó nunca.

D. Juan Nepomuceno miró, sin contestar, a su afín. ¡Mil reales! Aquel mentecato se había vuelto loco.

—Sí, señor, mil reales; y no hace falta que mi mujer sepa nada; yo se los devolveré a usted mañana mismo; se trata de sacar de un apuro a un amigo de la infancia... paga segura...

—Amigo de la infancia... paga segura... No lo entiendo.

Esto fue todo lo que dijo el tío administrador. ¿Cómo un amigo de la infancia de aquel pelagatos podía ser paga segura? Esto quería dar a entender, y Bonifacio, comprendiéndolo, rectificó:

—De la infancia... precisamente... no... es uno de los amigos de la viuda de Cascos...

Y se puso otra vez muy colorado.

D. Juan clavó una mirada puntiaguda en los ojos claros... y turbados de su afín; adivinó algo, echó sus cuentas en un segundo, y, tomando dos montones de plata, se los puso entre los dedos al pasmado Reyes, sin decir más que:

—Tome usted; son mil justos.

—Bueno, gracias. Mañana mismo...

—Eso... allá usted.

—Y que Emma no sepa...

—Por ahora no hace falta que sepa nada.

---

8 *años después:* la reiterada alusión a un momento posterior a la acción de la novela (años 60-70) y anterior a la fabulación (años 85-90), situado en la tierra de nadie, introduce el muy innovador principio de relativización temporal al establecer un segundo punto de vista (el de Bonis «años después»), distinto del Narrador, y aplicado sobre el mismo momento de la vida de Bonis que el del propio narrador.

—¿Cómo por ahora?

—Y si usted reintegra a la caja (así hablaba el tío) esa cantidad en breve, no sabrá nada nunca.

—Bien, bien; mañana mismo.

Ni mañana, ni pasado, ni al otro. Mochi recibió sus doscientas liras, como él las llamaba, con más expresivas muestras de agradecimiento que esperaba su *nuovo amico;* pero de devolución no dijo nada. ¡Cuáles serían las emociones que se amontonaron en el pecho del pobre flautista en aquellos días, que durante algunos, ni siquiera pensó en la deuda ni en la promesa de *reintegrar a la caja* aquellos cuartos, ni en el peligro de que se enterase Emma de todo, ni siquiera en la existencia de Nepomuceno!

Con la generosidad de Reyes coincidió (pura coincidencia) la mayor amabilidad de Serafina Gorgheggi. Por un privilegio, de que gozaban muy pocos, a Bonifacio le consentía el empresario permanecer entre bastidores durante la función. Solía colocarse el buen flautista muy oportunamente, pero como al descuido, en las entradas y salidas por donde él sabía, gracias a los ensayos y al traspunte[9], que tenía que pasar la tiple. Serafina siempre se inmutaba al entrar en escena; él la animaba con una sonrisa que ella parecía agradecerle con los ojos, cariñosos, *maternales,* como pensaba el marido de Emma. Cuando salía de la escena entre aplausos, por pocos que fueran, veía a Reyes que batía palmas entusiasmado; entonces sonreía ella, inclinaba la cabeza saludando y pasaba discretamente cerca del infeliz enamorado. ¡Qué perfume el que dejaba tras de sí aquella mujer! Era un perfume espiritual, según él; no se olía con las groseras narices, sino con el alma.

Aquella noche, la correspondiente al día del préstamo, Serafina tuvo una ovación en el segundo acto, y salió de la escena por la puerta lateral de una decoración, cerrada de modo que los bastidores dejaban en una especie de vestíbulo, cerrado también por todos lados, a Bonifacio, que

---

[9] *traspunte:* «persona que avisa a los actores en el teatro cuando tienen que salir a escena y les apunta desde los bastidores las primeras palabras que tienen que decir» (DUE).

aguardaba allí como solía; para salir de aquella garita de lienzo, había que levantar un cortinón pesado, que se usaba para el foro en otras decoraciones. La Gorgheggi y su adorador se vieron un momento solos en aquel escondite; ella, después de saludar y sonreír al galán como solía, radiante ahora de justa satisfacción por los aplausos que aún resonaban allá afuera, se turbó un punto, buscando con torpe mano el éxito[10] de aquella especie de trampa; y no lo encontró, como si anduviera ciega.

No era Bonifacio hombre capaz de aprovechar ocasiones; pero como si lo fuese y la hubiese aprovechado y se hubiera arrepentido de la demasía, se echó a temblar también; y se puso a buscar la puerta y tampoco supo levantar el tapiz pesado al primer intento. En estas maniobras, tropezaron los dedos de uno y otro; pero como él no sabía qué decir y ella lo comprendió así, la tiple, por hablar algo, dijo:

—*Il Mochi m'ha detto... Ah! siete un galantuomo...*[11].

Y aludió vagamente, con delicadeza, al préstamo.

Serafina, inglesa, hablaba italiano en los momentos solemnes, cuando quería dar expresión de seriedad a sus palabras; ordinariamente chapurraba español con disparates deliciosos. En inglés no hablaba más que con Mochi.

—Señorita... eso... no vale nada... Entre amigos... Ha estado usted sublime... como siempre... Es usted un ángel, Serafina.

Sus palabras le enternecieron, le sonaron a una declaración; además, se acordó de su mujer y del mal trato que le daba; ello fue que dos lágrimas como puños, muy transparentes y tardas en resbalar, le saltaron de los hermosos ojos claros; se quedó muy pálido y daba diente con diente.

---

[10] *éxito:* «En el sentido recto, que vale Salida de lugar, calle, etc., no tiene uso; pero sí en lo figurado y metaphórico: como el éxito (...) de un negocio» (DAu). Clarín está forzando el término para conducirlo a su etimología, cosa a la que era muy aficionado, y no siempre muy experto, lo que aprovechó Unamuno para dirigirse a él por primera vez (*Epistolario*, I, carta de 28-V-1895).

[11] *Il Mochi... galantuomo:* «Mochi me ha dicho... ¡Ah! Es usted un caballero.» Corrijo el original «m'a detto».

—*Oh amico caro!,* dijo ella con dulcísima voz temblona; *come siete buono...* [12].

Y le cogió la mano que andaba tropezando en la cortina, y se la apretó con franca cordialidad.

—Serafina... yo no sé... lo que me hago... usted creerá...

Ella no le contestó, encontró la salida, levantó el cortinón, y con una mirada intensa, llena de caridad y protección, le dijo que la siguiera. Pero Bonis no se atrevió a traducir la mirada, y no siguió a la tiple. En cuanto quedó solo en aquel escondite, sintió que las piernas se le hacían ajenas, cayó sentado sobre las tablas, casi perdió el sentido, y, como entre sueños, oyó un silbido y voces y blasfemias que sonaban en lo alto; cayó un telón a una cuarta de su cabeza, desaparecieron algunos bastidores arrastrados, y Reyes se vio entre un corro de tramoyistas y señoritas que gritaban: ¡Un herido... un herido!... ¡Un telón ha derribado a un caballero!

—¡Ah, el Sr. Reyes!...

—¡Reyes herido!...

—¡Una desgracia!...

Antes que él pudiera desmentir la noticia, había llegado al cuarto de Mochi y al de la Gorgheggi.

Ambos acudieron a todo correr, asustados. Serafina se puso en primera fila; y como Reyes, con el susto que le habían dado los que le rodearon, y las emociones anteriores, y la vergüenza de confesar la verdad, no acababa de hablar, por contuso se le tuvo, se le supuso víctima de un vahído, pues tan pálido estaba, y las monísimas manos cuyo contacto de poco antes aún sentía en la piel, las de la Gorgheggi, le aplicaron esencias a las narices y le humedecieron las sienes. Un minuto después se vio sentado en el confidente [13] de raso azul que había en el tocador de la tiple. Reyes se dejó compadecer, cuidar, mimar podría decirse, y no tuvo valor para negar el accidente. ¿Cómo decir que se ha-

---

[12] *Oh amico caro! ...come siete buono:* «¡Oh, querido amigo! ... ¡qué bueno es usted!»

[13] *confidente:* canapé de dos asientos enfrentados.

bía caído al suelo de gusto, de amor, no derribado por aquella decoración de monte espeso?

Serafina parecía adivinar la verdad en los ojos de su apasionado. Los curiosos los dejaron solos a poco; Mochi no más entraba y salía, felicitándose de que no hubiera habido una desgracia; y por fin se marchó porque le llamaba el traspunte. La doncella de la Gorgheggi, que era partiquina[14], tuvo que presentarse también en escena; la tiple no cantaba hasta el final del acto.

Para hacerle la operación peligrosa de la *declaración,* a lo que la ardiente inglesa estaba resuelta, tuvo que cloroformizarle con miradas eléctricas y emanaciones de su cuerpo, muy próximo al del paciente. Reyes, en efecto, allá entre sueños, se dejó abrir el pecho, y habló sin saber lo que decía, aturdido y hecho un mar de lágrimas. La Gorgheggi, si hubiera sido más observadora, hubiera podido aprender en aquella confesión de su adorador lo que eran los Valcárcel y adónde conducían los matrimonios desiguales[15]. Bonifacio en aquel estado no era responsable de sus

---

14 *partiquina:* del italiano «particina», «cantante que ejecuta en las óperas una parte muy breve o de muy poca importancia» (DUE).

15 *los matrimonios desiguales:* asume Clarín aquí un viejo tópico literario, el de las consecuencias negativas de los matrimonios desiguales. En el cap. XII hay una amplia referencia a *El Celoso extremeño,* de Cervantes, una de las piezas capitales de esta tradición, que sería muy frecuentada por los autores ilustrados, hasta el punto de alimentar la que tal vez sea la comedia más representativa del XVIII, *El sí de las niñas,* de Moratín. Pero este tan viejo como honorable tópico, que el folletín del XIX explotó con impudicia sentimental (*María, la hija de un jornalero,* de Ayguals de Izco), y que el realismo no dudó en enfocar (*La Regenta,* de Clarín, *Tristana y Torquemada,* de Galdós, o *Juanita la Larga,* de Valera), parece encontrar su base de apoyo en una situación de desigual edad (viejo *versus* niña) y de desigual riqueza (hombre rico *versus* mujer pobre) que confiere el poder abusivo al hombre y la dependencia inconformista a la mujer. No son nada frecuentes, en cambio, los casos de matrimonio de mujer vieja con hombre joven, y muy poco más los de mujer rica con hombre pobre. Parece ser el realismo, y tal vez el realismo más duro, el que comienza a explorar el terreno: Balzac con *La vieille fille,* Maupassant con *Bel Ami,* y el propio Clarín con *Su único hijo;* son tres buenas muestras de ello. En el postrealismo idealista de Paul Bourget, una novela, *Coeur pensif ne sait pas où il va,* centrará su argumento en el conflicto amoroso de una adinerada burguesa y de un heroico obrero, desplazando la solución hacia una realización idílica y sublimada.

dichos ni de sus hechos; y así, no se le pudo llamar traidor al pan que comía, aunque habló de Emma, la llamó por su nombre y tuvo que quejarse de la vida que semejante mujer le daba; y aun aturdido y todo, medio loco, no maltrató a su cónyuge; refirió los hechos tal como eran, pero los comentarios fueron favorables a Emma; Serafina pudo oír que aquella señora tenía gran talento, imaginación, un carácter enérgico de hombre superior; hubiera sido un gran caudillo, un dictador; pero la suerte quiso que no tuviese a quien dictar nada, a no ser a él, al pobre escribiente de D. Diego Valcárcel.

Ocho días pasaron sin que Mochi volviera a pedir dinero a Reyes. Durante una semana se juzgó éste el hombre más feliz del mundo, a pesar de que jamás había experimentado hasta entonces tantos y tan graves apuros, acompañados de insufribles remordimientos a ciertas horas. Fue en uno de aquellos tormentosos días cuando pensó por vez primera en su vida que una pasión fuerte todo lo avasalla, como había leído y oído mil veces sin entenderlo. Se creía a veces un miserable, el más miserable de todos los maridos ordinariamente dóciles[16]; y, a ratos, se tenía por un héroe, por un hombre digno de figurar en una novela en calidad de protagonista[17].

---

[16] *de todos los maridos ordinariamente dóciles:* el prototipo de protagonista pusilánime y poco capacitado para la vida práctica que es Bonifacio Reyes tiene numerosa descendencia en una obra como la de Clarín, tan proclive a las gentes humildes. Recordemos, de pasada, a Aquiles Zurita, a D. Casto Avecilla, al violinista Ventura de «Las dos cajas» *(Pipá)*; a Juana González, «La Ronca», o a Juan de Dios, de «El Señor» *(El Señor y...)*; a *Doña Berta;* a los protagonistas de «El dúo de la tos» o a «La reina Margarita» *(Cuentos morales),* a Baltasar Miajas, el de «El Rey Baltasar», a D. Sinibaldo de la Rentería, de «La fantasía de un delegado de hacienda» o a Cecilia, la protagonista de «El entierro de la sardina» *(El gallo de Sócrates y...).* Sin embargo, el pasaje llama poderosamente a la asociación con el marido dócil por excelencia de las novelas del xix, *El eterno marido,* de Dostoyevski, novela que probablemente no leyó Clarín pero que guarda una sorprendente relación con *Su único hijo,* tanto por uno de sus temas (el redescubrimiento del sentido de la vida por un hipocondríaco, gracias a la adopción de una hija), como por el tono general, con esa mezcla de ridículo y patético, de grotesco y de intensamente pasional, y con ese abismamiento del Narrador en el material subconsciente de sus personajes, que también caracteriza a la novela española.

[17] *una novela en calidad de protagonista:* según A. Thibaudet *(Historia de la litera-*

De los cuarenta duros no había vuelto a acordarse Mochi, ni Reyes se atrevió a pedírselos; mas todas las noches, pasados pocos días, los de ceguedad completa para todo lo que no fuese el amor de la inglesa, al volver a casa temblando por varios motivos, iba pensando en los mil reales de la renta de la Comuña.

«¿Pero cómo reclamar aquel dinero por cuyo préstamo su *ídolo* le había llamado *galantuomo?*» Por cierto que, cuando podía discurrir con alguna tranquilidad, Bonifacio extrañaba un poco dos cosas: primera, pensaba que Serafina estuviese enterada del favorcillo hecho a Mochi, a Julio, se decía él; segunda, que ella hubiera dado a un servicio tan insignificante tanto valor. «¿Habrá sido un pretexto para provocar mi declaración? Eso debe de haber sido.» Las cavilaciones de Reyes en este punto no pasaron de ahí.

A los ocho días de la *declaración,* cuando Julio se atrevió a pedirle dinero otra vez a Bonifacio, los amores de éste con la Gorgheggi no habían pasado de los deliciosos preliminares que, por culpa del carácter del varón que en ellos tenía interés, amenazaban prolongarse indefinidamente.

En cuanto al segundo préstamo, Bonifacio tuvo que confesarse a sí mismo que lo había tomado por un escopetazo, y que éste era el apelativo que le había aplicado en sus adentros.

Julio pidió cinco mil reales para pagar a un bajo profundo que estaba mal con el público, porque aplaudían más al bajo cantante que a él, y dejaba la Compañía por tesón... y,

---

tura francesa desde 1789 hasta nuestros días, Buenos Aires, Losada, 1939), Rousseau es «quien ha aportado la más importante revelación de los tiempos modernos, a saber, que todo hombre y mejor todavía toda mujer, tiene una novela en el vientre, está embarazado o embarazada de una novela» (pág. 210). El realismo lo convirtió en dogma: cualquier persona puede ser el protagonista de una novela, y Clarín lo teoriza: «¿Necesitaré pararme a demostrar que los caracteres débiles también pueden ser objeto de la novela?

Es más: en las medias tintas, en los temperamentos indecisos está el acerbo común de la observación *novelable;* el arte consiste en saber buscar a ésta su belleza» (*Galdós,* pág. 131).

dicho fuera en secreto, por exigencias de los abonados. No llegaba a cinco mil reales, ni con mucho, lo que había que darle al bajo que se iba, pero... había que adelantarle parte del sueldo a la *notabilidad* que venía a sustituirle... en fin, ello eran cinco mil reales: la Empresa no los tenía en aquel momento... pero la renovación del abono daría un resultado seguro y... eran habas contadas. Y *él*, Mochi, sonreía con la tranquilidad comunicativa con que sonríe el titiritero sano y forzudo que hace trabajar en lo alto de una percha a un pobre niño dislocado, que en el programa se llama su hijo. «Esa sonrisa, pensaba Reyes, equivale a una hipoteca... pero no es confianza lo que me falta a mí, sino dinero.»

No se le ocurrió pensar que negar aquel nuevo préstamo al tenor no era desairar a la tiple: un secreto escozor, de que no quería hacer caso, le decía siempre que entre los intereses de la Gorgheggi y los de su maestro había una solidaridad misteriosa. «Negarle ese dinero a él era negárselo a ella», se decía sin poder remediarlo. «Y yo a ella... en estas circunstancias, no puedo negarle nada, ni siquiera lo que no tengo.»

Pensó en D. Juan Nepomuceno, y hasta entró en casa una noche con el propósito de pedirle cinco mil reales. «Sí, no cabía duda, hubiera sido el colmo del heroísmo. Yo le he prometido a usted devolverle mil reales a las veinticuatro horas de recibidos, ¿eh? ¿No es eso? Pues bien; aquí me presento, a los ocho días, no a entregar esos cincuenta duros, sino a pedir cinco veces otro tanto.» ¡Absurdo! El colmo del heroísmo, sí; pero absurdo.

Y se acostó y apagó la luz, entregándose a sus remordimientos, que ya iban siendo una costumbre casi necesaria para conciliar el sueño. Antes de dormirse resolvió esto: que, sucediera lo que sucediera, él, Bonifacio Reyes, no pediría ni un cuarto más al tío de su mujer. Pero como había prometido llevar al teatro al día siguiente los cinco mil reales, y lo había ofrecido con una petulancia que nunca se perdonaría, sin titubear, como si lo que a él le sobrara fueran miles de reales; como había que buscarlos, no decía encontrarlos, buscarlos sin falta, se levantó temprano y se dirigió... a la plaza de la Constitución[18], lugar de cita de todos los mozos de cuerda del pueblo.

«¿Qué hago yo aquí?, se dijo. No parece sino que uno de estos gallegos me va a prestar cinco mil reales por mi cara bonita.» Los barrenderos levantaban nubes de polvo que un sol anaranjado tenía del mismo color de la niebla que se arrastraba sobre los tejados.

«Pues lo que es uno de estos señores de escoba tampoco creo yo que me dé lo que necesito. ¿Qué hago yo aquí?»

Y entonces vio que por una calle estrecha, la de Santiago, subía D. Benito el Mayor, escribano, hombre delgado y muy pequeño, que venía soplándose las manos y traía un rollo de papel debajo del brazo izquierdo. Le llamaban D. Benito el Mayor para distinguirle de don Benito el Menor, otro escribano, éste muy buen mozo, que se apellidaba como el Mayor, García y García. Al pequeño le llamaban el Mayor porque era el más antiguo o porque era el más rico. Prestaba dinero a las personas distinguidas, no era muy tirano en materia de réditos y plazos, y su discreción y sigilo eran proverbiales en la provincia.

En cuanto Bonifacio reconoció al *Mayor* sintió la súbita alegría que le proporcionaba siempre la conciencia de una resolución irrevocable, en él cosa rara. «Este es mi hombre, se dijo; la Providencia me ha hecho madrugar hoy; por algo yo he venido a la plaza.»

Media hora después, Reyes recibía trescientos duros en oro, de manos de D. Benito, en el despacho de éste, sin más testigos que los libros del protocolo, que siempre habían inspirado a Bonifacio una especie de terror supersticioso.

D. Benito el Mayor tenía la costumbre de coger por las orejas a sus parroquianos y clientes a poca confianza que tuviera con ellos.

—Vamos a ver, dijo, tentándole el pulpejo de la oreja izquierda a Bonifacio; ahora que ya tiene usted esos cuartos,

<hr />

18 *Plaza de la Constitución:* en Oviedo, éste es el nombre antiguo de la Plaza del Ayuntamiento (Cabezas [1970]).

sin más garantía que un simple recibo... ahora que no puede usted sospechar que hable por negarle este insignificante favorcillo, ¿me permite usted que, sin ánimo de ofenderle, me atreva a hacerme cruces, un millón de cruces, viendo al jefe de la casa Valcárcel venir a pedirme prestados seis mil reales?...

—Yo no soy jefe de la casa Valcárcel.

—Usted es el marido de la única heredera de Valcárcel... y no hace cuatro días que yo he otorgado la escritura de venta del famoso molino de Valdiniello; y usted lo sabe, pues usted ha firmado, como era necesario, todos los documentos que ha traído aquí D. Juan, su tío de usted...

—Ni D. Juan es mi tío...

—Bien, de su señora de usted; de usted por afinidad...

Ni yo he firmado nada, iba a añadir Bonifacio; pero se contuvo recordando que sí había firmado tal; pero había firmado sin leer, sin enterarse, como sucedía siempre, y esta humillación no se la podía confesar al escribano.

Sin acabar la frase, y sin dar otras explicaciones, salió de allí avergonzado, aturdido, como si acabara de robarle aquel dinero a don Benito; y se fue derecho al teatro.

El notario, al verle salir así, y *pensando mejor,* se arrepintió de haber entregado aquellos cuartos a semejante mamarracho. Algo sabía D. Benito, y aún algos[19], del *pito que tocaba* Reyes en su casa; pero lo que acababa de oír y lo que sospechaba le hacía ver con claridad del mediodía: y de resultas de esta clarividencia empezó a temer por su dinero. Pero le tranquilizó enseguida el propósito de exigir serias garantías al tío D. Juan, que, por las señas, era el que mandaba en casa.

A Bonifacio aquel día con las glorias se le fueron las memorias[20]; entregó cinco mil reales a Mochi, guardó los mil

---

[19] *Y aún algos:* como ya había advertido C. Richmond es un eco cervantino: «¿Pues qué, preguntó Don Quijote, has topado algo? *Y aún algos,* respondió Sancho», *Quijote,* II, III, 112 v.º.

[20] *con las glorias se le fueron las memorias:* «Con las glorias se olvidan las memorias», refrán que explica que los que suben a alta fortuna, olvidan con gran

224

restantes con el presentimiento de no sabía qué gastos extraordinarios que tendrían que sobrevenir, y se dejó asfixiar moralmente, como él decía luego, por el incienso con que el tenor le pagó, por lo pronto, su generosidad caballeresca.

Por la noche se cantaba el *D. Juan*[21], cosido a tijeretazos,[22] y todavía a las doce, después de recibir una ovación, le duraba el agradecimiento y el entusiasmo al tenor, que se encerró en su cuarto con su carísimo Reyes, y en mangas de camisa y con un calzón de punto, de seda color lila, muy ceñido, y en calcetines, apretaba contra su corazón a su *salvador,* y le llenaba la cara y el pelo de polvos de arroz, sin que ni uno ni otro se fijaran en estos pormenores.

A las doce y media, a la luz de la luna, en mitad de la plaza del Teatro, hablaban con el tono de las confidencias

facilidad los beneficios recibidos, y desconocen a los amigos que tuvieron» (DAu).

[21] *D. Juan: Don Giovanni, dramma giocoso* en 2 actos. El libreto era de Lorenzo da Ponte, basado a su vez en el de Giuseppe Bertati para el *Don Giovanni Tenorio* (1786), de G. Gazzaniga. La ópera de Mozart se estrenó en Praga en 1787. Galdós la consideraba «la obra maestra del arte musical» («Folletín», *Galdós periodista,* págs. 70). A Clarín, como en *La Regenta,* le sugestiona el tema, y si allí Ana Ozores contempla la representación del *Don Juan* de Zorrilla, y la espectadora se identifica con el personaje de doña Inés y con la actriz que lo representa, aquí Bonifacio Reyes contempla la representación del *Don Juan* de Mozart, y un entramado sutil de relaciones se establece entre espectador (Bonis) y actores: Serafina, su amada, Mochi, el tenor y, todavía oculto, Minghetti, el barítono, a cuya voz correspondía el papel de don Juan, el seductor, justamente el que realizará en la novela.

[22] *cosido a tijeretazos:* la costumbre de mutilar los textos teatrales parece bastante arraigada en la época, y Clarín no se cansa de denunciarla. Lo hace respecto de los dramas de Echegaray («Echegaray en provincias», *El Solfeo,* número 479, 9-II-1877), de los clásicos del teatro barroco («algunas otras maravillas de nuestra hermosa dramaturgia, más o menos mutiladas por los encargados de *arreglarlas* al gusto moderno» (*Rafael Calvo,* pág. 49), y hasta del mismísimo Galdós: *«por lo que se ha cortado* se hacen inexplicables algunas escenas, se reducen algunos personajes a muñecos de cartón y otros a tipos astrales que no hacen más que estorbar» (Crítica a *La loca de la casa,* en *Galdós,* pág. 236). Si la ópera *Don Juan,* de Mozart, resulta «cosida a tijeretazos», con el *Don Juan,* de Zorrilla existía toda una tradición de «cortes» y «acoplamientos» «que en el drama vienen haciéndose desde antiguo», como detalla Deleito y Piñuela (*Estampas del Madrid teatral. Fin de siglo,* Madrid, Calleja, s. a., págs. 303 y ss.).

misteriosas, íntimas e interesantes, Serafina, Julio y Bonifacio. Julio juraba que Reyes tenía el alma de artista, que si *le vicende*[23] hubieran sido otras, sin duda se hubiera aventurado a vivir del arte y sería a estas horas un músico ilustre, un compositor, un gran instrumentista, Dios sabía...

—*Non è vero, mia figlia? con quel cuore ch'ha quest' uomo... chi sa cosa sarebbe diventato!*[24]...

La Gorgheggi decía con estusiasmo contenido:

—*Ma si babbo, ma si!*[25]...

Y pisaba con fuerza un pie de Bonifacio que tenía debajo del suyo.

—*Babbo, figlia!*, pensaba el flautista; sí, en efecto, el trato de esta mujer y de este hombre es el filial, es el amor de hija y padre... El arte, por modo espiritual, los ha hecho padre e hija... Y ya estimaba a Mochi como una especie de suegro artístico... y ¡adulterino!

¡Aquello era felicidad! Él, un pobre provinciano, ex escribiente, un trapo de fregar en casa de su mujer; el último ciudadano del pueblo más atrasado del mundo[26], estaba allí, a las altas horas de la noche, hablando, en el seno de la mayor intimidad, de las grandes emociones de la vida artística, con dos estrellas de la escena, con dos personas que acababan de recibir sendas ovaciones en las tablas... ¡y ella, la *diva*[27], le amaba; sí, se lo había dado a entender de mil

---

  23 *le vicende*: 'las vicisitudes'.

  24 *Non è vero [...] diventato! ...*: '¿No es cierto, hija? Con el corazón que tiene este hombre... ¡Quién sabe en qué habría parado!' El original contiene diversos errores ortográficos.

  25 *Ma si babbo, ma si !...*: '¡Pues claro, papi, pues claro! ...'

  26 *del pueblo más atrasado del mundo:* el pueblo o «capital de tercer orden» de Bonifacio Reyes viene a ser como la Vetusta de Ana Ozores, para quien «de Vetusta con razón se podía asegurar que era el peor de los poblachones posibles» (vol. II, pág. 78). Del pueblo de Bonis, ya se ha dicho antes, que era «aquel pueblo mezquino» y «una melancólica y aburrida capital de tercer orden» (cap. I).

  27 *la diva:* diva o 'prima donna', sustantivos que superlativizan a las cantantes de ópera de gran renombre. Así evalúa Galdós, también en superlativo, a una de las más famosas de su época, «la espiritual Adelina Patti [...] cuya garganta de oro es una mina que produce 50.000 duros anuales» y que conmueve a sus espectadores con «su canto divino». «Los empresarios arrojan a

modos; y él, el tenor, le admiraba y le juraba eterno agradecimiento!

A Mochi se le antojó de repente volverse a contaduría, donde había dejado algún dinero, y como no se fiaba de la cerradura... «Id andando», dijo, y echó a correr. La posada de la Gorgheggi y de Mochi, que era la misma, estaba lejos; había que seguir a lo largo todo el paseo de los Álamos[28] para llegar a la tal fonda. Serafina y Bonifacio echaron a andar. A los tres pasos, en la sombra de una torre, ella se cogió del brazo de su amigo sin decir palabra. Él se dejó agarrar, como cuando Emma se escapó con él de casa. La Gorgheggi hablaba de Italia, de la felicidad que sería vivir con un hombre amado y espiritual, capaz de comprender el alma de una artista, allá, en un rincón de verdura de Lombardía, que ella conocía y amaba...

Hubo un momento de silencio. Estaban en mitad del paseo de los Álamos, desierto a tales horas. La luna corría, detrás de las nubes tenues que el viento empujaba.

—Serafina, dijo Bonifacio con voz temblona, pero de un timbre metálico, de energía, en él completamente nuevo; Serafina, usted debe de tenerme por tonto.

---

sus plantas todo el oro de sus casas; los melómanos llegan al último grado de la enajenación; los *simpáticos anfitriones* las obsequian con esplendidez, y figuran en todos esos elegantes tes-conciertos de que nos da académicas señas *La Correspondencia.* [...] Su mérito es absoluto. Está dotada de un órgano desconocido, sobrenatural, de una ejecución inverosímil...» («Revista de la Semana», en *La Nación,* en *Galdós periodista,* Madrid, 1981, pág. 14).

[28] *el paseo de los Álamos:* aunque el anónimo espacio en que se sitúa la acción de la novela convierte en gratuita toda identificación entre los lugares ficticios y los lugares reales, y aunque las características de esta novela la hacen trascender por completo cualquier localismo, tal vez valga la pena, aunque sea como curiosidad, y dado que es un tema muy poco visitado por la crítica, señalar las coincidencias entre los escasos datos ficticios de nuestro espacio novelesco y los de la realidad urbana ovetense. Incluso en una novela que busca la representatividad de una ciudad anónima, el arte realista selecciona siempre sus datos en el mapa de lo real. Así, algunos lugares como los Porches, la Plaza de la Constitución, el Café de la Oliva, el Hotel Principal, o este Paseo de los Álamos, por citar algunos casos, parecen parajes urbanos ovetenses. En el caso del Paseo de los Álamos, recuerda Cabezas (1970) el ovetense y «antiguo Paseo de los Álamos, hoy de José Antonio, con magnolios y petunias junto al bordillo y con abundantes sillas de hierro y bancos de madera, para las tertulias del buen tiempo» (pág. 29).

—¿Por qué, Bonifacio?

—Por mil razones... Pues bien... todo esto... es respeto... es amor. Yo estoy casado, usted lo sabe... y cada vez que me acerco a usted para pedirle que... que me corresponda... temo ofenderla, temo que usted no me entienda. Yo no sé hablar; no he sabido nunca; pero estoy loco por usted; sí, loco de verdad... y no quisiera ofenderla. Lo que yo he hecho por usted... no creí nunca poder atreverme a hacerlo... Usted no sabe lo que es, no ha de saberlo nunca, porque me da vergüenza decirlo... Yo soy muy desgraciado; nadie me ha querido nunca, y yo no le encuentro sustancia, verdadera sustancia, a nada de este mundo más que al cariño... Si me gusta la música tanto, es por eso, porque es suave, porque me acaricia el alma; y ya le he dicho a usted que su voz de usted no es como las demás voces; yo no he oído nunca —y va de nuncas— una voz así; las habrá mejores, pero no se meterán por el alma mía como ésa; otros dicen que es pastosa... yo no entiendo de pastas de voces; pero eso de lo pastoso debe de ser lo que yo llamo voz de madre, voz que me arrulla, que me consuela, que me da esperanza, que me anima, que me habla de mis recuerdos de la cuna... ¡qué sé yo! ¡qué sé yo, Serafina!... Yo siempre he sido muy aficionado a los recuerdos, a los más lejanos, a los de niño; en mis penas, que son muchas, me distraigo recordando mis primeros años, y me pongo muy triste; pero mejor, eso quiero yo; esta tristeza es dulce; yo me acuerdo de cuando me vacunaron; dirá usted que qué tiene eso que ver... Es verdad; pero ya le he dicho que yo no sé hablar... En fin, Serafina, yo la adoro a usted, porque, casado y todo... no debía estarlo. No, juro a Dios que no; nunca me he rebelado contra la suerte hasta ahora; pero tiene usted la culpa, porque ha tenido lástima de mí y me ha mirado así... y me ha sonreído así... y me *ha cantado* así... ¡Ay, si usted viera lo que yo tengo aquí dentro! Yo había oído hablar de pasiones; ¡esto es, esto es una pasión... cosa terrible! ¿Qué será de mí en marchándose usted? Pero, no importa; la pasión me asusta, me aterra; pero, con todo, no hubiera querido morirme sin sentir esto, suceda después lo que quiera. ¡Ay, Serafina de mi alma, quiérame usted por Dios, porque estoy muy solo y muy despreciado en el mundo y me muero por usted...!

Y no pudo continuar porque las lágrimas y los sollozos le ahogaban. Estaban casi sin sentido, en pie, en mitad del paseo; deliraba; la luna y la tiple se le antojaban en aquel momento una misma cosa; por lo menos, dos cosas íntimamente unidas... Volvió a creer, como la noche del primer préstamo, que le faltaban las piernas; *en suma,* se sentía muy mal, necesitaba amparo, mucho cariño, un regazo, seguridades facultativas de que no estaba muriéndose. «Iba a ahogarse de enternecimiento; esa era la fija», pensaba él.

La Gorgheggi miró en rededor, se aseguró de que no había testigos, le brillaron los ojos con el fuego de una lujuria espiritual, alambicada, y, cogiendo entre sus manos finas y muy blancas la cabeza hermosa de aquel Apolo bonachón y romántico[29], algo envejecido por los dolores de una vida prosaica, de tormentos humillantes, le hizo apoyar la frente sobre el propio seno, contra el cual apretó con vehemencia al pobre enamorado; después, le buscó los labios con los suyos temblorosos...

—*Un baccio, un baccio*[30], murmuraba ella *gritando* con voz

[29] *aquel hermoso Apolo bonachón y romántico:* tal vez no sea inocente esta interferencia de Apolo en la escena, pues dentro de la muy extensa cultura clásica de Clarín, Apolo el dios de Delfos, el dios Esminteo, etc., ocupa un lugar de privilegio. Es «mi hombre, quiero decir, mi dios», como escribe medio en broma medio en serio en el folleto *Apolo en Pafos.* Es aquel Apolo que se entrega a jugueteos de amor con Venus en un esplendente atardecer junto al mar, donde se les reúne Pablo de Tarso, que ha comenzado de nuevo su evangelización del mundo. Aquel Apolo y este Pablo, símbolos del paganismo y del cristianismo, expresan la aspiración del Clarín de entonces (1887) a un universo a la vez clásico y cristiano, el sueño de una síntesis todavía posible entre amor y espiritualidad, en interpretación de García Sarriá (1975). En *Su único hijo,* como explicará Sarriá, este sueño ha saltado ya hecho pedazos. El perdedor es Apolo. Tal vez por ello, en el giro ideológico que Clarín inicia tras *La Regenta,* no haya lugar para otro Apolo que este envejecido, bonachón y romántico, humillado y pusilánime.

[30] *Un bacio, un bacio:* N. Valis (1981, pág. 113) aventura el eco en esta expresión de Serafina del famoso dueto de amor entre Otelo y Desdémona: «Un bacio, un bacio, un bacio ancora», en el *Otelo* (1887), de Verdi. Ni Bonis ni Serafina podían conocer esta ópera, aún no estrenada en su época, y tam-

baja, apasionada. Y entre los sueños de una voluptuosidad ciega y loca, la veía Bonifacio casi desvanecido; después no oyó ni sintió nada, porque cayó redondo, entre convulsiones.

Cuando volvió en sí se encontró tendido en un banco de madera, a su lado había tres sombras, tres fantasmas, y del vientre de uno de ellos brotaba la luz de un sol que le cegaba con sus llamaradas rojizas. El sol era la linterna del sereno, las dos sombras restantes la Gorgheggi y Mochi que rociaban el rostro de su amigo con agua del pilón de la fuente vecina...

---

poco Clarín, como no fuera de oídas, pues esta ópera, que se había estrenado en Milán en 1887 no se estrenó en Madrid hasta octubre de 1890, tiempo después de que Clarín escribiese este pasaje. El original, por cierto, imprime erróneamente: *«baccio»*.

VI

A la mañana siguiente, a las ocho, despertaron a Bonifacio diciéndole que deseaba verle un señor sacerdote.

—¡Un sacerdote a mí! Que entre.

Saltó de la cama y pasó al gabinete contiguo a su alcoba; no puede decirse a su gabinete, pues era de uso común a todos los de casa. Atándose los cordones de la bata saludó a un viejecillo que entraba haciendo reverencias con un sombrero de copa[1] alta muy grande y muy grasiento. Era un pobre cura de aldea, de la montaña, de aspecto humilde y aun miserable.

Miraba a un lado y a otro; y, después de los saludos de ordenanza, pues en tal materia no mostraban gran originalidad ninguno de los interlocutores, el clérigo accedió a la invitación de sentarse, apoyándose en el borde de una butaca.

—Pues, dijo, siendo usted efectivamente el legítimo esposo de doña Emma Valcárcel, heredera única y universal de D. Diego, que en paz descanse, no cabe duda que es usted la persona que debe oír... lo que, en el secreto de la

---

[1] *un sombrero de copa:* C. Richmond (ed. 1979) trae a colación el caso de «El sombrero del señor cura», cuyo tema es precisamente un sombrero de copa. Y es que Clarín se sintió a menudo atraído por el tipo del cura rural, lector asiduo de *El consultor de los párrocos,* y a él dedicó personajes tan variados como el Contracayes de *La Regenta* («el alzacuello del clérigo era blanco y estaba manchado con vino tinto y sudor grasiento», I, 1986, pág. 549), el formidable Tomás Celorio, cura de Vericueto («El cura de Vericueto») o el ya citado «Cura de la Matiella, el del sombrero».

confesión... se me ha encargado decirle... Sí, señor, a ella o a su marido, se me ha dicho... y yo... la verdad... prefiero siempre entenderme con... mis semejantes... masculinos, digámoslo así. A falta de usted no hubiera vacilado, créame, señor mío, en abocarme, si a mano viene, con la misma doña Emma Valcárcel, heredera universal y única de...

—Pero vamos, señor cura, sepamos de qué se trata, dijo con alguna impaciencia Bonifacio, que lleno de remordimientos aquella mañana, sentía exacerbada su costumbre supersticiosa de temer siempre malas noticias en las inesperadas y que se anunciaban con misterio.

—Yo exijo... es decir... deseo... no por mí, sino por el secreto de la confesión... lo delicado del mensaje...

El cura no sabía cómo concluir; pero miraba a la puerta, que había quedado de par en par.

Como su mujer dormía a tales horas, Bonifacio no tuvo inconveniente en levantarse y cerrar la puerta de la estancia, pues no siendo Emma, nadie se atrevería a pedirle cuenta de aquellos tapujos.

—Lo que usted quería era esto, ¿verdad?, dijo con aire de triunfo, y como hombre que manda en su casa y que puede a su antojo tener las puertas de *su* gabinete abiertas o cerradas.

—Perfectamente, sí, señor, eso; secreto, mucho secreto. De usted para mí nada más... Después usted dará cuenta de lo sucedido a su señora esposa... o no se la dará; eso allá usted... porque yo no me meto en interioridades... Al fin usted será, naturalmente, el administrador de los bienes de su señora... y aunque yo no sé si éstos son parafernales[2] o no... porque no entiendo... y... sobre todo no me importa, y, al fin, el marido suele administrarlo todo... eso es; tal entiendo que es la costumbre... y como la ley no se opone...

—Pero, señor cura, repare usted que yo no comprendo

---

[2] *parafernales:* «se aplica a los bienes aportados por la mujer al matrimonio fuera de la dote o adquiridos posteriormente por ella por donación o legado» (DUE).

una palabra de lo que usted me dice... Comience usted por el principio...

Sonrió el clérigo y dijo:

—Paciencia, señor mío, paciencia. El principio viene después. Todo esto lo digo para tranquilidad de mi conciencia. He consultado al chico de Bernueces[3], que es boticario y abogado..., sin precisar el caso, por supuesto... y, la verdad, me decido a entregarle a usted los cuartos sin escrúpulos de conciencia... Sí, usted, el marido, es la persona legal y moralmente determinada, eso es, para recibir esta cantidad...

—¡Una cantidad!

—Sí, señor, siete mil reales.

Y el cura metió una mano en el bolsillo interior de su larga y mugrienta levita de alpaca, y sacó de aquella cueva que olía a tabaco, entre migas de pan y colillas de cigarros, un cucurucho que debía de contener onzas de oro.

Bonifacio se puso en pie, y sin darse cuenta de lo que hacía, alargó la mano hacia el cucurucho.

El cura se sonrió y entregó el paquete sin extrañar aquel movimiento involuntario del marido de la doña Emma, que recibía onzas de oro sin saber por qué se le daban.

Mas Bonifacio volvió en sí y exclamó:

—Pero ¿a santo de qué me trae usted... esto?...

—Son siete mil reales...

—¿Pero de qué? Yo no soy... quien...

Iba a decir que el que allí corría con las cuentas de todo era D. Juan Nepomuceno; pero se contuvo, porque solía darle vergüenza que los extraños conocieran esta abdicación de sus derechos.

—¿Esto será alguna deuda antigua?, dijo por fin.

—No señor... y sí señor. Me explicaré...

—Sí, hombre, acabemos.

—Estos siete mil reales... proceden... de una restitución... sí, señor; una restitución hecha en el secreto de la

---

[3] *Bernueces* «Pepe Ronzal —alias Trabuco, no se sabe por qué— era natural de Pernueces, una aldea de la provincia» (*La Regenta,* vol. I, página 343).

confesión... *in artículo mortis*[4]... La persona que devuelve esos siete mil reales a los herederos, a la única y universal heredera de D. Diego Valcárcel, esa persona ¿me comprende usted? no quiso irse al otro mundo con el cargo de conciencia de esa cantidad... que debía... y que no debía... es decir... yo... no puedo tampoco hablar más claro... porque... la confesión, ya ve usted, es una cosa muy delicada...

—Sí que es, exclamó Bonifacio, que se había puesto muy pálido y estaba pensando en lo que el cura de la montaña ni remotamente podía sospechar.

—Sin embargo, yo... no debo... así, en absoluto... omitir las circunstancias que explican, en cierto modo, la cosa. Esto, me dije yo a mí mismo, es indispensable para que los herederos, o la heredera, o quien haga sus veces, admitan sin reparo esta cantidad, con la conciencia tranquila de quien toma lo que es suyo. Pues, sí señores, de ustedes es... ya lo creo... Verá usted; es el caso que... aquí hay que omitir determinadas indicaciones que no favorecen la memoria de...

—Del difunto.

—¿De qué difunto?

—Del que restituye...

—No señor; del difunto... de otro difunto. No me tire usted de la lengua, eso no está bien.

—No, si yo no tiro... ¡Dios me libre! Ello será que la casa Valcárcel prestó este dinero sin garantías... y ahora...

El cura estaba diciendo que no con la cabeza desde que Bonifacio había dicho *casa*.

—No señor; no fue préstamo, fue donación *inter vivos*.

—¿Y entonces?

—Entonces... no me tire usted de la lengua. He dicho ya que la cosa no era favorable a la memoria del difunto... X, llamémosle X, que en paz descanse. Bueno, pues no me

---

[4] *in artículo mortis:* expresión jurídica muy divulgada que significa literalmente «en el artículo [la coyuntura, la ocasión] de la muerte».

he explicado bien: es favorable y no es favorable, porque en rigor... él es inocente, en este caso concreto a lo menos; y además, aunque no lo fuera... el que rompe paga... y él quería pagar... sólo que no había roto... ¿Me explico?

—No señor; pero no importa. No se moleste usted.

Al cura empezaba a parecerle un majadero el marido de la doña Emma Valcárcel.

—¿Usted conoció... trató al difunto... Don Diego?

—Sí, señor: como que era mi suegro... quiero decir, mi principal.

—¿Si estará loco, o será tonto este señorito?, pensó el clérigo.

De repente se le ocurrió una idea feliz.

—Oiga usted, exclamó. Ahora se me ocurre explicárselo a usted todo mediante un símil... y de este modo... ¿eh? se lo digo... y no se lo digo, ¿me entiende usted?

—Vamos a ver, dijo Bonifacio, que apenas oía, porque estaba manteniendo una lucha terrible con su conciencia.

—Figurémonos que usted es cazador... y va y pasa por una heredad mía; supongamos que soy yo el otro; bueno, pues usted ve dentro de mi heredad un ciervo, un jabalí... lo que usted quiera, una liebre...

—Una liebre, dijo Reyes maquinalmente.

—Va, y ¡pum!...

El fogonazo, remedado con mucha propiedad por el cura, hizo dar un salto a Bonis, que estaba muy nervioso.

—Dispara usted su escopeta y me... no, no conviene que sea liebre; es mejor caza mayor para mi caso; y cae lo que usted cree robezo[5] o ciervo... pero no hay tal ciervo, ni robezo, sino que ha matado usted una vaca mía que pastaba tranquilamente en el prado. ¿Qué hace usted? En mi ejemplo, en mi caso, pagarme la vaca por medio de una donación *inter vivos*... importante siete mil reales. Yo me guardo los siete mil reales y el chico, digo, la vaca. Pero ahora viene lo mejor, y es que usted no ha sido el matador. El tiro no dio en el blanco, el tiro de usted se fue allá, por

—————
5 *robezo:* como 'rebeco', también dicho 'gamuza'.

las nubes... Sólo que antes que usted, mucho antes, otro cazador, escondido, había disparado también... y ése fue el que mató la res, y se quedó con ella y con los siete mil reales de usted. Pasa tiempo, muere usted, es un decir, y muere también el otro; pero antes de morir se arrepiente de la trampa, y quiere devolver a los herederos de usted el dinero que, en rigor, no es suyo, aunque usted se lo ha dado... *inter vivos.* (El cura daba gran importancia a este latín, sin el cual no creía bien explicada la idea de la donación.) ¿Eh, qué tal, me ha comprendido usted?

Ni palabra. Bonifacio no comprendió que se trataba de uno de aquellos agujeros de honor que D. Diego había tapado con dinero. En este caso concreto, como decía el cura, la lesión de honra no existía, o, por lo menos, no era D. Diego el causante, y se le había hecho pagar lo que no debía. La persona que había lucrado, gracias a la asustadiza conciencia del jurisconsulto, siempre temeroso del escándalo, restituía a la hora de la muerte, por miedo del infierno probablemente.

El cura creyó suficientes sus explicaciones; y, muy satisfecho del símil, cuya exposición le había hecho sudar, se limpiaba el cogote con su pañuelo verde con rayas blancas, sin cuidarse ya de que aquel caballero, que parecía tonto, hubiese comprendido o no... El secreto de la confesión y la buena memoria de D. Diego, no le permitían a él ser más largo ni más explícito.

Habló más, pero sin nueva sustancia; insistió mucho en que aquello debía quedar allí, y arrancó a Bonifacio la palabra de honor de que sólo él y su señora, si él lo creía decente, debían enterarse de lo sucedido.

—Nadie más. Ya ve usted, es delicado... y los maliciosos, sobre todo allá en el pueblo, si saben que yo vine... y entregué... enseguida caen en la cuenta. Mucho sigilo pues. Además, la misma señorita... quiero decir, la señora de usted, debe saber lo menos posible; podría cavilar... y las mujeres, sobre todo las casadas, las cazan al vuelo, y podría comprenderlo todo. «Mejor que tú, por lo que veo; añadió para sí.»

Y salió el señor cura de la montaña satisfecho de sí mismo; confiado en la palabra de honor de aquel señor soso y casi tonto, que, a pesar de todo, tenía cara de honrado y de persona formal.

«Se puede ser fiel a la palabra y tener pocos alcances», se decía el clérigo bajando la escalera.

A Bonifacio se le había ocurrido, ante todo, ver en aquello que él llamaba casualidad la mano de la Providencia. Pero acto continuo añadió para sí: «La mano de la providencia... del diablo.» Porque lo primero que pensó hacer de aquel dinero que le venía llovido del... infierno, fue llevárselo a D. Benito el Mayor, para tapar aquel antro horrible de la deuda, aquel agujero negro, por donde se escapaban las furias del Averno[6] (estilo Bonifacio), gritándole: «Infame, adúltero, ¿qué has hecho de la fortuna de tu mujer?» En vano la razón decía: «Ni tú has sido adúltero hasta la fecha, a no ser por palabra de presente[7], ni la fortuna de tu mujer está comprometida por ese préstamo de seis mil reales, aun suponiendo que los pagase ella.» No importaba; los remordimientos, o, más bien el miedo que tenía a Emma y a D. Juan Nepomuceno, no le habían dejado dormir aquella noche. Lo que él llamaba ser adúltero quedaba en segundo lugar; alambicando mucho, a fuerza de sofismas, tal vez encontraría medio de disculpar a sus propios ojos aquel amor ilegítimo... pero lo del dinero no admitía excusas; él había pedido seis mil reales a un prestamista, abusando del crédito de su mujer. Esto era inicuo... y lo que era peor, muy expuesto a una tragedia doméstica. La imaginación, *la loca de la casa*[8], le ponía delante el cuadro

---

[6] *las furias del Averno:* en la leyenda y en la tragedia griegas, Orestes, hermano de Electra, e hijo de Agamenón, mata a su madre Clytemnestra y a su amante Egisto, para vengar a su padre, asesinado por ellos. Las *erinias* o *furias del Averno,* hijas de Aqueronte y de la Noche, lo persiguen entonces con sus remordimientos y recriminaciones, como aquí a Bonis. Esta fábula fue muy popular en la ópera, y de ella derivan la *Elecktra,* de Strauss, la *Iphigénie en Tauride,* de Gluck, o *Das Leben des Orest,* de Krenek.

[7] *palabra de presente:* «la que recíprocamente se dan los esposos en el acto de casarse» (DRAE). Expresión incongruente en este contexto, que probablemente usurpa algo así como «pecado de pensamiento», pero que denota esa torpeza lingüística del personaje que al narrador tanto le gusta resaltar.

[8] *La imaginación, la loca de la casa:* parece ser que Malebranche, resumiendo

aterrador: «Emma saltaba de la cama con su gorro de dormir, pálida, huesuda, echando fuego por los ojos, y avanzaba en silencio hacia él, estrujando en la mano temblorosa un recibo que D. Juan Nepomuceno acababa de entregarle, impasible, como siempre, envuelto en la dignidad de sus patillas. ¡Lo sabía todo! Lo de los cincuenta duros, lo de los seis mil reales y lo del paseo por la noche... ¡Entre el sereno y Nepomuceno la habían puesto al cabo de la calle! «¡Qué horror! ¡Adónde puede llegar la fantasía!», pensaba Bonifacio temblando de pies a cabeza. Por fortuna aquello no era más que un cuadro imaginado... Pero la realidad podría llegar a parecérsele. Y aquel señor cura se le presentaba con siete mil reales, que él, Bonifacio, podría gastar en lo que quisiera, sin que persona nacida lo estorbase ni lo supiese. Es más, el secreto era allí lo principal. Y ¿cómo guardar el secreto haciendo ingresar aquellos miles en lo que llamaba D. Juan Nepomuceno la *caja?* Ni el cura ni el que restituía, honrado penitente, sabían que él, Bonis, allí no tocaba pito, ni administraba, a pesar de lo que disponían ciertas leyes recopiladas, según le habían asegurado; él, pese a todas las leyes del mundo, no disponía de un cuarto, y sólo servía para firmar como en un barbecho cuanto papeles le presentaba el de las patillas. Pues bien; siendo así, ¿cómo incorporar aquel dinero al caudal de su mujer sin que nadie se enterase? Imposible. Por este lado la conciencia le decía: «Haz de tu capa un sayo.» Pero emplear aquellos cuartos en su provecho, ¿no era robar a su mujer? Sí y no. No, porque con ellos iba a tapar una brecha abierta al crédito de la casa Valcárcel. Ya se sabía que él no tenía un cuarto, ni de dónde le viniera, y que D. Benito el Mayor había prestado fiándose del capital de Emma; más era; el mismo Bonifacio reconocía que en su fuero interno

---

un capítulo de Santa Teresa en *Las Moradas,* IV, I, pronunció esta frase, cuya divulgación se debe a Voltaire, que al final del artículo «Aparición», de su *Diccionario filosófico,* la citó como de Malebranche, sin detallar la fuente (*D. Frases Célebres,* 456, 2). Debía ser expresión muy popular en la época de Clarín. Galdós la convirtió en título de una de sus novelas: *La loca de la casa* (1892), y del drama correspondiente (1893), al que Clarín dedicó una crítica (*Galdós,* 231-239).

siempre había pensado en pagar con dinero de su mujer, aunque le asustaba pensar en el cómo y cuándo. Por este lado no era robar lo que quería hacer. Por otra parte, sí era robar; porque... porque aquello era... un robo, un fraude o como se dijera, pero ello era robar.

Satisfecho de sí mismo hasta cierto punto, en medio de aquella desolación moral, contemplaba la rectitud de su alma, que rechazaba sofismas vanos y gritaba: *«¡Robar, robar!»* Lo cual no impidió que Bonis se lavase y vistiera lo más de prisa que pudo y saliese de casa sin ser visto ni oído, con ánimo de estar de vuelta antes que Emma despertase.

«Estas cosas hay que hacerlas así, iba pensando por la calle. Si vacilo, si me estoy días y días dándome jaqueca con la idea de que esto es un crimen... a lo mejor viene el trueno gordo, D. Benito se cansa de esperar, Nepomuceno se entera del caso y... primero morir; cien veces la muerte y el infierno. A pagar, a pagar. ¿No quería secreto el señor cura? Pues ya verá qué secreto. Y soy un ladrón, no cabe duda, un ladrón... Sí, pero ladrón por amor.» Esta *frase interior* también le satisfizo y tranquilizó un poco. «¡Ladrón por amor!» Estaba muy bien pensado. Llegó al portal de la casa del escribano. «¿Subiría? Sí; en último caso, si lo que iba a hacer era un verdadero delito, su honradez heredada, la fuerza de la sangre, limpia de todo crimen, el instinto del bien obrar, en suma, le impedirían llevar a cabo lo que intentaba. Se le trabaría la lengua o se le doblarían las piernas, como en recientes aventuras de otra índole; si nada de esto le sucedía, no debía de haber tal crimen ni tales alforjas»[9].

D. Benito estaba en pie en medio de su despacho oscuro, de techo bajo; estaba rodeado de escribientes que trabajaban en vetustos escritorios forrados de muletón[10] verde. Los libros del protocolo, macizos y graves, de lomo pardo,

---

[9] *tal crimen ni tales alforjas:* paráfrasis del modismo: «Para este viaje no hacen falta tales alforjas.»

[10] *muletón:* del francés *molleton:* 'tela gruesa de algodón o lana, muy tupida y con pelusa' (DUE).

estaban allí, con la solemnidad misteriosa que tal pavor supersticioso infundía en el alma romántica y nada jurisperita de Bonis.

El notario se acercó a su amigo el Sr. Reyes y le frotó las orejas con ambas manos como para entrar en calor. Fingimiento inverosímil, pues estaba la atmósfera que ardía, según el otro.

—¿Qué hay, perillán? ¿A qué viene usted aquí? ¿A robarme tiempo, eh? Pues me lo pagará usted en dinero, porque el tiempo es oro. Y se reía D. Benito, encantado con su propia gracia.

—Sr. García quisiera hablar con usted dos palabras...

Bonifacio hizo un gesto que pedía una entrevista a solas.

D. Benito, cogiendo al deudor por las solapas del gabán, le llevó tras de sí a un gabinete contiguo, cuyas paredes estaban ocultas también por estantes, continuación del protocolo. Allí estaban los libros de siglos pasados. «¡Dios mío, pensaba sin querer Bonis, bien antiguos son estos líos del papel sellado y la triquiñuelas de los escribanos!» Sin saber por qué, se acordó de haber oído describir las bodegas de Jerez y las soleras de fecha remota, que ostentaban en la panza su antigüedad sagrada. «¡Qué diferencia, pensó, entre aquello y esto!»

D. Benito le volvió a la realidad.

—Vamos a ver, señor mío, desembuche usted...

«Solos estamos los dos,
solos delante del cielo...»

¡Je, je!...

El notario, después de declamar aquellos dos versos de una comedia de aficionados[11], muchas veces representada

---

[11] *una comedia de aficionados:* las compañías de aficionados eran usuales en las ciudades y pueblos españoles de la época. A veces disponían de locales específicos, y así en Madrid existía el «Teatro del Genio. Saloncito para aficionados». También en el «Teatro de la Sartén» actuaron desde 1815 a 1835 compañías de aficionados: no se estrenaban obras en él, sino que «se hacían» las

en el pueblo porque era de *hombres solos,* dio una palmadita en el vientre a Reyes; y de pronto se quedó muy serio, muy serio, sin decir palabra, como dando a entender: «Soy todo oídos; basta de chistes; aquí tiene usted al representante de la fe pública o al prestamista sin entrañas, lo que usted quiera.»

—Sr. García, vengo a pagar a usted aquel piquillo...

—¿Qué piquillo?

—Los seis mil reales que usted tuvo la amabilidad...

—¿Qué amabilidad?, quiero decir, ¿qué seis mil reales?... Usted no me debe nada.

—¡Qué bromista es usted!, dijo Bonis, que más estaba para recibir los Santos Sacramentos que para chistes.

Y se dejó caer en una silla y empezó a contar onzas sobre una mesa.

Aquel dinero le quemaba los dedos, pensaba él; o debía quemárselos. La verdad era que la operación material de contar el dinero la hizo con bastante tranquilidad, muy atento sólo a no equivocarse, como solía; porque el reducir aquello a miles de reales, le parecía cálculo superior a sus fuerzas ordinarias.

D. Benito le dejaba hacer, estupefacto, o tal vez por el gusto de *amateur.* Era indudable que el espectáculo del oro le quitaba siempre la gana de bromear. Fuese por lo que fuese, la presencia del dinero siempre era cosa muy seria.

—Aquí están los seis mil; cámbieme usted esta...

—Pero... a D. Benito se le atragantó algo muy serio también; pero... ¿qué está usted haciendo ahí, criatura?... ¿No le digo... a usted que... ya no me debe nada?

—Sr. García... celebraría estar de buen humor para poder seguírselo a usted...

---

de mayor éxito en las temporadas anteriores en el Príncipe o en el de La Cruz (F. C. Sainz de Robles, *El Teatro español. Historia y antología,* vol. VI, Madrid, Aguilar, 1943, Apéndice III). En las ciudades de provincias, las compañías de aficionados con su repertorio propio compartían el teatro y el calendario con compañías profesionales, compañías de ópera y de zarzuela, conciertos, y hasta con sesiones de prestidigitación, de espiritismo o de ejercicios circenses.

—¡Señor diablo!, le digo a usted que ayer mismo *me he reintegrado* de esa cantidad insignificante.

—¿Ayer?... usted... ¿quién?...

Lo que tenía atravesado en la garganta el escribano había saltado sin duda al gaznate de Reyes, porque el infeliz se atragantó también.

—A ver, D. Benito, explíquese usted... ¡por los clavos de Cristo!...

—Muy sencillo, amigo mío. Ayer de tarde, en el Casino, D. Juan Nepomuceno, su tío de usted...

—No es mi tío...

—Bueno... su...

—Bien, adelante; el tío... ¿qué?

—Pero hijo, ¿qué le pasa a usted? Está usted palidísimo, le va a dar algo, ¿será el calor? Abriré aquí...

—No abra usted... hable, hable; el tío... ¿qué?

—Pues, nada; que hablando de negocios, vinimos a parar en las probabilidades del resultado de esa industria que van a montar ustedes con el dinero de las últimas enajenaciones.

—¿Una industria? ¿Que vamos a montar... nosotros?...

—Sí, hombre, la fábrica de productos químicos.

—¡Ah! sí, bien; ¿y qué?

Bonifacio había oído en casa, a los parientes de su mujer, algo de productos químicos, pero no sabía nada concreto.

—¡Al grano!, dijo más muerto que vivo.

—Yo... con la mayor inocencia del mundo, le pregunté a su señor... pariente si el dinero que usted acababa de tomar, honrándome con su confianza, era para los gastos primeros... para algún ensayo; para muestras de... qué se yo... en fin, que se me había metido en la cabeza que era para la fábrica. D. Juan... me miró con aquellos ojazos que usted sabe que tiene. Tardó en contestarme; noté eso, que tardaba en hablar. En fin, encogiendo los hombros, me dijo: «Sí, efectivamente, para gastos preliminares, de preparación... pero tengo orden, ahora que me acuerdo, de pagar a usted inmediatamente ese dinero.» Yo, la verdad, extrañaba que haciendo tan pocas horas que usted había recogido los cuartos... pero a mí, ¿quién me metía en averiguaciones? ¿no es eso? En fin, que nos citamos para esta su casa a las diez de la noche, y a las diez y cuarto estaba aquí D. Juan Nepomuceno con seis mil reales en plata. Esta es la historia.

¡Aquella era la historia!, pensó Reyes desde el abismo de su postración. Estaba aturdido, se sentía aniquilado. El tío lo sabía todo... y ¡había pagado! ¿Y Emma? Al acordarse de su mujer experimentó aquella ausencia de las piernas, sensación insoportable que nunca faltaba en los grandes apuros.

Callaban los dos. El notario comprendió que allí había gato encerrado; «algún misterio de familia», pensaba él. Pero como había cobrado su dinero, de lo que estaba muy contento, como se *había reintegrado,* sabía contener su curiosidad, que dejaba paso a la más exquisita prudencia. Allá ellos, se decía, y seguía callando.

Rompió el silencio Bonis, diciendo con voz sepulcral:

—Si usted hiciera el favor de mandar que me sirvieran un vaso de agua.

—Con mil amores.

Una maritornes[12] sucia y muy gorda presentó el agua con un panal de azúcar cruzado sobre el vaso.

—Gracias; sin azúcar. Nunca tomo azúcar en el agua. Gracias.

Esto lo decía Bonis con los ojos estúpidos clavados en el rostro risueño y soez de la moza; lo decía con una voz y un tono como los que emplean los cómicos al despedirse del pícaro mundo al final de un tercer acto, cuando están con el alma en la boca y un puñal en las entrañas[13].

---

12 *una maritornes:* «Servía en la venta, asimismo, una moza asturiana ancha de cara, llana de cogote, de nariz roma, del un ojo tuerta y del otro no muy sana. Verdad es que la gallardía del cuerpo suplía las demás faltas: no tenía siete palmos de los pies a la cabeza, y las espaldas, que algún tanto le cargaban, la hacían mirar al suelo más de lo que ella quisiere» (*Don Quijote,* I, 1605, cap. XVI). A esta joya la llamó Cervantes Maritornes y del *Quijote* pasó a la cultura popular, convirtiéndose en carne de modismo.

13 *un puñal en las entrañas:* o dos, como en *Macías,* de Larra, obra en la que Macías y Elvira agonizan abrazados, heridos ambos por arma blanca. O

El agua le calmó y dio cierta fuerza. Pudo levantarse y despedirse. No pensó en dar explicaciones ni disculpas. Su silencio era muy ridículo, es claro. ¿Qué estaría pensando aquel señor? Lo menos, que él estaba loco. Bien, ¿y qué? Valiente cosa le importaba en aquel momento a Bonis que se riera de él el mundo entero. ¡Nepomuceno había pagado los seis mil reales! Esto, esto era lo terrible. ¿Volvería a casa? ¿Se escaparía?

Viéndole tan conmovido, D. Benito, el Mayor, no quiso hablar una palabra más sobre el asunto misterioso; sin tirarle de las orejas ni andarse con cuchufletas, le despidió muy serio, con rostro compungido como acompañándole en una desgracia tan respetable cuanto desconocida para él; y después de conducirle hasta el primer tramo de la escalera, se volvió a su despacho. Sólo entonces se le ocurrió esta diabólica idea:

«Aquí hay gato, es claro; a mí no me importa; pero si... es una hipótesis, si hubiera podido haber un medio... así... verosímil... legal... de... de cobrar yo mis seis mil reales, al tío primero, y después otros seis mil al sobrino... Disparate, absurdo; corriente; pero hubiera tenido gracia.»

Y dando un patético suspiro, se frotó las manos; y renunciando al ideal de cobrar dos veces, no pensó más en aquello y volvió a sus negocios.

En cuanto a Reyes, al llegar al portal, donde trabajaba y comía un zapatero de viejo, tuvo varias ideas y un desmayo. Las ideas fueron las siguientes: «Ese farsante de ahí arriba me ha engañado, he debido tener valor para acogotarle, o por lo menos, para decirle cuántas son cinco. Miente como un bellaco; el tío Nepomuceno ha pagado porque este traidor no se fiaba de mí; me conoció en la cara que yo no podía sacar de ninguna parte seis mil reales y se fue al otro... y cantó... Verdad es que yo no le había encargado el secreto. Pero se suponía que lo necesitaba; debía de conocérseme en la cara; y a él acudí por su fama

---

como en *Don Álvaro o la fuerza del sino,* en que don Alfonso agoniza tras sufrir la estocada de don Álvaro, pero antes de morir apuñala a su vez a Leonor, su hermana.

de discreto, de hombre de mucho sigilo... Voy a volver arriba a matarle, exprofeso...»

Y cuando pensaba en esto, fue cuando sintió absoluta necesidad de dejarse caer. Cayó sentado[14] en el portal y se le fue la cabeza. El zapatero acudió en su auxilio. Cuando volvió en sí Reyes, sintió, como la noche anterior, que le regaban la cara con agua fresca. Y medio delirando, dijo:

—Gracias... sola, sin azúcar.

[14] *cayó sentado:* y con ésta, la tercera. Los dos anteriores desmayos se han producido en el capítulo anterior.

Dio expresivas muestras de gratitud al zapatero, que se ofreció a acompañarle a su casa y salió, sacando fuerzas de flaqueza, a paso largo, sin saber adónde iba. «Yo debía tirarme al río», se dijo. Pero enseguida reflexionó que ni por aquella ciudad pasaba río alguno, ni él tenía vocación de suicida. Pasó junto al café de la Oliva[1], donde solía tomar Jerez con bizcochos algunos domingos, al volver de misa mayor, y el deseo de un albergue amigo le penetró el alma. Entró, subió al primer piso, que era donde se servía a los parroquianos. Se sentó en un rincón oscuro. No había consumidores. El mozo de aquella sala, que estaba afinando una guitarra, dejó el instrumento, limpió la mesa de Reyes y le preguntó si quería el Jerez y los bizcochos.

—¡Qué bizcochos! No, amigo mío. *Botillería,* eso tomaría yo de buena gana. Tengo el gaznate hecho brasas...

El mozo sonrió compadeciendo la ignorancia del señorito. ¡*Botillería* a aquellas horas!

—Ya ve usted... *botillería* a estas horas...

—Es verdad... es un... anacronismo. Además, el helado[2] por la mañana hace daño. Tráeme un vaso de agua... y échale un poco de zarzaparrilla.

---

[1] *café de la Oliva:* bien podría evocar alguno de los cafés cantantes del antiguo Oviedo, como el café Español «famoso por su escenario para cancionistas», al menos desde 1888 (Cabezas, 1970, pág. 67), o como el de la Granja, o como el Café-Concert de París, «donde tocaba el piano Pepín *Siete Piezas*» (pág. 38), o como el Suizo, «donde la *Fornarina*, la *Chelito* y otras cancionistas de cartel, armaron en Oviedo la marimorena» (pág. 69).

[2] *botillería ... helado:* hace bien el narrador en explicar el significado local de

Debe advertirse que Bonifacio y el mozo, al hablar de *botillería,* estaban pensando en el helado de fresa que allí, en el café de la Oliva, se hacía mejor que en el cielo, en opinión de todo el pueblo.

Servido Reyes, el mozo volvió a su guitarra, y después de templarla a su gusto, la emprendió con la marcha fúnebre de Luis XVI[3].

Al principio Bonis saboreaba la zarzaparrilla inocente sin oír siquiera la música. Pero la vocación es la vocación. Al poco rato «su espíritu se fue identificando con la guitarra». La guitarra, para Bonis, era a los instrumentos de música lo que el gato a los animales domésticos... El gato era el amigo más discreto, más dulce, más perezosamente mimoso... la guitarra le acariciaba el alma con la suavidad de la piel de gato, que se deja rascar el lomo.

Las trompetas y tambores que imitaban las cuerdas, ya tirantes, ya flojas, le hicieron a Reyes *ponerse en el caso* del rey mártir; y se acordó de la frase del confesor: «Nieto de San Luis, sube al cielo.» Lo había leído en Thiers en la traducción de Miñano[4]. Muy a su placer se sintió enternecido. Sabía él que sólo el sentimentalismo podía darle la energía suficiente, o poco menos, para afrontar su terrible situación cara a cara con *todos los suyos* o, mejor dicho, *todos los de su mujer.*

Sí, era preciso armarse de valor, ir al suplicio con el espíritu firme del desgraciado rey mártir. Para él era el suplicio la presencia de Emma y de Nepomuceno.

---

una palabra que, por lo general, remite a 'tienda donde se venden vinos y licores embotellados' (DUE). Claro que se llama *botiller* o *botillero* al vendedor de helados y refrescos (DUE).

[3] *la marcha fúnebre de Luis XVI:* me ha sido imposible identificar esta marcha.

[4] *Thiers en la traducción de Miñano:* se trata de la obra *La monarquía de 1830,* de Adolphe Thiers (1797-1877), que se había publicado en francés en 1831, y cuya traducción por Sebastián Miñano y Bedoya se publicó en Madrid en 1842. En el estilo amplificado y dramático del historiador de la Revolución francesa, la escena aludida es aquella en que el Rey Luis XVI, desde el cadalso, proclama ante los franceses su inocencia, siendo interrumpido por los tambores. Mientras los verdugos lo atenazan, M. Edgeworth, su confesor, «lui dit ces paroles: Fils de Saint Louis, montez au ciel!».

El guitarrista dejó a Luis XVI en el panteón, y saltó a la jota aragonesa[5].

Se lo agradeció Bonis, porque aquello edificaba; era el himno del valor patrio. Pues bien, lo tendría, no patrio, sino cívico... o familiar... o como fuese; tendría valor. ¿Por qué no? Es más, pensó que su pasión, su gran pasión, era tan respetable y digna de defensa como la independencia de los pueblos. Moriría al pie del cañón, a los pies de su tiple, sobre los escombros de su pasión, de su Zaragoza[6]...

«No disparatemos, seamos positivos», se dijo.

Y se llevó las manos a los bolsillos con gesto de impaciente incertidumbre... ¿Si habría dejado aquellas onzas en casa del infame?... No... estaban allí, en el bolsillo interior del gabán... ¡Lo que era el instinto! No recordaba cómo ni cuándo las había recogido y envuelto otra vez en su cucurucho.

Después que palpó su tesoro, empezó a sentirlo por el peso, peso que le oprimía dulcemente el pecho. Daba el dinero, aunque pareciera mentira a un ser tan romántico, daba cierto calorcillo suave. «¡Siete mil reales!», se decía; y experimentaba consuelo en sus tribulaciones; y sobre todo le animaba la conciencia de un *valor cívico* que nacía de la presión de aquellas onzas... «¡Oh! Es indudable lo que dice

---

[5] *la jota aragonesa:* un contraste similar ocurre en el relato de *Pipá* titulado «Las dos cajas», en que el virtuoso violinista Ventura toca en un café y «Cuando algún trozo de música alegre les llegaba al corazón del alma, como un solo hombre, los baturros pedían "¡la jota, la jota! Venga la jota..."». Su mujer, Carmen, entonces «miraba al pobre Ventura como diciéndole: "Perdónales, no saben los que hacen!..."» —y a Ventura aquello de "¡la jota!" le sonaba como si dijeran—: ¡Crucifícale, Crucifícale!»

[6] *de su Zaragoza...:* alusión al sitio de Zaragoza, episodio épico de la guerra contra el francés, que se prolongó entre el 21 de diciembre y el 21 de febrero de 1809. Galdós lo había historiado en marzo-abril de 1874, en la I Serie de los *Episodios Nacionales,* haciéndose eco de la numantina voluntad de resistencia: «Zaragoza no se rinde. La reducirán a polvo; de sus históricas casas no quedará ladrillo sobre ladrillo; caerán sus cien templos; su suelo abriráse vomitando llamas, y lanzados al aire sus cimientos; caerán las tejas al fondo de los pozos; pero entre los escombros y entre los muertos habrá siempre una lengua viva para decir que Zaragoza no se rinde» (cap. XXIX). Cuando Clarín fue catedrático de Zaragoza, setenta y pocos años después, todavía debían ser bien visibles los destrozos.

el catedrático de economía y geografía mercantil[7] en la tienda de Cascos: —La riqueza es una garantía de la independencia de las naciones. Si estos siete mil reales fueran míos, yo afrontaría con menos miedo mi terrible situación. Huiría al extranjero; sí, señor, me escaparía... ¡Y si ella me acompañaba! ¡Oh!... ¡Qué felicidad!... Juntos... en aquel rincón de Toscana o de Lombardía que ella conoce.» Pero ¡ay!, siete mil reales eran muy pequeña cantidad para compartirla con una dulce compañera. En realidad, ¡qué pobre había sido él toda la vida! Había vivido de limosna... y quería ser amante de una gran artista llena de necesidades de lujo y de fantasía... ¡Miserable!... Se puso colorado recordando ciertas reticencias maliciosas y alusiones tan embozadas como venenosas de sus amigos envidiosos. El día anterior, el lechuguino, que en vano había querido conquistar a la Gorgheggi, había dicho en la tienda de Cascos:

—Estos señores creen que usted se entiende con la tiple, Sr. Reyes; pero yo defiendo la virtud de usted... y le ayudo en su campaña para desarmar la calumnia. Y mi argumento es éste: El Sr. Reyes sabe que una mujer de éstas es muy cara, y él no ha de querer arruinarse y arruinar a su mujer por una cómica. Y sin regalos, y de los caros, es ridículo obsequiar a una artista de tales pretensiones. Es usted demasiado discreto.

La verdad era que si hasta la fecha no había necesitado más dinero que el prestado a Mochi, en adelante, si aquellas *relaciones se formalizaban...* Sí, era indispensable disponer de cuatro cuartos. Por muy desinteresada que se quisiera

---

[7] *el catedrático de economía y geografía mercantil:* de nuevo, como en *La Regenta* (1986², V, n. 9), hace su aparición efímera un catedrático de la Universidad. Si allí el amigo de doña Anuncia era un «antiguo catedrático de psicología, lógica y ética, gran partidario de la escuela escocesa y de los embutidos caseros», aquí se trata del titular de una cátedra de área económica, probable transposición literaria de algún colega de Leopoldo Alas (catedrático por oposición de Economía Política y Estadística). Su tesis sobre la riqueza de las naciones parece derivar de Adam Smith, padre del liberalismo económico y autor de un libro capital en el desarrollo de la Economía Política: *Inquiry into the Nature and Causes of the Wealth of the Nations* (1776).

suponer a Serafina, y él la suponía todo lo desinteresada que puede ser la mujer ideal (el *bello ideal*), era indudable que si seguían tratándose y crecía la intimidad, llegarían ocasiones en que alguno de los dos tendría que pagar algo[8], hacer algunos gastos... y el ideal no llegaba al punto de exigir que pagase la mujer. No, tendría que pagar él. Pero ¿con qué? «Con el dinero que tenía en el bolsillo.» Esto le dijo la *voz de la tentación,* pero la voz de la honradez, antipática por cierto, contestó: «¡Ese dinero no es tuyo!» La guitarra, que seguía hablando al alma de Bonis, se inclinaba al partido de la tentación. La música le daba energía y la energía le sugería ideas de rebelión, deseo ardiente de emanciparse... ¿De qué? ¿De quién? De todo, de todos; de su mujer, de Nepomuceno, de la *moral corriente,* sí, de cuanto pudiera ser obstáculo a su pasión. Él tenía una pasión, esto era evidente. Luego no era rana, por lo menos *tan rana*[9] como años seguidos había pensado.

Salió del café en un arranque de actividad que le sugirió también la energía reciente, y tomó el camino de su casa dispuesto a afrontar la situación y a no soltar los cuartos por lo pronto. Es claro que él acabaría por hacer ingresar aquellos siete mil reales *en caja;* pero, ¿cuándo? No corría prisa.

Como en la calle ya no oía la guitarra del mozo del café, se le empezó a aflojar el ánimo, y sin darse clara cuenta de sus pasos, en vez de entrar en su casa se encontró en el vestíbulo del teatro. Era hora de ensayo. Allí estaría Serafina de fijo. Tampoco le desagradó aquel cambio instintivo de rumbo. Era otra prueba de que estaba muy enamorado. Siempre había leído que los buenos amantes, en casos aná-

---

[8] *pagar algo: pagar halago,* así lee C. Richmond en su edición. En mi ejemplar de la *princeps,* y también en F, se lee claramente *pagar algo,* pero como en una misma edición podían darse variantes, como en el caso de *La Regenta* (*Vid.* «Nota a la edición», vol. I, de Oleza, 1986[2]), no excluyo que algún ejemplar diga *pagar halago* por error, pues resulta aquí más natural *algo* que *halago.*

[9] *no era rana:* no era torpe, antes bien hábil, entendido en general o en cierta cosa (DUE); probablemente, en este caso, connote más bien 'tonto' o 'inútil' que 'torpe'.

logos, hacían lo que él, seguir el misterioso imán del amor. ¡Oh!, y lo que él necesitaba era estar bien seguro de que experimentaba una pasión *fatal,* invencible. Averiguado esto, todas las consecuencias, fatales también, las reputaba legítimas.

Ocho días después Bonis no se conocía a sí mismo, y se alegraba: es más, ni pensaba en conocerse.

Serafina era suya, y él, por supuesto, era de Serafina, hasta donde podía serlo aquel mísero esclavo de su mujer. Caricias como las de la italiana-inglesa, Reyes ni las había soñado. «¡Nunca creí que el *placer físico* pudiera llegar tan allá!», se decía saboreando a solas, rumiando, las delicias inauditas de aquellos amores de *artista.* Sí, ella se lo había asegurado, el amor de los artistas era así, extremoso, loco en la voluptuosidad; pasaba por una dulcísima pendiente del arrobamiento ideal, cuasi místico, a la sensualidad desenfrenada...

En fin, él veía visiones; pero ¡qué hermosas, qué sabrosas! Tenía que confesar que «la parte *animal,* la bestia, el bruto», estaba en él mucho más desarrollado de lo que había creído. No pensaría Bonis que el inofensivo flautista que olía a aceite de almendras, tenía dentro de sí aquel turcazo voluptuoso que se dejaba querer al estilo artístico-oriental tan ricamente. Y, sin embargo, el alma, el espíritu puro, velaba, ¡sí, velaba!, y Serafina era la primera en mantener aquel fuego sagrado de la poesía. «¡Besos con música! El que no sabe lo que es esto no sabe lo que es bueno. Niego que haya moralista con derecho a reprenderme por mi pasión, si el tal nunca ha gustado esta delicia, ¡besos con música!...» Pero el mayor encanto, el éxtasis de la dicha, estaba en otra parte; en la íntima alegría del orgullo satisfecho.

—Serafina me ama, me ama; estoy seguro; llora de placer en mis brazos, no hay fingimiento, no; en la escena no sabe hacerlo tan bien; me quiere de veras, le gusto, le gusto como *físico* y como moral, digámoslo así.

¿Y dónde cabría mayor gloria que gustarle a ella, a la mujer *soñada,* a la que él amaba como amante y madre y musa en una pieza?

Lo cierto era que la Gorgheggi, corrompida en muy temprana juventud por Mochi, su maestro y protector, se vengaba de su tirano y de la pícara suerte, y no sabía de quién más, arrojándose a la mayor torpeza, al desenfreno loco en los amores temporeros que su infame corruptor y amante insinuaba, favorecía y explotaba.

Mochi había seducido a su discípula para dominarla; mucho tiempo creyó tener en ella una gloria futura y una renta de muchos miles de liras, que pronto se empezarían a cobrar. La corrompió para unirla a su suerte; después, cuando el desencanto llegó, las frías lecciones de la realidad le hicieron ver que se había equivocado, que a su hermosa discípula la faltaba algo y la faltaría siempre para llegar a verdadera estrella... le faltaba[10] la voz y la flexibilidad suficiente de garganta. Tenía mucho gusto, sentía infinito, en el timbre había una extraña pastosidad voluptuosa, que era lo que llamaba Bonis voz de madre; sí, hablaba aquel timbre de salud, de honradez, de discreción femenina, de dulzura doméstica; pero... era poca voz para los grandes teatros. Y, además, se movía poco la garganta: como una virgen demasiado gruesa se parece a una matrona, la voz de la Gorgheggi tenía, siendo ella aún muy joven, un *enbon-point*[11], decía Mochi, que la quitaba la agilidad, la esbeltez... En fin, ello era que, a pesar de estar él seguro de que allí había un corazón y un talento de gran artista y un timbre originalísimo, seductor... «no teníamos verdadera estrella de primera magnitud». Esta convicción que adquirió antes Mochi, llegó al cabo a la conciencia de Serafina; mas fue el secreto mutuo, si vale decirlo así, de que jamás se hablaba. Fue la tristeza común quien los unió más que su trato amoroso y sus intereses; pero fue también el origen y causa per-

---

[10] *la faltaba ...le faltaba* he aquí un caso flagrante de vacilación *laísta*. Véase cap. II, n. 6.

[11] *enbonpoint:* Clarín podía haber leído algo así en Balzac: «Une bonne grosse taille, un enbonpoint de nourrice» (*La vieille fille,* 1837, pág. 311). O esto otro en su idolatrado Renan: «Une fois la France entraînée, une fois son enbonpoint bourgeois et ses habitudes casanières secoués, impossible de dire ce qui arrivera» (*La Réforme intellectuelle et morale,* 1871, pág. 63). Cfr. *Trésor de la langue française,* París, 1979. Valga, pues, como un «buen ver», una cierta «adiposidad» o «gordura».

manente de ocultos rencores, de humillaciones viles. Mochi, por amor propio, por vanidad de hombre de negocios, no quiso dar su brazo a torcer, confesarse que se había equivocado uniéndose a Serafina para explotarla. ¿No era una gran artista? Pues era mediana, y era además una mujer muy hermosa, y, más que hermosa, seductora. Pensando, como en una prueba de habilidad, en que no se había casado con ella, en que podía separarse de su *negocio* en cuanto fuese gravoso, se atrevió a comerciar con su hermosura y él mismo le puso delante la tentación. Serafina, la primera vez que cayó en ella, cayó, como tantas otras, seducida por la vanidad, por la lujuria exaltada de la mujer de teatro, por el interés: su primer amante, a quien quiso un poco, de quien estuvo muy orgullosa, fue un General francés, Duque, millonario. La venganza que Mochi se reservó para hacer pagar a su discípula la infidelidad espontánea, que él mismo había provocado, pero que le dolía, fue dejarla ver que él lo sabía todo y que el Duque era su mejor amigo y protector. Los regalos que Serafina ocultaba no eran la mitad del provecho que de tales relaciones había sacado la compañía. Siempre sereno, siempre risueño, feroz y cruel en el fondo, Mochi hizo comprender a su amiga que aquella tolerancia del maestro continuaría, y que era indispensable para tener nivelados los presupuestos de la sociedad. Lo que no hacía falta era explicarse directamente; lo que allí hubiera sido repugnante, según el tenor, era un pacto explícito; no hacía falta. Además, él continuaba siendo amante de su discípula, y por rachas le entraba un verdadero amor a que ella debía corresponder, o fingirlo a lo menos. Pero lo principal era lo principal, y cuando se presentaba un partido, Mochi se reducía al papel de marido que no sabe nada; esto ante Serafina; ante el nuevo galán no era ni más ni menos que para el público, el maestro, *il babbo* adoptivo.

El segundo devaneo de Serafina, en Milán, ya no fue espontáneo. Aceptó como aceptaba una contrata en un teatro, porque lo exigía el *otro,* Mochi. También ella creía de *buen gusto* guardar las formas; hacía como que engañaba a su amante y director artístico. Y algo le engañaba, porque, vengándose a su vez de aquel miserable comercio a que se la condenaba, daba a entender a Mochi que sólo por interés y obediencia aceptaba los galanteos provechosos, y que en el fondo sólo a su maestro quería.

Mochi creía algo de esto; «Sí, ella me quiere ya; y me quiere a mí solo: si no fuera así, se escaparía; con los demás finge por interés y por obedecerme.»

Lo cierto era que la Gorgheggi no amaba a su tirano y le había sido infiel de todo corazón desde la primera vez; pero al verse vendida, le dolió el orgullo; creía que Mochi estaba loco por ella, y cuando advirtió que era cómplice de sus extravíos, lo cual demostraba que no había tal pasión por parte del tenor, se sintió más sola en el mundo, más desgraciada, y experimentó el despecho de la mujer coqueta que, sin querer ella, desea que la adoren. Aquel comercio infame la dolía más que la repugnaba; en su vida de teatro, en la que entró ya seducida, enamorada del vicio, no había tenido ocasión de adquirir nociones de dignidad ni de amor puro; aquella mezcla del amor y el interés le parecía sólo producto de su oficio; que la hermosura tenía que ser el complemento del arte para ganar la vida, lo admitía, sobre todo desde que ella misma estuvo convencida de que jamás llegaría a ser *prima donna assolutissima* en los grandes teatros.

Pero lo que lastimaba lo que llamaba ella su corazón, era la complicidad de Mochi. «Yo hubiera hecho lo mismo sola y él hubiera conservado mi respeto y mi amistad y mis caricias cuando las quisiera, y el provecho de estas infidelidades mías también se habría repartido. ¿Qué falta hacía que él se mezclase en esto? No me dice nada, pero me empuja, me echa en brazos de los que debiera considerar como rivales...»

Y esto era lo que ella quería que él pagase. ¿Cómo? Suponía la Gorgheggi que aunque él no estuviera ya enamorado, se creía querido todavía; y engañarle, arrojarse con ardor al vicio, al amor lucrativo; remachar los besos que vendía, era su venganza[12].

---

[12] *era su venganza:* tal vez quedara fascinado Clarín ante la reacción de For-

254

Eso hacía, sin darse cuenta de que tomaba parte en aquellos furores de lubricidad con aires de pasión, la lascivia, la corrupcion de su temperamento fuerte, extremoso y de un vigor insano en los extravíos voluptuosos[13]. Se en-

---

tunata, tras el abandono de Santa Cruz y la muerte de Juárez *el Negro,* cuando alcanza plenamente el éxito: «llegó a creer que encenagándose mucho se vengaba de los que la habían perdido» *(Fortunata y Jacinta,* II, 2, ed. de F. Caudet, 1983, pág. 486).

[13] *extravíos voluptuosos: voluptuosidad* y *voluptuoso* son dos palabras-clave en esta novela y en el mundo ideológico de Clarín. La palabra flotaba en la época, como una consigna: Sainte Beuve había titulado *Volupté* (1834) una novela de muy selecto impacto, Marcel Schwob, otro crítico novelista, publicaba *La Voluptueuse,* y palabra y concepto circulaban por las páginas de Balzac, Barbey d'Aurevilly, Zola o Huysmans... Pero la palabra *voluptuosidad,* que en *Su único hijo* aparece no menos de una decena de veces en las primeras cien páginas, no tiene un significado unívoco. De un lado está la voluptuosidad experimentada por Emma en su habitación, voluptuosidad enfermiza y aletargante como el clima de una estufa (cap. IX, n. 4); del otro está la voluptuosidad alambicada e intelectualizada, de segundo grado, de Marta Körner y de Bonifacio Reyes (cap. XII, n. 38); y por último nos encontramos con la voluptuosidad propia del «turcazo voluptuoso» en que se convierte Bonifacio Reyes primero de la mano de Serafina (caps. V y VII) y después de la de Emma (cap. VIII). Es ésta la más elemental y directa, la que va ligada al placer físico, es la de «la parte animal, la bestia, el bruto... (el) turcazo voluptuoso» (pág. 251), que como el lector puede comprobar enciende todo un campo semántico negativo en la sensibilidad del puritano Leopoldo Alas: «furores de lubricidad», «lascivia», «corrupción», «insano», «extravíos», «desfachatez», «furor infernal», «delirios de fiebre», «sueños de haschís», «horribles horas», «arrebato enfermizo, casi epiléptico»... Cuando esta voluptuosidad sea satisfecha en las escenas de amor con Emma, las palabras no serán más suaves pero sí más turbias, y esa voluptuosidad será calificada de «monstruosa». La fascinación horrorizada y el rechazo visceral del Narrador a esta forma de voluptuosidad puramente sensual son las del hombre Leopoldo Alas, expresadas en sus cartas de juventud a su amigo Pepe Quevedo (García Sarriá, 1975), con tomas de partido tan radicales como ésta: «No admito el amor como pasión. El amor de una mujer debe estar siempre supeditado a otras muchas cosas que son más grandes. Al que ama apasionadamente, Dios le castiga» (carta núm. 1). Y es la misma actitud que, por un milagro del realismo de Clarín, capaz de distanciarse por un momento de sus propias obsesiones, vemos caricaturizada en la figura de don Saturnino Bermúdez en *La Regenta,* con su atracción y espanto hacia el pecado carnal (cap. I). Y es la misma actitud que años más tarde, cuando esté acabando *Su único hijo,* le hace decir de *Insolación,* en *Museum* (1890) que es «un episodio (...) de amor carnal no disfrazado de poesía, sino de galanteo pecaminoso y ordinario» y calificarla de «esta historia de aventuras indecentes» contada «con complacencia, casi alegría», y sin

tregaba a sus amantes con una desfachatez ardiente que, después, pronto, se transformaba en iniciativa de bacanal, es más, en un furor infernal que inventaba delirios de fiebre, sueños del haschís realizados entre las brumas caliginosas de las horribles horas de arrebato enfermizo, casi epiléptico.

Cuando su cuerpo macizo y bien torneado, suave y palpitante, cayó en los brazos de Bonifacio Reyes, ya estaba ella un poco cansada de aquella campaña terrible de *su venganza,* pero todavía sus arrebatos eróticos eran manjar muy superior al estómago empobrecido por tibias aguas cocidas del mísero escribiente de D. Diego.

Él estaba pasmado, además de vivir en perpetua embriaguez, casi en alucinación constante. Creía sentir aquellas caricias sin nombre (él a lo menos no sabía cómo llamarlas), a todas horas, en todas partes; se le figuraba estar bañándose todo el día en los besos de Serafina; la veía, la oía, la olía, la palpaba en todas partes, hasta en el cuarto de Emma, entre las medicinas y mal olientes intimidades de la esposa enferma y poco limpia. Le extrañaba a veces que

---

asomo de moralización. Clarín piensa en esta época que «el que trata materia pecaminosa, si no sabe elevarse a la región de la poesía, deja ver el pecado como pecado. El amor sensual, objeto de un libro, cuando no muestra una trascendencia artística, es... escandaloso, en la rigorosa acepción de la palabra» (págs. 74 a 83). Y esta actitud la mantendrá hasta el final de su obra, si cabe más exaltada aún, como puede comprobarse en relatos como «El centauro» (*El señor y...*) donde una bellísima joven aspira al amor de un «macho feroz» y acaba buscando lo más parecido posible a un centauro, o como «Aprensiones», donde otra bella y frívola dama trata de seducir con su sensualidad a un caballero que se aferra a otro tipo de voluptuosidad, sublimada y alambicada. Frente a esta sensualidad salvaje la reacción de Clarín, motivada muy probablemente por circunstancias íntimas, tal vez subconscientes, se ratifica en la moral tradicional cristiana. En *Su único hijo* se proyecta «la concepción del matrimonio como remedio contra la sensualidad», tras haber mostrado el matrimonio «como lugar donde la sensualidad se manifiesta», y el argumento acabará haciendo triunfar, en interpretación de Feal Deibe (1974), la idea de que «el matrimonio se hizo, según la Iglesia, para dar gracia a los casados y criar hijos para el cielo», de manera que «el hijo, y el tipo de vida familiar que su presencia introduce, serían el antídoto de la sexualidad violenta, de la pasión sin frenos que amenaza con destruirlo todo» (págs. 259 a 265).

su mujer no conociese que la otra estaba allí, entre los dos, más cerca de él que ella misma.

«¡Qué mujer!, pensaba el infeliz a cualquier hora, en cualquier parte. ¡Quién había de imaginar que había mujeres así! ¡Oh!... todo esto es el arte... sólo una artista puede querer en esta forma tan... deliciosamente exagerada.»

Lo que más picante le parecía, lo que venía a remachar el clavo de la felicidad, era el contraste de Serafina, quieta, cansada y meditabunda, con Serafina en el éxtasis amoroso: esta mujer, toda fuego, que asustaba con sus gritos y sus gestos de furiosa de amor; que hablaba, mientras acariciaba, con una voz ronca, gutural, que parecía salir de la faringe sin pasar por la boca, y que decía cosas tan extrañas, palabras que, aunque pareciera mentira, aún eran excitantes en medio de los hechos más extremosos de la pasión; esta mujer, diablo de amor, cuando el cansancio material irremediable sobrevenía y llegaban los momentos de calma silenciosa, de reposo inerte, tomaba aire, contornos, posturas, gestos, hasta ambiente de dulce madre joven que se duerme al lado de la cuna de un hijo. Las últimas caricias de aquellas horas de transportes báquicos, las caricias que ella hacía soñolienta, parecían arrullos inocentes del cariño santo, suave, que une al que engendra con el engendrado. Entonces *la diabla* se convertía en la mujer de la voz de *madre*, y las lágrimas de voluptuosidad de Bonis dejaban la corriente a otras de enternecimiento anafrodítico; se le llenaba el espíritu de recuerdos de la niñez, de nostalgias del regazo materno.

Cuando, al separarse, ella recomponía su tocado, con ademán tranquilo, familiar, echaba a la cabeza, en posturas de estatua, sus brazos de Juno[14], sonreía con reposada

---

[14] *sus brazos de Juno:* a Clarín le debió impresionar el poder sensual de esos brazos cuando leyó de ellos en Homero: «sus formas de Juno, la de los brazos blancos, como dice Homero» («Un paraíso sin manzanas», ed. de L. Rivkin, 1985, pág. 263), pero debió impresionarle sobre todo la imagen, pues lo que describe aquí es toda una postura de su cuerpo y brazos. Las múltiples imágenes escultóricas (Vaticano, Capitolino, Louvre, Nápoles...) y pictóricas (A. Sacchi, Natoire, Rafael, Veronese, Jordaens, Tintoretto...) que subsisten de ella nos la suelen representar en actitud y con simbolismo muy distintos

placidez, dejando los rizos de la sonrisa rodar en su boca[15] y sus mejillas, como la onda amplia de curva suave y graciosa del mar que se encalma; pensaba, mirando el rostro pálido del aturdido amante, más muerto que vivo a fuerza de emociones, pensaba en Mochi y se decía:

«¡Si le dijeran a ese miserable lo dichoso que acaba de ser este pobre diablo! Todo, todo por venganza. ¡Él cree que este infeliz tiene que contentarse con desabridas caricias; no sospecha que le estoy matando de placer y que va a morir entre delicias!»

Bonis también creía que aquella vida no era para llegar a viejo; pero, a pesar de cierto vago temor a ponerse tísico, estaba muy satisfecho de sus hazañas. Se comparaba con los héroes de las novelas que leía al acostarse, y en el cuar-

---

de esa sensualidad doméstica a que alude Clarín. Sin embargo, hay una serie de cuadros de P. P. Rubens, sobre el tema del «Juicio de París», en el que Juno, Minerva y Venus compiten desnudas por la manzana de oro de la Discordia ante París, juez de tan atractivo concurso de belleza. En el cuadro de la *National Gallery* (1632-1635) Minerva se gira hacia el espectador: está desnuda, sonríe y sus brazos en alto le rodean la cabeza, no se sabe si sujetándose el velo o retocándose el peinado. Venus y Juno, en cambio, dan la espalda al espectador. En el cuadro del 1638-1639 que se conserva en el Museo del Prado Minerva, de nuevo de cara al espectador, alza sus brazos sujetándose el velo, mientras Juno se mueve de espaldas. Tal vez Clarín, atraído por Homero y por Goethe (quien en su *Viaje a Italia* declaró sobre una bella estatua griega de Juno: «Fue mi primer amor romano y ahora la poseo. Las palabras no pueden dar idea de esta obra. Es como un canto de Homero») hacia Juno y sus brazos le asignara el gesto de la sensual Minerva de Rubens. No debe olvidarse que Clarín solía encontrar un correlato pictórico o escultórico a sus mujeres: Ana Ozores es como la Virgen de la Silla de Rafael, y Emma será descrita aquí como Melpómene en un grabado de la *Galería dramática*.

[15] *los rizos de la sonrisa rodar en su boca:* en nuestra edición de *La Regenta* (1987[2], XXI, n. 26) comentábamos la contradicción entre la audacia retórica del Clarín novelista y el conservadurismo policiaco del perseguidor de gazapos de los «paliques», que aplica el más prosaico sentido común para desmontar las más modestas audacias retóricas. En *Su único hijo* la audacia retórica de *la Regenta* se perpetúa, y nos encontramos con imágenes múltiples tan audaces como ésta (desplazamiento calificativo de los rizos desde el cabello a la sonrisa, además de metáfora que hace rodar la sonrisa) o como la bellísima de la pág. 220 en que Bonis siente que besa a Serafina «como quien da limosna a la muerte»; o como ésta: «se le había pegado a la colcha (...) una especie de musgo azul de sus ensueños». Decíamos allí y repetimos aquí: el Clarín de los *paliques* no se lo hubiera perdonado.

to de su mujer, mientras velaba; y veía con gran orgullo que ya podía hombrearse con los autores que inventaban aquellas maravillas. Siempre había envidiado a los seres *privilegiados* que, amén de tener una ardiente imaginación, como él la tenía, saben expresar *sus ideas,* trasladar al papel todos aquellos sueños en palabras propias, pintorescas y en intrigas bien hilvanadas e interesantes. Pues ahora, ya que no sabía escribir novelas, sabía hacerlas, y su existencia era tan novelesca como la primera. Y buenos sudores le costaba, porque había ratos en que su apurada situación económica, sus remordimientos y sus miedos sobre todo, le ponían al borde de lo que él creía ser la locura. No importaba; la mayor parte del tiempo estaba satisfecho de sí mismo. Aquella ausencia de facultades expresivas, que según él era lo único que le faltaba para ser un artista, estaba compensada ahora por la *realidad de los hechos;* se sentía héroe de novela[16]; no había sabido nunca dar expresión a lo que era capaz de sentir; mas ahora él mismo, todos sus actos y aventuras, eran la viva encarnación de las más recónditas y atrevidas imaginaciones. Y si no, se decía, no había más que repasar su existencia, fijarse en los contrastes que ofrecía, en los riesgos a que le arrastraba su pasión y en la calidad y cantidad de ésta. Emma, cada día más aprensiva y más irascible, exigente y caprichosa, había llegado a complicar el tratamiento de sus enfermedades reales e imaginarias hasta el punto de que, el mismo Bonifacio, a pesar de su gran retentiva y experiencia, había necesitado recurrir a un libro de memorias[17] en que apuntaba las me-

---

[16] *se sentía héroe de novela:* Bonifacio Reyes tiene la misma sensación que el protagonista de la casi coetánea *La hermana San Sulpicio* (1889), de Armando Palacio Valdés, quien confiesa: «Principio a ser un héroe de novela» (capítulo XIV). Vivir en la literatura es una experiencia muy común de los personajes clarinianos, explotada a fondo en *La Regenta* (Durand, 1964; Jackson, 1969) y en los cuentos, como en el caso ejemplar de «La fantasía de un delegado de hacienda» (*El gallo de Sócrates y...*), y una muestra más del cervantinismo de Leopoldo Alas.

[17] *un libro de memorias:* es la misma costumbre de don Víctor Quintanar en *La Regenta* (vol. II, 1987, págs. 185-186), quien «no se fiaba de su memoria» y «siempre reloj en mano, llevaba en un cuaderno un registro en que asentaba

dicinas, cantidades de las tomas y horas de administrarlas, con otros muchos pormenores de su incumbencia. Como la enferma no estaba muy segura de padecer todos los males de que se quejaba, temerosa muchas veces de que las pócimas recetadas no fuesen necesarias dentro del estómago y acaso sí perjudiciales, prefería por regla general el *uso externo,* con lo cual se aumentaban las fatigas del cónyuge curandero, porque todo se volvía untar y frotar el cuerpo delgaducho y quebradizo, quejumbroso y desvencijado, de su media naranja o medio limón, como él la llamaba para sus adentros; porque los desahogos de Bonis eran de uso interno, al contrario de lo que sucedía con las medicinas de su mujer. Pulgada a pulgada creía conocer el antiguo escribiente la superficie de aquel asendereado cuerpo de su mujer, donde él daba friegas *con fuerza y con delicadeza* a un tiempo, según lo exigía la paciente, esparcía ungüentos con justicia distributiva, amoroso tacto, pulcritud y suavidad; así como en la región del pecho, y en la espalda y sobre el hígado había pasado un pincel impregnado de yodo[18]. Antojábasele aquel mísero conjunto de huesos y pellejo y de importunas turgencias, edificio ruinoso que el dueño defiende contra la piqueta municipal a fuerza de revoques de cal y manos de pintura y recomposición de tejas. «¡Ay!, en vano la retejo, y la unto, y la froto, y la pinto; esta mujer mía hace agua por todas partes, y el viento de la ira[19] entra en ella por mil agujeros; esta destartalada máquina, inútil para mí, en cuanto legítimo esposo, sirve sólo, y ser-

---

con pulcras abreviaturas y en estilo gongorino, lo que al médico importaba saber» del estado de su esposa.

[18] *un pincel impregnado de yodo:* de nuevo Bonis hace con Emma lo que don Víctor con Anita Ozores: «decidió tomarle afición al oficio de enfermero y lo consiguió (...) el preparar mejunjes y pintarle el cuerpo a su mujer con yodo» (1987[2], pág. 186).

[19] *el viento de la ira:* una vez más la prosa de Clarín esconde una alusión intertextual, esta vez a la Biblia, en la que el viento violento, que todo lo arrastra y desordena, es imagen frecuentísima de la venganza divina: Isaías, XXVII, 8; Jeremías, XVIII, 17, XXII, 22, XLIX, 32; Ezequiel, XXVII, 26, etc. En el libro de Job el hombre culpable «edificó su casa como hace la polilla», por eso «un viento abrasador la arrebatará y arrancará de cuajo» y «Dios descargará su ira sobre él» (XXVII, 18-22).

virá tal vez muchos años, para albergue del espíritu sutil de la discordia y de la contradicción: poca materia necesita el ángel malo para encaramarse en ella como un buitre en una horca, un búho en un torreón escueto y abandonado, y desde su miserable guarida hacerme cruda guerra.»

Lo cierto era que Bonis exageraba, lo mismo que en el lenguaje, en los achaques de su mujer. Emma, que había estado en peligro de muerte meses antes, poco a poco se reponía, y la nueva energía que iba adquiriendo empleábala en inventar más exigencias, más achaques y en procurarse unturas que no la comprometían a estar enferma de verdad, y en cambio habían llegado a ser para ella una *segunda naturaleza;* no se sentía bien sin grasa alrededor del cuerpo, sin algodón en rama aplicado a cualquier miembro; y en cuanto al resquemillo[20] del yodo y a las cosquillas del pincel, habían llegado a ser uno de sus mejores entretenimientos. Todo ello servía para multiplicar los trabajos de Reyes, su responsabilidad y alarde de paciencia. Aquella resignación de su marido llegó a ser tan extremada, que a Emma acabó por parecerle cosa sobrenatural y diole mala espina. No sabía por qué le olía mal aquella sumisión absoluta; tiempo atrás, antes de sufrir las últimas humillaciones, protestaba tímidamente por medio de observaciones respetuosas; pero ahora, ni eso: callaba y untaba. A un insulto, a una provocación, respondía con una obra de caridad de las que inmortalizaban a un santo; allí hacía falta, no sólo el sacrificio del corazón, sino el del estómago; pues todo se sacrificaba. Bonis no tenía ni amor propio ni náuseas; el olfato parecía haber desaparecido con el sentimiento de la propia dignidad. ¿Qué era aquello? Lo que antes era para la esposa autocrática la única gracia de su marido, ahora comenzaba a convertirse en motivo de sospechas, de cavilaciones. ¿Por qué calla tanto? ¿Por qué obedece tan ciegamente? ¿Es que me desprecia? ¿Es que encuentra compensación en otra parte a estos malos ratos?

---

[20] *resquemillo:* de '*resquemar*', es decir, «escocer, picar»; *resquemazón* y *resquemo,* con este sentido, especialmente aplicable a la boca, son voces propias de Asturias, Rioja y Cantabria (DUE).

Un día Emma, a gatas sobre su lecho, se recreaba sintiendo pasar la mano suave y solícita de su marido sobre la espalda untada y frotada, como si se tratase de restaurar aquel torso miserable sacándole barniz. «¡Más, más!», gritaba ella, frunciendo las cejas y apretando los labios, gozando, aunque fingía dolores, una extraña voluptuosidad que ella sola podía comprender.

Bonis, sudando gotas como puños, frotaba, frotaba incansable, con una sonrisa poco menos que seráfica clavada en el apacible rostro: sus ojos, azules y claros, muy abiertos, sonreían también a dulces imágenes y a deleitosos recuerdos. En vano Emma refunfuñaba, se quejaba, le increpaba y con palabras crueles le ofendía; no la oía siquiera; cumplía su deber y andando.

Volvió ella la cabeza hacia arriba, y al ver la expresión de beatitud de aquella cara, quedóse pasmada ante semejante alarde de paciencia y humildad absoluta.

«A éste algo le pasa, algo muy raro... Parece más tonto que de costumbre, y al mismo tiempo en esa cara hay una expresión que yo no he visto nunca.»

—¿Sabes que andas distraído, joven?

Aquel *joven* era la tremenda ironía de la mujer que, viéndose mustia y enfermiza, recordaba al tierno esposo que él envejecía, gracias, no sólo a los años, sino también a los disgustos de aquella servidumbre conyugal.

El *joven* no contestaba cosa de sustancia y entonces ella le miraba de hito en hito, y daba vueltas alrededor de él, para ver si por algún lado estaba abierto y se le veía el secreto que debía de tener entre pecho y espalda. Después le olfateaba. Le daba el corazón que por el olfato habían de empezar los descubrimientos... ¿A qué olía aquel hombre? Olía a ella, a los ungüentos con que la frotaba, al espliego y alcanfor de su jurisdicción ordinaria. «Habrá que olerle cuando venga de fuera, de la calle.» Y le despachó, como casi siempre, con cajas destempladas.

Emma dormía mucho, y aun despierta tenía necesidad de estar completamente sola muchas horas, porque además de las intimidades a que podía y debía asistir Bonifacio, había otras más recónditas que no podía presenciar ni el marido; eran unas las del tocador, secreto de secretos, y otras misteriosas manías de cuya existencia no quería ella que supiese nadie. Añádase a esto que había conservado la mala costumbre de soñar despierta horas y horas en su lecho, antes de levantarse, y en tales deliquios de la pereza, así como en las frecuentes rachas de murria, Emma no toleraba la presencia de ningún semejante. Por todo lo cual, Bonis, a pesar de la estricta sujeción de sus tareas de marido enfermero, tenía por suyo mucho tiempo; el caso era ser exacto a las horas de servicio; de las demás no pedía cuentas el tirano. Todas las que, tiempo atrás, vivía Reyes olvidado por el mundo entero, sin tener que dar noticia de su empleo a nadie, a fuerza de ser él persona insignificante, ahora las dedicaba, siempre que había modo, a su amor. Veía a Serafina en el teatro, en la posada y en los largos paseos que daban juntos por parajes muy retirados o lejos de la ciudad.

Aquel día, después de lavarse bien con esponjas grandes y finas, género de limpieza que había aprendido observando a la Gorgheggi en su tocador, salió saltando las escaleras de dos en dos.

Y se decía: «¿Qué me importa ser aquí esclavo y oler a botica que apesto, si en otra parte soy dueño del más hermoso imperio, árbitro de la voluntad más digna de ser rendida, y me aguarda lecho de rosas y de aromas, que no sé si serán orientales, pero que enloquecen?»

Seguro estaba Bonis de que era aquel vivir suyo un rodar al abismo; que no podía parar en bien todo aquello era claro; pero ya... preso por uno... y además, en los libros románticos, a que era más aficionado cada día, había aprendido que a «bragas enjutas no se pescan truchas»; que un hombre de grandes pasiones, como él estaba siendo sin duda, y metido en aventuras extraordinarias, tenía que parar en el infierno, o, por lo menos, en las garras de su mujer y en un corte de cuentas de D. Juan Nepomuceno. Al pensar en D. Juan tembló de frío, porque se acordó de que los siete mil reales de la *restitución providencial* habían ido evaporándose, hasta quedar reducidos, en el día de la fecha, a dos mil. Lo demás había parado en manos de Serafina, ya en forma de regalos, ya en dinero, pues cierta clase de gastos indispensables no había tenido valor para hacerlos por sí mismo, temiendo que el secreto de sus amores pudiera ser conocido y divulgado por los comerciantes. ¿Con qué cara iba él a pedir en una tienda de su pueblo polvos de arroz de los más finos, ligas de seda, medias bordadas y pantalones de mujer con el jaretón[21] por aquí o por allá?

En cuanto a Mochi, no se había vuelto a acordar para nada de dinero, ni para pedirlo, ni para pagar lo que debía. «En la cuestión de cantidades» no quería pensar Reyes; se figuraba que toda la deuda del Estado era cosa suya, la debía él. ¡Primero mil reales, después seis mil, ahora los siete mil de la restitución... el mundo, el mundo entero en forma de guarismos! No, no contaba él así; no se representaba las cantidades fijas, ni menos la suma de todas; él recordaba que primero había prestado lo que no tenía; después muchísimo más, y, por último, que había cometido el gran sacrilegio de profanar una cantidad sagrada, producto del secreto del confesonario, empleándola en un corsé regente, en unos búcaros con chinos pintados, en sortijas, flores y pantalones de señora... ¡Horror! Sí, horror, pero ¿y qué se le iba a hacer? Preso por uno... Aquella misma atrocidad de haber gastado tanto dinero que no era suyo demostraba la intensidad, la fuerza irresistible de su pasión. Pues adelante.» Cierto era que quedaba el rabo por desollar. D. Juan Nepomuceno le tenía cogido por las narices, y podía hacer de él lo que le viniese en voluntad.

Poco a poco la figura de Nepomuceno, del odiado y odioso Nepomuceno, había ido creciendo a los ojos de la imaginación espantada de Bonis; sobre todo, las patillas cenicientas, en que el desgraciado veía el símbolo de todas las matemáticas aplicadas a la hacienda, el símbolo de los aborrecibles *intereses materiales,* del negocio, de la previsión y del ahorro... y la trampa si a mano viene; aquellas patillas habían subido, tocado las nubes, y en el inmenso abismo hundían los lacios hilos grises de sus puntas. ¡Rayo en

---

[21] *jaretón:* dobladillo muy ancho (DUE).

ellas! Bonis, que amaba las letras, aborrecía los guarismos, y en punto a aritmética, decía él que todo lo entendía menos la división; aquello de calcular a *cuántos cabían* tantos entre tantos, siempre había sido superior a sus fuerzas; al llegar a lo de tantos entre tantos no caben (o no *cogen,* como él solía decir), sudaba y se volvía estúpido y sentía náuseas; pues bien, Nepomuceno, sólo con su presencia, hasta en idea, le producía el mismo efecto que una división en que sobraba algo; no le *cogía* el tal Nepomuceno.

Y eso que el muy taimado callaba como un bellaco. Ni una palabra le había dicho después de haber descubierto y pagado el préstamo famoso de D. Benito. Es claro que tampoco Bonis había abordado la cuestión; en este particular estaba el escribiente como el condenado a muerte que, con los ojos tapados, aguarda el golpe del verdugo, y con gran sorpresa, pero sin perder el miedo, siente que el tiempo pasa y el golpe no llega. De otra manera también se figuraba su situación Reyes, fecundo siempre en alegorías y toda clase de representaciones fantásticas; se figuraba que a sus pies había una gran mina, que él estaba seguro de que el fuego había prendido en la mecha... ¿Por qué no venía el estallido? ¿Se había mojado la pólvora? ¿Se había mojado la mecha? No; él estaba convencido de que Nepomuceno estaba seco y bien seco; sería que la mecha era más larga que él había pensado; el fuego iba dando rodeos, pero el estallido vendría, ¡no podía faltar! Aun así, daba gracias a Dios por aquel plazo, que le permitía entregarse a su gran pasión sin complicaciones económicas, que todo lo hubieran aguado.

Llegó Bonis al ensayo oliendo a agua de Colonia, risueño y arrogante hasta el punto que él podía serlo. Gran algazara había en el escenario. Aquel día era de los *de sol* allí dentro, a pesar de que poca luz podía entrar hasta la escena y la sala por las puertas de los palcos y los ventiladores del techo; el sol que vio allí Reyes era un *sol moral* (quería decirse que todos estaban contentos); Mochi había pagado y las rencillas habían concluido, o, por lo menos, quedaban escondidas; el barítono embromaba a la contralto, el director de orquesta al bajo, Mochi a una señora del coro, y la Gorgheggi iba y venía repartiendo sonrisas y saludos con voz de pájaro; para todos tenía inocentes coqueterías, agasajos de voz y de gesto: para los de la escena, para los señores de las bolsas o faltriqueras, y hasta para tal o cual músico que había desafinado o perdido el tiempo. Serafina, radiante, se lo perdonaba con una interjección o una inclinación de cabeza, y cargaba con la responsabilidad. Tal vez el director decía: «¡Cristo!», y miraba con fingido enojo al trompa, y entonces ella encogía los hombros y mordía la punta de la lengua con picardía de colegiala, para decir enseguida, llena de abnegación:

—Maestro, maestro... *senti, non è colpevole, questo signore, sono io*[22].

¡Qué música de voz! ¡Qué corazón!, pensaba Bonis, que entraba en el palco de sus amigos.

---

[22] *senti ... sono io:* «oiga, no tiene la culpa, este señor, soy yo». Como C. Richmond advierte, en la edición original se lee *sentie* por *senti*.

VIII

En el café de la Oliva se dispuso cierta noche una cena para doce personas[1], en el comedor de arriba; un cuarto oscuro que a los calaveras del pueblo y al amo del establecimiento les parecía muy *reservado,* y muy misterioso, y muy a propósito para orgías, como decían ellos.

El camarero de la guitarra y otros dos colegas se esmeraban en el servicio de la mesa, porque eran *los de la ópera* los que venían a cenar; y... ¡colmo de la expectación!, se aguardaba también a las *cómicas;* vendrían la tiple, la contralto, una hermana de ésta y la doncella de Serafina, que en los carteles figuraba con la categoría dudosa de *otra tiple.*

El único profano a quien se invitó fue Bonifacio; él, lleno de *orgullo artístico,* pero recordando que la hora señalada para la tal cena era de las que su esposa le tenía embargadas

---

[1] *una cena para doce personas:* ¿Por qué doce? Cuando Clarín escribió esta escena estaba todavía bajo la influencia de un motivo obsesivo en él, el de la Santa Cena, que había desarrollado de manera magistral en el cap. XX de *La Regenta.* Aunque más centrada y menos polivalente aquí que allí, también aquí habrá discursos de borrachos que dicen grandes verdades y esa inevitable atmósfera clariniana que es condensación de notas espirituales y voluptuosas. Debió impresionarle mucho a Clarín la lectura de «Le plus bel amour de don Juan», de Barbey d'Aurevilly, relato en el que al conde de Ravila, don Juan cincuentón y dandy, le ofrecen una cena doce damas que en algún momento fueron sus amantes, de manera que «él tuvo, aquella noche, la voluptuosidad ahíta, soberana, indolente, deleitosa del confesor de monjas y del sultán», entregándose con deleitación a relatar «la conquista que más halagó su orgullo de hombre amado y que, a la luz del momento presente» consideraba «el más bello amor de su vida».

para las últimas friegas, ofreció ir a los postres y al café, reservándose el cuidado de echar a correr a su tiempo debido. No sabía que a lo que él iba era a pagar. Esto lo supo después, cuando, ebrio de amor y un poco de benedictino[2] *non sancto,* había caído en el panteísmo *alalo*[3] a que le llevaban todos los entusiasmos de su organismo, más empobrecido de lo que prometían las buenas apariencias de su persona.

Llegó cuando los músicos y cantantes saboreaban el ponche a la romana que Mochi había incluido en la lista de la cena. Fue recibido con una aclamación, en que tomaron parte las señoras. Sin saber cómo, y cuando la emoción producida por tal recibimiento aún le tenía medio aturdido, se vio Reyes al lado de *su ídolo,* Serafina, que había comido mucho y bebido proporcionadamente. Estaba muy colorada y de los ojos le saltaban chispas. En cuanto tuvo junto a sí a Bonis, le plantó un pie encima, un pie sin zapato, calzado con media de seda.

—¡Nene, dijo acercándole la cara al oído, apestas a colonia![4].

Y le azotó un tobillo, por encima del pantalón, con el pie descalzo. Bonis se ruborizó no por lo del pie, sino por lo de la colonia; aquel olor era el rastro de su esclavitud doméstica.

---

2 *un poco de benedictino non sancto:* este licor frailuno juega un papel nada despreciable en la obra de Clarín. Lo bebe Cristina «para alegrarse, para animarse» en pleno desenlace de «Un documento» *(Pipá),* y es el resorte mismo del desenlace en «Benedictino» *(El Señor y lo demás, son cuentos),* donde aparecen dos frascos «joyas riquísimas y raras, selección de lo selecto, fragmento de un tesoro único fabricado por los ilustres Padres para un regalo de rey, con tales miramientos, refinamientos y modos exquisitos, que bien se podría decir que aquel líquido singular, tan escaso en el mundo, era néctar digno de los dioses». J. K. Huysmans, en el libro que sirvió de Manifiesto del Decadentismo, *A Rebours* (1884), promovía a la bodega de todo exquisito este *Liquor Monachorum Benedictinorum Abbatiae Fiscanensis,* y nos sugería su color, sus aromas, el tipo de botella, la etiqueta, y hasta la historia (cap. XIII).

3 *alalo:* de *alalia,* privación del habla debida a trastornos orgánicos del cerebro o de los órganos vocales (DRAE).

4 *¡Nene ... apestas a colonia!:* Clarín busca aquí la simetría de situaciones. Al comenzar una escena magistral, la amante huele en Bonis el mundo de la esposa, y al cerrarla la esposa olerá en Bonis el mundo de la amante, por medio de los «polvos de arroz».

«Si yo no oliese a colonia, ¡a qué olería!», pensó. Pero olvidó enseguida su vergüenza al oír a Serafina que, quedándose muy seria, con la voz algo ronca con que le hablaba siempre en la intimidad de su pasión, le dijo, otra vez, al oído casi:

—Acércate más, aquí nadie ve nada... ya todos están borrachos.

Y sin esperar respuesta, y antes que Bonis se moviese, ella, bruscamente, sin levantarse, hizo que su silla chocara con la del amante, y ambos cuerpos quedaron en apretado contacto. El olor a colonia desapareció, como *deslumbrado* por el más picante y complejo, que era una atmósfera casi espiritual de Serafina; aquel olor a perfumes fuertes, pero finos, mezclado con el *aroma natural* de la cantante, era lo que determinaba siempre en Bonis las más violentas crisis amorosas. Perdió el miedo, aturdido por aquella proximidad ardiente y olorosa de su amada, y como si esto fuera escasa borrachera, se dejó seducir por las tretas de Mochi, que le invitaban sin cesar a beber de todo. Bebió Reyes ponche, champaña, benedictino después, y ya, sin conciencia despierta para reprobar las demasías que se permitían el barítono y la contralto y alguna otra pareja, consintió en brindar, por último, cuando de todas partes salían exclamaciones que le invitaban a desahogar su corazón en el seno de aquella amistad artística, «no por nueva, pensaba él, menos firme y honda».

Borracho del todo nunca lo había estado Bonifacio; un poco más que alegre, sí, aunque no muchas veces; y en tales trances era cuando se le soltaba la lengua un poco, y decía aproximadamente algo parecido a lo mucho que le bullía en el pecho.

Consultó con los candorosos ojos a su amada si haría bien o mal en brindar; la Gorgheggi aprobó el brindis con un apretón de manos subrepticio, y el flautista frustrado se levantó entre aplausos.

—Señoras y señores, dijo con una copa de agua en la mano, es tanto mi agradecimiento, es tal la emoción que me embarga, que... lo digo yo y no me arrepiento, yo, Bonifacio Reyes, pago todo el gasto... eso es, toda la comida y toda la bebida... botillería inclusive... Benito (a un camarero), ya lo oyes, todo esto es cuenta mía. (Bravos y exclamaciones. Mochi sonreía satisfecho, como pudiera estarlo un profeta que ve cumplida su profecía.) Yo lo pago todo, y no hay que preguntarme de dónde salen las misas. Preso por uno, preso por ciento, y uno... eso es... Nadie me toque a la vida privada. ¡Ahí le duele!... La vida privada de la vida ajena es un sagrado, arca santa, arca *sanctorum...*

—*Sancta Sanctorum!*[5] interrumpió un apuntador que había sido seminarista. (Voces de: ¡silencio!, ¡fuera!)

—Bueno; *sanctorum omnium*[6]. Señores, yo no puedo... yo no sé decir, ni debo, ni puedo ni quiero, todo lo que para mí significa vuestro cariño... Yo amo el arte... pero no lo sé expresar; me falta la forma, pero mi corazón es artístico; el arte y el amor son dos aspectos de una misma cosa, el anverso y el reverso de la medalla de la belleza, digámoslo así. (Bravos; asombro en los cómicos.) Yo he leído algo... yo comprendo que la vida perra que he llevado siempre en este pueblo maldito es mezquina, miserable... la aborrezco. Aquí todos me desprecian, me tienen en la misma estimación que a un perro inútil, viejo y desdentado... y todo porque soy de carácter suave y desprecio los bienes puramente materiales, el oro vil, y sobre todo la industria y el comercio... No sé negociar, no sé intrigar, no sé *producirme* en sociedad.... luego soy un bicho. ¡Absurdo!, yo comprendo, yo siento... yo sé que aquí dentro hay algo... Pues bien, vosotros, artistas, a quien también tienen en poco estos mercachifles sedentarios, estas lapas, estas ostras de provincia, me comprendéis, me toleráis, me agasajáis, me aplaudís, admitís mi compañía y...

Bonis estaba pálido, se le atragantaban las palabras, hacía pucheros, y su emoción, de apariencia ridícula, no les pareció tal por algunos momentos a los presentes, que sin

---

[5] *arca sanctorum ... Sancta Sanctorum:* Bonis recuerda mal la expresión bíblica que designa la parte interior y más sagrada del tabernáculo y del templo de Jerusalem. Posiblemente se le cruzan los cables con el *Arca de la Alianza,* en que se guardaban las tablas de la ley, y con la metáfora del *arca cerrada,* que se aplica a la persona que guarda bien su secreto.

[6] *Sanctorum Omnium:* juego de palabras de Bonis, «todo va de santos».

gritar ni moverse siquiera, escuchaban al pobre hombre con interés, serios, pasmados de oír a un infeliz, a un botarate, algo que les llegaba muy adentro, que les halagaba y enternecía. Al orador no le faltaban palabras, pero las lágrimas les salían al camino y querían pasar primero; además, las malditas piernas se le desplomaban, según costumbre, y así, se le veía ir doblándose, y casi tocaba con la barba en el mantel, cuando siguió diciendo:

—¡Ah, amigos míos! Mochi amigo, Gaetano carísimo (el barítono), vosotros no podéis saber cuánto me halaga que el pobre Reyes abandonado, despreciado, humillado, le comprendan y quieran los artistas. Si yo me atreviera huiría con vosotros, sería el último, pero artista, independiente, libre, sin miedo al porvenir, sin pensar en él, pensando en la música... ¿Creéis que no os comprendo? ¡Cuántas veces leo en vuestro rostro las preocupaciones que os afligen, los cuidados del mañana incierto! Pero poco a poco el arte os devuelve a vuestra tranquilidad, a vuestra descuidada existencia; un aplauso os sirve de opio, el puro amor del canto os embelesa y saca de la miserable vida real... Y el último de vosotros, Cornelio, que no tiene más que un traje de verano para invierno, olvida o desprecia esta miseria, y se entusiasma al gritar, lleno de inspiración artística, en su papel modesto de corista distinguido, aquello de la *Lucrezia: Vivva il Madera!*[7] (Bravos y aplausos interrumpen al orador. El corista aludido, que está presente y, en efecto, luce un traje digno de los trópicos y muy usado, abraza a Reyes, que le besa entre lágrimas.)

Quiso continuar, pero no pudo; cayó sobre su silla como un saco[8], y Serafina, orgullosa de aquella oratoria

---

[7] *Viva il Madera!:* alusión a la ópera de G. Donizetti, *Lucrezia Borgia,* basada en el drama de Víctor Hugo del mismo título. En el acto II, 13, la escena representa la sala de un banquete. Las primeras palabras son de Liverotto: «Viva il Madera, viva, viva!» Y le contesta Vitellozzo: «E viva il Reno / che scalda e avviva!» Y replica Gazella: «Dei vini el Cipro é il re.» Y resume Petrucci: «I vini per mia fè / son tutti buoni.» Todos acaban cantando: «¡Tutti son buoni, viva, viva!»

[8] *cayó ... como un saco:* a Clarín le divertían estas escenas de banquete, con borracheras y discursos, patéticas declaraciones de principios, confusos de-

inesperada y de la discreción con que su amante se abstuvo de aludirla, le felicita con un apretón de manos y otro de pies más enérgico.

Mochi se aproxima al héroe, le abraza y le dice al oído, rozándose los rostros:

—Bonifacio, lo que te debo, lo que vales, nunca lo olvidará este pobre artista desconocido y postergado.

Las lágrimas de Mochi, mezcladas con los polvos de arroz que no ha limpiado bien aquella noche, caen sobre las mejillas del improvisado anfitrión.

Al cual apenas le quedan fuerzas para pensar... Mas de repente da un brinco, lívido, y con el brazo en tensión, señala con el índice a la esfera del reloj que tiene enfrente.

—¡La hora!, grita aterrado, y procura separarse de la mesa y echar a correr...

—¿Qué hora?, preguntan todos.

—La hora de[9]... Bonis miró a Serafina con ojos que imploraban compasión y ser adivinados.

Serafina comprendió; sabía algo, aunque no lo más humillante, de aquella esclavitud doméstica.

—Dejadle, dejadle salir, tiene que hacer a estas horas, sin falta... no sé qué, pero es cosa grave; dejadlo salir.

Bonis besó con la melancólica y pegajosa mirada a *su ídolo,* ya que no podía de otro modo, y enternecido por el agradecimiento, tomó la escalera...

Los cómicos le dejaron ir, pero miraron a Mochi como preguntándole algo que él debía adivinar.

---

bates sobre temas trascendentes... Antecedentes diversos lo demuestran: tal vez el primero sea el del cuento «Post Prandium» (1876), seguido por el que cierra el relato «Zurita» (1884) o por aquel en que «cayó Juanito (Reseco) debajo de la mesa», en *La Regenta* (cap. XX). Son todos ellos ocasión para lo que en *Su único hijo* se bautizará como «filosofía de los semiborrachos de sobremesa» (cap. XIII).

[9] *la hora de...:* el recuerdo inevitable del final de la noche encantada de Cenicienta se asoma, tal vez, a la imaginación de un Clarín que había cerrado *La Regenta* con los ecos entrecruzados de dos besos, el del príncipe-rana y el de la bella durmiente, y que se mantuvo siempre muy fiel al recuerdo de los cuentos infantiles.

Mochi, risueño, tranquilo, retorciéndose el afilado bigote, adivinó en efecto, y dijo:

—¡Oh, señores, no hay cuidado! Palabra de rey; aquí le conocen y saben que no hay dinero más seguro que el del Sr. Reyes. Si no ha pagado ahora mismo, habrá sido por olvido... o por no ofendernos.

—Claro, dijo el barítono; eso sería limitar el gasto...

—Sí, se conoce que es un caballero.

Todos convinieron en que Bonis pagaría todo el gasto que se hiciera aquella noche.

En cuanto a Bonifacio, comprendía, muy a su placer, que por el camino se le iba aliviando la borrachera. Estaba seguro de que aquella buena acción que había comenzado el fresco de la noche, la llevaría a remate el miedo que le daba su mujer.

—Sí, estoy tranquilo, debo estar tranquilo; cuando entre en su cuarto, el instinto de la conservación, llamémoslo así, me hará recuperar el uso de todas mis facultades, y Emma no conocerá nada. Además, puede que se haya dormido, y en tal caso hasta mañana no habrá riña por mi tardanza; y lo que es mañana, ya estaré yo tan limpio de vino como el Corán[10].

Llegó a casa, abrió con su llavín, encendió una luz, subió de puntillas, y entró en las habitaciones de su mujer. Una triste lamparilla, escondida entre cristales mates de un blanco rosa, alumbraba desde un rincón del gabinete; en la alcoba en que dormía Emma, las tinieblas estaban en mayoría; la poca luz que allí alcanzaba servía sólo para dar formas disparatadas y formidables a los más inocentes objetos.

Bonis se acercó al lecho a tientas, estirando el cuello, abriendo mucho los ojos y pisando de un modo particular que él había descubierto para conseguir que las botas no

---

10 *tan limpio de vino como el Corán:* «Oh creyentes!, el vino, los juegos de azar, las estatuas y la suerte de dardos son una abominación inventada por Satán; absteneos y alcanzaréis la felicidad» (Corán, V, 92). Y sin embargo, en XLVII, 16, en el paraíso prometido los piadosos encontrarán arroyos de vino, delicia de quienes beberán en ellos.

chillasen, como solían. Esta era una de las fatalidades a que se creía sujeto por ley de adverso destino; siempre las suelas de su calzado eran estrepitosas.

Al acercarse a su mujer se le ocurrió recordar al moro de Venecia, de cuya historia sabía por la ópera de Rossini[11]; sí, él era Otello y su mujer Desdémona... sólo que al revés, es decir, él venía a ser un *Desdémono* y su esposa podía muy bien ser una *Otela*[12], que genio para ello no le faltaba.

Lo principal, por lo pronto, era averiguar si dormía.

Él se lo pidió al Hacedor Supremo con todas las veras de su corazón. Había pasado un cuarto de hora de la señalada para las últimas friegas de la noche.

«Por lo menos calla»; pensó, cuando ya estaba quieto, porque sus pies habían tropezado con los de la cama.

Por desgracia, el silencio no era prueba del sueño; es más, aunque tuviese los ojos cerrados no había prueba; porque muchas veces, por mortificarle, por castigarle, callaba, así, con los ojos cerrados, y no respondía aunque la llamase; no respondía a no ser, ¡terrible era pensarlo!, pero ¿cómo negárselo a sí mismo?, a no ser con una bofetada y un:

—¡Toma! ¡Vete a asustar a tu abuela!... ¡Infame, traidor, mal marido, mal hombre! etcétera, etc.

Todo esto era histórico; ya sabía Bonis que si algún día se le ocurría escribir sus Memorias[13], que no las escribiría,

[11] *la ópera de Rossini: Otello, il moro de Venezia,* ópera en 3 actos, con libreto de F. di Salsa, se estrenó en el Teatro del Fondo, en Nápoles, el 4 de diciembre de 1816. Bonifacio no podía conocer la ópera que sobre el mismo tema estrenó en Milán en 1887 otro de sus músicos favoritos, Giuseppe Verdi. Clarín probablemente tampoco, en esta época, pues se estrenó en Madrid en octubre de 1890. En todo caso, la cultura de Bonifacio, que ignora a Shakespeare, se comprueba una vez más que es fundamentalmente operística y de tendencia italiana.

[12] *una Otela:* «algo encontraba Paco en sus lecturas parecido a Mesía; era éste una Margarita Gautier del sexo fuerte» (*La Regenta,* vol. I, 1986², página 361).

[13] *escribir sus Memorias:* desde Rousseau y, sobre todo, desde el Romanticismo, se había hecho muy frecuente la publicación de Memorias personales. Escribe A. Thibaudet al respecto: «En principio, la única novela que todo es-

¿para qué?, habría que omitir lo de las bofetadas, porque en el arte no podían entrar ciertas tristezas de la realidad excesivamente miserables, y lo que es sus Memorias, o no serían, o serían artísticas; pero omitiéralas o no, las bofetadas eran históricas. No habían sido muchas, pero habían sido. Y más tenía que confesarse, que en rigor, en rigor, no le ofendían mucho; más quería un cachete, si a mano viene, que una chillería; el ruido lo último de todo. Además, Emma cuando le insultaba, se repetía; sí, se repetía cien y cien veces, y aquello le llegaba a marear. Verdad era que cuando le pegaba se repetía también; bueno, pero no tanto.

Emma tenía los ojos cerrados. Su esposo no se fiaba y le acercó un oído a la boca. Su respiración tenía el ritmo regular del sueño. Podía ser fingido. No se sabía si dormía o no. En cuanto a llamarla, hacía tiempo que había renunciado a semejante prueba. Prefería estar allí, con la cabeza inclinada sobre el rostro de la supuesta enferma, porque, en todo caso, constaría que él, Bonis, había cumplido con su deber procurando indagar si el sueño de su esposa era real o fingido. Si pasaban tres o cuatro minutos, declaraba a Emma en rebeldía y se retiraba satisfecho por haber

---

critor contiene en potencia es la autobiografía más o menos transpuesta. Tal es el caso de Rousseau, de Chateaubriand, de Madame de Staël, autores de Memorias (...) tal es, en cierta medida, el caso de Alfred de Musset, de Sainte Beuve, cuyas *Confessions d'un enfant du siècle* y *Volupté* idealizan un destino o una aventura personales» (*Historia de la literatura francesa desde 1789 hasta nuestros días*, Buenos Aires, 1945², pág. 218). Por no citar otras célebres memorias de área no francesa, como las de Goethe, Silvio Pellico o F. Dostoyevski. En España el xix fue, sin duda, siglo de abundantes Memorias, entre las que podrían recordarse las de Gertrudis Gómez de Avellaneda, Mesonero Romanos (*Memorias de un setentón*), Zorrilla (*Recuerdos del tiempo viejo*), José Palafox, Juan Caballero (el bandolero), M. del Palacio, Armando Palacio Valdés, S. Ramón y Cajal, Benito Pérez Galdós (*Memorias de un desmemoriado*), o Rubén Darío. El mismo Clarín hizo una defensa teórica del género, a propósito de los *Treinta años de París*, de A. Daudet: «Hay muchos fenómenos y secretos de psicología, de psicología estética principalmente, y otros de relaciones privadas, que nunca podrían ser conocidos sin la literatura de las memorias, diarios, confesiones, etc.» (*Mezclilla*, pág. 237). Desgraciadamente no se aplicó Clarín el cuento a sí mismo, y no nos dejó sino unas Memorias oblicuas, semificticias y truncas en el espléndido fragmento de *Cuesta abajo*.

cumplido con su deber. Podía al día siguiente echarle en cara su abandono, el olvido en que la tenía, etcétera, etc.; pero él estaba seguro de que se quejaba sin razón, porque se decía: «Si estaba despierta, demasiado sabe que no falté de mi puesto; si dormía, ¿para qué necesitó de mí?»

Pasaron los cuatro minutos de espera y Bonis quiso, por lo excepcional de las circunstancias, prolongar la experiencia.

A los cinco minutos Emma abrió los ojos desmesuradamente, y con una tranquilidad fría y perezosa, dijo, en una voz apagada que horrorizaba siempre a Bonis:

—Hueles a polvos de arroz.

En las novelas románticas de aquel tiempo[14] usaban los autores muy a menudo, en las circunstancias críticas, esta frase expresiva: «¡Un rayo que hubiera caído a sus pies no le hubiera causado mayor espanto!»[15].

Sin querer, Bonis se dijo a sí mismo muy para sus adentros el sustancioso símil, «un rayo que hubiera caído a mis pies, etc.», y por una asociación de ideas, añadió por cuenta propia: «¡Mal rayo me parta! ¡Maldita sea mi suerte!»

—Hueles a polvos de arroz, repitió Emma.

Tampoco ahora contestó Bonis en voz alta. Pensó lo siguiente: «En todo soy desgraciado, hasta la Providencia es injusta conmigo; me castiga cuando no lo merezco: cien veces habré olido a polvos de arroz, y nada... y hoy... hoy que no hay de qué... hoy que no lo he...» De repente, se acordó de Mochi, de su abrazo y de que, en efecto, las lágrimas de borracho con que le había mojado, le olían a polvos de arroz. «¡Malditísimo marica!», pensó; fue él, el sobón del tenor, Mochi... y ahora, ¡qué conflicto!, ¡qué

---

[14] *En las novelas románticas de aquel tiempo...*: «En las comedias románticas de la época leía él muchas veces la palabra *pausa,* entre paréntesis, y le causaba siempre excelente efecto» («Don Urbano», en *Cuentos Morales,* pág. 129).

[15] *¡Un rayo que hubiera caído!...*: documenta Baquero Goyanes esta expresión nada menos que en *El caudillo de las manos rojas,* de Bécquer: «Un rayo que hubiese caído a sus pies no le asombraría tanto como la escena que se representó a sus ojos.» Otro ejemplo muy parecido lo encuentra en otra leyenda, *El rayo de luna* (1952, pág. 69).

tormenta! Porque ¿quién le dice a ésta... «Mira, sí, huelo a polvos de arroz, pero es porque... me abrazó y me besó... ¡el tenor de la Compañía italiana!»

—Hueles a polvos de arroz, dijo por tercera vez la esposa desvelada.

Y con gran sorpresa del marido, un brazo que salió de entre la ropa del lecho no se alargó en ademán agresivo, sino que suavemente rodeó la cabeza de Bonis y la oprimió sin ira. Emma entonces olfateó muy de cerca sobre el cuello de Reyes, y éste llegó a creer que ya no le olía con la nariz, sino con los dientes. Temió una traición de aquella gata; temió, así Dios le salvase, un tremendo mordisco sobre la yugular, una sangría suelta... pero al retroceder con un ligero esfuerzo, sintió sobre la nuca el peso de dos brazos que le apretaban con tal especie de ahínco, que no podía confundirse con la violencia ni el *dolo malo*[16]; y acabó de entender, con gran sorpresa, de qué se trataba, cuando oyó un gemido ronco y mimoso, de voluptuosidad soñolienta, imperativa en medio del abandono, gemido que él conocía perfectamente y cuyo significado no podía confundirse con nada. Significaba todo aquello el renacimiento de una iniciativa conyugal largo tiempo abandonada. En la intimidad de las intimidades no tenía Bonis mando superior al que le había sido conferido en los demás quehaceres domésticos; de su espontaneidad no se esperaba ni se admitía cosa alguna. *Un rayo que hubiera caído a sus pies...* y de repente se hubiese convertido en lluvia de flores, no hubiera causado mayor sorpresa al amante de Serafina, que la actitud de su mujer soñolienta y caprichosa; pero sin andarse en averiguaciones de causas próximas o remotas, echó sus cuentas Bonifacio, y se dijo en el fuero interno, sin pararse a examinar la exactitud de la frase, «lo echaremos todo a barato»[17]; y a la invitación de su hembra hecha por señas

---

16 *dolo malo:* el engaño o fraude que se dirige contra el justo derecho de un tercero (EC).

17 *lo echaremos todo a barato:* «echar a barato» es, según Martín Alonso (*Enciclopedia del idioma*) lo mismo que «meter a barato», que el *Diccionario de Autoridades* define así: «confundir alguna cosa metiendo mucha bulla, y dando mu-

infalibles, que levantaban en el alma nubes melancólicas de recuerdos que se deslizaban delante de una luna de miel muy hundida en el firmamento oscuro, contestó con otras señas que fueron estimadas en lo que valían.

«Esto no es infidelidad, pensaba Bonis, esto es un "sálvese el que pueda"». Su conciencia de *amante*, la falsa conciencia del romántico apasionado por principios, le acusaba, le decía que los recientes vapores de la orgía le prestaban un fuego que no era fingido; fuese resto de borrachera, agradecimiento, nostalgia de la luna de miel o lo que fuese, ello era que aquel panteísta de la hora de los brindis no sentía repugnancia ni mucho menos al cumplir aquella noche sus más rudimentarios deberes de esposo; a la sorpresa que le causó la extraña actitud de Emma, sucedieron pronto muchas sorpresas de un orden inenarrable, llámese así, sorpresas que le enseñaron allá entre sueños, que el que más cree saber no sabe nada, que las apariencias engañan, que la aprensión hace ver lo que no hay, y viceversa; en fin, ello era que, o los dedos se le antojaban huéspedes[18], o veía visiones, o su mujer no estaba tan en los últimos como ella decía, ni las gallinas y chuletas que juraba no digerir, ni los vinos exquisitos que aseguraba ella que la envenenaban, dejaban de surtir[19] sus efectos en aquella «naturaleza»; que las unturas y el algodón en rama habían pro-

---

chas voces». Posiblemente a Bonis se le cruzan una vez más los cables, esta vez con otras acepciones del término «barato». Por ejemplo, «propina», en «Ganóme el capitán treinta tantos, diósolos de *barato* a los pajes» (*Estebanillo,* fol. 186); o «a poco precio», en compañía de verbos de comprar o vender o concertar. Pero sobre todo «dar de barato» es «conceder, u dar demás alguna cosa de gracia y sin precisión, o porque no sea del caso, o porque pueda hacer poco daño». Y con «hacer barato», o sea, «dar las cosas a menos precio, por despacharlas y salir dellas» (*Diccionario de Autoridades*). Es notable el frecuente uso de refranes y paráfrasis en esta novela, y mayor que en *La Regenta:* «con las glorias se fueron las memorias», «a bragas enjutas no se pescan truchas», «preso por uno preso por ciento», etc., tal vez haya que relacionarlo con los frecuentes ecos cervantinistas de esta obra.

[18] *los dedos se le antojaban huéspedes:* otro modismo que, en este caso, significa aproximadamente «se forjaba ilusiones de que se repitieran sucesos favorables ya ocurridos en el pasado».

[19] *surtir:* C. Richmond corrigió en su edición el original *surgir,* de evidente impropiedad.

ducido una... palingenesia[20]... algo así como una vegetación de la oscuridad[21], pálida, pero no mezquina. La torcida y dañada conciencia del fiel amante y del marido infiel, se quejaba, no admitía sofismas, allá en los adentros más nublados del turbado Bonis, que entre el sueño y la vigilia se entregaba, mitad por miedo, *por desorientarla,* como él se decía, mitad por una especie de voluptuosidad nueva y que juzgaba monstruosa, se entregaba a los *arrebatos del amor físico,* no con gran originalidad por cierto, pero sí con una espontaneidad que era lo que más le remordía en la citada conciencia de amante. Originalidad no la había, no; frases, gritos ahogados, actitudes, novedades íntimas del placer, que Emma recibía con tibias protestas y acababa por saborear con delicia epiléptica, y por aprender con la infalibilidad del instinto pecaminoso; todo esto era una copia de la otra *pasión,* todo revelaba el estilo de la Gorgheggi. Sin pasar de aquella misma noche, Bonis oyó a su mujer en el delirio del amor, que él siempre llamaba para sus adentros *físico* (por distinguirle de otro), oyó a Emma interjecciones y vocativos del diccionario amoroso de su querida; y vio en ella especies de caricias serafinescas; todo ello era un contagio; le había pegado a su mujer, a su *esposa ante Dios y los hombres,* el amor de la italiana, como una lepra; y de esto, la conciencia que protestaba era la del marido, la del padre de familia... virtual que había en él, en Bonifacio Reyes. «Esto es manchar el tálamo con una especie de enfermedad secreta... moral... se decía, y esto es además faltar a mis deberes... de fiel amante romántico y artístico.» Pero todos estos remordimientos mezclados y confusos se revolvían allá en el fondo del pobre cerebro, entre vapores de la bo-

---

[20] *palingenesia:* del griego *paliggnesía:* nacimiento de nuevo; en biología, regeneración biológica; un significado preciso aplicable en este caso sería el de «reviviscencia, final del estado latente» en muchos organismos inferiores (EC). Como recuerda Sobejano (1985) «palingenesia» es término muy utilizado por Renan, otro de los maestros indiscutibles de Clarín (pág. 151).

[21] *una vegetación de la oscuridad:* una transformación muy similar es posible que Clarín la leyera en *Bel Ami,* de Maupassant: «despertóse en aquella tranquila mujer de cuarenta años una primavera marchita cargada de flores raquíticas y yemas abortadas» (cap. V).

rrachera que había creído desvanecida y que sólo se había descompuesto: por un lado era plomo que se le agolpaba a la cabeza, por otro lado lujuria exaltada, enfermiza, que amenazaba derretirle. Entre los brazos de Emma, Bonis oía de cuando en cuando gritos que le estallaban dentro del cráneo. «¡Bonifacio! ¡Reyes! ¡Bonifacio!», le decían aquellos tremendos estallidos, y reconocía la voz del barítono, y la del bajo, y la del que cantaba en *Lucrezia: Vivva il Madera!*

Vino el día y se durmió la triste pareja. A las diez despertó Emma; se acordó de todo, sonrió como una gata lo haría si pudiera, y dio a su marido un puntapié en la espinilla, diciendo:

—Bonis, levántate, que va a venir Eufemia.

Eufemia era la doncella que debía traerla el chocolate a Emma a las diez y cuarto en punto. No quería que *la chica* se enterase de que el matrimonio había dormido de aquella manera.

Cuando Bonis *abrió los ojos a la realidad,* como se dijo a sí mismo a los pocos segundos de despierto, lo primero que hizo fue bostezar, pero lo segundo... fue sentir una sed abrasadora de idealidad, de infinito, de regeneración por el amor, y además sed material no menos intensa, y grandísimos deseos de seguir durmiendo. Por lo demás, no quería pensar en su situación; le horrorizaba, por varios conceptos. *Sideo,* [22] se le ocurrió decir acordándose de una de las siete palabras del Mártir de Gólgota, como él llamaba a Nuestro Señor Jesucristo; pero como Emma repitiese el puntapié con el pie desnudo en el hueso de la pierna derecha, Bonis tradujo su exclamación, diciendo: «Tengo mucha sed... ¡algo líquido, por Dios!... ¡aunque sea jarabe!...»

---

[22] *Sideo:* en latín *Sitio,* «tengo sed»: *Postea sciens Jesus quia omnia consummata sunt, ut consummaretur escriptura, dixit: Sitio.* San Juan (XIX, 28), es el único evangelista que menciona esta exclamación de sed de Cristo. Las escrituras habían profetizado que, en su sed, le abrevarían con vinagre: «Presentáronme hiel para alimento mío, y en medio de mi sed me dieron a beber vinagre» (Salmos, LXVIII, 22). El pasaje y la expresión debieron impresionar a Clarín, que tituló con esta exclamación «Sideo!» un fragmento narrativo publicado el 22-XII-1877, en *Ecos del Nalón* (Gómez Santos, 1952, pág. 234).

—¡Oye, tú; ¿sabes lo que te digo? Que te levantes antes que venga la chica... si tú no tienes vergüenza, la tengo yo...

Y con aquella actividad y energía que *caracterizaban* a Emma y que habían hecho pensar mil veces a Bonis que su mujer hubiera sido un magnífico hombre de acción, un político, un capitán, digo que usando de estas cualidades, la esposa arrojó al esposo del tálamo a patada limpia. No tuvo más remedio Reyes que vestirse *provisionalmente* deprisa y corriendo, y salir del cuarto de su media naranja sin más explicaciones: medio desnudo, descalzo, pues llevaba las botas en las manos (¿cómo calzar botas y no zapatillas al levantarse de la cama?), fue tropezando con todo por los pasillos, atravesó el comedor, bebió en un vaso de agua olvidado allí la noche anterior, llegó a su cuarto, se desnudó deprisa y mal, rompiendo botones; y en cuanto se vio en su lecho, en aquel que él tenía por propiamente suyo, pensó en entregarse a la reflexión y a los remordimientos de varias clases y harto contradictorios que le asediaban; pero la *parte física* pudo más; y la dulce frescura de la cama tersa, la suavidad del colchón bien mullido, lo arrojaron, como sirenas vencedoras, en lo más hondo del mar del sueño, haciendo rodar sobre su cabeza olas de reposo y olvido.

IX

Durmió como un muerto, pero no mucho. Como un resucitado volvió a la vida[1] haciendo guiños a la luz cruda de un rayo del sol del mediodía, que por un resquicio de la ventana mal cerrada, se colaba hasta la punta de sus narices, hiriéndole además entre ceja y ceja.

Aquel rayo de luz le recordaba los rayos místicos de las estampas de los libros piadosos; él había visto en pintura que a los santos reducidos a prisión, y aun en medio del campo, les solían caer sobre la cabeza rayos de sol por el estilo del que le estaba molestando. Si él fuese *idólatra* (que no lo era), vería en aquello la mano de la Providencia. No era idólatra, pero creía en el Hacedor Supremo y en su justicia, que tenía por principal alguacil la conciencia. Indudablemente su situación, la de Bonis, se había complicado

---

[1] *volvió a la vida:* C. Richmond (ed. 1979) ha llamado la atención sobre la trama de referencias a la Pasión de Cristo que se extiende por todo el capítulo anterior y que culmina ahora. «El café donde se celebra el banquete (...) se llama café de la Oliva, y con este nombre nos hace recordar el monte de los Olivos. En cuanto a la cena, se había dispuesto para doce personas (Bonifacio que llega tarde, hará el número trece).» Durante el brindis que hace Bonifacio en estado de embriaguez menciona con palabras confusas objetos sagrados, «arca santa, arca santorum» (que alguien rectifica como *«Sancta Sanctorum»*); después de lo cual, aunque sin intención traicionera, Mochi da a Bonifacio el beso de Judas, dejándole en la cara el olor a polvos de arroz que ha de *entregarle* a quien es su cruz, Emma. Bonifacio sentirá después sed, y repetirá para pedir de beber la misma palabra de Cristo en la cruz: *«Sideo»,* y el autor lo hace aún más explícito advirtiendo que Bonifacio lo dijo «acordándose de una de las siete palabras del Mártir del Gólgota, como él llamaba a Nuestro Señor Jesucristo».

desde la noche anterior. «Hueles a polvos de arroz», había dicho la engañada esposa, tres veces lo había dicho, y en vez de irritarse... de envenenarle o ahorcarle... ¡cosa más rara!...

Y al llegar aquí se le pusieron delante de la imaginación las carnes de su mujer tales como de soslayo y a escape las había vislumbrado por la mañana, al salir del lecho conyugal. No era lo mismo lo que había creído ver en el delirio o exaltación de la borrachera y la realidad que se le había presentado por la mañana; pero aun esta realidad excedía con mucho al estado que verosímilmente se hubiera podido atribuir a lo que él denominaba encantos velados y probablemente marchitos de su mujer. Sí, él mismo, a pesar de que, con motivo de las unturas y otros menesteres análogos, veía cotidianamente gran parte del desnudo de su Emma, no podía observar jamás, porque ella lo prohibía con sus melindres, aquellas regiones que, en la topografía anatómica y poética de Bonis, correspondían a las varias zonas de los encantos velados. En estas zonas era donde él había visto sorpresas, inesperados florecimientos, una especie de otoñada de atractivos musculares con que no hubiera soñado el más optimista. ¿Cómo era aquello? Bonis no se lo explicaba; porque aunque filósofo como él solo, amigo de reflexionar despacio y por sus pasos contados, sobre todos los sucesos de la vida, importáranle o no, era de esos pensadores que tanto abundan, que no hacen más que dar vueltas a ideas conocidas, alambicándolas; pero no descubría, no penetraba en regiones nuevas, y, en suma, en punto a sagacidad para encontrar el porqué de fenómenos naturales o sociológicos, era tan romo como tantos y tantos filósofos célebres que, en resumidas cuentas, no han venido a sonsacarle a la realidad burlona ninguno de sus utilísimos secretos. Mucho discurrió Bonifacio, pero no logró dar en el *quid* de que su mujer, dándose por medio difunta, tuviera aquellas reconditeces nada despreciables, aunque pálidas y de una suavidad que, al acercar la piel a la condición del raso, la separaba de ciertas cualidades de la materia viva. Parecía así como si entre el algodón en rama, los ungüentos y el tibio ambiente de las sábanas perfumadas, hubiesen producido una artificial robustez... carne falsa... En fin, Bonis se perdía en conjeturas y en disparates, y acababa por rechazar todas estas hipótesis, contra las cuales protestaban todas las letras de segunda enseñanza que él había leído de algunos años a aquella parte, con el propósito (que le inspiró un periódico, hablando del progreso y de la sabiduría de la clase media)[2] de hacerse digno hijo de su siglo y regenerarse por la ciencia. No, no podía ser; todas las leyes *físico-matemáticas* se oponían a que el algodón en rama fuera asimilable y se convirtiera en fibrina y demás ingredientes de la pícara carne humana.

No hay para qué seguir a Bonis en sus demás conjeturas, sino irse a lo cierto directamente. Cierto era, muy cierto, que Emma había amenazado ruina, que sus carnes se habían derretido entre desarreglos originados de sus malandanzas de madre frustrada, influencias nerviosas, aprensiones, seudohigiénicas medidas y cavilaciones, rabietas y falta de luz y de aire libre; pero también era verdad que no faltaba fibra al cuerpo eléctrico de aquella Euménide[3], que sus nervios se agarraban furiosos a la vida, enroscándose

---

2 *del progreso y de la sabiduría de la clase media:* la exaltación de la clase media como protagonista del saber positivo, la modernidad y el progreso es una idea muy generalizada en la Europa del XIX. Galdós, el joven Galdós, se hizo su entusiasta portavoz: «Ella es hoy la base del orden social: ella asume por su iniciativa y por su inteligencia la soberanía de las naciones, y en ella está el hombre del siglo XIX con sus virtudes y sus vicios, su noble e insaciable aspiración, su afán de reformas, su actividad pasmosa» («Observaciones sobre la novela contemporánea», 1870). Clarín no parece haber manifestado nunca el mismo grado de adhesión que Galdós. Posiblemente su posición en esta época fuera más parecida a la de uno de aquellos «Dos sabios» (*El gallo de Sócrates y...*) que pensaba: «¡peste de clase media! ¡Y pensar que era la menos mala! Porque el pueblo... ¡uf!, ¡el pueblo! Y aristocracia, en rigor, no la había».

3 *Euménide:* las *Euménides,* llamadas también *Erinias (vid.* cap. VI, n. 6) son descritas así por Esquilo: «Están vestidas de negro, y son por extremo horrendas; con sus ronquidos despiden ponzoñoso aliento, que no deja acercárseles; de sus ojos destilan lágrimas de sangre que espantan, y todo su arreo y compostura es tal, que no es para tolerado ni ante estatuas de dioses ni en moradas de hombre.» Simbolizan los remordimientos, la culpa transformada en destructividad contra el culpable, según Paul Diel (Morales y Marín, *Diccionario de Iconología y Simbología,* Madrid, Taurus, 1984).

en ella, y que al cabo el estómago, llegando a asimilar las buenas carnes, y los buenos tragos produciendo sano influjo, habían dado eficacia al renaciente apetito, y la salud volvía a borbotones inundando aquel organismo intacto, a pesar de tantas lacerías.

Pensaba Emma, al verse renacer en aquellos pálidos verdores, que era ella una delicada planta de invernadero, y que el bestia de su marido y todos los demás bestias de la casa, querrían sacarla de su estufa y transplantarla al aire libre, en cuanto tuvieran noticia de tal renacimiento. Su manía principal, pues otras tenía, era ésta, ahora: que tenía aquella nueva vida de que tan voluptuosamente gozaba, a condición de seguir en su estufa, haciéndose tratar como enferma, aunque, en resumidas cuentas, ya no lo estuviera. Además, con las nuevas fuerzas habían venido nuevos deseos de una voluptuosidad recóndita y retorcida, enfermiza[4], extraviada, que procuraba satisfacerse en seres inanimados, en contactos, olores y sabores que, lejos de todo bicho viviente, podían ofrecerle, como adecuado objeto, las sábanas de batista, la cama caliente, la pluma, el aire encerrado en fuelles de seda, el suelo mullido, las rendijas de las puertas herméticamente cerradas, el heno, las manzanas y cidrones metidos entre la ropa, el alcanfor y los cien olores de que sabía ya Celestina[5].

---

[4] *una voluptuosidad recóndita y retorcida, enfermiza y extraviada:* esta voluptuosidad de estufa, generada en un ambiente cerrado y artificial, denso de olores, y totalmente ocupado por objetos religiosamente seleccionados para el placer solitario, hacen de Emma una pariente primitiva de Des Esseintes, el héroe de *A rebours* (1884), de J. K Huysmans. Incluso si Des Esseintes es impotente, ella es casta y estéril (por el momento). Este pasaje en concreto recuerda al sofisticadísimo cap. XI, donde «una tarde se mostraron las alucinaciones del olfato» de Des Esseintes, tras su preciso y laborioso aprendizaje del arte de la perfumería, cuya lengua es «tan varia y tan insinuante como la de la literatura». Este capítulo parece, asimismo, y dicho sea de pasada, la fuente precisa de la célebre novela contemporánea de Patrick Süskind, *El perfume.*

[5] *de que sabía ya Celestina:* como ya señaló C. Richmond (ed. 1979), se trata de una alusión al primer auto de *La Celestina,* en el que Pármeno asigna el oficio de «perfumera», entre otros, a la alcahueta, y explica: «Y en su casa hacía perfumes, falsaba estoraques, menjuí, ánimes, ámbar, algalia, polvillos, almizcles, mosquetes, etc.» En el cuento «El pecado original» (*El gallo de Sócrates*) Clarín cita «los polvos de la madre Celestina» también. Pero no es ha-

Como un descubrimiento saboreaba Emma la delicia de gozar con los tres sentidos a que en otro tiempo daba menos importancia, como fuentes de placer. En su encierro voluntario ni la vista ni el oído podían disfrutar grandes deleites; pero en cambio gozaba las sensaciones nuevas del refinamiento del gusto y del olfato, y aun del contacto de todo su cuerpo de gata mimosa con las suavidades de su ropa blanca, dentro de la cual se revolvía como un tornillo de carne.

En los días en que sus aprensiones, mezcladas con su positiva enfermedad nerviosa, la habían puesto en verdadero peligro, camino de la muerte, por la debilidad no combatida, había llegado a sentir una soledad terrible, la de todo egoísta que presiente el fin de su vida; todas las cosas y todos los hombres la dejaban morirse sola, irse con Dios; y con doble vista de enferma adivinaba el fondo de la indiferencia general, la proximidad del peligro.

«¡Se muere uno solo, completamente solo, los demás se quedan muy satisfechos en el mundo; ni por cumplido se ofrecen a morirse también!»; Bonifacio, Sebastián, que tanto la había querido, según él decía, el tío Nepomuceno, todos se quedaban por acá, nadie hacía nada para ayudarla a no morir, nadie decía: «Pues ea, yo te acompaño.»

Emma era una atea perfecta. Jamás había pensado en Dios, ni para negarlo; no creía ni dejaba de creer en la religión; cumplía con la Iglesia malamente, y eso por máquina. En su tiempo no se solía discutir asuntos religiosos en su tierra; los que no eran devotos[6] gozaban de una toleran-

---

bitual la cita de *La Celestina* por Clarín: no pertenece a ese breve núcleo de autores clásicos que conoce bien y cita con comodidad. Y sin embargo, admiraba la «gran *tragi-comedia*», y a ella se refiere en varias ocasiones, especialmente por intermedio de los estudios de Menéndez Pelayo (los lunes del *Imparcial,* julio de 1895, cfr. Epistolario, II, págs. 231-232).

[6] *los que no eran devotos:* en la innominada ciudad de Emma pasa como en Vetusta, que hay catolicismo, pero no católicos. Devotos y no devotos constituyen «esta terrible variedad del católico» que vive la religión de un modo puramente externo, de espaldas a la idea de Dios. En *Un discurso* Clarín escribe: «hemos llegado, sin abandonar en idea la religión, a vivir sin religión, a lo menos la mayor parte del tiempo» (págs. 98-99). Y todavía en Vetusta hay varias personas que buscan a Dios: el obispo Camoirán, Ana Ozores, y hasta el ateo don Pompeyo Guimarán, a su manera. Aquí, ni eso.

cia completa; como tampoco eran descreídos, ni faltaban a las costumbres piadosas y guardaban las principales apariencias, por nadie eran molestados.

«Yo no soy beata», decía Emma: y no pensaba más en estas cosas. La iglesia, los curas, bien; todo estaba bien; ella no era aficionada a las novenas; pero todo ello estaba en el orden, como el haber reyes, y contribución, y Guardia civil. Sobre todo, no se pensaba en nada de eso, no se hablaba de ello, ¿para qué? «Yo no soy beata.» Y era atea perfecta, porque vivía en perpetuo pensamiento de lo relativo. Jamás había meditado acerca de negocios de ultratumba; el infierno se lo figuraba como un horno probable; pero a ella ¿qué? Al infierno iban los grandes pícaros que mataban a su padre o a su madre o a un sacerdote, o que pisaban la hostia o no se querían confesar... Además, no se sabía nada de seguro. Pero el morirse era horroroso, no por el infierno, por el dolor de morir y por la pena de acabarse.

Sí, de acabarse; sin pensar en la contradicción de su conciencia íntima con el dogma del cielo y el infierno, Emma veía con toda seriedad, con íntima convicción, con la conciencia de su propio espanto, el aniquilamiento doloroso en la tumba; y, poco amiga de discernir, no se paraba a separar lo racional de lo imaginado; y así, algo también sentía la muerte por las paletadas de cal, y por la tierra húmeda, y la caja cerrada, y el cementerio solo, y la eternidad oscura.

Sin ver esta otra contradicción, padecía con la idea del aniquilamiento y la imagen de la sepultura. Pensaba en la muerte con ideas de vida, y de vida ordinaria, usual, la de todos los días de su vulgar existencia, y el horror del contraste crecía con esto.

Ni una vez sola se le ocurrió encomendarse a ningún santo, ni ofreció nada a la Virgen ni a Jesús por si sanaba; la primera energía que tuvo al convalecer, la empleó en sonreír, con terrible sonrisa de resucitada, a un propósito firme y endiablado: su tremendo egoísmo de convaleciente, mundano, prosaico y rastrero, se agarró a la resolución inconmovible de vengarse de los miserables parientes que la iban a dejar morirse sola.

Emma, como la mayor parte de las criaturas del siglo, no tenía vigor intelectual ni voluntario más que para los intereses inmediatos y mezquinos de la prosa ordinaria de la vida; llamaba poesía a todo lo demás, y sólo tenía por serio en resumidas cuentas lo bajo, el egoísmo diario, y sólo para esto sabía querer y pensar con alguna fuerza. Tal espíritu, era más compatible con aquel romanticismo falso y aquellas extravagancias fantásticas de su juventud, de lo que ella misma hubiera podido figurarse, a ser capaz de comparar el fondo de su alma mezquina con el fondo de los ensueños de sus días de primavera.

El renacimiento de su carne lo guardaba como un secreto; era una hipócrita de la salud; seguía fingiendo achaques corporales como si fuese virtud el tenerlos. Eufemia, su doncella, era confidente parcial de sus engaños: como una trampa que hiciera a todos los suyos, Emma saboreaba a solas con su criada los pormenores de aquel fingimiento. La hija de Valcárcel se robaba a sí misma por mano de Eufemia que, de tapadillo, traía de tiendas y plazas los mejores bocados y las chucherías más caras de la moda en materia de ropa interior, perfumes y manjares. En todos los comercios y puestos de comestibles principales, llegó a tener Emma cuentas enormes. «Ni el tío Nepomuceno, ni Bonis, ni Sebastián, sospechaban que existiera aquel agujero que ella iba haciendo con las uñas en el fortunón que ellos tal vez habían creído heredar de un día a otro.»

Así lo pensaba ella, y gozaba como de una voluptuosidad de las sorpresas futuras que reservaba a sus deudos. Saborear la mejor perdiz y la mejor lamprea de la plaza y usar con codos y rodillas la mejor batista, y enredar los dedos entre los mejores encajes, y derramar por sábanas, camisas, corsés, medias y pantalones, las esencias más caras, con profusión, causando el asombro de Eufemia, era género de delicia que se aumentaba con la idea de la mala pasada que les estaba jugando a todos aquellos parientes, en particular a Bonis y a su tío.

«D. Nepo, se decía ella a solas, sonriendo con malicia, róbeme usted, róbeme, que yo tampoco me descuido.»

Aunque entregada por completo a la vida material, no

288

tenía el menor instinto de conservación de la fortuna, no había pensado jamás en el origen de su dinero; creía vagamente que el capital de que gozaba era una fuente inagotable que estaba en algún paraje misterioso, que no había para qué indagar ociosamente: allí, entre los papeles del tío, estaba la mina; él se quedaría con gran parte del filón; pero, ¿qué importaba? No valía la pena de echar cuentas, desconfiar, administrar por sí misma; ¡absurdo!; por lo visto había para todo; él robaba, *ella también;* le engañaba, y el mejor día vendrían a casa unas cuentas que le dejarían patidifuso al buen D. Nepo, pues es claro que tenía que pagarlas.

Las cuentas ya habían venido y algunas se habían pagado. D. Juan Nepomuceno seguía con Emma la misma conducta que con Bonis desde que cada cual por su lado se habían entregado a la prodigalidad, como él se decía. La de Emma sí era prodigalidad verdadera, aunque no lo parecía. Para ella era como la sensación de un lujo enorme, extravagante, la pereza que sentía de echar cuentas y atar corto a Nepomuceno: comprendía que él hacía su Agosto con el caudal de su sobrina, que iba pasando a poder del administrador gran parte del capital administrado, pues bien claro estaba que todos los días D. Juan hablaba de sus propias rentas, que por milagro de la suerte o por bondad de la Providencia, prosperaban, y todos los días también hablaba de desventuras sin cuento que caían sobre los predios de la Valcárcel y la parte de su capital colocada en manos industriosas de España y del extranjero.

Las minas de hierro y de carbón que empezaban a explotarse en aquella provincia por entonces[7], daban mil

---

[7] *que empezaban... por entonces:* la minería, a partir de la ley de 1839 reglamentando los aprovechamientos minerales de toda España, va a experimentar un auge considerable. Con la década de los 60 la hulla y el hierro asturianos, que continúan siendo materias primas para la industria francobritánica, pasan también a alimentar las incipientes industrias siderometalúrgicas asturiana y vasca, por lo que se incrementa considerablemente su producción, sobre todo en los 70. Justamente para facilitar su transporte entre una de las grandes cuencas mineras y el foco industrial gijonés se trazó la línea Langreo-Gijón (1885), la tercera línea ferroviaria española. Clarín nos

chascos a cada momento, y no pocos de ellos redundaron en perjuicio de las acciones de Emma que Nepomuceno había comprado, siempre diligente en el cuidado de la hacienda de su antigua pupila.

Pero, ¡oh casualidad portentosa y fijeza de los hados!, las minas en que tenía el mismo D. Juan sus miserables ahorrillos, no *quebraban*, dejaban un rédito sano y constante. En montón comprendía Emma que todo aquello significaba que la robaba el tío... Y aquí estaba lo que ella entendía por lujo refinado... No la importaba; y le dejaba hacer, le dejaba robar, prefiriendo no calentarse los cascos, calculando lo caro que le salía este placer de no meterse a pedir cuentas ni a reñir por cuestión de ochavos[8], ella que improvisaba una verrina[9] a grito pelado sobre motivos de un caldo demasiado caliente.

Mas notaba Emma, con una extraña delicia y cierta vanidad por lo que ella creía su espíritu singular, único, notaba una complacencia, como la de sentir cosquillas inaguantables capaces de ponerla enferma, en tolerar y hasta hurgar las flaquezas del prójimo, siquiera en algo la perjudicasen. El descubrimiento de la maldad ajena la embelesaba, la enorgullecía y la animaba a abandonarse a sus perversiones caprichosas. Además, tenía los sentidos y el gusto muy afinados para saborear y discernir la belleza que hay en la energía y en la habilidad del mal; un pícaro gracioso, redomado, hábil y suelto para sus picardías, le parecía un héroe: Luis Candelas[10], según se lo presentaban li-

---

legó en *La Regenta* y en *Teresa* páginas impresionantes sobre las durísimas condiciones de vida de los mineros en esta época del gran capitalismo y de la incipiente revolución industrial en Asturias.

[8] *ochavos:* antiguas monedas con valor de dos maravedís, que se acuñaron en España desde los Reyes Católicos hasta Isabel II. Su peso era de un octavo de onza y se acuñaban en cobre.

[9] *verrina:* los discursos de Cicerón titulados *Verrinas* denunciaron los abusos de poder y el latrocinio de Cayo Licinio Verres.

[10] *Luis Candelas:* uno de los más populares bandidos españoles de principios del xix (1806-1837), legendario por sus tretas y su doble personalidad, ya como petimetre, ya como majo. Murió en el patíbulo. Pero no sólo Emma soñaba con él: los bandoleros tuvieron una resonancia muy especial en la época Romántica, fomentada por la literatura, que los mitificó (desde *Los*

brotes de imaginación muy populares, era un héroe con quien hasta soñaba. Leía con avidez las *causas célebres* y reservaba toda su compasión para los criminales en capilla. Para los delitos de amor su lenidad era infinita; y si bien en los días en que la debilidad la tuvo tan postrada que sintió como la *conciencia física* de un agotamiento de deseos y facultades sexuales, miraba con desprecio y repugnancia, y hasta ira, todo lo que se refiriese a respetar, consagrar y propagar el amor, cuando se vio renacer dentro de su pálido pellejo, suave y fofo, volvió a su ánimo aquella piedad sin límites por las flaquezas amorosas y la admiración para todos los grandes atrevimientos y extravagancias de este orden, especialmente si eran hembras las que llevaban a cabo tales osadías.

De su tío Nepomuceno sabía, por murmuraciones del primo Sebastián y de Eufemia, que tenía una pasión de viejo por una alemana, hija de un ingeniero industrial, M. Körner, químico notable que había venido a ciertos trabajos metalúrgicos.

—Sin duda el tío quiere hacerse rico a todo trance, y pronto, para seducir con su fortuna, ya que no puede con sus patillas cenicientas, a la hija de ese alemán.

Y Emma gustaba con delicia, casi material, casi del paladar, como la de una lectura picante, figurándose al buen

---

Bandidos, de Schiller, al *Sancho Saldaña,* de Espronceda, pasando por *Carmen,* de P. Mérimée, las *Escenas andaluzas,* de Estébanez o los folletines de Fernández y González), por los libros de viajeros, que los entrevistaron, retrataron y difundieron después el encuentro y sus biografías (en el caso español, los ingleses se llevaron la palma, sobre todo en Sierra Morena: Richard Ford y John F. Lewis, con José María el Tempranillo, por ejemplo), o sus leyendas (T. Gautier, en *Un viaje por España,* de 1840). También ayudó la propia literatura de cordel. Tan tradicional se hizo su figura en la vida española, que en *Los españoles pintados por sí mismos* se publica un animado e idealizado cuadro de costumbres de Bonifacio Gómez. En la misma época de Clarín, pasados ya los años románticos, la fascinación de esta figura popular seguía operando en la literatura: Armando Palacio Valdés, en *La hermana San Sulpicio,* recogía el caso de un bandolero reintegrado a la vida civil, aunque siempre al borde del hecho de sangre, y a principios de síglo, Baroja, y sobre todo el Valle Inclán de *La Corte de los Milagros,* aportaban una nueva visión del tema. Uno de los escritores más representativos de la generación del 27, Antonio Espina, publicó en 1929 una biografía de Luis Candelas, *El bandido de Madrid.*

señor, con sus cincuenta y pico, enamorado como un cadete y picado de veras y en lo vivo por el demonio del amor.

Largos ratos se dedicaba ella a pensar en las contingencias de aquellos graciosos amores, y llegaba, imaginando, al día de la boda, y pensaba en la verosimilitud de una cencerrada[11], pues el tío era viudo, cencerrada en que ella colaboraría a *cencerros tapados*[12], sin perjuicio de haberle regalado antes a la novia un magnífico aderezo.

Y después serían muy amigas, y a paseo irían juntas, y llegarían a burlarse juntas del ridículo señor de las patillas, su *deudor*[13] y esposo respectivamente... y hasta llegaba a pensar en los cuernos que su señora tía acabaría por ponerle al infiel administrador, ¿con quién?, con el primo Sebastián, por ejemplo... Y hasta enredaba la madeja en su fantasía de modo que resultaba que ella, Emma, tenía alguna culpa en la desgracia de su tío... y, ¿qué?, mejor. ¿No la había él engañado a ella? ¿No la había robado? Pues entonces, las pagaba todas juntas.

Porque además Emma se reservaba el derecho de vengarse de los antiguos despojos que había tolerado antes, sacándole a relucir sus trampas a D. Nepo, justamente en aquellos días de sus desgracias conyugales... ¡Qué risa! ¡Qué oportunidad para ponerle en un apuro! En ésta como

---

[11] *cencerrada:* «ruido desagradable que se hace con cencerros, golpeando distintos utensilios, etc.; por ejemplo, como broma delante de la casa de un viudo que se ha vuelto a casar» (DUE).

[12] *a cencerros tapados:* modismo basado en el truco de rellenar los cencerros de las reses para que no suenen y éstas puedan pastar en campo del vecino: «Como Bringas reprobaba que su mujer variase de vestidos y gastase en galas y adornos, ella afectaba despreciar las novedades; pero a cencerros tapados estaba siempre haciendo reformas, cambiando trapos e interpretando más o menos libremente lo que traían los figurines» (*La de Bringas,* ed. de A. y C. Blanco, Madrid, 1983, pág. 93).

[13] *deudor:* en el original se lee *deudor,* que C. Richmond interpreta como errata y corrige por *deudo,* «pariente». Es muy posible, dada la frase en que se inscribe la palabra. De todas formas, el contexto, en el que Emma se recrea imaginando su venganza contra Nepomuceno, por el saqueo a que éste ha sometido su patrimonio, así como el hecho de que la palabra quede subrayada por la cursiva a manera de cita de una palabra propia de Emnma, me inclinan a mantener *deudor,* como P y F.

en todas las demás flaquezas ajenas que a ella podían mortificarla, y que por lo pronto toleraba, por amor al arte de las picardías, la mujer de Bonis se reservaba vagamente el derecho de vengarse del modo más refinadamente cruel, allá más adelante, no sabía cómo ni cuándo, pero algún día; y sentía una alegría y excitación semejantes a las que produce la esperanza de ser feliz, con la conciencia de estos aplazados desquites, de estos castigados y tormentos vengadores, representados y proyectados entre las brumas de la voluntad y del pensamiento.

Para explicar su conducta con el tío y con Bonis, hay que añadir a este examen de sus pervertidos sentimientos, su comezón de lo raro, original e inesperado. La irritaba que nadie pudiera prever sus enfados y rabietas, odios y venganzas; prefería incomodarse y enfurecerse por motivos de los que nadie esperase tales resultados, y desorientar al más experto observador quedándose fría, tranquila, impasible, ante injurias y daños que los demás podrían creer que la iban a sacar de sus casillas.

Con Eufemia, su confidente, ejercitaba este prurito a menudo, ya en sus mutuas relaciones, ya en lo que se refería a un tercero.

Nada de lo que el tío ni de lo que Bonis pudieran hacer en contra de ella podía darle causa para más rencores que aquello de haberla dejado estar a las puertas de la muerte... sin acompañarla al otro mundo; esto, esto era lo que no perdonaría... y, sin embargo, ya se veía cómo disimulaba. ¡Oh! ¡Pero qué chasco les iba a dar! ¡Qué gracia, cuando el tío se encontrase con que ella también gastaba a todo gastar, y que el caudal que él tenía de reserva, para robar más adelante (para cuando su mujer, la alemana, por ejemplo, le diese chiquitines de Sebastián, era un decir) había pasado, según la ley, a manos de los acreedores, al tendero de la esquina, al comerciante de los Porches, etcétera, etcétera.

Sí, la vida todavía guardaba para ella un porvenir sustancioso; ahora caía en la cuenta de que no había sido antes bastante egoísta. Mortificar a los demás y divertirse ella, de mil maneras desconocidas, todo lo posible, estas eran las dos fuentes de placer que quería agotar a grandes tragos; dos fuentes que venían a ser una misma.

Con la salud nueva sentía Emma esperanzas locas de no sabía qué deleites; y a tanto llegó esta fuerza expansiva, que aquellos mismos placeres secretos de su retiro voluntario, llegaron a parecerla insuficientes, no saciaban su sed de emociones extrañas; y, entonces, rompiendo la crisálida de su encerrona, determinó salir al mundo, no sin cautela, no sin disimulos, en busca de aventuras de que no había de dar cuenta a los parientes, procuradas entre misterios que las había de hacer más sabrosas.

Una noche dormitaba Eufemia en el gabinete de su ama, dando cabezadas contra la pared, cuando tuvo que despertar sobresaltada por un golpe que sintió en un hombro; era la mano de Emma, que la llamaba; estaba la señorita en camisa, pálida como nunca, su respiración era anhelante, las narices se la ponían hinchadas, abriéndose como fuelles.

—¿Qué hora es?, preguntó con voz ronca.

—Serán las diez, señorita.

—Y llueve.

Eufemia atendió al ruido de la calle.

—Sí, llueve.

—Vamos a salir.

—¡A salir!

—Sí, tú calla. Anda, tráeme un vestido tuyo, de percal, y un mantón tuyo y un pañuelo... vamos las dos de *artesanas*. Vamos al teatro, a la cazuela[14]. Hoy hacen la... no me acuerdo cómo se llama; es una ópera nueva, muy buena, lo

---

[14] *la cazuela:* el gran palco o galería para las mujeres en los corrales de comedias del siglo XVII, solía estar frente al escenario y en el segundo piso. Su condición popular es la que hace que Emma se vista de «artesana» para pasar inadvertida. He aquí como la describe en el siglo XIX, Fernández de Córdoba: «una cazuela destinada exclusivamente a las señoras con sólo bancos de madera sin respaldo sobre los cuales cada una ponía los almohadones expresamente traídos para este objeto de su casa» (*Memorias íntimas*). Galdós la pinta como un lugar de destempladas voces y alboroto, y a veces de guerra de castañas, avellanas, cáscaras de naranja, etc., que se cruzaban entre el sector femenino y el masculino (*La corte de Carlos IV*).

leí en el cartel[15] al volver de misa, en la esquina del Ayuntamiento. Corre, vete por eso; oye, tráeme aquel alfiler del pelo, el de cabeza de dublé[16], que te costó dos reales. Ninguno de esos tipos está en casa... Vamos a correrla todos... Conque... ¡andando!

   [15] *lo leí en el cartel:* Galdós deja constancia de que los cartelones se habían convertido en principal fuente de información teatral para el público, incluso para los asiduos como él mismo: «Corriendo hacia nuestras casas pudimos leer los carteles de los teatros, y vimos que el teatro antiguo estaba de enhorabuena, *El alcalde de Zalamea* en el Príncipe, *Lo cierto por lo dudoso* en Variedades y *El desdén con el desdén* en el Circo» («Folletín», en *La Nación, vid. Galdós periodista,* pág. 37).

   [16] *dublé:* españolización de la palabra francesa *doublé* «sobredorado» (DUE).

   [17] *Conque... ¡andando!:* la comedia de capa y espada debió de abrir a la imaginación de Clarín escenas como ésta, en que la dama y su criada, bien encubiertas, se lanzan a la calle en busca de aventura. En *La viuda valenciana,* de Lope, son Leonarda y Julia quienes «con mantos» arriesgan los pasos por huertas y calles, sin la protección del coche, y en cuanto «anochece», pues «Eso y el estar tapada / hace que no importe nada» (*Obras de Lope de Vega,* XXIII, ed. de Menéndez Pelayo, BAE, Jornada III, pág. 368). También a Valle Inclán le encantó la idea, y en la «befa septembrina» de la *Farsa y licencia de la Reina Castiza,* a la Señora, «guapa y repolluda», se le «antoja ir de mantón a la verbena» y después «de tapadillo a un baile de candil» con Mari-Morena (*Teatro Selecto,* Madrid, Escelicer, pág. 343) y el Gran Preboste las descubre así: «Allá van dos de zagalejo, las caras con el rebocillo muy cubiertas. Me llega el dejo de un enredo de tapadillo. ¡Válgame Dios, una es la Reina!» (pág. 357).

X

Una mañana, muy temprano, Eufemia entró en la alcoba de Reyes, y le despertó diciendo:

—La señorita llama, quiere que el señorito vaya a buscar a D. Basilio.

—¿Al médico?, gritó Bonis, sentándose de un brinco en la cama y restregándose los ojos hinchados por el sueño. ¡Al médico, tan temprano! ¿Qué hay, qué ocurre?

No se le pasó por las mientes que se pudiera necesitar al médico para curar algún mal; la experiencia le había hecho escéptico en este punto; ya suponía él que su mujer no estaba enferma; pero Dios sabía qué capricho era aquél, para qué se quería al médico a tales horas y cuál sería el daño, casi seguro, que a él, a Reyes, le había de caer encima a consecuencia de la nueva e improvisada y matutina diablura de su mujer.

—¿Qué tiene? ¿Qué pide?, preguntaba con voz de angustia, como implorando luces y auxilio y fortaleza en el preguntar; mientras, a tientas, buscaba debajo del colchón los calcetines.

Eufemia se encogió de hombros, y, acordándose del pudor, salió de la alcoba para que se vistiera el señorito.

El cual, a los dos minutos, se acercaba al lecho de su mujer, arrastrando las babuchas de fingida piel de tigre[1], y

---

[1] *babuchas de fingida piel de tigre:* si en *La Regenta* la piel de tigre que está a los pies de la cama de Ana Ozores simboliza la tensión erótica del personaje (*vid.* cap. III y especialmente cap. XXIII, n. 20, de nuestra edición), en *Su único hijo* se trata tan sólo de una imitación de piel de tigre, que además ha ido a parar a

abrochándose hasta la barba un gabán de medio tiempo, gris, muy usado, que le servía de batín en las estaciones templadas. Temblaba Bonis, más que por el fresco de la madrugada, por la incertidumbre y el miedo. No había en el mundo cosa que más temblón le pusiera que la zozobra de la incertidumbre ante un mal próximo, de repente anunciado y ni remotamente temido poco antes, sobre todo si estas impresiones le cogían mal abrigado, a deshora, cortándole el sueño, la digestión o el placer de oír música, o de divagar imaginando: «Como este diablo de fantasía de liebre todos los peligros me abulta, pensaba, prefiero un mal como ocho conocido exactamente, a un mal como cuatro barruntado, pero que yo me figuro como cuarenta.»

Tiempo hacía que sus relaciones con Emma y con el tío eran para él constante ocasión de sobresaltos. De ambos esperaba y temía terribles descubrimientos, quejas, acusaciones concretas, crueles recriminaciones, singularmente de su mujer. ¿Qué sabía? ¿Qué no sabía? ¿Qué *tregua del diablo,* que no de Dios, era aquella que le estaba dando, y por qué se la daba y hasta dónde llegaría?

¿Por qué, si le había cogido en flagrante olor de polvos de arroz (aunque, en aquel trance, inocente), no había sacado todavía la consecuencia de su maldita observación? ¡La que le estaría preparando! Le horrorizaba el momento de una *explicación,* como él se complacía en llamar a la escena que preveía; pero la prefería, o tal se le figuraba, al estado de susto perpetuo, de excitación *leporina*[2] en que vivía de día y de noche. En cuanto Emma le hablaba, o le miraba, o le mandaba a llamar, creía llegado el momento.

—¿Qué pasa, hija mía?, preguntó a su cónyuge con la

---

las babuchas, símbolo de la apática resignación burguesa de Bonis. El radical rebajamiento del emblema proporciona una precisa imagen del cambio de tono de *Su único hijo* respecto a *La Regenta,* y nos da la medida de su distancia.

[2] *excitación leporina:* 'excitación propia de un lepórido (liebre, conejo)' = 'excitación de un hombre asustado'. Tal parece ser la explicación de esta atrevida imagen, pues acabamos de leer que «este diablo de fantasía de liebre» asustadiza caracteriza a Bonis.

como para ir a pagar la visita a un embajador, que así era como él siempre se vestía para acercarse a la cabecera de sus enfermos.

Mientras se abrochaba las guantes, oía a Bonis su tartajosa explicación, dando grande importancia, a fuerza de cabezadas de inteligencia y asentimiento, a todo lo que decía. La verdad era que Reyes no tenía nada que explicar en rigor, pero no importaba; de todas suertes, aquello le parecía interesante al médico, que, serio en medio de sus sonrisas corteses, siguió al esposo atribulado por la calle. Disputaron con ademanes y pasos atrás acerca de quién dejaba a quién la acera; venció al fin Bonis, que insistió más, y cuya humildad era muchísimo más cierta que la del médico. Por el camino éste siguió enterándose, porque lo creyó de su deber, y Bonis siguió diciendo nada entre dos platos. Por lo demás, Aguado se sabía de memoria a Doña Emma Valcárcel. Era su médico predilecto, a temporadas, porque ella, fijo y único, no lo quería. Cambiaba de médico como pudiera cambiar de favorito si fuese una Cristina de Suecia[7] o una Catalina de Rusia[8], y siempre tenía en movi-

---

[7] *Cristina de Suecia:* la comparación de Emma con estas dos célebres mujeres no puede ser más sarcástica, aunque tiene con ellas chocantes puntos de contacto. En el caso de Cristina de Suecia (1616-1689), su extravagancia y sus caprichos fueron legendarios, así como la colección de sus favoritos (entre los que se encontraba su propio primo, en quien finalmente abdicó el trono), o su papel de mecenas de las letras (mandó llamar a Descartes a Suecia). Ella, al igual que Emma en su escala, llevó una vida pública de despilfarro y enajenó el patrimonio de la corona vendiendo sus tierras. «Los resultados fueron algo sin precedentes. Cuando acabó su reinado, casi dos tercios de las tierras reales habían dejado de pertenecer a la corona» (H. Kamen, *El siglo de hierro,* Madrid, 1977, págs. 381). Tanto Cristina como Catalina de Rusia eran personajes muy conocidos en el siglo XIX, y como tales fueron glosados por el íntimo amigo de Leopoldo Alas, Armando Palacio Valdés, quien les dedicó sendos capítulos de su libro *El gobierno de las mujeres.*

[8] *Catalina de Rusia:* se refiere a la princesa alemana Catalina de Anhalt (1762-1796), casada con el gran duque Pedro III, quien fue obligado a abdicar por la Guardia Imperial (1762) en beneficio de su esposa, y murió pocos días después en prisión. Catalina II, proclamada zarina a pesar de carecer de títulos y derechos para ello, había dirigido la conspiración, en la que participó activamente su amante, el noble Orlov. En el curso de su largo reinado el Imperio ruso alcanzó su grandeza definitiva. A pesar de ser la dueña absoluta de Rusia y de ejercer plenamente el despotismo, esta *Semíramis del Norte,* como

miento un ministerio de doctores. Aguado era de los que más tiempo ocupaban el poder, por ser especialista en enfermedades de la matriz[9], y en histérico[10], flato[11] y aprensiones[12], total flato.

---

se la llamaba por entonces y como la llamó Armando Palacio Valdés, entregó a menudo el gobierno en manos de sus favoritos, como los hermanos Orlov, Poniatowski o Potemkin, y se rodeó de una corte legendaria por sus costumbres disolutas.

[9] *enfermedades de la matriz:* no es extraño que se asocien con el histérico y el flato, ambas enfermedades nerviosas, pues era creencia que provenía de la medicina clásica (Hipócrates) que los síntomas histéricos respondían a movimientos anormales del útero en la mujer.

[10] *histérico:* literalmente, perteneciente o relativo al útero, en griego, pero también, y a partir de las investigaciones charcotianas, perteneciente o relativo al histerismo. Con Charcot, el célebre neuropatólogo del hospital parisino de La Salpetrière, se establece la concepción moderna de la histeria, pero bajo el signo del fisiologismo, y en la ola de apogeo de este movimiento científico. El año 1882, inmediatamente anterior a la redacción de *La Regenta,* Charcot consagraba sus doctrinas ante la Academia de las Ciencias, con enorme resonancia mundial. El receptivo Clarín escribió *La Regenta,* analizando a su protagonista en términos de caso histérico, en este ambiente de resonancia y en el del debate que, impulsado desde Ginebra, por Liebault y Bernheim, iba a poner en cuestión las tesis de Charcot. En *Superchería* Clarín había estudiado un caso de histeria masculina, que tiene no pocas connotaciones autobiográficas y ahora, con *Su único hijo,* insiste en el análisis de otro caso de histeria femenina, el de Emma Valcácel (véase «Introducción», II, 2) lo cual testimonia la enorme importancia del tema en el mundo intelectual de la Restauración. El propio Clarín había sido denunciado como «histérico» por E. Bobadilla, «Fray Candil», en un artículo titulado «Clarín histérico» (*Triquitraque,* M, F. Fe, 1892), en el que «literalmente desvalija a Lombroso y a otros con el único fin de meterse con quien, muy poco antes, fuera uno de sus mentores literarios» (Maristany, 1984, pág. 380).

[11] *flato:* el ignorante don Robustiano Somoza, médico de *La Regenta,* «era hombre de mundo, un doctor de buen trato social. Años atrás, para él todo era flato; ahora todo era *cuestión de nervios»* (vol. I, pág. 512). También para el Magistral lo que padece Ana «es enfermedad, flato, nervios... ¿qué sé yo? Pero es material, no tiene nada que ver con el alma» (vol. II, pág. 172).

[12] *aprensiones:* pues como aprensiones sin fundamento médico se tendió a juzgar en muchos casos la histeria, atribuyéndola a sugestión, autosugestión o incluso simulación, en la línea teórica defendida por Babinski. En 1892, el redactor de la voz «histeria» del *Diccionario Enciclopédico Hispano-Americano,* debió advertir a los médicos de que se trataba de una enfermedad tan real como pueden serlo las enfermedades mentales y de que debe descartarse la idea de que los síntomas son «teatro» del enfermo. *Aprensiones* es en todo caso una palabra importante en la obra de Clarín, y así tituló uno de sus cuentos, recogido en *El gallo de Sócrates y otros cuentos.*

Bonis admiraba en general la ciencia, a pesar de la repugnancia instintiva que le inspiraban las exactas y las físicas, que *sólo hablan a la materia;* creía en la medicina, no por nada, sino porque en los apuros de la salud, si no se recurría a los médicos, ¿a quién se iba a recurrir? Había que tener fe en algo; su débil espíritu no le consentía en ninguna tribulación quedarse sin ninguna esperanza, sin una tabla a que agarrarse. Recordaba que en las enfermedades de sus padres y de su hermanos, todos ya muertos, siempre había tomado al médico por Providencia; en vano era que en los tiempos de salud en casa participase del general escepticismo de que los mismos doctores solían hacer alarde; caía un *ser querido* en cama, y ya estaba Bonifacio creyendo en la medicina. Algo había leído de lo que somos por dentro, y pensaba leer mucho más si llegaba a tener familia, para criar bien a su hijo, y aunque no la tuviese, que ya no la tendría con aquella matriz estropeada de su mujer, para hacerse filósofo cuando tronase con Serafina y se fuera sintiendo viejo (era su plan para la vejez solitaria, hacerse filósofo). Pero a pesar de todas estas lecturas pasadas y futuras, se figuraba el organismo humano con una especie de conciencia en cada dedo y en cada víscera y en cada humor; y lo de *agradecer el estómago,* por ejemplo, las medicinas, lo tomaba al pie de la letra. Además, la relación de los medicamentos a las enfermedades era toda una magia para Bonis, y la idea del veneno y del elixir completa mitología milagrosa e infinitesimal; quiere decirse, que por gota de más o de menos del líquido más anodino, podía, según él, reventar el paciente o ponerse sano en un periquete. Esto lo había aprendido de su mujer, que por gota de más o de menos, vertida por él con pulso trémulo, en una cucharilla de café, le había puesto como un trapo en infinitas ocasiones.

En suma, respetaba en el Sr. Aguado la ciencia oculta, al favorito de su mujer, al homeópata y al partero que él había soñado cuando había *acariciado la esperanza* de tener un chiquillo.

Llegaron juntos a la alcoba de Emma. Don Basilio, con sus labios estrechos, sonreía, apretándolos.

Así como, si a Sagasta o a Cánovas, caídos, los llamase la Reina[13] al amanecer, poco más para formar Ministerio, a ellos no se les ocurriría preguntarle por qué tanto madrugar, sino formar ministerio cuanto antes: así, D. Basilio, de quien hacía meses que su doña Emma estaba olvidada, se abstuvo de inquirir por qué tal apuro en llamarle, y entró de lleno en el fondo de la cuestión desde el primer momento. Antes de todo, quería datos, antecedentes.

A ver qué había pasado desde tal tiempo a aquella parte (la fecha justa de su última visita). D. Venancio el alópata[14], además alcalde y también especialista en partos, había andado allí. ¿Para qué? Para nada; pero había andado. Había recomendado la dieta. ¡Malo! D. Venancio era un grandísimo tragaldabas, que tenía indigestiones como podría tenerlas un cañón cargado hasta la boca, y las curaba con dietas dignas de la Tebaida[15]. Sin más razones, recetaba también dietas absolutas, a todos sus clientes como el mejor *específico* del mundo. Aguado, que tenía el estómago perdido sin necesidad de comer, era enemigo de la dieta

---

13 *Sagasta... Cánovas... La Reina:* como indica C. Richmond en su edición esta alusión introduce «una tercera época, la de finales de la década de 1880, cuando Alas escribía *Su único hijo*», y en la que no se desarrolla acción ninguna pero desde la que se sitúa el Narrador, en un futuro de los personajes que, sin embargo, pesa sobre ellos (pág. XXXVIII). En efecto, la regencia de María Cristina se inició en 1885, y simultáneamente se elaboró el acuerdo del llamado «turno pacífico», o alternancia pactada en el poder entre el partido liberal de Sagasta y el Conservador de Cánovas.

14 *alópata:* médico que utiliza la alopatía, doctrina contrapuesta a la homeopatía, y que consiste en emplear remedios que producen efectos contrarios a los que caracterizan la enfermedad (DUE).

15 *la Tebaida:* éste fue el nombre que recibió —por referencia a Tebas— una comarca desértica de Egipto, donde, para librarse de las persecuciones del emperador Diocleciano y entregarse a una vida ascética y de privaciones, se refugiaron numerosos anacoretas, entre ellos San Antonio Abad, precursor de la vida eremítica cristiana, San Simeón Estilita (cita habitual de Clarín, *vid.* Oleza, 1986², XII, n. 13 y XIV, n. 4) y San Pacomio, que estableció el primer monasterio cristiano propiamente dicho. Clarín gustaba de imaginar la vida eremítica de la Tebaida y en los *Solos* escribe: «Santa Teresa, en los páramos de Ávila, ¿cómo no había de ser mística? Si los anacoretas de la Tebaida hubieran habitado nuestras colinas (...) hubieran comenzado por cultivar un jardín. Es fama que no hay ningún santo asturiano, y aunque yo no puedo asegurarlo, sí diré que me parece muy verosímil» (pág. 264).

tratándose de personas delicadas como doña Emma. Pues bien; de todo el mal de que aquella señora no se había quejado todavía, tenía la culpa la falta de alimento, la dieta del *otro*. Emma calló a esto; no se atrevió a decir lo bien y mucho que venía comiendo aquella temporada.

Por fin Aguado la dejó explicarse, y ella se quejó de lo siguiente:

«—No le dolía nada, lo que se llama doler, pero tenía grandes insomnios, y a ratos grandes tristezas, y de repente ansias infinitas, no sabía de qué, y la angustia de un ahogo; la habitación en que estaba, la casa entera le parecían estrechas, como tumbas, como cuevas de grillos, y anhelaba salir volando por los balcones y escapar muy lejos, beber mucho aire y empaparse en mucha luz. Su melancolía a veces parecía fundarse en la pena de vivir siempre en el mismo pueblo, de ver siempre el mismo horizonte; y decía sentir nostalgia, que ella no llamaba así, por supuesto, de países que jamás había visto ni siquiera imaginado con forma determinada. Este prurito extravagante llegaba a veces al absurdo de desear vivamente estar en muchas partes a un tiempo, en muchos pueblos, junto al mar y muy tierra adentro, en lo claro y en lo oscuro, en un país como en aquel suyo, donde había muchos prados verdes, pero también en una región seca, de cielo diáfano, sin nubes, sin lluvias. Pero, sobre todo, lo que necesitaba era no ahogarse, no estar oprimida por techos y paredes, etc., etc.»

Para Bonis nada de esto ofrecía novedad, a no ser en la forma, pues su mujer se había pasado la vida pidiéndole la luna. Sólo cuando oyó aquello de anhelar salir volando por el balcón, pensó, sin querer, en las brujas que van los sábados a Sevilla[16] por los aires, montadas en escobas[17]; y

---

[16] *las brujas que van los sábados a Sevilla:* Cervantes, en *El coloquio de los perros*, cuenta por boca de la Montiela a Berganza, y por boca de éste a Cipión, de un grupo de brujas de Sevilla, la Camacha, la Cañizares y la Montiela, que iban a ver al Cabrón «muy lejos de aquí a un gran campo, donde nos juntamos infinidad de gente, brujos y brujas». Unos días antes de la muerte de la Cañizares «habíamos estado las dos en un valle de los montes Pirineos en una gran jira». Así que las brujas de Sevilla eran harto viajeras, sobre todo en las noches del viernes al sábado, como documentan los procesos inquisitoriales ya desde

tuvo cierto miedo supersticioso de esta inclinación, que ofrecía relativa y sospechosa novedad. Se puso colorado, avergonzándose de su mal pensar. Ni en idea se atrevía a ofender a Emma, por temor de que le adivinase el pensamiento.

D. Basilio interrumpió a la dama, extendiéndo la mano y pidiéndole el pulso por señas. Sonrió con gesto de inteligencia, como diciendo que todo lo que aquella señora había expuesto lo había previsto su sabiduría y era cosa que andaba escrita en libros que tenía él en casa. Después, como solía en lances tales, hizo caso omiso de la variedad de fenómenos relatados por la enferma, para fijarse en la *causa una,* y dijo:

—El histerismo es un Proteo.

—¿Quién?, preguntó Emma.

—Uno, advirtió Bonis, luciendo sus conocimientos clásicos, que robó el fuego a los dioses.

—Eso es, afirmó el médico, que no conocía de la biografía de Proteo[18] más datos que los conducentes a su cita. El histerismo, añadió, como Proteo, toma infinidad de formas.

1340, en los que las brujas reconocen haber asistido al *sabbat,* que se celebraba ora en un lugar ora en otro, y que allí se libraban a toda clase de excesos (Caro Baroja, *Las brujas y su mundo,* Madrid, 1961, págs. 129 y ss.). El aquelarre de Sevilla debía ser particularmente famoso, pues Clarín, en *Superchería,* nos cuenta de una bruja moderna que «no iba a celebrar los sortilegios al monte Esquilino, sino al aquelarre de Sevilla, todos los sábados».

[17] *montadas en escobas:* «Con relación a lo que hacen las brujas se dice que, untándose con ciertos ungüentos, hechos con grasa de gato o de lobo, leche de burra y no sé qué cosas más, pueden salir de sus casas montadas en palos o escobas por una vía común e incluso por un agujero angosto, y volar por los aires, y así transportarse de un lugar a otro hasta donde celebran sus festines y francachelas con los diablos» (Godelmann, *Tractatus de magis, veneficis et lamiis,* cfr. Caro Baroja, *ibíd.,* págs. 185 y ss.). El grabado de Goya «linda maestra» muestra a dos brujas desnudas, una vieja y otra joven, cabalgando en una misma escoba camino del aquelarre.

[18] *la biografía de Proteo:* ni don Basilio ni Bonis la conocen. Proteo era hijo de Poseidón y del Océano, tenía la facultad de predecir el futuro y cuando se le consultaba solía tomar formas distintas y frecuentemente espantables, y los que eran bastante audaces para cogerle y sujetarle a través de sus cambios de forma, lograban que les hablara. Suponíase que residía en la isla de Paros, donde guardaba los monstruos marinos del rebaño de Poseidón.

—¡Ah, sí!, interrumpió con ingenuidad Bonis. Dispense usted, D. Basilio; el que robó el fuego a los dioses fue otro, fue Prometeo[19]... Me había equivocado.

El doctor se puso un poco encendido y disimuló con un ziszas entre ceja y ceja su enojo, doble por lo de haberle llamado D. Basilio y haberle hecho enseñar la punta de la oreja de su descuidada educación en materia de antigüedades.

«¡Qué animal es este calzonazos!» pensó, y siguió:

—Es necesario que vayamos a la raíz del mal. El mal está dentro, en lo que llamamos el espíritu, porque advierto a ustedes (y esto lo dijo volviéndose a Bonis, para deslumbrarle y vengarse) que soy vitalista[20], y no sólo vitalista, sino espiritualista[21], aunque no es esa la moda reinante.

No le cogía a Reyes tan de nuevas la cuestión como creía el otro. Justamente él, en los ratos que dejaba la flauta

---

[19] *Prometeo:* «el mañoso y astuto Prometeo», hijo de Clímene, «Oceánida de bellos tobillos» y de Jápeto, engañó por dos veces a Zeus, la segunda robando para los hombres el fuego que Zeus les tenía prohibido. Por ello Zeus «le ató con irrompibles ligaduras —dolorosas cadenas— que metió a través de una columna, lanzó sobre él un águila de amplias alas y éste le comía su hígado inmortal, que durante la noche crecía por todas partes en la misma proporción que durante el día devoraba el ave de amplias alas» (Hesíodo, *Teogonía,* ed. de A. Pérez Jiménez, Barcelona, 1981 [2]).

[20] *vitalista:* el vitalismo es doctrina fisiológica que explica los fenómenos que se verifican en el organismo, así en el estado de salud como en el de enfermedad, por la acción de ciertas fuerzas llamadas vitales, propias de los seres que gozan de vida, y no exclusivamente por la acción de las fuerzas generales de la materia. Se sitúa como tercera vía en el debate entre las doctrinas espiritualistas y materialistas.

[21] *espiritualista:* «el espiritualismo es la doctrina que afirma ante todo, y sobre todo, como primera realidad la del espíritu y, hasta hace muy poco tiempo, como primera y fundamental cualidad del espíritu el pensamiento o el intelecto. Partiendo del principio metafísico de Aristóteles, «ser es pensar, el pensamiento es el acto puro», toda la evolución del espiritualismo, a partir de Platón y Aristóteles a través de la filosofía cristiana, de la escolástica y de toda la corriente central de la filosofía moderna, que determinará la aparición de Descartes, y llegando a nuestros días en el llamado espiritualismo francés, toda la evolución espiritualista (...) tiene como nota común la afirmación incontrovertible (por percepción directa) de la realidad del espíritu». Así lo explicaba una enciclopedia de la época de Clarín (DEHA). Sobre el espiritualismo filosófico véase nuestra «introducción IV.1».

y no podía ver a Serafina, y su mujer no le necesitaba, y, sobre todo, en la cama, antes de dormirse, consagraba no poco tiempo a meditar sobre el gran problema de lo que seremos por dentro, por dentro del todo; y tenía acerca de la realidad del alma ideas muy arriesgadas y que creía muy originales. También era él espiritualista, ¡ya lo creo!, ¡a buena parte!...

—El mal está en el espíritu, y el espíritu no se cura con pócimas, prosiguió D. Basilio.

—¿Pero no dice usted que esto es histérico?, pregunto Emma sonriendo.

—Sí, señora; pero hay relaciones misteriosas entre el alma y el cuerpo, y yo no soy de los que dicen (volviéndose otra vez a Bonis) *post hoc, ergo propter hoc*[22].

Decididamente quería deslumbrarle y hacerle pagar caro lo de Proteo y Prometeo; porque D. Basilio no acostumbraba a hacer alardes de erudición, y a la cabecera de los enfermos más parecía un moralista del género de los elegantes y atildados, que un doctor de borla amarilla[23].

Bonis se puso a traducir para sus adentros el latín, y no tropezó más que en el *propter,* cuyo significado no recordaba; ya lo buscaría en el Diccionario. Ello era una preposición. Bonifacio Reyes había cursado en el Instituto provincial los primeros años de *filosofía,* pero sin llegar a bachiller; mas su ciencia no provenía de ahí, sino de lo que ya va dicho, de un gran prurito que, ya de viejo, le había entrado de *instruirse,* y no sólo por *completar* su educación, sino porque como antes había soñado con ser padre, la gran dignidad que atribuía a este *sacerdocio* le había parecido

---

[22] *post hoc ergo propter hoc:* sentencia latina («después de esto, luego a causa de esto») que propone la falacia de que un hecho es causa de otro por la mera circunstancia de precederle. A Clarín le gustaba la frase, y ya la había sacado a relucir en *La Regenta* (I, 1986[2], pág. 384). Es comentario de Aristóteles sobre la acción de la tragedia y García Sarriá (1975) la considera por ello «de gran importancia», pues viene a constituirse en «un comentario sobre el argumento de la novela dentro de la novela misma» (págs. 209-210), que a la vista de lo que sucede después adquiere un sutil sentido profético.

[23] *doctor de borla amarilla:* esto es doctor en medicina, pues el amarillo es el color que corresponde al birrete de la Facultad de Medicina.

merecer un plan, todo un plan de estudios *serios* y *profundos,* que pudieran servir en su día de alimento espiritual al hijo de sus entrañas y de las entrañas de su mujer.

Como Emma, que nada entendía del trivio ni del cuadrivio[24], se impacientase un poco viendo que Aguado no acababa de recetarle lo que ella necesitaba, el médico, que comprendió la impaciencia, *resumió,* diciendo que no hacían allí falta alguna los jaropes del *otro,* que bastaban unas tomas de aquellos glóbulos que él guardaba en aquella caja tan mona; y, sobre todo, mucho paseo, mucho ejercicio, distracción, diversiones, aire libre y mucha carne[25] a la inglesa. Con este motivo de la carne, Aguado disertó sobre un tema que en el pueblo era por aquel tiempo casi inaudito, de gran novedad por lo menos; abominó del cocido; achacó la falta de vigor nacional a la carne cocida y a la poca carne frita que se come en esta pobre España, etcétera, etc.

Dicho y hecho. Hubo una revolución en aquella casa. Todos los Valcárcel de la provincia, hasta los del más lejano rincón de la montaña, supieron que por prescripción facultativa Emma había cambiado de vida, se había resuelto, venciendo su gran repugnancia, a salir mucho, frecuentar los paseos, las romerías y hasta las funciones solemnes de iglesia, y podía ser que el teatro.

D. Juan Nepomuceno dejaba hacer, dejaba pasar[26].

---

[24] *trivio...quadrivio:* entre los romanos, y durante toda la Edad Media, el *trivium* es el conjunto de las tres artes liberales relativas a la elocuencia (gramática, retórica y dialéctica), que junto con el *quadrivium* (geometría, aritmética, música y astronomía), conforma el sistema de las artes liberales. El estudio de estas materias se realizaba en una fase educativa que podría ser la equivalente a la enseñanza media.

[25] *y mucha carne:* casi la misma terapéutica higienista que el doctor Somoza propone para la hija de Carraspique en *La Regenta:* «la ciencia ofrece la salud de Rosita con aires de aldea, allá junto al mar; vida alegre, buenos alimentos, carne y leche sobre todo... sin esto... no respondo de nada» (1986², XII, n. 12).

[26] *dejaba hacer, dejaba pasar:* no es extraño que se aluda a una célebre consigna económica, «laissez faire, laissez passer; le monde va de lui même», a propósito de Nepomuceno, verdadero estratega de las finanzas domésticas. Más irónico resulta que se le aplique justamente a él, partidario de la intervención

Emma le presentaba las cuentas de la modista, que subían a buenos picos, y él pagaba sin chistar. También hubo que hacerle ropa nueva a Bonis, pues su mujer sólo en este punto tenía buena idea de la dignidad de un marido. Él era el que la había de acompañar ordinariamente, y en vano ella luciría las mejores telas y los sombreros más caros si su esposo descomponía el cuadro con malos géneros y prendas cortadas a sierra por un sastre indígena. Se volvió al paño inglés y a los *artistas* famosos de Madrid[27]. Ahora Bonifacio se dejaba vestir bien con mayor agrado, pues Serafina notó el cambio y le encontró muy de su gusto. Pero ¡ay!, que sus *relaciones ilícitas* tropezaban con mayores dificultades que hasta allí, pues el tiempo libre escaseaba, y había que disimular en paseos y demás sitios públicos, donde desde lejos se veían los amantes en presencia de la esposa; al parecer descuidada, pero Dios sabía...

Bonis, con la espalda abierta, como él decía, temía a todas horas que llegase el momento de una explicación; pero Emma nunca volvía sobre el asunto de los polvos de arroz. Tampoco aludía jamás a lo que aquella noche extraña había sucedido, ni había vuelto a tener iniciativas de aquel género. Lo que sí hacía era hablar mucho del teatro, y preguntarle si conocía al tenor, y al barítono, y a la tiple; y pedía señas de su vida y milagros, ya que él confesaba saber algo de todo esto, aunque es claro que por referencias lejanas...

---

directa sobre el capital ajeno y de la inversión industrial, una consigna fisiócrata, primer sistema completo de economía, fundado a mitad del XVIII por el doctor Quesnay en su *Tableau Économique,* y que proclamaba la existencia de un orden natural, que bastaba reconocer para que su evidencia se impusiera, por lo que había que «dejar hacer, dejar pasar» a las fuerzas económicas. El programa de los fisiócratas, al contrario que el de Nepomuceno, propugnaba la subordinación de la industria a la agricultura y, frente a los mercantilistas, era partidario del libre cambio.

[27] *a los artistas famosos de Madrid:* Bonifacio Reyes hace pues lo mismo que Ronzal, alias Trabuco, en *La Regenta,* modelo de una elegancia acomplejada y provinciana, quien «encargaba la ropa a Madrid; por cada traje le pedían el valor de tres y nunca le sentaban bien las levitas. Siempre iba a la penúltima moda». Mesía, en cambio, auténtico *dandy* de Vetusta en cuanto a la ropa «Se vestía en París y solía ir él mismo a tomarse las medidas» (1986², IV, página 352).

Una tarde, después de comer a la *francesa,* gran novedad en el pueblo, donde el *clásico puchero* se servía en casi todas las casas de doce a dos, Emma, que bebía a los postres una copa de Jerez superior auténtico, traído directamente, por encargo de la señora, de las bodegas jerezanas, se quedó mirando a su marido fijamente, con ojos que preguntaban y se reían, burlándose al mismo tiempo; mientras sus labios y el paladar saboreaban un buche del vino andaluz que ella zarandeaba con la lengua voluptuosamente. Separó un poco la silla de la mesa, se puso sesgada en su asiento, estiró una pierna, enseñó el pie, primorosamente calzado, y en verdad gracioso y pequeño, y como si se enjuagara con el Jerez y no pudiera hablar por esto, por señas empezó a interrogar a su marido, señalándole el pie que enseñaba, y después indicando con un dedo levantado en alto, que movía al compás de la cabeza, algún lugar lejano.

Comían solos el matrimonio y D. Juan Nepomuceno, pues por raro accidente no había huésped pariente en casa por aquellos días; D. Juan es claro que vivía con los sobrinos. Bonis al principio no comprendió nada de las señas de su mujer ni les atribuyó gravedad alguna.

—¿Qué dices, chica? Explícate.

—¡Mmm, mmm!, murmuró ella, y siguió con la misma pantomima, cada vez más acentuada en los gestos. Nepomuceno bebía también su copita de Jerez llena de migas de rosquilla de yema, y callaba; como si no estuviera en sus atribuciones fijarse en las tonterías de su sobrina, que, desde que había vuelto *a darse de alta,* hacía la loquilla y la muchacha y se permitía unas bromitas y unas alusiones alarmantes, de que él no quería hacerse cargo *por ahora.*

—Pero habla, mujer, no entiendo eso... del pie[28]... repitió Reyes.

Emma tragó el buche de Jerez; pero en vez de hablar, volvió a llenar la boca y a renovar la pantomima con mayores aspavientos.

Bonis se fijó bien; primero señalaba al pie, bueno; y des-

---

[28] *del pie...:* tanto P como F imprimen *del pi...,* pero no tiene sentido, dado que nadie le interrumpe.

pués, con el dedo y la cabeza, quería indicar algo que no estaba presente...

No comprendía... Pero de repente, el corazón le dio dos latigazos, y un sudor frío comenzó a correrle por la espalda: las piernas, cometiendo la bellaquería que solían en los casos apurados, se le declararon en huelga, como si huyeran solas del apuro. El *físico,* la *parte material,* le anunciaba un peligro de que su oscuro entendimiento no se daba cuenta todavía. Allí había algo serio; ¿pero qué?

Bonis miró angustiado a Nepomuceno por ver si sorprendía connivencia entre el tío y la sobrina. Nada; D. Juan, como si no estuviera allí.

—Pero, hija mía, ¡por los clavos de Cristo!...

Emma arrojó el buche de Jerez al suelo, y alargando más el pie hacia su esposo y enseñando parte de la pantorrilla, gritó como si hablara a un sordo:

—Quiero decir, por los clavos de una puerta, entiéndelo, que bien claro está... quiero decir que... qué te parece de ese pie que te enseño, mastuerzo.

—Primoroso, hija mía.

—No hablo del pie, borrico; el pie ya sé yo lo que vale; hablo de las botas... Te pregunto si sabes quién tiene otras iguales.

—¿Yo?, cómo he de saber...

—Pues no hay más que éstas y otras vendidas; me lo ha dicho Fuejos, el mismísimo zapatero, tu amigo Fuejos. No ha vendido más que éstas y las de la tiple. Y por eso te preguntaba yo... alcornoque. Tienes una memoria como un madero. Y ahora, ¿te acuerdas? ¿Son o no son como las de la tiple? Iguales, hombre, iguales. ¡Mira, mira, míralas bien!...

Y Emma levantaba el pie hasta colocarlo sobre las rodillas de su marido. El tío estaba del otro lado de la mesa y no podía ver el pie levantado, ni tampoco lo intentaba.

Bonis buscó, por instinto, un vaso de agua sobre la mesa, metió en la boca el cristal, y así se estuvo, primero bebiendo, y después haciendo que bebía.

Y pensó, sin querer, en medio de sus angustias, que no podemos figurarnos ni describir los que no pasamos por ellas: «Esto es lo que en las tragedias se llama la catástrofe»[29]. Y más pensó, a pesar de lo apurado de la situación: «En las óperas podemos decir que también hay catástrofes»; y se acordó de la Norma[30], que era su mujer; y de Adalgisa, que era la tiple; y de Polión, que era él; y del sacerdote, que era Nepomuceno, encargado sin duda de degollarle a él, a Polión.

—Pero, vamos, calabacín, di algo; ¿son o no son éstas lo mismo que las de la tiple? ¿Me engañó aquel tío o no?

Sacando fuerzas, nunca supo de dónde, Reyes dijo al fin, hablando como un ventrílocuo, tan de adentro le salía la poca voz de que podía disponer:

—Pero Emma, ¿cómo quieres que yo conozca... las botas de esa señorita?

Entonces fue D. Juan Nepomuceno el que habló; pero antes se puso en pie, clavó también los ojos en su sobrino por afinidad, y cuando éste casi creía que iba a sacar el cuchillo para herirle, exclamó con gran cachaza:

—Tiene razón Bonifacio; ¿como quieres que él sepa

---

[29] *catástrofe:* Bonis señala a bulto, pues *catástrofe,* en la poética de la tragedia, tiene un significado mucho más preciso: es una de las cuatro partes de la fábula de la tragedia (las otras: prótasis, epítasis y catarsis), la reservada para el desenlace trágico.

[30] *Norma:* referencia directa a la ópera·en dos actos de Vicenzo Bellini, fundada en la tragedia *Norma,* de L. A. Soumet. Estrenada en 1831, llegó a Madrid en enero del 34 y a Barcelona en junio del 35. Según su argumento, los druidas esperan la aparición de la luna llena, en el bosque, para iniciar la revuelta contra los romanos. Norma, suprema sacerdotisa, inflama con su discurso a los guerreros, pero no se decide a tocar el escudo de guerra. El procónsul Pollione, que la ha hecho madre de dos criaturas, ama ahora a Adalgisa y proyecta partir con ella. Cuando Norma se entera prorrumpe en terribles propósitos de venganza. Adalgisa renunciará a su amor e intentará mediar para que Pollione vuelva con Norma. Pero es inútil. Adalgisa entonces rechaza a Pollione y regresa al templo, del que Pollione jura secuestrarla. Informada Norma de ello, decide por fin tocar el escudo de guerra. Acuden los galos en armas. Pollione, sorprendido en el templo, es conducido ante Norma, quien vacila, ruega, intenta reconquistarlo. Pero Pollione no renuncia a Adalgisa y Norma, entonces, convoca a los sacerdotes y se declara culpable, junto con Pollione. A ambos les aguarda una igual ejecución. El pusilánime Bonis proyecta en dimensiones trágicas su vodevil burgués de infidelidad conyugal. La ópera se convierte así en una desproporcionada caja de resonancia de los acontecimientos novelescos.

cómo son las botas que compra la tiple? No ha de ser él quien las pague.

—Eso es una... bobada, tío, y usted dispense; el que paga las botas a esas señoritas no suele conocérselas, como dice éste; si la Gorgheggi tiene querido que le pague las botas, ése... le conocerá otra cosa, pero las botas no, y menos estas que yo digo, que las compró esta mañana. Pero este papanatas sí las ha visto, y por eso yo le preguntaba; sólo que tiene una cabeza como un marmolillo y todo lo olvida. Vamos a ver; ¿no estabas tú en la tienda de Fuejos cuando entró esta mañana a las doce la tiple, y anduvo escogiendo botas y pidió la última novedad, y Fuejos le enseñó unas como éstas? ¿Y no te preguntó la tiple a ti tu opinión, y no dijiste que eran preciosas... y no se las calzó allí delante de vosotros, delante de ti y del hipotecario Salomón[31] el Cojo? ¡Pues hombre, si todo esto me lo contó el zapatero, y por eso yo le compré éstas; porque no había vendido más que otras, y esas a la tiple, que viste muy bien!

—Toda esa relación, en lo que se refiere a mi persona, es absolutamente falsa, dijo con voz bastante repuesta Bonis, que también se levantó para medirse con el tío. Yo no he entrado hoy en la zapatería de Fuejos, y puedo probar la coartada; a las doce estaba yo... en otra parte.

«En efecto; a las doce estaba él en casa de Serafina; todo aquello era mentira; ni la tiple había comprado unas botas como aquéllas, ni nada de lo dicho. Todo ello era una miserable especulación de Fuejos el zapatero para tentar a su mujer; pero ¿cómo siendo Fuejos su amigo, de Bonis, y excelente persona, se había permitido aquella calumnia? ¿No sabía Fuejos que se murmuraba en el pueblo si él, Reyes, tenía o no tenía que ver con la tiple?... Y sabido esto, que debía saberlo, ¿iba a decirle a su mujer, a la de Bonifacio, que?... ¡Imposible! No, la mentira no era del zapatero; era de Emma; ¡pero entonces la gravedad del caso volvía a ser tanta como se lo habían anunciado los sudores! Emma preparaba alguna gran venganza, y en el ínterin se divertía

---

31 *Salomón:* tanto en P como en F se lee *Salmón el Cojo,* pero no le veo mucho sentido a ese hipotecario asalmonado.

con él como el gato con el ratoncillo. Tal vez le despreciaba tanto, pensaba el infeliz, que ni siquiera quería concederle el honor de sentir celos; pero aunque no estuviese celosa, lo que es de vengarse no dejaría.»

A pesar de estas reflexiones, la perplejidad del marido infiel no desaparecía; se agarraba como a una esperanza a la idea de que hubiera sido Fuejos el embustero. En cuanto tomemos el café, pensó, me voy a la zapatería a ver lo que ha habido.

Pero Bonis proponía y Emma disponía. En cuanto tomaron el café, Emma, que estaba de muy buen humor, se levantó y dijo con solemnidad cómica:

—Ahora esperen ustedes aquí sentados; les preparo una gran sorpresa. ¿Qué hora es?

—Las ocho, dijo el tío, que, a pesar de sus bromitas, que horrorizaban a Bonifacio, tampoco las tenía todas consigo.

—¿Las ocho? Magnífico. Esperen ustedes un cuarto de hora.

Desapareció Emma, y tío y sobrino, por afinidad, callaron como mudos. Entre el tío y él había para Bonis un abismo... mejor, un *océano* de monedas de plata y oro, que bien subirían a... Dios sabe cuántos miles de reales. Había llegado a tal extremo el terror de Reyes respecto a lo que debía *a los Valcárcel,* que nunca se tomaba el trabajo de sumar las cantidades que no había *reintegrado* a la caja; contando los siete mil reales del cura de la montaña, le parecía aquello un dineral. Tanto que, a veces, leyendo en los periódicos lamentaciones acerca de la deuda del Estado, se turbaba un poco acordándose de la suya. Parecida sensación experimentaba cuando oía hablar o leía algo de grandes desfalcos, de tesoreros que huían con una caja y cosas por el estilo.

Volvió Emma al cuarto de hora, en efecto, y sus comensales dijeron a un tiempo:

—¡Qué es esto! Y ambos se pusieron en pie, estupefactos, porque el caso no era para menos. Emma venía vestida con un magnífico traje, que ninguno de ellos le conocía; traía la cara llena de polvos de arroz; el peinado de mano de peinadora, cosa en ella nueva por completo, pues nunca había consentido que le tocasen la cabeza manos ajenas, y lucía una pulsera de diamantes y collar y pendientes de la misma traza, todo muy caro y todo nuevo para el esposo y para el administrador.

—Esto es... esto, dijo ella. Y puso delante de los ojos de su marido un papelito amarillo, que decía: *Teatro principal.— Palco principal, núm 7*. Esto es que vamos al teatro, al palco del Gobernador militar que, como no tiene familia, casi nunca lo ocupa. Conque, hala, tío, a ponerse de tiros largos; y tú, Bonis, ven acá, te visto en un periquete.

Emma no dejó tiempo a sus subordinados para seguir asombrándose de aquella inaudita resolución. Ella, que tantos caprichos había tenido toda la vida, jamás se había mostrado aficionada al teatro, y menos a la música; desde su malparto a la fecha, y ya había llovido después, no había estado en el *coliseo* cuatro veces: la Compañía actual no la había visto siquiera, y ya estaban acabando el tercer abono[32]... y de repente, ¡zas!, sin avisar a nadie, tomaba un palco, y a la ópera todo el mundo. Así pensaba Bonis, equivocándose en algún pormenor, como se verá luego, y algo parecido pensaba el tío. Pero éste, como acostumbraba, hizo pronto lo que él llamaba para sus adentros «su composición de lugar»; es decir, el plan conducente a sacar de

---

[32] *el tercer abono:* «el abono era la auténtica base económica del teatro, pues proporcionaba unos ingresos seguros y fijos. A cambio, naturalmente, de ciertas ventajas, como la reducción del precio y la reserva de las mejores plazas (...) conviene recordar que hasta 1850, la temporada se extendía de abril a marzo y se subdividía en otras dos, la primera hasta el verano y la segunda de octubre a Cuaresma, razón por la cual el abono se hacía generalmente por separado para cada una de ellas. No faltó tampoco, sin embargo, el abono por meses, que era bastante corriente en las décadas de los cincuenta y sesenta, cuando se podía optar por cualquiera de los dos sistemas» (J. L. Sirera, *El Teatre Principal de Valencia,* Valencia, 1986, págs. 117 y ss.). El derecho del abonado a asistir a todas las sesiones, incluidas las extraordinarias, convirtió al abonado en espectador asiduo por excelencia, pero también en el menos atento (Mesonero Romanos, «El teatro por fuera», *Escenas matritenses,* II). Abonarse al teatro era componente importante de la actividad social de la burguesía, y así una de las primeras cosas que decide hacer la fantasiosa Obdulia, una vez cobrada la herencia y salida del abismo de su miseria, es abonarse con su mamá «a dos o tres teatros» (*Misericordia,* cap. XXXVI).

todas aquellas novedades extrañas el mejor partido posible para sus intereses; y sin decir oxte ni moxte[33], sonriente, salió del comedor y volvió a poco, vestido de levita[34] negra, con un sobretodo[35] que le sentaba de perlas.

«También era presentable el tío mayordomo, pensó Emma; pero esto no quita que las pague todas juntas, como todos.»

El tocado de Bonis fue obra más complicada, y dirigida, en efecto, por su mujer, que le hizo afeitarse en un decir Jesús, sin más contingencias que tres leves heridas, que ella misma tapó con papel de goma[36]. Se le hizo estrenar un traje oscuro, de última moda, de paño inglés, por supuesto. A Reyes a ratos se le figuraba que le estaban vistiendo para ir al palo[37], y se le antojaba hopa[38], de género inglés, aquel elegantísimo terno[39] que iba sacando del cajón remitido por el *artista* de Madrid.

Eufemia, que por lo visto tenía orden también de no admirarse de nada, los alumbró hasta el portal, donde no había farol, y los vio salir de casa, Emma del brazo de Bonis, D. Juan detrás, como si todas las noches sucediera lo mismo.

---

[33] *sin decir oxte ni moxte:* modismo que significa «sin decir nada» (DUE).

[34] *levita:* pieza de traje de hombre consistente en un cuerpo ajustado hasta la cintura y faldones desde ésta, con el borde delantero recto, a diferencia de los del chaqué. Se usaba como prenda elegante, aunque cotidiana (en paralelo al chaqué y a la cazadora y en oposición al frac). La clase media lo convirtió en emblema, «fundando el imperio de la levita. Claro es que la levita es el símbolo» (Galdós, *Fortunata y Jacinta,* vol. I, ed. de F. Caudet, Madrid, Cátedra, 1983, pág. 153).

[35] *sobretodo:* pieza de vestir que se coloca sobre el traje, para abrigarse (DUE).

[36] *papel de goma:* «el que tiene engomada una de sus caras, de modo que resulta adhesivo cuando se humedece; se fabrica en tiras enrolladas» (DUE).

[37] *vistiendo para ir al palo:* vistiendo para ir a *morir al palo,* esto es, para ser ejecutado en la horca.

[38] *hopa:* especie de loba o saco que se ponía a los que iban a ser ejecutados (DUE).

[39] *terno:* «traje de hombre compuesto de chaqueta, pantalón y chaleco» (DUE).

La doncella, en verdad, tenía sus motivos para no asombrarse tanto como los otros; primero, porque las locuras de la señorita eran para ella el pan nuestro de cada día, y locuras algunas de un género íntimo, secreto, que los demás no conocían; y además, se asombraba menos, porque conocía ciertos antecedentes. Juntas habían ido al teatro noches atrás, a la *cazuela,* vestidas las dos de *artesanas.*

Esto era lo que ignoraba Bonis; esto, y lo que había visto, oído y sentido su mujer en aquella noche de la escapatoria, y lo que después había imaginado, y deseado, y proyectado.

Llegaron al teatro, y la entrada de Emma en su palco produjo mucho más efecto del que ella pudo haberse figurado. Es más, ella no había pensado en esto. No iba allí a lucirse, aunque después le supo a mieles, y añadió una corrupción más a su espíritu, el placer de despertar la envidia, por su ropa, de las damas menos majas. Por una aberración, mejor, distracción, no se fijó antes de llegar en que era distinto entrar en un palco principal, el del *brigadier,* vestida con tanto lujo, ella que nunca iba al teatro, y entrar en el paraíso[40], disfrazada, escondiéndose del público, que no soñaba con su presencia, ni de ella supo aquella noche.

Ella iba dispuesta a gozar mucho; pero no era del público precisamente de quien esperaba estas emociones fuertes, a que se preparaba; su propósito iba a dar al escenario, y estaba complicado con los asuntos domésticos; pero a estos complejos y estrambóticos atractivos se agregaba de repente un agudísimo placer, con que Emma no contaba, y que le reveló un mundo nuevo de delicias intensas, en que no se le había ocurrido pensar, pero que vio bien claro, sintió con fuerza, desde el momento en que al penetrar ella en su palco, y dejar el abrigo al tío, y dar una vuelta en redondo antes de sentarse, notó fijas en su persona las miradas, y en los palcos cercanos oyó el murmullo del comen-

---

[40] *paraíso:* nombre que recibía la general del teatro. En «Bustamante» (*Pipá*) Clarín comenta irónicamente: «Miguel había oído en su pueblo que en el paraíso se juntaba lo mejor de Madrid».

tario, y en el aire, puede decirse, cogió el efecto general de su presencia[41]. Después de sentada, y cuando ella se iba haciendo cargo de lo que tenía delante, la admiración persistía; en vano los coristas, que estaban solos en escena, como los gallegos del cuento, mal presididos por un partiquino, que sólo se distinguía por unas botas de fingida gamuza y por desafinar más que todos juntos, en vano gritaban como energúmenos; el público *distinguido* de butacas y palcos atendía el espectáculo civil que le ofrecía Emma; los abonados de las faltriqueras, que no veían la sala sin echar el cuerpo fuera del antepecho, se asomaban por grupos para ver a la de Reyes, y los de la faltriquera de la tertulia de Cascos saludaron a Bonis y a su señora; el brigadier comandante general de la provincia estaba entre ellos, y también inclinó la cabeza. Emma salía de su soledad voluntaria como de un encierro; las emociones de los paseos y romerías no eran como aquélla; aquélla sabía a gloria[42]; ¡lo que se iba a divertir, contando con todo! Porque con las glorias no se le iban las memorias. Su plan era su plan, y todo se andaría.

Bien comprendía la hija del abogado Valcárcel que no era su hermosura lo que tanto llamaba la atención; que era, principalmente, su aderezo, y mucho también su vestido, y un poco la novedad de verla en el teatro.

---

[41] *el efecto general de su presencia:* una revolución muy similar a la de Emma se la vuelve a plantear Clarín en «La imperfecta casada» (1893), cuento en el que la protagonista, mujer apartada del mundo, resucita con una segunda primavera y «sigue el imán de la admiración ajena a ráfagas de coquetería (...) Lo que desea es ir a mirarse en los ojos del mundo como en un espejo». Y sale y vuelve «al teatro, al baile, al banquete, al paseo». A ella también, esta segunda primavera «le retozaba» en «las entrañas».

[42] *aquélla sabía a gloria:* la entrada de Emma en el palco, el impacto que produce en el público y su propia reacción halagada, recuerdan la escena de la entrada de Ana Ozores en el palco de los Marqueses de Vegallana. También Ana Ozores causa asombro en el público, por lo raro que era verla en el teatro, y admiración, aunque no tanto por el lujo de sus galas (caso de Emma), como por su belleza (1986[2], XVI, pág. 92). Emma, cuya reacción es igualmente positiva, difiere sin embargo por el sentimiento mucho más intenso del disfrute, de pasárselo bien, y por esa nota de corrupción que supone «el placer de despertar la envidia». Ambas entradas triunfales tienen su antecedente en la de la Duquesa del Triunfo, de «Un documento» (*Pipá*).

«Vamos, ésta se lanza al mundo otra vez», pensó ella que debían de estar pensando muchas de aquellas damas, que se la estaban comiendo con los ojos desde butacas y palcos.

«Sí que me lanzo; ¡ya lo creo!, de cabeza», se decía a sí misma; muy satisfecha, contentísima por haber descubierto aquel venero de placeres que tanto iban a contrariar los planes del tío, que consistían, por lo visto, en ir robándola todo lo que ella y sólo ella tenía.

Para muchas de las señoras y señoritas presentes, que, o no eran del país o eran muy jóvenes, la aparición de Emma en el *mundo,* si aquello era *mundo,* ofrecía una novedad absoluta, porque no podían recordar, como otras pocas, que años atrás aquella mujer, vestida con tanto lujo, de facciones ajadas, de una tirantez nerviosa y avinagrada en el gesto, había sido la comidilla de la población por sus caprichos y locuras de joven mimada y rica y extravagante como ella sola.

Todo esto lo comprendía Emma, y no se hacía ilusiones respecto de los motivos de tanta curiosidad, y casi casi estupefacción; pero el resultado era que se la miraba y contemplaba, y se comentaba su presencia mucho; que nadie se acordaba del escenario por verla, y esto le producía, fuese por lo que fuese, una de las sensaciones más intensas y profundas que podía experimentar una mujer de su calaña. Sobre todo, lo que ella más saboreaba, y lo que tenía por más seguro, era la envidia. La envidiaban, no sólo las pobres, las que no podían permitirse el gasto que significaban aquellos diamantes y aquel vestido, sino también las dos o tres ricachonas presentes, que hubieran podido, sin hacer un disparate, presentarse aquella misma noche con algo tan bueno y todavía mejor. A pesar de esto, la envidiaban también, porque esta clase de gente se parece mucho a los animales, en no vivir más que de la sensación presente; y el hecho era que allí, en el teatro, en aquel momento, la más ricamente vestida y *alhajada* era ella, Emma; y el público no se había de meter a discurrir y calcular quién podía y quién no lucir otro tanto. Además, que «obras son amores». Tal vez la que más envidiaba a la de Valcárcel era la mujer del americano Sariegos, el más rico de la provincia, que podría aturdir a todos los Valcárcel del mundo envolviéndolos en papel del Estado[43] y en acciones del Banco y otras mil grandezas; pero Sariegos no permitía tales despilfarros, que en él no lo serían, y su señora tenía que contentarse con un lujo muy mediano. Por eso rabiaba ella. En cuanto a Sariegos, que estaba presente, detrás de su mujer, también se puso a aborrecer de pronto a Emma, porque tenía la culpa de lo que en aquel momento su esposa estaría maldiciéndole y detestándole a él por avaro; y además, aunque parezca raro, también miraba con envidia el aderezo de la *abogaducha*. Mas luego se hizo superior a sentimientos tan humillantes para él, y elevándose, mediante su filosofía crematística o plutónica, a más altas esferas, pensó, y acabó por decir, a media voz, desde la cúspide de su desprecio sincero:

—Esa muchacha va a quedarse sin camisa en muy pocos años.

Bien sabía, porque bien se veía además, que Emma ya no era una muchacha; pero no importaba, así creía él significar mejor su desprecio: esa muchacha... la abogaducha.

Pero estos comentarios y desahogos, y otros por el estilo, no los oía Emma; ella veía a la envidia, no la oía; veía sus ojos brillantes, sus sonrisas tristes, sus éxtasis sinceros y melancólicos en la cara de las incautas, que no sabían disimular siquiera, y se quedaban como Santas Teresas arrobadas en la meditación[44] y el amor del pesar del bien ajeno.

---

[43] *papel del Estado:* tanta fe que le tiene Sariegos al papel del Estado y tan poca que le tenía otro personaje de Clarín, el Arcipreste lugareño de *Tambor y gaita,* quien habla de la Deuda pública como «una Deuda que no hay Cristo que cobre» y que se hace eco de «la baja del papel, que era enorme por aquellos días».

[44] *Santas Teresas arrobadas en la meditación:* tal vez ayude a explicar la extravagante alusión su fundamento icónico: la Santa Teresa arrobada por la meditación tiene una clara expresión plástica en la imagen de la Santa del retablo dedicado a ella que se halla en una capilla a la derecha del crucero de la Catedral de Oviedo, tantas veces explorada con fines artísticos, arqueológicos o eruditos por Adolfo Posada y Leopoldo Alas. De todas formas, el Clarín maduro sigue leyendo cosas sobre Santa Teresa, y en *Siglo pasado* recomienda vi-

Algunas muchachas, éstas de verdad, que minutos antes coqueteaban alegres, muy satisfechas, con los cuatro trapacos[45] que tenían encima, ahora languidecían, olvidaban a sus adoradores de las butacas; y como que se trataba de cosa mucho más seria, con rostro del que había desaparecido toda gracia, toda poesía, toda idealidad, se consagraban al culto envidioso del lujo ajeno, con gran veneración para las joyas y la seda, con gran rencor disimulado a la sacerdotisa, que tenía el privilegio de ostentar sobre su cuerpo los resplandores del dios idolatrado.

Un ruido de faldas almidonadas que vino de la escena[46]

---

vísimamente la biografía de Gabriela Cunninghame Graham, *Santa Teresa. Her life and times* (pág. 110).

[45] *trapacos:* probablemente *trapajos* sería más correcto: despectivo de trapos (DUE).

[46] *que vino de la escena:* en este punto la ópera, que ha estado presente a lo largo de la novela, llega a la representación. El xix fue el siglo de la ópera, ni que decir tiene: en España se convirtió en el espectáculo preferido de las clases dominantes, y el melómano Clarín le cobró una gran afición, a pesar de su confesado «mal oído» y de ser «el español que peor canta». Acudía regularmente al paraíso del Teatro Real durante sus años jóvenes en Madrid, y allí «he oído yo años y años toda la poesía vaga y sublime que he querido; en parte alguna he sentido tanto como allí» («A Tomás Bretón», cfr. C. Richmond, 1987, págs. 109 y 118). De esta afición son buena prueba sus crónicas teatrales enviadas a la *Revista de Asturias,* o cuentos de tema operístico como «Amor'é furbo», en el que C. Richmond (1978) ha creído ver un precedente argumental de *Su único hijo.* Y una vez instalado en Oviedo, esa afición en lugar de decaer se acrece, como muestra una carta a J. Yxart, de 1888: «Y ahora (...) confieso que me divierte poco el teatro, como no haya música.» *La Regenta* y su producción narrativa corta, en la que cuentos como «Snob», «La reina Margarita» o «Nuevo contrato» abundan en motivos operísticos, son buena prueba de ello. Pero es, sin duda, *Su único hijo* la obra en la que la ópera no juega sólo un papel de referencia simbólica o ambiental, sino que se constituye en factor determinante de la estructura: Montes Huidobro (1972), R. Sánchez (1974), C. Richmond (1978) y (ed. 1979), N. Valis (1981) o M. Sánchez (1987), entre otros han estudiado la función de la ópera en la estructura y en la actuación de los personajes de la novela. Si en *La Regenta* se citaban sobre todo óperas italianas, en *Su único hijo* el abanico no es muy distinto, predominando claramente las óperas italianas y el gusto italianizante, como en toda España, pues a partir de 1860 los repertorios se uniformizaron, dado el carácter itinerante de las compañías. La única ópera del xviii es el *Don Giovanni* de Mozart. En cuanto a las óperas italianas se repiten los compositores de *La Regenta,* aunque ampliando su repertorio: Rossini *(Otelo, Semiramis, El barbero de Sevilla),* Donizetti *(Lucrezia Borgia),* Bellini *(La Extranjera,*

llamó la atención de Emma, sacándola de aquel deliquio de amor propio satisfecho.

Por la puerta del foro entraba una elegantísima señora a paso ligero, barriendo las tablas con una cola muy larga y despidiendo chispas de todo su cuerpo, vestido de brocado de comedia y cubierto de joyas falsas, diadema inclusive.

—¿Quién es ésa?, preguntó la mujer de Reyes.

Bonifacio, viendo que Nepomuceno no se daba por interrogado, dijo, no sin tragar antes saliva:

—Es la Reina, que viene desaladamente al saber que el Infante...

—No; si no pregunto eso, interrumpió su mujer, volviéndose a mirar a Bonis, que estaba detrás de ella en la penumbra. Digo si es esa la tiple.

—Creo... que sí. Sí, justo, la protagonista...

—La de las botas. ¿Las traerá puestas?

Bonis calló.

—Di, hombre, ¿crees tú que las traerá puestas?

—Sería... un anacronismo.

—Calla, calla; ahora se sube al trono[47]... ¿a ver?... No, no se le han visto los pies. Acaso cuando se baje...

Norma, La Sonámbula) y Verdi (*Nabuco, Atila, La Traviata*). Francesa aunque italianizante es *Il Crociato in Egitto* de J. Meyerbeer. En general, en *La Regenta* la red de referencias culturales respecto a las cuales se definían los personajes era esencialmente literaria, en *Su único hijo,* en cambio, es esencialmente operística. La representación de esta inidentificada ópera juega sin embargo un papel tan crucial, en la estructura de la novela, por las transformaciones que va a provocar en los personajes, como la de la representación del *Don Juan* de Zorrilla en el cap. XVI de *La Regenta*. Con la ópera comienza la acción de la novela, se llega al punto más alto de la acción cuando la ópera aglutina en torno a sí y a sus cantantes a todos los personajes, y el desenlace va acercándose en la medida misma en que la ópera va abandonando la escena, despidiéndose con *La Traviata*. El último diálogo de la novela, entre Serafina y Bonifacio, podría ser interpretado como un dúo de amor y de rencor, de afirmación y de venganza.

[47] *ahora se sube al trono:* esta manera de «ver» y de «oír» las óperas recuerda la descripción que hace Wagner de la audición de las óperas italianas: «La ópera reunía en Italia a un público que consagraba su velada a la diversión y que, entre otras, se tomaba la de la música cantada en el escenario; prestábase de vez en cuando el oído a esta música, al hacer una pausa en la conversación y las visitas recíprocas de palco a palco, la música continuaba» (*Dramas musicales,* cfr. Monserrat Sánchez, 1987, pág. 122). De esta manera, el asunto de la

Emma asestó los gemelos a los bajos de la tiple; y como ésta no acababa de levantarse de su trono, subió la mirada hasta el rostro de Serafina.

—Vaya si es guapa, dijo. Ya he visto yo esa cara. ¿Cómo se llama ésa? ¿la cuántos?...

—Serafina Gorgheggi, creo...

—¡Crees!... Pero, ¿no lo sabes de seguro?

—Puede que la confunda con la contralto.

—Puede.

—Pero... no; sí, es la tiple; justo, la Gorgheggi.

—Ahora estás seguro, ¿eh?

—Sí, seguro.

Bonis se admiraba a sí mismo. ¡Aquello era crecerse ante el peligro! Allí estaban los polvos de arroz... Ahora lo comprendía todo; su mujer se estaba burlando de él. Sabía de sus amores, y aquella ida *inopinada* al teatro era un careo... sí, un careo de los criminales. Porque él era un criminal, claro. No importaba; sucediera lo que sucediera, había que defenderse como gato panza arriba. Tuvo que sentarse, detrás de su mujer, porque las piernas le temblaban, según costumbre en casos tales (si era que jamás se había visto en caso parecido); pero estaba dispuesto a disimular, a mentir *como un héroe,* si era preciso, ya que el Señor se dignaba concederle aquel don del fingimiento, de que no se hubiera creído capaz a no verlo. «¡Lo que puede el instinto de conservación!», pensaba.

—¡Ah!, gritó, ahogando el grito antes de salir de los labios, Emma, que acababa de ver un pie de la Gorgheggi, al descender la tiple *majestuosamente* de su trono de madera pintada de colorines. Fuera un anacronismo o no, las botas de S. A. eran idénticas a las que había comprado ella por la tarde. Fuejos no había mentido.

—Lo mismo que las mías. Ese Fuejos es persona de verdad decir. ¿Lo ves, Bonifacio? El otro par lo trae esa señora; lo que me dijo el zapatero. ¿Por qué le levantas falsos testimonios? ¿Por qué has negado que le viste el pie a esa

ópera contemplado por Emma queda borroso y desfigurado, muy en segundo plano.

323

damisela esta mañana? ¿Qué tiene eso de particular? ¿Crees que voy a celarme, marido infiel?

—Bonis calló. Por mucho valor que él tuviera, y estaba seguro de que lo tenía, aquello no podía durar. ¿Adónde iba a parar su mujer?

—¿Sabes tú si tiene querido esa doña Serafina? Si lo tiene, ese habrá pagado las botas.

Esta libertad de lenguaje no le extrañaba a Nepomuceno, que en cuanto veía a su sobrina con un poco de carne y regular color, ya esperaba de ella cualquier locura de dicho o de hecho.

En cuanto al marido, no veía en tamaña desfachatez más que el sarcasmo terrible de la esposa ultrajada. Le parecía muy natural que el cónyuge engañado se entretuviera en aquellos pródromos[48] de ironía antes de tomar terrible venganza. Así sucedía en las tragedias, y hasta en las óperas.

Ensimismado en su terror, vuelta la cara hacia el fondo del palco, Bonis no pudo notar por qué Emma no insistía en sus cuchufletas, si lo eran aquellas preguntas al parecer capciosas. Si él se había puesto antes encendido, y enseguida muy pálido, al salir a las tablas Serafina, ahora Emma era la que tomaba el color de una cereza; y clavaba los gemelos en un personaje que acababa de llegar de tierra de moros, vencedor como él solo, y que se encontraba con que la Reina le había casado a la novia con un rey de Francia para no tener rival a la vista. El vencedor de los infieles era el barítono Minghetti, que lucía dos espuelas como dos soles, y tenía un vozarrón tremendo, no mal timbrado y lleno de energía. En vano la Reina le pedía perdón, colgándosele del cuello, previo el despejo de la sala, cubierta de coristas, todos ellos viles cortesanos. El barítono no transigía; huía de los brazos de la Reina y llamaba a gritos a la otra[49].

---

[48] *pródromos:* este término se reserva preferentemente para designar el período de comienzo de las enfermedades infecciosas. Su uso aquí es metafórico. En *La Regenta,* el médico Somoza lo utilizaba con clara impropiedad (1987², cap. XXII, n. 17).

[49] *y llamaba a gritos a la otra:* me ha sido imposible —pese a numerosas con-

—Está muy guapo así, pensaba Emma; pero me gustaba más con el traje de barbero[50].

Cuando el caudillo no pudo gritar más, o reventaba, la tiple empezó a quejarse de su suerte y a pintarle su pasión con multitud de gorjeos, que acompañaba el flauta, jorobado. Como suelen hacer en tales casos los amantes desdeñosos, en vez de escuchar las lamentaciones y las quejas de la reina, el barítono aprovechó el descanso para toser y escupir disimuladamente, y después se puso a revisar con gran descaro los palcos, donde lucían su belleza las señoras más encopetadas. Llegó su mirada al palco de Emma, que sintió los ojos azules y dulcísimos de Minghetti metérsele por los tubos de los gemelos[51] y sonreírle, a ella, como si la co-

sultas— identificar la ópera que se está representando: aparentemente no es ninguna de las grandes óperas dedicadas al tema de Las Cruzadas ni al de la Reconquista, y no parece tratarse tampoco de *La Conquista de Granada,* de Emilio Arrieta, como sugiere C. Richmond (1979, pág. 162), pues esta ópera trata en su primar acto (que es el representado aquí) de los amores de Gonzalo Fernández de Córdoba con Zulema, hermana de Almanzor, que morirá a manos de Lara, el amigo de Gonzalo, quien le evita así romper el juramento hecho a Zulema de no mover armas contra su padre o su hermano. Es cierto que la ópera de Arrieta contiene una Balada a la Virgen María que C. Richmond identifica con la cantada en el cap. XII por Serafina *(vid.* pág. 199), pero aquella Balada no tiene por qué pertenecer a la ópera que ahora se representa, y por otra parte Clarín indica claramente que se trata de una balada de Maestro italiano, y no español. Claro que, en última instancia, bien podría ser que Clarín hubiera inventado el «asunto» de la ópera que contempla Emma: ello no contravendría esa afición a los datos ficticios que parece mostrar el Clarín de *Su único hijo.*

[50] *con el traje de Barbero:* y así lo debió contemplar, representando *Il Barbiere di Siviglia* de Rossini, la noche en que le obligaron a cantar a la fuerza, tras su intento de fuga (pág. 397), «aquella noche (que) le conoció Emma, desde el paraíso», y de incógnito (pág. 402), acompañada por Eufemia.

[51] *metérsele por los tubos de los gemelos y sonreírle:* se inicia una nueva comunicación sublingüística como en tantas ocasiones en la obra de Clarín *(vid. La Regenta,* XXV, 1987[2], n. 8). Si en «El dúo de la tos» *(Cuentos morales)* serán las toses de los protagonistas las que comuniquen por ellos, en «Un documento» *(Pipá)* Clarín había explorado ya el juego de los gemelos, en cuyos tubos como cañones abismó un día su mirada Fernando Flores, y Cristina, «al recogerla dentro de sus gemelos, y sentirla pasar por la retina al alma, quedóse como espantada de gozar placer tan intenso». El amor y la atracción entre los sexos tiene en Clarín toda una semántica subterránea, indirecta, poco amable con el idioma y mucho con la fantasía.

nociera de toda la vida y hubiera algo entre ellos. Emma, sin pensarlo, sonrió también, y el barítono, que tenía mirada de águila, notó la sonrisa, y sonrió a su vez, no ya con los ojos sino con toda la cara. La emoción de la Valcárcel[52] fue más intensa que la experimentada poco antes al notar la admiración que su lujosa presencia producía en el concurso. Para sus adentros se dijo: Esto es más serio, es un placer más hondo que satisface más ansias, que tiene más sustancia... y que tiene más que ver con mis planes. Los planes eran burlarse de una manera feroz de su tío y de su marido, jugar con ellos como el gato con el ratón, descubrir medios de engañarlos y *perderlos,* que fuesen para ella muy divertidos. Contra el tío ya sabía de tiempo atrás qué armas emplear; echar la casa por la ventana, gastar mucho en el regalo de su propia personilla. En cuanto a Bonis... ni en rigor le quería tan mal como al otro, ni había pensado concretamente hasta entonces en un gran castigo para él; sólo se le había ocurrido tenerle siempre en un potro, tratarle como a un esclavo a quien amenazase un tormento que él no acababa de conocer; mas la mirada y la sonrisa de Minghetti aclararon como un relámpago la conciencia de Emma, que vio de repente en qué podía consistir el castigo de su infiel esposo. Porque, en efecto, le suponía infiel mucho tiempo hacía; sin contar con que Emma, en las meditaciones de sus soledades de alcoba, con el histérico por Sibila[53], había llegado a concebir al hombre, a todos los hombres, como el animal egoísta y de instintos crueles y groseros por excelencia, no creía en el marido rigurosamente fiel a su esposa; más era, tal ente *de razón* la parecía

---

[52] *La emoción de la Valcárcel:* C. Richmond (1977) ha llamado la atención sobre el papel que juega esta escena, entre otros elementos de la novela, en la «respuesta indirecta y muy sutil» con que Clarín contestó en *Su único hijo* a las acusaciones de plagio de *Madame Bovary* que Bonafoux vertió contra *La Regenta:* «la inclusión de esta escena pudiera interpretarse como un desafío a Bonafoux, porque en ella se parodian los sentimientos de la espectadora hacia el cantante —cosa que *no* ocurre en *La Regenta,* pero sí en *Madame Bovary.* Clarín señala con el dedo lo que hubiera podido ser un plagio en su primera novela».

[53] *el histérico por Sibila:* C. Richmond interpreta esta frase así: «a Emma su histerismo le hacía ser pitonisa o adivinadora».

ridículo, y se confesaba que ella, en el caso de cualquier hombre casado, no se contentaría con su mujer. En cuanto a las mujeres, no les reconocía el derecho de adulterio en circunstancias normales, porque *parecía feo* y porque *la mujer es otra cosa;* pero en caso de infidelidad conyugal descubierta, ya era *distinto;* también había el derecho de represalia, y lo mismo podía decirse por analogía, cuando el esposo era tan bruto que daba a la esposa trato de cuerda... «Si Bonis me pegase como yo le pego a él, se la pegaba.» Esto era evidente. «Y si él me la pega... si de seguro me la pega...» Aquí Emma vacilaba y recurría al tercer caso de infidelidad femenina disculpable. «Si me la pegase, yo le engañaría también... si alguien me inspirase una *gran pasión.»* Aunque los extravíos morales de Emma nada tenían que ver con el romanticismo literario, decadente, de su época y pueblo, porque ella era original por su temperamento y no leía apenas versos y novelas, algunas frases y preocupaciones de sus convecinos se le habían contagiado; y esta idea vaga y pérfida de la *gran pasión* que todo lo santifica, era una de esas pestes. Por lo demás, ella sola se bastaba para hacer tabla rasa de cien decálogos y prescindir, según su capricho, de reglas de conducta que la contrariasen. Pero si en la pura región de las ideas, como hubiera pensado Bonis, esto era corriente, el sentido íntimo le decía a Emma que del dicho al hecho hay mucho trecho; que ella no llegaría *a faltar a su Bonis,* como no se la apurase mucho, como no fuera en un momento de locura, suscitado por un príncipe ruso u otro personaje de mérito excepcional; y que, aun así, tenía ella que convertirse en otra, violentarse mucho. Lo cierto era que su carne estaba tranquila, que sus gustos la llevaban a extravíos sensuales nada eróticos, y que al fin y al cabo, Bonis, lo que es como buen mozo era buen mozo, y estaba satisfecha de su físico... Pero la mirada y la sonrisa del barítono, eran ya harina de otro costal. Por lo pronto, Emma se olvidó de todo para pensar en el placer de tropezarse dentro de los gemelos con aquellas pupilas y con aquella boca sonriente bajo el bigote castaño oscuro. Cada vez que Minghetti volvía a la escena, la de Reyes ensayaba la repetición del lance que tan bien le había sabido, y las más veces con buen éxito; pues, fuera casualidad, o que el cantante tuviera la costumbre de mirar mucho a los palcos y fijarse en quien le admiraba, y coquetear en toda clase de papeles y circunstancias escénicas, ello fue que el placer solicitado por los gemelos de Emma se renovó en varios trances de los más serios y apurados de la ópera; y eso que el barítono no cesaba de regañar con la reina, siempre desesperado por la huida a Francia de la otra.

Bonis no volvía de su asombro al notar, muy a su placer, que Emma no hablaba ya de la tiple ni de las botas, verdadero anacronismo, como él decía muy bien, ni de cosa alguna que remotamente pudiera referirse a lo que él llamaba «lo de los polvos de arroz.»

Terminada la ópera, volviéronse a su hogar los Valcárcel, o si se quiere los Reyes, aunque más propio es decir los Valcárcel por lo poco amo de su casa que era Bonifacio; despidióse del matrimonio Nepomuceno, que se acostó madurando sus planes para el porvenir, que, o él veía mal, o tenía barruntos de un cambiazo no exento de peligros. Y cuando Reyes iba a pedir permiso a su mujer para retirarse también a su cuarto, a Emma se la ocurrió hacer uso... de lo que en las relaciones de aquel matrimonio podía llamarse la *regia prerrogativa*[54].

---

[54] *regia prerrogativa:* la prerrogativa es privilegio, gracia o exención que se concede a uno para que goce de ella, anejo regularmente a una dignidad, empleo o cargo, y especialmente atribuida a los Reyes. En este pasaje tiene una clara connotación erótica y C. Richmond (ed. 1979) sugiere que se trata de «una nueva alusión velada, no desprovista de malignidad, a la reina Isabel II». Es más que probable, pues el uso de la prerrogativa erótica de doña Isabel fue generoso y bien conocido, aunque no se ejerció con el Rey, don Francisco de Asís, precisamente. Blasco Ibáñez habla de una Isabel II «entregada más que nunca a su loca lujuria», frente a un don Francisco de Asís «ente insignificante, casi femenil y fanatizado» (*Historia de la revolución española,* vol. III, Barcelona, 1892, págs. 282 y 106). Jean Descola se hace eco de lo que fue sabrosa comidilla de la época: cuando la reina fue a consumar un matrimonio al que se opuso mientras pudo, descubrió que su esposo «portait des dessous féminins!». No era un secreto para nadie que Francisco de Asís —que todo Madrid llamaba Paquita— era poco aficionado a las damas (*La vie quotidienne en Espagne au temps de Carmen,* París, 1971, pág. 35). Comenta Descola: «La corte de Isabel era como la plaza pública de la comedia renacentista: los favoritos del príncipe consorte se cruzaban con los de la Reina»

—Mira, Bonis, yo no tengo sueño; el ruido de la música me ha puesto la cabeza como un bombo... voy a estar desvelada; y sola y despierta y nerviosa, tendré miedo.

Hubo un momento de silencio, y después prosiguió:

—Quédate tú.

Estaban en el gabinete de la dama. Ella se despojaba de sus joyas frente al espejo de su tocador, alumbrado por dos bujías de color de rosa. El marido la veía retratada por el cristal de fondo misterioso y de sombras movedizas. Sin que él se diese cuenta del cómo y el por qué, aquel «quédate tú» le hizo mirar de repente a su esposa con ojos de juez de la hermosura. ¡Cosa extraña! Hasta aquel instante no había reparado que Emma se había quitado muchos años de encima aquella noche, sobre todo en aquel momento; no le parecía una mujer bella y fresca, no había allí ni perfección de facciones ni lozanía; pero había *mucha expresión;* el mismo cansancio de la fisonomía; cierta especie de elegía que canta el rostro de una mujer nerviosa y apasionada que pierde la tersura de la piel y que parece llorar a solas el peso de los años; la complicada historia sentimental que revelan los nacientes surcos de las sienes y los que empiezan a dibujarse bajo los ojos; la intensidad de intención seria, profunda y dolorosa de la mirada, que contrasta con la tirantez de ciertas facciones, con la inercia de los labios y la sequedad de las mejillas: estos y otros signos le parecieron a Bonis atractivos románticos de su esposa en aquel momento, y el imperativo *quédate tú* le halagó el amor propio y los sentidos, después del mucho tiempo que había pasado sin que Emma hiciera uso de la *regia prerrogativa.*

Por segunda vez el amante de Serafina tuvo remordimientos por su infidelidad en el pecado. Su *gran pasión* dis-

---

(pág. 36). Por su parte M.ª Teresa Puga evoca el célebre plante de don Francisco, cuando exigió el alejamiento de Madrid del todopoderoso Serrano, el «general bonito», amante de la reina. Se cuenta que don Francisco dijo al ministro de la gobernación: «Serrano, ¿sabes lo que es? Un Godoy fracasado. El otro, al menos, para obtener los favores de mi abuela había sabido antes hacerse amar de Carlos IV» (*El matrimonio de Isabel II,* Pamplona, 1964, pág. 320). Las alusiones a Isabel II confirman la cronología anterior a la Revolución de 1868.

culpaba a los ojos de Bonis aquellas relaciones *ilícitas* con la cómica; pero desde el momento en que él *faltaba* a Serafina, dejándose interesar endiabladamente por los encantos marchitos, pero expresivos y melancólicos, llenos de fuego reconcentrado, de su legítima esposa, quedaba probado que la gran pasión pretendida no era tan grande, y, en otro tanto, era menos disculpable. Fuese como fuese, sucedió que Bonis empezó a despojarse de su terno inglés en el gabinete de su mujer; se quedó sin levita ni chaleco, luciendo los tirantes de seda y la pechera de la camisa blanca y tersa, con tres botones de coral; y en este prosaico, pero familiar atavío, se volvió sonriente hacia Emma, que lamía los labios secos, echaba chispas por los ojos, y seria y callada miraba el cuello robusto y de color de leche de su marido. Bonis se sintió apetecido; se explicó, como a la luz de un relámpago, la escena de aquella noche de los polvos de arroz; leyó en el rostro de su mujer una debilidad periódica, una flaqueza femenina, como sumisión pasajera de la hembra al macho, además una misteriosa y extraña corrupción sin nombre: todo esto lo cogió al vuelo, confusamente; tuvo la conciencia súbita de cierta superioridad interina, fugaz; y enardecido por su propio capricho, por las excitaciones que aquel ocaso interesante de hermosura, o, mejor, de deseo, con que se iluminaba Emma, producía en él, se arrojó a un atrevimiento inaudito; y fue que, de repente, se dejó caer de rodillas delante de su mujer, se le abrazó a las almidonadas blancuras, que crujieron contra su pecho, y con voz balbuciente por la emoción, entrecortada y sorda, dijo mil locuras de pasión habladora, que se desborda primero por las palabras, palabras de lascivia en jerga amorosa, en diminutivos, tal como él las había aprendido de todo corazón en su trato con la Gorgheggi.

Emma, en vez de levantar a su marido de la postrada actitud, después de dar un grito, como los que daba al entrar en su baño de agua tibia, fue doblándose, doblándose, hasta quedar con la boca al nivel de la boca de Bonis; con ambas manos le agarró las barbas, le echó hacia atrás la cabeza, y, como si los labios del otro fuesen oído, arrimando a ellos los dientes, dijo como quien hablando bajo quisiera dar voces:

—¡Júrame que no me la pegas!

—Te lo juro, Mina de mi alma, rica mía, mi Mina; te lo juro y te lo rejuro... Mírame a los ojos; así, a los ojos de adentro, a los de más adentro del alma... te juro, te retejuro que te adoro, con eso, con eso, con eso que ves aquí tan abajo, tan abajo... Pero, mira, me vas a desnucar, se me rompe el cogote.

—Qué más da, qué más da... deja... deja... así, más, que te duela, que te duela con gusto.

Hubo un silencio que no se empleó más que en mirarse los ojos a los ojos, y en gozar ambos del dolor del cuello de Bonis doblado hacia atrás. Emma le soltó para decir, poniéndose en pie:

—Mira, mira, yo soy la Gorgheggi o la Gorgoritos[55], esa que cantaba hace poco, la reina Micomicona[56]; sí, hombre, esa que a ti te gusta tanto; y para hacerte la ilusión, mírame aquí, aquí, aquí tontín; granuja, aquí te digo... las botas lo mismo que las de ella; cógele un pie a la Gorgoritos, anda, cógeselo; las medias no serán del mismo color, pero éstas son bien bonitas; anda, ahora canta, dila que sí, que la quieres, que olvidas a la de Francia y que te casas con ella... Tú te llamas, ¿cómo te llamas tú?... Sí, hombre, el barítono te digo.

---

[55] *La Gorgheggi o la Gorgoritos:* el «gorgheggio» es en el *bel canto* un rápido pasaje canoro de varias notas, casi siempre sin palabras y sobre una sola vocal, buscando un efecto virtuosístico, especialmente en las arias (*Enciclopedia Garzanti della Musica*). Por lo tanto Serafina Gorgheggi, es literalmente, Serafin(a) Gorgoritos.

[56] *la reina Micomicona:* no es de reina, que es de princesa, el personaje de que se disfraza Dorotea, instigada por el canónigo para engañar a Don Quijote y hacerle regresar a casa (*D. Quijote,* I, 1605, cap. XXIX): «Llámase —respondió el cura— la princesa Micomicona, porque llamándose su reino Micomicón, claro está que ella se ha de llamar así.» Emma hace lo mismo que Sancho y asciende a la princesa a reina, y tan admirada por las galas que luce Serafina en la ficción como Sancho por las que se viste Dorotea, no duda en aplicar el nombre de Micomicona como genérico de mujer que hace con ostentación y lujo el papel de otra. El juego de Clarín se hace en esta escena más sutil y cervantino que nunca: Emma «hace de» Gorgheggi que «hace de» Micomicona.

—¿Minghetti?

—Eso, Minghetti, tú eres Minghetti y yo la Gorgoritos... Minghetti de mi alma, aquí tienes a tu reina de tu corazón, a tu reinecita; toma, toma, quiérela, mímala; Minghetti de mi vida, Bonis, Minghetti de mis entrañas...

—Pero, oiga usted, señor matamoros; si usted quiere que sea suya para siempre su señora reina de las botas nuevas, apague esas luces del tocador y véngase de puntillas, que puede oírle Eufemia, que ahora duerme ahí al lado.

XI

Bonifacio Reyes era admirador del arte en todas sus manifestaciones, según él se decía; y aunque la música era la *manifestación* predilecta, porque le llegaba más al alma, con una vaguedad que le encantaba y que no le exigía a él previo estudio de multitud de ideas concretas que debían de andar por los libros de *facultad mayor*[1]; y aunque la susodicha música era el arte que él mejor poseía, merced a sus estudios de solfeo y de flauta, no había dejado de ejercitarse en una u otra época de su vida, sin pretensiones, por supuesto, en cuanto *mero* aficionado, en otros medios humanos de expresar lo bello. La poesía le parecía muy respetable, y sabía de memoria muchos versos; pero las dificultades del consonante siempre le habían retraído del cultivo de las musas; despreciaba, porque su sinceridad de hombre de sentimiento y de convicciones no le permitían otra cosa, despreciaba los ripios y hasta los consonantes fáciles; y así, las pocas veces que había ensayado la gaya ciencia[2],

---

[1] *facultad mayor:* en el sistema de enseñanza tradicional la última etapa se cursaba en las llamadas facultades mayores: Teología, Leyes, Cánones y Medicina, que quedaban distinguidas así de una etapa preliminar cursada en la facultad de Artes.

[2] *Gaya ciencia:* o ciencia de la poesía entre los trovadores provenzales y catalanes de los siglos XII a XIV; el Romanticismo despertó un nuevo interés en torno a la figura de los trovadores (García Gutiérrez, *El Trovador;* Larra, *Macías*) y la práctica de los certámenes poéticos y juegos florales; precisamente el problema que se plantea a continuación Bonis es un problema de *gaya ciencia*, de rimario, más en concreto, y el primer tratado en castellano que se nos ha conservado es el rimario de Pero Guillén de Segovia, titulado *La Gaya ciencia* (1475).

se había ido derecho al peligro, a la rima difícil; y hasta recordaba que la última vez que había arrojado la pluma con el propósito de no insistir en versificar, había sido con motivo de querer escribir un soneto a un señor *Menéndez,* que había fundado una obra pía.

La palabra principal, se decía Bonis mordiéndose las uñas, es, según las retóricas y poéticas que yo he leído[3], la que debe terminar el verso; aquí lo más importante, sin duda, es el apellido del fundador y la obra pía: pues bien; para pía hay millares de consonantes, pero a Menéndez yo no se lo encuentro[4]. Y antes que relegar a Menéndez a un lugar del verso indigno de su filantropía, prefirió renunciar al soneto.

Esta falta de inspiración poética y de consonantes en *éndez,* no le desanimó ni ajó su orgullo de artista, que al fin no era muy grande; después de todo, si bien se miraba, la poesía está como reconcentrada en la música.

Otra cosa eran las artes del dibujo, y en este punto el atildado pendolista no vacilaba en sostener que con la pluma hacía, si no prodigios, arabescos muy agradables; el arabesco[5] era su dibujo favorito, porque se enlazaba con

---

[3] *retóricas y poéticas que yo he leído:* en su época, aparte de incontables retóricas escolares, Bonis podría haber recurrido a *La poética* (1737) de Luzán, y a su heredero y muy popular *Arte de hablar en prosa y en verso* (1826) de José Gómez Hermosilla. Otros tratados de la época romántica son los *Principios de ortología y métrica* (1835) de don Andrés Bello o los *Ensayos literarios y críticos* (1844) de Alberto Lista. Muy cercanos en el tiempo a las fechas en que Bonis piensa así son el *Arte métrica* (1855) de Milá y Fontanals y los *Diálogos literarios* (1866) de Coll y Vehí.

[4] *yo no se lo encuentro:* y es realmente difícil, todo hay que decirlo. Los diccionarios de la rima no aportan soluciones al grave obstáculo que frustró la carrera sonetística de Bonis, y me temo que sólo en el caso de que Bonis hubiera podido descubrir a *Menéndez* unos amores con *Méndez,* o pasar por andaluz seseante y rimar *Menéndez* con *ofendes, vendes* o *pretendes,* la cosa hubiera tenido arreglo.

[5] *El arabesco:* la afición de Bonis al arabesco se corresponde con la alusión al santo que tocaba la flauta en un vitral emplomado (cap. I, n. 18), como muestras de esa nueva sensibilidad pre-rafaelita que había teorizado Ruskin, bien conocido de Clarín. De los talleres de William Morris, empeñado en una profunda renovación de las artes decorativas inglesas, salieron vidrieras, papeles pintados, mosaicos, telas, tapices y hermosas ediciones ilustradas, diseñadas con un preciosismo que hacía del arabesco un recurso frecuente.

sus facultades de escribiente, y además también tenía cierto parecido con la música por su vaguedad e indeterminación. El arabesco tocaba con la alegoría y el dibujo natural fantástico por un lado, y por el otro con el arte de Iturzaeta[6].

En cosas así pensaba Reyes una tarde, cerca del crepúsculo, en el cuarto no muy lujoso ni ancho que Serafina Gorgheggi ocupaba en la fonda dependiente del café de la Oliva, piso tercero de la casa. Mochi y su protegida habían mudado de posada, lo cual en aquel pueblo sólo era mudar de dolor[7]; pero en el hotel Principal[8], allá al extremo de la Alameda Vieja, les habían llegado a perder el respeto por las intermitencias en el pago del pupilaje; la Compañía de ópera seria acababa de disolverse por motivos económicos e incompatibilidades de caracteres, y el empresario, la tiple y Minghetti, el barítono, se habían quedado en la ciudad, según unos, porque no tenían por lo pronto contrata ni lugar adonde ir, porque más valieran allá; según otros, porque querían servir de núcleo a una nueva Compañía, para constituir la cual andaba Mochi en tratos. Pero entretanto había que hacer economías, y si Minghetti permaneció en el hotel Principal, aunque tampoco pagaba bien, por privilegio misterioso tolerado, Serafina y Julio tuvieron que reducirse a instalar sus personas y baúles en la mediana hospedería que, con el nombre de *Fonda de la Oliva,* sustentaba, con grandes apuros, el dueño del vetusto café del mismo nombre.

Reyes aquella tarde velaba el sueño de Serafina, que ya-

  6 *Iturzaeta:* José Francisco Iturzaeta (1788-1855), calígrafo español. Se dice de él que antes de saber leer ya imitaba la letra escrita. Su fama fue muy grande y sus obras se recomendaron para la enseñanza pública por el Gobierno. Fue, entre otros cargos, inspector general de Primera Enseñanza (EC).

  7 *sólo era mudar de dolor:* paráfrasis de unos versos que Clarín había citado ya en «El hombre de los estrenos» *(Pipá):* «yo le conocí una vez que mudé de fonda, que, como diría don Juan Ruiz de Alarcón:
  "Sólo es mudar de dolor."

  8 *el hotel Principal:* bien podría evocar el Hotel del Principado, en la calle de San Francisco y muy cerca del Paseo de los Álamos, en Oviedo.

cía allí cerca, en la alcoba, víctima de un agudísimo dolor de muelas que, al aplacarse a ratos, la dejaba sumirse en tranquilo sopor, aunque algo febril, no desagradable.

Reyes velaba. Había ido allí a muy otra cosa, pero los suspiros de su inglesa-italiana y el olor a medicinas antiespasmódicas, más el declinar del día, le habían cambiado de repente el ánimo, inclinándole a la melancolía poética y reflexiva, a la abnegación espiritual y piadosa.

Como el velar el sueño del ser amado no es ocupación que dé empleo a las manos, Bonis, arrimado al velador de incrustaciones de no sabía él qué pasta, que imitaban una escena veneciana azul y rosa con manchas de café y huellas de nitrato de plata, dibujaba con pluma de ave sobre un pedazo de papel de barbas[9]. Dibujaba, como siempre, caprichos caligráficos con remates de la fauna y la flora del arabesco más fantástico. Sentía el alma, después del cambiazo que a sus deseos acababan de dar las circunstancias, llena de música; no le cantaban los oídos, le cantaba el corazón.

A tener allí la flauta y no estar dormida Serafina, hubiera acompañado con el dulce instrumento aquellas melodías interiores, lánguidas, vaporosas, llenas de una tristeza suave, crepuscular, mitad resignación, mitad esperanzas ultratelúricas y que no puede conocer la juventud; tristeza peculiar de la edad madura que aún siente en los labios el dejo de las ilusiones y como que saborea su recuerdo.

Pero ya que no la flauta, tenía la pluma: la pluma, que no hacía ruido, sino muy leve, al rasguear sobre el papel con aquellos perfiles y trazos gruesos, enérgicos, en clarooscuro sugestivo, equivalente al timbre de una puerta o de una placa[10].

---

[9] *papel de barbas:* es el papel de tina, que no está recortado por los bordes (EC).

[10] *timbre de una puerta o de una placa:* tanto en P como en F se lee *cuerda,* pero no consigo entender cómo el timbre (campana) de una cuerda se relaciona con el claroscuro, o con el timbre (sello, escudo, marco, insignia, ...) de una placa. Esta segunda posibilidad de significado de timbre podría ser común, sin embargo, si lo aplicamos a puerta y a placa: tendría entonces sentido la alusión al claro-oscuro por la capacidad de los signos del timbre (sello,

Sí, poco a poco fue sintiendo Bonis que la música del alma se le bajaba a los dedos; las curvas de su arabesco se hacían más graciosas, sus complicaciones y adornos simétricos más elegantes y expresivos, y la indeterminada tracería se fue cuajando en formas concretas, representativas; y al fin brotó, como si naciera de la cópula de lo blanco y de lo negro, brotó en un cielo gris la imagen de la luna, en cuarto menguante, rodeada de nubes, siniestras, mitad diablos o brujas montados en escobas[11], mitad colmenas de formas fantásticas, pero colmenas bien claras, de las que salían multitud de bichos, puntos unidos a otros puntos que tenían cuerpos de abejas, con patas, rabos y uñas de furias infernales. Aquellas abejas o avispas del diablo, volaban en torno de la luna, y algunas llenaban su rostro, el cual era, visto de perfil, el del mismísimo Satanás[12], que te-

---

escudo, marco, insignia, ...) para destacarse sobre el fondo de la puerta o placa.

[11] *diablos o mujeres montadas en escobas:* las brujas y las imágenes de aquelarre frecuentan esta novela (cap. X, ns. 16 y 17) y, en general, la imaginación de Clarín. En «El doctor Pértinax» *(Solos,* 1881), Mónica, la sirvienta del filósofo grotesco, es una bruja beatona de «ojos de lechuza». En «Pipá» (1879) la bruja Pujitos experimenta regocijo ante el cadáver calcinado del pillastrón y, tendiendo la mano, «sacó de la caja las cenizas de un trapo con los dedos que parecían garfios, acercó el infame rostro al muerto, volvió a palpar los restos carbonizados de la mortaja, pegados a la carne». En *La Regenta* (1884-85), las hermanas Ozores, «trotaconventos de salón», llevaban consigo «anuncio de vejez de bruja; la chimenea arrojaba a la pared las sombras contrahechas de aquellas señoritas, y los movimientos de la llama y los gestos de ellas producían en la sombra un embrión de aquelarre» (1986², cap. V, pág. 297). En *Superchería* aparece una curiosa versión moderna de la bruja: «la bruja, que era de nuevos tiempos, no iba a celebrar los sortilegios al monte Esquilino, sino al aquelarre de Sevilla, todos los sábados; era la bruja de la *Valpurgis* y no cualquiera de las Pelignas; era una bruja que montaba en la escoba por *neurosismo,* que padecía la brujería como una epilepsia...». El recuerdo de las investigaciones de Charcot sobre la histeria, y el tratamiento del histerismo como brujería en épocas de inquisición, está bien presente *(La Regenta,* XXX, 1987², n. 1).

[12] *el del mismísimo Satanás:* el diablo, visto a través de las reminiscencias de una imaginación infantil y a la vez de la distancia irónica del librepensador, también frecuenta la obra de Clarín. Dos cuentos, especialmente, exploran su *rol.* En el primero, muy conocido, «El diablo en Semana Santa», del libro *Solos* (1881), «su majestad infernal» se aburre en el infierno, y ávido de bellaquerías da un brinco y se planta en la tierra. En el segundo cuento, «La no-

nía las cejas en ángulo y echaba fuego de ojos y boca. Por encima de esta confusión de formas disparatadas, Bonis dibujó rayas simétricas que imitaban muy bien la superficie del mar en calma, y sobre la línea más alta, la del horizonte, volvió a trazar una imagen de la noche, pero de noche serena, en mitad de cuyo cielo, atravesando cinco hileras de neblina tenue, las líneas del pentagrama, se elevaba suave, majestuosa y poética, la dulce luna llena: en su disco, elegantes curvas sinuosas decían: Serafina.

Media hora larga le costó al soñador su composición simbólica[13]; mas fue premio de la inspiración y del esfuerzo un noble orgullo de artista satisfecho; sensación que se mezcló enseguida con un enternecimiento austero y en su austeridad voluptuoso, que le hizo inclinar la cabeza, apoyar la frente en las manos y meditar sollozando y con lágrimas en los ojos.

---

che-mala del diablo», del libro *Cuentos morales* (1896), el diablo vive su noche-mala en contraposición a la noche-buena de Dios. En ambos relatos el diablo es asociado a la noche, y a la Noche propone «la cópula infernal de que debía nacer el Satán-Hombre, la Humanidad diabólica». Si en «El diablo en Semana Santa» tiene «ese tinte mefistofélico con que solemos verle en las óperas», en «La noche-mala» «viajaba de incógnito (...) despojada la frente de los cuernos de fuego que son su corona, y con el rabo entre piernas, enroscado a un muslo bajo la túnica de su disfraz, para esconder así todo atributo de su poder maldito». Muchos años antes, en «Pipá» (1879), el diablo, asociado también a la mente infantil del pillete, tiene sin embargo connotaciones mucho más realistas, las de «la sórdida miseria que se le pegaba al cuerpo, los parásitos de sus andrajos, las ratas del desván que era su casa (...) la burla, el desprecio, la indiferencia universal».

[13] *su composición simbólica:* este motivo del dibujo que refleja las preocupaciones del personaje había aparecido ya en *La Regenta* XI (1986[2], pág. 479), en cuyas páginas «la mano fina, aristocrática [del Magistral] trazaba rayitas paralelas en el margen de una cuartilla, después, encima, dibujaba otras rayitas, cruzando las primeras; y aquello semejaba una celosía. Detrás de la celosía se le figuró ver un manto negro y dos chispas detrás del manto, dos ojos que brillaban en la oscuridad». En este pasaje de *Su único hijo* el dibujo es grotesco, en consonancia con la tentación de la deformación grotesca tan frecuente en Clarín. De «Doctor Pértinax» a «Benedictino», «Cuervo» y sobre todo *Su único hijo,* abundan las muestras de un arte preesperpéntico. Sobre el dibujo de Bonis parece proyectarse el recuerdo de Goya, especialmente de las escenas de aquelarre en las pinturas de la Quinta del Sordo o los grabados de la serie de *los disparates.*

«¡Qué vida extraña! ¡Qué cosas pueden pasarle por el alma a un pobre diablo!», pensaba Bonis.

La alegoría, que le había salido sin querer de la pluma, estaba bien clara, era la *síntesis* de su vida presente. En el cielo de sus amores, en la región serena[14], sobre el océano de sus pasiones en calma, brillaba la luna llena, el amor satisfecho, poético, ideal, de su Serafina. Ya no eran aquellos los días de las borrascas sensuales, en que el amor *físico,* mezclándose al *platónico,* se entregaba al *arabesco* de la pasión disparatada y caótica; el alma ya se había sobrepuesto y daba el tono al cariño, que, al arraigarse y convertirse en costumbre, se había hecho espiritual. Y de repente, de poco tiempo a aquella parte, debajo del océano, en las regiones misteriosas del abismo en las que habitaba el enemigo, de las que venían voces subterráneas de amenaza y castigo, aparecía como un reflejo infiel, otro cielo con otra luna, un cielo borrascoso con espíritus infernales vestidos de nubarrones, con el mismísimo demonio disfrazado de cuarto menguante... de la luna de miel satánica, de Valpurgis[15], que su mujer, Emma Valcárcel, había decretado que brillara en las profundidades de aquellas noches de amores inauditos, inesperados y como desesperados[16].

---

[14] *en la región serena:* esa región serena que se sobreimpone al desorden del mundo deriva de las tantas veces aludida por Clarín *Noche serena* de Fray Luis de León (*vid. La Regenta,* 1986², IV, n. 53 y XXVII, n. 1), el poema que más gustaba a Clarín del poeta clásico al que se sentía más adicto como lector.

[15] *de Valpurgis:* o luna de miel satánica, en la tradición germánica, donde las brujas «son llevadas, durante la noche de las calendas de Mayo, al monte llamado Blocksberg y Heivberg [nombre de la más alta montaña de la cordillera de Harz], en tierras de los bructeros, parte por sus demonios familiares y dilectos, que adoptan las formas de macho cabrío, puerco, ternero y otros animales semejantes, parte sobre horcas y báculos, pasando luego toda la noche en juegos, comilonas y danzas con sus amantes» (Godelmann, *Tractatus de magis, veneficis et lamiis,* cfr. J. Caro Baroja, *Las brujas y su mundo,* Madrid, 1961, págs. 185 y ss.). Allí, a esas montañas de Harz, acuden Fausto y Mefistófeles a contemplar la orgía de la noche de Valpurgis, tanto en el *Fausto* de Goethe (1, 21) y (II, II, 3) como en la ópera de Gounod.

[16] *y como desesperados:* el pasaje que antecede es uno de los más comentados por la crítica. N. Valis (1981) lo ha interpretado en clave arquetípica: Emma y Serafina devienen en la imaginación creadora de Bonifacio dos aspectos

Bonis se levantó, y contempló a la Gorgheggi dormida:

«Esa mujer adorada no sabe que yo la soy infiel. Que hay horas de la noche en que me dan un filtro hecho de terrores, de fuerza mayor, de recuerdos, de *costumbres del cuerpo,* de sabores de antiguos placeres, de olores de hojas de rosas marchitas, de lástima... y hasta de filosofías... negras...»

«Esta mujer no sabe que yo me dejo besar... y beso... como quien da limosna a la muerte; a la muerte enferma, loca; que doy besos que son como mordiscos con que quiero detener al tiempo que corre, que corre, pasándome por la boca... Sí, sí, Serafina; en esas horas tengo lástima de mi mujer, de quien soy esclavo; sus caricias disparatadas, que son reflejos de otras mías que yo aprendí de tus primeros arranques de amor frenético y desvergonzado; sus caricias, que son en ella inocentes, para mí crímenes, se me contagian y me llevan consigo al aquelarre tenebroso, donde entre sueños y ayes de amor que acaban por suspiros de vejez, por chirridos del cuerpo que se desmorona, vivo de no sé qué negras locuras sabrosas y sofocantes, llenas de pavor y de atractivo. Yo soy el amante de una loca lasciva... de una enferma que tiene derecho a mis caricias; pero un derecho que no es como el tuyo; como el tuyo, que no reconocen los hombres[17], pero que a mí me parece el más fuerte, aun-

---

del arquetipo elemental femenino, proyectados desde la experiencia interior del protagonista: son articulaciones conscientes de sentimientos inconscientes. Emma representa el lado negativo de lo femenino y Serafina, cuya primera imagen báquica de mujer fatal se ha borrado ya, el positivo (págs. 157-160). García Sarriá (1975), por su parte, capta en la alegoría una más que probable dialéctica: el dibujo representa un estadio intermedio en la evolución de Bonis y es expresión de ese antagonismo de fuerzas amorosas que recorre toda la obra de Clarín. Son las de dos caras de Rosario en *Esperaindeo* (1880), la contraposición Emilia-Elena en *Cuesta Abajo* (1890), la división de Ana entre la necesidad sexual (Mesía) y la mística (De Pas), la lucha entre dos formas de sensualidad, la carnal y la ideal. «Por eso, lo que aparece aquí desdoblado en Serafina-Emma en realidad corresponde a la doble faz que se da en la mujer.»

[17] *como el tuyo que no reconocen los hombres:* el discurso de Bonis remite inevitablemente al de Fortunata, en *Fortunata y Jacinta,* novela que tanto impresionó

que sutil, invisible. Tu derecho... y el mío. El de mi alma cansada.»

Y vuelta a llorar, después de haber pensado así, aunque con otras palabras interiores, y en parte aun sin palabras; porque algunas de las que ha habido que emplear Bonis ni siquiera las conocía. Por ejemplo, aquello que se dijo antes de *ultratelúrico*. ¿Qué sabía Bonis lo que significa ultratelúrico? Pero, con todo, siempre estaba pensando en ello, y lo mezclaba con todas sus cavilaciones y con todos los apuros de su miserable y atragantada existencia. En tiempo de Bonis, en esta época de su vida, no se hablaba como ahora, y menos en su pueblo, donde para los efectos fuertes y enrevesados, dominaba el estilo de Larrañaga y de D. Heriberto García de Quevedo. Sin contar con que Bonifacio, menos instruido todavía que su historiador, ni de propósito hubiera podido dar con ciertas frases que aquí suelen usarse para interpretar aproximadamente las tribulaciones de su espíritu.

Fuera como fuera, la Gorgheggi no despertó con todo aquel ruido... psicológico de su querido. El cual, por lo demás, andaba de puntillas, sin tropezar en nada; y hasta consiguió taparla, sin que ella lo sintiera, un poco de la espalda blanquísima, por donde estaba cogiendo frío. Era en casa de su Serafina el mismo galán fino, pulcro, suave y mañoso que cuidaba a su mujer, a su tirano, como las manecitas negras de los palacios encantados.

---

a Clarín en el proceso de génesis de *Su único hijo*. También Fortunata se debate entre dos derechos, el social, que la condena a ella como adúltera y sostiene el matrimonio de Juanito con Jacinta, y el «natural», basado en el amor, la fuerza de las cosas, y la prueba definitiva del hijo, y éste último hace de ella la verdadera esposa de Juanito y convierte a Jacinta en usurpadora. Es «la idea», «la pícara idea» de Fortunata, que trastorna el orden moral burgués y escandaliza a doña Guillermina. Nadie podrá convencer a Fortunata de que las leyes sociales y clericales puedan más que esa ley natural, que su conciencia reconoce y asume. En este momento de la novela —después Clarín invertirá el juego— las relaciones del triángulo amoroso son las mismas que en la novela galdosiana y el conflicto Amor-Pasión/Amor-Institución genera el mismo tipo de implicaciones éticas e ideológicas. La diferencia principal reside en el eje, que se ha trasladado de la Mujer-Naturaleza, Fortunata, al pusilánime Bonis.

Conocía todos los rincones de la habitación de su amiga... y también los del cuarto de Mochi. Él era quien les había buscado y ajustado el nuevo albergue; él quien procuraba introducir el espíritu y la práctica del orden y la economía en la vida doméstica de aquellos *artistas,* llevándoles un poco de la saludable influencia de su hogar, que al fin hogar era, aunque no pudiese servir de modelo; menos cada día. Se le figuraba a Reyes tener dos casas, la de su mujer y la de su querida; y así como él mismo, sin pensarlo ni quererlo, había introducido en el caserón de los Valcárcel aires de libertinaje, semilla de corrupciones que tan bien preparado tenían el terreno en el alma de Emma; del propio modo irreflexivo, por instinto, había ido poco a poco sembrando gérmenes de costumbres sedentarias, de orden provinciano, de disciplina doméstica, en la intimidad de su trato con los cantantes. Tal vez a este influjo contribuían, más que los ejemplos de su propia casa, las reminiscencias, de muy antiguos tiempos, de los hábitos de paz familiar y humildad económica que conservaba todavía el escribiente de Valcárcel, que no en balde había pasado su niñez y el principio de su juventud al lado de sus padres honrados, pobres, humildes, resignados. El ideal de Bonis era soñar mucho y tener grandes pasiones; pero todo ello sin perjuicio de las buenas costumbres domésticas. Amaba el orden en el hogar; mirando las estampas de los libros, se quedaba embelesado ante una vieja pulcra y grave que hacía calceta al amor de la lumbre, mientras a sus pies, un gato, sobre mullida piel, jugaba sin ruido con el ovillo de lana fuerte, tupida, símbolo de la defensa del *burgués* contra el invierno. Envidiaba el valor, la despreocupación de los artistas que no tienen casa, que acampan satisfechos en las cinco partes del mundo; pero esta admiración nacía del contraste con los propios gustos, con la invencible afición a la vida *material* tranquila, sedentaria, ordenada. Hasta para ser romántico de altos vuelos, con la imaginación completamente libre, le parecía indispensable, a lo menos para él, tener bien arreglada la satisfacción de las necesidades físicas, que tantas y tan complicadas son. El símbolo de estos sentimientos eran, como va indicado más atrás, las zapatillas. Cuando en sus ensueños juveniles había ideado un castillo roquero, una hermosa nazarena[18] asomada a la *ojival* ventana, una escala de seda, un laúd y un galán, que era él, que robaba a la virgen del castillo, siempre había tropezado con la inverosimilitud de huir a lejanos climas sin las babuchas. Y era claro que las babuchas eran incompatibles con el laúd. Además, no todo eran las zapatillas; había algo más en su cariño al hogar templado, dulce, sereno... la familia. ¡Oh, la familia honrada, sin adulteraciones, sin disturbios ni mezclas, era también su encanto! ¿Sería la familia incompatible con la *pasión*, como las babuchas con el laúd? Tal vez no. Pero él no había encontrado la *conjunción* de estos dos bellos ideales. La familia no era familia de verdad para él; Dios no lo había querido. Su mujer era su tirano, y en sus veleidades de amor embrujado, carnal y enfermizo, corrompida por él mismo, sin saberlo, era una concubina, una odalisca loca; y, lo que era peor que todo: faltaba el hijo[19]. Y en casa de

---

[18] *nazarena:* en este caso, y por metonimia, el epíteto de Jesús Nazareno pasa a designar a una dama cristiana, muy en el estilo que había puesto de moda el romanticismo histórico. Y «Nazarena» es llamada Ana Ozores cuando desfila penitente y descalza ante la mirada lujuriosa de los vetustenses.

[19] *faltaba el hijo:* en este pasaje se produce tal vez el punto de máxima identificación con la *Fortunata y Jacinta* galdosiana. También a la esposa institucional, Jacinta, le falta el hijo, y también Juanito se encuentra atraído, a la vez, por el orden familiar y por el desorden amoroso, sin poder lograr una conjunción estabilizadora. Las diferencias son muchas y no poco importantes, es cierto, y los personajes desempeñan papeles muy diferentes en ambas novelas: la perversa y voluptuosa Emma nada tiene que ver con ese querubín burgués que es Jacinta, ni la primitiva Fortunata con la sofisticada Serafina, mientras que el papel de Juanito es allí tan pasivo como aquí activo el de Bonis, que es en quien se desencadena el conflicto. Y sin embargo tanto en este capítulo como en los que siguen sería mucho más difícil imaginar la notabilísima simbiosis de los dos personajes contrapuestos, con la transformación de Emma en «concubina» y «odalisca» y su reconversión a la «dolce vita», y con el paralelo aburguesamiento de Serafina, si no mediara la lectura de una novela tan cargada de cervantismo (recuérdese cómo Sancho se quijotiza y se «sanchifica» Don Quijote al paso de sus aventuras) como *Fortunata y Jacinta,* en la que amor-pasión y amor-institución, naturaleza y sociedad, aventura y orden, pueblo y burguesía, buscan una síntesis dialéctica, que no podrá producirse más que por la integración de los valores contrapuestos, simbolizados en el hijo de Fortunata y en la calidad de esposa de Jacinta.

Serafina, en casa de la *pasión*... no había la santidad del hogar, ni siquiera la esperanza de una larga unión de las almas. Los cantantes tendrían que marcharse el mejor día. Eran judíos errantes; ya era un milagro que entre abonos empalmados[20], truenos de compañías[21], semanas de huelga[22], prórrogas de esperanzas, ayudas del préstamo, acomodos del mal pagar y abusos del crédito[23], hubieran podido permanecer Mochi y la Gorgheggi meses y meses en el pueblo. El día menos pensado Bonis se encontraría en el cuarto de Serafina con las maletas hechas. «La de vámonos», diría Mochi, y él no tendría derecho para oponerse. No tenía un cuarto, no podía ofrecerles *medios materiales* para continuar en el pueblo; el *arte* y la necesidad soplaban como el viento, y se llevaban allá, por el mundo adelante,

---

[20] *abonos empalmados:* véase nota 32, pág. 192 sobre «el tercer abono».

[21] *truenos de compañías:* en el cap. XVI de *La Regenta,* Clarín había realizado un análisis de los truenos o quiebras de compañías, aunque allí se trataba de compañías «de verso» y no de ópera. Sin embargo, el resultado es el mismo que contemplaremos aquí: «la estadística demuestra que todas las compañías de verso truenan en Vetusta y se disuelven. Las partes de por medio suelen quedarse en el pueblo y se les conoce porque les coge el invierno con ropa de verano, muy ajustada por lo general. Unos se hacen vecinos y se dedican a coristas endémicos para todas las óperas y zarzuelas que haya que cantar, y otros consiguen un beneficio en que ellos pasan a primeros papeles, y ayudados por varios jóvenes aficionados de la población representan alguna obra de empeño, ganan diez o doce duros y se van a otra provincia a tronar otra vez» (vol. II, pág. 89).

[22] *semanas de huelga:* supongo que *huelga* tiene aquí un sentido más etimológico que sindicalista, el que procede de *holgar,* esto es, de «descansar», «estar ocioso». Hay una variante asturiana que ha conservado este sentido: *fuelga.* Y Clarín era muy aficionado a este tipo de juegos etimológicos, por lo que insistirá en esta misma novela.

[23] *y abusos del crédito:* de tiempo en tiempo la pluma de Clarín resuena a Quevedo, Cervantes o a Mateo Alemán, como en el caso de esta enumeración, con metáforas que son auténticos conceptos al gusto barroco («prórrogas de esperanzas», «acomodos del mal pagar»...). En el cap. XIII volverá a nuestros oídos esa resonancia de conceptos con «los azares de la miseria, que aspira a convertir en industria la holganza». Que a Clarín le gustaba dejarse asaltar por otros estilos lo manifiesta la abundancia de citas en bastardilla que se incrustan en su lenguaje, y que el tono barroco le era harto familiar lo demuestran pasajes tan alejados en el tiempo como éste de «Amor'è furbo» (1882): «A bien que pronto se dio por vencido, y en confiar tanto da a entender que el casamiento lo tomó por lo serio, pues ya parece marido por lo ciego.»

344

su *pasión,* el único refugio de su alma dolorida, necesitada de cariño, de caricias castas (como habían acabado por ser las de Serafina), de *dignidad personal,* que le faltaba al lado de su Emma; la cual sólo se humillaba por momentos en su calidad de bestia hembra, para ser enseguida, aun en el amor, el déspota de siempre, que sazonaba las caricias con absurdos, que eran remordimientos para el atolondrado marido. ¡Solo, solo se volvería a quedar en poder de Emma, en poder de las miradas frías, incisivas de Nepomuceno, el de las cuentas, en poder de Sebastián, el primo, y de todos los demás Valcárcel que quisieran[24] hacer de él jigote[25] a fuerza de desprecios!

Despertó la Gorgheggi sonriente, sin dolor de muelas; agradeció a su Bonis que velara su sueño como el de un niño; y la dulzura de sentirse bien, con la boca fresca, harta de dormir, la puso tierna, sentimental, y al fin la llevó a las caricias. Mas fueron suaves, mezcladas de diálogos largos, razonables; no se parecían a las ardientes prisiones en que se convertían sus abrazos en otro tiempo. «Así, pensaba Reyes, debieran ser las caricias de mi esposa.» Serafina se había acostumbrado a su inocente Reyes y a la vida provinciana de *burguesa* sedentaria[26] a la que él la inclinaba, y a que daban ocasión su larga permanencia en aquella pobre ciudad y la huelga prolongada. Se iban desvaneciendo las últimas esperanzas de *brillar en el arte,* y Serafina pensaba en otra clase de felicidad. La falta de ensayos y funciones, la ausencia del teatro, le sabía a emancipación, casi casi a regeneración moral: como las cortesanas que llegan a cierta edad y se hacen ricas aspiran a la honradez como a un últi-

---

[24] *quisieran:* sigo la lectura de F, pues en P, probablemente por error, se lee *quisieron.*

[25] *hacer de él jigote: Hacer gigote una cosa* es: 'cortarla en trozos menudos' (DUE).

[26] *burguesa sedentaria:* Serafina aspira a convertirse en lo que se convirtió otra cantante de ópera clariniana, Marcela, la protagonista de «La Reina Margarita» (1895), quien acaba retirándose de la ópera y viviendo una tranquila vida de burguesa. El relato, con su mundo transhumante de compañía de ópera y con su estancia en una ciudad muy parecida a la de Bonis, tiene múltiples conexiones con *Su único hijo.*

mo lujo[27], Serafina también soñaba con la independencia, con huir del público, con olvidar la solfa y meterse en un pueblo pequeño a vegetar y ser dama influyente, respetada y de viso. Ya iba conociendo la vida de aquella ciudad, que despreciaba al principio; ya le interesaban las comidillas de la murmuración; hacía alarde de conocer la vida y milagros de ésta y la otra señora, y un día tuvo un gran disgusto porque Bonis no consiguió que se la invitara el Jueves Santo a sentarse en cualquier parroquia en la mesa de petitorio[28]. Cantó una noche, con Mochi y Minghetti, en la Catedral, y sintió orgullo inmenso. Le andaba por la cabeza un proyecto de gran concierto a beneficio del Hospital o del Hospicio. A Mochi no le cayó en saco roto la idea; pero le torció el rumbo. Un gran concierto, sí, pero no a beneficio de los pobres, sino a beneficio de los cantantes, restos del naufragio de la compañía. Se dio a Minghetti, el barítono, noticia del proyecto, y le pareció magnífico. Él sugirió al tenor la ocurrencia de aprovechar aquel concierto para reanimar el instinto filarmónico de los vecinos: se habían cansado de ópera, bueno; pero ya hacía una temporada que se había cerrado el teatro; la Gorgheggi, apareciendo en traje de etiqueta en los salones de una sociedad, y cantando, sin accionar y sin dar paseos por la *escena,* pedazos de música escogida, volvería a despertar el apetito musical de los muchos aficionados; esto facilitaría la idea de abrir un abono condicional sobre la base del terceto; tenían tenor, tiple y barítono; se traería contralto, bajo y coros, y se podía arreglar otra campaña que bastase para pa-

---

[27] *como un último lujo:* el comentario sobre las antiguas cortesanas ayer enriquecidas y hoy honorables recuerda aquel pasaje de *Nana* en que Irma d'Anglars, la cortesana nonagenaria que arruinó a tantos hombres y que acabó como una marquesa, dueña de un fastuoso castillo en Chamont, es mostrada como la más ilustre feligresa de su parroquia.

[28] *mesa de petitorio:* se instalaban estas mesas de petitorio durante la Semana Santa en los templos, a los que acudía la multitud a realizar sus «visitas». La participación femenina en las mesas era signo exterior de prestigio social y como escribe Mesonero Romanos («Marzo. *Memento homo»,* en *Bocetos de cuadros de costumbres)* «la elegante dama» hacía en ellas «pública ostentación de caridad», presentándose «a implorar el ochavo del pobre, cubierta de joyas y pedrería» (*Obras,* BAE, CC, pág. 323).

gar trampas, y esperar con menos prisa y afán alguna contrata en otra parte. Para poner por obra el proyecto, había que contar con algún indígena que tomara la iniciativa. Nadie como Bonis. Serafina se encargó de rogarle que lo tomase por su cuenta. Dicho y hecho. Aquella tarde, entre las caricias de un amor apacible y de intimidad serena, la Gorgheggi suplicó a su amante que apadrinase con celo y entusiasmo su idea, que se encargara de preparar el concierto, venciendo los obstáculos que pudieran surgir. ¿Qué menos podía hacer Bonifacio por aquella mujer, a quien no podía dar ya dinero, y eso que tanto lo necesitaba? Propuso el proyecto de los cómicos a la Junta del Casino, que formaba como una Sociedad agregada a la empresa del café de la Oliva; en el piso principal estaban el salón de baile y las salas de juego y de lectura de aquel círculo de recreo, algunas veces de envite y azar. La Junta directiva, que tenía la conciencia de sus deberes, prometió estudiar la cuestión. Hubo deliberaciones repetidas, se votó, y, por una exigua mayoría, se aprobó el proyecto del concierto, que terminaría en baile, pero sin *ambigú*[29].

Bonifacio ocultaba a su mujer que andaba en aquellos tratos, que era el alma de la proyectada fiesta; pero ella supo que el concierto se preparaba, y que su Bonis era factor del holgorio[30], que iba a ser cosa rica. Si de otras cosas que sabía también, y tiempo hacía, no le había hablado, sino con indirectas y sin insistir, ahora le convenía darse por enterada claramente; y así, le dijo un día a la mesa, a los postres, en presencia de Nepomuceno:

—Vamos a ver, hombre, ¿por qué me tienes tan callado lo que me preparas? ¿Es que quieres sorprenderme?

---

[29] *ambigú:* «comida, especialmente cena, que se sirve toda de una vez» (DUE). Solía ir aparejada a representaciones teatrales, fiestas, bailes, etc.

[30] *factor del holgorio:* factor es «el que hace alguna cosa. Es voz puramente latina». Pero «entre los comerciantes es la persona que tienen destinada en algún paraje para hacer las compras de géneros y otros negocios en su nombre» (DAu). Este arcaísmo debía gustarle a Clarín, pues aparece en *La Regenta*, al comunicarle Ana al Magistral: «El Marqués me ha dicho que piensa invitar a usted a la romería de San Pedro. Somos nosotros *los factores...*» (1987², vol. II, pág. 461).

—¿Lo que te preparo?

—Sí, señor; lo del concierto: ya sé que tú y otros queréis echar un guante disimuladamente en favor de esos pobres cómicos que han quedado en el pueblo y no deben de pasarlo bien... Perfectamente; muy bien hecho. Es una gran idea y una obra de caridad. Haremos una limosna y nos divertiremos. Magnífico. ¿Verdad, tío, que es una idea excelente?

—Excelente, asintió Nepomuceno, limpiándose los labios con la servilleta y bajando la cabeza.

—Cuenta conmigo y con la señorita Marta, con Marta Körner, la del ingeniero, ya sabes, mi amiguita, que irá conmigo. El tío me acompañará, ¿verdad? Y acaso el primo Sebastián, que vendrá a las ferias. Tú tendrás que arreglar por allá cosas; si ya lo sabemos, hombre, no te hagas el chiquitín, ya sabemos que eres el director de la fiesta. ¿Y qué? Mejor. Gracias a Dios que haces algo de provecho. Lo que me enfada es que nunca me hayas dicho que eras amigo de los cómicos, tan amigo. ¿Creías que iba a disgustarme? ¿Por qué? Yo no soy orgullosa, yo no creo que mi apellido se desdore porque mi esposo trate a unos artistas; al contrario; si yo fuera hombre haría lo mismo. ¿No se casó la famosa Tiplona con un caballero de aquí? ¿Verdad, tío, que no nos ha parecido mal saber que Bonis trata a los cómicos mucho, muchísimo? Lo supimos por la señorita de Körner, ¿verdad, tío? Y yo hasta me puse hueca. Para que veas.

Bonifacio miraba a su mujer con los ojos fijos, combatido por dos opuestas corrientes: un instinto ciego le decía: ¡Guarda, Pablo![31], ¡no te fíes, no cantes, hay trampa! Otra tendencia poderosa le hacía ver el cielo abierto y le empujaba el enternecimiento. ¿Si su mujer sería capaz de *com-*

---

[31] *¡Guarda, Pablo!:* «Modo de hablar con que se da a entender que alguno huirá de hacer alguna cosa, por no tenerle cuenta, o porque puede ser arriesgado» (DAu). Debió ser frase popular, pues Clarín la repite a menudo. Por ejemplo, en *La Regenta* (XI, 1986[2], pág. 480), el castizo don Cayetano le dice a don Fermín, al traspasarle a Ana Ozores: «Eso no quita que sea una santa; pero quiere traer a la religión el romanticismo, y yo ¡guarda, Pablo! no me encuentro con fuerzas para librarle de ese peligro.»

prenderle, de comprender su amor al arte y a los artistas? No llegaba él hasta esperar que disculpara sus amores con Serafina; era, por el contrario, indispensable, que no supiera de ellos; pero todo lo demás, ¿por qué no? Es decir, lo de las deudas y el dinero prestado, tampoco. Miraba a Emma; después miró al tío: o no había honradez y franqueza y lealtad en el mundo, o estaban pintadas en la cara, y especialmente en los ojos de tío y sobrina.

Confesó todo lo que creyó oportuno confesar. Se le agradeció la franqueza, y tío y sobrina manifestaron verdadera admiración contemplando la perspectiva de ideal y horas de jarana y alegría honesta que Bonis les puso ante la fantasía con elocuencia conmovedora. Aunque Nepomuceno y Emma iban *con segunda,* cada cual por diferente motivo, en parte eran sinceros su entusiasmo y adhesión a los proyectos de Reyes. En cuanto a disculpar las aficiones artísticas del marido y su trato con los cantantes, nada más fácil. ¿No era él músico también? ¿Y qué tenía de particular que, en saliendo de casa, empleara sus ocios en cultivar la amistad de aquellos excelentes señores que sabían tanta música, eran de tan fino trato y no se parecían a los envidiosos del pueblo, espíritus limitados, estrechísimos, monótonos, inaguantables?

Nepomuceno habló más que solía; él también era pintor[32], esto es, músico; sí: en la Sociedad Económica[33] había coadyuvado a la creación de la clase de solfeo y piano.

---

[32] *también era pintor:* esta frase, paráfrasis del «anch'io sono pittore», que se atribuye por leyenda al pintor Antonio Allegri «Corregio», cuando éste contempló la Santa Cecilia de Rafael en Bolonia, gustó tanto a Clarín que la repite varias veces en *La Regenta* (caps. VIII y XX), además de en esta novela.

[33] *Sociedad Económica:* o Sociedad Económica de Amigos del País, como se la llama en otro pasaje. Las Sociedades Económicas de Amigos del País tienen su origen en el movimiento asociacionista del siglo XVIII. La primera y tal vez más importante fue la Vascongada (1764). Su objetivo era el fomento del desarrollo económico y regional y jugaron un importante papel en la difusión de las ideas científicas y filosóficas modernas así como de las tecnologías avanzadas, en el marco de unas posiciones ideológicas claramente ilustradas. En 1775 el gobierno, a impulsos del Conde de Campomanes, dirigió una circular a todas las autoridades locales ordenándoles la fundación de So-

—¡Bah, la música!, ya lo creo, es una gran cosa. Domestica las fieras.

—Ciertamente, dijo Bonis encantado.

Y refirió a su modo la fábula de Orfeo[34], que a Emma la cogía de nuevas completamente, y le pareció muy interesante.

—A propósito de piano... aunque ya está viejo el alcacer para zampoñas[35], yo quisiera saber teclear, así... un poco... aunque no fuera más que tocar con un dedo las óperas esas que tú tocas en la flauta.

A Bonis le pareció muy laudable el propósito. Volvió a pensar, aunque sin esperanza, en lo de «la música las fieras domestica», y dijo:

—Pues mira, si te decides, Minghetti, el barítono, es un excelente profesor...

Emma, encendida, no pudo menos de ponerse en pie, y sin pensar en contenerse, comenzó a batir palmas.

—¡Oh, sí, sí; sublime, sublime; qué idea!, el barítono... y le pagaremos bien; será una obra de caridad. Pero, ¡qué lástima! ¿Se marchará pronto?

—¡Oh! eso... según las circunstancias... si renuevan el abono, si recomponen el cuarteto... si se les ayuda...

—¡Vaya si se les ayudará! ¿Verdad, tío?

El tío volvió a inclinar la cabeza. ¡La de planes que tenía dentro de ella! Los ojos le brillaban, fijos en el mantel, hablando con su fijeza de cien ideas que no explicaban, pero que revelaban como presentes.

***

ciedades Económicas a imitación de la Vascongada. El llamamiento del Gobierno fue atendido con entusiasmo en muchas partes. La de Oviedo se fundó en 1781 (vid. R. M. de Labra, *Las Sociedades Económicas de Amigos del País. Su razón histórica, sus medios y su misión actual,* Madrid, 1906) y Clarín fue miembro de la misma.

[34] *la fábula de Orfeo:* Bonis la conocía, de seguro, por una versión operística. De las múltiples que se compusieron sobre el tema (desde la más antigua, la de Peri, pasando por las de J. S. Bach, Haydn, Offenbach, Monteverdi, etc.), la más famosa fue la de Cristoph Willibald Gluck (1714-1787). Su *Orpheo ed Euridice* se estrenó en Viena en 1762.

[35] *aunque ya está viejo el alcacer para zampoñas:* modismo que literalmente significa que la cebada (alcacer) está ya demasiado vieja para fabricar la *pipiritaña, zampoña* o flautilla hecha de caña verde y tierna de cereal.

Llegó la noche del concierto. Se abrieron los *salones* del Casino, sucursal del café de la Oliva; hasta hubo su poquito de *buffet*[36], a pesar del acuerdo de la Junta, y lo mejor de la población acudió a tomar sorbetes y a contemplar de cerca, y vestidos en *traje de sociedad,* a los cantantes *ilustres* que tantas veces había aplaudido viéndolos en las tablas, llenos de abalorios y galones dorados.

¡Noche solemne para Bonis! ¡Noche solemne para Emma! ¡Noche solemne para Nepomuceno!

---

[36] *buffet:* palabra francesa, uno de cuyos significados es el mismo de *ambigú.*

XII

Ardían en las arañas de cristal muchas docenas de bujías de esperma[1]; allá, al extremo del salón, sobre una plataforma improvisada, la respetable orquesta de los músicos sedentarios, de los profesores indígenas, inauguraba la fiesta con una sinfonía de su vetusto repertorio: allí estaba el trompa, refractario al italiano y a la afinación; allí el espiritual violinista Secades, que había soñado con ser un segundo Paganini[2], que había pasado noches y noches, días y días, buscando en las cuerdas, acariciadas por el arco, ora lamentos de amor sublime, ora imitaciones exactas de los ruidos naturales[3]; v. gr.: los rebuznos de un jumento. ¡Sar-

---

[1] *bujías de esperma:* velas de esperma de ballena; en esta época es ya una forma primitiva de iluminar los teatros pues el gas de alumbrado se había descubierto en 1799 (Lebon) y alimentaba las principales ciudades en los años 60. Páginas atrás puede leerse: «No había entonces baterías de gas y no podía llevarse la luz por delgados tubos, como años adelante se vio allí mismo (...) Las humildes candilejas alumbraban lo poco que podían.» *Naná* (1880), de E. Zola, es un canto fascinado por los efectos de las llamas de gas en la escena (Véase cap. IV, n. 46).

[2] *un segundo Paganini:* también a Ventura, el violinista de «Las dos cajas» *(Pipá),* le pronostican: «Será un Paganini este muchacho.» Y es que el prestigio y la fama de violinista de Nicolás Paganini (Génova, 1784-Niza, 1840) fueron inmensos en toda Europa; incrementados, si cabe, por la protección de Elisa, la hermana de Napoleón, por sus giras infatigables, por su leyenda diabólica, y por el despilfarro de sus enormes ganancias.

[3] *imitaciones exactas de los ruidos naturales:* las actitudes del violinista Secades recuerdan inevitablemente las de Ventura, el violinista de «Las dos cajas» *(Pipá),* que soñaba con crear en su violín «unos dulcísimos quejidos, que eran como el murmullo que hay en los nidos de las golondrinas cuando los hijuelos aguardan el alimento... Parecían los ensayos de los gorjeos de aquella ban-

casmo de la suerte! El rebuzno lo había dominado; su arco había llegado a hablar como la burra de Balaam[4]; pero la inefable cantinela del amor, los ayes de la pasión sublime, los reservaban aquellas cuerdas para otro arco amante, no para el de Secades. El cual, ya maduro y desengañado, iba prefiriendo su otro oficio de zurupeto[5], y más atendía ya a la *banca* y sus gajes que al arte que meciera sus sueños infantiles. Tocaba ya por ganar la pitanza[6], medio dormido, como sus compañeros, sin fe, sin emulación, apenas conservando un poco de cariño melancólico y de respeto supersticioso a la buena música, a la antigua, despreciando las novedades que traían las compañías de algunos años a aquella parte. Allí estaba también el antiguo figle[7], don Romualdo, calvo, digno, de gran panza; en la catedral chirimía[8], en todo lo profano figle; casi una gloria provincial. Todo el pueblo, hasta los sordos, reconocía que era maravilloso lo que hacía con su extraño instrumento aquel

---

dada de ruiseñores»... Ambos violinistas se sitúan, por tanto, en la herencia de la «música descriptiva», que aspira a la imitación de los sonidos naturales. En *Fortunata y Jacinta,* ésta asiste a una ópera de Wagner y «lo último que oyó fue un trozo descriptivo en que la orquesta hacía un rumor semejante al de las trompetillas con que los mosquitos divierten al hombre en las noches de verano» (ed. de F. Caudet, M, 1983, vol. I, pág. 290).

[4] *burra de Balaam:* relata la Biblia que, al encaminarse Balaam, el adivino, montado en una burra, al encuentro de Balac, Rey de Palestina, un ángel enviado por Yavé se interpuso en su camino, sin que Balaam lo viese, pero sí la burra, por lo que la burra se detenía y Balaam, furioso, la fustigaba. Después de tres veces, «abrió [...] Yavé la boca de la burra, que dijo a Balaam: "¿Qué te he hecho yo para que por tres veces me hayas fustigado?"» Y era sólo el inicio del diálogo (*Números,* 22, 21 y ss.).

[5] *Zurupeto:* «Corredor de bolsa no matriculado» (DUE).

[6] *tocaba ya por ganar la pitanza:* también en esto se parecen Secades y Ventura, el de «Las dos cajas», en la resignación a la condición de trabajador de la música, que se ve obligado a vender su arte a cambio de la pitanza. El Clarín íntimo, que hemos analizado en la introducción (I), debía sentirse hermanado con ellos: «Yo ahora no escribo más que para ayuda del cocido» (carta a Menéndez Pelayo del 12 de marzo de 1888).

[7] *figle:* el que toca el figle, «instrumento músico de viento cuyo tubo se ensancha gradualmente desde la boquilla hasta el pabellón, doblado por en medio y con pistones» (DUE).

[8] *chirimía:* 'especie de flauta con diez agujeros y lengüeta de caña' (DUE).

hombre; le hacía llorar, reír, hasta casi casi toser. Pues a pesar de tanta fama, la fuerza del tiempo, el desgaste de la admiración, habían echado sobre la celebridad de D. Romualdo una capa espesa de indiferencia pública; bien conocía él que sus paisanos, sin poner un momento en duda su grandeza, se habían cansado de admirarle; sobrellevaba estas contrariedades ineludibles con una melancolía filosófica y taciturna; seguía tocando con el esmero de siempre, aunque ya en vano. En resumidas cuentas, estaba triste, desengañado, ni más ni menos que su compañero Secades; él, sin ilusiones, de vuelta ya de la gloria, yacía en el mismo surco de resignación fría y amarga en que se había acostado Secades, camino de la celebridad. Todo era igual: no haber subido al *templo de la Fama* y estar de vuelta. A pesar de contarse entre aquellos respetables profesores estas y otras notabilidades, la orquesta sonaba como los tornillos de una máquina sin aceite; los instrumentos de cuerda estaban asmáticos, sonaban a la madera, como sabe la sidra al barril; los de bronce eran estridentes sin compasión; bastaba uno de aquellos serpentones para derribar todas las fortificaciones de cinco Jericós[9]. Afortunadamente el público filarmónico oía la orquesta como quien oye llover.

Emma entró en el salón después de ejecutado el primer número del programa; atrajo la atención por dos cosas; por su vestido carísimo y llamativo, y por venir colgada del brazo del alemán, del ingeniero Körner, un hombre gordo, alto, encarnado, de ojos de niño llorón, azules, claros, muy hundidos. Parecía un gran cerdo muy bien criado, bueno para la matanza, y era un hombre muy *espiritual,* enamorado de Mozart y de los destinos de Prusia[10]. Habla-

---

[9] *de cinco Jericós:* la bien amurallada y cerrada Jericó fue sitiada por Josué, y los hijos de Israel. Entonces Yavé dijo a Josué que él con todos sus hombres de guerra marcharan en torno a la ciudad, dándole la vuelta una vez cada día, durante seis días. «Siete sacerdotes llevarán delante del arca siete trompetas resonantes. Al séptimo día daréis siete vueltas en derredor de la ciudad, yendo los sacerdotes tocando con sus trompetas.» Entonces «todo el pueblo se pondrá a gritar fuertemente, y las murallas de la ciudad se derrumbarán». Y así sucedió (*Josué,* 6, 1-5).

[10] *los destinos de Prusia:* por estos años Alemania estaba metida de lleno en su

ba español como si estuviera inventando una lengua con palabras cuasi castellanas y giros cuasi alemanes. Era un soñador, pero capaz de llevar una fábrica en la punta de cada dedo, y como *contable,* como él decía, nadie le ponía el pie delante. Sabía de todo, despreciaba a los españoles disimulándolo, idolatraba a su hija Marta, y venía a hacerse rico.

Detrás de esta pareja entraron, también del brazo, Marta Körner y Bonis; les seguía de cerca, solo, D. Juan Nepomuceno, que parecía haberse azogado[11] las patillas, que semejaban pura plata. Marta Körner era una rubia de veintiocho años, muy fresca, llena de grasa barnizada de morbidez y suavidad; su principal mérito físico eran sus carnes; pero ella buscaba ante todo la gracia de la expresión y la profundidad y distinción de las ideas y sentimientos. Hablaba siempre del corazón, llevándose la mano, que era un prodigio, al palpitante seno, que era toda una obra de fábrica del nácar más puro. Atribuía al subsuelo de aquella accidentada naturaleza los verdaderos tesoros de su persona; pero los inteligentes, Nepomuceno entre ellos, estimaban en más el derecho de superficie.

Marta disentía de su padre en sus amores musicales; estaba por Beethoven; en lo que estaban de acuerdo era en la necesidad imprescindible de hacer una fortuna, o media, a más no poder. Körner había venido directamente de Sajonia[12] a dirigir una fábrica de fundición, establecida por un industrial al pie de unas minas de hierro[13], en la región

---

proceso de integración nacional, empujado y protagonizado desde Prusia, y definido frente al Imperio Austriaco y contra Francia. Especialmente desde 1861-1862 en que es coronado Rey de Prusia Guillermo I y es nombrado primer ministro el célebre Otto von Bismarck, verdadero artífice de la unidad alemana.

[11] *azogado:* cubierto de azogue, esto es, de mercurio; pero significa también aturdido o turbado: en este contexto juega con ambas posibilidades.

[12] *Sajonia:* uno de los estados que se repartían el territorio alemán antes de la unificación. Sajonia tenía condición de reino desde 1808 y en 1833 había entrado en la liga aduanera propugnada por Prusia. Fue, junto al Ruhr, una de las zonas alemanas que concentró en mayor grado la revolución industrial de la era del Gran Capitalismo.

[13] *una fábrica de fundición... al pie de unas minas de hierro:* no había sido esto lo

más montañosa de la provincia; allá, hacia donde tenían sus guaridas los Valcárcel pobres y huraños. El primo Sebastián, algo más comunicativo, que iba y venía de la ciudad a la montaña, fue quien presentó al Sr. Körner a Nepomuceno. Al principio, el alemán y su hija vivieron en los vericuetos, sin pensar en que a pocas leguas había una ciudad que podía recordarles, remotamente, la civilización y cultura que dejaban en su tierra. Aunque rodeados, como decía Sebastián, de todas las comodidades que podían ser arrastradas casi con grúa, hasta las alturas en que moraban, los alemanes vivían a lo aldeano, por lo que toca a sus relaciones sociales. Empezaron a aprender español en el dialecto del país, oscuro y corrompido; todo su espiritualismo se iba embotando, y por más que procuraban mantener el fuego sagrado de la idealidad a fuerza de sonatas clásicas, tocadas por Marta en un piano de cola, y a fuerza de libros y periódicos ilustrados que su padre hacía traer de Alemania, ello era que el medio ambiente les invadía y transformaba; el desdén con que al principio miraron y trataron a la gente tosca, en medio de la que tenían que vivir, se fue cambiando insensiblemente en curiosidad; llegó a ser inte-

habitual, pues el hierro, al igual que la hulla, base de la riqueza minera asturiana, fue durante mucho tiempo materia prima dedicada a la exportación, bien hacia el País Vasco, bien hacia el exterior. Pero en 1866 ya había en Asturias cinco altos hornos alimentados con carbón de Cok. Las grandes empresas asturianas que se constituyen en esta época son la «Hullera y Metalúrgica» de Guilhou, en Mieres (antecedente de la Fábrica de Mieres), y la «Duro y Cía» (antecedente de Duro-Felguera), creada en 1850, y entre cuyos socios comandatarios están Alejandro Mon y el marqués de Pidal, caciques asturianos bien conocidos de Clarín. Bajo la dirección de un extranjero, Jules Mathey, primero, y de Gregorio Aurre, después, esta última tenía en 1864 dos altos hornos, 72 hornos de cok y 16 de pudelaje. Su capital inicial fue de seis millones de reales. Es el periodo de la hegemonía asturiana en la industria siderúrgica, que duró desde 1864 hasta 1879, en que se producirá el despegue de la industria vasca, gracias al carbón importado de Gran Bretaña. La novela refleja, pues, con precisión, el periodo inicial de la constitución de una industria asturiana en la década del 60, que por lo demás estuvo muy marcado por el capital extranjero, especialmente francés, y por la presencia de técnicos profesionales europeos, como Körner o como aquel Mr. Jourdain, el «ingeniero belga» y «socio industrial de la gran empresa extranjera, que explotaba muchas de las minas de carbón de la riquísima cuenca», que aparece en *Tambor y gaita*.

rés, imitación, emulación, y el orgullo ya no consistió en despreciar, sino en deslumbrar. Körner quiso lucirse entre montañeses rudos, y como allí no le valían sus habilidades de *dilettante* de varias artes y lector sentimental, tuvo que aprovechar otras cualidades, más apreciables en aquella tierra, como, v. gr., la gran fortaleza y capacidad de su estómago. No se le comenzó a tener en tanto como él quería, hasta que corrió por uno y otro concejo montañés la noticia, verdadera, de que en una apuesta con un capataz de las minas le había dejado el alemán al español en la docena y media de huevos fritos, mientras él, Körner, llegaba a tragarse las dos docenas muy holgadamente, y ponía remate a la hazaña engulléndose dos besugos. Esto era otra cosa; y los que habían permanecido indiferentes ante las guerras gloriosas del Gran Federico[14], de que Körner se envanecía como si fuera nieto del ilustre Monarca; los que oían hablar de Goëthe[15], y de Heine[16], y de Hegel[17], como quien

---

[14] *Gran Federico:* se trata de Federico de Prusia (1712-1786). Es el modelo germánico del monarca del despotismo ilustrado. Hombre de gustos refinados y espíritu abierto a las novedades intelectuales, situó a Prusia como gran potencia europea a través de sus éxitos militares. Arrebató la Silesia al poderoso imperio austriaco, con el que se enfrentó victoriosamente en sucesivas campañas, y consiguió una importante participación en el reparto de Polonia. También supo asegurarse la sucesión de Baviera y los ducados de Franconia.

[15] *Goethe:* el siglo XIX vivió bajo la sombra del prestigio de Goethe, el escritor que se convirtió en el paradigma del genio ya en propia vida, «una vida de Dios sobre la tierra», como la calificaba el joven Clarín, fascinado por la «serenidad olímpica» del artista *(Preludios,* pág. 32). El gran poeta alemán es para Clarín, además, un paradigma humano, «hombre del todo», como le llama en *Un discurso* (pág. 57), que desde el punto de vista literario resume Romanticismo y Clasicismo: «Goethe, el romántico por excelencia (...) acabó por ser el *gran pagano,* esto es, el clásico por excelencia también» *(Galdós,* página 258). Desde muy joven lo incluye Alas en sus listas de grandes maestros e influencias, menos por el *Werther* que por el *Wilhelm Meister* y, sobre todo, por el *Fausto (vid.* «Del naturalismo», VII), que en *Su único hijo* será punto de referencia muy frecuentado.

[16] *Heine:* es cita constante de Clarín, quien alude a menudo al carácter combativo, militante o satírico de su obra, tanto en aspectos concretos, como en su sátira de los excesos del «sentimentalismo ojival» *(Mis plagios,* página 73) o en la dirigida contra las mujeres-literatas, especialmente Mme. Sataël *(Museum,* pág. 53), como en conjunto, pues Heine «que todavía amó bas-

oye llover, llegaron a reconocer el glorioso porvenir de la raza que criaba tan buenos estómagos. Añádase a esto que el ingeniero jugaba a los bolos con singular destreza y con una fuerza de muchos caballos, o por lo menos, de dos o tres aldeanos de aquellos. Con ésta y otras análogas cualidades, consiguió ganar las simpatías y hasta la admiración por que habían llegado a suspirar de veras. Pero este género de gloria acabó por cansarle, y sobre todo le repugnó al cabo, por el peligro, que vio al fin patente, de convertirse en un oso metafísico y filarmónico, pero oso, en un Ata Troll[18] de carne y hueso. Engordaba demasiado, olvidaba sus meditaciones trascendentales..., y sus gustos sencillos, fácilmente satisfechos con la vida montañesa, le apartaban de los complicados planes de medro y vida regalada que había traído de su país. Además, en la fábrica de la montaña, aunque bien pagado, considerado y satisfecho en punto a comodidades materiales, pues tenía buena casa, gajes y atenciones, al fin no prosperaba, no podía hacerse rico. Ensayó el proyecto de convertirse en socio industrial, pero cedió ante las dificultades que el propietario a solapo[19] le fue poniendo. Con esto se le agrió el humor, y comenzó a desear con mucha fuerza salir de aquella vida troglodítica, hacerse valer más, y poner al alcance de la *demanda* la ho-

---

tante más que Campoamor, y que soñó mucho más que él, es satírico crítico entre *suspirillo* y *suspirillo* germánico» (*Museum,* pág. 46).

[17] *Hegel:* Clarín, que había estudiado la filosofía idealista alemana en Madrid, en su juventud, con los profesores krausistas, y que cita habitualmente a Kant, Fichte o Schelling, conocía parece que de primera mano a Hegel, pues aparte de citarlo como uno de los más grandes filósofos de la historia (*Museum,* pág. 16), discute ocasionalmente algunos de sus argumentos (*Apolo en Pafos,* pág. 91), y le comenta a Menéndez Pelayo, a propósito de la *Historia de las ideas estéticas:* «Participo del entusiasmo de Vd. por Hegel, por su *Estética,* que yo he leído en francés hace muchos años, y después, otra vez en francés, en una reedición en dos tomos» (*Epistolario,* II, Carta del 12-III-88, pág. 42). Hegel aparece abundantemente citado en la obra narrativa corta de la última época, de *Cuesta abajo* a los cuentos de *El gallo de Sócrates.*

[18] *Ata troll:* Atta Troll: *Ein Sommernachtstraum (Atta Troll, un sueño de una noche de verano,* 1844), poema narrativo y fantástico, de H. Heine, en el que un oso danzante se convierte en símbolo de la literatura comprometida socialmente, bienintencionada y torpe.

[19] *a solapo:* 'en secreto' (DUE).

nesta oferta de los encantos, cada vez más exuberantes, de su hija Marta, por la cual iban también pasando los años, pero inútilmente, allá en los montes. Sin dejar la fábrica, con pretexto de su servicio, Körner menudeó sus visitas a la capital, a caza de algún negocio que le pareciera de más porvenir que el de allá arriba; y en uno de estos viajes fue cuando el primo Sebastián le hizo trabar conocimiento con Nepomuceno. El alemán, que era sagaz y hombre de mundo, comprendió pronto cuál era el papel del hacendista en casa de su sobrina: vio claramente que allí había dinero, y que este dinero se iba por la posta, y que la dirección de la corriente de aquel río de plata era, o él no entendía de corrientes, camino del bolsillo de Nepomuceno, aunque con grandes pérdidas y derivaciones, en una *delta* de despilfarros, que iban a enriquecer el caudal de modistas, comerciantes de telas, sombreros, joyas, sin contar con las tiendas de ultramarinos, confiterías, mercados de caza y pesca, etc., etc. Körner comenzó a marear a Nepomuceno persuadiéndole primero de que él, Nepomuceno, tenía un verdadero talento de *contable,* era un Necker...[20] oscurecido, ocioso; con otro horizonte, brillaría como estrella de primera magnitud en el cielo de la Administración y de la Hacienda. En *conciencia,* según Körner, estaba Nepomuceno obligado a dar a tales facultades un empleo más digno de ellas que la simple *mayordomía* a que, en suma, estaba limitado. Más era: en interés de la ruinosa casa Valcárcel, que por lo visto iba a menos por culpa de los despilfarros de Emma y los gastos secretos de su marido, debía Nepomuceno poner aquel todavía sano capital a parir, a producir[21] algo más que el irrisorio tanto por ciento de la renta

---

[20] *Necker:* Jacques Necker (1732-1804). Aunque nacido en Ginebra, fue un prominente banquero en Francia y director de la Compañía francesa de las Indias Orientales. Empujado por su mujer a la política llegó a ser Ministro de Finanzas de Luis XVI, viviendo los avatares de la Revolución. Tras su última dimisión como tal, en 1790, se retiró a vivir cerca de Ginebra, con su hija Germaine, la célebre Mme. de Staël.

[21] *a producir:* la historia de la relación Körner-Nepomuceno es indisociable del clima creado con la acumulación y expansión capitalista que tuvieron lugar en el reinado de Isabel II, transformando la España feudal del Antiguo

territorial. Tanto loro[22], tanta casería *atómica*[23], eran cosa ridícula. *¡Sursum corda!*[24] *¡All right!*[25] *¡Desenmoheceos!* Venga

Régimen en un país tímidamente instalado en el furgón de cola del Gran Capitalismo. M. Artola ha caracterizado así este proceso: predominio del capital extranjero en la inversión, que se dedicó especialmente a la construcción de la red ferroviaria, creando con ello la condición necesaria para la integración del mercado nacional, y favoreciendo la puesta en explotación de los recursos mineros. El Estado tuvo que pagar un elevado interés por el capital exterior desembolsado, y los obligacionistas extranjeros conservaron sus títulos hasta el siglo xx. La explotación de los recursos minerales, por su subordinación a los intereses industriales francobritánicos, se limitó a promover la extracción con objeto de abastecer las propias fábricas, sin intentar en ningún momento desarrollar las correspondientes industrias de transformación en el país. El capital propiamente español, sin experiencia industrial, se sintió atraído por los bajos precios de los bienes desamortizados, y su única inversión industrial sistemática y continuada fue la realizada en el campo textil por los capitalistas catalanes. «Tales fueron las líneas generales del proceso de capitalización en la España anterior a 1876» (*La burguesía revolucionaria [1808-1874],* Madrid, 1977[4], pág. 92). Körner jugaría según esto un papel innovador, el de promover industrias (siderúrgica, química y de la pólvora, sucesivamente) a partir de «los tesoros de la tierra», o materias primas, a transformar en el propio territorio, y gracias a la movilización de capitales nativos de procedencia financiera y terrateniente.

[22] *foro:* palabra reiteradamente utilizada en la novela, que remite a un sistema de arrendamiento, de origen feudal, por el cual el propietario cedía el dominio útil de la tierra a cambio de un canon anual. Este sistema estaba muy extendido por el Norte de España, especialmente en Galicia, como puede comprobarse novelescamente en *Los pazos de Ulloa.* A veces, los foreros subarrendaban a su vez sus tierras, imponiéndole otros tantos cánones.

[23] *casería atómica:* la casería es el arrendamiento de un caserío o conjunto de casas con sus tierras anejas, formando una unidad económica homogénea. Este sistema de vinculación y explotación agraria nació con el feudalismo, y en el siglo xix todavía mantenía rasgos feudales, como el de la entrega de las primicias que acompañaban al canon de arrendamiento, tal y como muestra el cap. VIII de *La Regenta.* El subarriendo de las caserías por los caseros a otros colonos da lugar a esa atomización de las caserías, frecuente en el Norte de España, y especialmente en Galicia, a que alude el texto. Otra fórmula es la de las «caserías a medias», mencionada en el cap. XVI (pág. 408).

[24] *Sursum corda!:* el sacerdote empieza la cuarta parte de la misa saludando a los fieles y es respondido por ellos, de esta manera: S: *Dominus vobiscum;* F: *Et cum spiritu tuo;* S: *Sursum corda* («Arriba los corazones»), etc. A Clarín le gustaba la expresión: «El Concilio de Letrán fue un *sursum corda,* un esfuerzo de piedad, de entusiasmo, para conseguir la deseada reforma» *(Siglo pasado,* página 119). A Baltasar Miajas *«¡Sursum corda!,* le gritaba el pecho, aunque no en latín» («El rey Baltasar»). Y en *Ensayos y Revistas* (pág. 214), cuando propone la necesidad de encontrar una conciliación entre ciencia y religión, entre no-

ese *stock*[26] a la industria, y hablaremos. A esta clase de argumentos se añadían, por vía de adorno, aperitivo y complemento, otros de carácter general; v. gr.: lo atrasada que estaba España[27], a pesar de la riqueza del suelo y el subsuelo; en concepto de Körner, tenían la culpa la Inquisición y los Borbones, y después el mal ejercicio del régimen constitucional, que ya de por sí no era bueno. Con este motivo, se lamentaba de la general decadencia española, y hasta llega-

vedad y tradición, la formula «en un clima de *sursum corda* que por todas partes se anhela».

[25] *All right!*: tanto en P como en F se lee *All reight!* Aquí, esta internacionalizada expresión inglesa tiene probablemente un sentido de «¡Basta ya!», «¡Ya vale!».

[26] *Stock:* «surtido de bienes», «bienes en existencia», y aquí «capital acumulado». Es curioso que este alemán tan orgulloso de su condición, se exprese más a través del inglés que del alemán, aun cuando el narrador deja claro que, en su «habilidad políglota», Körner sabía inglés.

[27] *lo atrasada que estaba España:* Körner se hace eco de una idea común en la época y que acompaña desde el principio mismo de su obra al pensamiento de Alas: «Los más piensan que se muere nuestra raza. Se oye hablar todos los días de fatalidad histórica, de leyes de selección; como la fuerza, según se dice, vale por todos, la fuerza que viene del septentrión nos va a aplastar; y como nosotros nos sentimos débiles y una historia muy larga y borrascosa nos enseña que estamos viejos y gastados, nos parece inevitable la derrota, irremediable la consunción» (*Revista Europea,* 5-XI-1876, reproducido en *Solos*). En *Un viaje a Madrid* insiste en contrastar la potencia de las naciones que inventan mil maravillas (el telégrafo, el teléfono, la luz eléctrica...) con la decadencia española: «todo progresa menos el español» (pág. 21). Y en *Un discurso* asegura: «no cabe negar que la decadencia española donde más se nota, donde más dolorosa aparece, es (...) sobre todo en la instrucción pública» (pág. 79). Y constata: «esta España (...) angustiada por la idea de su propia decadencia, se entrega al marasmo y acaso al pesimismo». Sin embargo Alas muestra aquí una sombra de esperanza regeneracionista: «no, no desesperemos; los pueblos no deben contar sus años, aunque deben amar su historia; no está probado que no sea posible una resurrección» (pág. 105).

La actitud de Alas era representativa del progresismo español, lastrado por el sentimiento de impotencia para cambiar el país en un sentido moderno y europeo, y tuvo en *Los males de la patria* (1890) de Lucas Mallada su manifiesto más espectacular. Pero fueron obras de intelectuales como Joaquín Costa, Macías Picavea, Isern, Unamuno u Ortega las que profundizaron en el análisis de la decadencia española, que por otra parte era extensible a todo el sur europeo: en 1901 se tradujo al castellano *La decadencia de las naciones latinas,* de Sergi, obra bien representativa del «complejo de inferioridad» de la inteligencia del Sur de Europa ante el desarrollo del Norte. Ni que decir tiene que el desastre del 98 no haría sino agudizar este sentimiento.

ba a hablarle a Nepomuceno del probable renacimiento del teatro nacional, si todos hacían lo que a él le aconsejaba: poner en movimiento los capitales[28], sacar partido de los tesoros de la tierra. No sabía Körner que Nepomuceno ignoraba que hubiéramos tenido en otros siglos un teatro tan admirable[29]; y así, por este lado, poco habría sacado de él. Pero lo que no hizo en su ánimo la idea patriótica de contribuir al renacimiento del espíritu nacional, mediante el movimiento industrial bien dirigido, lo hicieron los ojos, y más eficazmente las carnes de Marta, que poseían

---

[28] *poner en movimiento los capitales:* el programa de Körner es el programa de la burguesía que realizó en Europa la revolución industrial, la proclamación de los estados nacionales liberales, la liquidación del feudalismo, y el desarrollo del capitalismo liberal. Es el programa de los héroes de la novela liberal de tesis, a la manera galdosiana, como en el caso de Pepe Rey, quien al llegar a Orbajosa y contemplar el modelo de sociedad feudal, rural y levítica, declara: «Por lo poco que he visto, me parece que no le vendrían mal a Orbajosa media docena de grandes capitales dispuestos a emplearse aquí, un par de cabezas inteligentes que dirigieran la renovación de este país, y algunos miles de manos activas» (Cardona, ed. 1982, pág. 98). En 1890, sin embargo, Galdós está lejos de contemplar con igual entusiasmo las posibilidades redentoras y modernizadas de esa burguesía industrial, y mucho menos Clarín, para quien Körner no debía ser un personaje simpático.

[29] *un teatro tan admirable:* consideración aparte de la escasa cultura de Nepomuceno, nada tiene de extraño que un alemán como Körner conozca la existencia de «un teatro tan admirable» como el español del Siglo de Oro. La revalorización del teatro de Lope y de Calderón por el Romanticismo se inició en buena medida desde Alemania, gracias a August W. Schlegel, quien reivindicó el teatro de Shakespeare y de Calderón frente al espíritu de la Ilustración en sus conferencias de Berlín de 1801, tradujo parcialmente a Calderón (*Teatro español,* 1803-1809), y estableció en su *Curso de Literatura dramática* (1809-1811) las bases de una estética romántica del teatro, vigorosamente fundamentada sobre el teatro barroco inglés y español. Las ideas de Schlegel fueron adoptadas y difundidas por Nicolás Böhl de Faber (desde 1814 hasta 1820). Otro importante refuerzo en esta recuperación del teatro del Siglo de Oro por el Romanticismo fue el *Discurso sobre el influjo que ha tenido la crítica moderna en la decadencia del teatro antiguo español* (1828) de Agustín Durán. Clarín, a quien entusiasmaba el teatro romántico, sentía igual atracción por el del Siglo de Oro: «Nadie como yo, o más que yo, para decirlo exactamente, ama y admira aquel teatro del siglo XVII, honor y gloria nuestra, palacio de la poesía sostenido en lo más alto del Parnaso por los hombros de seis gigantes. Cada vez que Calderón, Lope o Tirso, Alarcón o Moreto hablan en nuestros coliseos, siente el alma el orgullo noble del patriotismo y paréceme que aún somos los españoles los señores del mundo, al oír tal lenguaje, el más bello que hablaron poetas» (*Solos,* pág. 54).

una virtud magnética sobre los sentidos de Nepomuceno. La primera vez que la vio, en la primera visita que hizo a Körner, con motivo de enseñarle éste ciertos planos y un presupuesto de una fábrica de productos químicos, gran proyecto del alemán; la primera vez que la vio, se quedó con la boca abierta, pasmado, sintiendo en la garganta hormigueos, y en todo su cuerpo una súbita juventud que no había tenido, propiamente hablando, en toda su vida. ¡Aquellas eran las carnes que él había soñado!

Estaban en la escalera (porque Marta le había abierto la puerta), ella muy mal vestida, desaliñada, pero aún más llamativa y seductora cuantos menos trapos discretos la cubrían. Nepomuceno la tomó por criada. Subió, saludó a Körner, y a los pocos minutos, sintiendo absoluta necesidad de volver a ver a aquella chica, dijo:

—Si me hiciera usted el favor de mandar servirme un poco de agua...

El plan de Nepomuceno fue quitarle aquella doméstica a Körner y ponerle casa...; y aunque fuera casarse con ella. Tenía que ser suya. ¡Qué ojos, qué carnes!

Se relamía pensando que iba a verla otra vez, que iba a entrar con un vaso de agua.

Pero el agua la trajo una verdadera fregona. Hasta el día siguiente no supo Nepomuceno que su dulce tormento era Marta en persona; le dio a Sebastián señas de la divinidad, y... era Marta.

Una semana después la hija de Körner cantaba al piano una sentimental canción, un *lieder*[30] titulado *Vergissmein-nicht*[31], «no me olvides», que no era el de Goëthe[32], sino

---

[30] *lieder:* en alemán, la forma plural de *lied,* «canción», género de música vocal, nacido en los países germánicos, pero que ha pasado sin cambiar de nombre a otras lenguas. Sus orígenes son medievales, y su evolución desarrolló una tradición multiforme y multimétrica, abarcando desde la canción popular a la culta *(kunstlied).* Si Haydn, Mozart y Beethoven culminan el periodo clásico, con Schubert, y a partir de 1815, se inaugura la época moderna del *lied.*

[31] *Vergissmeinnicht:* y no *Vergiesmeinnicht,* como escribe Clarín. Es el nombre alemán de la flor llamada *no me olvides,* o *miosotis.* En el *Grosser Lieder-Katalog,* de Ernest Challier, Giessen, 1888, 1890, 1892, 1894..., aparecen registrados numerosos *lieder* con este título. El contexto romántico hace pensar que pueda

mucho más meloso; y al dedicárselo, con la mirada expresiva y los gestos lánguidos, al administrador de las plateadas patillas, le dejaba para siempre rendido a sus encantos y le hacía copartícipe de aquellos sentimientos de *Sehnsucht*[33], que él, Nepomuceno, no sospechaba que existieran. Por aquellos días tuvo D. Juan ocasión de enterarse de quién era Fausto, y del pacto[34] que había hecho con el de-

---

tratarse de la versión de Schubert, que compuso unos 600 *lieder* para una voz y piano. La letra de esta canción no es, efectivamente, de Goethe, aun cuando Goethe suministró letras a Schubert. Es de Ritter Franz von Schober, amigo personal del músico, y pertenece a sus *Baladas florales*. El poema comienza así:

> *Als der Frühling sich vom Herzen*
> *der erblühten Erde riss*
> * zog er noch einmal mit Schmerzen*
> *durch die Welt, die er verliess.*

[32] *no era de Goethe:* el papel de Goethe fue fundamental para la historia del lied, pues suministró las letras de numerosísimos *lieder* a muchos músicos, tanto contemporáneos suyos como postcontemporáneos. El mismo Schubert musicó nada menos que 72 composiciones suyas. Sin embargo, ni en los Catálogos de lieder ni en diferentes ediciones de las Obras Completas de Goethe, hemos sido capaces de encontrar un lied con el título de *Vergissmeinnicht.*

[33] *sehnsucht:* y no *sensucht,* como escribe Clarín. Vale por anhelo, ansia, deseo vehemente, pero también añoranza y nostalgia. Palabra ligada al romanticismo alemán, que Mme. de Staël había puesto de moda en la Europa romántica. A Clarín le gustaba, pues la reitera en diversos lugares: «En las comedias de Vital Aza veréis las reminiscencias de su juventud, no en vagas *saudades* de los primeros amores, sino en el *sensucht* (!) prosaico de las *primeras patronas»* («Vital Aza», en *Palique,* 1973, pág. 287).

[34] *del pacto:* en las primeras escenas del *Fausto,* I, el protagonista anciano ya, se encuentra en su laboratorio, donde se queja del hastío de la vida y de la impotencia del estudio. Las campanas que anuncian la Resurrección le persuaden a eludir la tentación del suicidio. Tras un paseo con su criado Wagner, se le aparece en su casa Mefistófeles, que llega con Fausto a establecer un pacto: concederle la juventud, el placer y hasta la sabiduría, a cambio de que Fausto sea su esclavo el día que sienta alcanzada la satisfacción de sus deseos. El *Fausto* le impresionó a Clarín, y lo glosó en su cuento «Nuevo contrato», o lo comentó en sus críticas al *Goethe,* de Urbano González Serrano. Pero tal vez el pasaje en que Clarín muestra mejor el impacto de estas primeras escenas del *Fausto,* sea éste procedente de su comentario crítico de *Las ilusiones del Doctor Faustino,* de Valera: «Y dicen que pasada la edad de la fuerza, al declinar, la vida, el drama de Fausto adquiere a los ojos del lector más profundo sentido,

monio; y adquirió la noción de Margarita[35], rubia, pobremente vestida, con los ojos humillados y con un cántaro debajo del brazo, camino de la fuente. Margarita era su Marta, aquella señorita tan gruesa, tan blanca, tan fina de cutis y tan espiritual, que le había revelado en pocas horas un mundo nuevo: el de los amores reconcentrados y poéticos. Él quería ser Fausto para rejuvenecerse, sin vender el alma al diablo, no por nada, sino porque el diablo no aceptaría el contrato. Tampoco pensó en teñirse las patillas, sino en sobredorarlas, es decir, en dejar adivinar a los Körner que no en vano ni de balde se era ministro de Hacienda en casa de los Valcárcel años y más años. Tardó poco tiempo el alemán en comprender el efecto que había producido su hija en el árbitro de las rentas de Emma; y de una en otra conferencia acerca de la proyectada fábrica de productos químicos, le fue metiendo en casa. Nepomuceno ya no podía pasar el día sin su correspondiente sesión de planos y presupuestos. Körner colocaba en su despacho (pues aunque vivían interinamente en la ciudad, tenían casa puesta, pero casa que era de la Empresa de la Monta-

---

y que se ve en aquella primera escena de la primera parte el triste compendio de la existencia invertida en vanos afanes, en trabajo infructuoso» (cfr. *La Regenta,* XXII, 1987[2], n. 24).

[35] *Margarita, rubia:* en la Escena VII del *Fausto,* I, el protagonista ve por primera vez a Margarita, que pasa por la calle, y, ante su propuesta de acompañarla, que rechaza, se sonroja y baja los ojos. En la Escena XII Margarita hará para Fausto una descripción de su vida modesta, bucólica, hogareña, que la definirá como tipo. Clarín sentía una antigua fascinación por Margarita, «la más hermosa criatura de Goethe y acaso de la literatura moderna».

«Margarita es el triunfo de la burguesía en el arte; de la clase media de la poesía (...) tomada de la realidad, de la vida que parece más prosaica y vulgar, Margarita es, sin embargo,

... el tipo de ideal belleza
que flota en las entrañas como un sueño.

(...) Goethe ha idealizado a la *ménagère,* que dicen los franceses, a la mujer de su casa, que decimos nosotros; ya es anuncio de esta apoteosis aquella frase del estudiante: "la mano que el sábado coge la escoba es la que mejor os acaricia el domingo"» (*Solos,* pág. 247).

ña); colocaba sobre la mesa de trabajo, hecha de un gran tablero, unos libros enormes de comercio, llenos de cálculos y partidas imaginarias, de una especie de novela de contabilidad que él había imaginado. Nepomuceno, a pesar de sus conocimientos y experiencia en cuentas complicadas y oscuras, se quedaba sin entender palabra. Al lado de aquellos libros, que parecían los del coro del Escorial[36], extendía Körner sus planos pintados primorosamente en papel tela. Allí ya tenía algo que admirar Nepomuceno espontáneamente, pues supo que la misma Marta ayudaba a su padre a trazar aquellas rayas gordas que parecían el arco iris. Muchas veces la señorita de la casa asistía a las conferencias de su padre, como en calidad de ayudante, y arrollaba y desarrollaba planos, y ponía los finísimos dedos sobre los puntos en que había que estudiar; y con estos y otros motivos, pasaba y repasaba cien veces junto a Nepomuceno, y le rozaba con sus vestidos, y hasta le hacía sentir, en ocasiones, por descuido, el peso dulcísimo, pero abrumador, de su cuerpo: en fin, le mareaba, le enloquecía, y el tío de Emma no podía vivir ya sin aquellas confidencias económico-técnicas acerca de la fábrica de productos químicos. Llegó a creerse enamorado del proyecto; no podía menos de producir montones de oro aquella fábrica, que, sin salir de los planos, ya se la tenía a él la *química orgánica*[37] en revolución, y le convertía en minutos las breves horas de aquellas interesantes explicaciones. Quedaron el alemán y el español en que no faltaba más que dinero para que el proyecto colosal se pusiera en práctica y

---

[36] *Los del coro del Escorial:* Los del Archivo de Música del Real Monasterio, que abarcan desde la fundación del mismo hasta 1885, son un exponente de lo que fue la Capilla Musical de los jerónimos escurialenses, de la solemnidad con que realzaban el culto divino, quizá no igualado en ninguna otra iglesia de España. Entre los más antiguos, y como muestra de lo suntuosos y complejos de manejo que podían llegar a ser, considérese el libro de facístol o atril, 2.ª sección, núm. 2, con un formato de 84 × 58 cms., de 97 folios, de 6 a 15 pentagramas por página y con 42 misas y motetes, especialmente de Palestrina, pero también de Castillo, Ceballos, Ferrabosco, Lobo, Rogier y otras anónimas.

[37] *química orgánica:* La clasificación de la Química en orgánica e inorgánica es de principios de siglo (Berzelius, en 1811).

marchara como una seda. Faltaba dinero... pero ya parecería. Entretanto, Nepomuceno insinuó en el ánimo de padre e hija la necesidad de acoger con benevolencia la debilidad de corazón que él dejaba entrever discretamente. Marta, en vez de repugnar la confesión implícita de aquella pasión, que no sería ella quien la calificase de senil, en vez de rechazar las veladas galanterías del nuevo amigo de su padre, le daba a entender con sonatas de música filosófica, reposada y trascendental, que ella, a pesar de las apariencias, daba poca importancia a lo físico, despreciaba la acción del tiempo sobre los organismos, y atendía directamente al elemento eterno del amor, del amor, que nunca es machucho. En fin, que lo que faltaba era dinero; la fábrica y la pasión marcharían en perfecta armonía y con toda prosperidad, en cuanto pareciese el capital que era necesario para su movimiento. A medias palabras, y hasta por señas, comprendieron los Körner la conveniencia de tratar, y tratar con la mayor amabilidad posible, a Emma Valcárcel. No fue ardua empresa la del tío, que se propuso conseguir estas relaciones justamente en la época en que Emma decretó echarse al mundo y gozar de su riqueza mermada y de cuanto estuviese en sus manos, sin límites ni remordimientos. Así, el conocimiento superficial, de mero cumplido, que ya había de tiempos atrás, por intermedio del primo Sebastián, entre la Valcárcel y los alemanes, se convirtió fácilmente en amistad asiduamente cultivada, en una amistad casi íntima, que se iba estrechando, estrechando, según Emma entraba más y más por los anchos y suaves senderos de su nueva vida. La Valcárcel, como ya se ha dicho, tenía en sus planes de venganza respecto del *ladrón de su tío,* la idea de corromper a Marta, después de casada con Nepomuceno. Le encontraba ella muchísima gracia a la ocurrencia. Por eso se prestó gustosa a estrechar relaciones con los Körner; lo que no podía calcular era que Marta le iba a entrar por el ojo derecho, y a conquistar su afecto extremoso con la seducción singularísima de su intimidad mujeril, nerviosa, llena de novedades, picantes y pegajosas, para la pobre Emma, cuya depravación natural no había tenido hasta entonces ningún aspecto literario ni *romántico-tudesco*. Marta, virgen, era una bacante de pensamiento[38], y las mismas lecturas disparatadas y descosidas que le habían enseñado los recursos y los pintorescos horizontes de la lascivia letrada, le habían

---

[38] *bacante del pensamiento:* si Clarín hubiera leído esta frase de Jean Lorrain, referida a Rachilde, la autora de *Monsieur Vénus,* sin duda se la habría aplicado a Marta Körner: «Couche-t-elle? —Non, chaste, mais elle a dans son cerveau une alcove» (Cfr. M. Praz, 1948, pág. 345). Marta Körner es un ejemplo bien representativo del poder de esa «voluptuosidad» «alambicada», «intelectualizada», «quintaesenciada», «espiritual» o «imaginativa» que experimentan tantos personajes clarinianos, y que es muy diferente de la «voluptuosidad» puramente carnal que experimentan otros (cap. VII, n. 13), sólo que en Marta Körner es contemplada desde el lado negativo, como «depravación ideal», que dice el Narrador, o como esas «inmondices suprasensibles» con las que P. Valéry caracterizaba el arte y la persona de J. K. Huysmans (M. Praz, 1948, pág. 324). Pero hay también un aspecto no negativo, como en el caso de aquella «lujuria espiritual, alambicada» que siente Serafina por Bonis, y en la que se mezclan la compasión y lo maternal (cap. V, pág. 81), o como en el de esa «voluptuosidad mística» que Clarín defiende en los ceremoniales católicos *(Galdós,* págs. 272-273), o como el de aquella «emoción voluptuosa y alambicada» que siente Nicolás Serrano en *Superchería,* o la de aquel Emilio «que había tenido muchos amoríos de cabeza», pues «su imaginación necesitaba mucho más de esta clase de recreos que su corazón y sus sentidos», y que analiza así su diferencia: «lo que otros desean, yo lo deseo con más fuerzas que nadie; yo sabría gozar del fruto prohibido con más intenso placer que cualquiera... pero... hay una barrera... moral... y al mismo tiempo así... como... si dijéramos mecánica, infranqueable» («Aprensiones», en *El gallo de Sócrates,* Madrid, «Austral», 1973, pág. 109). Clarín conocía bien de cerca esta especie de alambicamiento espiritual, y desde muy joven, cuando le confiesa a Pepe Quevedo sufrir «sueños de concupiscencia refinada por lo espiritual» (Posada, 1946, pág. 134), o cuando define «los *alambicamientos* o sean actuaciones de 2.º grado del corazón y de la cabeza» *(Epistolario,* II, pág. 44). En todo caso el alambicamiento es el desplazamiento de la sensualidad hacia un terreno imaginativo, en el que va a ser refinada, intelectualizada y, finalmente, sublimada. Este «alambicamiento» de la sensualidad se da no sólo en las relaciones eróticas, sino que busca otras proyecciones: el arte, por ejemplo, y muy en especial el arte religioso: la Iglesia, con sus rituales magníficos, la música del órgano, los ricos ropajes ceremoniales, el aroma del incienso... es una de esas proyecciones mimadas por la obra de Clarín (Oleza, ed. 1987², pág. 137, n. 10). Al proyectar sobre situaciones y objetos una carga erótica latente y sublimada acaba por erotizarlos, y las escenas de iglesia pueden llegar a impregnarse de esa lujuria alambicada e indirecta, como ocurre en la Misa del Gallo de *La Regenta* o en la ceremonia de «El diablo en Semana Santa». Es tal vez este sentido de una voluptuosidad oblicua e imaginativa del elemento más decadentista de la sensibilidad de Leopoldo Alas, que conecta bien a través de él con esa concupiscencia obtenida en y por lo sagrado, con esa com-

dado un criterio moral de una ductilidad corrompida, caprichosa, alambicada, y, en el fondo, cínica. Un hombre, por estrechas que fuesen sus relaciones con la señorita Körner, jamás podría saber el fondo de su pensamiento y de sus vicios, porque del pudor no le quedaba a ella más que el instinto del fingimiento y la sinceridad de la defensa material, hipócrita, contra los ataques del macho; Marta podría acompañar al varón en los extravíos lúbricos a que él la arrojase, pero siempre le ocultaría otra clase de corrupciones morales, de depravación ideal que llevaba ella dentro de sí, y que sólo podría confiar a otra mujer en que encontrase simpatías de temperamento y de desvaríos sentimentales. Emma y Marta se entendieron pronto, y a las pocas semanas de tratarse con frecuencia y confianza, ya se las oía, allá, a lo lejos, en el gabinete de la Valcárcel, reír a carcajadas, con risas histéricas; y cuando se presentaban a los hombres, a Nepomuceno, Körner y Bonis, después de estas alegres confidencias, llenas de secretos y malicias, sonreían con sonrisas que eran señas y burlas mal disimuladas de los santos varones que eran incapaces de penetrar los misterios de la amistad retozona y llena de cuchicheos de la española y la tudesca. Marta hacía alarde de tener un carácter complicado, que el vulgo no podía comprender; hablaba mucho de la moral vulgar, por supuesto cuando trataba con personas que ella creía capaces de entenderla. Su alegría, su afán de jugar, saltar, levantarse de noche en camisa para dar sustos a las criadas, correr por la casa y volverse al calor del lecho, palpitante de emoción y voluptuosidad jaranera, eran un contraste, una *antítesis*[39], decía

<hr />

placencia en la ambigüedad sexual y la androginia, con el desplazamiento del erotismo directo hacia la estetización de la circunstancia erótica, con el gusto por lo ornamental y lo artificial, y por el disgusto frente a lo natural y animal, con esa voluptuosidad casta, intelectualizada, de estufa o de invernadero, de «bacchante mystique» (Lorrain, *Buveurs d'âmes,* 1893), que Huysmans había proclamado como programa y encarnado en el neurótico, hipersensible, exhausto e impotente Des Esseintes, y que hace decir a M. Praz: «Ese extraño amor asexuado y libidinoso descrito en *Monsieur Vénus* es la obsesión de la época: domina en los cuadros de Moreau, en las novelas de Péladan, pero se encuentra un poco por todas partes» (1948, pág. 348).

[39] *antítesis:* esta palabra, en este co-texto, remite al léxico de la filosofía

ella, de su exquisita sensibilidad, del *clair de lune* que llevaba en el alma. Bueno, «peor para los necios que no eran capaces de entender estas contradicciones». Era católica, como su padre, y afectaba haber escogido la *manera* devota de las españolas como la fórmula que ella había soñado, como si su alma hubiese sido española en religión antes de aparecer en Alemania. Una nota nueva, sin embargo, tenía en su opinión su religiosidad, la nota *artística* que no encontraba en la dama española. Marta, entusiasta de *El Genio del Cristianismo,* lo entendía a su modo[40], lo mezclaba con el romanticismo gótico[41] de sus poetas y novelistas alemanes, y

----

idealista alemana, especialmente al concepto elaborado por Hegel en su Dialéctica, y contrapuesto al de *tesis* y el de *síntesis.* Según la dialéctica de Hegel, la tesis representa la afirmación (y posición) de un concepto (o de una entidad), el cual (o la cual) es negado (o negada) por la *antítesis.* La negación de la *antítesis,* o negación de la negación de la *tesis,* da lugar a la *síntesis.*

[40] *lo entendía a su modo:* desde siempre, para Clarín, *Le Génie du Christianisme* (1802) del vizconde A. de Chateaubriand, supuso una manera ornamental y «artística» de representarse el catolicismo y sus doctrinas. Ana Ozores, de niña, «halló el *Genio del Cristianismo,* que fue una revelación para ella. Probar la religión por la belleza, le pareció la mejor ocurrencia del mundo» (1986², IV, pág. 269). Por su parte, Clarín, reconoció en la obra de Chateaubriand una de las grandes influencias de su formación y de su etapa de estudiante recién llegado a Madrid confesará en *Rafael Calvo* (pág. 43): «Yo por entonces creía en Chateaubriand.» No tardaría, sin embargo, en renegar de esa fe, y los artículos tempranos de ESO y LUN están llenos de consideraciones despectivas. En el proceso de escritura de *Su único hijo,* consideraba a Chateaubriand «un espíritu reaccionario», ligado al decadentismo de los Rossetti y Barbey d'Aurevilly *(Mis plagios,* 1888, pág. 71).

[41] *el romanticismo gótico:* en el siglo XVIII, y como síntoma claramente antecesor del Romanticismo, se produjo en Inglaterra y Alemania un auténtico «Gothic Revival», desde la arquitectura hasta la poesía y la novela. Tuvo manifestaciones como la poesía de tumbas (David Mallet, Thomas Warton, en Inglaterra, Klopstock, Zachariä, Schubart, Löwen o Heydenreich, en Alemania), de la melancolía y de la noche (Edward Young, en Inglaterra, y sus entusiastas Bodmer, Klopstock, Geller, el joven Wieland, Gerstenberg, Haman, Herder, en Alemania), o la moda bárdica de Ossian-Mc Pherson, que tanta resonancia encontró en la poesía elegiaca de Klopstock, o en la de Heinrich W. von Gerstenberg. Las novela gótica inglesa, que tiene su iniciador en Horace Walpole y *The Castle of Otranto* (1764), y sus figuras más representativas en Clara Reeve, Ann Radcliffe o M. G. Lewis *(The Monk,* 1796), tuvo su equivalente en las llamadas *Ritter-, Räuber- und Schauerromane,* entre cuyos autores cabría destacar a Christiane Benedikte Nauber, Leonhard

después, todo junto, lo barnizaba con los cien colorines de sus aficiones a las artes decorativas y del prurito pictórico. Aunque enamorada de la música, amaba el color por el color, y daba suma importancia al azul de la Concepción y al castaño oscuro de Nuestra Señora del Carmen; hablaba ya de *la capilla Sixtina,* conversación inaudita en la España de entonces, y de las maravillas que había ella visto en Florencia y otras ciudades de Italia, por donde había viajado con su padre. Lo que no confesaba Marta era que su afición más sincera, más intensa, consistía en el placer de que le hicieran cosquillas, en las plantas de los pies particularmente. Debajo de los brazos, en la espalda, en la garganta, se las habían hecho muchas personas, hombres inclusive; pero, en cuanto a las plantas de los pies, es claro que sólo de tarde en tarde conseguía encontrar quien la proporcionase ocasión de gozar de aquellas delicias: alguna criada con quien había intimado, alguna amiga aldeana... y ahora Emma, de quien a los dos meses de trato había conseguido este favor sibarítico, que la Valcárcel, muerta de risa, otorgó gustosa. Ella también quiso probar aquel extraño placer que tanto apasionaba a su amiga; pero no le encontró gracia, y además no podía resistir ni medio segundo la sensación, que la excitaba en balde. En el alma fue donde se dejó hacer cosquillas Emma por las sutilezas psicológicas y literarias de su amiga. ¡Qué cosas supo por aquella mujer! Había en el mundo, sin que lo sospechara Emma, dos clases de *seres,* los escogidos y los no escogidos, las almas superiores y las vulgares. El toque estaba en ser alma escogida, superior; en siéndolo, ¡ancha Castilla!, ya no había *moral corriente,* vínculos sociales ni nada; bastaba con guardar las apariencias, evitar el escándalo. El amor y el arte eran soberanos del mundo espiritual, y el privilegio de la mujer ideal, superior, consistía en sacar partido del arte para el amor. La mujer hermosa, sentimental, poética y *dilettante,*

Wächter, Cajetan Tschink, Karl Grosse, Karl Friedrich Kahlert, etc... Al margen de estas novelas de consumo, el goticismo dejó sus huellas también en los grandes narradores románticos, como E. T. A. Hoffmann, Ludwig Tieck, Novalis, Clemens Brentano y Achim von Arnim.

era el premio del artista, y el placer de premiar al genio el más sublime que Dios había concedido a sus criaturas. Marta, aún muy joven, había sido novia, en Sajonia, de un gran músico, un especialista en el órgano; y a un pintor que imitaba a Rembrandt[42] le había otorgado favores de índole íntima, familiar, aunque es claro que sin menoscabo de la virginidad *material,* que tenía que estar reservada para el *filestin*[43], así decía, con quien no tendría inconveniente en casarse. Porque era necesario ser rica; no por nada, sino por poder satisfacer las necesidades estéticas, que cuestan caras, toda vez que en la estética entraría el *confort,* los muebles de lujo, de arte, el palco en la ópera, si la hay, etc., etc. Su ideal era casarse con un hombre ordinario muy rico, y proteger con el dinero de aquel *ser vulgar* a los grandes artistas, reservando su amor para uno o más de éstos, porque también era una vulgaridad la constancia *unipersonal.* Como Marta leía muchos libros de literatura española antigua, cosa de moda entre los literatos de su tierra, ponía por modelo de su teoría a la mujer del *Celoso extremeño*[44], que sin cometer, lo que se llama cometer, adulte-

---

[42] *Rembrandt:* P y F imprimen *Rembrant.*

[43] *filestin:* «filisteo» (*philistin* en francés); palabra a la que había dado una gran circulación intelectual Flaubert, obsesionado por satirizar al burgués, vulgar y estúpido, sin sensibilidad para las cosas del espíritu. «Yo no te niego que el *burgués,* el *philistin,* el *snob,* etcétera, etc., existen y sean cosa muy diferente de los Flaubert y otros como él, que tanta importancia han dado a esta separación de razas morales» (*Siglo pasado,* pág. 98). Sin embargo, en boca de Marta tiene también connotaciones culturales germánicas: *«filisteos y burgueses,* de que tanto he abominado cuando imitaba a Heine y demás», confesará Narciso Arroyo en *Cuesta abajo* (Entrega IV, pág. 519).

[44] *la mujer del Celoso Extremeño:* Marta, en efecto, había leído la versión que Cervantes preparó para la imprenta en 1613 de *El celoso extremeño,* en la cual Leonora, empujada por la dueña Marialonso «se rindió (...) se engañó (...) y se perdió (...)» en brazos de Loaysa, de manera que al despertar el viejo Carrizales, su marido, «vio a Leonora en brazos de Loaysa, durmiendo tan a sueño suelto, como si en ellos obrara la virtud del ungüento». Sin embargo, Leonora confesará a su marido moribundo: «sabed que no os he ofendido sino con el pensamiento». Este desenlace —que tanto sorprendió a don Américo Castro— no era, sin embargo, el inicialmente concebido por Cervantes, quien en una versión anterior (contenida en la *Compilación de curiosidades españolas,* preparada por Francisco Porras para el Cardenal Niño de Guevara) había

rio, había dormido abrazada al gallardo Loaisa, sin pecar sino con el pensamiento. El *Celoso extremeño* había sido tan noble, que se había muerto dejando a su esposa toda su fortuna y el encargo de casarse con su amante; pero como los maridos modernos y de la impura realidad no eran tan generosos como Carrizales, lo que debía hacer la mujer superior[45] era sacarle el jugo crematístico al esposo lo más pronto que pudiese. Todo esto, dicho de muy diferente manera, pero en forma pedantesca siempre, se iba metiendo por el deseo de Emma, la cual, por cierto cansancio del organismo y depravación moral, sutil y retorcida, que era el fondo de su alma, hallaba un sabor superior a toda delicia en las aventuras en que superaban la malicia y el engaño al placer material conseguido como resultado de las artimañas. Engañar por engañar era lo mejor. Sin embargo, reconocía que debía de ser manjar de los dioses el tener *relaciones* con un hombre superior, con un artista, por ejemplo, con un barítono tan guapo y *famoso* como el celebrado Minghetti. No se lo negó Marta, quien, confidencia por confidencia, recibió con gusto y con amplio criterio de benevolencia el secreto de Emma relativo a sus coqueterías con el barítono de la compañía tronada. En el fondo, la alemana compadeció a su amiga, pues si bien había ella misma contemplado sin enojo una y otra vez el buen talle y

---

hecho consumar el adulterio a los amantes. De todos modos, la lectura de Marta Körner resulta extravagante e interesada, pues Leonora, que quedó «viuda, llorosa y rica», lejos de casarse con su amante Loaysa, tal y como se le invitaba a hacerlo en el testamento de su marido, «se entró monja en uno de los más recogidos monasterios de la ciudad».

[45] *la mujer superior:* Marta Körner tiene una muy cercana pariente en «la hermosísima Amparo» de «Aprensiones» *(El gallo de Sócrates y...).* Amparo domina a su marido «por la seducción carnal» y por «la energía del egoísmo», le impone «tratarla a lo gran señora; y según ella, las grandes señoras tenían que vivir con gran independencia y muy por encima de ciertas preocupaciones morales, buenas para las cursis de la clase media provinciana (...) se creía mujer *algo superior,* capaz de comprender cosas hondas y raras, si acababan, apurada la cuenta, en placer y apasionamiento materiales». Tanto en este cuento como en otro, «Snob» *(Cuentos morales)* se derrama la misma aversión de Clarín por la mujer bella y frívola que se derrama sobre Marta Körner. Es como si existiera en estos relatos y en la novela, la satisfacción de una turbia necesidad de venganza.

el calzón ajustado del rey —no importa cuál— en tal o cuál ópera, del rey Minghetti, no veía por dónde se podía clasificar a tan bien formado cantante en la categoría de los hombres superiores y verdaderamente artistas. Pero no había que ser exigente. Ella, es claro que estaba por encima de tales aficiones. Su prurito, aparte el de las cosquillas, era escribir cartas entusiásticas y confidenciales a sus autores predilectos; unos le contestaban, otros no; pero solía mandar su retrato con sus confesiones epistolares, y más de un escritor se animó, en consideración, a la buena moza que envolvía aquel espíritu repugnante, a entablar correspondencia; y así tuvo ella más de dos amores ideales y *platónicos...* por escrito. Poseía, además, un álbum de *intimidades,* ilustrado por muchas firmas desconocidas y algunas notables, en que se contestaba a las consabidas preguntillas: ¿Cuál es vuestro color predilecto? ¿Y la virtud predilecta? ¿Qué autor preferís?, etc., etc. A una mujer que sabía, por ejemplo, que a Listz[46] le gustaban las trufas, y había *llorado*[47] confidencialmente con las penas ocultas de un poeta de la *Joven Alemania*[48], tenía que parecerle poco hom-

---

[46] *Listz:* en P y F *Litz.* Franz Liszt (1811-1886) fue otro de los niños prodigios y de los personajes míticos del XIX. También él quería ser otro Paganini, pero del piano. Recorrió Europa en incansables giras triunfales, tuvo fama de hombre muy guapo y numerosas aventuras amorosas, se ordenó sacerdote y dejó una abundantísima correspondencia que ofrece un testimonio muy amplio de su vida. Durante su estancia en París «les salons se l'arrachèrent (...) On l'entend au cours d'un concert à l'Opéra, et, pendant l'entr'acte, les duchesses l'attirent dans leurs loges pour lui caresser les cheveux et le combler de pralines» (J. Vier, *Franz Liszt,* París, 1950, pág. 11).

[47] *había llorado:* frase ambigua cuyo sujeto puede ser tanto Liszt como Marta. Si es Marta la que «había *llorado»,* como parece por el cotexto, entonces el poeta de la *Joven Alemania* que le hacía sus confidencias se supone que epistolares debía estar ya lejos de ser joven, pues en la década de los 60, en que transcurre la acción, Heine y Börne ya no vivían y los más jóvenes tenían ya la cincuentena larga. Si es Liszt el que «había *llorado»,* la cosa es más lógica desde el punto de vista histórico (aunque menos desde el cotexto de la frase), pues Heine fue amigo de Liszt, quien lo cita reiterada y admirativamente en sus cartas. El aspecto más fructífero de esta amistad fue la musicación que Liszt hizo de *lieder* de Heine tales como *Am Rhein* (1843), *Die Loreley* (1843), *Du bist wie eine Blume* (1844), *Vergiftet sind meine lieder* (1844) o *Morgens steh'ich auf und frage* (1844).

[48] *la joven Alemania: Junges Deutschland:* grupo de escritores liberal-

374

bre, aunque bien formado, el barítono de la compañía de Mochi.

El cual, acompañado de Serafina y del barítono, entraba en el salón cuando acababa de cantar una romanza italiana un aficionado de la *localidad,* de oficio relojero, y tenor suprasensible, como le llamaban los chuscos, porque cuando tenía que subir a las notas más altas desaparecía su voz, como si la llevasen en globo al quinto cielo, y no se le oía por más que gesticulaba; parecía estar hablando desde muy lejos, desde donde podía ser visto, pero no oído. Aún se reía el público disimuladamente del tenor suprasensible, cuando la atención general tuvo que volverse a contemplar la hermosura de Serafina, que con la mirada humilde, exhalando modestia, además de muy buenos y delicados olores, llegaba, vestida de negro, con gran cola, enseñando los blanquísimos hombros y las primorosas curvas del seno, al pie de la plataforma, donde el presidente del Casino la aguardaba para darle el brazo, subir con ella las dos gradas que la separaban del piano, y dejarla, previa una gran inclinación de cabeza, junto a Minghetti, que, de frac y corbata de etiqueta, paseaba los blancos dedos, de uñas sonrosadas, por el amarillento teclado, haciendo prodigios de elegante habilidad por aquellas octavas adelante.

Bonis había desaparecido; poco después hablaba con Mochi en un gabinete cercano. Nepomuceno y Körner acompañaban a Emma y a Marta, todos sentados en una de las primeras filas, que siempre quedaban, en casos tales, para las señoras que venían tarde; porque las que, para su vergüenza, llegaban temprano, se iban colocando en lo

---

revolucionarios formado tras la revolución de 1830. Dirigidos por H. Heine (1797-1856) y L. Börne (1786-1837), intentaron hacer del arte un instrumento de la revolución, tanto moral como social o política. Propugnaron el libre-examen, la emancipación del individuo, de la mujer, y de la raza judía, así como el constitucionalismo democrático. El 10 de diciembre de 1835 sus obras fueron prohibidas por un decreto del *Bundestag.* En 1837 el gobierno prusiano prohibió también las de K. Gutzkow (1811-1878), L. Wienberg (1802-1872), Th. Mundt (1808-61) y H. Laube (1806-84). Heine, exiliado en París, vivió allí el resto de su vida, fiel a sus ideales de 1830, y rodeado de un gran prestigio internacional.

más escondido y apartado, huyendo, como del diablo, de la proximidad del espectáculo, como si fuese tomar en él parte el tenerlo muy cerca. No faltaba señora que confundía a los cantantes con los prestidigitadores que en el mismo Casino había visto maniobrar, y no quería que le quemasen el pañuelo, ni aun en broma, ni que le adivinasen la carta que tenía en el pensamiento.

Emma no había visto nunca tan de cerca a la Gorgheggi, en la que pensaba tanto de algún tiempo a aquella parte. La admiraba, como a su pesar; la tenía por una *perdida* a la alta escuela... y esto mismo la atraía, a pesar de ciertos asomos de envidia con que iba mezclada la admiración. Ahora que la tenía a cuatro pasos, y le podía ver los brazos desnudos, y el talle apretado, y la pechuga, entre velas de esperma, todo al aire; ahora que podía apreciar sus facciones y sus gestos, y hasta algo oía de su voz, que parecía que aun hablando cantaba, ahora Emma, con el pensamiento, la desnudaba más todavía, y le medía el cuerpo, y le escudriñaba el alma; quería apreciar por la proporción cómo tendría de gruesas y bien formadas las extremidades invisibles y otras partes de su cuerpo. Por lo que veía, era muy blanca, y debía de *seguir siéndolo;* no, no eran polvos de arroz; era blancura sana, cutis inglés, una verdadera frescura y una hermosura a prueba de tijeras. Decían que la voz decaía, pero lo que es la lozanía del cuerpo era bien briosa y bien sólida; no había allí asomos de decadencia. «¡Lo que habría gozado aquella mujer! ¿Qué les diría a sus queridos?» Emma se acordó del secreto de sus extrañas expansiones matrimoniales de aquellos últimos tiempos, de aquel secreto *amor material,* que le tenía a ratos, allá de noche, entre sueños y pesadillas, a su bobalicón de Bonis (vergüenza que ni a Marta se atrevía a confesarle). ¿Les diría a los amantes aquella guapísima picarona lo que ella le decía a Bonis? Emma se acordó —por primera vez pensó en ello—, de que tales frases disparatadas ella no las sabía tiempo atrás, de que era Bonis mismo el que se las había hecho aprender en aquellas locuras de que jamás hablaban los dos después que amanecía. ¿Sería aquello mismo lo que les decía la cómica a sus queridos? ¿Sería Bonis uno de tantos? ¿Sería verdad lo que había llegado a sus oídos y lo que ella había sacado por conjeturas? ¡Parecía imposible! Siendo Bonis tan majadero, y no disponiendo de un cuarto, ¿cómo le habría querido, ni siquiera por broma, aquella señorona, quiere decirse, aquella pájara tan señorona, que parecía una reina? Y sin embargo... podía ser. Había indicios. Y, ¡cosa rara!, ella no sentía celos; sentía un orgullo raro, pero muy grande, así como si a su marido le hubieran mandado un gran cordón azul o verde del emperador de la China; o como si Bonis fuese hermano suyo y se hubiera casado con una princesa rusa... no, no era así; era otra cosa... muy especial. De repente se acordó de las teorías de la alemana que tenía al lado, de aquello de que el matrimonio era convencional[49] y los celos y el honor convencionales, cosas que habían inventado los hombres para organizar lo que ellos llamaban la sociedad y el Estado. Si quería ser una mujer superior, y sí quería, porque era muy divertido, tenía que renunciar a las vulgaridades de las damas de su pueblo. En Madrid, en París, en Berlín, las grandes señoras sabían que sus maridos respectivos tenían queridas y no les tiraban los platos a la cabeza por eso; lo que hacían era tener queridos también. Pero Bonis, el bobalicón de Bonis, ¿se había atrevido, *sin su permiso*... y saliendo de casa a deshora por lo visto, y?... no, lo que es esto, es claro que había de pagarlo, es claro, fuese verdad o no; eso era harina de otro costal, y no había alma superior que valiera; Bonis no era alma superior, y tenía que salirle al pellejo la picardía... y eso que tenía gracia. No, y bien mirado, ¿por

---

[49] *el matrimonio era convencional:* si el joven Clarín había sido muy crítico con la institución matrimonial, aunque sin llegar nunca a describirlo como una pura convención social, el Clarín de los años 90 no podía sino mantener unas opiniones muy distantes de las de Emma. Ya en 1892, al comentar *La tierra prometida,* de P. Bourget, aprueba la batalla de este novelista contra el adulterio, «peligro social y moral (...) tan protegido, hasta mimado por gran parte de las letras contemporáneas». Y en «Nietzsche y las mujeres» (*El Español,* 6 y 7-IX-1899) se confiesa un completo entusiasta de la institución: «Jesús consagra el matrimonio —para mí la salvación de la vida civilizada—, con la solemnidad sacramental, haciéndole *uno,* singular, indisoluble. Eso es lo más grande que se ha hecho en el mundo por la verdadera, *natural,* dignidad de la mujer...» (cfr. Oleza, 1986, pág. 170).

qué no había de querer aquella perdida a Bonis... en cuanto buen mozo, y rendido, y sano, y servicial? ¿No le había querido ella también? ¿Sería más una cómica que ella... que iba haciéndose una mujer superior? Sí, y bien superior: mirándolo bien, lo había sido toda la vida; lo era sin saberlo; antes de que Marta hubiese parecido por su casa, ya ella tenía el prurito de no enfadarse por lo que se enfadan los demás, y había discurrido aquello de no alborotar ni enfurecerse cuando los demás quisieran ni por lo que los demás lo esperasen; y ya había discurrido la graciosísima idea de vengarse del ladrón de Nepomuceno y del tonto de su marido poco a poco, y a su manera, y a su gusto y dándoles el gran chasco. ¡Vaya si había sido siempre una mujer especial, superior!

Serafina, por disposición de Mochi, que quiso halagar los sentimientos religiosos del concurso, cantó una plegaria a la *Virgen*[50], de un maestro italiano. El público, en cuanto cayó en la cuenta de que se trataba de ponerse en relación con la Divinidad, dejó de hacer ruido con las sillas y los cuchicheos, se recogió todo lo que pudo y oyó en silencio, como dando a entender que él no sólo comprendía la sublimidad de los misterios dogmáticos, sino también la misteriosa relación de la música con lo suprasensi-

---

[50] *una plegaria a la Virgen:* identifica C. Richmond esta plegaria con una Balada a la Virgen María contenida en la ópera *La conquista de Granada* de E. Arrieta. Al margen de que no es la ópera de Arrieta la aludida en el cap. X, como ya hemos visto, la plegaria no podría ser nunca de Arrieta, pues se dice explícitamente que es «de un maestro italiano». La plegaria pertenece al género del *Ave María,* cuyo origen es litúrgico (siglos IV-VI de la iglesia occidental). Desde el siglo XV se canta ya con música polifónica, y desde el *Breviarium* de Pío V (1586) se adopta finalmente el canto en tres partes: la salutación angélica, las palabras proféticas de Santa Isabel y la invocación a *Sancta María.* Entre las más célebres composiciones renacentistas italianas están las de Palestrina y Monteverdi. En la época romántica hay que destacar las de Donizetti y Rossini. Un caso especial es el *Ave María* de Desdémona en el *Otello* de Verdi. Pero Serafina no podía conocerlo todavía. Dadas las referencias musicales de Clarín podría muy bien ser el *Ave María* de Donizetti, compuesto «per Soprani, Contralti, Tenori, e Bassi con accompagnamento di Violini, Viole, Violoncelli e Bassi». Comienza así la letra: «Ave María, gratia plena, Dominus tecum, Benedicta tu in mulieribus et benedictus fructus ventris tui, Jesus».

ble[51]. Serafina, que tanto hubiera dado semanas atrás por haber sido invitada a pedir para los pobres a la puerta de la iglesia, aprovechaba aquella ocasión para dar prueba de su acendrada religiosidad, deshaciendo así los rumores que habían corrido de que era protestante. La verdad es que estaba muy hermosa con aquel aire de modestia y de piedad recatada, con aquella frente purísima, algo grande, algo convexa... y, sin embargo, llena de expresión familiar, dulce, y en aquel momento religiosa; las ondas del cabello claro, sirviendo de marco vaporoso a la curva suave de aquella frente pura y blanca, eran símbolo de una idealidad que se perdía en el ensueño poético.

Bonis, en cuanto oyó la voz de Serafina elevarse en el silencio del salón, sin pensar en lo que hacía, sin poder re-

---

[51] *la misteriosa relación de la música con lo suprasensible:* en la pág. 206 se ha dicho que «la música es una religión». Son variantes de una idea obsesiva en el pensamiento de Clarín. Tal vez su primera formulación haya que buscarla en el temprano relato «Las dos cajas» (1886), en que para Ventura «era el arte religión... formando parte de la expresión artística de la religión misma» y la música «escala de Jacob» por la que esperaba alcanzar conocimiento inefable de Dios. En este ascenso de la realidad humana a la experiencia mística, guiado de la música, que Clarín aprendió en Fray Luis de León y que posiblemente tiene que ver con las ideas musicales de Schopenhauer, el hombre es transportado por esa misma música a través de diversas etapas: la sentimentalidad familiar (del amor de la esposa y de los progenitores al del hijo) es la primera, el descubrimiento de la cadena de las generaciones, la segunda; el papel intermediario de la Iglesia, con sus ricos ceremoniales, su patrimonio estético, y su perduración histórica, es la tercera; la cuarta y última es la constatación de la Providencia y la adhesión a la idea de Dios. Si en *La Regenta* aparecía esbozado el tema, en *Su único hijo* alcanza la apoteosis, sobre todo a través de dos pasajes: éste y el del bautizo del hijo en la Iglesia. Y en este movimiento de la idea Clarín viene a reunirse con K. J. Huysmans, quien en *A rebours,* dice del canto llano, «este canto magnífico, creado por el genio de la Iglesia»: «¡Cuántas veces había sido Des Esseintes poseído y agobiado por un hálito irresistible, cuando el *Christus factus est* del canto gregoriano se elevaba en la nave, cuyos pilares temblaban entre las movibles nubes de los incensarios, o cuando el grave bordoneo del *De profundis* gemía lúgubre cual un sollozo contenido, lancinante cual un llamamiento desesperado de la humanidad llorando su destino mortal, implorando la misericordia enternecida de su Salvador!» (cap. XVI). El descreído Huysmans de *A rebours,* como el libre-pensador Clarín, o como el agnóstico protagonista de *Le sens de la vie,* de E. Rod, encontrarán en la música religiosa la vía de acceso a la experiencia religiosa y a la posibilidad de la fe.

mediarlo ni querer remediarlo, como atraído por un imán, se aproximó al umbral de la puerta más lejana para escuchar desde allí. La plegaria italiana, sin ser cosa notable ni muy original, era música buena para aficionados, música de *sentimiento*, lenta, suave, nada complicada, de un *patos* muy tolerable y sugestivo. «¡Ay, pensó Bonis, la paz del alma! En otro tiempo, no hace mucho, yo amaba la pasión, que sólo conocía por los libros. Pero la paz... la paz del alma, también tiene su poesía. ¡Quién me la diera!, ¡ay, sí!, ¡quién me la diera! Así era, como aquella música: dulce, tranquila, sentimiento serio, fuerte a su modo, pero mesurado, suave, amigo de la conciencia satisfecha, amando el amor dentro del orden de la vida; como se suceden las estaciones sin rebelarse, como corren la noche y el día uno tras otro, como todo en el mundo obedece a su ley, sin perder su encanto, su vigor; así amar, siempre amar, bajo la sonrisa de Dios invisible, que sonríe con el pabellón de los cielos, con el rozarse de las nubes y el titilar de las estrellas!» «Mi Serafina mi mujer según el espíritu, recuerdo de mi madre según la voz; ¿por qué tu canto, sin decir nada de eso, me habla a mí de un hogar tranquilo, ordenado, que yo no tengo, de una cuna que yo no tengo a cuyos pies no velo, de un regazo que perdí, de una niñez que se disipó? ¡Yo no tengo en el mundo, en rigor, más *parientes* que esa voz!» ¡Cosa más particular! Cuando pensaba así, o por el estilo, Bonis, de repente, creyó entender que el canto religioso de Serafina llegaba a narrar el misterio de la Anunciación: «Y el ángel del Señor anunció a María[52]...» ¡Dis-

---

[52] *Y el ángel del Señor anunció a María:* son las palabras del Evangelio según Lucas (I, 26 y ss.), en el que el ángel Gabriel se le aparece a María. Y sin embargo, el relato que sigue recuerda mucho más al Evangelio según Mateo (I, 18 y ss.), en el que «un ángel del señor» (aquí un «serafín») se apareció no a María, sino a José (aquí Bonifacio), para anunciarle que el hijo concebido por María «es obra del Espíritu Santo». Líneas adelante veremos que Bonifacio va a percibir que el hijo será «todo suyo (...) y de la *voz*», como advierte C. Richmond. Pero también hay otro pasaje de S. Lucas que resuena en el texto, y es el de la primera Anunciación, la que el ángel del Señor hace a Zacarías de que su mujer, Isabel, parirá a Juan, el precursor. Y dice el evangelista de la pareja: «No tenían hijos, pues Isabel era estéril y los dos ya avanzados en edad» (I, 5-7).

380

parate mayor! ¡Pues no se le antojaba a él, a Bonis, que aquella voz le anunciaba a él[53], por extraordinaria profecía, que iba a ser... madre; así como suena, madre, no padre, no; ¡más que eso... madre! La verdad era que las entrañas se le abrían; que el sentimiento de ternura ideal, puro, suave, pacífico que le inundaba, se convertía casi en sensación, que le bajaba camino del estómago, por medio del cuerpo. «¡Esto debe de ser, pensaba, en eso que llaman el gran simpático![54] ¡Y tan *simpático!* ¡Dios mío, qué delicias; pero qué extrañas! Estas parecen las delicias de la concepción. ¡Oh, la música así, como ésa, con esa voz, me vuelve casi loco! Sí, sí, disparatado era todo aquel pensar; pero, ¡cómo llenaba el alma!, más que el amor mismo, con otra clase de amor nuevo... menos egoísta, nada egoísta... ¡qué sabía él!» Tuvo que apoyar la cabeza en la madera fría del quicio y volverla hacia el gabinete, porque los ojos se le os-

---

[53] *aquella voz le anunciaba a él:* las revelaciones súbitas tienen un papel especial en la obra de Clarín. En la coetánea *Superchería* Caterina Porena toma la mano de Nicolás Serrano, también en medio de un acto público, y «aquel contacto era una revelación evangélica del amor en el misterio». Años antes, en *La Regenta,* una iluminación súbita —y esta vez a través de la música— va a tener una importancia decisiva en el desenlace: los fieles, en la Iglesia, cantan el *Stabat Mater* de Rossini, y ello «exaltó más y más la fantasía de Ana; una resolución de los nervios irritados brotó en aquel cerebro con fuerza de manía: como una alucinación de la voluntad. Vio, como si allí mismo estuviese, la imagen de su resolución: 'Si ... ella ... ella, Ana, a los pies del Magistral, como María a los pies de la Cruz'» (1987[2], cap. XXV, pág. 406). Pero el caso más próximo al de *Su único hijo* se da en el temprano cuento «Las dos cajas», en el que el violinista Ventura siente prefigurados en su música tanto el hijo como el ideal de música que persigue: «¿Dónde está lo que no es todavía y ha de ser sin falta? ¿En dónde viven, en qué espacio flotan el alma del que ha de ser hijo mío (...) y la impalpable idea música que yo sueño? (...) ¿En dónde estás? ¿Qué eres ahora? ¿Idea de Dios? (...) ¿Eres eso que vislumbro?» El momento culminante de la acción es también un concierto sacro. En un relato posterior, de 1893, «Cambio de luz», vuelve a plantear una revelación de consecuencias trascendentales. A veces, interpretando al piano, Jorge Arial creía oír «una revelación, una voz de lo *explicable* que le pedía llorando interpretación, traducción lógica, literaria...». Finalmente, un día, sobreviene la luz: «vio la verdad de Dios». La luz interior es simultánea a la obscuridad exterior, pues Jorge Arial queda ciego. «Ahora veía por dentro».

[54] *el gran simpático:* conjunto de nervios que rigen el funcionamiento visceral y que forman con el nervio neumogástrico o vago el sistema nervioso de la vida vegetativa o independiente de la voluntad (EC).

curecían, llenos de lágrimas, y no quería que nadie le viese llorar. «Bueno sería, pensó mientras se iba serenando, que ahora me preguntase Emma, por ejemplo: —¿Por qué lloras, badulaque? —Pues lloro de amor... nuevo; porque la voz de esa mujer, de mi querida, me anuncia que voy a ser una especie de virgen madre... es decir, un padre... madre; que voy a tener un hijo, legítimo por supuesto, que aunque me le paras tú, *materialmente,* va a ser *todo* cosa mía.» No, no pensaba él que el hijo fuese de la querida, eso no: que Serafina perdonase, pero eso no: de la mujer, de la mujer... pero de cierta manera, sin que la impureza de las entrañas de Emma manchase al que había de nacer; todo suyo, de Bonis, de su raza, de los suyos... un hijo suyo y de la voz, aunque *para el mundo* le pariese la Valcárcel, como estaba en el orden. Bonis tenía miedo de ponerse malo con tanto desbarrar, y, sobre todo, porque se le empezaban a aflojar las piernas, síntoma fatal de todos sus desfallecimientos. Cesó la música, calló la *voz*[55], estallaron los aplausos, y Bonis

---

[55] *calló la voz:* la voz de Serafina es uno de los motivos simbólicos más densos de connotaciones de la novela. Ya F. W. Weber (1966) señalaba que en ella son inseparables, o casi, la atracción sexual y la evocación maternal que producen en Bonis, ya desde su primera aparición (cap. IV). Y a estas dos dimensiones venía a añadirse, en otro pasaje posterior (cap. VII) la nostalgia del pasado, «el espíritu de recuerdos de la niñez» (págs. 204-205). Y es que, como escribe Montes Huidobro: «la voz lleva a Bonifacio hacia atrás, hacia los orígenes mismos del ser y del amor, ansiedad erótica y de amor materno (...) la evolución de lo erótico hacia lo materno es una integración, como es natural, de los dos elementos, no una separación (...) *Clarín* percibe el latido del sexo como latido de origen» (págs. 157, 158). Pero esa misma voz, ahora, al sobrevenir la Anunciación del Hijo, conduce a Bonis hacia el sentimiento de hogar y de familia, hacia la paternidad y el hijo, a la vez que ratifica los valores anteriores: «Mi Serafina, mi mujer según el espíritu, recuerdo de mi madre según la voz; ¿por qué tu canto, sin decir nada de eso, me habla a mí de un hogar tranquilo, ordenado, que yo no tengo, de una cuna que yo no tengo (...) de un regazo que perdí, de una niñez que se disipó? ¡Yo no tengo en el mundo, en rigor, más *parientes* que esa voz! (...) La voz de esa mujer, de mi querida, me anuncia que voy a ser (...) un padre... madre.» Pero la Anunciación pone en contacto a Bonis con la experiencia de lo divino: Serafina canta un *Ave María,* Bonis siente dentro de sí la Anunciación del Hijo, y él engendrará de su propia voluntad y deseo el hijo, engendrando su nuevo yo, de manera que asume en sí mismo la condición de padre, Verbo, madre e hijo, o como dice Feal Deibe (1974, págs. 271), se identifica con Dios. Las implica-

cambió de súbito de ideas y sensaciones y de sentimientos. Volvió a la realidad, y se vio cogido del brazo por Mochi, que se le llevó, salón adelante, hacia el piano.

Körner se había puesto en pie, y sus manos, aplaudiendo, sonaban como batanes[56]; Marta aplaudía también, con gran asombro de las damas indígenas, que creían privilegio de su sexo la impasibilidad ante el arte, y hubieran reputado, por unanimidad, indigno de una señora recatada batir palmas ante una cómica; ni más ni menos que creían una abdicación del sexo levantarse en visita para saludar o despedir a un caballero. Emma acabó también por aplaudir, y la Gorgheggi no tardó en fijar la atención en aquellas dos señoras que tenía tan cerca, y que, por excepción, unían sus aplausos a los del sexo fuerte. Para Marta y Körner, la inglesa, por extranjera, tenía algo de compatriota; por artista la consideraban más digna de respeto y atenciones que las cursis damas del pueblo, a pesar de todas sus pretensiones y preocupaciones seculares. Körner se acercó al piano y habló en inglés con Serafina; en aquella sazón llegaban Mochi y Bonis del brazo junto a la plataforma, y gracias al carácter expansivo de Minghetti, que medió en el diálogo, y al reconocimiento de Mochi con respecto a Bonis y todos los suyos, y a la habilidad políglota de Körner, pronto hablaron todos juntos, con entusiasmo, mezclándose el inglés, el alemán, el italiano y el español; y Marta estrechó la mano de la cantante, y ésta, con una audacia y una gentileza que pasmaron a Bonis, oprimió con fuerza y efusión los dedos flacos de Emma. Bonifacio, al ver unidas por las manos a su mujer y a su querida, volvió a pensar en los milagros del diablo; y en su cerebro estalló

---

ciones simbólicas se extienden hasta el final mismo de la novela: el amor a Serafina deja su lugar al deseo del hijo, y ello se produce al mismo tiempo que Serafina pierde su voz, y por tanto deja de ser madre-amante y arcángel anunciador. Al final de la novela Serafina, sin voz, hará una nueva anunciación, pero esta vez de carácter diabólico, y su voz no será ya la del ángel sino la de la serpiente.

56 *sonaban como batanes:* evidente alusión a la aventura de los batanes que viven Don Quijote, Rocinante (ligado de patas) y Sancho Panza, este último lleno de espanto y de retortijones, en el cap. XX de I, 2a.

lo de *tigribus agnis*[57], que tantas veces había leído en los periódicos y en alguna retórica. Indudablemente el tigre era su mujer. La cual estaba radiante. Para aquella clase de emociones y sucesos había nacido ella. Sentía un orgullo loco al verse entre aquella gente, saludada por una mujer tan guapa y tan elegante, con tales muestras de respeto y deferencia. Serafina la había deslumbrado. Algunas veces había pensado que había ciertas mujeres, pocas, que tenían un no sé qué, merced al cual ella sentía así como una disparatada envidia[58] de los hombres que podían enamorarse de ellas; esas mujeres que ella concebía que fuesen queridas por los hombres, no eran como la mayor parte, que, guapas y todo, no comprendía qué encontraban en ellas los varones para enamorarse. La Gorgheggi era mucho más alta que Emma, y ésta, a su lado, sentía como una protección varonil que la encantaba; además, aquello de ver de cerca, tan de cerca, lo que estaba hecho para que todo el pueblo lo mirase y lo admirase de lejos, la envanecía, y satisfacía una extraña curiosidad; la envanecía más el pensar que a ella sola, a Emma, se consagraban ahora aquellas sonrisas, aquellas miradas, aquellas palabras, que eran ordinariamente del dominio público. Por otra parte, seducción, tal vez mayor para ella, era en Serafina la mujer de vida irregular, la *mujer perdida*... pero perdida en grande. La

---

[57] *tigribus agnis*: «de tigres y corderos». Clarín debía ser aficionado a esta expresión, pues con ella titula el tercer capítulo de *Esperaindeo,* como señala Richmond en su edición.

[58] *ella sentía así como una disparatada envidia*: es un sentimiento muy semejante al que experimenta Obdulia respecto a Ana Ozores en el cap. XXVI de *La Regenta:* «la viuda, lamiéndose los labios, invadida de una envidia admiradora, y sintiendo extraños dejos de una especie de lujuria bestial, disparatada, inexplicable por lo absurda. Sentía Obdulia en aquel momento así... un deseo vago... de... de ser hombre» (1987², pág. 428). Si allí dio lugar a algunos críticos a hablar del posible lesbianismo de Obdulia, aquí Feal Deibe (1974), o C. Richmond en su edición ha hablado del «lesbianismo latente» de Emma. «Desde los años siguientes a 1830, gracias especialmente a George Sand, el vicio lesbo había sido muy popular.» Baudelaire lo había cantado en *Lesbos* y *Femmes damnées,* y pensaba titular el conjunto de sus poesías *Les Lesbiennes.* Verlaine, por su parte, «extrae cuadritos dignos de las pinturas licenciosas de Fragonard» (M. Praz, 1948, pág. 333). Tres autores, en suma, que Clarín conocía muy bien.

curiosidad pecaminosa con que ella había mirado siempre a las vulgares mozas del partido, que se hacía enseñar, aquí se multiplicaba y como que se ennoblecía; y Emma quería adivinar olfateando, tocando, viendo, oyendo de cerca la historia íntima de los placeres y aventuras de la mujer galante y artista. De repente vio, casi con imágenes plásticas, las ideas de orden, de moral *casera,* ordinaria, sumidas en una triste y pálida y desabrida región del espíritu; oscurecidas, arrinconadas, avergonzadas; las vio, como el guardarropa anticuado y pobre de una dama de aldea, ridículas; eran como vestidos mal hechos, de colores ajados; ella misma se los había vestido y sentía vergüenza retrospectiva; si ella, a pesar de su prurito de originalidad, participaba de tantas y tantas preocupaciones, estaba sumida en la *moral casera* de aquellas señoras de pueblo que no aplaudían a los cantantes ni solían tener queridos. Se le pasó por las mientes la idea de que la Gorgheggi fuera un gran capitán, un caudillo de *amazonas* de la moral, de mujeres de rompe y rasga; y ella iría a su lado como corneta de órdenes, como abanderado, fiel a sus insignias. Cuando observó la Valcárcel que las damas del pueblo miraban con extrañeza, casi con espanto, la íntima conferencia a que se habían entregado ella y su amiga con los cómicos, se redobló el placer que gozaba. ¡Qué gusto, hacer entre todo el señorío cursi del pueblo una era sonada, algo del todo nuevo, inaudito, asombroso y de todo punto irregular y subversivo!

Marta, aunque afectando cierta recóndita superioridad al principio, también estaba encantada, llena de orgullo, sin quererlo, al hablar con Serafina; pero pronto se sintió deslumbrada y vencida, y sintió en la actriz una superioridad real que, si no era del género suprasensible de la que ella, Marta, se atribuía, era mucho más efectiva y susceptible de ser reconocida. Marta, que hacía alarde de sus conocimientos lingüísticos hablando inglés, francés, italiano, acabó por seguir a la Gorgheggi en su empeño de hablar español, para que la entendiese Emma. A ésta consagraba la cómica principalmente su amabilidad, la gracia irresistible de sus gestos, gorjeos *hablados,* de su modesta actitud; y la miraba con ojos muy abiertos, muy brillantes, que chisporroteaban simpatía, naciente cariño. Y Emma acabó de perder el juicio cuando Serafina, poniéndose el abanico en la frente, exclamó:

—¡Ah! ¡Sí, sí! ¡Finalmente!... *¡Eccola qui!*[59]... Yo me decía: esta señora... esta señora de Reyes... yo... la he visto, la he visto, vamos, de otro modo, en otros días... muy lejos... Y de repente, ahora, un gesto, ese gesto de *le... sopraciglie*[60]... me la pone delante. ¡Oh, sí, absolutamente la misma! Más que su retrato, ella, ella misma...

Emma abría la boca sin comprender; Marta, adivinando, ya sentía envidia; ello iba a ser que Emma se parecía a alguna mujer ilustre...

Pero la Gorgheggi no acababa de explicarse... y añadió:

—¡Ah! ¡Mochi y Minghetti!... Venid... venid... A ver, decidme a quién se parece esta señora... ¿Quién es... quién es... precisamente lo mismo que ella?...

Mochi sonreía, mirando por cumplido a Emma, sin tratar de adivinar el parecido, como si estuviera en el teatro fingiendo en un diálogo curiosidad e interés.

Minghetti dio más solemnidad al caso. Acercó su cara morena y larga, de levantino, de ojos grandes, azules, húmedos, apasionados y rientes, de bigote brillante y barba puntiaguda y algo rizada, fina, sedosa, al rostro de Emma, encendido, casi asustado; fijó la mirada desfachatada y alegre en los ojos de la dama, y hasta se permitió, para ver mejor, mover un poco un candelabro del piano, de modo que la luz llenase las facciones que examinaba como absorto.

Mochi se dio pronto por vencido. No acertaba. Minghetti decía:

—Espera, espera; como con la esperanza de evocar una imagen. Emma se sentía fascinada; por el pronto, Minghetti, así, tan cerca, le olía a *hombre nuevo,* y sus ojos, clava-

---

[59] *Eccola qui!*: «¡Aquí está!»
[60] *le... sopraciglia*: «las... cejas». En el original se lee *sopraciglie*.

dos en ella, eran todo una borrachera de delicias que al tragarse se mascaban.

Cuando Minghetti se declaró también torpe de memoria, Serafina dijo:

—¡Oh, qué hombres éstos! No recordáis... ¡Ma... la Parini... la Parini!...

—¡Oh, sí! ¡La trágica, la gran trágica de *Firenze!* ¡Exacto, exacto; un espejo!

Así exclamó Mochi, que se guardó de decir que no encontraba la semejanza.

Minghetti, que jamás había visto a la Parini, gritó:

—¡Oh, sí, en efecto! La expresión... el gesto... la viveza de la mirada... y el fuego...

Y añadió, sonriendo a la Gorgheggi, como diciéndoselo en secreto:

—Mas... las facciones son *aquí* más perfectas...

—¡Ah, sí; eso sí! Más perfectas... dijo la tiple, que continuó explicando que era la Parini una ilustre artista florentina, sin rival entre las trágicas de su tiempo. Aunque Emma no podía dar a la semejanza que se le encontraba todo el valor que le atribuía la envidia de Marta, sintió el orgullo en la garganta, se vio cubierta de gloria, y pensó enseguida:

«Parece mentira que en este poblachón de mi naturaleza se pueda gozar tanto como yo gozo en este momento, mirándome en los ojos de este hombre y oyendo estas cosas que me dicen.»

Interrumpida a poco la conversación para cantar Serafina de nuevo, ahora un terceto con Mochi y Minghetti, después de la ovación que siguió al canto, volvió la sabrosa plática, más animada cada vez, aunque en ella se mezclaron ya algunos señoritos del pueblo de los más audaces y despreocupados. Emma y Serafina hablaron algunos minutos solas entre las colgaduras de un balcón, sonriéndose, como acariciándose con ojos y sonrisas; las vio de lejos Bonis, pasó cerca de ellas, y ni una ni otra notaron su presencia[61], volvió a alejarse y a contemplar *su obra* desde un rincón.

---

[61] *ni una ni otra notaron su presencia:* esta conexión cordial entre las dos muje-

¡Juntas! ¡Estaban juntas! ¡Se hablaban, se sonreían, parecían entenderse!... Se le antojaban un símbolo, el símbolo del pacto absurdo entre el deber y el pecado, entre la virtud austera y la pasión seductora... «¡Qué barbaridades pienso esta noche!», se decía Bonis; y se puso a figurarse que aquellas mujeres que hablaban como cotorras, y parecían de acuerdo, y se sonreían, y se entusiasmaban con su diálogo, se estaban diciendo, ¡qué atrocidad!, cosas por el estilo:

—«Sí, señora, sí, decía Emma en la *hipótesis* absurda de su marido; puede usted quererle todo lo que guste; comprendo que usted se haya enamorado de él, y él de usted. Eso no está mal: en Turquía las gastan así, y pueden ser tan honradas como nosotras las turcas; todo es cuestión de costumbres, como dice la de Körner: todo es convencional.»

—«Pues sí, señora; le quiero, ¿para qué negarlo?, y él a mí. Pero a usted también se la estima, a pesar de ese geniazo que dicen que usted tiene. Se la estima y se la respeta. Ya verá usted qué buenas amigas hacemos. ¿Por qué no? Usted no sabe lo que son artistas, lo que es vivir para el arte, y despreciando las pequeñeces de la vida de pueblo y de la moral corriente. ¡Valiente moral! Todos deben querer a todos: usted a mí, yo a usted, su marido a las dos, las dos a su marido... El mundo, la triste vida *finita,* no debe ser más que amor, amor con música; todo lo demás es perder el tiempo...»

«Aquel diálogo hipotético, se quedó pensando Bonis, era un disparate, sí... y con todo... con todo... ¿Por qué no había de ser así? Él había leído que los antiguos patriarcas tenían varias mujeres, Abraham, *sin ir más lejos...»* La idea de Abraham le trajo la de Sara, la estéril... su mujer... «¡Isaac!», le dijo una voz como un estallido en el cerebro... Emma era Sara...; Serafina, Agar... Faltaban Ismael, que

---

res, por encima del hombre que es su común denominador amoroso, recuerda inevitablemente la simpatía espiritual a que llegan Fortunata y Jacinta, trascendiendo al propio Juanito Santa Cruz, al final de aquella novela que tanto enseñara al Clarín de estos años.

era inverosímil, dadas las costumbres de Serafina, e Isaac.... ¡Isaac![62] ¿Quién sabía? ¿Por qué le decía el corazón... acuérdate de Sara, ten esperanza? Dos veces en aquella noche, que él debería consagrar a emociones tan diferentes, se le llenaba el alma del amor de su Isaac... de su hijo... Tenía fiebre no sabía dónde; tal vez estaba volviéndose loco; primero se comparaba con la Virgen; ahora con Abraham...; y a pesar de tanto dislate, una esperanza íntima, supersticiosa, se apoderaba de él, le dominaba.

Y al volver a mirar el grupo de su mujer y la cómica, a las cuales se habían agregado ahora Mochi, Marta, Minghetti y Nepomuceno, sintió Reyes una especie de repugnancia; aquella paz moral que a ratos se apoderaba de su espíritu, y hasta pudiera decirse de sus entrañas, se le alarmó en el pecho, en la conciencia; le entró vivísimo deseo de apartar a *su mujer* de toda aquella gente; y sin poder dominarse, se acercó al grupo, y con gesto serio, que contrastaba con la alegría de todos, con el ambiente de vaga concupiscencia que envolvía al grupo, dijo Bonis con una energía en el acento que sorprendió a Emma, la única que se hizo cargo de ello por la novedad de la voz:

---

[62] *Abraham ... Sara ... Agar ... ¡Isaac!:* Yavé hizo una alianza con Abraham y le prometió numerosa descendencia, pese a que Abraham era ya viejo y no tenía herederos, y a que Sara, su mujer, era estéril. El primer hijo se lo dio Agar, una esclava, y se llamó Ismael: Abraham tenía ochenta y seis años. Pero entonces Yavé renovó la alianza con Abraham, y le prometió: «la bendeciré [a Sara], y te daré de ella un hijo, a quien bendeciré, y engendraré pueblos, y saldrán de él *reyes* de pueblos». Cayó Abraham sobre su rostro y se reía, diciéndose en su corazón: «¿Conque a un centenario le va a nacer un hijo, y Sara, ya nonagenaria, va a parir?» Y parió. Abraham tenía cien años. Y la condición de Yavé fue la circuncisión de Abraham y de todos los suyos. Y más tarde, cuando surgen conflictos entre Agar y Sara, y entre los derechos de Ismael y los de Isaac, Yavé intercede enérgicamente en favor de la legitimidad de Isaac, y obliga a Abraham a despedir a Agar e Ismael. Como podrá comprobar el lector al final de esta novela, la historia de *Abraham* configura todo un plano de referencias simbólicas para la de *Su único hijo*, con paralelismos argumentales sorprendentes. Ya en este mismo momento Bonis está pensando que su hijo ha de ser Isaac y venirle de Emma (Sara) y no de Serafina (Agar), como hubiera sido más lógico. La historia de Abraham y del sacrificio de Isaac, por otra parte, es leída a final de siglo en la estremecedora interpretación que de ella hizo Kierkegaard en *Temor y temblor* (1843).

—Señores... y señoras... basta de charla; el público se impacienta, y lo mejor que pueden hacer estas damas y estos caballeros es comenzar la segunda parte del programa... Vale más la música que toda esa algarabía...

Todos le miraron entonces. Hablaba en broma seguramente, y, sin embargo, su gesto y el tono de su voz eran serios, como imponentes.

Minghetti, inclinándose cómicamente, exclamó:

—Quien manda manda... Obediencia al tirano... al futuro empresario *forse*...[63].

Serafina, dando la espalda a los otros, en un momento que pudo aprovechar, miró fijamente a su querido, abrió mucho los ojos con expresión de burla cariñosa, que acabó con una mirada de fuego.

Bonis tembló un poco por dentro al recibir la mirada, pero se hizo el desentendido y no sonrió siquiera.

—¡A cantar, a cantar!, dijo, fingiendo seguir la broma de su papel de déspota.

Mochi[64] se inclinó también, y Minghetti, después de una gran reverencia, se sentó al piano para acompañar el dúo de tenor y tiple con que empezaba la segunda parte.

Nepomuceno se sentó junto a Marta, y Bonis muy cerca de su mujer, que respiraba con fuerza, absorbiendo dicha por boca y narices.

Y mientras ella, sin pensar en que le tenía allí, devoraba con los ojos a la tiple y al barítono, Bonis paseaba la mirada triste, seria y tiernamente curiosa, del rostro pálido, ajado de su esposa, al vientre que una vez había engañado sus esperanzas; y oyendo, sin comprenderla en aquel momento, la música romántica del dúo, se dijo entre dientes:

—No importa...; más vieja era Sara.

---

[63] *forse:* «quizá».

[64] *Mochi:* es bien curioso que a lo largo de todo este capítulo, tanto P como F han llamado sistemáticamente *Mocchi* al hasta ahora *Mochi,* que no volverá a recuperar su ortografía original hasta mediado el cap. XIII.

XIII

Terminó el concierto a la una de la madrugada, y como era costumbre en el pueblo, en vez de disolverse la reunión, se pusieron a bailar los jóvenes con el mayor ahínco, muy a placer de las señoritas, que sólo toleraban dos o tres horas de música, con la esperanza de estar bailando otras dos o tres horas. Emma no pensó en retirarse mientras quedase allí alma viviente. En cuanto a Marta Körner, estaba demasiado ocupada para pensar en el tiempo. ¡Íbale tanto en perseguir las fieras[1], es decir, en la caza mayor a que se había entregado en cuerpo y alma, que ya ni veía ni oía lo que estaba delante; para ella no había en el mundo más que su don Juan Nepomuceno, con sus grandes patillas! Desde antes de terminar el concierto habían hecho rancho aparte, en un rincón de la sala; y allí estaba la alemana enseñándole el alma, y un poco, bastante, de la blanquísima pechuga, al acaramelado mayordomo, futuro administrador de la fábrica de productos químicos. Körner, aunque muy metido en conversación con Mochi primero y después con el Gobernador militar y el Ingeniero jefe de caminos, vigilaba desde lejos, muy satisfecho de la conduc-

---

[1] *¡Íbale tanto en perseguir las fieras!:* I. M. Gil (1962) identificó el verso 380 de la Égloga I de Garcilaso de la Vega en esta exclamación: «¿Y vate tanto en perseguir las fieras?» Ya conocemos la afición de Clarín a parafrasear o citar explícita u ocultamente versos y expresiones de sus poetas y escritores preferidos: Garcilaso había frecuentado ya *La Regenta* (VIII, 1986[2], n. 22) y en *Su único hijo* nos hemos topado con Cervantes, el *Antiguo* y el *Nuevo Testamento,* Cienfuegos, Zorrilla, Gutierre de Cetina, Homero, Thiers, *Madame Bovary, Fausto,* etc.

ta de su hija. Muy de corazón aplaudió la habilidad y delicadeza que demostró su digno vástago cuando uno, y dos y
tres jóvenes de lo más distinguido de la sociedad, se acerca-
ron a ella solicitando el favor de un vals o cosa parecida, y
fueron corteses y fríamente despedidos por la robusta alemana, que no bailaba porque... aquí una disculpa torpemente
zurcida, pero mal compuesta con toda intención. A Nepomuceno había que ponerle las cosas muy claras; y Marta,
aun a riesgo de molestar a los bailarines, tal vez contenta
con molestarlos, porque aquello venía a ser un anuncio,
dejaba ver con gran transparencia el verdadero motivo de
los desaires que se veía obligada a dar; a saber: que era más
importante para ella hablar con Nepomuceno que andar
por allí dando saltos y despertando el diablo sabría qué
apetitos, en aquella juventud lucida y generalmente colorada, gracias a la mucha sangre.

Nepomuceno, que a la segunda negativa de Marta,
acompañada de una mirada y una sonrisa de inteligencia
para él, acabó de comprender, agradeció con todas sus entrañas el *sacrificio* que en su favor se hacía; y se hubiera derretido de gusto, a no estarlo ya, gracias a la proximidad
vertiginosa de la alemana y a las cosas espirituales y no espirituales que ella le estaba diciendo; y, sobre todo, gracias a
ciertos tropezones que de vez en cuando, bastante a menudo, daban las rodillas con las rodillas.

«¡Qué elocuencia... y qué *calor natural despedía* aquella
mujer!», pensaba don Juan, aplicando el mismo verbo al
calor y a la elocuencia.

Marta hablaba del ideal, de todos los ideales; pero se las
arreglaba de manera que en su disertación se mezclaban,
por vía de incidentes, descripciones autobiográficas que se
referían casi siempre al acto solemne de mudarse ella de
ropa, o a estar en su lecho, medio dormida... desvelada...
Ello es que Nepomuceno supo aquella noche, v. gr., que
aquella señorita había leído una cosa que se llamaba la
Dramaturgia de Hamburgo, de Lessing[2], y que, tanto como el

---

[2] *Lessing:* Gotthold Ephraim Lessing (1729-1781), escritor paradigma de
la Ilustración alemana. Fue un intelectual polifacético, con obra estética (*Lao-*

autor del *Laoconte,* le gustaban a ella las medias muy ceñidas, atadas sobre las rodillas y de color gris perla. Lo más tierno fue la historia de las queridas de Goëthe[3], tema que tenía muy preocupada a la de Körner desde muchos años atrás. El noble orgullo de Federica Brion[4], que no quiso casarse nunca, porque nadie era digno de la que había sido amada por Wolfgang, lo pintaba Marta con un calor sólo comparable al que despedían sus propias rodillas. Nepomuceno, confundiendo las cosas, y hasta las facultades del alma, se llegó a figurar que los *genios* alemanes eran unos sátrapas que se pasaban la vida despreciando a los seres vulgares y manoseando los mejores bocados del eterno femenino. Cuando llegó lo de *las madres*[5] del tantas veces ci-

---

coonte: sobre los límites de la pintura y la poesía), y de teoría y crítica dramática (*La dramaturgia de Hamburgo*), además de sus dramas (*Miss Sara Sampson, Minna von Barnhelm, Emilia Galotti, Natán el Sabio*) o de su actividad teatral y editorial.

[3] *las queridas de Goethe:* en octubre de 1806, Goethe, de cincuenta y siete años, casó con la joven Cristiane Vulpius, con la que vivía maritalmente desde hacía tiempo. Sucedía ello simultáneamente con la ruptura con Mme. Stein y antes de los amores con Minne Herzlieb y Mlle. de Lewezow, últimos nombres en una abundante nómina de amores que incluía, entre otras, a Carlote Buff, Mme. Klettenberg, Federica Brion o la Venus de Weimar, Mme. Stein.

[4] *Federica Brion:* a finales de 1770 Goethe, acompañado de su amigo Wieland, fue a Sesenheim, donde conoció a Federica Brion. «Los amores de Goethe con Federica constituyen el episodio más poético y delicado de la vida del autor del *Fausto* (...) Toda la gloria de tal episodio pertenece a quien soporta en él el mayor sacrificio, a Federica, que disculpa el egoísmo de su amante, cuando la abandona, afirmando que Goethe era demasiado grande para sacrificarse a ella, que se cree, sin embargo, elevando a la sublimidad su abnegación, demasiado alta para pertenecer a nadie, por haber sido amada de Goethe. ¡Qué culto más bello y sublime al genio!» Así escribía el amigo y profesor de Leopoldo Alas, U. González Serrano, en su *Goethe. Ensayos Críticos* (1878, pág. 45), comentado por Clarín.

[5] *lo de las madres:* Fausto, superintendente del Emperador, promete hacerle ver a Helena y a Paris, lo que consigue tras ser conducido mágicamente al reino de las «Madres», mientras es contemplado por los cortesanos en la «Sala de los caballeros». La alusión clariniana no puede ser más maliciosa, pues esas «madres» que a Nepomuceno le parecen «unas ubérrimas amas de cría» son espíritus sin forma: «Diosas desconocidas de vosotros, los mortales —como dice Mefistófeles—, y cuyo nombre también nosotros pronunciamos a regañadientes. Tendrás que hundirte en lo más profundo para dar con

tado Goëthe, Nepo no podía menos de figurarse las tales *madres* como unas ubérrimas amas de cría. De todas suertes, y fuera lo que fuera de Heine y de la *Joven Alemania,* él estaba que ardía... y a tanta ciencia y poesía y contacto de piernas, sólo se le ocurría contestar lo que, sin saberlo él, Nepomuceno, contestaba aquel personaje de la comedia titulada: «De fuera vendrá...»[6]. Quiere decirse, que al tío mayordomo no se le venía a la boca más que la solemne promesa de futuro, pero muy próximo matrimonio.

Emma, siguiendo el ejemplo de algunas otras casadas, que bailaban también, aceptó unos *lanceros*[7] a que la invitó el presidente del Casino, y poco después bailó con Minghetti una polca[8] íntima, género de desfachatez tolerada

---

su mansión.» Pero a través de un camino inmaterial, pues ellas viven más allá del espacio y del tiempo y «sólo ven ideas» (*Fausto,* II, I, 4).

[6] *De fuera vendrá...:* como ya advirtió C. Richmond se refiere a una comedia de Moreto. El título completo, a partir de la edición de Valencia de 1769, es *De fuera vendrá quien de casa nos echará.* Alude Clarín a la respuesta del Capitan, en el desenlace, quien cede su casa a Lisardo y Francisca para que se casen:

> «Me quiero ir a una posada,
> Porque aquí los dos se queden,
> Y cierto el refrán les salga
> Del que *de fuera vendrá*
> Quien nos echará de casa.»

[7] *lanceros:* baile de figuras, muy parecido al rigodón. Una novela histórica tan bien documentada como *La ciudad de los prodigios* (Barcelona, Seix Barral, 1986), de E. Mendoza, hace el siguiente inventario-balance de bailes en la Barcelona de finales de siglo: «el vals había sido aceptado ya por todas las capas sociales; el pasodoble y el chotis estaban reservados al populacho; el tango aún no había hecho su aparición; entre la gente bien, en los saraos se seguía bailando el rigodón, la mazurca, los lanceros y el minueto; la polca y la java hacían furor en Europa, pero no en Cataluña»... (pág. 128).

[8] *una polca:* ya sabemos que *hacía furor* en Europa. En Vetusta, además, se confirma lo de los «estragos morales». En el baile del casino del cap. XXIV de *La Regenta,* Mesía baila con Ana una polca tan «íntima» como ésta. Mesía «sintió que aquel cuerpo macizo, ardiente, de curvas dulces, temblaba en sus brazos». Ana «no hacía más que sentir un placer que parecía fuego» y «se le figuraba que dentro de ella se había roto algo, la virtud, la fe, la vergüenza; estaba perdida, pensaba vagamente...». Mesía lo comprende enseguida, y exclama interiormente: «¡Es mía! [...] Este es el primer abrazo de que ha gozado

que empezaba entonces a *hacer furor* y no pocos estragos morales.

La polca íntima de Minghetti fue para ella una revelación. El barítono, que no había perdido la pista a la afición que le había demostrado aquella señora en paseo, en misa, en la calle, por medio de miradas incendiarias, aquella noche acabó de comprenderlo todo, y formó un plan de seducción, que le convenía desde muchos puntos de vista. Empezó a marearla con miradas y lisonjas allí, junto al piano, durante el concierto; y al atreverse a invitarla nada menos que para bailar una polca de aquellas condiciones coreográficas, jugó el todo por el todo. Aceptada la polca, ya sabía él lo que le tocaba hacer; y mientras las rodillas hablaban el lenguaje de las de Marta Körner, aunque sin colaboración de los clásicos alemanes, él, allá en sus adentros, se entregaba a proyectos y cálculos en que había hasta números. Medio en serio, medio en broma, *se declaró* a Emma mientras daban vueltas por el salón; y ella, muerta de risa, muy contenta, nada escandalizada, le llamaba loco, y se dejaba apretar, como si no lo sintiera, como si su honra estuviese por encima de toda sospecha y no debiera parar mientes en aquellos estrujones fortuitos. Le llamaba loco, y embustero, y bromista; pero cuando, después de la polca, se sentaron juntos, en vez de incomodarse por la insistencia del cantante, se quedó un poco seria, suspiró dos o tres veces, como una doncella de labor no comprendida, y acabó por ofrecer a Minghetti una amistad desinteresada; pura amistad, pero leal y firme. Entonces el barítono, que no echaba nada en saco roto, sin dejar el tema de su pasión incandescente, mezcló en las variaciones del mismo una discretísima narración de los apuros de su vida económica y la de sus compañeros. A Minghetti, que era un *bohemio*[9], sin saber de tal epíteto, no le daba vergüenza

---

esta pobre mujer». El abrazo de la polca acaba con el desmayo de Ana en brazos de su seductor.

[9] *bohemio:* en realidad Minghetti representa un tipo de *bohemio* idealizado a lo pícaro, muy del gusto de la sociedad bien pensante de los «filisteos», que se siente atraída a la vez que repelida por el mundo de la bohemia, del que se fa-

hablar de su pobreza, ni de las trazas picarescas a que había recurrido muchas veces para salir de atrancos. Comprendía él que parte del encanto de su persona, irresistible para muchas mujeres, consistía en su misma vida desarreglada, de aventurero simpático, generoso, alegre, casi infantil, pero poco escrupuloso, como no fuera en puntos de galanteo y de valentía. Enseguida notó que en Emma este elemento de seducción era de los que producían más efecto; ella misma le confesó que había comenzado a fijarse en él, y a encontrarle *ángel*[10], como dicen los andaluces, la no-

---

brica una imagen revoltosa, alegre, desordenada pero escasamente transgresora. El fin de siglo produjo en el mundo del arte un tipo mucho más radical de bohemio, nacido del «Malestar de la Cultura» y heredero de Baudelaire. La bohemia se convierte así «en una clase en la que habitan la amoralidad, la anarquía y la miseria, en un grupo de desesperados que no sólo rompen con la sociedad burguesa sino con toda la civilización europea. Baudelaire, Verlaine y Toulouse-Lautrec son tristes borrachos: Rimbaud, Gaugin y Van Gogh, aventureros y desarraigados vagabundos; Verlaine y Rimbaud mueren en el hospital; Van Gogh y Toulouse-Lautrec están algún tiempo en un asilo para lunáticos, y la mayoría de ellos pasa su vida en los cafés, en los cabarets, en los burdeles, en los hospitales o en la calle» (A. Hauser, 1964, II, págs. 427-428). España, a final de siglo conoció una auténtica bohemia artística, nutrida de escritores-pordioseros que pasaban las noches en los divanes piojosos de las redacciones «antes de hundirse en un camastro de hospital...», como «Aquel Pedro Barrantes, el poeta alcohólico, autor de *Delirium Tremens»*, o sobre todo como Alejandro Sawa, el más acabado paradigma de la bohemia española, que confesaba a Cansinos Assens que «llevo unos días sin poder salir de casa por no tener pantalones...» y que se justificaba así por ello: «Pero, en fin, no hay que apurarse... *C'est la bohème...,* el signo del genio..., de los elegidos..., de los infaustamente privilegiados..., de los que no somos Mr. Homais ni tenderos de ultramarinos... Es preferible no tener pantalones a no tener talento...» (Cansinos-Assens, *La novela de un literato,* 1, Madrid, 1982, págs. 63 y 69-70). En Alejandro Sawa se inspiraría otro bohemio, Ramón María del Valle Inclán, para el personaje de Max Estrella, protagonista de la mejor crónica de conjunto de la bohemia española, el genial esperpento *Luces de Bohemia.*

   [10] *ángel, como dicen los andaluces:* «tener ángel» significa tener el don de agradar a todo el mundo. Valera: «Para adularme y adular a mi padre, dicen hombres y mujeres que soy un real mozo, muy salado, que tengo mucho ángel» (DEHA). En una famosa conferencia titulada «Teoría y juego del duende», Federico García Lorca distinguía entre «duende», «musa» y «ángel»: la «musa» «despierta la inteligencia», mientras «el ángel deslumbra, pero vuela sobre la cabeza del hombre, está por encima, derrama su gracia, y el hombre, sin ningún esfuerzo, realiza su obra o su simpatía o su danza». «Ángel» y

che aquella famosa en que había cantado el *Barbero*... a la fuerza...

—¡Ah, sí, exclamó él sonriendo; cuando me cazó la Guardia civil!...

Y de este incidente, que tanto había dado que hablar en el pueblo meses atrás, tomó pie para contar su historia y sus penas y apuros a su manera, como burlándose de sus propios males. Callaba muchas cosas que juzgaba poco a propósito para hacerle aparecer interesante; pero no ocultó ciertas maniobras no muy decentes, y osó referirlas, no por amor a la verdad, sino porque su sentido moral no le decía que era aquello repugnante e indigno; por fortuna, tampoco Emma sentía delicadezas de este orden, y en toda treta victoriosa admiraba el arte y olvidaba al engañado, o sea al tonto.

La mujer de Bonis escuchaba encantada aquella narración del género picaresco, en que las picardías venían a estar explicadas y disculpadas por la viveza de las pasiones y los golpes repetidos de una adversa fortuna.

Lo cierto era que la historia del barítono, desfigurada por él en su narración cuando le convino, podía resumirse en lo siguiente:

Cayetano Domínguez era natural de Valencia; había asistido en su infancia a los azares de la miseria, que aspira a convertir en industria la holganza y no lo consigue, sino con intervalos de negras prisiones y en perpetua lucha con el Código penal y los agentes de su eficacia. La cárcel, residencia frecuente de su señor padre, le había enseñado, como por ensayos repetidos, la triste vida de la orfandad; y cuando al fin el autor de sus días salió de casa para no volver, porque en una ocasión, al recobrar la libertad, en vez del hogar, encontró la muerte en una misteriosa aventura, allá en la Huerta, el pobre Minguillo[11], que así le llamaban

---

«musa» «vienen de fuera; el ángel da luces y la musa da formas (...) en cambio el duende hay que despertarlo en las últimas habitaciones de la sangre» (*O. C.*, Madrid, Aguilar, 8.ª ed. 1965, págs. 109 y ss).

11 *el pobre Minguillo:* he aquí otra historia de niño desamparado en el mundo novelesco de Clarín. La angustia de la criatura indefensa, a merced de la hos-

los demás pillastres de su barrio, al quedarse en el mundo solo, pues su madre había muerto al darle a luz, tenía un aprendizaje anulado que le sirvió no poco, de mala suerte, apuros, desvalimiento; y venía a ser a los doce años todo un hombre, y casi casi todo un pícaro, por los recursos de su ingenio, el ahínco de su trabajo, cuando tocaban a trabajar honradamente, y las tretas de su industria, la fuerza de cinismo, el vigor de los músculos y el desprecio de todas las leyes y cortapisas morales y jurídicas, que, en su opinión, se habían hecho para los ricos; porque los pobres no podían con ellas, bajo pena de matarse de hambre, que era el mayor crimen.

De las manos de un pariente lejano, que le molía a palos y le llamaba hijo de tal y de cual, pasó al servicio de la Iglesia con carácter de monaguillo, y hasta llegó a cantar en el coro de la catedral en funciones de tiple; y esta época fue, según él, la más santa de su vida, sin ser perfecta. No hacía él las picardías por hacerlas, sino por el lucro; de modo que mientras su voz sirvió para el coro, cantó en calidad de ángel en la catedral, sin hacerse jamás reprender por su pereza o impericia, pues en el trabajo era asiduo, y su destreza en todo oficio que emprendía, extremada. Volvió a la calle porque la voz se le mudaba, que era para el caso como perderla; y con la edad de comenzar las pasiones a

tilidad social y de un destino imprevisible, puebla su obra. La encontramos en *Doña Berta, Superchería*, «Pipá», «¡Adiós Cordera», «Un grabado», o en Bismarck y en los niños callejeros ante el escaparate de la confitería de *La Regenta*. Estos relatos de niños, estrechamente conectados con los de animales, como «El Quin» o «La trampa», y en general con los de «pobres gentes», como «La Ronca», «Chiripa», «El dúo de la tos», «El Torso» o «La reina Margarita», configuran una de las fuerzas en pugna del llamado «dualismo clariniano»: su vitalismo exaltador de los seres elementales, en contraste con el intelectualismo y el criticismo culturalistas. Para Baquero Goyanes (1949) y (1952) estas fuerzas son antitéticas, y el intelectualismo debe ser condenado en beneficio de un vitalismo redentor. Desde nuestro punto de vista, intelectualismo y vitalismo constituyen una dialéctica en que una fuerza y otra se impiden extremarse, y si tienden a imponerse el uno sobre el otro es para desembocar en una síntesis renovada de naturaleza y de cultura a la manera de Frígilis, «Viaje redondo», «Un grabado», «Cambio de luz», etc. (Oleza, 1976).

abrir sus yemas, coincidió la mayor pobreza de su vida, por lo que no fue extraño, o a él no se lo pareció, que por aquellos días sus expedientes para procurarse el sustento y lo demás que necesita un mozo suelto y sin escrúpulos, fuesen del todo incompatibles con los rigores de la ley civil y criminal; sin que esto quisiera decir que llegase a robar, al menos con violencia; sino que, recordando tradiciones familiares, inventó industrias alegres y vistosas, como juegos de feria, con moderada trampa, inocentes chascos, justo castigo de tontos avarientos y confiados necios, en que el provecho que a él, a Mingo, le quedaba entre las uñas, era apenas la necesaria retribución de su trabajo, que hubiera sido exigua cotejada con el riesgo y con el primor y gracia de las trazas inventadas. De su voz, ¡voz traidora!, no se había vuelto a acordar en mucho tiempo, a no ser para cantar en tabernas y paseos nocturnos, para solaz de los compañeros del hampa, o seducción de alguna mozuela, que además habría de pedir otra paga.

Sus relaciones con la gente de sotana, interrumpidas, pero no rotas, le presentaron ocasión de ingresar en el seminario en calidad de fámulo, ocultando, por supuesto, gran parte de sus antecedentes; y como tenía temporadas, si no de arrepentimiento —pues él no creía que había de qué— de cansancio, de cierto como relativo *misticismo* que le pedía a él la soledad de la vida recogida y largas horas de tiesura hierática, con un cirio en la mano, o en las oscuridades del coro, y ausencia de malas compañías, y pan seguro ganado sin industrias prohibidas; por todo ello se acogió a la *soledad* del *claustro,* y fue el más airoso, servicial y despabilado fámulo de colegio sacerdotal, donde no sabía él que había de llegar a ser colaborador de verdaderos horrores. Muchos años después, cuando, ya libre y artista, se creía por sus actos y representación en el caso de ser muy *avanzado, librepensador* y cosas por el estilo, aprovechaba sus recuerdos del seminario como argumento contra las instituciones religiosas. «¡Lo que son los curitas, díganmelo ustedes a mí», solía exclamar; y como no hubiera damas delante, su narración, probablemente exagerada, ponía espanto verdaderamente, por lo que toca a determinadas violaciones del orden natural de los instintos[12].

De esta clase de aventuras es claro que no le habló a Emma aquella noche; fue más adelante, cuando su trato llegó a ser más íntimo, cuando ella supo de esta clase de tormentas por que también había pasado la juventud pintoresca de su amigo.

Del seminario salió por una ventana, con un trabuco, pues nada menos exigían la prisa y el peligro con que acudió a defender la *causa del pueblo* en una intentona revolucionaria[13] en que se vio comprometido, familiar y todo, por culpa de amistades heteróclitas, adquiridas en las escapatorias frecuentes que de noche emprendía con otros compañeros y algún seminarista amigo de ir al teatro y a lugares de corrupción más inmediata. Anduvo por los campos en calidad de sublevado días y días, hasta que se le rompieron los zapatos y emigró con otra porción de ilusos, como los llamaba en una alocución el Capitán general de Valencia. Y tanto corrió, que no paró hasta Italia. Vi-

---

[12] *violaciones del orden natural de los instintos:* en ese «espanto» del Narrador asoma todo el puritanismo del escritor, que tuvo hacia la homosexualidad una actitud de airado rechazo, como recordarán los lectores de *La Regenta:* Celedonio «daba una intención lúbrica y cínica a su mirada, como una meretriz de calleja (...) en el acólito sin órdenes se podía adivinar futura y próxima perversión de instintos naturales provocada ya por aberraciones de una educación torcida (...) Celedonio se movía y gesticulaba como hembra desfachatada, sirena de cuartel» (vol. I, pág. 148). Y al final de la novela: «Celedonio sintió un deseo miserable, una perversión de la perversión de su lascivia: y por gozar de un placer extraño, o por probar si lo gozaba, inclinó el rostro asqueroso sobre el de la Regenta y le besó los labios» (vol. II, pág. 598). Menos repelido, aunque no menos incomprensivo, se muestra hacia las inclinaciones proto-lésbicas de Obdulia, como acabamos de ver (cap. XII, n. 58).

[13] *una intentona revolucionaria:* Los adjetivos del Narrador, y la mentalidad de Clarín, que tiende a envejecer a sus personajes a partir de los treinta, nos llevan a pensar que Minghetti no es un cuarentón, todo lo más un treintañero, con lo que la *intentona revolucionaria* pudo ser el motín del 6 de abril de 1856 en Valencia, originado en las protestas de progresistas y republicanos contra el impopular sorteo de quintas. Los revoltosos tomaron la ciudad y consiguieron que la Milicia Nacional se les uniese. Una batalla campal se desarrolló hasta la noche entre los amotinados y la Guardia Civil. La represión militar no se hizo esperar y muchos miembros de la Milicia Nacional fueron detenidos y varias compañías disueltas. Se precipitaba el final del bienio progresista.

vió en Turín, en Roma, en Nápoles, Dios sabe cómo; y ello fue que a España volvió de corista en una compañía de ópera, hablando italiano, con mucho mundo, y persuadido de que su vocación era la música y su fuerte la seducción de mujeres fáciles, y el tentar a todas, fáciles o difíciles.

En Barcelona llamó su voz la atención de un maestro, se podía sacar partido de ella enseñándole música, lo que se llama música; se aplicó de veras al estudio, dejó por algunos años el teatro, vivió de no se sabe qué recursos, tal vez a costa del amor chocho; y se le vio de posada en posada, de fonda en fonda, despertando a los huéspedes con *gárgaras* de barítono que ensaya la voz y no deja dormir los músculos de una poderosa garganta. Aquellos gorgoritos de pavo alborotado se los hacía perdonar siempre a fuerza de gracia, amabilidad y chiste. Era un Tenorio aniñado[14], un niño mozo, pueril hasta para enamorarse: se hacía mimar enseguida, y las mujeres, al quererle, ponían algo de las caricias de madre que todas ellas tienen dentro.

A sus queridas les cantaba al oído las óperas enteras, como dándoles besos con el aliento, que parecía salir perfumado por la melodía. Una novia suya lo dijo: aquel hombre de tan buen color, tan buenas carnes, de cutis fresco y esbelto como él solo, esparcía así como un olor, que seducía, a música italiana. Desde su primera contrata, en Barcelona, se llamó ya Minghetti, y Gaetano[14bis]; y cuando volvió de su segundo viaje a Italia, que duró dos años, casi él mismo se tenía ya por extranjero. En cuanto a los instintos de tramposo, que en el nuevo oficio no tenían aplica-

---

[14] *un tenorio aniñado:* otro tenorio en Clarín. ¿Cuántos a lo largo de su obra? Desde el más famoso de todos, el don Álvaro Mesía de *La Regenta,* hasta el don Mamerto de «El caballero de la Mesa redonda» *(Cuentos morales),* pasando por las referencias al don Juan de Zorrilla o al de Mozart, el arquetipo del seductor se configura como uno de los mitos obsesivos del mundo imaginario de Clarín, tal vez, como ha insinuado reiteradamente la crítica, por motivos profundamente arraigados en su personalidad.

[14 bis] *su primera contrata... y Gaetano:* Tanto P como F leen *cantata* por *contrata* y *ya Gaetano* por *y Gaetano.* El 15 de marzo de 1891, ya corregidas las terceras pruebas de este pasaje, Clarín advierte ambos errores y le pide a Fernández Lasanta que los rectifique, si todavía es tiempo de ello (carta núm. 47).

ción inmediata, buscaban expansiones naturales en los tratos y contratos con los cantantes, sus mujeres, los empresarios y los huéspedes de las posadas. El lance a que Emma había aludido se refería a una de estas picardías, de que hubo de ser víctima el buen Mochi. Habían reñido Julio y Gaetano por cuestión de ochavos, sobre si el valenciano había cobrado o no, y negaba un recibo; Minghetti escapó de noche, a pie; Julio se quejó a la autoridad porque el barítono se le iba con la paga adelantada y le dejaba la Compañía en el aire; la *benemérita* se encargó de recomponer el cuarteto; y, en efecto, Minghetti, resignado, sonriente, como si se hubiera tratado de una broma, se presentó de nuevo al público, cantando el *Barbero* con gran malicia; lo cual le valió una ovación tributada a su graciosa picardía, a su desenfado simpático y alegre. Aquella noche le conoció Emma, desde el paraíso, donde oyó la historia de la fuga, comentada con entusiasmo por el público, siempre dispuesto a perdonar a los tramposos guapos y graciosos.

Pocos días después de oír las aventuras del barítono en aquella noche solemne del baile, Emma ya le había tenido muy cerca, cantándole al oído, pero sólo en calidad de amigo íntimo, la mayor parte del repertorio. Lo del piano se llevó a efecto; Minghetti fue maestro de la Valcárcel, pero es claro que las lecciones se convirtieron a poco en pura fórmula, un pretexto para que el profesor cantase romanzas, acompañándose él mismo, mientras la discípula, sentada junto a él, admirándole, pasaba las hojas, cuando el cantante lo indicaba con la cabeza. Llegó, sin embargo, Emma a destrozar polcas y chapurrar un vals que la entusiasmaba. Bonis nada podía oponer, porque las lecciones se daban con su beneplácito, y además podía observar que su mujer pasaba algunas horas cada día estudiando solfeo y machacando teclas.

Lo que iba viento en popa era lo de la fábrica de *Productos Químicos* y la reconstitución de la Compañía de ópera con la base del terceto; a saber: la Gorgheggi, Mochi y Minghetti.

En la cabeza de Reyes se mezclaban ambas empresas, porque los interesados en una y otra comían juntos muy a menudo en casa de Emma y se reunían todas las noches en sus *salones,* que así quería ella que se llamasen en adelante, previo el arreglo del mobiliario, derribo de tabiques y otras composturas, que subieron a una cantidad respetable, pero no respetada por Nepomuceno, que hizo con ella maravillas de prestidigitación. Además, había otra cosa, la principal, que enlazaba la empresa teatral con la fabril, a saber: el capitalista, que, en resumidas cuentas, venía a ser uno mismo: Emma. En lo del teatro se admitieron acciones de algunos aficionados de la ciudad; pero éstas eran insignificantes comparadas con las de Emma; de modo que ella venía a ser el verdadero capitalista, representada, es claro, por Nepomuceno en todo lo que se refería a la parte económica del negocio, y por Bonis en lo tocante a entenderse con músicos y cantantes. Bonis a su vez delegaba en Mochi la dirección *técnica,* y en rigor cuanto entraba en sus atribuciones; de suerte que el empresario y director de la Compañía tronada venía a ser en la nueva Compañía lo mismo que antes había sido, sin más diferencia que la de no exponerse a perder un cuarto y estar sólo a las ganancias, si las había, por pocas que hubiera; que a eso estaba él. Desde la Tiplona acá no se había visto jamás que unos *cómicos* permanecieran, por fas o por nefas, tanto tiempo en el pueblo. Casi se les tomaba por vecinos, y Julio y Gaetano ya discutían en el Casino, aunque con cierta discreción y medida, todas las candentes cuestiones de interés local. En cuanto a Serafina, era la gala de los paseos, y los vecinos la mostraban a los forasteros como una de las maravillas indígenas.

También tendía a aclimatarse, y aun con raíces más hondas, la familia Körner, que quería *fincar*[15] en aquella ciudad, uniendo su nombre a la causa de la industria que con tanto calor defendían los periódicos de intereses morales y materiales de la localidad. Körner hizo un viaje a Alemania por cuenta de la nueva Sociedad de *Productos Químicos,* para traer todas las noticias y encargar todo el

---

[15] *fincar:* «Adquirir fincas. Generalmente, en un determinado sitio, para quedarse en él» (DUE).

material necesario para la fábrica, cuya construcción y explotación debía de dirigir él mismo. En cuanto a pagar todos estos gastos, ya se sabía: el mermado caudal de la abogada Valcárcel corría con todos los desembolsos, o con casi todos; pues, por disimular, también en este negocio se ofrecieron acciones a unos cuantos amigos y parientes. Ello fue que el capital de Emma se vio tan seriamente comprometido en las aventuras químico-industriales, como diría Körner, que Nepomuceno, autor de semejante desafuero, se creyó obligado en conciencia, en la poca y mala conciencia que le quedaba, a exponer a su sobrina con toda claridad, o poco menos, la situación, el riesgo que se corría.

—De ésta salimos ricos, según todas las probabilidades; mas no he de ocultarte, amada sobrina, que nuestro dinero, es decir, tu dinero, se expone a grandes quebrantos, que no son de esperar..., pero que caben en lo posible.

Cuando el tío mayordomo hablaba así, Emma estaba medio loca, sin sentido para nada que no fuesen sus pasiones, sus alegrías, aquella vida desordenada y de bullicio en que se había metido como en un baño de delicias. Era tan feliz en aquella corrupción, que le parecía haber sujetado la rueda de la fortuna; además, Körner, que se había hecho muy amigo suyo, la había convencido, a fuerza de hablarle de cosas que ella no podía entender, de que aquel *pequeño anticipo* de miles de duros daría por resultado una riqueza verdadera, digna de los grandes señores de otras tierras, que no contaban, como los de allí, los millones por reales, sino por pesos fuertes y otras monedas análogas. Ella también quería ser millonaria de duros, y el corazón y Körner y Minghetti le decían que lo iba a ser. Ello era una especie de milagro de la ciencia y la habilidad. «Pero si los alemanes no hicieran milagros de sabiduría, ¿quién los iba a hacer?» Se trataba sencillamente de sacarles a las algas[16], que

---

[16] *sacarles a las algas:* reiteradamente la novela vuelve sobre los esfuerzos industriales de Körner y Nepomuceno; en esta etapa inicial de la revolución industrial asturiana (*vid.* notas XII, 13 y 21), basada en la minería y en la incipiente siderurgia, el empuje central arrastró consigo empujes secundarios, y

el mar arrojaba a las costas de la provincia en tanta abundancia, un demonio de materia que tenía mucha utilidad para infinitas industrias. Mentira le parecía a ella que de cosa tan repugnante y mal oliente como era el *ocle*[17] (las algas), que hasta a las caballerías las hacía espantarse, pudiese salir tanto dinero como se le prometía; pero, en fin, ya que lo decían los sabios... y Minghetti, verdad sería. Adelante. Además, a Roma por todo. Si la arruinaban, ¿qué? Tendría gracia. Ella no estaba segura de no escaparse con el barítono cualquier día.

También la parecía imposible, como lo de las algas, que Minghetti estuviera tan enamorado como le juraba; porque aunque estaba persuadida de que ella había mejorado mucho, y de que su *otoño* era muy interesante, y su *jamón*[18] suculento y en dulce, al fin él era mucho más joven, y ella... ella estaba, indudablemente, algo *fatigada*.

Entre alemanes e italianos... verdaderos y falsos, se había establecido una especie de pacto, tácito al principio, después muy explícito, para protegerse mutuamente. Los de la fábrica, Körner e hija, ayudaban a los del teatro; los del teatro, Mochi, Minghetti y Gorgheggi, ayudaban a los de la fábrica. Nepomuceno, interesado en favor de los alemanes, animaba a Emma a gastar en la empresa de la ópera, porque Marta y su padre se lo pedían; la Gorgheggi y Mochi trabajaban en el espíritu de Bonis para que éste no quitase a su mujer de la cabeza las fantásticas lontananzas de opulencia, debidas a la química industrial, que iban metiéndole en el cerebro el alemán y el tío.

si la minería impulsó la industria de explosivos (*vid.* nota XIV, 4), la siderurgia arrastró a la química. La utilización de las algas como materia prima parece relacionar los intentos de Körner con la producción de piensos, de abonos químicos o con la industria papelera, que generó subsidiariamente fábricas de sosa (en la cual son ricas las algas) y de cloro. Es curioso observar que la Sociedad Electroquímica de Flix, empresa pionera en este terreno, fue fundada en 1897 por capital alemán. En todo caso, y para medir el carácter experimental y vanguardista de los intentos de Körner, basta observar que el despegue de la industria química en España no parece producirse hasta finales de los 90.

[17] *ocle:* un nuevo asturianismo.

[18] *jamón:* esto es, aquí, carne de *jamona,* «mujer que ha dejado de ser joven, sobre todo si está algo gorda» (DUE).

Y a unos y a otros los seducía, los corrompía, y los juntaba en una especie de solidaridad del vicio la vida que hacían, *poniéndose el mundo por montera*[19], según la frase predilecta de Emma, y viviendo alegres, siempre mezclados en conciertos, en jiras campestres, en banquetes a puerta cerrada. En la casa de la Valcárcel, donde un día habían sido parásitos los taciturnos parientes de la montaña, de capa y hongo, ahora, espantadas tales alimañas, vivaqueaban a aquellos extranjeros, aquella sociedad heteróclita, que con pasmo y aun envidia de parte de la ciudad, vivía como no se solía vivir en aquel pueblo aburrido, con esa alegría desfachatada, pero atractiva, que los demás miraban desde lejos murmurando, pero deseándola. Muchos jóvenes de las *mejores familias,* que al principio habían cortado sayos a Emma, a Bonis y Marta, ahora callaban y hasta llegaban a defender a los de Reyes y a sus amigos, porque algunas sonrisas de la Gorgheggi, insinuaciones provocativas, aunque *espirituales* de Marta, y, especialmente, invitaciones para saraos y banquetes de Emma, los habían convertido. Hubo más; para hacer callar a muchos, y también instigada por Bonis, que empezaba a hacerse insoportable con sus moralidades y miedos al qué dirán, Emma se dio arte para agregar a algunas de sus fiestas, si no a las más íntimas, a dos o tres familias de lo más distinguido de la capital. Una de ellas era la de un magistrado andaluz, que tenía dos hijas como dos acuarelas de pandereta; el padre era unas castañuelas de la sala de lo civil, y sus retoños, sin madre, se pasaban la vida, inocentes en el fondo, *jaleando* la alegría de su papá. Se aburrían mucho en aquel pueblo sucio, frío, húmedo, y vieron el cielo abierto con la amistad de Emma y compañía. El magistrado, que era, además, muy embustero, y hablaba de riquezas que él tenía allá, en la tierra, se embarcó en lo de la fábrica de *Productos Químicos,* aunque de tapadillo, y vino a interesarse en unos diez mil reales, que él multiplicaba añadiendo una porción de ceros a la derecha cuando hablaba a sus colegas y amigos de su parte en el negocio. Pero no fue la de Ferraz y sus hijas la adquisición

---

[19] *poniéndose el mundo por montera:* modismo: «riéndose del mundo».

mejor para Emma. Por mediación de las andaluzas, la Valcárcel tuvo ocasión, y la aprovechó, de ofrecer un verdadero servicio a las de Silva, tres muchachas llenas de pergaminos, deudas y figurines. Las deudas y los pergaminos eran cosas de su papá, pero los figurines, de ellas[20]; no había chicas más elegantes en el pueblo; eran tres, y cuando paseaban juntas, en posturas académicas, constante grupo escultórico[21], recordaban las estampas grandes de los periódicos de modas. Hacían de un vestido siete, y era un prodigio el verlas volver lo de arriba abajo, y estirar y encoger sombreros, y aprovechar para cinco o seis cosechas de la moda las mismas espigas y los mismos pepinillos y otras vegetales contrahechos, de prendidos y sombreros. Fuera como fuera, ellas ponían la moda en el pueblo, y por su nobleza y las arrogantes figuras que ostentaban, disponían de los novios efímeros por manadas. Mientras el padre bebía los vientos por fijar la rueda de la fortuna en la sala de juego de la Oliva, las niñas se multiplicaban, verdaderas buhoneras de sí mismas, siempre con la mercancía de su hermosura a cuestas por plazas, iglesias, paseos, bailes y teatro. Pero llegó un luto, y aquí fue ella. Iba a abrirse el *antiguo coliseo* con la Compañía de ópera remendada, y las de Oliva[22] no podrían ir los jueves y domingos a lucir sus gracias, enhiestas en sus sillones con almohadón, a la orilla del antepecho de su palco, como grullas tiesas y melancólicas a la margen del mar. El pariente difunto era un *tío segundo;* pero era marqués. Si hubiera sido un cualquiera,

---

[20] *los figurines, de ellas:* las de Silva repiten la trinidad de hijas del barón de la Barcaza, a quienes llamaban los vetustenses «las tres desgracias» y a su padre, «el barón de la Deuda flotante, aludiendo al título y a los muchos acreedores del magnate» (*La Regenta,* vol. II, pág. 367).

[21] *constante grupo escultórico:* Clarín se deleita a menudo en contemplar a sus personajes como si formaran parte de un cuadro o de un grupo escultórico. En *La Regenta,* y en el cap. XXVII, don Víctor describe la pose de su mujer como una estatua, a la que pone título: «La Aurora suplica a Diana que apresure el curso de la noche...» A su vez, en *Su único hijo,* ya hemos visto a Serafina recomponer su tocado «en posturas de estatua» y a la manera de Juno (capítulo VII, n. 14).

[22] *las de Silva:* tanto en P como en F *las de Oliva.*

las de Silva seguirían vestidas de colorado y tan *ubicuas* como siempre; pero el luto de un marqués no podía preterirse sin profanarse. No había palco posible. Entonces fue cuando Emma pudo ganar la amistad de aquellas elegantes aristócratas haciéndoles un favor y matando dos pájaros de un tiro. Como ella venía a ser la *empresaria,* y los cantantes eran sus íntimos amigos y personas muy decentes, no habría inconveniente en presenciar las funciones de ópera entre bastidores. Las de Ferraz propusieron el expediente a las de Silva, que sin consultarlo con el papá, con quien no consultaban nada, aceptaron locas de alegría. No podrían lucirse tanto de telón adentro; pero se divertirían en fijo; verían cosas muy agradables, muy nuevas, y hasta podrían coquetear con los cantantes, algunos de los cuales, como Minghetti, eran muy guapos y simpáticos. Emma se creyó en el deber de no dejar ir solas a aquellas señoritas al escenario y sus oscuros alrededores, y desde la primera noche, sin consultarlo tampoco con nadie, las acompañó, y las presentó a la Gorgheggi, que las ofreció su cuarto para pasar el rato en amable tertulia durante los entreactos. Marta y las de Ferraz también asistieron alguna vez al espectáculo, de tapadillo, corriendo y jugueteando por aquellos pasillos y corredores estrechos y sucios, entre telones y trampas; pero en general preferían lucirse en el palco de la Empresa, de Emma, que estaba al lado de la presidencia.

Es claro que en cuanto se supo que las de Silva iban con la de Reyes a ver las óperas entre bastidores, se murmuró mucho, y se las compadeció porque venían a ser huérfanas por completo, teniendo aquel padre que tenían. ¡Pobrecitas, no han tenido madre cuando más falta les hacía! Y después de este acto de caridad, se las despedazaba. Pero ellas no hacían caso. La sociedad de la Gorgheggi las enorgullecía, como a la Valcárcel, y el respeto con que todos las trataban en el escenario y en el cuarto de la cantante, también las halagaba mucho. Serafina estaba en sus glorias, viéndose admirada y considerada por aquellas jóvenes de la aristocracia, cuyos finos modales y hasta el luto que vestían daban dignidad y nobleza a su tertulia de los entreactos.

—¡Soy feliz, Bonifacio, muy feliz... y todo te lo debo a ti! Así decía la tiple, cogiendo por las muñecas a su amante, atrayéndole a su seno y besándole con un entusiasmo de agradecimiento, que Reyes estimaba en lo que valía.

«Sí, ella era feliz, pensaba; más valía así. También Emma vivía muy contenta y le trataba a él mejor que antes, y a veces le daba a entender que le agradecía también la iniciación en aquella nueva vida... *del arte,* como llamaban en casa a los trotes en que se habían metido. Todos eran felices, menos él... a ratos. No estaba satisfecho de los demás, ni de sí mismo, ni de nadie. Debía serse bueno, y nadie lo era. En el mundo ya no había gente completamente honrada, y era una lástima. No había con quién tratar, ni consigo mismo. Se huía; le espantaban, le repugnaban aquellos soliloquios concienzudos de que en otro tiempo estaba orgulloso y en que se complacía, hasta el punto de quedarse dormido de gusto al hacer examen de conciencia. Ahora veía con claridad que, en resumidas cuentas, él era una mala persona. Pero ¿de qué le valía aquella severidad con que se trataba a sí mismo a la hora de despertar, con bilis en el gaznate, si después que se levantaba, y se lavaba, y se echaba mucha agua en el cogote, resucitaba en él, con el vigor de la vida, con la fuerza de su otoño viril, sano y fuerte, la concupiscencia invencible, el afán de gozar, la pereza del pecado convertido en hábito? Aquello iba mal, muy mal; su casa, la de su mujer, antes era aburrida, inaguantable, un calabozo, una tiranía; pero ya era peor que todo esto, era un... *burdel,* sí, burdel; y se decía a sí mismo: «Aquí todos vienen a divertirse y arruinarnos; todos parecemos cómicos y aventureros, herejes y *amontonados.»* Este *amontonados* tenía un significado terrible en los soliloquios de Bonis. Amontonados era... una mezcla de amores incompatibles, de complacencias escandalosas, de confusiones abominables. A veces se le figuraba que aquella familiaridad exagerada de los alemanes, los cómicos, y su mujer, era algo parecida a la *cama redonda* de la miseria; podía no haber allí ningún crimen de lesa honestidad..., pero el peligro existía y las apariencias condenaban a todos. Marta, que iba a casarse con el tío Nepomuceno, admitía galanteos subrepticios del primo Sebastián, un cincuentón verde y bien conservado, que de romántico se había convertido en cínico, por creer que en esto consistía el progreso. Sebastián, antes tan idealista y poético, ahora no podía ver una cocinera sin darle un pellizco, y esto lo atribuía a que estábamos en un *siglo positivo.* Él, Bonifacio, había tenido que consentir en que su querida entrase en casa de su mujer, y fueran amigas y comieran juntas... Emma, aunque indudablemente honrada, dejaba a Minghetti acercarse demasiado y hablarle en voz baja. Él no desconfiaba...; pero, ¿por qué? Tal vez porque su conciencia de culpable le cerraba los ojos, porque no se atrevía a acusar a nadie...; porque había perdido el *tacto espiritual;* porque ya no sabía, entre tanta falsedad, torpeza y desorden, lo que era bueno y malo; decoro, honor, delicadeza...; en otro tiempo, cuando él *esquilmaba* la hacienda de los Valcárcel, en competencia con D. Nepo; cuando él manchaba el honor de su casa con un adulterio del género masculino, pero adulterio, en medio de sus remordimientos encontraba disculpas relativas para su conducta: el amor y el arte, la pasión sincera, lo explicaban todo. ¡Pero ahora! Una larga temporada había estado siendo *infiel* a su pasión; entregado noches y noches a un absurdo amor extraviado, todo liviandad, amor de los sentidos locos, que era más repugnante por tener el *tálamo nupcial* por teatro de sus extravagantes aventuras; y esto le había abierto los ojos, y le hacía comprender la miseria espiritual que llevaba dentro de sí, y que su pasión no era tan grande como había creído, y que, por consiguiente, no era legítima. Además... y, ¡oh dolor!, el arte mismo tenía sus más y sus menos, y allí no era arte todo lo que relucía. No, no; no había que engañarse más tiempo a sí mismo; aquello era un burdel, y él uno de tantos perdidos. Allí no había nada bueno más que aquella ternura pacífica, suave, seria, callada, que se le despertaba de vez en cuando, que le hacía aborrecible cuanto le rodeaba y le llevaba a desear ardientemente, no morirse, porque a la muerte la tenía mucho miedo por el dolor y la incertidumbre de ultratumba, sino transformarse, regenerarse. Pensaba en algo así como un injerto de hombre nuevo en el ya gastado tronco que arrastraba por el mundo tanto tiempo hacía. Aún no era viejo, y le parecía haber vivido siglos; desde los recuerdos de la infancia, que se referían a los años de ensueño en que había salido del limbo de la vida inconsciente, al día de la fecha, ¡qué distancia! ¡Cuánto había sentido! ¡Qué de vueltas había dado a las mismas ideas!

Y el pobre Bonis se frotaba la frente y toda la cabeza con las manos, compadecido de aquel cerebro que bullía, que crujía, que pedía reposo, paz... y la ayuda de fuerzas nuevas.

Un día encontró Bonis en un libro la palabra *avatar*[23] y su explicación, y se dijo: «¡Una cosa así me vendría a mí perfectamente! Otra alma que entrara en mi cuerpo; una vida nueva, sin los compromisos de la antigua.»

No esperaba milagros. No le gustaban siquiera. El milagro era un absurdo, algo contra la fría razón, y él quería método, orden, una ley en todo, ley constante, sin excepción. El milagro era romántico, revolucionario, violento, y él no estaba ya por el romanticismo, ni por la violencia, ni por lo extraordinario, ni por la pasión. Sí; había amor que valía más que el apasionado. Más era: había amor sublime que no era el amor sensual, por alambicado y platónico que éste quisiera considerarse... Amar a la mujer... siempre era amar a la mujer. No, otra cosa... Amor de varón a varón, de padre a hijo. «¡Un hijo, un hijo de mi alma! Ese es el *avatar* que yo necesito. ¡Un ser que sea yo mismo, pero empezando de nuevo, fuera de mí, con sangre de mi sangre!»

Y Bonis, llorando al pensar esto, se decía, arrimando la cabeza contra una pared:

---

23 *avatar:* ¿había leído Clarín la novela fantástica de T. Gautier, *Avatar,* en la que el espíritu del protagonista es traspasado al cuerpo de su antagonista, mientras su propio cuerpo es poseído por el espíritu de éste? La idea de las transmigraciones le debía atraer, sin duda, a Clarín, pues en la novela corta *Cuervo,* coetánea de *Su único hijo,* aparece expresada así: «Para Cuervo, debía considerarse que el alma del difunto, por una rara manera de *avatar,* pasaba a la herencia; hablar del testamento, ¿no era hablar del muerto? El espíritu, al evaporarse, se incorporaba a los *bienes* de la sucesión, como su perfume.» Y el león de las Cortes cuenta que «de aquellos días acá pasé por cien *avatares,* por metempsicosis sin cuento» («León Benevides», *Cuentos Morales).*

«Sí, sí; lo de siempre; el anhelo de toda mi vida desde que pude tenerlo: ¡el hijo!

Por su espíritu pasó como el halago de una mano de luz que le curaba, sólo con su contacto, las llagas del corazón. Sintió una emoción de legítimo contento de sí mismo ante la conciencia clara, evidente, de que en el fondo de todos sus errores, y dominándolos casi siempre, había estado latente, pero real, vigoroso, aquel anhelo del hijo, aquel amor sin mezcla de concupiscencia. En él lo más serio, lo más profundo, más que el amor al arte, más que el anhelo de la pasión por la pasión, siempre había sido el amor paternal... frustrado.

Y siempre lo había deseado lo mismo; su deseo tenía la forma plástica, constante, fija, de un recuerdo intenso. Siempre era *el hijo;* varón y uno solo; su único hijo[24].

Una mujer... no podía continuarle a él; él no se concebía

---

[24] *Su único hijo:* este sintagma que da título a la novela resulta profundamente simbólico en un relato que va trazando su gesto semántico a través de un espeso mapa intertextual, especialmente rico en alusiones religiosas. Hemos comprobado la motivada conexión de nuestra historia con la bíblica de Abraham y Sara, y ahora nos encontramos con el ambiguo gesto de complicidad que señala al *Credo,* una de las más conocidas oraciones del ritual católico: «Creo en Dios Padre Todopoderoso (...) Creo en Jesucristo, Su Único Hijo.» Bonis cree, como el cristiano que reza, en «Su único hijo», que además fue «engendrado, no hecho, consustancial al Padre», y que «por nuestra salvación bajó de los cielos». La oración sigue, más adelante: «Creo en la Iglesia que es una, santa, católica y apostólica. Confieso que hay un solo bautismo para el perdón de los pecados. Y espero la resurrección de los muertos», y el lector que se enfrentará a la secuencia del viaje a Raíces, con la formulación de la esperanza en el restablecimiento del linaje de los Reyes, o a la del bautismo de Antonio Reyes, con el acercamiento emotivo de Bonis a la Iglesia Católica y la expresión de su creencia en la cadena de las generaciones de padres y de hijos, va a encontrar a su paso profundos y equívocos indicios de significado, siempre enlazados con un sutil juego que oscila entre la aserción de la fe y su parodia, muy a la manera de Renan. Clarín había ensayado el procedimiento, aunque con un carácter esencialmente paródico, en la *última cena* de *La Regenta* (vol. II, 1987[2], pág. 238, n. 37), novela en la que, por cierto, el ateo de Vetusta, don Pompeyo Guimarán, es llamado por don Santos Barinaga moribundo «mi único hijo (...) mi único padre... mi único amigo» (1987[2], vol. II, pág. 320). Sobre la intencionalidad del título hay un trabajo, que me ha sido imposible consultar, de A. Rodríguez y de B. J. Kailing: «¿Hay ya intención ironicoburlesca en el título mismo de *Su único hijo?*» RN, XXIV, núm. 3, págs. 226-228.

femenino en el ser que heredara su sangre, su espíritu. Tenía que ser hombre. Y uno solo; porque aquel amor que había de consagrar al hijo tenía que ser absoluto, sin rival. Amar a varios hijos le parecía a Bonis una infidelidad respecto del primero. Sin saber lo que hacía, comparaba el cariño a mucha prole con el politeísmo. *Muchos hijos* era como *muchos dioses*. No, uno solo... ¡aquél, aquél de que le hablaban las entrañas, aquél que casi casi le presentaba ante los ojos, en el aire, la alucinación de sus noches sin sueño.

¿Y de dónde había de salir su único hijo?... No cabía duda; la ley era la ley, el orden el orden; no cabían sofismas del pecado: había de salir del vientre de Emma.

Pero, ¡ay, que él no merecía el hijo! No, no vendría.

Después de aquella noche del baile, origen de aquel amontonamiento *social* en que vivían cómicos, alemanes y gente de su casa, su Emma, el tío, él mismo; después de aquella noche en que él, si no fuera enemigo de admitir intervención directa, en sus asuntos, de lo sobrenatural, hubiera visto la mano de la Providencia, la revelación del destino, ¿había estado a la altura *ideal* de las grandes cosas que había soñado? No, de ningún modo. Había vuelto a claudicar; se había dejado arrastrar con todos los demás a la vida fácil, perezosa, del vicio, y había llegado a ver con embeleso a su querida en la casa, a la mesa de su esposa, y había llegado a figurarse legítimas tales abominaciones con aquella filosofía de los semiborrachos de sobremesa, que en otro tiempo le parecían inspiraciones poéticas, moral artística, excepcional, privilegiada. ¡Y él era el mismo que había sentido, oyendo cantar a Serafina una canción a la Virgen, que en sus entrañas encarnaba un amor divino! ¡Él, con un misticismo estrambótico, falso, se había comparado, disparatada pero sinceramente, con la Virgen Madre!

Y cuántas veces, después, había visto las cosas de otra manera, y había llegado a pensar: «¡Todo es cuestión de geografía! Si yo fuese turco[25], todo esto sería legítimo; pues

25 *Si yo fuese turco:* remitir a lo turco y a los turcos como colmo del exotismo y de la diferencia de costumbres con el mundo cristiano occidental viene de

figurémonos que estamos en *otras latitudes...* y longitudes.»
Más era: en aquel instante en que hacía tan tristes reflexiones, ¿estaba arrepentido? No. Estaba seguro, porque se lo decía la conciencia, de que pocas horas más tarde, cuando el cuerpo estuviese repleto y la fantasía excitada por el vino y el café, y acaso por la música de Minghetti y Emma, de nuevo seria él aquel Bonifacio corrompido, complaciente, bien hallado con la especie de amor libre que se le había metido en casa. Vendría Serafina, y mientras Minghetti y Emma continuaban sus lecciones interminables, ellos dos, Serafina y él, en el cenador de la huerta, ¡oh miseria!, ¡oh vergonzoso oprobio!, serían, como siempre, amantes; amantes de costumbre, sin la disculpa, aunque de poca fuerza, disculpa al fin, de la ceguedad de la pasión; amantes por el hábito, por la facilidad, por el pecado mismo...

¡No, no tendría el hijo! ¡Miserable! ¡No lo merecía! Renunciaba a la ventura.

Pero si no la felicidad, podría tener el arrepentimiento verdadero.

¿Por qué no aspirar a la perfección moral[26] y llegar en este camino adonde se pudiera?

---

antiguo. Ya en el siglo XVII Juan Ruiz de Alarcón hacía decir a su don García de *La Verdad Sospechosa,* «Seré casado en Turquía» (V.2111), y al don Mendo de *Las paredes oyen:* «Quería / que yo fuese su marido, / como si hubieran nacido / mis abuelos en Turquía» (vv. 370-373).

[26] *¿Por qué no aspirar a la perfección moral?...:* en pleno corazón de la crisis del modelo cultural burgués del XIX, ésta se convierte en la gran pregunta que conmueve a los intelectuales de fin de siglo. En bancarrota la ciencia, y con ella el positivismo, el naturalismo, y los estudios del medio natural y racial, e incluso la credibilidad de la razón y del progreso, se produjo un desplazamiento de los intereses ideológicos hacia el terreno de la moral. Desde Rusia dio el ejemplo Tolstoi, y desde Noruega Ibsen. En Francia el movimiento espiritualista revalorizó el papel de la Moral en la Filosofía, especialmente con H. Bergson, y se produjo toda una tendencia de la crítica literaria a reconvertirse en crítica moral (E. Rod, *Idées Morales du temps présent* [1891], V. Giraud, *Les maîtres de l'heure. Essais d'histoire morale contemporaine* [1914]...), al tiempo que P. Bourget encabezaba toda una novelística psicológica cuyo fundamento es siempre un conflicto moral de inaplazable resolución. El Clarín crítico dio buena cuenta de este movimiento en artículos como «La novela novelesca», la «Revista literaria» de noviembre de 1889 (ambos recogidos en *Ensayos y Re-*

Entre todas las grandes cosas que se le habían ocurrido ser en este mundo, gran escritor, gran capitán (esto pocas veces, sólo de niño), gran músico, gran artista sobre todo, jamás sus ensueños le habían conducido del lado de la santidad. Si en otro tiempo se había dicho: ya que no puedo inventar grandes pasiones, dramas y novelas, hagamos todo esto, sea yo mismo el *héroe*, ¿por qué no había de aspirar ahora a un heroísmo de otro género? ¿No podía ser santo?[27].

Para artista, para escritor, le faltaba talento, habilidad. Para ser santo no se necesitaba esto.

Y el pobre Bonis, que a ratos andaba loco por casa, por calles y paseos solitarios, buscó la *Leyenda de oro*[28] en la li-

---

vistas), los dos trabajos dedicados a *Realidad* (en *Galdós*), o el comentario sobre Paul Bourget en *Mezclilla*. Pero quien asumió de raíz esta perspectiva, en España, fue sin duda el Galdós de *La Incógnita* (1888) y de *Realidad* (1889), cuyo personaje Tomás Orozco se plantea como objetivo exclusivo de su vida el orientarse hacia esa perfección moral que ahora preocupa a Bonis. Con *Realidad*, de Galdós, se iniciaba en España la novela espiritualista.

[27] *¿No podía ser santo?:* en el centro de la reacción moralista de finales de siglo se sitúa la revalorización del arquetipo del santo, que viene a desplazar a la del revolucionario una vez que las esperanzas depositadas en el modelo social burgués se vieron sometidas a una profunda crisis en toda Europa. En los capítulos finales de *Resurrección*, cuando la expedición de presos se acerca a su destino en Siberia, Tolstoy planteó abiertamente la dialéctica del revolucionario y del santo. En España la asumió Clarín de inmediato (prólogo a *Resurrección*), inclinándose, claro está, por el santo, quien inicia la revolución en sí mismo antes de intentar la de la sociedad. El Galdós de esta época, atraído sin duda por el prototipo, lo ensaya explícitamente en diversos personajes, a los que aplica el epíteto de santo o santa: doña Guillermina (*Fortunata y Jacinta*), y Tomás Orozco (*Realidad*), ambos pertenecientes a la alta burguesía y ambiguamente exaltados-caricaturizados por Galdós, son los primeros. Más tarde, con Nazarín y Benina (*Misericordia*) intentará crear otro tipo de santo, de extracción popular y mucho más evangélicos que los anteriores. En Francia Bourget escribe un relato con este título, *Un Saint* (París, Plon, 1904), y en Italia A. Fogazzaro una novela: *Il Santo* (Milano, 1905). Probablemente el propio Clarín tenía en mente hacer algo por el estilo en su inacabada *Tambor y gaita*.

[28] *buscó La Leyenda de Oro:* escrita por Iacopo de Varazze (o de Voragine) (1230 circa-1298), es un conjunto de ciento ochenta y dos relatos, la mayoría de los cuales son vidas de santos, y están ordenados de acuerdo con el calendario cristiano. Existen innumerables códices, pues el libro, muy aumentado en el transcurso de los siglos, devino el credo legendario de todo el Medioevo. En el siglo XV tuvo más de 150 ediciones y fue tal vez el libro más leído

brería de su suegro, y vio que, en efecto, había habido muchos santos cortos de alcances, y no por eso menos visitados por la gracia.

Sí, eso era; se podía ser un santo sencillo, hasta un santo simple...

Dejarlo todo, ya que no tenía hijo, y seguir... ¿Seguir a quién? ¡Si él no tenía bastante fe, ni mucho menos! ¡Si dudaba, dudaba mucho, y con un desorden de ideas que le hacía imposible aclarar sus dudas y volver a creer a machamartillo! Aquellos libracos, que había leído con avidez para hacerse todo lo sabio posible, a fin de preparar la educación del hijo, le habían producido, en suma, una indigestión intelectual de negaciones. No era creyente... ni dejaba de serlo. Había cosas en la Biblia que no se podían tragar. Un día que oyó que los seis días del Génesis no eran días, sino épocas, aun en pura ortodoxia, sintió un gran consuelo, como si se le quitara un peso de encima, como si hubiera sido él quien hubiera inventado lo del mundo hecho en seis días[29]. Pero quedaba lo del Arca con todas las especies

---

después de la Biblia. El Clarín maduro se siente fascinado por él y le dedica una especie de cuento, «La leyenda de Oro», en *Siglo pasado* (1901): «Sube al despacho de tu padre (...) busca una obra en cuatro tomos, en cuarto, de canto dorado, con el lomo muy pintado de arabescos, dorados también. Aquello es *La Leyenda de Oro*» (pág. 92). Lo más notable de ella es la «victoria del ánimo piadoso y humilde», esa serie interminable que constituye «la *vía láctea* espiritual de *los innumerables mártires*. ¡Sí; cuántos mártires, cuántos buenos, humildes, en pueblos y más pueblos! ¡Qué sublime democracia la de los héroes de *La Leyenda de Oro!*» (págs. 94-95). Clarín contrapone el santo casi anónimo con el artista de élite, y exalta la superioridad moral de aquél sobre éste. Si en *La Regenta* la gran figura religiosa que servía de contrapunto mítico era Santa Teresa, aquí el prototipo del santo de esta época es San Francisco de Asís, el «santo demócrata» (*Siglo Pasado*, pág. 113). Ni que decir tiene que esta concepción espiritualista de la superioridad moral del humilde y del humillado, tuvo una influencia decisiva en la elaboración del personaje de Bonifacio Reyes.

[29] *en seis días:* si bien es cierto que la obra de Darwin produjo una profunda convulsión en el pensamiento religioso y que vino a radicalizar las posiciones de una corriente fundamentalista, apegada a la interpretación literal del Génesis, no es menos cierto que Darwin escribió su libro sobre el orígen de las especies en medio de un clima muy preparado por la filosofía evolucionista de H. Spencer y de Robert Chambers (cuya obra *Vestiges of the Natural*

de animales; quedaba la torre de Babel; quedaba el pecado, que pasaba de padres a hijos, y quedaba Josué parando el sol..., en vez de parar la tierra. No, no podía ser: él no podía coger su cruz, porque no era un *simple* como los de la Edad Media, sino un simple *ilustrado,* un simple de café, un simple moderno... ¡Ah, pero lo que no le faltaba era el sincero anhelo de sacrificio, de abnegación y caridad!... Hacer disparates para la mayor gloria... de lo que hubiese allá arriba, le parecía muy puesto en razón, algo como una música interior. Una noche leyó en la cama un libro que hablaba de un místico medio loco, italiano, de la Edad Media, a quien llamaban el juglar de Dios; parecía el payaso de la gloria: lleno del amor de Jesús, se reía de la Iglesia y daba por hecho que él se condenaría, pero llevando al infierno su pasión divina, que nadie podía arrancarle: y el tal Jacopone de Todi[30], que así le llamaba el vulgo, que se reía

---

History of Creation (1844) había sido uno de los más importantes *best-sellers* de la primera mitad del siglo), y por los descubrimientos geológicos y astronómicos, así como por el análisis de evidencias fósiles sobre la historia de la vida en la tierra, frentes todos ellos desde los que se ponía en cuestión la cosmología creacionista del Génesis. Nada tiene de extraño, pues, que toda una serie de pensadores católicos trabajaran en la línea de hacer compatibles la teoría de la evolución y las enseñanzas de la Iglesia sobre el Génesis, como en el caso de George Jackson Mivart, biólogo y autor de *On the Genesis of Species* (1871), de significativo título. Sintomático resulta, también, que las obras de Darwin no fueran incluidas en el *Índice de Libros Prohibidos* o que Pío IX no mencionara el evolucionismo en el célebre *Sylabus* (1864). A finales de siglo, con pocas excepciones, la línea de compromiso entre teoría evolucionista e interpretación del Génesis se había impuesto, y los seis días del Génesis no eran ya defendidos como días solares sino como periodos temporales de duración indefinida y el Génesis en su conjunto era visto más como un documento religioso que como una explicación científica sobre el origen del universo, si bien no era contradictorio con ella (Mircea Eliade (ed.), *The Encyclopedia of Religion,* vol. 5, cap. «Evolution»). De hecho no tardaría en elaborarse una metafísica evolucionista de definición cristiana con H. Bergson y su discípulo Theilhard de Chardin.

[30] *Jacopone de Todi:* he aquí una versión completamente romántica y popularizante de la vida de Jacopone dei Benedetti o da Todi, que nació en esa población entre 1230 y 1236. Esta versión tan legendaria arranca de biografías tardías inspiradas en interpretaciones arbitrarias del laudario, y a finales de siglo recibió el impulso del erudito A. d'Ancona, con su obra: *Iacopone da Todi, il giullare di Dio del secolo XIII* («Nuova Antologia», 15 de mayo de 1880), muy contestada después de 1900. Iacopone de Todi, tras su espectacular con-

de él y le admiraba, hacía atrocidades ridículas para que su penitencia no fuese ensalzada, sino objeto de burla; y salía andando con las manos, cabeza abajo y los pies al aire; y se untaba de aceite todo el cuerpo, desnudo, y se echaba a rodar sobre un montón de plumas, que se le pegaban al cuerpo; y de esta facha salía por las calles para que los chiquillos le corrieran...

Bonis lloraba de ternura leyendo estas hazañas del clown místico, del autor de los *Laudes*[31], después inmortalizados. Él, Bonis, no era poeta, pero con la flauta creía poder decir muchas cosas, y hasta convertir infieles... Pero el toque estaba en el *arranque*. Irse por el mundo[32], echar a

---

versión en 1268, se entregó a un áspero ascetismo, y quien nació noble se dedicó a la mendicidad, soportando toda clase de humillaciones. Admitido en 1278 en la Orden Menor franciscana, se caracterizó por sus posiciones intransigentemente espiritualistas, reivindicando la pobreza absoluta, solidarizándose con los movimientos insurreccionales, y contestando duramente la política y los ritos de la curia romana de Bonifacio VIII, contra la que llegó a incitar a la lucha armada. Alineado con la insurrección de los Cardenales Colonna, y sitiado en Palestrina por las tropas papales, fue finalmente preso y condenado a cárcel perpetua. En la cárcel, excomulgado y privado de sus hábitos, se desarrolló buena parte de su obra poética, impregnada de sentido humorístico. Benedetto XI, al suceder a Bonifaco VIII, le levantó la excomunión y le liberó de la prisión (1303). Retirado en el asilo de Collezone, murió el año 1306. Jacopone de Todi sería para Clarín otro ejemplo del santo humilde, mezcla de héroe y de payaso.

[31] *laudes:* composiciones poéticas musicadas, de argumento religioso. Su origen está en Umbría, en el movimiento de disciplinantes y flagelantes (1260), y se desarrollaron hasta fines del XV. Aunque la primitiva *lauda* fue lírica, pronto predominó la *lauda* dialogada y dramática, núcleo decisivo en el proceso de formación del teatro italiano. Las *laudes* fueron mayoritariamente anónimas. El autor más conocido es Jacopone de Todi, a quien se le atribuyen, tras moderna revisión filológica, unas 92. Su fama fue enorme y ya en el 1400 el *corpus* de Iacopone era utilizado y citado como *auctoritas* religioso-literaria.

[32] *Irse por el mundo:* como Iacopone de Todi, que dejó su vida de confortable palacio por la mendicidad ambulante, o como Santa Teresa, tan viva siempre en el recuerdo de Clarín, o como los nuevos apóstoles despertados por la literatura rusa, como el propio Tolstoi en persona, que habiendo renunciado a todos sus bienes y no consiguiendo que su familia compartiera sus objetivos, una noche de octubre de 1910 dejó Yasnaia Poliana y se lanzó, sin rumbo fijo, a la peregrinación. O como *Il Santo* de Fogazzaro. O como Nazarín, el héroe galdosiano, tal vez influido por la personalidad de Tolstoy mucho más que por cualquier novela suya, como sugiere G. Portnoff (*La Literatura Rusa*

correr, dejarlo todo, y ya que no tenía un hijo, ser un santo de pueblo, un santo loco, estaba muy puesto en razón; mas, ¡ay!, la conciencia le decía que no se atrevería jamás, no ya a dejarlo todo, hasta las zapatillas, y tomar su cruz; ni siquiera a dejar a su mujer... ni aún a su querida.

en España, Nueva York, 1932). Se apunta aquí una tercera vía de realización de Bonis que la novela no desarrollará, pero que Clarín había previsto inicialmente: frente a la pasión romántica y a la misión de la paternidad, esta posibilidad de fuga y de apostolado humanitarista, muy representativo del clima de redentorismo moral del fin de siglo.

XIV

Grandes acontecimientos vinieron a sacar a Reyes de estas intermitentes veleidades místicas, que él mismo, en sus horas de sensualismo racionalista y moderado, calificaba de enfermizas. El infeliz Bonis no pudo menos de recordar un pasaje muy conocido de *La Sonámbula,* aquel de:

> ah, del tutto ancor non sei
> cancellata dal mio cuor[1],

(según él lo cantaba), cuando llegó la hora de despedirse de Serafina Gorgheggi; la cual, deshecha otra vez la compañía, iba con Mochi contratada al teatro de la Coruña. Aquella separación había sido una amenaza continua, la gota amarga de la felicidad en los días y meses de ciega pasión; después un dolor necesario, y hasta merecido y saludable, según pensaba el amante, lleno de remordimientos

---

[1] *dal mio cuor:* son palabras de Elvino, conmovido, a Amina, antes de dejarla, cuando todas las apariencias la condenan:

> «Ah! del tutto ancor non sei
> cancellata
> cancellata dal mio cuor.»

La Sonnambula (1831), acto II, de Vincenzo Bellini. Esta ópera era una de las favoritas de Paco Vegallana, que la canta «con regular voz de barítono» en el cap. XXVIII de *La Regenta* (vol. II, 1987[2], pág. 495).

y de planes morales. Pero al llegar el momento, Bonis sintió que se trataba de toda una señora operación practicada en carne viva. Con toda franqueza, y explicándolo todo satisfactoriamente por medio de una intrincada madeja de sofismas, Reyes reconoció que los afectos naturales, puramente *humanos,* eran los más fuertes, los verdaderos, y que él era un místico de pega, y un romántico y un *apasionado* de verdad. ¡Ay!, separarse de Serafina, a pesar de aquella tibieza con que su espíritu la trataba de algún tiempo a aquella parte, era un dolor verdadero, de aquellos que a él le horrorizaban, de los que le *daban la pereza* de padecer. ¡Era tan molesto tener el ánimo en tensión, necesitar sacar fuerzas de flaqueza para aguantar los dolores, los reales! Y no había más remedio. Pensar en tener compañía de ópera más tiempo, era absurdo. Ya todos los expedientes inventados para retener en el pueblo a Mochi y su discípula estaban agotados, no podían dar más de sí. Nunca se había visto, ni en tiempo de la Tiplona, mientras ésta fue cantante, que *las partes* de una compañía permanecieran un año seguido[2], y algo más, en la ciudad, fuera trabajando o en huelga. Lo que se había visto era tal cual corista que se quedaba allí, casada con uno del pueblo, o ejerciendo un oficio; un director de orquesta se había hecho vecino para dirigir una banda municipal... pero tiples y tenores, nunca habían parado tantos meses: concluido el trigo, volaban. El fenómeno que ofrecían Serafina, Julio y Gaetano, era tan admirable como si las golondrinas se hubieran quedado a pasar un invierno entre nieve. Sólo que de las golondrinas no se hubiera hecho comidilla para decir que las alimentaban los gorriones, por ejemplo. Y de la larga estancia de los cómicos, contratados unas temporadas, otras no, se decían horrores. No por hacer callar a la maledicencia, de la que nadie se acordaba, a no ser Bonis, sino porque no había manera decorosa, ni aun medio decorosa, de conti-

---

[2] *un año seguido:* anota C. Richmond (ed. 1979, pág. 235): «Es ésta una de las pocas indicaciones concretas sobre el transcurso del tiempo, en la cual se establece la duración de la trama actual de la novela hasta este momento en algo más de un año.»

nuar cubriendo las apariencias, ni tampoco recursos para seguir manteniendo los grandes gastos que causaban aquellos restos de la compañía disuelta, se comprendió la necesidad de que terminase aquel *estado de cosas,* como le llamaba Reyes. La empresa había perdido bastante, y sobre la empresa, es decir, sobre el caudal mermadísimo del abogado Valcárcel, continuaban cargando, más o menos directamente, las principales *partes,* a saber: Mochi, Serafina y Minghetti. Se presentó la ocasión de ganar la vida con el trabajo, y hubo que aprovecharla, por más que doliera a unos y a otros la despedida. Quien no transigió fue Emma. Tuvo una encerrona con su tío y mayordomo, que había sido nombrado vicepresidente de la Academia de Bellas Artes, agregada a la Sociedad Económica de Amigos del País, y de aquella conferencia resultó el acuerdo, porque allí todo eran panes prestados, de que Minghetti continuaría en el pueblo en calidad de director de la Sección de música en la citada Academia. El sueldo que pudieron ofrecer los señores socios al barítono no era gran cosa; pero él se dio por satisfecho, porque además pensaba dar lecciones de piano y de canto, y con esto y lo otro (*y lo otro,* así decía la malicia, entre paréntesis, por lo bajo) podía ir tirando, hasta que se cansara de aquella vida sedentaria, y se decidiera a admitir una de las muchas contratas que, según él, se le ofrecían desde el extranjero.

Serafina dejaba con pena el pueblo, en que había llegado casi a olvidar que era una actriz y una aventurera, para creerse una dama honrada que tenía buenas relaciones con la mejor sociedad de una capital de provincia, y un amante fiel, dulce, manso y guapo. A Bonis le había llegado a querer de veras, con un cariño que tenía algo de fraternal, que era a ratos lujuria y que se convertía en pasión de celosa cuando sospechaba que el tonto de Reyes podía cansarse de ella y querer a otra. Tiempo hacía que notaba en su queridísimo bobalicón despego disimulado, distracciones, cierta tendencia a huir de sus intimidades. Al principio sospechó algo de las extrañas noches de valpurgis matrimonial que tan preocupado trajeron una temporada a Reyes; después, siguiendo la pista a los desvíos y distracciones del amante, llegó a comprender que no se trataba de *otros amores,* sino de *ideas* que a él le daban; tal vez iba a volvérsele definitivamente bobo, y no dejaba de sentir cierto remordimiento.

«A éste se le ablanda la mollera por culpa mía.»

Más de una vez, en sus ligeras reyertas de amantes antiguos, pacíficos y fieles, pero cansados, oyó a Bonis hablar de la *moral* como un obstáculo a la felicidad de entrambos. Lo que nunca pudo sospechar Serafina fue la principal *idea* de Bonis, la del *hijo;* y esto era lo que en realidad le apartaba de su querida, del pecado.

Pero en la noche en que, al arrancar la diligencia de Galicia, Bonis, subiéndose de un brinco al estribo de la berlina, pudo, a hurtadillas, dar el último beso a la Gorgheggi, sintió que su *pasión* no había sido una mentira *artística,* porque con aquel beso se despedía de un género de delicias intensas, inefables, que no podrían volver; con aquel beso se despedía del último vestigio de la juventud.

Entre la muchedumbre que había acudido a despedir a los cantantes, se sintió Bonis, después que desapareció el coche en la oscuridad, muy solo, abandonado, sumido otra vez en su insignificancia, en el antiguo menosprecio.

Delante de él, que volvía solo por la calle sombría adelante, solo entre la muchedumbre de sus amigos y amigas, distinguió dos bultos que caminaban muy juntos, cogidos del brazo, según era permitido en aquella época a las señoritas y a los galanes; eran Marta Körner y Nepomuceno, que se habían adelantado, huyendo la vigilancia del alemán, que no gustaba de tales confianzas. La escena de la despedida los había enternecido y animado; la oscuridad de las calles, alumbradas con aceite, les daba un incentivo en su misterio, y en el cuchicheo de su diálogo se sentía el soplo de la pasión... de la pasión carnal de Nepo y de la pasión de... marido de Marta. Iban absortos en su conversación, olvidados de los que venían detrás, creyéndose a cien leguas de la gente, sin pensar en ella; levantaban a veces la voz, Marta singularmente; y Bonis, sin querer al principio, queriéndolo muy de veras después, oyó cosas interesantes.

«Había que hablar cuanto antes a Emma; había que decirle el gran secreto de aquella pareja: que iban a casarse antes de un mes. Y había que ajustar cuentas, separar los respectivos capitales, sin perjuicio de seguir administrando el tío el de la sobrina, hasta que ya no hubiera cosa digna de mención que administrarle.» Estaba perdida; no había hecho más que ir gastando, derrochando, sin enterarse jamás de que corría a la ruina completa. Hablarle a ella de hipotecas, era hablarle en griego. «Pues hipoteque usted», decía, sin más idea de la hipoteca que la de ser un modo de sacar ella el dinero necesario para sus locuras, cuanto antes.

—Mire usted, decía el tío a Marta (pues el *tú* lo dejaba para después de la boda); es una mujer que no tiene idea clara de lo que significa el tanto por ciento, y cuando le hablan de un interés muy subido, le suena lo mismo que si le hablan de un interés despreciable; para ella no hay más que el dinero que le den por lo pronto; parece así... como que se figura que roba a los usureros, a quienes toma dinero al sabe Dios cuántos. Para aliviar estos males, he llegado yo mismo a ser el único *judío* para mi sobrina; yo soy, yo, quien, sin saberlo ella, porque ni lo pregunta, le facilito cantidades a un módico interés.

Marta oía a Nepo con más placer que si le fuera recitando la *primavera temprana* de Goethe[3].

—¿De modo... que ellos van a arruinarse?

—Sí; ya no tiene remedio.

—La culpa es suya.

—Suya... Empezó él... siguió ella... después los dos...; después todo el mundo... Usted lo ha visto: aquella casa es un hospicio; los cómicos nos han comido un mayorazgo..., y como la fábrica va mal...

---

[3] *la primavera temprana de Goethe:* es el *lied* «Frühzeitiger Frühling» enviado en mayo de 1802 a Zelter para que le pusiera música. Goethe lo compuso probablemente en 1801. Su primera estrofa, en traducción de Cansinos Assens, dice así:

> «¡Oh deliciosos días!
> ¿tan pronto sois llegados?;
> ¿A regalarme el sol,
> la montaña y el prado?»

—¡Oh!, pero eso no hay que decirlo por ahí...

—No; es claro...

—Papá espera levantar el negocio; sus corresponsales le ofrecen mercados nuevos, salidas seguras...

—Sí, sí; es claro..., pero ya será tarde para los de Reyes; nuestro esfuerzo, el que haremos con nuestro propio capital... Marta, con el nuestro, ¿entiende usted?, sacará la fábrica a flote...; pero ya será tarde para ellos. Nuestro porvenir está en la pólvora...[4].

Marta apretó el brazo de Nepo, y lo que siguieron hablando ya no pudo oírlo Bonis.

Se quedó atrás; entró el último en su casa, adonde volvieron muchos de los que habían ido a despedir a la Gorgheggi y a Mochi, pues de allí había partido la comitiva. Serafina había ido al coche desde la casa de Emma, porque ésta no podía salir aquella noche; se sentía mal, y se habían despedido en el gabinete de la Valcárcel.

Bonis se detuvo en el portal, cuando ya todos estaban arriba. ¡Qué ruido! ¡Qué algazara! ¡Lo de siempre! Ya nadie se acordaba de los que se alejaban carretera arriba; como si tal cosa. Arrastraban sillas, sonaba el piano y después el taconeo de los danzantes. Bailaban.

«¡Y todo esto lo he traído yo! ¡Y bailan sobre las *ruinas!* *¡Los Reyes* se arruinan; la casa Valcárcel truena..., y el último ochavo lo gastan alegremente entre todos estos pillos y viciosos que he metido yo en casa!»

---

[4] *en la pólvora:* sus expectativas, probablemente, estaban basadas en la necesidad de la producción de explosivos para las explotaciones mineras, eje de la revolución industrial asturiana. Si Clarín había evocado las duras condiciones del mundo minero en *La Regenta* y en *Teresa,* Armando Palacio Valdés dedicó a este tema una conservadora novela de tesis, *La aldea perdida* (1903): «Plutón, por divertirse, había colocado un cartucho de pólvora de los que sirven en las minas para los barrenos sobre el alféizar de la ventana, y le había dado fuego». Desde el campo republicano y progresista, ambientándose en Euzkadi e inspirándose en *Germinal,* de Zola, Blasco Ibáñez contestaría apenas un año después con otra novela de tesis antagónica de la del asturiano, *El intruso* (1904). La primera industria de explosivos se creó en 1872, en Bilbao, con el nombre de Sociedad Española de la Dinamita. La fecha basta para dar indicio una vez más del carácter pionero de los planes de Körner, reforzado páginas atrás cuando la fábrica de Körner y de Nepomuceno es descrita como «la primera y única por entonces en la provincia».

«¡Empezó él!, decía ese tunante. ¡Y tiene razón! Yo empecé, y aún debo, aún debo... lo robado. Y todo lo demás que vino después, la empresa teatral..., la fábrica..., los banquetes, las jiras, los saraos..., los préstamos a esos hambrientos y chupones..., por culpa mía, por mi pasión..., que ya se extinguía, por miedo a echar cuentas, por miedo de que se descubriese mi *adulterio;* sí, adulterio, así se llama... yo lo toleré... lo procuré todo... Todo es culpa mía, y lo peor es lo que dice el tío: Empezó él.»

Y Bonis, sin pasar del portal, mal alumbrado por un farol de aceite, se cogía la cabeza con las manos.

No se determinaba a subir. Le daba asco su casa con aquella chusma dentro.

«¡Si fuera para barrerlo!⁵. Y a mí con ellos... a todos... a todos...»

«¿Cómo seguir con aquella vida, ahora sobre todo, que ni el placer, ni el pecado, le arrastraba a ella?»

«¡Egoísta! Como se fue tu pareja, *moraliza* contra los demás.»

«Pero, ¿y la ruina? Cuando ése la anuncia, segura será... ¡Seremos pobres! Por mí... casi me alegro... pero es horrible... porque es por culpa mía.»

Cesó de repente el ruido del baile, que sonaba sordo y continuo sobre su cabeza; después se oyeron muchos pasos precipitados en una misma dirección..., hacia el gabinete de Emma.

«¿Qué pasa?», se dijo asustado Bonis. Pensó de repente, como antaño: «Emma se ha puesto mala, y me va a echar la culpa.» Se dirigió hacia la escalera, cuya puerta abrieron con estrépito desde dentro; bajando de dos en dos los peldaños, venían dos bultos: el primo Sebastián y Minghetti, que atropellaron a Bonis.

—¿Qué hay? ¿Qué sucede?, gritó, recogiendo del suelo el sombrero, el que debía ser amo de la casa.

---

⁵ *¡Si fuera para barrerlo!:* de nuevo el autor busca como referente —semioculto aquí— el Evangelio. También Jesús sintió asco del templo, la casa del Padre, al verla invadida por los mercaderes, y entrando en ella «arrojó de allí a cuantos vendían y compraban, y derribó las mesas de los cambistas y los asientos de los vendedores de palomas» (Mateo, 21, 12).

—¡Arriba, hombre, arriba! ¡Siempre en Babia![6]. Emma así..., y tú fuera...

Esta frase del primo Sebastián le supo a Bonis a todo un tratado de arqueología; era del repertorio de las antigüedades clásicas de su servidumbre doméstica.

—Pero... ¿qué hay? ¿Qué tiene Emma?

—Está mala..., un síncope..., jaqueca fuerte..., dijo Minghetti. Vamos corriendo a buscar a D. Basilio; le llama a gritos.

—Sube, hombre; corre; te llama a ti también; nunca la vi así... Esto es grave... Sube, sube...

Y se lanzaron a la calle los dos emisarios, rivalizando en premura y celo.

—Usted, al Casino; yo, a su casa, dijo Sebastián; y cada cual echó a correr: uno, calle arriba; otro, calle abajo.

Bonis entró temblando, como en otro tiempo. «¿Qué sería? ¿Volverían los días horrorosos de la fiera enferma? ¡Comparados con ellos los presentes, de *relajamiento moral,* le parecían ahora flores! Y en adelante, ¿qué armas tendría para la lucha? Ya no creía en la pasión, aunque tanto le estaban doliendo aquella noche sus últimas raíces; ya no creía apenas en el ideal, en el arte...; todo era un engaño, tentación del pecado... Sí: volvía su esclavitud, su afrenta, aquella vida de perro atado al pie de la cama de una loca; él ya no tendría fuerza para resistir; con un *ideal,* con una *pasión,* lo sufría todo; sin eso... nada. Se moriría... La enfermedad otra vez... y ahora, con la pobreza, acaso, de seguro... ¡Qué horror!... ¡Oh! No; escaparía.»

Entró, pasillo adelante; todo era confusión en la casa. Las de Ferraz y una de las de Silva corrían de un lado a otro, daban órdenes contradictorias a los criados; en el gabinete de Emma, Marta y Körner junto al lecho, parecían estatuas de mausoleo.

—¡Duerme!, dijo con solemnidad el padre.

---

6 *¡Siempre en Babia!: Babia* es territorio de las montañas de León, y de él parece derivar la frase *estar en Babia,* esto es, «estar distraído, atontado o ignorante de lo que pasa», aunque también pudiera ser que *babia* sea un derivado regresivo de *babieca,* esto es, «bobo» (DUE).

—¡Silencio!, exlamó la hija, con un dedo sobre los labios.

—Pero, ¿qué ha sido?

—¡Pchs! Silencio.

—Pero (más bajo y acercándose); pero... yo quiero saber... ¿y el tío? ¿Dónde está el tío?

—Se está mudando, contestó Marta en voz baja, de esas que son silbidos, más molestos que los gritos.

Reyes notó el olor de un antiespasmódico; olor de tormenta para los recuerdos de sus sentidos. También había cierto hedor nauseabundo.

Se aproximó más a la cama; a los pies estaba amontonada ropa blanca, de que se había despojado Emma después de metida entre sábanas, según su costumbre. También ahora los recuerdos de los sentidos le hablaron a Bonis de tristeza, y tras rápida reflexión, se sintió alarmado.

—Pero, ¿qué ha sido?, preguntó sin bajar la voz lo suficiente, olvidándose del sueño de su esposa, pensando cosas muy extrañas.

—No grite usted, hombre, dijo la alemana muy severamente.

Bonis acercó el rostro al de su mujer.

—Duerme, dijo Körner.

—¡Dios lo sabe!, pensó Bonis.

Emma, pálida, desencajada, desgreñada, con diez años, de los que había sabido quitarse de encima, otra vez sobre las fatigadas facciones, abrió los ojos, y lo primero que hizo con ellos fue lanzar un rayo de odio y otro de espanto sobre el atribulado esposo.

—¿Qué ha sido, hija mía, qué ha sido?

Quiso hablar la enferma, y, al parecer, hasta pronunciar un discurso, porque procuró incorporarse, y extendió los brazos; pero el esfuerzo le produjo náuseas, y Bonis, sin tiempo para retirarse un poco, corrió la misma borrasca de que se estaba secando el tío.

Körner, discretamente, retrocedió un paso. Marta se colgó de la campanilla en son de pedir socorro, porque no era ella hembra que descendiese a ciertos pormenores al lado de los enfermos. El estómago, decía ella, no es nuestro esclavo; antes bien, nos esclaviza.

Acudieron las de Ferraz, y luego Eufemia con agua, arena, toalla y cuanto fue del caso. A Bonis se le hizo comprender que apestaba, y corrió a mudarse.

Cuando volvió al cuarto de su mujer, vio en la sala al tío, a Körner, a Marta, a las de Ferraz, a la de Silva, a Minghetti y a Sebastián.

—¿Está mejor, está sola?

Sebastián respondió casi de limosna:

—No: está con ella D. Basilio.

Antes de decidirse a entrar en el gabinete, Bonis consultó con la mirada al concurso. Vio algo extraño en ellos: parecían menos alarmados y como llenos de curiosidad maliciosa. Había allí sorpresa, incertidumbre, no susto ni temor a un peligro.

—¿Pasa algo? ¿Qué pasa?, preguntó anhelante, con la cara de lástima que ponía cuando acudía en vano a implorar sentimientos tiernos, de caridad, en sus semejantes.

—Hombre, usted puede entrar, dijo Körner; al fin es el marido.

Bonis entró. D. Basilio, correcto en el vestir, como siempre, de color de manteca el gabán entallado; sonriente; de expresión espiritual boca y mirada, dejaba pasar una tormenta de espanto y rebeldía contra los designios de la naturaleza a que se entregaba Emma, que se apretaba la cabeza desgreñada con las manos crispadas, y llamaba a Dios de tú y con un tono que parecía de injuria.

—¡Dios mío! ¿Qué es esto?, preguntó Bonis espantado, con las manos en cruz, frente al médico.

—Pues, nada; que su mujer de usted... está nerviosísima, y ha tomado a mal una noticia que yo creí que la llenaría de satisfacción y legítimo orgullo...

—¡Calle usted, Aguado! ¡No se burle de mí! ¡No estoy para bromas! ¡Dios mío! ¡Qué va a ser de mí! ¡Qué atrocidad! ¡Qué barbaridad! ¡Qué va a ser de mí!... ¡Dios de Dios! Y a estas horas... yo me voy a morir... de fijo... de fijo... me lo da el corazón. ¡Yo no paro, no paro, no paro!...

—¿Delira?, gritó Bonis con horror.

—¿Por qué?

—Como dice... que no para... no para...

—No; no dice eso. Y D. Basilio se interrumpió para reír con toda sinceridad. Lo que dice es que no pare, no pare... Pero ya verá usted cómo en su día, aún lejano, damos a luz un robusto infante.

—¡Alma mía!, exclamó Reyes comprendiendo de repente, más que por las señas que tenía delante, por una *voz de la conciencia* que le gritó en el cerebro: «Se fue *ella,* y viene *él;* no quería venir hasta hallar sólo tu corazón para ocuparlo entero. Se fue la *pasión* y viene el *hijo.*»

Se lanzó a estrechar en sus brazos la cabeza de su esposa; pero ésta le recibió con los puños, que, rechazándole con fuerza, le hicieron perder el equilibrio y casi caer sobre don Basilio.

—¡Nerviosa, nerviosísima!, dijo el médico, disimulando el dolor de un callo que le había pisado aquel calzonazos.

Empezaron las explicaciones.

Emma, con verdadero pánico, se agarraba, como un náufrago a una tabla, a la esperanza de que aquello era imposible.

Aguado, con estadísticas que no necesitaba ir a buscar fuera de su clientela, demostraba que *imposibles* de aquella clase le habían hecho pasar a él muchas noches en claro. Y sin ir más lejos, citaba a la de Fulano y a la de Mengano, que se habían descolgado con una criatura después de años y años de esterilidad, en rigor aparente. «¡Oh, los misterios de la naturaleza!»

«Pero, ¿no la habían asegurado a ella, tantos años hacía, cuando el mal parto, cuando quedó medio muerta, con las entrañas hechas una lástima, que ya no pariría nunca, que aquello se había acabado, que no sé qué de la matriz?»

—Sí habrán dicho, señora; pero *in illo tempore*[7] yo no tenía el honor de contar a usted en el número de mis clien-

---

[7] *in illo tempore:* frase latina frecuentemente utilizada en los Evangelios, especialmente en el de Mateo (3, 1; 11, 25; 12, 1; 14, 1). En castellano pasó a convertirse en modismo connotativo de un pasado muy lejano.

tes. Hay quien es un gran comadrón y un grandísimo ignorante en obstetricia y tocología, y toda clase de *logías*... divi-
nas y humanas.

Mientras Emma proseguía en sus lamentos, gritos y
protestas, jurando y perjurando que estaba dispuesta a no
parir, que aquello era una sentencia de muerte disfrazada,
que a buena hora mangas verdes[8], y cosas por el estilo,
Aguado se volvió a Bonis para explicarle lo que había pasado allí.

En cuanto se había acercado a la enferma había visto
síntomas extraños que nada tenían que ver con sus habi-
tuales crisis nerviosas; se había enterado de pormenores
íntimos, aunque con gran dificultad por el horror que tenía Emma a todos los cálculos, previsiones y recuerdos
aritméticos, no sólo a las cuentas del tío; y entre estas noticias y lo que tenía presente, y ciertas inspecciones y contactos, había sacado en consecuencia que aquella señora,
como tantas otras, al cabo de los años mil volvía por los
fueros de la maternidad, abandonados mucho tiempo. Habló mucho de matrices y de placentas, pero mucho más de
la misteriosa marcha de la Naturaleza *a través,* y permítase-
me el galicismo[9] —dijo Aguado, que era purista en lo que
se le alcanzaba —, a través de los fenómenos fisiológicos
de todos órdenes. Indudablemente, y no lo decía por ala-
barse, él no había esperado menos del régimen homeopáti-
co e higiénico a que había sometido a su cliente: sin aquellos glóbulos, y más particularmente sin la influencia físico-moral de los buenos alimentos, de los paseos y, sobre
todo, de las distracciones, aquel organismo hubiera continuado viviendo una vida valetudinaria, sin esperanza, ni
remota, de tener fuerzas sobrantes suficientes para sacar de

---

[8] *a buena hora mangas verdes:* exclamación refranesca usada cuando llega algo
que se esperaba, pero llega ya tarde para lo que era necesario (DUE).

[9] *el galicismo:* no está nada claro que se trate de un galicismo. El castellano
de los siglos de oro conoció las locuciones *de través* y *al través,* pero no *a través
de,* que por tanto no consta en el *Diccionario de Autoridades.* Sin embargo, Corominas y Pascual (*Diccionario Crítico-Etimológico Castellano e Hispánico,* Madrid,
Gredos, 1983), aun reconociendo lo tardío de su incorporación al castellano,
no lo consideran galicismo. De ser préstamo, procedería del catalán.

ellas una nueva vida, un *alter ego*. No cabía duda que Aguado insistía en querer deslumbrar a Bonis, pues no solía el médico de las damas ser tan pedantescamente redicho[10].

De todas suertes, Reyes tenía que contenerse para no abrazar al doctor; creía disparatadamente que el estar su mujer embarazada o no dependía de aquella discusión entre el médico y Emma; si Emma quedaba encima en la disputa, ¡adiós hijo!; si el médico decía la última palabra, parto seguro.

Como no había por qué ocultar la cosa, no se ocultó; los de la sala supieron enseguida el pronóstico, nada reservado, de D. Basilio. Hubo gritos de alegría, de sorpresa sobre todo, algunos de malicia; bromas, jarana y pretexto para seguir divirtiéndose y alborotando: Emma continuaba protestando; se sentía mejor, era verdad, después de haber desahogado por completo, pero el susto, al cambiar de especie, había empeorado; no estaba enferma, como había temido, pero estaba en *estado interesante,* y esto era horroroso. Y como no le hacían caso, y se reían de ella y hasta la dejaban sola, para correr por la casa y refrescar y tocar el piano y cantar, toda vez que ella misma confesaba que no le dolía nada, se tiraba la dama encinta de los pelos, insultaba medio en broma, medio en veras, a sus amigas y amigos llamándolos verdugos, y proponiéndoles que pariesen por ella y que verían.

Seguía negando su estado, como si fuese asunto de ho-

---

[10] *tan pedantescamente redicho:* Aguado, que aquí se muestra médico de ideas avanzadas y formación positivista, es heredero del Benítez de *La Regenta,* y somete a Emma a un tratamiento muy parecido al que Benítez aplica a Ana. Sin embargo, la dignidad de Benítez, posiblemente el único personaje enteramente positivo de *La Regenta,* ha sido sustituida por la pedantería de Aguado, y también por su incoherencia, que en el cap. X le llevaba a declararse espiritualista. En esta transformación degradante puede medirse toda la desconfianza del Clarín de *Su único hijo* por las ideas fisiológicas y naturalistas, y el profundo cambio en este terreno respecto a *La Regenta.* La oposición que en ésta enfrentaba al atildado médico de damas, Somoza, y al joven científico Benítez, se resuelve ahora en una síntesis caricaturesca, un Aguado que es, a la vez, Somoza y Benítez, y que no se diferencia gran cosa de su rival, el otro médico de *Su único hijo,* el alópata don Venancio, «el milagroso comadrón popular» (*vid.* final de cap. XV).

nor, como pudiera negarlo Marta si se viera en una por el estilo; pero negaba no por convicción, sino por engañarse a sí misma. Por lo demás, bien comprendía ahora, después de oír a D. Basilio y de contestar a sus sabias preguntas, que había estado ciega, que ella misma debía haber comprendido mucho tiempo hacía de qué se trataba al notar cosas extrañas en su vida íntima.

Bonis, que había procurado quedarse con su mujer mientras los demás, despedido D. Basilio, corrían al comedor, donde les aguardaba el refresco, tuvo que dejarla sola porque le echó de su presencia a cajas destempladas. Desapareció Reyes, y los convidados quedaron por dueños de la casa, pues D. Juan Nepomuceno había salido también cuando el médico.

En el comedor se acentuó el carácter burlesco de las bromas con que se recibió el inesperado suceso. Se hacían cálculos respecto de la mayor o menor proximidad del alumbramiento, suponiendo que las cosas fueran por sus pasos contados a un feliz desenlace. Las hipótesis respecto de las causas probables de tamaño lance abundaban, se entrelazaban, se mezclaban, llegaban al absurdo y siempre acababan apoyándose en ejemplos de casos semejantes y de otros mucho más extremados. Körner demostró gran erudición en el particular; pero se preferían como mejor testimonio, más digno de crédito, las cosas más recientes y de la localidad. No le hubiera hecho gracia a Emma oír que se la comparaba con damas parturientas de sesenta años, y que se citaba, como ejemplo de belleza conservada milagrosamente, a Ninon de Lenclos[11], de quien nunca había

---

[11] *Ninon de Lenclos:* Anne de L'Enclos (1620?-1705). La longevidad de su belleza fue legendaria, y se dice que hasta los sesenta años mantuvo su capacidad de seducción sobre los grandes de la corte (Douxménil, *Mémoires pour servir a l'histoire de la vie de Mademoiselle de L'Enclos,* París, Sassot, 1908), y le permitió ser amada, por ejemplo, por tres generaciones de una misma familia: el joven Enrique de Sevigné (ella tenía treinta y cuatro años), su hijo Carlos (ella tenía cincuenta y cuatro), y su nieto, el marqués de Grignon (ella tenía setenta y cuatro). No obstante esto, Ninon solía decir: «La vejez es el infierno de las mujeres.» Ninon es cita habitual de Clarín (Oleza, ed. 1987, página 378).

oído ni el nombre la señorita de Silva. ¡Lo que sabía aquella Marta, que fue la que llevó la conversación de la tocología a la estética, para poder ella lucir sus conocimientos sin menoscabo de su decoro y prerrogativas de virgen pudorosa e ignorante en obstetricia! Ella, tan avispada, en esto de fingir inocencia tenía tan mal tacto, que llegaba a ridículas exageraciones; y así fue que aquella noche, por rivalizar con el candor de las de Ferraz, a las primeras noticias del feliz suceso que se preparaba estuvo inclinada a dar a entender que, a su juicio, los recién nacidos venían de París; pero la de Silva, la menor, con verdadera inocencia, dejó comprender todo lo que ella sabía respecto del asunto, que era bastante; y Marta tuvo tiempo para recoger velas y abstenerse de ridículas leyendas filogénicas y ontogénicas[12], como hubiera dicho ella si no estuviera mal visto.

En lo que estaban todos conformes era en lo que ya había afirmado el médico, a saber: que la principal causa de aquella restauración de las entrañas de Emma y de sus facultades de madre se debían a la nueva vida que llevaba de algún tiempo a aquella parte, a las distracciones, a las expansiones. Consultado Minghetti sobre el particular, daba señales de asentimiento con la cabeza, y seguía comiendo pasteles. Los comensales le miraban a hurtadillas, y los más perspicaces notaban en él un aire que Körner, hablan-

---

[12] *filogénicas ... ontogénicas:* vocabulario evolucionista, el de Marta. Según la teoría evolucionista, las especies extinguidas y las actuales poseen antecesores comunes de los que se han originado por un lento proceso de diferenciación. La filogenia, estudia, pues, las relaciones de parentesco y la historia de los grupos. La ontogenia, en cambio, estudia la formación y el desarrollo de cada ser viviente como individuo, desde la célula huevo hasta el estado adulto. Según la ley biogenética de Haeckel, «la ontogenia es una recapitulación de la filogenia», es decir, que el individuo recorre etapas que son vestigio de pasos evolutivos anteriores de su especie. El sarcasmo de Clarín respecto a Marta, al hacerle utilizar tan desproporcionado léxico para ideas tan elementales, no puede ser mayor. Algo muy parecido ocurre en el cuento «El pecado original» (*El gallo de Sócrates*), donde sabios ridículos interpretan como «inmortalidad *ontogenética; no filogenética*» la que propone conseguir el no menos ridículo sabio protagonista.

do bajo con Sebastián, llamó en francés *gené*[13]; con lo cual Sebastián se quedó a oscuras.

Volvió Nepomuceno cuando se levantaban de la mesa; se despidieron todos de Emma, repitiendo las bromas, recomendándole tales y cuales precauciones Körner, y aun Sebastián, que tenía una experiencia que no se explicaban las chicas de Ferraz en un solterón; y todas las vírgenes, Marta inclusive, se ofrecieron de allí para en adelante a servir a la amiga enferma, de enfermedad conocida, en todo lo que fuera compatible con el estado a que todas ellas todavía pertenecían.

Emma rabiaba, azotaba el aire; y aumentaba su cólera porque no podía explicar a las muchachas, decorosamente, los argumentos con que todavía seguía oponiéndose[14] a la sentencia facultativa. Bajando por la escalera, unas opinaban que el furor de la Valcárcel era fingido, que bien satisfecha estaba con el descubrimiento; otras pensaban, más en lo cierto, que si algo halagaba esta potencialidad a Emma, no le daban lugar a satisfacciones el terror del parto, el asco y la repugnancia a los menesteres de la maternidad después del alumbramiento.

—Y además, decía una de Ferraz a la de Silva, ¿no ha visto usted qué cara se le ha puesto sólo con los preparativos esos y con el susto?

—Sí, parecía un cadáver...

—Lo que parecía era una cincuentona.

—Poco le falta.

—No, mujer, no exageres. Lo que era que... como se le había caído la pintura...

—Diez años más se le echaron encima.

—Eso sí.

Y todas ellas callaron de repente, ya en la calle, pensando por unanimidad en Minghetti y en la cara de pocos amigos que había puesto en el cuarto de la otra. Sebastián fue a acompañar a los de Körner hasta su casa. Nepomuce-

---

[13] *gené:* Richmond elige ingeniosamente una de las posibles acepciones de esta palabra: «embarazado».

[14] *oponiéndose:* en P, *oponiendo,* corrijo según F.

no había tenido que quedarse porque el alemán era muy delicado, ahora que se aproximaba la boda, en materias del qué dirán, y no gustaba de que a tales horas pudieran encontrar por las calles oscuras a su hija acompañada de su prometido, aunque Körner fuera con ellos. Aseguraba que para Alemania era buena la costumbre de dejar a los novios andar juntos y solos por cualquier parte, pero que en países meridionales toda precaución era poca. Por lo visto, temía los ardores del buen Nepomuceno.

Pero, ¿y Reyes?, preguntaban los amigos de la casa al separarse. ¿Dónde se habrá metido? En el cuarto de Emma no quedaba.

Bonis se había encerrado en su alcoba, ya que su mujer rechazaba enérgicamente las expansiones del futuro padre, que hubiera deseado vivamente saborear en santo amor y compaña de su esposa las delicias de la inesperada y bien venida noticia que acababa de darles D. Basilio.

A falta de su mujer, Bonis se contentó con su humilde lecho de *soltero,* en aquella alcoba suya, testigo de tantos pensamientos, de tantos sueños, de tantos remordimientos, de tantas penas y humillaciones devoradas entre sollozos. Su cama era su confidente, su mejor amigo; no el tálamo nupcial, el del cuarto de su mujer, no; aquellas pobres tablas de nogal, aquellas sábanas sin encajes (porque los encajes y puntillas le daban grima), aquella colcha de flores azules, que le decían tantas cosas poéticas y tristes, dulces, suaves, tan conformes con el fondo de su propio carácter. Parecíale que a fuerza de haber mirado años y años aquellas flores, mientras su pensamiento vagaba por los mundos encantados de sus ilusiones, de sus penas, se le había pegado a la colcha como un barniz de idealidad, una especie de musgo azul de sus ensueños... En fin, aquella colcha[15], y otra del mismo dibujo, pero de color de rosa,

---

[15] *aquella colcha:* Bonis tiene con su cama y su colcha una relación muy semejante a la de Ana con sus almohadas y sábanas (*vid. La Regenta,* 1986[2], cap. III, págs. 217 y ss.). Tal vez el elemento diferencial más acusado sea la sensualidad en el contacto que experimentaba Ana y que ya no siente Bonis.

eran algo así como amigas íntimas, confidentes que a él le faltaban en el *mundo* de los vivos.

Muchas veces pensaba en esto: él no tenía, en rigor, amigos entre los hombres; ni amigos de la infancia, verdaderos, capaces de comprenderle y capaces de abnegación; ni amigos de la edad viril...; *il suo caro Mochi*... ¡bah!, le había engañado una temporada. Era un vividor a quien Dios perdonara. Sus amigos eran las cosas. La montaña del horizonte, la luna, el campanario de la parroquia, ciertos muebles... la ropa de color, usada, de andar por casa... las zapatillas gastadas... el lecho de *soltero* sobre todo. Estos seres inanimados, de la industria, a los cuales dudaba Platón[16] si correspondía una idea, eran para Bonis como almas paralíticas, que oían, sentían, entendían..., pero no podían contestar ni por señas.

Y, sin embargo, aquella noche solemne, al contemplar la colcha de flores azules, el doblez humilde y corto de las sábanas limpias, las almohadas angostas y blandas, le pareció que todo aquello le sonreía con su frescura y con su aspecto de íntima familiaridad, mientras él se quitaba las botas y calzaba las babuchas. No había felicidad completa si los pies no descansaban en la suavidad del paño flojo de las zapatillas.

—¡Ajajá!, exclamó al sentirse a su gusto. Y apoyando ambas manos en la cama, dejó que una dulcísima sonrisa le inundara el rostro con un reflejo de la alegría del corazón.

---

[16] *Platón:* alude el autor a la teoría de las Formas o Ideas de Platón, para quien estos conceptos son los Universales subyacentes a la Realidad, las esencias ideales que existen objetivamente a través de la multiplicidad de los objetos. Así, detrás de la pluralidad de cosas bellas se halla el concepto universal de Belleza. Platón se interesó fundamentalmente por los universales morales y estéticos (la Justicia, el Bien, la Belleza...), pero cuando se planteó la existencia objetiva de estos universales o Ideas en el mundo de los objetos y seres naturales su exposición teórica vacila. Así, en el *Parménides,* cuando al personaje Sócrates se le plantea si debe o no admitir las Ideas de hombre, fuego, agua, etc., contesta que se encuentra indeciso, pero contesta «ciertamente no» a la pregunta de si admite las Ideas de cabello, lodo, suciedad, etc. Reconoce, empero, que a menudo se encuentra desconcertado y empieza a pensar que nada hay sin su correspondiente Idea, aunque también este pensamiento le llena de dudas.

¡Ahora a meditar! ¡A soñar! ¡Noche solemne! No había milagros: en eso estaba. No estaría bien que los hubiera. El milagro y el verdadero Dios eran incompatibles. Pero... ¡había Providencia!, un plan del mundo, en armonía preestablecida (él no usaba estas palabras; no pensaba esto con palabras) con las leyes naturales. Había coincidencias providenciales, que al hombre piadoso debían servirle de advertencias saludables, emanadas de Dios, traídas por la naturaleza. No era un milagro que se hubiesen equivocado los médicos que antaño le habían condenado para siempre a la esterilidad de su mujer; no era un milagro que Emma pariese ya cerca de los cuarenta años. Tampoco era milagrosa..., aunque sí admirable, la coincidencia de anunciarse la *venida del hijo* la misma noche en que se marchaba la *pasión*. Se iba Serafina y venía *Isaac*. El que debía llamarse Isaac, por lo que él sabía, pero que se llamaría, Dios sabía cómo, probablemente Diego, Antonio o Sebastián, a gusto de la madre, tirana de todos. ¡Isaac! Lo más extraño, lo más admirable era aquello... sus visiones de la noche memorable del concierto, de aquel concierto en que nacieron gran parte de las desdichas de su casa, la corrupción al por mayor metida en ella. De aquel concierto también había nacido su anhelo creciente de paz, de amor puro, tranquilo... y aquella vaga esperanza, rechazada y rediviva a cada momento, de tener al fin un hijo, un hijo legítimo, único. Lo más admirable, sí, aunque no milagroso, era el cumplimiento de lo que él disparatadamente llamaba, para sus adentros, «la Anunciación».

Tan exaltado se sintió, todo por dentro, tan lleno de ternura, que se tuvo un poco de miedo.

«¡Oh! ¡Si esto es estar loco, bien venida sea la locura!»

¡Estaba tan contento, tan orgulloso! No cabía duda. La Providencia y él se entendían. Había sido aquello como un contrato: «Que se marche ella, y vendrá él.»

«Pero ella... ¿se habrá marchado del todo?»

—Sí, dijo Bonis en voz alta, poniéndose en pie y dando una leve patada en el suelo.

«Sí; aquí no queda más que el padre de familia. Aquí, en

este corazón, ya no hay sitio más que para el amor del hijo.»

Una voz secreta le decía que su nuevo amor era un poco abstracto, algo metafísico; pero ya cambiaría; cuando el chico estuviese allí, sería otra cosa. «Algo contribuía, pensaba Bonis, a la falta de *cariño humano* a su nene de sus entrañas, de que ahora se resentía, el no saber cómo llamarle. ¡Isaac! No; no sería Isaac. Además, Isaac no había sido *único hijo* de su padre. Aunque pareciera irreverencia, en rigor... en rigor... lo que correspondía era llamar a la criatura Manolín... o Jesús[17]. ¡No que él se comparase con Dios Padre, ni siquiera con San José!...»

---

[17] *Isaac ... Jesús:* «Esta primera fase de identificación hijo-Isaac no es más que la preparación para llamarle Jesús, siguiendo con ello el orden que va del Antiguo al Nuevo Testamento» (García Sarriá, 1975, págs. 164-171). Conecta así la novela con una de las grandes preocupaciones del Clarín espiritualista: la figura de Jesús y «la cuestión central, la referencia a la divinidad de Jesucristo», «cuestión negra del dogma católico», según bien conocidos testimonios de Arboleya (1919), Cabezas (1936), la carta dirigida a doña Emilia Pardo Bazán (Bravo-Villasante, *Vida y obra de E. P. B.,* Madrid, 1962, pág. 137), etc. Clarín dividido entre la lectura humana de Jesús por Renan y su divinización por la religión cristiana, optará por hacer de Jesús, como Carlyle, «la voz más alta que fue oída jamás sobre la tierra», a medias entre la condición natural y el misterio, y vía de comunicación de la conciencia humana con lo ideal *(Ensayos y Revistas,* págs. 152-153). La obsesión clariniana encuentra un reflejo tan polivalente como ambiguo en la novela: el hijo revela a Bonifacio Reyes como Jesús al Dios cristiano; y como Jesús es *Su único hijo,* creado gracias a la Providencia, por voluntad del padre (Bonifacio, o el Dios cristiano, según el caso). Si el Hijo asume con su nacimiento el primer paso en la redención de la Humanidad y en la reconciliación de ésta con Dios, Antonio Reyes será la condición misma de la redención de Bonis, y de su reconciliación con la vida y la historia a través del descubrimiento de la cadena de solidaridad de las generaciones. Pero las concomitancias se multiplican: el hijo de Bonis es anunciado por un «serafín» igual que el de Dios por un arcángel; Bonifacio se siente padre y madre, engendra con la voz, y proyecta todo su ser sobre el hijo, recuperando su identidad en su proyecto, engendrándose a sí mismo, en una palabra, mientras que la mujer (Emma) cumple un mero papel instrumental (en la imaginación de Bonis). Como sugiere Feal Deibe (1974), Bonifacio Reyes asume el papel de Dios Padre, incluso el de la Trinidad, en el engendramiento del hijo. Pero a la vez, y antagónicamente, Bonis se identifica también con San José, a quien la historia cristiana relega a un segundo plano frente a la madre, a María, como él comienza oscuramente a temer que puede ocurrir en su caso con la prepotencia de Emma y su apoyo en los Valcárcel. A través de todas estas asociaciones,

La idea de San José[18] le hizo incorporarse en la cama, donde ya se había tendido, sin desnudarse. Como Bonis no era creyente, en el sentido riguroso[19] de la palabra, y sus dudas le habían llevado muchas veces a las cuestiones exegéticas, según él podía entenderlas, pensó en la posibilidad de que a San José le hubiese hecho la historia un flaco servicio, con la mejor intención, pero muy flaco. Sintió una lástima inmensa por San José. «Supongamos, se decía, que él, y nadie más que él, fuera el padre de su hijo putativo; que fuese el padre..., sin perjuicio de todas las relaciones misteriosas, sublimes, extranaturales, pero no milagrosas, que podía haber entre la Divinidad y el Hijo del hombre...; supongamos esto por un momento. ¡Qué horror! ¡Arrancarle a San José la gloria..., el amor... de su hijo!... ¡Todo para la madre! ¿Y el padre? ¿Y el padre?» Pensando estos disparates, se le llenaron los ojos de lágrimas. ¿Si estaría loco efectivamente? ¡Pues no se le ocurría, cuando debía estar tan contento, echarse a llorar, lleno de una lástima infinita del patriarca San José! Pero la verdad, ¡la historia!, ¡la historia!, la historia no sabía lo que era ser padre.

«Ni yo tampoco. Cuando tenga al muchacho junto a mí, en una cuna, no estaré pensando en San José ni en todas esas teologías...»

En aquel instante se le ocurrió esto: «El niño debiera llamarse Pedro, como mi padre.»

«¡Padre del alma! ¡Madre mía!», sollozó, ocultando el rostro en las almohadas, que empapó en llanto.

Aquella era la fuente; allí estaba el manantial de las verdaderas ternuras... ¡La cadena de los padres y los hijos!... Cadena que, remontándose por sus eslabones hacia el pa-

algunas contradictorias, otras incompletas, y otras sorprendentes por el paralelismo, la historia del nacimiento de Antonio Reyes condensa las obsesiones de Clarín en torno a la figura de Jesucristo y a su propia posición frente y al lado del cristianismo.

[18] *la idea de San José:* Clarín le escribió a Galdós el 17 de julio de 1891, a propósito de *Ángel Guerra:* «He visto que habla Vd. de San José y del niño Jesús y mi "Su único hijo" también tiene algo de eso, de otra manera» (*Cartas a Galdós,* pág. 260).

[19] *riguroso:* así en P y en F.

sado, sería toda amor, abnegación, la unidad sincera, real, caritativa, de la pobre raza humana; pero la cadena venía de lo pasado a lo presente, a lo futuro[20]..., y era cadena que la muerte rompía en cada eslabón; era el olvido, la indiferencia. Le parecía estar solo en el mundo, sin lazo de amor con algo que fuese un amparo..., y comprendía, sin embargo, que él era el producto de la abnegación ajena, del sacrificio amoroso en indefinida serie. ¡Oh infinito consuelo! El origen debía de ser también acto de amor; no había motivo racional para suponer un momento en que los ascendientes amaran menos al hijo que éste al suyo... Bonifacio se había vuelto un poco hacia la pared; la luz, colocada en la mesilla de noche, pintaba el perfil de su rostro en la sombra sobre el estuco blanco. Su sombra, ya lo había notado otras veces con melancólico consuelo, se parecía a la de su padre, tal como la veía en los recuerdos lejanos. Pero aquella noche era mucho más clara y más acentuada la semejanza. «¡Cosa extraña! Yo no me parecía apenas nada a mi padre, y nuestras sombras sí, muchísimo: este bigote, este movimiento de la boca, esta línea de la frente... y esta manera de levantar el pecho al dar este suspiro..., todo ello es como lo vi mil veces, en el lecho de mi padre, de noche también, mientras él leía o meditaba, y acurrucado junto a él yo soñaba despierto, contento, con voluptuosidad infantil, de aquella protección que tenía a mi lado, que me cobijaba con alas de amor, amparo que yo creía de valor absoluto. «¡Padre del alma! ¡Cuánto me habrás querido!», se gritó por dentro...

Bonis no se acordaba de que no había cenado todavía, y dejaba que la debilidad se apoderara de él. Empezaba a sen-

---

[20] *a lo futuro:* la contrapartida de la cadena de solidaridad entre las generaciones, tal como la siente Bonifacio Reyes, es sin duda la que percibe brutalmente Des Esseintes en *A rebours:* «Y tuvo la visión brusca de una humanidad plagada sin cesar por el virus de las antiguas edades [la sífilis]. Desde el comienzo del mundo, de padres a hijos, todas las criaturas se transmitían la ingastable herencia, la eterna enfermedad que ha asolado a los antepasados del hombre, que ha calado hasta los huesos de los viejos fósiles exhumados ahora» (Valencia, Prometeo, s. a., pág. 15). En esta antítesis extrema se expresa toda la diferencia que media entre el espiritualismo y el decadentismo.

tirse mal sin darse cuenta de ello. Le temblaban las piernas, y los recuerdos de la infancia se amontonaban en su
cerebro, y adquirían una fuerza plástica, un vigor de líneas
que tocaban en la alucinación; se sentía desfallecer, y
como disuelto, en una especie de plano *geológico* de toda su
existencia, tenía la contemplación simultánea de varias
épocas de su primera vida; se veía en los brazos de su padre, en los de su madre; sentía en el paladar *sabores* que había gustado en la niñez; renovaba olores que le habían impresionado, como una poesía, en la edad más remota...
Llegó a tener miedo; saltó de la cama, y de puntillas se dirigió a la alcoba de Emma. La Valcárcel dormía. Dormía
de veras, con la boca un poco entreabierta. Dormía con fatiga; la antigua arruga de la frente había vuelto a acentuar-
se amenazadora. Bonis se tuvo lástima en nombre de todos
los suyos. Sintió, con orgullo de raza, una voz de lucha, de
resistencia, de apellido a apellido: lo que jamás le había pasado en largos años de resignada cautividad doméstica. *Los
Reyes* se sublevaban en él contra *los Valcárcel*. ¡Oh! Cuánto
daría en aquel momento por haber visto, por haber leído
aquel libro de blasones familiares, de que, más que su padre, le hablaba su madre, muy orgullosa con la prosapia de
su marido. Ella lo había visto: los Reyes eran de muy buena familia, oriundos de un pueblecillo de la costa que se
llamaba *Raíces*[21]. Bonis había pasado una vez por allí, en
coche, sin acordarse de sus antepasados. «¿Quién se habrá
llevado el libro? Un pariente, un tío...» Su padre, D. Pedro
Reyes, procurador de la Audiencia, con mala suerte y poca
habilidad, no hablaba apenas de las antiguas grandezas,
más o menos exageradas por su esposa, de la familia de los

---

[21] *Raíces:* hay un topónimo asturiano histórico, el del pueblo en el que
existía el castillo de Gauzón, donde se hizo fuerte el conde rebelde Gonzalo
Peláez, frente a los avilesinos fieles a Alfonso VII, por lo que éste les recom-
pensó y confirmó la carta puebla de su abuelo, tal como registra el célebre
pergamino del *Fuero de Avilés* (1155). Aun cuando nada tenga que ver, probablemente, con los motivos de Clarín al bautizar así al lugarejo solariego de los
Reyes, conecta con su aura simbólica. La intención simbolizadora del autor,
al seleccionar este nombre, se pone aún más de relieve al recordar que la madre de Fermín de Pas, el Magistral de Vetusta, se llama Paula Raíces.

Reyes; era un hombre sencillo, triste, trabajador, pero sin ambición; de una honradez sin tacha, que se había puesto a prueba cien veces, pero sin lucimiento, por lo modesto que era el D. Pedro hasta para ser heroicamente incorruptible. Con los demás era tan tolerante, que hasta podía sospecharse de su criterio moral por lo ancha que tenía la manga para perdonar extravíos ajenos. Amaba el silencio, amaba la paz, y le amaba a él, a Bonis, y a sus hermanos, todos ya muertos. Sí; ahora veía con extraordinaria clarividencia, con un talento de observación que no había sospechado que él tenía dentro, los recónditos méritos del carácter de su padre. Su romanticismo, sus lecturas dislocadas, falsas, no le habían dejado admirar aquella noble figura, evocada por la sombra propia en la pared de su cuarto. Bonis, junto al lecho de Emma dormida, adoró, como un chino, la santidad religiosa de los manes paternos[22]. ¡Oh, qué claramente lo veía ahora; cómo tomaban un sentido hechos y hechos de la vida de su padre que a él le habían parecido insignificantes! Hasta, alguna vez, se había sorprendido pensando: «Yo soy un cualquiera; no soy un hombre de genio; seré como mi padre: un bendito, un ser vulgar»[23]. Y ahora le gritaba el alma: «¡Un ser vulgar! ¿Por

---

[22] *los manes paternos:* la veneración de los ancestros (*pai tsu*) es uno de los más antiguos, persistentes e influyentes temas de la religión china y de su sociedad. Desde las excavaciones del periodo de la dinastía Shang (1500-1000 a.C.) se sabe que los dirigentes Shang proveían a sus muertos con todo lo esencial para su continuado sustento, y los consultaban como oráculos. En la época de la Dinastía Chou Occidental (1027-770 a.C.) la idea de la interdependencia de lo vivo y lo muerto fue claramente establecida. Los rituales formales y los requisitos morales del culto son descritos en el *Li Ching*. Los ritos funerales y lamentatorios sirven para reestablecer y mantener la unidad y continuidad de la familia. La reverencia y respeto de un hijo devoto a su padre muerto es aplicación de la importante virtud filial de la piedad (*hsiao*) (*The Facts on file. Dictionary of Religions,* Nueva York, 1984).

[23] *un ser vulgar:* cuando Clarín comenta *Tristana* (1892) no se sabe muy bien si habla de Tristana o de Bonifacio Reyes: «Yo veo allí puramente la representación bella de un *destino gris,* atormentando un alma noble, bella, pero débil, de verdadera fuerza sólo para imaginar, para soñar, de muchas actitudes embrionarias, un alma como hay muchas en nuestro tiempo de *medianías* llenas de ideal y sin energía ni vocación seria, constante, definida» (*Galdós,* 252). Tristana y Bonifacio Reyes resultan los personajes más sorprendentemente cercanos en las obras respectivas de Galdós y Clarín.

qué no? ¡Imbécil, imita la vulgaridad de tu padre! Acuérdate, acuérdate: ¿qué anhelaba aquel hombre? Anhelaba huir de los negocios, del tráfico y de las mentiras del mundo; encerrarse con sus hijos, no para recordar noblezas de los abuelos, sino para amar tranquila, sosegadamente, a sus retoños. Era un anacoreta, poco dramático..., de la familia. Su desierto era su hogar. Al mundo iba a la fuerza. Su casa le hablaba, en silencio, con la dulzura de la paz doméstica, de toda la idealidad de que era capaz su espíritu cariñoso, humilde. La sonrisa de su padre al hablar con los extraños, tratando asuntos de la calle, era de una tristeza profunda y disimulada; se conocía que no esperaba nada de puertas afuera; no creía en los amigos; temía la maldad, muy generalizada; hablaba mucho a los hijos mayores de la necesidad de pertrecharse contra los amaños del mundo, un enemigo indudablemente. Sí; su padre hablaba a los de casa de lo que aguardaba fuera, como podía el hombre prehistórico hablar en su guarida, preparada contra los asaltos de las fieras, a las demás personas de la familia, aleccionándolas para las lides con las alimañas que habían de encontrar en saliendo. Más recordaba Bonis: que su padre, aunque ocultándolo, dejaba ver a su pesar que era un vencido, que tenía miedo a la terrible lucha de la existencia[24]; era pusilánime; y, resignado con su pobreza, con la impotencia de su honradez arrinconada por la traición, el peca-

---

[24] *terrible lucha de la existencia:* en *Un grabado* (1894), es este mismo sufrimiento del padre ante el porvenir de orfandad y desamparo de los hijos lo que le lleva a la solución religiosa: «No podía ser que el universo no tuviera Padre... El Padre Nuestro... Aquel en cuyo seno yo dejaré a mis hijos (...) Pensando que hay Dios, Padre Celestial; pensando que, pese a la apariencia, el universo es un regazo, un nido de cariño, puedo vivir sin una camisa de fuerza (...) cuando usted tenga hijos... crea usted en Dios Padre...» Y un año más tarde repite el protagonista de «Un viaje redondo» la peripecia ideológica, pero ahora partiendo de casi las mismas sensaciones que el padre de Bonis, en las que resuenan Schopenhauer y Darwin: «el universo sin padre, daba espanto por lo azaroso de su suerte. La lucha ciega de las cosas con las cosas; el afán sin conciencia de la vida, a costa de esta vida; el combate de las llamadas especies, matando mucho para vivir muy poco, le producía escalofríos de terror» *(Cuentos Morales).* A fin de cuentas son ideologemas fundamentales de «la religión de la familia» del Alas de los 90.

do, la crueldad y la tiranía del mundo, buscaba en el hogar un refugio, una isla de amor, por completo separada del resto del universo, con el que no tenía nada que ver.» Para estas conjeturas de lo que su padre había sido y había pensado, Bonis se servía de multitud de recuerdos ahora acumulados y llenos de sentido; pero a lo que no llegaba con ellos era a vislumbrar en sus hipótesis históricas, en su recomposición de sociología familiar, la lucha que el padre debía de haber mantenido entre su desencanto, su miedo al mundo, su horror a las luchas de fuera y la necesidad de amparar a sus hijos, de armarlos contra la guerra, a que la vida, muerto él, los condenaba. D. Pedro había muerto sin dejar a ningún hijo colocado. Había muerto cuando la familia había tenido que renunciar, por miseria, a los últimos restos de forma mesocrática en el trato social y doméstico; cuando la pobreza había dado aspecto de plebeyo al decaído linaje de los Reyes. Y la madre, a quien esto habría llegado al alma, había muerto poco después: a los dos años.

«Y ahora venía otro Reyes. Es decir, algo del espíritu y de la sangre de su padre.» Bonis tenía la preocupación de que los hijos, más que a los padres, se parecen a los abuelos. La palabra *metempsícosis*[25] le estalló en los oídos, por dentro. La estimaba mucho, de tiempo atrás, por lo exótica, y ahora le halagaba su significado. «No será precisamente metempsícosis, pensó...; pero puede haber algo de eso... de otra manera. ¿Quién sabe si la inmortalidad del alma es una cosa así, se explica por este especie de renacimiento? Sí, el corazón me lo dice, y me lo dice la *intuición;* mi hijo será algo de mi padre. Y ahora *los Reyes* nacen ricos; vuelven al esplendor antiguo...»

Al pensar esto, un sudor frío le subió por la espina dorsal... Recordó, en síntesis de dos o tres frases, el diálogo

---

[25] *metempsícosis:* del griego: hacer pasar un alma a distinto cuerpo. Es, es suma, la doctrina de la transmigración de las almas después de la muerte y conforme a los merecimientos alcanzados. Se originó, al parecer, en la India, de donde pasó a Egipto, y de aquí a Grecia: sus huellas pueden comprobarse en Empédocles, Pitágoras y Platón. T. Gautier puso de moda el tema con su novela corta *Avatar,* que parece resonar en *Su único hijo.*

que aquella misma noche había sorprendido: el de Nepomuceno con Marta. ¡Oh! ¿Sería sino de los Reyes? ¡Nacía uno más... y... nacía en la ruina! ¡Estaban arruinados, o iban a estarlo muy pronto; eso había dicho el tío, que sabía a qué atenerse!

Bonis tuvo que sentarse en una silla, porque en la cama de su mujer no se atrevió a hacerlo.

«¡Dios mío, en el mundo no hay felicidad posible! Esta noche, que yo pensé que iba a ser de imágenes alegres, de dicha *interior* toda ella... ¡qué horrible tormento me ofrece! ¡Arruinado mi hijo! ¡Y arruinado por culpa mía! Sí, sí, yo comencé la obra... Y además, mi ineptitud, mi ignorancia de las cosas más importantes de la vida... los números... el dinero... las cuentas... ¡prosa, decía yo! ¡El arte, la pasión!, eso era la poesía... ¡Y ahora el hijo me nace arruinado!»

Emma se movió un poco y suspiró, como refunfuñando.

Bonis estuvo un momento decidido a despertarla. Aquello corría prisa. Quería revelarle el terrible secreto cuanto antes, aquella misma noche. No había que perder ni un día; desde la mañana siguiente tenían los dos que cambiar de vida, había que poner puntales a la casa, y esto no admitía espera...

«En adelante, menos cavilaciones y más acción. Se trata de mi hijo. Seré el amo, seré el administrador de nuestros bienes. ¿Y la fábrica, esa fábrica en que ni siquiera sé a punto fijo lo que hacen? Allá veremos. ¡Oh, señor don Juan, mi querido Nepomuceno, habrá *escena*, ya lo sé, pero estoy resuelto! Venga la escena. Pero todo eso, mañana. Ahora, lo inmediato; el *acto varonil,* digno de un *padre,* que correspondía a aquella noche, era... despertar a Emma, enterarla de todo.»

Pero Emma despertó sin que nadie se lo rogase, y Bonis no tuvo tiempo para atreverse a abordar la cuestión del secreto descubierto: su mujer le insultó, como en los tiempos clásicos de su servidumbre, porque estaba allí papando moscas. Le arrojó de la alcoba a gritos, le hizo llamar a Eufemia y le dio, por mano de la doncella, con la puerta en las narices.

446

«También aquello tenía que concluir, pero... después del alumbramiento. Había que evitar el aborto; nada de disgustarla... En pariendo... y en criando... si criaba ella, como él deseaba, se hablaría de todo; se vería si un Reyes podía ni debía ser esclavo de una Valcárcel.»

«Sin embargo, debo volver a entrar, con los mejores modos, para anunciarle el peligro...»

Levantó el picaporte de la puerta que se le acababa de cerrar..., pero volvió a dejarle caer.

Se sentía muy débil. No había cenado. Veía chispitas rojas en el aire. Había que tomar algún alimento y dejarlo todo para mañana. Ya era, así como así, muy tarde. Lo malo estaba en que no tenía apetito, aquel apetito que él perdía difícilmente.

Tomó dos huevos pasados por agua, y acabó por acostarse. Tardó mucho en dormirse; y soñó, llorando, con Serafina, que se había muerto y le llamaba desde el seno de la tierra, con un frasco entre los brazos. El frasco contenía un feto humano en espíritu de vino[26].

---

[26] *un feto humano en espíritu de vino:* el sueño despide simbólicamente a Serafina-Agar, su amor, y la posibilidad de un hijo suyo, de un nuevo Ismael. En el capítulo siguiente otro sueño muy parecido pero abortivo esta vez, y soñado por Emma, liquida la posibilidad de su propio hijo, de Antonio-Jesús-Isaac (pág. 457). La novela se abisma en los subterráneos del yo.

XV

Emma defendió su esperanza de que el médico se equivocara, todo el tiempo que pudo, y con multitud de recursos de ingenio. En el asunto de la probanza que se sacaba de intimidades que ella tenía que confesar, intimidades que, por regla general, eran prueba plena, alegaba como excepción su extraña naturaleza, enemiga de todo ritmo en los fenómenos fisiológicos más corrientes. Pero su gran argumento consistía en presentarse de perfil:

—¿Ven ustedes? Nada. Y se apretaba el corsé más y más cada día, sin miedo, despreciando consejos de la prudencia y de la higiene. Se portaba como una pobre doncella para quien dejar de serlo fuera una gran vergüenza, y que quisiera esconder la prueba de su ignominia.

La murmuración de sus amigas se equivocaba al ver un fingimiento en esta oposición terca de la Valcárcel a la fatalidad de las cosas; no, no la halagaba ser madre a tales horas; el terror del peligro, que le parecía supremo, no le dejaba lugar para vanidades de ningún género. La enfermedad, la muerte... eso, eso veía ella. «Yo no podré parir; me lo da el corazón. Yo no paro», pensaba, con escalofríos, cuando a solas comenzaba a rendirse a la evidencia. «¡A mi edad! ¡Primeriza a mi edad! ¡Qué horror! ¡Qué horror!... ¡Los huesos tan duros!...»

Emma se encerraba en su alcoba; se miraba en el espejo de cuerpo entero, en ropas menores, hasta sin ropa..., se examinaba detenidamente, se medía, se comparaba con otras, sacaba proporciones de ancho y de largo de su torso y de cuantas partes de su cuerpo creía ella, en sus vagas nociones de tocología instintiva, que eran capitales para el arduo paso. Y arrojándose desnuda, sin miedo al frío, en una butaca, rompía a llorar, furiosa; a llorar sin lágrimas, como los niños mimados, y gritaba: «¡Yo no quiero! ¡Yo no puedo! ¡Yo no sirvo!»

La muerte era probable, la enfermedad segura, los dolores terribles, insoportables... *matemáticos;* por bien que librara, los dolores tenían que venir. ¡No! ¡No! ¡Jamás! ¿Para qué? ¡Otra vez la cama, otra vez el cuerpo flaco, el color pálido, la *calavera* estallando debajo del pellejo amarillento; la debilidad, los nervios, la bilis..., y el tremendo abandono de los demás, de Bonis, del tío, de Minghetti! ¡Oh, sí! Minghetti, como todos, la dejaría morir, la dejaría padecer, sin padecer ni morir con ella... ¡El parto! Crueldad inútil, peligro inmenso... para nada: ¡qué estupidez! Las mujeres felices, las mujeres entregadas a la alegría, al arte... a... los barítonos... las mujeres superiores, no parían, o parían cuando les convenía, y nada más. ¡Parir! ¡Qué necedad! ¿Cómo no había previsto el caso? Se había dejado sorprender... Pero, ¿quién hubiera temido?... Y su cólera, como siempre, iba a estrellarse contra Bonis. El cual tuvo que desistir de sus ensayos de enternecimiento a dúo con motivo del próximo y feliz suceso, porque Emma, ni en broma, toleraba que se hablase del peligro que corría como de acontecimiento próspero.

Por fin llegó a ser una afectación inútil, ridícula, el negar la próxima *catástrofe,* pues por tal la tenía ella. Emma dejó de apretarse el corsé, dejó de defenderse; si en los primeros meses había sido poco ostensible el embarazo, al acercarse el trance saltaba a la vista. No era *una exageración,* decía Marta, pero era; allí estaba el *parvenu*[1], como le lla-

---

[1] *parvenu:* advenedizo. La ironía de Marta se vale de una figura muy característica de la sociedad derivada de las revoluciones burguesas, con sus bruscos cambios de fortuna: la de quien trepa a una posición muy superior a la de sus orígenes, provocando el rechazo —a veces sólo formal— de quienes se asientan desde antiguo en la cumbre social. Con su *Paysan parvenu* Miravaux creaba un precedente importante. Stendhal, en *Le rouge et le noir,* dotaba al *parvenu* Julien Sorel de rasgos reivindicativos. Balzac puebla la *Comédie humaine* de «nouveaux riches» y «parvenus», jóvenes provincianos que llegan a París ahí-

maba ella en francés, riéndose con malicia, segura de que sólo Minghetti podía entenderla. Sebastián le llamaba, también con risitas y en sus coloquios maliciosos con Marta, el *inopinado.*

La Valcárcel, los primeros días de su derrota, cogía el cielo con las manos; no podía ya negar, pero protestaba. Mas aquella situación empezó a ser tolerable; se fue acostumbrando a la idea del mal necesario, se gastó el miedo, y por algún tiempo se quejó por rutina con un vago temor todavía, pero como si el día de la *crisis* se alejara en vez de acercarse. La primera vanidad que tuvo no fue la de ser madre, sino la de su volumen. Ya que *era,* que *fuera* dignamente. Y ostentaba al fin, sin trabas, con alardes de su estado, lo que quería ocultar al principio. Además, notaba que su rostro no empeoraba; aquellos diez años que el día del susto se le habían vuelto a la cara, ya no estaban allí; estaba mejor de carnes; la tirantez de las facciones y el color tomado no la sentaban mal, se veía lo que era, pero hasta parecía bien. «Efectivamente, como ser, el estado era *interesante.*»

Pero estos consuelos eran insuficientes. De todas maneras, aquello era una atrocidad preñada de peligros, de inconvenientes, de futuros males... y de males presentes.

Con Minghetti jamás hablaba de lo que se le venía encima. Era un tema de que huían los dos en sus conversaciones. El barítono estaba contrariado, sin duda alguna. Sentía despecho, que le hacía sonreír con cínica amargura; se

---

tos de triunfo, como Rubempré o Rastignac, sobre los cuales escribe Balzac: «Il y aura dans la superposition du caractère de Rastignac qui réussit à celui de Lucien, qui succombe, la peinture (...) d'un fait capital dans notre époque, l'ambition qui réussit, l'ambition qui tombe.» A su vez, en *La peau de chagrin* la promoción social tiene un hálito de pacto demoniaco. Será Maupassant, con su *Bel Ami,* quien trazará la epopeya despiadada del *parvenu,* con su Georges Du Roy, para quien el ascenso social justifica todos los medios. Este Du Roy contrapartida absoluta de Bonifacio Reyes, lo recuerda sin embargo en su apellido. En España, Galdós elaboró a lo largo de todo un ciclo, las novelas de *Torquemada,* la cara grotesca de esa epopeya. Por su parte, toda la historia de Bonifacio Reyes es, para los Valcárcel, la historia de un advenedizo, aunque el lector presiente que es justamente la contra-historia de un anti-advenedizo.

sentía metido en una atmósfera de ridículo. Si no fuera porque no había tales contratas, porque *el mundo del arte* le había olvidado, acaso hubiera preferido dejar aquella vida regalada, sus emolumentos de director de la Academia de Bellas Artes, *los gastos de secretaría,* como le decía Mochi, antes de marchar... todo. Los amigos de la casa, hasta Marta y hasta las de Ferraz, cada cual según su género, hablaban con Gaetano del incidente de Emma con frases maliciosas, con sonrisas medio dibujadas; y Minghetti disimulaba mal la molestia que le causaba la conversación. «—¡Qué discreto!», decían todos. «—Así hacen siempre los Tenorios verdaderos, los afortunados de veras.» Nadie había podido sorprender en Minghetti el menor gesto, siquiera, de jactancia. Hasta se notó que miraba a Bonifacio con mayor respeto que nunca. En efecto; se le había sorprendido muchas veces contemplando al marido de Emma con extraña curiosidad, con una expresión singular, en que nadie podría adivinar ni una ráfaga de burla. Era, en fin, decían todos, la suma discreción.

La única vez que Minghetti y Emma hablaron del embarazo, sirvió para tormento de Bonis y del Sr. Aguado. Emma se empeño en que debía dar baños de mar; era la época, y *aquello* todavía esperaría un poco; había tiempo de ir y volver. Por aquel tiempo los baños de mar todavía no eran cosa tan corriente como en el día. En el pueblo de Emma, aunque a pocas leguas de la costa, era escaso el número de familias que buscaban el mar por el verano.

Emma, por lo mismo que la cosa era de *distinción*[2], se empeñó en ella.

***

[2] *la cosa era de distinción:* Emma opina lo mismo que Mosquín, el adolescente-correo a quien «bastábale un viaje de hora y media hecho al lado de una de aquellas bañistas elegantes que venían de Madrid y de más lejos» para enamorarse *(Palomares,* ed. de L. Rivkin, 1985, pág. 152). Pero no lo mismo que el sabio «Pérez», que traza así la sociología de los bañistas: «¡Triste y enojoso rebaño humano! Viejos verdes, niñas cursis, mamás grotescas, canónigos egoístas, pollos empalagosos, indianos soeces y avaros, caballeros sospechosos, maniacos insufribles, enfermos repugnantes, ¡peste de clase media!» («Dos Sabios»). Son muchos los textos narrativos con la acción localizada total o parcialmente en un balneario, sea o no de la costa, y en época de vacaciones: desde la misma *Regenta,* donde en verano la buena sociedad va a to-

El médico no negaba que el baño de ola sería por lo menos inofensivo; pero, según y conforme: la cosa podía estar más cerca de lo que se creía, y en tal caso, sería una temeridad... Pero lo peor no era eso..., lo peor, lo verdaderamente peligroso, temerario, era el traqueo del coche... viaje de ida y vuelta... por aquellos vericuetos, con aquellos baches. ¡Absurdo!

—Pero Minghetti ha dicho...

—Señora, Minghetti que cante sus arias y sus romanzas, pero que no se meta en la Renta del Excusado[3].

—Minghetti ha viajado...

—Sí; pero no en estado interesante.

—No es eso. Digo que ha viajado, que ha visto mucho, y asegura que...

—Que las señoras *comm'il faut* no deben parir. Sí; ya conozco la teoría.

Contra los consejos de Aguado, los de Reyes fueron a baños.

Bonis estuvo tentado a oponerse, a inaugurar aquella energía que estaba decidido a poner en práctica en adelante, pues estaba asegurada, o poco menos, la descendencia. Mas era tal la cólera que se pintaba en el rostro de Emma en cuanto su esposo indicaba siquiera el deseo de que se pesaran con detenimiento las razones del médico, que el infeliz Reyes continuó aplazando su resolución de *tomar el mando de la casa* y ser el *marido de su mujer* para después del parto.

«No; no perdamos lo más por lo menos. No la irrite-

mar baños a las aguas de Termasaltas (vol. II, pág. 283), hasta «Snob», «Flirtation legítima», «El caballero de la mesa redonda» *(Cuentos morales)*, *Palomares*, «Dos Sabios», «Aprensiones» y «La fantasía de un delegado de hacienda» *(El gallo de Sócrates)*. El espectáculo de los baños debió interesarle tanto como sus efectos sobre la salud, pues como escribe malignamente: «Así como en tiempo de baños, en las playas, hay ocasión de ver al desnudo muchas flaquezas corporales, en las elecciones se ve la desnudez de muchos espíritus» («Sátura», en *El Día*, 5-III-1893, en Lissorgues, ed. 1980, pág. 36).

[3] *Renta del Excusado: meterse uno en la Renta del Excusado* es modismo que significa «meterse uno en lo que no le incumbe o importa» y que se relaciona con el derecho del Estado a otorgar privilegios fiscales, bien liberando del pago de tributos, bien concediendo la capacidad de cobrarlos.

mos; un malparto sería una catástrofe horrorosa; la catástrofe de mis esperanzas, de mi vida entera. Después del
parto, ya hablaremos.»

«Pero Nepomuceno, Körner, el primo Sebastián, Marta, las de Ferraz, Minghetti, no iban a parir; ¿por qué no se
atrevía con ellos? ¿Por qué no echaba de casa a los parásitos? ¿Por qué no ponía orden en los gastos, y orden en las
costumbres de su hogar, inundado por aquel holgorio perpetuo?... Sobre todo, ¿por qué no se encerraba con Nepomuceno y le decía: —¡Eh, eh, amiguito; hasta aquí hemos
llegado! A ver, por lo menos explíqueme usted eso de la
ruina inminente...»

«¿Por qué no se atrevía con el tío y con los amigos de la
casa?» El viaje a la costa vino a darle una tregua, que era
todo un sofisma de la voluntad.

«Ahora nos vamos y no puedo yo ponerme al frente de
todo eso. A la vuelta, ¡oh! lo que es a la vuelta, tendré una
explicación con el tío.»

Lo único que había osado Bonis antes de irse a baños,
había sido olfatear un poco en los negocios de la familia.
Tímidamente se atrevió a proponer a Körner y al tío que
le llevaran consigo a ver la fábrica, que estaba a una legua
de la ciudad, una legua de carretera llena de baches. Nadie
sospechó que el viaje fuera malicioso, un espionaje. La
ineptitud de Bonis para toda clase de negocio serio, industrial, económico, era tal, que oía hablar al tío y al alemán
como si fuera griego todo lo que decían. Hablaban en su
presencia del mal estado del *negocio antiguo* sin que comprendiera palabra. El negocio nuevo era otra cosa. Pero en
éste no tocaban pito los fondos Valcárcel, como los llamaba el ingeniero, despreciándolos ya completamente. La fábrica de productos químicos languidecía; lo de sacarles a
las algas sustancia se había abandonado casi por completo;
en *teoría*, el negocio era infalible; en la *práctica,* una calami-
dad. No se abandonaba por completo por tesón. El material adquirido, a costa de grandes e improductivos sacrificios de los *fondos Valcárcel,* se empleaba en otras aplicacio-
nes de tanteos aventurados, locos, desde el punto de vista
económico; en pruebas que le servían a Körner para ensa-

yar las novedades que veía en los periódicos técnicos, pero que en el comercio, en el triste comercio español, sobre todo en aquel rincón de España, sin comunicaciones apenas, sin ferrocarril todavía[4], resultaban desastrosas, una locura. En estas aventuras de romanticismo químico se empleaba poco dinero... porque ya no lo había; no lo había del caudal que hasta entonces había provisto a todo. Pero la industria nueva era otra cosa. Nada de vaguedades, nada de variedad de ensayos sin contar con las salidas probables; esto otro era... una fábrica de pólvora, la primera y única por entonces en la provincia. Körner la dirigía como ingeniero, y Nepomuceno estaba al frente de la Sociedad comanditaria que le daba el jugo crematístico. A los Valcárcel, agotados, les habían dejado algo, muy poco, y sin saberlo ellos apenas.

La fábrica de pólvora estaba implantada en los terrenos de la *vieja,* como llamaban ya a la fábrica primitiva. No se sabía por qué para la antigua industria se habían comprado tantas hectáreas; pero ello había sido una fortuna... para la industria nueva, que, a bajo precio, había podido adquirir lo que la fábrica de pólvora necesitaba y lo que a la otra no le servía para nada. Aquel tejemaneje industrial y administrativo en que por fas o por nefas siempre figuraban Körner y Nepomuceno manejándolo todo, les había costado no pocas reyertas, y no pocas componendas... y no pocos cuartos, por la necesidad de vencer escrúpulos de la ley y de la Administración pública, representada por el

---

[4] *sin ferrocarril todavía:* «España entró en la segunda mitad del siglo XIX sin red ferroviaria. Sólo funcionaban por entonces los 29 kilómetros del Barcelona-Mataró, cifra ridícula si se compara con los 3.000 kms. de Francia, los casi 6.000 de Alemania y los más de 10.000 de Inglaterra» (G. Tortella, «Ferrocarriles, Economía y Revolución», en *La revolución de 1868,* Nueva York, 1970, pág. 130). Sin embargo, entre 1856 y 1866 los kilómetros de vía se multiplicaron asombrosamente (de 500 a 5.000). Uno de los primeros trazados (el tercero) fue asturiano, el de Sama de Langreo-Gijón (1855), con expectativas claramente industriales. Hacia el año 1868 está completa la red nacional, y aun así quedan amplias zonas marginadas, en especial el nordeste (Galicia y Asturias) de la península. El impacto del ferrocarril en Asturias dejó huella en la obra de Clarín, especialmente en los cuentos: «¡Adiós Cordera!», «Tirso de Molina», o «En el tren», serían buenos ejemplos.

personal respectivo; pero hoy una comilona, mañana otra, regalitos, palmadas en el hombro, recomendaciones y otros expedientes, habían ido allanándolo todo.

Bonis, en la visita a las fábricas, no sacó nada en limpio más que el miedo invencible, que le tuvo ocupado el ánimo todo el tiempo que permanecieron cerca de la pólvora. La idea de volar, mucho más verosímil allí que a una legua lejos, no le dejó un momento. En cuanto a la fábrica vieja, la de *productos químicos* —así, vagamente, en general—, no le pareció tan en los últimos como creía. Pensaba ver una ruina material, las paredes cuarteadas, la maquinaria podrida, las chimeneas sin humo. No había tal cosa; todo estaba entero, casi nuevo, con vida, había ruido, había calor, había, aunque pocos, operarios... ¿Dónde estaba la ruina? No se atrevió a preguntar por ella, porque no quería que los otros sospechasen que él sabía algo del estado del negocio.

«Cuando volvamos de los baños y yo le pida cuentas al tipo, averiguaré si esto nos produce algo o nos arruina en efecto.»

Volvió, dando saltos como una codorniz, dentro del coche, y entró en la ciudad, decidido a no plantear nunca por propia cuenta una industria tan peligrosa como la de la pólvora.

Körner y el primo Sebastián, de quien ahora estaba enamorado el tío Nepomuceno, que le metió en sus negocios de muy buen grado, y haciéndole que se interesara en ellos por motivos de lucro, notaron a un mismo tiempo, y se comunicaron la observación, que hacía algunas semanas Bonifacio oía muy atento sus conversaciones acerca de las fábricas, y hasta rondaba las mesas del escritorio y miraba de soslayo los papeles que traían y llevaban.

—Ese imbécil parece que quiere enterarse, dijo Körner.

—Sí, eso he notado. Pero, ¿no ve usted qué cara de estúpido pone? No entiende una palabra.

—Sí; pero... no me fío. Tiene miradas... así, como de espía. Hay que espiarle a él también.

Un día el tío, oyéndoles insistir en comentar la curiosidad inútil de Reyes, se quedó pensativo.

No dijo nada, pero se dedicó a observar también al sobrino por afinidad. En la mesilla de noche de su alcoba vio unos libros que le dieron que pensar.

No eran versos, ni novelas, ni *psicologías lógicas y éticas*[5], que era lo que solía leer Bonis. Allí estaba un tomo de *Los cien tratados*[6], enciclopedia popular, que junto a un curso abreviado de la cría de gallinas y otras aves de corral, mostraba un compendio de Derecho civil. Sobre este tomo vio otro que decía: Laspra, *Práctica forense*[7], y otro con el rótulo: *Código mercantil comentado*[8].

¿Qué significaba aquello?

Al día siguiente Ferraz, el magistrado alegre, encontró a Nepomuceno en la calle, y le dijo:

—¿Van ustedes a tener algún pleito?

—¿Cómo pleito? ¿Con quién?

—Lo digo porque todas las tardes veo a Bonifacio echar grandes párrafos en la Oliva con el Papiniano[9] de la quinta, con Cernuda el joven.

«¡Hola! ¿Con que esas tenemos?», pensó don Nepo; pero

---

[5] *psicologías lógicas y éticas:* curiosa esta lectura de Bonis, que coincide con una asignatura del bachillerato de la época: «Psicología, Lógica y Ética», como recuerda Josep María de Sagarra en sus *Memòries* (II, Barcelona, 1981, pág. 140), o como apunta Clarín, en *La Regenta,* al presentarnos al Catedrático de Psicología, Lógica y Ética, amigo de Doña Anuncia (1986[2], V. n. 9).

[6] *los cien tratados, enciclopedia popular:* aparece citado en el *Manual* de Palau y Dulcet como *Cien tratados sobre los conocimientos más indispensables,* Madrid, 1859, 2 vols. La segunda edición es posterior a esta época, pues es de 1874.

[7] *Laspra, Práctica forense:* son numerosas las ediciones de libros con el título de *Práctica Forense* y subtítulos del tipo de: «Nuevo Manual de Juicio Civil Ordinario», o «Sus leyes, doctrinas y formulario»...

[8] *Código mercantil comentado:* puede que el título fuera *Código de Comercio:* son muchas las ediciones con este título, anotadas y concordadas. Una de ellas, cercana a la acción de la novela, es de Madrid, 1865 «por un abogado del ilustre Colegio de Madrid». Otra de don Pedro Gómez de la Serna y don José Reus, en 1868, tuvo especial éxito, pues se reeditó en diversas ocasiones.

[9] *Papiniano:* Emilio Papiniano, célebre jurisconsulto romano (c. 140-212). Desempeñó distintos cargos en tiempos de Marco Aurelio y Septimio Severo, quien le encomendó, al morir, la educación de sus hijos. Escribió numerosas obras, de las que destacan las *Quaestiones,* las *Responsa,* las *Definitiones* y *De adulteris.* Fue decapitado por orden de Caracalla, al desaprobar el asesinato de su hermano Geta.

se guardó de decirlo. Y en voz alta, echando a broma el aviso, que en realidad le había alarmado, dijo:

—Pensará hacerse abogado y estará dando lección con Cernuda. Amigo, ahora que va a ser padre, quiere ser un sabio; estudia mucho.

Los dos rieron la gracia, y sobre todo la malicia. Pero a don Ne   otra le quedaba. Lo de Cernuda era grave. Había que vivir prevenido.

Körner, Marta, Sebastián y el tío aconsejaron a Emma que cuanto antes se echase al agua. Minghetti vencía. Se buscó una carretela de buenos muelles, se encargó que fuera al paso, y el matrimonio y Eufemia se fueron a la orilla del mar.

Emma quería   ir algo extraño con el movimiento del coche; esperaba de aquel viaje imprudente una especie de milagro... natural. Que el hijo se le deshiciera en las entrañas sin culpa de ella. Gaetano había dicho que el viaje podría hacer fracasar el temido parto. La Valcárcel deseaba abortar, sin ningún remordimiento. No era ella; era el traqueo, el vaivén, las leyes de la naturaleza, de que tanto hablaba Bonis.

El cual iba aburriendo al cochero con sus precauciones, con sus avisos continuos.

—¡Cuidado! ¿Eh? ¿Qué es eso? ¿Un bache? ¡Maldito brinco! Despacio..., al paso, al paso..., no hay prisa... ¿Cómo te sientes, hija? ¡Estos ingenieros de caminos! ¡Qué carreteras! ¡Qué país!

Y Emma, ignorante del peligro, pensaba: «Sí, sí; el país, los ingenieros; ríete de cuentos; las leyes, las leyes de la naturaleza, que a ti te parecen inalterables y muy divertidas, esas, esas son las que te van a dar un chasco...»

Se quedó adormecida, y medio soñando, medio imaginando voluntariamente, sentía que una criatura deforme, ridícula, un vejete arrugadillo, que parecía un niño Jesús, lleno de pellejos flojos, con pelusa de melocotón invernizo, se la desprendía de las entrañas, iba cayendo poco a poco en un abismo de una niebla húmeda, brumosa, y se despedía haciendo muecas, diciendo adiós con una mano, que era lo único hermoso que tenía; una mano de nácar, torneadita, una monada... Y ella le cogía aquella mano, y le daba un beso en ella; y decía, decía a la mano que se agarraba a las suyas: «Adiós... adiós...; no puede ser... no puede ser...; no sirvo yo para eso. Adiós... adiós...; mira, las leyes de la naturaleza son las que te hacen caer, desprenderte de mi seno... Adiós, hija mía, manecita mía; adiós... adiós... Hasta la eternidad.» Y la figurilla, que por lo visto era de cera, se desvanecía, se derretía en aquella bruma caliginosa, que envolvía a la criaturita y a ella también, a Emma, y la sofocaba, la asfixiaba... Abrió los párpados con sobresalto, y vio a Bonis que, con la mirada de *Agnus Dei,* como ella decía, enternecida, clavaba sus ojos claros en el vientre en que iba su esperanza.

Llegaron sin novedad a la costa. Emma se bañó al día siguiente, con los cuidados que el médico del pueblo, consultado por Bonis, aconsejó. Por aquel doctor supo la Valcárcel, horrorizada, cuando se trató de dar la vuelta a la ciudad, que lo que ella creía aborto, en aquellas circunstancias podía ser mucho más peligroso que el parto en su día..., porque ya sería otra cosa: un verdadero parto antes de la cuenta, pero no aborto en rigor. Un sietemesino de vida precaria, y gran peligro y grandes pérdidas de la madre... eso era lo que podía producir el viaje a la ciudad si no se tomaban grandes precauciones. Emma chilló, cogió el cielo con las manos, insultó a Bonis, y a Minghetti, y a D. Basilio, ausentes. ¡Ella que creía engañar a la naturaleza! ¡Huía de un peligro y buscaba otro mayor! Pero, ¿por qué no me lo han dicho en casa?

—Pero, mujer, ¿no te advertimos Aguado y yo?...

—Aguado hablaba de perder la criatura, no de perderme yo. ¡Dios mío! Yo no me muevo; pariré aquí, en esta aldea... me moriré aquí... Yo no doy un paso más...

Costó gran trabajo meterla en el coche. El médico del pueblo tuvo que asegurarle bajo palabra de honor que él respondía de que no habría novedad si se tomaban las medidas de precaución que él señalara... Se hizo todo al pie de la letra. Se pidió prestado su mejor coche a una condesa de las cercanías; el cochero tuvo que jurar que los caballos no darían un paso más largo que otro; el carruaje se llenó de almohadones. Emma iba casi suspendida. Tuvo que confesar que no sentía el movimiento apenas. Durante el viaje, que duró tres horas más que el de ida, se durmió también, y se quedó con las manos apretadas sobre el vientre. Cuando despertó, vio a Bonis con la mirada grave, de expresión intensa, fija sobre el mismo sagrado bulto que oprimían los dedos de ella. Se lo agradeció; sonrió al esposo que la ayudaba a no soltar antes de tiempo la carga de sus entrañas, y le mostró, avergonzada de la caricia, como siempre que tenía estas debilidades, le mostró su gratitud dándole un suave puntapié en la espinilla. Y Bonis, que sentía lágrimas cerca de los párpados, pensó: «Lo mejor sería amar al hijo... y amar a la madre.»

Al bajar del coche, junto al portal de su casa, Emma exigió que la ayudasen dos, que habían de ser Bonis y Minghetti; se dejó caer sobre ellos con todo su cuerpo, segura de no ser abandonada a su pesadumbre. Después, mientras Bonis y D. Nepo y los demás que habían acudido a recibirla daban órdenes para subir a casa el equipaje, ella emprendió la marcha escalera arriba, colgada del brazo de Gaetano. En el primer descanso se detuvo, respiró con dificultad, miró al barítono con fijeza, y acabó por decir:

—¿Y si me hubiera muerto en el camino... por culpa tuya?

—¡Bah!

—¡Sí, bah! Podía desangrarme; son habas contadas.

—No, hija mía, no. Parirás sin dolor, y tendrás un robusto infante.

Emma se puso muy encarnada. Minghetti, como distraído, le soltó el brazo, y siguió subiendo, delante, sin más cortesía, con las manos en los bolsillos del pantalón, silbando una cavatina[10] con un silbido de culebra, que era una de sus habilidades. La Valcárcel acabó de subir sola, agarrada al pasamanos, y sujetando el vientre, como si temiera parir en la escalera.

Se acostó, e hizo venir a D. Basilio. Exigió un reconocimiento, del cual resultó que no había novedad y que el tre-

---

[10] *cavatina*: «Aria corta, a veces en dos tiempos» (DUE).

mendo trance de Lucina[11] llegaría por sus pasos contados, o no contados en aquella ocasión, a su debido tiempo.

Los de allá, como llamaban a Mochi y a la Gorgheggi, todos los de la alegre compañía, escribieron preguntando con gran interés por la salud de Emma.

Minghetti era el encargado de aquella correspondencia por parte de los de acá. A la Coruña iban pocas cartas; pero de la Coruña venían con abundancia. Los ausentes sentían nostalgia de la *vita buona*[12] que había dejado. Serafina era la que más abusaba de la escritura. En una hermosísima letra inglesa, escribía pliegos y pliegos de literatura políglota; inglés, a veces, para las cosas más difíciles de decir, y que se quedaban sin entender si no acudían Körner o Marta a traducirlas; italiano a menudo, y por lo común español. Aun en castellano había parrafillos que no comprendían los corresponsales de acá, no por las palabras, sino por los conceptos. Eran alusiones disimuladas y de mucho artificio que iban derechas al corazón y a los recuerdos de Bonis. Éste, a pesar de sus remordimientos, escribía de tarde en tarde a Serafina, que se lo había exigido. Tenía la cantante una pasión verdadera por las expansiones epistolares, y era muy capaz de mantener la constancia de una llama amorosa, más o menos mortecina, a fuerza de acumular paquetes de pleguezuelos perfumados llenos de letra menuda, cruzada como un tejido sutil. Pero si Bonis había consentido en *continuar sus relaciones* por escrito, se había opuesto en absoluto a que la cómica le escribiese a él directamente. Aunque era seguro que Emma había llegado a saber que su esposo era o había sido amante de su amiga la

---

[11] *trance de Lucina:* eco del verso 371 de la *Égloga,* I, de Garcilaso: «aquel duro trance de Lucina» (Lissogues, 1982, pág. 62). Lucina es la diosa de los partos. Clarín al citarla recuerda probablemente una de las fábulas de las *Metamorfosis* (libro IX), en la que «Alcmena, ya de avanzada edad», cuenta a Yola que, estando de nueve meses, imploró a Lucina y a las demás divinidades que presiden los alumbramientos. Lucina acudió, pero presionada por la celosa Juno, «vino con el solo fin de impedir mi parto. Sufrí dolores increíbles, daba a Júpiter nombres ingratos, pedía la muerte y lanzaba gritos que reblandecían las rocas».

[12] *buona:* tanto P como F imprimen *bona.*

Gorgheggi, y hacía la vista gorda, al fin no había que estirar la cuerda; tal vez si se desafiaba su dignidad de esposa burlada, pensaba y decía a su cómplice Bonifacio, tal vez estallase la cuerda y hubiese una de *pópulo bárbaro*[13]. A esto había contestado Serafina con extraña sonrisa: «Pero si tu mujer vive a lo gran señora, despreocupada, y sabe lo que es el mundo...»

Esta idea de la tolerancia perversa de su mujer sublevaba los sentimientos morales de Bonis; no admitía la hipótesis. «No; su mujer no podía despreciarle ni despreciarse hasta ese punto.» En fin, no transigió. A él no se le podía escribir cartas de amor, que de fijo caerían en poder de Nepomuceno y de Emma, porque de seguro no se le respetaría la correspondencia, como no se le respetaban los demás derechos individuales. La Gorgheggi tuvo que resignarse, y se contentaba con escribir no sólo a Minghetti, en su nombre y el de Mochi, sino a Emma, su carísima amiga; y hasta en las cartas a ésta había contestaciones veladas, intercaladas con un disimulo que revelaba grandísimo arte, a los más esenciales conceptos de las escasas cartas de Bonis. Cuando el futuro padre vio aquellos pliegos en que se aludía al próximo alumbramiento de su mujer, y se aludía con misteriosas oscuridades, que no eran contestación a nada de lo que él había escrito, y más parecían malicias inextricables, sintió hasta repugnancia moral, y cortó por lo sano. Dejó de escribir a Serafina. Así como así, todo aquello tenía que concluir pronto. En cuanto naciese el hijo. Más hubo. Reyes se hizo supersticioso a su manera; y si bien desechó por absurda, aunque simpática y bella, la idea de hacer una promesa a la Virgen del Cueto, imagen milagrosa de las cercanías, decidió *sacrificar* al buen éxito del parto todos sus vicios, todos sus pecados. «La estricta moralidad, pensó, será para mí, como si dijéramos, Nuestra Señora del Buen Parto.» Hizo examen de conciencia, y no encontró más pecado gordo que el de las *cartas adúlteras*. Suprimió las cartas. Serafina, a las pocas semanas, se quejó con el esoterismo epistolar de costumbre; pero Bonis no se

---

[13] *pópulo bárbaro.* P imprime *pópulo bárbaro*, y I¹ le quita los acentos.

dio por enterado, y acabó por no leer siquiera las cartas que venían de la Coruña primero, y después de Santander. Así es que supo, porque la misma Emma se lo dijo, y se lo dijo después Minghetti, que Serafina estaba en situación poca halagüeña, pues trueno tras de trueno, Mochi, aburrido, se había marchado a Italia sin un cuarto, pero lleno de deudas; y ella, su amiga y discípula, quedaba en Santander sin contrata, sin dinero y con fundados temores de que su maestro y *babbo* espiritual no volviera a buscarla, aunque se lo había prometido.

Minghetti y Emma, que con el miedo a morirse a plazo fijo se sentía muy caritativa y compadecía mucho las desgracias ajenas a ratos perdidos, trataron en conferencia cómo se podía proteger a Serafina de modo compatible con la dignidad de la cantante. Se consultó con el tío también, y éste no ocultó la frialdad con que acogía aquel interés que se tomaba su sobrina por la protegida de Mochi. Dijo, secamente, que no se podía hacer nada por ella, ni con dignidad, ni sin dignidad, puesto que de todas suertes había de ser sin dinero.

A Bonis no se le habló de estos proyectos de socorro; primero, por la inveterada costumbre de no contar con él para nada; y después, porque tanto a Minghetti como a Emma se les ocurrió, sin comunicárselo, que era demasiada desfachatez y falta de aprensión tratar con Bonifacio de semejante negocio.

Un día, cuando según los cálculos más probables, ya se aproximaba la *catástrofe* que horrorizaba a la Valcárcel, y en opinión de don Basilio se debía estar preparado a tenerla encima de un momento a otro, Reyes se encontró en el portal de su casa, al salir, con el cartero. No traía más que una carta.

—Para usted es, señorito; dijo el hombre con voz solemne, como dando gran importancia a lo extraodinario del caso.

—¡Para mí! Bonis se apoderó del papel como de una presa, como si se lo disputaran; miró azorado a la escalera y hacia la calle temiendo que aparecieran testigos; y cuando ya el cartero tomaba la puerta, le dijo asustado, temblando ante el temor de que no se le hubiera ocurrido llamarle:

—Oiga usted, cartero... El cuarto[14], el cuarto, hombre.

—No, señorito; no es puñalada de pícaro; otro día cobraré.

—No, no; si tengo yo. Tome usted. Las cuentas claras. Tome usted. Y le entregó una pieza de dos cuartos.

—Sobra uno, señorito; queda en cuenta, ¿eh?, para mañana. Ya que usted es tan puntual, yo también...

—¡No, no!, de ninguna manera. Quédese usted con el otro o délo a un pobre.

El cartero se fue riendo.

«Riéndose va de mí, pensó Bonis; ¡creerá que he querido comprar su silencio con dos maravedís!»[15].

No había leído el sobre de la carta, que guardó azorado en el bolsillo. Pero no necesitaba leer nada. Estaba seguro; era de Serafina. En efecto; en el café de la Oliva leyó aquel pliego, en que la Gorgheggi se le quejaba como una Dido[16] muy versada en el estilo epistolar. ¡Qué elocuencia en los reproches! Toda aquella prosa le llegó al alma. Se quejaba de su largo silencio; sabía, por las cartas de Emma, que él, Bonis, ya no leía las suyas, las de su *querida* Serafina. Por

---

[14] *El cuarto:* moneda de cobre equivalente a unos tres céntimos de peseta. El correo interior a una ciudad, repartido por cartero, se franqueaba con un sello de un cuarto, aumentándose tantos sellos de esta clase según el peso. Estos sellos se expedían también en los estancos (Mesonero Romanos, *Nuevo Manual de Madrid,* BAE, CCI, pág. 490). Cuando Galdós evoca el final de la década del 40 escribe: «Aún no se conocían el sello de correo ni los sobres» (*Fortunata y Jacinta,* I, ed. de F. Caudet, pág. 147). El primer sello español apareció en 1850.

[15] *dos maravedís:* el maravedí es antigua moneda española, pues desde tiempos medievales llegó hasta finales del xix, a veces como moneda de cuenta y otras como moneda material, de cobre. El maravedí valía una treintaicuatroava parte del real, moneda básica en la España del xix, antes de la imposición de la peseta (1868). En la época en que escribía Clarín era ya una antigualla, pero no antes de 1868, en que un cuarto valía cuatro maravedís, a pesar de lo que dice el narrador. La legislación monetaria moderna aparece con la revolución de 1868, e impone la peseta de cuatro reales, dividida en 100 céntimos, como unidad monetaria.

[16] *Dido:* princesa de Tiro y reina de Cartago, ciudad que fundó. Enamorada de Eneas, prorrumpe en lamentaciones cuando éste se dispone a abandonarla. Su desesperación es tal que la lleva al suicidio (*Eneida,* libro IV).

eso sin duda no la había ofrecido ni un consuelo en la terrible situación a que había llegado. Tal vez él no creía en tal penuria; tal vez, como un miserable, pensaba que ella podía entregarse a cierta clase de aventuras, que le facilitarían suficientes medios para vivir en la abundancia. Pues, no, no. Creyéralo o no, ella no podía dejar de volver los ojos a la vida tranquila, serena, que él la había enseñado a preferir, penetrando sus verdaderos goces.

Venía a decirle, a su modo, con muchas frases románticas, pero con sinceridad, por lo que al presente se refería, que aquel tiempo pasado en el pueblo de Bonis la había transformado, y no podía lanzarse a la vida alegre en que su hermosura la prometía triunfos y provecho. Ocultaba, como siempre, las aventuras antiguas, pero no mentía en cuanto a la actualidad.

En la Coruña, en Santander, había resistido a todas las seducciones del dinero, únicas que, en verdad, se le habían presentado. Pudo tener amantes ricos, y no quiso.

Era fiel a Bonis como una buena casada que no ama a su esposo, pero le respeta, le estima, y estima y respeta, sobre todo, la honradez. A Serafina le había sabido a gloria la vida de señora de pueblo que había hecho junto a Reyes; de una señora con unas relaciones prohibidas, eso sí, pero sólo aquéllas.

«El maestro, seguía diciendo la carta, ha prometido volver a buscarme en cuanto haya una contrata aceptable; pero el tiempo vuela, yo me desespero. Mochi no viene, y estoy delicada, nerviosa, muy triste... y muy pobre. La voz, además, se me va a escape; el teatro empieza a darme miedo; he recibido ciertos desaires, disimulados, del público, que me han sabido al hambre futura, al hospital en lontananza. No te pido un asilo; no te pido una limosna. Pero me voy cerca de ti. Quiero ser *burguesa*. En tu casa, a tu lado, aprendí a serlo, a mi manera. Aquella paz del alma de que me hablabas tantas veces la necesito yo también. Eso y un poco de pan... y un poco de patria, aunque sea prestada. Le he tomado cariño a ese rincón tuyo, como se lo tuve en otro tiempo a aquel otro rincón verde de Lombardía de que te hablaba yo, cuando tú me adorabas como a la *ma-*

donna. Ya sé que el amor no es eterno. No te pido amor, te pido amistad, cierto cariño que no niegan los esposos menos fieles a su mujer. Y tampoco les niegan un asilo. Yo no puedo vivir en tu casa; pero puedo vivir en tu pueblo. A lo menos por algún tiempo: déjame ir. Ahora necesito descansar. Estoy enferma por dentro, por muy adentro. Desquiciada. Necesito ver caras amigas. Tú no sabes qué pena es no tener patria verdadera cuando el cuerpo se fatiga, quiere descanso y el alma pide paz y vivir de recuerdos. Yo antes no pensaba así. Pero tú, tus manías de moral estrecha, hasta tu caserón vetusto con sus aires tradicionales, señoriles, todo eso se me ha metido por el alma. Algunas veces te oí decir que nosotros, los pobres cómicos, os habíamos pegado a ti y a los tuyos nuestras costumbres alegres, despreocupadas. Todo se pega. También a mí me habéis pegado vosotros, tú, tú, Bonis, sobre todo, vuestras preocupaciones y vuestro temor de la vida incierta, peregrina. Esto de que le lleve a uno el viento de un lado a otro, es terrible. Voy a verte. Además, esto, Bonis, *voy a verte.* A ti ya no te importa. Pero a mí... todavía sí. Yo no soy tu mujer; pero tú eres mi marido[17]. No tengo otro. Si yo hubiera sido la hija mimada del abogado Valcárcel, la bendición que santificó tus amores con otra hubiera caído sobre mí. No des al azar más importancia que tiene. Ya sabes cómo soy; el mejor día estoy contigo. ¿Me cerrarás tu puerta? ¿Manda eso la moral que usas ahora? A ti te quiere todavía mucho, Bonifacio Reyes, te quiere, Serafina.»

Bonifacio no dudó un momento de la sinceridad de tanta prosa. Sintió lástima infinita, amor retrospectivo; la voluptuosidad antigua, evocada por los recuerdos, se purificaba. Se vio desorientado dentro de la conciencia, la brújula del deber le daba vueltas en la cabeza como una loca. Él debía algo también a Serafina. Si ella le había corrompido el corazón, el tálamo, él le había pegado a ella aquellos ins-

---

[17] *Yo no soy tu mujer; pero tú eres mi marido:* de nuevo resuena el eco de la idea, «la pícara idea» de Fortunata que, siendo como es la mujer de Maximino, siente que «mi verdadero marido» es Juanito Santa Cruz, casado con Jacinta (*Fortunata y Jacinta,* III, VII, 2).

tintos de vida ordenada, pacífica, honrada. Y además... le pedía pan la que le había hecho feliz.

«¡Sofismas, sofismas! le gritaba de repente el *hombre nuevo*[18], como él se decía. Voy a ser padre, y en la casa en que nazca mi hijo no pueden entrar queridas de su padre. Se acabaron las queridas... y, sobre todo, se acabó el dinero. Yo no gastaré ya un cuarto en cosa que no le importe a mi hijo. Todo por él, todo por él. Y se acabó. No hay que darle vueltas. Esto es ser cruel. Esto es ser egoísta. Bueno. Egoísta por mi hijo. No me repugna. Por él, cualquier cosa. Me agarro a lo absoluto. El deber de padre, el amor de padre, es para mí lo absoluto.»

Estas frases y otras por el estilo no imperaban siempre en el alma de Reyes. Desde que llegó la carta de Serafina fue la existencia de Bonis de lucha continua consigo mismo; una batalla perenne, como tantas otras que se había dado a sí propio, siempre derrotado.

Serafina llegó; se presentó en el caserón de los Valcárcel, fue bien recibida por Emma, por Nepo, por Sebastián, por Marta, por todos, y Bonis no tuvo valor para mostrarse esquivo. Lo que no hizo fue oficiar de amante, ni Serafi-

---

[18] *el hombre nuevo:* reiteradas veces ha aparecido en la novela esta expresión (págs. 386, 410), que por otra parte ya había aparecido en *La Regenta* (vol. I, 1986, pág. 173); el origen es un tópico paulino que bautiza así al cristiano regenerado por la gracia, y que se ha *despojado del hombre viejo* al renunciar al pecado y a las inclinaciones viciosas de la naturaleza humana (S. Pablo, *Epístolas,* Rom. IV, 6, Eph. II, 15, IV, 22 y 24; Col. III, 9 y 10; I, Cor. V, 7). Para San Juan (III, 15 y IV, 54) el hombre ha de nacer de nuevo para ganar la Vida Eterna. En el fin de siglo la expresión resuena por todas partes, y Clarín pudo recogerla tanto de los filósofos espiritualistas como de Nietzsche, cuyo Zaratustra predica el hombre nuevo o superior, tránsito hacia el superhombre. Pero la fuente más directa de la utilización que hace Clarín (a veces paródicamente) es, sin duda, su maestro Francisco Giner de los Ríos, quien predica la necesidad de superar el hombre viejo hispánico, deformado por el misticismo, el formalismo, el fanatismo o la falta de pensamiento propio, y producto de un sistema educativo tradicional y absurdo, dominio de la Iglesia, por el hombre nuevo: «un hombre paradisiaco, perfecto de alma y de cuerpo» que encarnaba el ideal del racionalismo armónico Krausista *(Ensayos sobre educación,* eds. La Lectura, I parte, págs. 15-76 y 167-188). Galdós intentó llevarlo a la novela con el Pepe Rey de *Doña Perfecta,* y sobre todo con el León Roch de *La familia de León Roch,* aunque esos intentos no satisficieron del todo a Giner de los Ríos.

na mostró deseos de reanudar las relaciones, por lo pronto. Él, sin embargo, se acordaba de lo que decía la carta sobre el particular. Los ojos de la Gorgheggi parecían recitar con sus miradas el final de la epístola; pero los labios no decían nada de tales ternezas. Tampoco le tocó la cuestión espinosa y delicada de los *alimentos,* que parecía reclamar la antigua querida.

La cantante dijo que venía a esperar a Mochi, que le había ofrecido volver a su lado para llevarla contratada a América. No pidió nada a nadie. Vivía modestamente en su antiguo cuarto de la Oliva. La visitaban Minghetti, Körner, Sebastián y otros amigos antiguos. Bonis no la veía más que en su propia casa, es decir, en casa de su mujer. Ella no se quejaba de esta conducta. No hacía más que mirarle con ojos amantes en cuanto había ocasión de verse solos.

Reyes estaba satisfecho de su entereza. Había sentido mucho, mucho, al ver en su presencia a la tiple... Pero se había contenido pensando en su futuro *sacerdocio* de padre. Aquella lucha en que esta vez iba venciéndose a sí mismo, le parecía una iniciación en la vida de virtud, de sacrificio, a que se sentía llamado. Con la energía empleada en esta violencia hecha a la pasión antigua, daba por gastada toda la fuerza de su pobre voluntad, y se perdonaba, con pocos escrúpulos, los aplazamientos y prórrogas que iba dando a lo de las *cuentas del tío.* Sí, pensaba explicarse; pensaba plantear la cuestión... pero pasaban los días y no hacía nada. Nada entre dos platos. Leía Derecho civil, leía un Código de Comercio que tenía por apéndice un tratado de teneduría de libros; consultaba con Cernuda el joven, elocuente abogado, y... nada más. El tío se preparaba, sin duda. Esperaba una acometida. ¡Oh! ¡Bien sabía Bonis que Nepo tendría armas con que defenderse! Por eso tomaba vuelo; por eso daba largas al asunto... por eso, valga la verdad, le temblaban las piernas cada vez que se decía: «Hoy mismo llamo aparte al tío y le digo...»

¡Pero si no sabía lo que había de decirle siquiera! Una tarde llegó el cartero con dos cartas del correo interior. Una era de Serafina, que no había parecido por casa de

Emma hacía tres o cuatro días; escribía esta vez a Bonis, sin acordarse de lo tratado, que era no escribirle a él, y le decía que se sentía mal y con disgustos repugnantes por causa de una letra de Mochi, que no había llegado. Le pedía consuelo, una visita y... algunos duros adelantados. Lo sentía infinito, pero el fondista de la Oliva le había herido el amor propio, la había ofendido, y quería pagar para tener derecho de dejar aquella posada, y decirle al grosero que no sabía tratar con una dama, sola, sin un hombre que la defendiera.

Ante esta misiva, los primeros impulsos de Bonis fueron dignos de un Bayardo[19] y de un Creso[20], en una pieza. Por un momento se olvidó de su *sacerdocio* y se vio en el *terreno* atravesando al huésped de la Oliva de una estocada, y arrojándole a los pies un bolsillo de malla, como los que usaba Mochi en las óperas... Pero la letra contrahecha de la otra carta le llamó la atención: rompió el sobre y leyó de un golpe, ¡y qué golpe!, el contenido del anónimo, pues lo

---

[19] *Bayardo:* se refiere a Pierre Terrail Bayard (c. 1473-1524), conocido como «le chevalier sans peur et sans reproche» o como «le bon chevalier». Fue uno de los militares más célebre en las dos invasiones de Italia por los franceses a principios del XVI, y en las consecuentes guerras con los españoles. Sus hechos heroicos fueron celebrados por las óperas del XIX, de ahí su actualidad. Así, las heridas en Brescia, pese a las cuales acudió a socorrer a Gaston de Foix en la terrible batalla de Ravenna, son cantadas en la ópera *Bayard dans Bresse,* de Champein. La defensa con éxito de Mézières, con 1.000 hombres, frente a un ejército español de 35.000, durante 6 semanas, es tema de *Bayard à Mézières,* de Boieldieu, Catel e Isonard, estrenada en París en 1814. En 1523, tras la derrota de los franceses en Robecco, asumió el mando de la retaguardia en el paso de Sesia, donde fue gravemente herido y murió como Roland (*La morte di Bayard,* de Veneziani). Otra ópera, de curioso título, es *La continence de Bayard,* de Propiec.

[20] *Creso:* Richmond lee Cresco, por error, pues en mi original se lee Creso, y no encuentro ningún Cresco que pueda justificar su cita aquí. Esto y el sentido de la frase apoyan la lectura *Creso,* héroe, como Bayard, de numerosas óperas dieciochescas. Las más antiguas son probablemente *Il Creso,* de Legrenzi, e *Il Creso,* de Drogi, ambas del seiscientos; y le siguen óperas de Abos, Alessandri, Anfossi, Cafaro, Conti, Hasse, Jommelli, Sacchini y Terziani, todas dieciochescas. Creso, último rey de Lidia, fue legendario por sus riquezas. Bonis reacciona pues como si fuera un caballero de honor (Bayardo) y, a la vez, como ricacho (Creso), para hacer frente a los apuros de honra y de dinero de Serafina.

era. No decía más que esto: «¡Ladrón! ¡Sacrílego! ¿Dónde están los siete mil reales devueltos en el confesonario por un pecador arrepentido?»

Bonis, que estaba en su alcoba, se dejó caer sentado sobre la colcha de flores azules de su humilde lecho. Sintió un sudor frío, la garganta apretada.

«¡Me estoy poniendo malo!», se dijo. Pero de repente olvidó su mal, el anónimo, todo, porque Eufemia entró gritando, corriendo; tropezó con las rodillas de Bonis, y exclamó:

—¡Señorito, señorito!... La señorita está con los dolores.

Bonis saltó como un tigre, corrió por salas y pasillos, con una bota y una zapatilla, tal como le habían sorprendido las cartas malhadadas, y llegó al gabinete de su esposa en pocos brincos.

Horrorizada, con cara de condenado del infierno, Emma se retorcía agarrada con uñas de hierro a los hombros y al cuello de Minghetti, que no había tenido tiempo para levantarse de la banqueta del piano. Estaba él cantando y acompañándose, según costumbre, cuando su discípula lanzó un chillido de espanto, sorprendida y horrorizada por el primer dolor del parto próximo. Se había agarrado al maestro y amigo, no sólo con el instinto de toda mujer en trances tales, sino como dispuesta a no morir sola, si de aquello se moría; decidida a no soltar la presa esta vez y llevarse consigo al otro mundo al primero que cogiera[21] a mano.

Al presentarse Bonis, hubo en los tres un movimiento que pareció obedecer al impulso de un mismo mandato de la conciencia; Emma soltó el cuello y el hombro de Gaetano; éste dio un brinco, separándose de Emma, y Reyes avanzó resuelto, con ademán de reivindicación, a ocupar el sitio de Minghetti. Emma se agarró con más ansia, con más confianza al robusto cuello y al pecho de su marido, que sintió en el contacto de las uñas y en el apretón fortísimo, nervioso, una extraña delicia nueva, la presencia indi-

---

[21] *cogiera:* tanto P como F imprimen *cogía*.

rectamente revelada del ser que esperaba con tanto deseo. Aquello *era* él, sí, él, el hijo que estaba allí, que se anunciaba con el dolor de la madre, con esa solemnidad triste y misteriosa, grave, sublime en su incertidumbre, de todos los grandes momentos de la vida natural.

En el apretar desesperado de Emma a cada nuevo dolor, Bonis sentía, además de los efectos naturales de la debilidad femenina en tal apuro, además de meros *fenómenos fisiológicos,* el carácter de la esposa; veía el egoísmo, la tiranía, la crueldad de siempre. Un tanto por ciento de aquel daño que Emma le hacía al apoyarse en él, y como procurando transmitirle por el contacto parte del dolor, para repartirlo, lo atribuía Bonis al deseo de molestarle, de hacerle sufrir por gusto.

—¡Que me muero, Bonis, que me muero!, gritaba ella, encaramada en su marido.

El peso le parecía a él dulce, y la voz amante. Buscó el rostro de Emma, que tenía apoyado en su pecho, y encontró una expresión como la de Melpómene[22] en las portadas de la *Galería dramática*[23]. Los ojos espantados, con cierto extravío[24], de la parturiente, no expresaban ternura de ningún género; de fijo ella no pensaba en el hijo; pensaba en que sufría nada más, y en que se podía morir, y en que era una atrocidad morirse ella y quedar acá los demás. Padecía

22 *Melpómene:* una de las nueve musas, la de la tragedia, a la que se suele representar con una máscara trágica en la mano derecha. Las Nueve Musas protagonizan, junto con Apolo, el satírico *folleto literario,* III, *Apolo en Pafos* (1887), aunque Melpómene no pasa aquí del papel de comparsa.

23 *Galería Dramática:* subtitulada *Colección de las mejores obras del teatro antiguo y moderno español, y del teatro extranjero.* He podido localizar 43 volúmenes. En ella se publicaron las obras de Zorrilla, *El Trovador,* de García Gutiérrez, etc. Todos los volúmenes llevan una pequeña ilustración, casi siempre indescifrable. Pero en el volumen correspondiente a *Un día de campo o El tutor y el amante,* de D. Manuel Bretón de los Herreros (Madrid, imprenta de Yenes, 1839), esa pequeña viñeta central representa a dos máscaras de perfil, y entre ambas una lira. ¡Había que tener un ojo bien avizor y una enorme curiosidad por los detalles para fijarse en los diminutos rótulos que acompañan las máscaras: «Thalie» y «Melpomene»! En ninguna de las dos la expresión es precisamente apacible.

24 *extravío:* tanto P como F leen *extravismo.* Richmond corrige a *estrabismo,* pero creo que es más fiel *extravío.*

470

y estaba furiosa; tomaba el lance, en la suprema hora, como un condenado a muerte, inocente, pero no resignado y apegado a la vida. Hubo un momento en que Bonis creyó sentir los afilados dientes de su mujer en la carne del cuello.

Minghetti había desaparecido del gabinete con pretexto de ir a avisar a más señores.

En efecto; poco después se presentaba el primo Sebastián, pálido; y a los cinco minutos Marta, muy contrariada, porque aquello podía retrasar algunos días su *próximo enlace,* y tal vez el bautizo eclipsara la boda. Se creería, por su modo de mirar la escena, que se habían dado garantías de que Emma no pariría hasta después de casarse ella. Por fin se presentó Nepomuceno, acompañado del médico antiguo, del partero insigne; porque, con perdón de D. Basilio, Emma le tenía guardada aquella felonía; hasta el día del trance, Aguado; pero en el momento crítico, si la cosa no venía muy torcida, el otro. Quería parir con el milagroso comadrón popular, a quien jamás se le moría ninguna cliente. Damas y mujeres del pueblo tenían más fe en aquel hombre que en San Ramón[25]. Las que morían, morían siempre en poder de los tocólogos sin prestigio sobrenatural. El comadrón insigne sabía llamar a tiempo a sus colegas. A falta de ciencia, tenía conciencia, y de camino ayudaba a la leyenda que le hacía infalible.

Bonis, que siempre había defendido a los tocólogos de la ciudad y atacaba con dureza la fama milagrosa del gran comadrón, al ver entrar a éste se sintió contaminado de la fe general. Que perdonaran la ciencia y el señor Aguado... pero él también se sentía lleno de confianza en presencia de aquel ignorante tan *práctico,* por más que un día lejano le había condenado a él falsamente a la esterilidad de su mujer. Aquél era el falso profeta que le había arrancado la esperanza de ser padre[26], de llegar a la dignidad que le pare-

25 *San Ramón:* confesor catalán de la Orden de la Merced, muerto en 1240. Fue extraído del vientre de su madre difunta, de donde el sobrenombre de Nonato y su condición de patrono de las parteras.

26 *de:* tanto P como F imprimen *al.* Richmond corrige a *de.*

cía más alta. Fuera como quiera, don Venancio entró, como siempre, dando gritos; riñendo, declarando que no respondía de nada porque se le llamaba tarde. No saludó a nadie; separó a Reyes de un empujón del lado de su esposa; a ésta la hizo tenderse sobre el lecho, y en las mismas narices del pasmado Bonis, le pidió tal clase de utensilios, que a él, el padre futuro, se le figuró que lo que el ilustre comadrón exigía eran materiales para fabricar un cordel con que ahogarle al hijo.

Sebastián, escéptico en todo desde que había dejado el romanticismo y engordado, se sonreía, asegurando en voz baja que la cosa no era para tan pronto.

D. Venancio se apresuraba, tomando medidas con ademanes de bombero en caso de incendio. Siempre hacía lo mismo. Sebastián le había visto en muchas ocasiones, que no eran para referirlas.

Marta creyó que en el papel de niña inocente que la había tocado en aquella comedia, había esta acotación: *Vase*. Y se retiró al comedor, donde encontró a Minghetti, que mojaba bizcochos en Málaga. No estaba alegre como solía.

Desde allí se oían, de tarde en tarde, los gritos de Emma como si los diera con sordina.

Marta miraba al italiano con curiosidad maliciosa. «¡Cosas del mundo!», pensaba la alemana, que en el fondo, para sus puras soledades, era más escéptica que Sebastián. «¡Éste aquí como si nada le importara, y el otro infeliz!...» Minghetti seguía mojando bizcochos y bebiendo Málaga. Acabó por fijarse en la mirada insistente y expresiva de Marta. Tomó el rábano por las hojas, y acercándose a la rozagante alemana, cuando ella creía que le iba a revelar un secreto, o hacer alguna íntima confidencia..., la cogió por el talle y le selló la boca con un beso estrepitoso.

El grito de Marta se confundió con otro de los lejanos que lanzaba la parturienta.

XVI

«¡Iba a ser padre!» A tal idea, en su cerebro estallaban las frases hechas como estampidos de pólvora en fuegos de artificio. Con gran remordimiento notaba Reyes que su corazón tomaba en el solemne suceso menos parte que la cabeza... y la retórica. Aquella *dignidad nueva,* la primera, en rigor, de su vida, a que *era llamado,* ¿por qué le dejaba, en el fondo, un poco frío? Sobre todo, ¿por qué no amaba todavía al hijo de sus entrañas, en cuanto hijo, no en cuanto *concepto?...* «¿Hijo o hija? Misterio, pensó Bonis, que en aquel instante dudaba de la sanción que la realidad presta a las corazonadas. Tal vez hija; aunque, ¡Dios no lo quiera! Misterio.»

Y levantó el embozo de la cama, y se metió entre sábanas.

Aquello de acostarse, siquiera fuese por pocas horas, le parecía algo como una *abdicación.* «Era el papel de esposo, llegado el trance del alumbramiento, demasiado pasivo, desairado.» Bonis tenía comezón de hacer algo, de intervenir directa y eficazmente en aquel negocio, que era para él de tan grave importancia.

Más era: aunque la razón le decía que en casos tales todos los maridos del mundo tenían muy poco que hacer, y que todo era ya cosa de la madre y del médico, se le antojaba que él estaba siendo allí todavía más inútil que los demás padres en igual situación; que se le arrinconaba demasiado, que se prescindía demasiado de él.

Sin embargo, lo que le había dicho D. Venancio no tenía vuelta de hoja.

—Usted, amigo Bonifacio, a la cama; a la cama unas cuantas horas, porque esto puede ser largo, y vamos a necesitar las fuerzas de todos; y si no descansa usted ahora, no podrá servir como tropa de refresco cuando se necesite.

«Bien; esto era racional. Por eso se acostaba, porque él siempre se rendía a la razón y a la evidencia, y pensaba rendirse aún más, si cabía, ahora que iba a ser padre y tenía que dar ejemplo. Pero lo que no tenía razón de ser era el despego de todos los demás, Emma inclusive, y las miradas y gestos de extrañeza con que recibían sus alardes de solicitud paternal y marital todos los que andaban alrededor de su mujer. Doña Celestina, la matrona matriculada, que había venido por consejo de D. Venancio; el marido de la partera, D. Alberto, que también andaba por allí; Nepomuceno, Marta, Sebastián y hasta el campechano Minghetti, si bien éste le miraba a ratos con ojos que parecían revelar cierto respeto y algo de pasmo.

Recapacitando y atando cabos, Bonis llegó a recordar que Serafina misma le había querido dar a entender, de tiempo atrás ya, que el nacimiento de su hijo, el de Bonis, era cosa que no debía tomarse con calor; el mismísimo Julio Mochi, en cierta carta escrita meses antes desde la Coruña, le hablaba del asunto y de su entusiasmo paternal con una displicencia singular, con palabras detrás de las cuales a él se le antojaba ver sonrisas de compasión y hasta burlonas. Pero, en fin, lo de Serafina y lo de Mochi podían ser celos y temor de perder su amistad y protección. Serafina veía, de fijo, en *lo que* iba a venir un rival, que acabaría por robarla del todo el corazón de su ex amante, de su buen amigo... «¡Pobre Serafina!» No, no había que temer. Él tenía corazón para todos. La caridad, la fraternidad, eran compatibles con la moral más estricta. Sin contar con que... francamente, aquello del amor paternal no era cosa tan intensa, tan fuerte, como él había creído al verlo de lejos. ¡Cá! No se parecía a las grandes pasiones ni con cien leguas. ¿Dónde estaba aquella íntima satisfacción egoísta que acompaña a los placeres del amor y de la vanidad halagada? ¿Dónde aquel sonreír de la vida, que era como el

474

cuadro que encerraba la dicha en los momentos sublimes de la pasión?

Esto era otra cosa; un sentimiento austero, algo frío, poético, eso sí, por el misterio que le acompañaba; pero más tenía de solemnidad que de nada. Era algo como una investidura, como hacerse obispo; en fin, no era una alegría ni una *pasión*.

Y daba vueltas Bonis en su lecho, impaciente, como en un potro, conteniéndose tan sólo por cumplir el racional precepto de D. Venancio.

«Claro, hay que descansar; puede parir esta noche, o no parir hasta mañana... o hasta pasado. Pueden ser todos estos gritos falsa alarma. ¡Buena es ella! Si no fuera porque don Venancio ha tocado la criatura... todavía me escamaba yo. Pero, de todas suertes, Emma es capaz de quejarse de los dolores un mes antes de lo necesario. Sí, durmamos. Puede esto ir para largo y tener que velar mucho... Si me dejan esos intrusos. Lo que extraño es que Emma, que siempre me ha tenido por enfermero, y casi casi por mesilla de noche, no me llame ahora a su lado. ¡Mujer más rara! Y ahora que yo la ayudaría con tanto gusto.»

El calorcillo de las sábanas, que empezaba a sonsacarle el sueño, inclinándole a las visiones vagas, a la contemplación soporífera de imágenes y recuerdos halagüeños, le hizo pensar, suspirando:

«¡Si hubiese sido mi mujer Serafina, y este hijo suyo, y yo algo más joven!»

Como si el pensar y el desear así hubiera sido una navajada, allá en sus adentros, no sabía dónde, Bonis sintió un dolor espiritual, como una protesta, y en los oídos se le antojó haber sentido como unas burbujillas de ruido muy lejano, hacia el cuarto de su mujer; una cosa así como el lamento primero de una criaturilla.

«¡Dios mío, si será!...» Sin querer confesárselo, sintió un remordimiento por lo que acababa de pensar, y la superstición le hizo creer que su hijo nacía en el mismo instante en que el padre renegaba en cierto modo de él y de su madre.

—¡Alma de mi alma!, gritó Bonis, echándose de un salto al suelo; ¡sería eso como nacer huérfano de padre! ¡Hijo mío! ¡Emma, Emma, mujercita mía!

Se abrió la puerta de la alcoba, y antes que nada, Bonifacio oyó distinto, claro, el quejido sibilítico de un recién nacido. «¡Su propia carne volvía a nacer llorando!»

—¡Un niño, tiene usted un niño, señor!, gritaba Eufemia, que entraba como un torbellino y llegaba hasta tocar al pasmado Bonis, sin reparar en que estaba el señorito en camisa en mitad de la alcoba. Ni ella ni él veían esto; la criada estaba entusiasmada, enternecida; Bonis se lo agradecía en el alma, mientras se ponía los pantalones al revés y tenía que deshacer la equivocación, temblando, anhelante, dudando si romper una vez más con lo *convencional* y echar a correr en calzoncillos por la casa adelante. Pero no; se vistió a medias, y tropezando con paredes, y puertas, y muebles, y personas, llegó al pie del lecho de su esposa.

En el regazo de doña Celestina vio una masa amoratada que hacía movimientos de rana; algo como un animal troglodítico[1], que se veía sorprendido en su madriguera y a la fuerza sacado a la luz y a los peligros de la vida; Bonis, en una fracción de segundo, se acordó de haber leído que algunos pobres animalejos del mar, huyendo de sus enemigos más poderosos, se resignaban a vivir escondidos bajo la arena, renunciando a la luz por salvar la vida: en prisión eterna por miedo del mundo. Su hijo le pareció así. ¡Había tardado tanto! Se le figuró que nacía a la fuerza, que se le hacía violencia abriéndole las puertas de la vida...

—¡Coronado, Bonis, coronado!, decía una voz débil y mimosa, excitada, desde la cama.

Bonis, sin entender, se acercó a Emma y le dio un abrazo, llorando.

---

[1] *un animal troglodítico:* la descripción traumatizada y animalizante del recién nacido es un detalle que *Su único hijo* comparte con *Le sens de la vie* (1889), de E. Rod, novela que tantos puntos en común tiene con la de Clarín: «un autre [cri], éternuement, gloussement, vagissement de petite bête (...) ce paquet de chair rouge, qui se violace et qui glousse» (págs. 89-90) (Sobre la relación entre ambas novelas, véase J. Oleza, 1989 y 1989b).

Emma lloraba también, nerviosa, muy débil, demacrada, convertida en una anciana de repente. Se apretó al cuello de su marido con la fuerza con que ella se agarraba a la vida, y como quejándose, pero sin la voz agria de otras veces, siguió diciendo:

—¡Coronado, Bonis, coronado, ¿sabes?, estuvo coronado![2].

—¡Claro, como que nació de cabeza!, gritó D. Venancio, que estaba al otro lado del lecho, con los brazos remangados, con algunas manchas de sangre en la camisa y en el levitón, sudando, muy semejante a un funcionario del Matadero.

—¡Pero estuvo mucho tiempo coronado... Bonis!

—Sí, siglos, dijo el médico.

—A ti no se te dijo; se te hizo marchar; pero hubo peligro, ¿verdad, D. Venancio?

—Pero, hija mía, si acababa de acostarme...

—Sí; pero hace mucho tiempo que la cosa estaba próxima... estaba coronado... y no se te decía por no asustarte... ¡hubo peligro!...

Y Emma lloraba, con algún rencor todavía contra el peligro pasado, pero más enternecida por el placer de vivir, de haberse salvado[3], con el alma llena de un sentimiento que debía ser de gratitud a Dios y no lo era, porque ella no pensaba en Dios; pensaba en sí misma.

—Vaya, vaya, menos charla, gritó D. Venancio; y escondió con el embozo los hombros de Emma.

—Y ahora, ¡cuidado con dormirse!

—No, hija mía, dormir, no; eso sí que sería peligroso, exclamó Bonis con un escalofrío. La idea de la muerte de su mujer se le pasó por la imaginación como un espanto.

---

[2] *coronado: coronarse* significa «asomar el feto la cabeza en el momento del parto». Es, por tanto, la de *coronado* una fase normal del parto, como aclara don Venancio, pese al dramatismo que le aplica Emma a la palabra. Richmond cree ver un juego de palabras, en el que se añadirían la acepción de *coronado* por ser hijo de Reyes y la de *coronado* por cornudo, y su sospecha es bastante creíble dada la maliciosidad de Clarín y su afición a los juegos de palabras.

[3] *de haberse salvado:* tanto P como F *de haber salvado*.

«¡Morir ella! ¡Quedar *él* sin madre!» Y se volvió a su hijo, que lloraba como un profeta.

¡Oh portento! En aquel instante vio en el rostro del recién nacido, arrugado, sin gracia, lamentable, la viva imagen de su propio rostro, según él lo había visto a veces en un espejo, de noche, cuando lloraba a solas su humillación, su desventura. Se acordó de la noche que había muerto su madre; él, al acostarse, desolado, se había visto en el espejo de afeitarse, distraído, por hábito, para observar si tenía ojeras y la lengua sucia, y había notado aquella expresión tragicómica, aquella cara de mono asfixiándose, que era tan diferente de la que él *creía poner* al sentir tanto, de modo tan puro y poético. Aunque era de facciones correctas, llorando se *ponía* muy feo, muy ridículo, con un gesto parecido al que daba a su cara la música más sentimental, interpretada en la flauta de Valcárcel. Su hijo, su pobre hijo, lloraba así: feísimo, risible y lamentable también. Pero... ¡era su retrato! Sí, lo era con aquella expresión de asfixia. Después, al serenarse un poco, gracias a un trago de agua azucarada, que debió de parecerle una inundación agradable, hizo una mueca con boca y narices, que llevó a Bonis al recuerdo del abuelo. «¡Oh, como mi padre! ¡Como yo en la sombra!»

Y al mismo tiempo que sentía como un descanso espiritual, y un orgullo animal, de macho, el remordimiento de haber engendrado le punzaba con los primeros dolores de la paternidad, que van formando, por aglomerados de sobresaltos, penas extrañas, que lastiman como propias, la santa caridad del amor a los hijos.

La conciencia le decía a Bonis: «Ya no volveré a estar alegre, sin cuidados; pero ya no seré jamás infeliz del todo... si me vive el hijo.» El mundo adquiría de repente a sus ojos un sentido sólido, positivo; se hacía él más de la tierra, menos de lo ideal, de los ensueños, de las nostalgias celestiales; pero también la vida se hacía más seria; seria de una manera nueva.

El niño seguía llorando, a pesar de que ya tenía un abrigo, unas mantillas bordadas y muy limpias, que a Bonis le parecían impropias de la solemnidad del momento y muy incómodas. «¡Oh, sí; se parecía a él en... el gesto, en el modo de quejarse de la vida! Podrían no ver los demás aquella semejanza; pero él estaba seguro de ella, como una contraseña. Era el hijo de sus entrañas, tal vez también de sus cavilaciones y de sus *sensiblerías,* no sospechadas por el mundo, ni aun, en rigor, por Serafina.»

Algunas horas después, cuando había desaparecido de allí D. Venancio y todo el aspecto de matanza, o por lo menos de cosa sucia que tenían aquellos grandes lances vistos de cerca, Bonis consintió que Emma volviera a hablar largo y tendido, y hasta intervinieron en la conversación los parientes y amigos.

¡Qué de recuerdos evocaba la de Valcárcel! Pero todos eran de la línea materna. Resucitaba en ella la antigua manía patronímica y gentilicia.

—¡Tío, tío! ¡Sebastián, Sebastián! A ver: ¿a quién se parece Antonio?

—¿Quién es Antonio?, preguntó Marta.

—Pues, hija, el amo de la casa: mi hijo. Se llama Antonio, para mis adentros, desde el momento en que tuve cabeza para pensar en algo que no fuese el peligro y el dolor.

—Pues se parece, dijo Sebastián, al héroe de las Alpujarras... a su tocayo don Antonio Diego Valcárcel y Merás, fundador de la noble casa de los Valcárcel.

—Y que no lo digas en broma. Que traigan el retrato y se verá. Y no hubo más remedio. Entre dos criados y Sebastián descolgaron al ilustre abuelo restaurado, y se le cotejó con el hijo de Bonis, que la madre sacó del calor de su lecho. Unos encontraron el parecido, aunque remoto; otros lo negaron entre carcajadas. Antonio lloraba, y Bonis le seguía viendo la semejanza consigo mismo, según se había visto al espejo la noche en que murió su madre; pero lo que a su juicio se acentuaba por horas era el parecido con Reyes abuelo, con don Pedro Reyes, sobre todo en una arruga de la frente, en las líneas de la nariz y en la mueca característica de los labios.

Marta, sin motivo legítimo, estaba contrariada, y había puesto el *gesto de vinagre* que a veces se le asomaba al rostro sin saberlo ella, y la hacía más vieja y más fea; gesto que particularmente se le descubría cuando envidiaba algo, cuando se sentía deslumbrada. Veía en el bautizo el eclipse de su boda.

—A mí, dijo, Antoñito no me recuerda ni el tipo Valcárcel, ni el tipo Reyes. Parece extranjero. Chica, tú has soñado con algún príncipe ruso.

Las de Ferraz, que ya estaban allí, rieron la gracia, fingiendo no encontrarle malicia.

Los demás callaron, sorprendidos ante la audacia.

Emma no vio el epigrama; Bonis tampoco.

Bonis vio que se seguía hablando de los Valcárcel, de si el niño se parecería a su abuelo, si sería abogado, si sería jugador, como tantos otros de su familia; se amontonaban los recuerdos del linaje, buenos y malos. Nadie se acordaba de los Reyes pretéritos para nada.

Antonio seguía llorando, y a Bonifacio le faltaba poco.

«¡Su padre! ¡Su madre! ¡Si vivieran! ¡Si estuvieran allí!»

Bonis, en cuanto pudo, huyó del ruido. Dejó a los demás, ya que les divertían, todas las solemnidades y quehaceres propios del caso. Mientras el niño dormía y no se le permitía verle, y Emma, ya menos nerviosa, pero más fatigada, con un poco de calentura, volvía a su antiguo despego y lo echaba de su presencia en no necesitándole, Bonifacio se recogía a la soledad de su alcoba, y en idea contemplaba al hijo.

«¡Sí, hijo, sí!, se decía con el rostro hundido en la almohada. Hijo tenía que ser. Me lo decía la voz de Dios. Hijo. Mi único hijo...»

Emma, durante todo el primer día, estuvo sentimental, excitada; su marido creyó que la maternidad iba a transformarla, pero a la mañana siguiente despertó con bastante calentura y nada tierna; cuando la postración se lo consentía, rabiaba en la medida de sus fuerzas. Le hablaron del puerperio, de sus peligros, y sintió nuevo terror. Se llegaba a olvidar del chiquillo que tenía entre las sábanas, y no quería enseñarlo a nadie, ni a su padre, por no revolverse ella y coger frío. Bonis no podía ver a su hijo sino en las ocasiones solemnes de mudarlo doña Celestina[4]. De hora en hora lo cambiaba[5]. Según se iba pareciendo más a cualquier recién nacido, perdía aquella semejanza que consigo mismo le había encontrado Bonis en el primer momento. Empezaba Reyes a desorientarse. Además, tuvo que renunciar a llamarle Bonifacio o Pedro, porque Emma desde luego empezó a exigir que se le llamara Antonio, aun antes de bautizarle. Se le llamaría Antonio Diego Sebastián, porque Sebastián iba a ser el padrino. Por todo pasó Bonifacio. No quería disturbios todavía; podía hacerle daño a Emma cualquier disgusto. No, ahora no. Todo lo aplazaba. ¿No estaba él decidido a ser muy enérgico? ¿No estaba decidido a salvar, si era tiempo, los intereses de su hijo, y a darle el ejemplo de la propia dignidad? Pues no había para qué precipitar las cosas. Tampoco quiso, por lo pronto, tener explicaciones con Nepomuceno. Tiempo había. Sin embargo, las circunstancias le obligaron a anticipar en este respecto su actitud enérgica. Ello fue que de Cabruñana[6], concejo de la marina donde los Valcárcel tenían algunas *caserías,* procedentes de bienes nacionales[7], llegaron malas noticias respecto de cierto mayordomo de

---

[4] *Celestina:* he señalado ya el carácter simbólico de buena parte de los nombres de personajes de *Su único hijo,* pero tal vez sea éste el momento de subrayar, además, su frecuente abolengo literario: Eufemia, Celestina, Nepomuceno, Emma... Clarín no eligió los nombres de sus personajes con un criterio de cotidianeidad y de verosimilitud realista, precisamente.

[5] *lo cambiaba:* P y F, *de hora en hora cambiaba.*

[6] *Cabruñana:* este lugar novelesco responde a un topónimo real, el del pueblo de Cabruñana, en la carretera de Grado a Salas, al oeste de Oviedo, como ya señalara Baquero Goyanes (1952). En el alto de Cabruñana se celebra la célebre romería de San Miguel del Fresno, y la dificultad de su travesía dio tema a una canción popular: «La cuesta de Cabruñana, / ¡Mi Dios! ¿Quién la subirá?» (Cabezas, 1970, pág. 495). Sin embargo, Clarín señala claramente que la Cabruñana novelesca es un «concejo de la marina», y que Raíces, que está a menos de dos leguas, está abierta a los vientos del Norte por el mar y las dunas. La Cabruñana real está en el interior.

[7] *procedentes de bienes nacionales:* esto es, de los que el Estado desamortizó, y que a su vez había obtenido de la Iglesia (desamortización eclesiástica, iniciada en gran escala por Mendizábal en 1837), de la Nobleza (iniciada en 1820-23 y ratificada en 1836) o de los municipios (venta a particulares de los bienes comunales, muy desarrollada con Madoz durante el bienio progresista, 1854-1856).

segundo orden, que allí hacía mangas y capirotes de las rentas de Emma, perdonando anualidades atrasadas, o por lo menos aplazando el cobro indefinidamente, colocando por su cuenta a réditos el dinero cobrado; en suma, explotando en provecho propio los bienes de sus amos. Nepomuceno no quería dar importancia a la denuncia. Se trató el asunto a la hora de cenar, y cuando don Juan y el primo convinieron en que se hiciera la vista gorda, con gran sorpresa de todos los presentes, que eran aquellos Valcárcel y los Körner, Bonifacio, con voz temblorosa, pero firme, aguda, chillona, pálido, y dando golpecitos enérgicos, aunque contenido, con el mango de un cuchillo sobre la mesa, dijo:

—Pues yo veo la cosa de otra manera, y mañana mismo, ya que el bautizo se retarda, porque no quiere Emma que el niño se constipe con este mal tiempo, mañana mismo, aunque lo siento, tomo yo el coche de Cabruñana y me voy a Pozas y a Sariego, y le ajusto las cuentas al señor de Lobato. No quiero que se nos robe más tiempo.

Hubo un silencio solemne. Bonis no vaciló en compararlo al que precede a la tempestad. Por de pronto, era el que trae consigo lo sorprendente, lo inaudito. Comprendía Reyes que estaba allí solo, que los Valcárcel y sus futuros afines los Körner se lo comerían de buen grado. No era que él no estuviera azorado, casi espantado de su audacia; lo estaba. Pero ya se sabía que un diligente padre de familia tiene que ser un héroe. Empezaban los sacrificios, y bien que dolían; pero adelante. La seriedad de la nueva lucha se conocía en eso, en el dolor.

Todos miraron a Bonis, y después a don Nepo, que era el llamado a contestar.

Don Juan, que era sumamente moroso y tranquilo, había cambiado mucho con las enseñanzas y excitaciones de Marta. Además, fiaba mucho de la debilidad y de la ignorancia del enemigo. No se anduvo por las ramas. Se fue derecho al bulto. Nada de eufemismos. Sólo en el tono de la voz, sereno, reposado, había cierta lenidad.

—¿Eso de robaros, supongo que no lo dirás por mí?

Si las palabras de Bonis eran un guante, quedaba recogido con toda arrogancia. Antes que contestara Reyes, don Nepo miró satisfecho a su novia, que aprobó su valentía con la mirada.

En aquel momento Bonis, que no esperaba una batalla decisiva, un duelo a muerte como aquél, se acordó con terror del anónimo de dos días antes, que había olvidado en absoluto, por la gravedad de los acontecimientos.

«El purgatorio es esto, pensó. Yo he pecado. Yo he dilapidado, yo he *robado* el caudal de mi hijo, y ahora estoy en el purgatorio, que es así, hecho de lógica y ética, nada más que de lógica y ética.»

—¡Por Dios, tío!, dijo pausadamente y procurando que en su voz hubiese mesura y entereza. ¡Por Dios, tío, cómo lo he de decir por usted! Lo digo por Lobato, que es un gran ladrón.

—Un ladrón consentido por mí años y años, si hemos de creer lo que dice Pepe de Pepa José, el denunciante quejoso... Por lo visto, Lobato y yo estamos de acuerdo para arruinaros a vosotros, para acabar con los bienes de Cabruñana.

—Nadie dice eso, tío; nadie dice...

—Lo que yo digo, señor Reyes —y el señor don Juan Nepomuceno dio un puñetazo, no muy fuerte, sobre la mesa—, es que tú no eres un hombre práctico, y que te sienta mal el papel que quieres inaugurar al estrenarte de padre de familia.

Una carcajada de Marta, seca, estridente, que quería ser una serie de bofetadas, resonó en el comedor, con pasmo de sus mismos aliados. Todos se miraron sorprendidos. Marta, con el rostro de culebra que se infla, repitió la carcajada, mirando con cinismo a Bonis.

El cual miró también a su buena amiga sin comprender palabra de aquella risa inoportuna.

Y prosiguió don Nepo:

—Un hombre práctico, de experiencia en los negocios, no exagera el celo ni el recelo, ni cree en habladurías. Bueno sería que yo, v. gr., fuera a creer lo que me decía un anónimo que recibí hace días, asegurándome que tú habías cobrado dos mil duros de una restitución hecha bajo secreto de confesión a la herencia de tu suegro.

—¡Todo lo que yo cobrase sería mío!, exclamó con voz clara, alta, positivamente enérgica, el amo de la casa, poniéndose en pie, pero sin dar puñadas sobre la mesa.

En pie se pusieron todos.

—¡Tuyo no es nada!, contestó el primo Sebastián, que adelantó un paso hacia Bonis, ofreciendo a la consideración de los presentes su fornida musculatura, su corpachón que parecía una fortaleza. Marta, sin pensar en lo que hacía, le apoyó una mano sobre el hombro, como animándole al combate. Se conoce que confiaba más en la pujanza del primo que en la del tío, su futuro.

Bonis se veía metido en la *escena* que había querido aplazar, antes de tiempo, fuera de razón, torpemente.

—Señores, no hagamos ruido, que no hay para qué. Lo que yo no consiento a nadie, y juro a Dios que no lo consentiré, es que se alborote ahora. Lo primero es mi mujer, y si ella se entera de esto... puede haber una desgracia... ¡y pobre del que la provocara!

Todos se sintieron sobrecogidos. Bonis parecía otro.

El mismo Sebastián, que era positivamente bravo y fuerte, y muy capaz de arrojar por el balcón al *escribiente de su tío,* se achicó un tanto por lo que él calificó de fuerza *moral* de aquellas palabras, y de aquel gesto y de aquel tono.

Todos comprendieron que el pobre Bonis estaba dispuesto a morder y arañar para impedir que la salud de Emma peligrase.

—Sin ruido, sin ruido se puede discutir todo, dijo don Nepo, que quería hacer hablar al *imbécil* para ver por dónde desembuchaba y qué leyes le había metido en la cabeza el abogadillo flamante.

—Sin ruido y sin apasionamiento, se atrevió a apuntar el respetable y mofletudo Körner, que se creía en el caso de intervenir en sentido conciliador.

—Es verdad, dijo Bonis. La pasión no conduce a nada nunca, nunca...

—Justamente, prosiguió el alemán. Y fácil les será a ustedes ver que aquí, en rigor, no hay nada... Ni Bonifacio desconfía del tío, ni el tío de Bonifacio, ni nadie pone en tela de juicio su legítimo derecho.

—Cada cual tiene los suyos, objetó Nepo.

—Ciertamente; y no hay para qué hablar de eso ahora, cuando en último caso no había de faltar quien nos dijera a cada cual el papel que le tocaba representar.

Bonis volvió a crecerse.

La alusión a la justicia era clara. Don Nepo sintió una ola de cólera subirle al rostro. Y recurrió a su venganza suprema. A contenerse y jurarse que se la pagaría el miserable. Le azotó el rostro con la intención, y ya desahogada la ira, que se gozaba con las futuras crueldades de la venganza, pudo decir sereno y sonriente:

—En fin, Bonis, tienes razón; ya se ajustarán cuentas cuando Emma sane, y se pueda ver con números, que tú has de procurar entender, ¿estamos?, lo que habéis gastado vosotros, lo que he ahorrado yo... y quién debe a quién. Lo que te anuncio es que si seguís gastando como hasta aquí, la quiebra es segura...Estáis puede decirse que arruinados. Emma ha gastado como una loca, y tú, tú no me lo negarás... le diste el ejemplo... tú la arrastraste a esa vida imposible. Y todos sabemos por qué.

—Todos, exclamó con solemnidad Sebastián, que había perseguido en vano a la Gorgheggi, y todavía la solicitaba.

Bonis, que tenía aquella noche energía para luchar con los hombres, no la tuvo para resistir a los hechos; los hechos eran terribles: ¡arruinados!, y ¡había empezado él!, y ¡hasta de lo que hubiera robado el tío tenía él la culpa por haberle dejado! ¡Y su robo, sus robos, para pagar trampas de una querida!

Tuvo que sentarse, pálido, sin contar con las piernas. El tío vio allí de repente al Bonis de siempre, y se creció, pero sin arrogancia, falsamente conciliador.

—¿Quieres ir a ver lo que hay en Cabruñana? Corriente; marcha mañana a las ocho, que es la hora del coche. Ven a mi cuarto, y verás los libros y las escrituras de allá... Todo, todo lo verás. Llevarás lo que necesites, y procurarás enterarte, ¿estamos? Porque no has de presentarte a Lobato llamándole ladrón y sin saber por qué se lo llamas.

Bonis, sin fuerzas ya para nada, siguió al tío maquinalmente, y detrás de ellos se fue Körner. Marta y Sebastián quedaron solos en el comedor.

Körner, siempre fiel a su papel de rey Sobrino, iba como de asesor. ¡Buena falta le hacía a Bonis! Pasó en el cuarto del tío la vergüenza que ya esperaba. Nepo, con redomada astucia, con intención felina, le iba explicando todos los asuntos correspondientes a los bienes de Cabruñana, con los términos del más riguroso tecnicismo del derecho consuetudinario.

Bonis no tenía noción clara del contrato de arrendamiento. La palabra foro[8] le sonaba a griego; aparcería[9]... laudemio[10]... retracto[11]... y después otras cien palabras del Derecho civil, más las propias del *dialecto* jurídico de aquella tierra, pasaron por sus oídos como sonidos vanos. No se enteraba de nada. Comprendía vagamente que se le engañaba y se le quería aturdir y humillar. Caía en mil contradicciones, en errores sin cuento, al querer explicarse lo que le explicaban y al pretender opinar algo por cuenta propia; Körner le ayudaba para poner más de relieve su torpeza y su ignorancia.

—Pero, hombre, ¡yo que soy un extranjero..., y ya sé

---

8 *foro: vid.* nota 22, cap. XII, sobre esta palabra.

9 *aparcería:* contrato agrícola mediante el cual el aparcero se compromete a entregar al arrendador parte proporcional de la producción o de los beneficios que se obtengan. Este sistema, que predomina en zonas de minifundio como Asturias, tiene una larga tradición desde la época feudal y perduró durante el siglo XIX (y aún durante el XX, en ciertas zonas) pese a que fue sustituido paulatinamente por los arrrendamientos a cantidad fija y pagados en metálico.

10 *laudemio:* en la relación enfitéutica, en la cual el señor de una finca cede su dominio útil a un enfiteuta, a cambio de un canon anual, y conserva el dominio directo de la misma, cuando el enfiteuta enajena su dominio útil debe pagar al señor un derecho llamado *laudemio,* y que es de condición feudal.

11 *retracto:* «acción que una persona tiene derecho a ejercer en algunos casos, para quedarse, por el precio en que ha sido vendida, una cosa adquirida por otro. O a recuperar una cosa vendida por ella misma» (DUE).

mejor que usted todas estas costumbres del país... y las leyes de España!...

Al llegar a los números, Körner se encandalizó sinceramente. Bonis no sabía dividir, y apenas multiplicar.

Para huir de aquel atolladero, humillado, corrido, lleno de vergüenza y de remordimiento, Bonis quiso tratar cuestiones más importantes que no fueran de aquel horrible pormenor oscuro, inextricable para él, pobre flautista... y llevó, por los cabellos, la discusión al asunto de las fábricas.

Estaba excitado, su amor propio ofendido, y olvidando la prudencia, abordó la delicada cuestión de las dos industrias, sin estar preparado, a deshora. Eran las tres de la madrugada cuando Körner y Nepo, *heridos en lo más hondo,* le exigieron que oyera la *historia completa* de aquella desastrosa especulación; necesitaban sincerarse, y pues él provocaba la cuestión, allí estaban ellos para responder...

Y quieras que no quieras, Bonis tuvo que oír, y ver y palpar. Se le pusieron delante libros de actas, presupuestos, pólizas, planos, expedientes, una *selva oscura*[12] que le hizo perder la noción del tiempo y la del espacio... Se creía en el aire, en un aquelarre. Le zumbaban los oídos. Mientras los otros le explicaban, gesticulando, lo que a él le sonaba a griego, el sueño, la ira, el remordimiento le llenaban de avisperos el cerebro... Hubiera mordido, pateado y llorado de buena gana. Se le cerraban los ojos, le ardían las orejas, se le doblaban las piernas... «Había caído en un lazo por débil, por imbécil. Había entrado allí solo, debiendo entrar con juez, escribano, abogado, peritos y una pareja de la Guardia civil.»

---

[12] *una selva oscura:* se le cuela a Clarín, que cede a la tentación, el recuerdo del celebérrimo verso segundo de la *Divina Comedia:* «extraviado me vi por selva oscura». Es aquí una alusión harto fácil, pues Dante no es uno de los clásicos más frecuentados por Clarín. En *La Regenta* se le cita entre otros escritores admirados por el ateo de Vetusta, don Pompeyo Guimarán (1987², XX, n. 27). En *Un discurso* (1891, pág. 57) se le acompaña, sin notas particularizantes, de Leopardi, S. Francisco de Asís, Beethoven y Goethe. Y en «Nietzsche y las mujeres» (1899), comenta las críticas de Nietzsche a la Beatriz de Dante. Son meros ejemplos de una clase de citas que no presuponen una lectura atenta e influyente.

Después de dos horas de aturdimiento, de verdadera agonía, sólo tuvo valor para tomar la puerta, seguido de los dos monstruos, que continuaban explicándole por *a* más *b* la ruina de los Valcárcel en la fábrica,`la ruina de Antonio Reyes, de su único hijo. En el comedor, y ya iban a dar las cinco, estaban todavía *esperándolos* Marta y Sebastián, medio dormidos, bostezando. Unieron sus argumentos uno y otro, como queriendo ocupar la atención de Nepo y Körner, a los argumentos de Körner y Nepo; y perseguido por aquella tremenda pesadilla, Bonifacio, muerto de sueño, ebrio de cólera, de fiebre y cansancio, se declaró en franca y acelerada fuga y se encerró en su cuarto, bien decidido, eso sí, a salir para Cabruñana al ser de día, acompañado de los papeles que el tío le había metido por los ojos. Marcharía sin despedirse de Emma, sin ver a su hijo, para que no le faltase valor ni su mujer tuviera tiempo de torcer aquella resolución irrevocable. «Y no sé una palabra de foros, ni de caserías a medias, ni de aparcerías, ni de números, ni de fábricas; pero he de tener voluntad en adelante; y he dicho que iría mañana, y primero falta el sol. Iré. La calentura de Emma no es extraordinaria; ya cede; Antonio queda sin novedad; voy a Cabruñana, le pongo las peras a cuarto a Lobato... y me vuelvo pasado mañana con dos o tres nodrizas, a escoger, que por ahí las hay buenas. Emma no querrá, y en rigor no puede criar. Le criaremos nosotros, el ama y yo. Así como así, cuanto menos sangre de Valcárcel, mejor.»

Bonis no pudo dormir; estuvo mezclando, con mil visiones de pesadilla, despierto y todo, sus remordimientos de antaño, sus iras y vergüenzas de ahora, sus propósitos de energía futura y sus esperanzas de padre. La actividad era cosa terrible[13]; era mucho más agradable pensar, ima-

---

13 *la actividad era cosa terrible:* en este pasaje Bonifacio Reyes delata más que nunca, tal vez, los síntomas del *oblomovismo,* sustantivo derivado del personaje Oblomov de la novela del mismo título de Ivan Goncharov, que doña Emilia Pardo Bazán definía así: «la palabra *oblomovismo* ha entrado a formar parte del idioma, significando la típica pereza eslava» (*La revolución y la novela en Rusia,* en O. C., Madrid, Aguilar, 1973, t. III, pág. 855). ¡Si sólo fuese pereza! ¡Y

ginar... Pero un padre tenía que ser diligente, práctico, positivo... y él lo sería; por Antonio, por su Antonio... Pero por lo pronto, la bilis, la vergüenza de su ignorancia de las cosas que sabían todos en casa, menos él, todo aquel barullo de pasiones bajas, vulgares, pedestres, le quitaban el gusto a su dicha presente, a la felicidad de ser padre.

Cuando todos dormían y el sol llevaba andada alguna parte de su carrera, Reyes salió de casa, con sus papeles en un saco de noche; tomó la diligencia de Cabruñana, y antes del medio día ya estaba disputando con Lobato en medio de un prado, frente a unos robles que el mayordomo había consentido derribar a un casero, porque, según malas lenguas, los dos iban ganando. Lobato, un ex cabecilla carlista[14], era un lobo mestizo de zorro; hablaba con dificultad, leía deletreando y escribía de modo que, en caso de convenirle, podía negar que aquello fueran letras... y él era dueño de la comarca por la política, por la usura y por las trampas a que obligaba a los jueces de paz[15] y a los pedáneos[16] su influencia personal[17]. Nepomuceno le había escogido porque con media palabra se habían entendido, y

si sólo fuese eslava! Pero se estaba cociendo el gran tema noventayochista de la abulia, versión española de un mal muy fin de siglo.

[14] *Lobato, un ex cabecilla carlista:* lo sería durante la primera guerra carlista (1833-1840), o *de los Siete años,* probablemente lo continuaría siendo durante la más breve segunda (1846-1848), y tal vez estuviera preparando ya la tercera, que estallaría años más tarde (1872-76). Otro Lobato, pero esta vez arcipreste, protagoniza el breve fragmento de *Tambor y gaita.*

[15] *jueces de paz:* eran los que hasta la institución de los jueces municipales, en 1870, oían a las partes antes de consentir que litigasen, procurando reconciliarlas, y resolvían de plano las cuestiones de ínfima cuantía. También, si eran letrados, solían sustituir al juez de primera instancia (EC).

[16] *pedáneos:* los jueces pedáneos son jueces de aldea que entienden en asuntos de poca importancia, castigan las faltas leves y auxilian en las causas graves al juez letrado (DUE).

[17] *su influencia personal:* Clarín describe, una vez más, el comportamiento de un cacique rural. Según Tuñón de Lara (1974, págs. 266-267): «El caciquismo sólo es posible en un país de gran propiedad agraria. El cacique es el ricacho del pueblo. Él mismo es terrateniente o representante del terrateniente de alcurnia que reside en la costa; de él depende que los obreros agrícolas trabajen o mueran de hambre, que los colonos sean expulsados de las tierras o las puedan cultivar, que el campesino medio pueda obtener crédito.» A propósito del caciquismo véase *Sinfonía de dos novelas,* II, n. 2.

también porque sólo un hombre como Lobato, que era el terror del concejo, podía cobrar las rentas de aquellos *caseros,* que solían recibir a pedradas y a tiros a los comisionados de apremios[18], a los alguaciles y a los mayordomos. Lobato, si viajaba de noche, cruzaba a escape ciertos parajes frondosos y oscuros, en que estaba seguro de encontrar asechanzas de aquellos aldeanos, que a la luz del sol temblaban en su presencia. En una ocasión, después de cobrar en juicio a un casero que debía tres años, recibió, al atravesar un bosque, tal pedrada, que llegó a su casa sin sentido, agarrado a la crín del caballo. ¡Y a un hombre así venía a pedirle cuartos un mequetrefe, aquel señorito bobo, de que nunca le había hablado más que con desprecio el Sr. D. Juan Nepomuceno! Con fingida humildad, Lobato se burló de su amo; haciéndose el tonto, el ignorante, le hizo ver que él, Bonis, era el que no sabía lo que traía entre manos. Los caseros se reían también del amo, con sorna que no podía tachar de irrespetuosa. Se rascaban la cabeza, sonreían y se aferraban a la idea de no pagar mejor que hasta la fecha.

Bonis, desesperado, abandonó aquellos hermosos valles de eterna verdura, de frescas sombras y matices infinitos en la variedad de los accidentes de colinas y vegas, en que serpenteaban claros ríos... «¡Divino! ¡Divino!... ¡Pero qué pillo es Lobato, y qué ladrones son todos estos pastores![19]... En otra situación, sin estos cuidados y preocupa-

---

[18] *comisionados de apremios:* personas comisionadas para ejecutar el procedimiento judicial del apremio, que obliga a alguien a un pago con recargo, por haberse retrasado en hacerlo, y con amenaza de embargarle (DUE).

[19] *y qué ladrones son todos estos pastores:* en la voz de Bonis resuena la de Berganza, el perro cervantino, cuando evoca para Cipión a aquellos pastores que robaban el ganado, y que nada tenían que ver con los refinados pastores de Arcadia que los libros fingían *(Coloquio que pasó entre Cipión y Berganza).* Clarín contesta así, cervantinamente, la visión bucólica del campo cántabro-asturiana de las novelas de Pereda o de Armando Palacio Valdés, o los excesos arcádicos de personajes como el don Cayetano Ripamilán de *La Regenta* o del propio Clarín adolescente, cuyo portavoz, el protagonista de *Cuesta abajo,* confiesa: «yo en aquella época no creía del todo lo que decían los desengañados retóricos acerca de la falsedad del género bucólico, y no desesperaba por completo de encontrar a Flérida algún día» (ed. de L. Rivkin, pág. 108).

ciones, ¡qué buenos días hubiera pasado yo en esta espesura, en que se mezcla el rumor de las copas de los pinos con el del mar, del que parece un eco.» Cabruñana era región ribereña, y parecían sus valles estrechos y de mil figuras, de verde jugoso y oscuro en las laderas y en las planicies pantanosas, cauces de antiguos ríos, abandonados por las aguas. Todos aquellos cuetos y vericuetos, lomas y llanuras, por sus formas violentas, por ejemplo, por los cortes de las laderas aterciopeladas, semejantes en su caída a los acantilados de la costa, hacían pensar en el fondo misterioso de los mares[20].

Terminada su inútil faena, sin más provecho que dejar sembradas amenazas, de que nadie hizo caso, Reyes decidió a media tarde montar a caballo para ir a pernoctar en la capital del concejo y del partido, a dos leguas, por la carretera. Antes del anochecer, se proponía llegar a Raíces, que estaba al paso, y detenerse media hora; ¿para qué? No sabía. Para soñar, para sentir, para imaginarse tiempos remotos, a su manera; para pensar a sus anchas, en la soledad, libre de Lobato, y Nepo y Sebastián, en los Reyes que habían sido, y en los que eran, y en los que habían de ser.

Raíces consistía en un lugar de veinte a treinta casas, diseminadas en las frondosidades de una península abandonada por el agua, en las marismas; cerca estaban las dunas, cuyos amarillos lomos de arena tenían figura semejante a los vericuetos que rodeaban a Raíces; pero éstos, desde siglos y siglos, ostentaban el terciopelo de verde oscuro de sus musgos y su césped, y las flores de los prados, iguales a las que se encontraban tierra adentro, lejos de las brisas del mar. Era Raíces un misterioso escondite verde, que inspiraba melancolía, austeridad, un olvido del mundo, poético, resignado. Una colina cortada a pico, muy alta, cuya la-

---

[20] *el fondo misterioso de los mares:* este bello paisaje de montaña ribereña es muy similar al que aparece evocado espléndidamente en *Cuesta abajo,* especialmente en las notas del 9 de enero, en que contempla «desde lo alto las hermosas profundidades del valle angosto, que me atraían con el secreto de su misterio» (ed. de L. Rivkin, pág. 109).

dera, casi vertical, mostraba, como si fuera la yedra de una muralla ciclópea, pinos, castaños y robles, que trepaban cuesta arriba cual si escalaran una fortaleza, escondía y humillaba a Raíces por el sur; el mar y las dunas le dejaban abierto a los vientos del Norte y del Noroeste, y restos de un bosque le rodeaban por Oriente y Occidente. Las viviendas, escasas y esparcidas por la espesura, eran, las más, cabañas humildes, otras vetustos caserones de piedra oscura, con armas sobre la puerta algunos.

Bonis llegó una hora antes del ocaso a una plazoleta que servía de *quintana*[21] a varias casas de las más viejas, pero también de las de aspecto más noble; carretas apoyadas sobre el pértigo[22], como dormidas, entorpecían el paso; niños medio desnudos, sucios y andrajosos, sin nada en su cuerpo donde pudiera ponerse un beso, más que los ojos de algunos y las rubias guedejas de muy pocos, saltaban y corrían por aquella corralada común, que era sin duda para ellos el universo mundo. Más serios y a su negocio, hozaban algunos cerdos en el estiércol, que escarbaban y picoteaban gallos y gallinas, mientras dos perros dormitaban, acosados por miles de mosquitos.

«De aquí salieron los Reyes», pensó Bonifacio, que desde una calleja vecina contemplaba el cuadro de paz suave y melancólica de aquella miseria, aislada de las vanas grandezas del mundo. Un grupo de castaños y una pared de una huerta, le ocultaban a la vista de los chiquillos y los perros, que, de notar su presencia, se hubieran alarmado. Echó pie a tierra, ató el caballo al tronco de un castaño, y se sentó sobre el césped para meditar a sus anchas.

---

[21] *quintana:* quintana es término de una gran variedad de acepciones en la *Gran Enciclopedia Asturiana,* dada la variedad de sus usos locales. Lo que Clarín entendía por él tal vez pueda comprobarse en *Doña Berta:* «a la orilla de ese mar [de maíz] está el *palacio,* una casa blanca, no muy grande, solariega de los Rondaliegos, y ella y un corral, *quintana,* y sus dependencias, que son: capilla, pegada al palacio, lagar (hoy convertido en pajar), hórreo de castaño con pies de piedra, *pegollos,* y un palomar blanco y cuadrado, todo aquello junto, más una cabaña con honores de casa de labranza, que hay en la misma falda de la loma en que se apoya el *palacio,* a treinta pasos del mismo; todo eso, digo, se llama *Posadoiro».*

[22] *pértigo:* «lanza del carro» (DUE).

Se acordó de Ulises volviendo a Ítaca[23]... pero él no era Ulises, sino un pobre retoño de remota generación... El Ulises de Raíces, el Reyes que había emigrado, no había vuelto... a él no podían reconocerle en el lugar de que era oriundo. Y como había leído muchas veces la *Odisea,* y recordaba sus episodios y los nombres de sus personajes, pensó Bonis: «Los cerdos y los perros que encontró Ulises al volver a Ítaca, en la mansión de Eumaios[24], allí estaban; pero Eumaios, el que guardaba los cerdos de Ulises, no estaba; no le había. Como a Ulises, aquellos perros le atacarían si le vieran; pero Eumaios, el fiel servidor, no acudiría en su auxilio... ¡Qué habría sido de Ulises-Reyes! ¿Por qué habría salido de allí? ¡Quién sabe! Tal vez esos chiquillos, que parecen hijos del estiércol, como lombrices de tierra, son *parientes* míos... Son de mi tribu acaso.»

De pronto se dio una palmada en la frente. Los recuerdos clásicos le habían hecho pensar en el pasaje en que Ulises es reconocido por Eurycleia[25], su nodriza. Él no había

---

[23] *Ítaca:* la busca de los orígenes que efectúa Bonis en su viaje a Raíces es paralela y coetánea de la que efectúa Nicolás Serrano, el protagonista de *Superchería,* quien en plena desorientación vital se plantea «volver a Guadalajara, donde él había vivido seis meses a la edad de doce o trece años». Nicolás, en su reencuentro con «la triste ciudad de Henares», experimenta «el soplo frío y el rumor misterioso de las alas del tiempo, la sensación penosa de los fenómenos que huyen a nuestra vista como en un vértigo y nos hacen muecas, alejándose y confundiéndose, como si enseñaran, abriendo miembros y vestiduras, el vacío de sus entrañas» Bonifacio Reyes retorna a Raíces en busca del origen de su estirpe, Nicolás Serrano a Guadalajara en busca de su infancia. Por la misma época Antonio Reyes repetirá el gesto en *Sinfonía de dos novelas,* recuperando la imagen de su infancia al tiempo que las de sus padres. El material narrativo se le iba a Clarín, inevitablemente, hacia la memoria.

[24] *Eumaios:* el servidor que más miraba por los bienes de Ulises. Había construido un establo donde guardaba a sus cerdos y los hacía vigilar por cuatro perros, salvajes como fieras. Cuando los perros ven a Ulises, que acaba de llegar a Ítaca, se le echan encima, con grave peligro para su vida. Pero Eumaios, que los ve, sale corriendo y los dispersa a pedradas. Se dirige a Ulises sin reconocerlo, llamándole «viejo», y se lamenta por su señor ausente. Entonces le invita a pan y vino en su cabaña y a contarle las tribulaciones de su vida. Allí tiene lugar un sabroso diálogo (xiv, 1-533).

[25] *Eurycleia:* cuando Ulises, sucio y harapiento, se entrevista con Penélope, ésta no le reconoce. Hablan largamente de las tribulaciones de la bella Pené-

tenido más Eurycleia que su madre, que había muerto; pero Antonio, su hijo, necesitaba nodriza, y él había olvidado que había venido a Cabruñana a buscarla. «¡Mejor aquí! Sí; no me iré de Raíces sin buscar ama de cría para mi hijo. ¡Es una inspiración! ¡Quién sabe! Tal vez se nutra con leche de su propia raza, con sangre de su sangre...»

Y como había resuelto ser cada día más activo y menos soñador; hombre práctico como los demás, como los que ganan dinero, para ganarlo también por amor de su Antonio, dejó sus cavilaciones, se levantó, montó a caballo, y por aquellas quintanas y callejas adelante, de puerta en puerta, fue buscando lo que necesitaba, nodriza para casa de los padres, y natural de Raíces, de donde eran oriundos los Reyes. Era aquella, por fortuna, tierra clásica de amas de cría, de las más afamadas de la provincia; y en tan pequeño vecindario, sin más que extender un poco sus pesquisas por aquellos contornos, encontró Bonis dos buenas vacas de leche de aspecto humano, porque en aquella región venía a ser una especie de industria inmoral y de exportación el servicio que él solicitaba. Quedó convenido que a la mañana siguiente, muy temprano, Rosa y Pepa, que así se llamaban las que presentaban su candidatura al honor de criar a Antonio Reyes, estarían en la capital del concejo, dispuestas a montar en el coche en que las llevaría Bonifacio a la ciudad, para que fueran registradas por el médico, y la de mejores condiciones recibiera el *exequatur*[26] facultativo y el nombramiento oficial de Emma.

Satisfecho de la diligencia y fortuna con que dejaba ori-

lope, asediada por sus pretendientes, y de Ulises, de quien el supuesto vagabundo se confiesa amigo, y de quien anuncia el retorno. Entonces Penélope hace venir a Eurycleia, la vieja nodriza de Ulises, para que le lave los pies. Al hacerlo así, Eurycleia palpa la cicatriz que dejaran en la rodilla de Ulises los colmillos de un jabalí cuando en su juventud fue a cazar con su abuelo Autólico, y reconociendo a su amo prorrumpe en exclamaciones: «—¡Oh! ¡Ulises, eres tú! ¡Hijo mío, y yo no te había conocido! ¡Hasta que no lo palpé todo, no lo conocí! ¡Oh, mi amo!» (XIX, 51-604).

[26] *exequatur:* del latín *exsequatur,* «ejecútese». Autorización que da el jefe de un Estado a los representantes extranjeros en su país para que puedan ejercer sus cargos. Asimismo, aprobación que da la autoridad civil a las bulas y breves pontificios. El sarcasmo de Clarín es evidente.

llado este negocio, Bonis se detuvo, al salir del lugar, en un recodo del camino solitario, junto a un puente de madera que atravesaba el Raíces, riachuelo poético[27], sinuoso, que a la sombra de árboles infinitos corría al próximo Océano, sin gran prisa, seguro de llegar antes de la noche; y eso que el sol ya se había escondido tras de las olas que bramaban a lo lejos. Reyes, volviendo grupas, seguro de su soledad, inmóvil en medio del camino, permaneció contemplando el rincón melancólico de que se alejaba, como si allí dejara algo.

Nada concreto, nada plástico le hablaba ni podía hablarle de la relación de su raza con aquel pacífico, humilde y poético lugar; y, sin embargo, se veía atado a él por sutiles cadenas espirituales, de esas que se hacen invisibles para el alma misma, desde el momento en que se quiere probar su firmeza.

«Ni yo sé en qué siglo salieron los Reyes de aquí, ni lo que eran aquí, ni cómo ni dónde vivían; ni siquiera de mi tatarabuelo, sin ir más lejos, tengo noticias, a no ser muy vagas. Sólo sé que éramos nobles, hace mucho, y que salimos de Raíces. ¡Oh! ¡Si yo conservase el libro aquel de blasones de que tanto me hablaba mi madre, y que mi padre, al parecer, despreciaba!... Como soy tan aprensivo... se me figura sentir cierta simpatía por estos parajes... Esta calma, este silencio, esta verdura, esta pobreza resignada y tolerable... hasta la música del mar, que ruge detrás de esos montes de arena... todo esto me parece algo mío, semejante a mi corazón, a mi pensamiento, y semejante al carácter de mi padre. Los Reyes... no debieron salir de aquí... no servían para el mundo; bien se vio... Yo, el último, ¿qué soy? Un miserable, un ignorante, que no ha ganado en su vida una peseta, que sólo sabe gastar las ajenas. Un soñador...

---

[27] *Raíces, riachuelo poético:* en la provincia de Oviedo, partido judicial de Avilés, hay un riachuelo de nombre Raíces, que nace en el municipio de Illas y desemboca en la ría de Avilés (Diccionario Madoz, Madrid, 1845-1850). O bien del riachuelo o bien del pueblo (cap. XIV, n. 21) sacó Clarín inspiración para su Raíces simbólico, que tiene así una geografía real como soporte.

que creyó algún día llegar a ser algo de provecho a fuerza de sentir con fuerza cosas raras y de las que ni siquiera se pueden explicar. ¡A esto vino a parar la raza!»[28].

Cesó en su soliloquio, como para oír lo que el silencio de Raíces, a la luz del crepúsculo, le decía.

Una campana, muy lejos, comenzó a tocar la oración de la tarde.

Bonis, a pesar de su dudosa ortodoxia, se quitó el sombrero. Y recordó las palabras con que su madre empezaba el rezo vespertino: «El ángel del Señor anunció a María...»[29].

¡Oh! ¡También a él, el ángel del Señor sin duda, le había anunciado que sería padre; también sus entrañas estaban llenas del amor de aquel hijo, de aquel Antonio, en que él estaba ya pensando como se piensa en el amor ausente, mandando miradas y deseos de volar del lado del horizonte tras que se esconde lo que amamos! Una ternura infinita le invadió el alma. Hasta el caballo, meditabundo, inmóvil, le pareció que comprendía y respetaba su emoción. ¡Raíces! ¡Su hijo! ¡La fe!

Su fe de ahora era su hijo[30].

Lo pasado, muerte, corrupción, abdicación, errores... olvido. ¿Qué había sido su propia existencia? Un fiasco, una bancarrota, cosa inútil[31]; pero todo lo que él no había

---

28 *¡A esto vino a parar la raza!:* de nuevo el sentimiento de degeneración de la raza, antes expresado respecto de los Valcárcel (cap. I, n. 13), y ahora respecto de los Reyes, y que probablemente culminaba, en los planes de Clarín, al concebir su ciclo novelesco, con el heredero de ambas familias, Antonio Reyes Valcárcel. Son las huellas de una estructura cíclica novelesca a la manera naturalista, que nunca se llegó a realizar.

29 *El ángel del Señor anunció a María:* de nuevo el motivo de la Anunciación, pero aquí ligado a la oración de la caída de la tarde y del acabamiento de la jornada agrícola, que celebra el misterio de la Encarnación. El pintor realista francés, Jean François Millet, dejó en *El Ángelus* (1857-59), una de las imágenes más representativas de su época. Bonis acaba con este *Ángelus* su jornada de Raíces, su retorno a Ítaca.

30 *Su fe de ahora era su hijo:* sigo la disposición de F, que aísla la frase en párrafo aparte. P la sitúa tras guión y seguido.

31 *Un fiasco, una bancarrota, cosa inútil:* algo parecido experimenta Nicolás Serrano como balance de su retorno a la infancia. Nicolás «Se acordaba de sí mismo, de aquel niño que había sido él, como de un hijo muerto: se tenía una

sido podía serlo el hijo... lo que en él había sido aspiración, virtualidad puramente sentimental, sería en el hijo facultad efectiva, energía, hechos consumados.

¡Oh!, se lo decía el corazón... Antonio sería algo bueno, la gloria de los Reyes... Y acaso, acaso, cuando se hiciera rico, ya conquistando una gran posición política o escribiendo dramas[32], lo cual le halagaba más, o, lo que sería el colmo de la dicha, como gran compositor de sinfonías y de óperas, como un Mozart[33], como un Meyerbeer[34], él, su padre, ya viejo, chocho, chocho por su hijo... le metería en

---

lástima infinita (...) abandonarse a aquella tristeza de pensar en el niño despierto, todo alma, con vida de pájaro espiritual, que iba a ser un sabio, un santo, un héroe, un poeta, todo junto, y que se había desvanecido, rozándose con las cosas, diluyéndose en la vida (...) ¿Qué le quedaba a él de aquel niño?» Nicolás se enfrenta a «aquel antiquísimo *yo*, aquel pobre *huérfano* de sus recuerdos» con la clara sensación de que el niño fue «muy superior» al hombre que «él era ahora». Nicolás reitera el gesto de Bonifacio Reyes, pero anticipa dramáticamente el de Antonio Reyes, y ayuda a entender lo que Clarín tenía en mente cuando concibió la doble novela de *Su único hijo* y *Una medianía*.

[32] *escribiendo dramas*: si el siglo XIX es el primer siglo en la historia en que es posible hacerse rico con la literatura, dada la penetración del capitalismo en el dominio cultural y la consiguiente emancipación de los productos literarios de todo mecenazgo, como anuncia Zola jubilosamente («El dinero ha emancipado al escritor, ha creado las letras modernas»), el teatro es sin duda alguna el medio más eficaz de conseguirlo, y así lo atestigua el propio Zola, que se entretiene calculando los beneficios que pueden conseguirse en el teatro y evoca los ejemplos de A. Dumas, V. Hugo o V. Sardou, para demostrarlo (E. Zola, «L'argent dans la littérature», 1880).

[33] *Mozart*: si es cierto que Wolfgang Amadeus Mozart cosechó grandes éxitos, también lo es que con los años se fueron agravando sus dificultades económicas. Cuando murió, el 5 de diciembre de 1791, fue enterrado en la fosa común y dejó a su viuda y a sus dos hijos 200 florines por toda herencia, mientras que sus deudas se elevaban a más de 3.000. El inmenso patrimonio de sus obras sólo enriqueció a sus editores.

[34] *Meyerbeer*: Jacobo Meyerbeer (Berlín, 1791-París, 1864). Su caso tampoco se ajusta a las expectativas de Bonis, pues heredó una cuantiosa fortuna de un pariente suyo, Meyer, cuyo apellido antepuso al original suyo Beer. De todas formas era hijo de un rico banquero israelita. Su fama como músico fue enorme en toda Europa, sobre todo gracias a sus óperas, y en especial a *Robert le Diable* (1831) y *Les Huguenots* (1836), ambas muy citadas —sobre todo la primera— por Clarín. Era tan rico que se permitió renunciar al salario que el Rey de Prusia le ofreció como Director del Teatro de la Ópera de Berlín, y al contrario que Mozart disfrutó de unos solemnísimos funerales, duplicados en París y Berlín.

la cabeza que *restaurase* en Raíces la casa de los Reyes[35]... y él, Bonis, vendría a morir allí... en aquella paz, en aquella dulzura de aquel crepúsculo, entre ramas rumorosas de árboles seculares, mecidas por una brisa musical y olorosa, que se destacaban sobre el fondo violeta del cielo del horizonte, donde el último aliento del día perezoso se disolvía en la noche.

«¡Oh! ¡En definitiva, en el mundo, no había nada serio más que la poesía!, pensó Bonis... Pero eso para mi Antonio. Él será el poeta, el músico, el gran hombre, el genio[36]... Yo, su padre. Yo a lo práctico, a lo positivo, a ganar dinero, a evitar la ruina de los Varcárcel y a restaurar la de los Reyes. Y ¡adiós, Raíces, hasta la vuelta! Me voy con mi hijo; tal vez volvamos juntos.»

Bonifacio, sacudiendo la cabeza, recobrando las riendas para sacar al rocinante soñador de su letargo, siguió a trote su camino, sin volver los ojos atrás, temeroso de sus ensueños, de sus locuras... dispuesto cada vez con más ahínco a sacrificar al porvenir de su hijo su temperamento de bobalicón caviloso y sentimental.

Durmió en la villa cabeza del partido, y al ser de día montó en el coche que iba a la capital de la provincia, en compañía de las dos Eurycleias que había buscado en Raíces.

---

[35] *la casa de los Reyes:* como ha comentado M. Z. Hafter (1980), Bonifacio Reyes no tiene un átomo de condición real, y su apellido parece escogido por el autor precisamente para destacar, por contraste, la falta de mundanidad, la bobería, el carácter doméstico del personaje. Esta misma desproporción entre nombre trascendente y personalidad empobrecida se da en personajes como *Aquiles* Zurita. En otras ocasiones Clarín eligió la opción contraria, y así el infortunado protagonista de «El rey Baltasar» se llama Baltasar *Miajas.*

[36] *el genio:* Zaratustra se dice a sí mismo: «Yo quiero que tu victoria y tu libertad anhelen un hijo. Monumentos vivientes debes erigir a tu victoria y a tu liberación (...) ¡No debes propagarte sólo al mismo nivel, sino hacia arriba!» (*Así habló Zaratustra,* Madrid, Alianza, 1975³, pág. 111). No habría que descontar esta otra lectura del hijo como realización-superación del padre. En el camino hacia el superhombre, el hombre debe superarse a sí mismo y hacerlo a través del hijo. El hijo es un monumento que el padre erige a su emancipación moral. Nietzsche *dicit.*

Al llegar a sus lares, se encontró la casa llena de gente, criados y amigos en movimiento.

Doña Celestina, con vestido de raso negro y mantilla de casco[37] fina, estaba en medio de la sala con un bulto en los brazos, un montón de tela blanca, bordada, de encajes y de cintas azules

—¿Qué es esto?, dijo Bonis, que entraba con las nodrizas electas a derecha e izquierda.

—Esto es, respondió la partera, que vamos a hacer cristiano a este judiazo de su hijo de usted.

En efecto; Emma lo había decretado así. Cierto era que ella misma el día anterior había dicho que no se le hablase de bautizo hasta que al chiquillo le pasara la fluxión[38] de los ojos; pero al despertar aquella mañana y saber que Bonis, sin su permiso, dejándola con la calentura, se había marchado a la aldea a enderezar entuertos, que nunca se le había ocurrido enderezar, se había irritado, y por venganza y considerando que el tiempo estaba templado, había dispuesto, en un decir Jesús, desde la cama, dando órdenes como ella sabía, que el niño se bautizara aquella misma tarde, para que el padre se lo encontrara todo hecho y rabiara un poco.

Bonis no rabió. La solemnidad del momento no consentía malas pasiones. Lo que hizo fue abrazar a su esposa, consiguiéndolo a duras penas.

Emma tenía poca calentura: estaba muy despejada; y ya sin miedo al peligro del puerperio, aunque no había pasado, había decidido engalanarse y engalanar su lecho.

---

[37] *mantilla de casco:* T. Gautier, en su *Viaje por España,* se entusiasmaba con las mantillas, que hacían la competencia al sombrero: «En el Prado se ven muy pocas mujeres con sombrero [...] Sólo se ven mantillas [...] de encaje negro o blanco [...] colocada en la parte de atrás de la cabeza, sobre la peineta, algunas flores colocadas sobre las sienes completan este tocado... Con una mantilla tiene una mujer que ser más fea que las tres virtudes teologales para no resultar bonita...». Mesonero dedicaría a la competencia de estas dos formas femeninas de tocado, la una extranjerizante y la otra castiza, un delicioso artículo titulado «El sombrerito y la mantilla», en que hacía decantarse al protagonista —¿cómo no?— por la mantilla (*Escenas matritenses,* Serie I).

[38] *fluxión:* «acumulación de humores en un órgano por enfermedad» (DUE).

Sacó el fondo de su armario de ropa blanca, que era un tesoro, y sus amigas pudieron contemplar un mar de espuma, de nieve y crema, de hilo fino espiritualizado en encajes de los más delicados. En medio de aquella espuma aparecía, como un náufrago, el rostro demacrado, amarillento, de Emma, que definitivamente había vuelto a desmoronarse en ruina que no admitía ya restauraciones.

«Es una vieja», pensó Bonis resignado, sin amargura; pero triste por amor de su hijo.

La Valcárcel aprobó el concurso de nodrizas ideado por su marido; el cual no comprendió por qué Nepo, los Körner, Sebastián, las de Ferraz, las de Silva, y otras amigas y amigos reían, a carcajadas unos, con menos violencia otros, la ocurrencia de haber traído él consigo a Pepa y Rosa, las robustas aldeanas de Raíces.

Sebastián y Marta, cada vez que recordaban la entrada triunfal de Bonis en medio de las dos aldeanas de ubres ostentosas, se desternillaban de risa.

Según Marta, aquello era demasiado, y ya no cabía disimulo. Había que reír a mandíbula batiente.

Y se reían.

Bonifacio no comprendía; ni lo intentó apenas. ¿Qué le importaban a él las risas necias de aquella gentuza, que le habían comido el pan de su hijo, y que estaba dispuesto a arrojar de su casa?

La comitiva se puso en movimiento. Emma había decretado, y no había más remedio que callar, que Sebatián fuese padrino y Marta madrina.

Se habían dado órdenes para que la ceremonia fuese de primera clase. El baptisterio de la iglesia parroquial estaba cubierto de colgaduras de raso carmesí con flecos dorados; la pila brillaba como un ascua de oro, iluminada por grandes cirios.

Bonis, que había caminado solo, detrás de doña Celestina, cuidando de que el pañuelo que cubría el rostro de Antonio, dormido, no se delizara al suelo, no había tenido tiempo, mientras iba por las calles, para sentir la ternura grave y poética propia del caso; más bien recordaba después haber experimentado así como un poco de sonrojo ante las miradas curiosas y frías, casi insolentes y como algo burlonas, del público indiferente y distraído. Pero al atravesar el umbral de la casa de Dios, y detenerse entre la puerta y el cancel, y ver allá dentro, enfrente, las luces del baptisterio, una emoción religiosa, dulcísima, empapada de un misterio no exento de cierto terror vago, esfumada, ante la incertidumbre del porvenir, le había dominado hasta hacerle olvidarse de todos aquellos miserables que le rodeaban. Sólo veía a Dios y a su hijo. Otras veces, viendo bautizar hijos ajenos, había pensado que era ridículo aquello de echar los demonios del cuerpo, o cosa por el estilo, a los inocentes angelillos que iban a recibir las aguas del bautismo. Ahora no veía, en nada de aquello, lado alguno ridículo. ¡Oh, la Iglesia era sabia![39] ¡Conocía el corazón humano y cuáles eran los momentos grandes de la vida! ¡Era tan solemne el nacer, el tomar un nombre en la come-

---

[39] *¡Oh, la Iglesia era sabia!:* la admiración por la sabiduría de la Iglesia, que solemniza con sus ritos «los momentos grandes de la vida» individual, proyectándolos y abrigándolos en una comunidad concreta, de modo que la persona que acude a la Iglesia se siente ingresar en la solidaridad colectiva y partícipe de una cadena de generaciones que es la historia misma de los pueblos, es una admiración que comparten Bonis y Clarín, y es una de las piezas maestras de la filosofía espiritualista de éste. Relatos como *Doña Berta* (cuando doña Berta acude, en Madrid, a la Iglesia), como «Viaje redondo», «La rosa de oro», «La conversión de Chiripa», «El frío del Papa», y, muy especialmente, «La noche-mala del diablo», dan buena muestra de ello, como la dan sus ensayos de esta época, así estas palabras de *Ensayos y revistas:* «Yo no puedo renegar de lo que hizo por mí Pelayo... ni de lo que hizo por mí mi madre. Mi *historia natural* y mi *historia nacional* me atan con cadenas de realidad, dulces cadenas, al amor del catolicismo... como obra humana y como obra española (...) Y más ve y más oye el que oye misa bien; ve la sangre de las generaciones cristianas: y el español ve más: ve la historia de doce siglos, toda llena de abuelos, que juntaron en uno el amor de Cristo y el amor de España, y mezclaron los himnos de sus plegarias con los himnos de sus victorias» («Revista Literaria, Noviembre de 1889», págs. 196 a 198). En el fondo era un sentimiento compartido por buena parte de los intelectuales angustiados del fin de siglo. J. K. Huysmans, en *A rebours,* lo expresó con mayor abstracción pero con igual precisión: «Vio en cierto modo desde lo alto de su espíritu el panorama de la Iglesia, su influencia hereditaria sobre la humanidad desde hacía siglos (...) La Iglesia se volvía elocuente de verdad, maternal para los miserables, compasiva para los oprimidos, amenazadora para los opresores y los déspotas» (cap. VIII). Sólo que Des Esseintes *todavía* prefería a Schopenhauer.

dia azarosa de la vida! ¡El bautizo hacía pensar en el porvenir, en una síntesis misteriosa, de punzante curiosidad, de anhelante y temerosa comezón de penetrar el porvenir! Aunque él, Bonis, no creía en varios dogmas, ni menos en los prodigios de la Biblia[40], reconocía que la Iglesia en aquellos trances parecía efectivamente una madre[41]...

Sin repugnancia, y sin perjuicio de las reservas mentales necesarias, él colocaba sobre el regazo de la Iglesia al hijo de sus entrañas. ¡Su hijo, su Antonio; allí le tenía, carne de su carne, dormido, perdido entre encajes; una mancha colorada destacándose en la blancura...!

A él ya no se parecería; pero a su padre, al procurador

---

[40] *no creía... en los prodigios de la Biblia:* el evolucionismo, y en especial la obra de Darwin, puso en cuestión la interpretación literal del Antiguo Testamento, y en especial del *Génesis* (XIII, n. 29), pero la segunda mitad del siglo contempla asimismo constituirse la llamada *Ciencia de las religiones,* especialmente a partir de la obra de Max Müller *(Mitología comparativa,* 1856, e *Introducción a la ciencia de las religiones,* 1870), el desarrollo de los estudios comparativos de las distintas religiones, y la aplicación del evolucionismo y del positivismo a la historia de las religiones, en particular de la cristiana (Tylor, Durkheim, W. Wundt). Todo un denso conjunto de investigaciones *(vid.* J. Wach, *The Comparative study of Religions,* Nueva York, Columbia U.P., 1958) que no tardó en divulgarse y en ser moneda corriente de librepensadores de café, como el propio Bonis. Clarín, que al final del cap. XIII ha citado algunos de estos prodigios «que no se podían tragar», según Bonis, venía a pensar lo mismo: «Novelas son (...) para todos nosotros los *Evangelios Apócrifos,* primera forma de la novela alejandrina, y los mismos *Evangelios,* que son pura historia para el creyente (...), son para los críticos de ciertas escuelas, por ejemplo, los simbolistas, piadosa leyenda, novela sublime, novela histórica si se quiere (...) Y en toda la Biblia, ¿no abundan las novelas? Libros enteros hay en ella que no son otra cosa» *(Mis plagios,* pág. 88). A Clarín lo había introducido en la historia crítica de las religiones su admirado Renan, como al P. Gil, el protagonista de *La fe,* de Armando Palacio Valdés, que pasa por el trance de la lectura de Renan y de «las investigaciones críticas sobre el cristianismo primitivo, sobre los libros del Nuevo Testamento y la historia de los dogmas» (O. C., vol. I, Madrid, 1948, pág. 950), con un efecto devastador para sus creencias.

[41] *la iglesia... una madre:* de la capacidad maternal de la iglesia opinaba lo mismo el pordiosero Chiripa a partir del día que entró en ella y «olía bien», «olía a recuerdos de chico». El chisporroteo de las velas tenía algo de hogar; los santos quietos, tranquilos, que le miraban con dulzura, le eran simpáticos», y un sacerdote le llamó «Hijo mío», cosa que «le había llegado al alma», de manera que Chiripa se «pasó» a la Iglesia «porque allí a lo menos hay... *alternancia» (Cuentos morales).*

Reyes, sí; el gesto de pena, la mueca de los labios, el entrecejo... todo aquello era de su padre. ¡Ay! ¡Cómo se le metía por el alma, a borbotones, como lágrimas de ternura que en vez de salir entrasen, el amor de aquel hijo, de aquel ser débil, abandonado por los ángeles entre los hombres!, pero ya no amor abstracto, metafísico; amor sin frases, amor nada retórico... amor inefable, pero que satisfacía la conciencia y daba sanción absoluta al juramento de constante y callado sacrificio. Vivir por él, para él. «Yo nací para esto; para padre»[42]. Bonis sentía a la puerta de la iglesia, esperando al capellán que iba a hacerle cristiano a Antonio, sentía la gracia que Dios le enviaba en forma de vocación, clara, distinta, de vocación de padre. «Sí, pensaba; ya soy algo.»

Después vio llegar a un cura rollizo, sonriente, cubierto de oro, como el altar del baptisterio, con todo el aparato sagrado[43] de acólitos, cirios y cruces que reconoció que eran del caso. No se oponía él a nada, todo estaba bien. Por más que estaba seguro de que su Antonio, aquel inocente niño con cara triste, no tenía en el cuerpo diablo de ningu-

---

[42] *yo nací para esto; para padre:* la identificación entre Narrador y personaje, que he señalado en la Introducción (II.4), y que llega a su grado más extremo en este capítulo, lleva al Narrador a deslizarse inconscientemente de la narración en tercera persona y en estilo indirecto libre el monólogo interior en primera persona, para volver enseguida a la tercera persona y a un estilo indirecto más distanciado. Puede ser botón de muestra de la inestabilidad del punto de vista en este capítulo.

[43] *con todo el aparato sagrado:* Clarín fue muy sensible a la espectacularidad, la riqueza ceremonial, la complejidad artística, la «complacencia sensual» que impregna el ritual católico y configura el aparato estético de la Iglesia como institución social, y lo fue desde muy joven. En nuestra edición de *La Regenta* (cap. XVII, n. 10) hemos seguido paso a paso el despliegue de esta sensibilidad, desde un temprano artículo en 1875 hasta este pasaje ahora anotado. Añadiré aquí el origen romántico de esta sensibilidad: «Ya Chateaubriand había sacado a relucir el empaque decorativo de la Iglesia en *Le génie du Christianisme*» (Ventura Agudíez, 1971, pág. 363); su apropiación por los escritores decadentistas, Barbey d'Aurevilly, Verlaine y Huysmans, éste sobre todo, y el eco que dejan en la escritura realista, como en el caso de Stendhal, que en *Mémoires d'un touriste,* se demora en la fascinación ejercida por el ceremonial litúrgico y por la música sacra (véase M. Praz, 1948, pág. 325), o como en el caso de esa «voluptuosidad» mística y católica tan característica de Clarín.

na especie ni resentimiento personal alguno con la Iglesia, Bonis reconocía el derecho de ésta a tomar precauciones antes de admitir en su seno al recién nacido. Hasta lo de no poder entrar en el templo su hijo antes de cumplir los requisitos sacramentales, le parecía racional, si bien pensó que el clero debía tener más cuidado con los *catecúmenos*[44], o lo que fueran, de cierta edad, porque un aire colado, entre puertas, podía ser fatal y matar un cristiano en flor.

—Doña Celestina, dijo Reyes con voz melosa, humilde, apenas perceptible, con ánimo de que el señor cura y su acompañamiento no dieran una interpretación heterodoxa a sus palabras; doña Celestina, haga usted el favor de arrimarse a este rincón, porque ahí está usted en la corriente.

—Déjeme usted a mí, D. Bonifacio.

El delegado del párroco empezó sus latines, que Bonifacio entendía a medias.

Entendió que su hijo se llamaría decididamente Antonio, no recordaba qué otra cosa, y Sebastián. Sebastián... ¿para qué? En fin, poco importaba.

Las de Ferraz miraban al niño y al cura con la boca abierta, y como quien asiste a una farsa muy chusca; eran creyentes como cada cual, pero en el mundo, para aquellas señoritas como panderetas, todo era una *guasa,* asunto de broma y de castañuelas[45].

---

[44] *los catecúmenos:* alusión irónica del narrador a la institución del *catecumenado,* surgido en los primeros siglos del cristianismo (del II al V) como etapa de preparación para el bautismo. Dado que el núcleo de la celebración litúrgica tiene un carácter exclusivo para los iniciados, los catecúmenos no podían asistir a ella hasta recibir el bautismo. La ceremonia del bautismo de catecúmenos tenía lugar en Occidente durante la noche pascual y, secundariamente, en Pentecostés: se reservaba para ello un edificio especial, el baptisterio, en cuyo centro había una piscina. Sólo después del bautismo se tenía plena entrada en la Iglesia. El catecumenado entró en declive a medida que desaparecieron los bautismos de adultos, allá por los siglos VI y VII (J. Danielhou y H. I. Marrou, *Nueva Historia de la Iglesia,* t. I, Madrid, 1982).

[45] *asunto de broma y de castañuelas:* las de Ferraz son sin duda congéneres de Joaquinito Orgaz (*La Regenta*), o de Juanito Santa Cruz (*Fortunata y Jacinta*) y participan de los gustos de esa aristocracia española casticista, amante del género flamenco más trivializado, y heredera del *majismo* del siglo XVIII. El «fla-

Allí no valía reírse, pero buenas ganas se les pasaba. Marta, madrina, presenciaba la escena con cara de judío: pensaba en la superioridad de sus ideas personales sobre la vulgar manera de entender la ceremonia que presenciaban aquellas frívolas amiguitas.

De pronto, las palabras que rezaba el clérigo con un tono discreto, suave, de un ritmo eclesiástico simpático, sugestivo, adquirieron verdadero valor musical, como un recitado; porque allá dentro alguien le soltaba los caños de sonidos al órgano, que llenó la solitaria iglesia de resonancias, de chorros de notas juguetonas, frescas.

El nuevo cristiano atravesó el cancel, penetró en la iglesia precedido del sacerdote, en brazos de Sebastián majestuoso. Llegó la comitiva al baptisterio. Los amigos rodeaban a los padrinos; viejas, pobres y chiquillos formaban corro, curioseando y en espera de la calderilla del bateo[46]. Para Bonis, que siguió a su hijo hasta la margen del Jordán[47] de mármol, todo tomó nueva vida, más intenso, armónico y poético sentido. Era que la música le ayudaba a entender, a penetrar el significado hondo de las cosas. El órgano, el órgano, le decía lo que él no acababa de explicarse.

«Pues es claro; la Iglesia es un lince; ve largo; sabe ser madre.»

<hr />

menquismo» achulapado de buen tono hizo furor en las capas dirigentes de la sociedad española, y a través de ellas en todo el pueblo. Clarín, como el Valle Inclán de *La Corte de los milagros,* lo satirizó en numerosas ocasiones, como en ésta de *Un viaje a Madrid:* «Cuando yo me marché de Madrid hace tres años predominaba, si no en el arte, donde debiera estar el arte, el género flamenco; en los carteles de teatro se leía: *¡Eh, eh a la plaza! Torear por lo fino* y cosas así, todo asunto de cuernos, chulos y cante; vengo ahora y me encuentro con cante, chulos y cuernos; los carteles dicen: *¡Viva el toreo! ¡Olé tu mare!* y gracias por el estilo» (pág. 20).

[46] *calderilla del bateo: bateo* es aragonesismo que vale por *bautizo,* y la expresión alude a la costumbre de los padrinos de repartir calderilla entre los asistentes a un bautizo.

[47] *la margen del Jordán:* El Clarín de estos años es muy aficionado a las glosas y paráfrasis del discurso cristiano, aunque sea —a veces— en broma y a manera de parodia, como en «El gallo de Sócrates», cuento que acaba con estas palabras del gallo, mientras agoniza: «hágase en mí según la voluntad de los imbéciles».

Las notas del órgano, bajando a hacer cosquillas al recién nacido, al que venía de los cielos del misterio, metiéndosele por las carnecitas que dejaban al aire los dedos discretos y expertos de doña Celestina, al descubrir la espalda de la criatura; la notas aladas y revoltosas, eran angelillos que retozaban con su compañero humano, menos feliz que ellos, pero no menos puro, no menos inocente.

Bonis sintió que el rostro de los más indiferentes, hasta el de los pilluelos que esperaban la calderilla, tomaba expresión de interés, de cierto enternecimiento. Las luces parecían cantar también al oscilar con ritmo; brillaban más rojas; los dorados del cura y del baptisterio se hicieron más intensos, más señoriles; los monaguillos, tiesos, solemnes, daban indudable respetabilidad al acto. El órgano era el que se permitía seguir riendo, jugueteando, pero legítimamente, porque representaba la alegría celestial, la gracia de la inocencia... Mas en el fondo de las bromas poéticas y sagradas de aquella música de la iglesia, a Bonis, de pronto, se le antojó ver una especie de desafío burlón un tanto irónico. «Vamos a ver, decía el órgano: ¿Qué guarda el porvenir? ¿Qué va a ser de tu hijo? ¿Qué es la vida? ¿Importa vivir, o no importa? ¿Es todo juego? ¿Es todo un sueño? ¿Hay algo más que la apariencia?...» Y la música, de repente, la tomaba por otra parte sin lógica, sin formalidad; empezaba a decir una cosa y acababa indicando otra... Hasta que por fin Reyes notó que el organista estaba tocando variaciones sobre la *Traviata*[48], ópera entonces de moda. Bonifacio se acordó de la *Dama de las Camelias*[49], que había leído, y de aquel Armando, que había

---

[48] *La Traviata en la iglesia:* reproduce Clarín la situación que Galdós había narrado en *Doña Perfecta,* novela en la que Pepe Rey, al entrar en la catedral de Orbajosa, escucha las notas de *La Traviata,* y que el propio Clarín había imaginado en *La Regenta,* donde el organista toca el *Brindis* de *La Traviata* durante la celebración de la misa del gallo (1987[2], vol. II, pág. 343). La ópera debió impresionar a Clarín, que evoca su desenlace en los caps. XV y XXX de *La Regenta.*.

[49] *La Dama de las Camelias:* en *La Traviata* (1853), F. M. Piave, el libretista de Verdi, cambia los nombres de los protagonistas de *La dama de las camelias,* de A. Dumas, pero manteniendo el asunto. Así el padre del protagonista pasa

amado hasta olvidar al *suo vecchio genitor,* como dicen en la ópera, y, en efecto, el órgano lo estaba recordando:

«Tu non sai quanto soffrì!»

«¡Pobre de mí!», pensó Bonis. El hijo puede ser un ingrato. Amará a una mujer más que a mí ciertamente. Yo nací para que no me amen como yo quisiera... Pero no importa, no importa; esta es la ley. Nosotros a ellos; ellos a los suyos o a las vanidades del mundo.» ¡Cosa rara! ¿Por qué no sonaría mal *La Traviata* en la iglesia? Aquello debía ser una profanación... y no lo era. Era que en *La Traviata,* bien o mal, había amor y dolor, amor y muerte; es decir, toda la religión[50] y toda la vida... ¡Oh, cómo hablaba el órgano de los misterios del destino!... Vuelta a la burla, vuelta a las preguntas irónicas: «¿Qué será de él? ¿Qué será de ti? ¿Qué será de todo?...»

—¿Quién toca el órgano?, preguntó Marta por lo bajo a Sebastián.

—Minghetti.

Padrino y madrina sonrieron, mirándose.

—¡Capricho de hombre!, dijo la alemana, consagrando al barítono un recuerdo.

Bonis había oído la pregunta y la respuesta.

de Georges Duval a Giorgio Germont, «il vecchio genitor» de este pasaje, el cual dice a su hijo Alfredo (Armando en la novela), en la primera escena del Acto II de la ópera: «il tuo vecchio genitor / tu non sai quanto soffri». Clarín transcribe erróneamente: «sofri». La última escena de ese mismo acto, presenta una expresión muy similar, aunque ahora con distinto sentido. Al sorprender el padre el dolor del hijo por el abandono de Violetta (Margarita Gautier), forzado por él mismo, exclama lleno de compasión: «Mio figlio ¡Oh quanto soffri!»

[50] *La traviata... toda la religión:* si en el cap. XII, n. 51, he comentado el papel que la música juega como vehículo de experiencias religiosas, ahora no hay más remedio que constatar la ironía ambigua con la que Clarín acompaña el proceso de reafirmación espiritual de Bonis, y su aproximación a la Iglesia, no con música enaltecedora sino con la juguetona *Traviata,* tocada además al órgano por Minghetti: es la recuperación del gesto ambivalente de «Las dos cajas», por el que mientras la música eleva espiritualmente al protagonista precipita en el adulterio a su mujer, sólo que ahora el acento está puesto en otra parte.

«Tocaba Minghetti: ¡oh, bien se conocía que andaba allí arriba un artista! Había sido una atención delicada... Los artistas al fin son poetas... ¡lástima que suelan ser además unos pillos! Él, Bonis, entre la moral y el arte, en caso de incompatibilidad, se quedaría en adelante con la moral. Por su hijo.»

Ya era cristiano Antonio Diego Sebastián; doña Celestina le había tomado de brazos del tío padrino, y sentada en la tarima de un confesionario, junto a una capilla, rodeada de aquellos amigos y curiosos, se entendía hábilmente con cintas y encajes para volver a sepultar bajo tanto fárrago de lino el cuerpo débil, flaco, de la criatura.

Bonifacio se separó del grupo, y por el templo adelante se dirigió a la sacristía, en pos del sacerdote y sus acólitos. También aquello era solemne. Iba a dictar la inscripción del libro bautismal, a sentar la base del estado civil de su hijo. Mientras Minghetti, por divertirse, continuaba haciendo prodigios en el órgano, iba pensando Bonis por medio del templo: «¡Quién sabe! Tal vez algún día sabios, eruditos, curiosos, vengan en peregrinación a contemplar con cariño y respeto la página de este libro de la parroquia en que yo voy a dictar ahora el nombre de mi hijo, el de sus padres y abuelos, lugar de su naturaleza, etc., etc. ¡Abuelos! Mi pobre Antonio no tiene abuelos vivos; le faltará ese amor, pero el mío los suplirá todos.»

Al entrar en la sacristía, en una capilla lateral, sumida en la sombra, vio una mujer sentada sobre la tarima, con la cabeza apoyada en el altar de relieve churrigueresco.

—¡Serafina!

—¡Bonifacio!

—¿Qué haces aquí?

—¿Qué he de hacer? Rezar. Y tú, ¿a qué vienes?

—Vengo a inscribir a mi hijo, que acaba de bautizarse, en el libro bautismal.

Serafina se puso en pie. Sonrió de un modo que asustó a Bonis, porque nunca había visto en su amiga el gesto de crueldad, de malicia fría, que acompañó a tal sonrisa.

—Conque... ¿tu hijo?... ¡Bah!

—¿Qué tienes, Serafina? ¿Cómo estás aquí?

—Estoy aquí... por no estar en casa; por huir del amo de la posada. Estoy aquí... porque me voy haciendo beata. No es broma. O rezar, o... una caja de fósforos[51]. ¿Sabes? Mochi no vuelve. ¿Sabes? ¡He perdido la voz! Sí; perdida por completo. El día que te escribí... y que no me contestaste; ya sabes, cuando te pedía aquellos reales para pagar la fonda... Bueno, pues aquel día... aquella noche... como había ofrecido pagar, y no pagué... porque no contestaste... tuve una batalla de improperios con D. Carlos... ¡el infame!...

La Gorgheggi calló un momento, porque la ahogaba la emoción; ira, pena, vergüenza... Dos lágrimas, que debían de saber a vinagre, se le asomaron a los ojos.

—El infame tuvo el valor de insultarme como a una mujer perdida... me amenazó con la justicia, con plantarme en el arroyo... Yo eché a correr; salí a la calle, como estaba, sin sombrero... Pero volví. Porque lo dejaba allí todo... Mi equipaje, lo único que tengo en el mundo. No sé qué cogí aquella noche, al relente, furiosa, por la calle húmeda... ¡Oh! En fin, la voz, que ya andaba muy mal, se fue de repente... Desde aquella noche canto... como tu mujer. No salgo de la fonda... porque no puedo pagar. D. Carlos me insulta unas veces... y otras me requiebra. Yo no quiero amantes ni altos ni bajos... porque no quiero... porque todo eso me da asco. Mochi no vuelve... A mis últimas cartas ya no ha contestado. Como tú. Sois unos caballeros. Se os pide cuatro cuartos para no recibir insultos de un miserable... y no contestáis... No sé dónde ir; en casa me espía mi acreedor, que quiere ser mi amante[52]; en la calle me

---

[51] *caja de fósforos:* alusión suicida de Serafina, que aclara Galdós en *Misericordia,* al contarnos cómo Obdulia fue recluida por su madre para que no se viera con Luquitas, encierro que provocó en ella «furiosos ataques epilépticos», hasta que «un día *Benina* la sorprendió preparando una ración de cabezas de fósforos con aguardiente para ponérsela entre pecho y espalda» (cap. VIII, pág. 1891 de O. C., T. V., Madrid, 1970⁷).

[52] *quiere ser mi amante:* la artista convertida en su decadencia en carnaza de una lujuria tan reprimida como gregaria ya había aparecido en *La Regenta:* «los pollos vetustenses (...) creían que un hombre de mundo no puede vivir sin querida, y todos la tenían, más o menos barata; las cómicas eran la carna-

persiguen necios, me aburre la curiosidad estúpida de la gente... No tengo dinero ni para escapar... ¿Para escapar adónde? Me meto en la iglesia. Esto es mío, como de todos. Tú me enseñaste a sentir así, a querer paz... a soñar... a desear imposibles... Aquí estoy tranquila... y rezo a mi modo. No tengo fe, lo que se llama fe... Pero quisiera tenerla[53]. Los santos, todos esos, aquel San Roque, este San Sebastián con sus banderillas por todo el cuerpo... aquel señor obispo... San Isidoro... todos me van entendiendo. No tengo verdadera religión... pero por lo pronto... los amantes me dan asco... no quiero amantes... esperaré a ver si vuelve la voz... o si vuelves tú. Mochi es un mal hombre, un traidor, un miserable... ya lo sabía, siempre lo supe. Pero tú... no creí que lo fueras también. Bonis, no me abandones... Yo... te quiero todavía... más que antes, mucho más de veras. Debo de estar enferma... Me asusta el mundo... el teatro me horroriza... el galanteo me espanta...

---

za que preferían (...) Bailarinas de desecho, cantatrices inválidas, matronas del género serio demasiado sentimentales en su juventud pretérita, eran perseguidas, obsequiadas, regaladas y hasta aburridas por aquellos seductores de campanario, incapaces los más de intentar una aventura sin el amparo de su bolsillo o sin contar con los humores herpéticos de la dama perseguida, o cualquier otra enfermedad físico-moral que la hiciesen fácil, traída y llevada». En estas últimas frases asoma el eco de *Naná* (1880), de Zola, novela que impresionó profundamente a Clarín (1987[2], vol. II, pág. 92).

[53] *No tengo fe... Pero quisiera tenerla:* todo este pasaje guarda un gran paralelismo con la escena de desenlace de *Le sens de la vie* (1889) de E. Rod. En esta escena, el protagonista, que ha recuperado su fe en la vida a través de la paternidad, como Bonis, entra un día en la iglesia de Saint-Sulpice, en París, cuando se celebra una misa solemne. Conmovido por la belleza de la ceremonia, y especialmente por la música del órgano, de repente se siente «bajo el abrigo de una certidumbre sólida», pues mientras en el exterior todo cambia y se transforma caóticamente, «sólo la Iglesia permanece en pie, inmutable». El protagonista se siente poseído por un minuto mágico de fe, y se incorpora a los rezos comunitarios, que no recuerda bien en su letra, pero que reinventa en su espíritu, y se esfuerza por encontrar la fe de sus mayores entre sus dudas de libre pensador racionalista. Como Bonis y como Serafina, como Des Esseints (Huysmans, *A Rebours),* como F. de Brunetière, el sumo sacerdote de la crítica literaria francesa, como H. Tayne, como el filósofo Renouvier, como los críticos Lemaître y Faguet... como el propio Clarín, y como Unamuno, que le lee ávidamente... todos ellos, igual que el protagonista de la novela de Rod, no tienen fe pero quisieran tenerla.

Quiero paz... quiero sueño... quiero honradez... no vivir de farsa... y tener pan que no deba a mi cuerpo alquilado a un desconocido... a no sé ahora quién. Tuya, sí. De los demás, no. ¿Quieres?

Bonis, aunque poco formalista en materias religiosas, y a pesar de que las palabras, y el tono, y las dos lágrimas de Serafina le habían enternecido hasta lo inefable, pensó, ante todo, que estaban en la iglesia y que no era el lugar nada a propósito para tal clase de tratos y contratos.

Antes de contestar, miró hacia atrás, hacia el baptisterio, para ver si alguien había reparado en su encuentro con la cantante. La comitiva del bautizo había desaparecido. Ni siquiera habían parado mientes en la ausencia de Reyes. Tan insignificante era para todos. Minghetti, sin embargo, seguía embelesado con sus travesuras armónicas en el órgano. Tenía aquella manía: la de hacerse pesado, por broma, cuando se ponía a tocar.

Bonis, con repugnancia por hablar de tales asuntos allí, en el templo, pero compadecido hasta el fondo del alma, y, por otra parte, dispuesto a no abdicar de su dignidad de padre de familia sin mancha, tapujos ni relajamientos de costumbres, dijo con voz que procuró hacer cariñosa al par que firme, y que le salió temblona, balbuciente y débil:

—Serafina... yo a ti te debo toda la verdad... Yo, en adelante, quiero vivir para mi hijo... Nuestros amores... eran ilícitos... Debo a Dios un gran bien, una gracia... el tener un hijo... Ofrecí el sacrificio de mis pasiones por la felicidad de Antonio... Además, estoy arruinado... En el terreno de los intereses materiales... haré por ti... lo que pueda... ¡ya se ve!... Con ese D. Carlos, que es un judío[54]... ya me entenderé yo... Pero estoy arruinado... La voz... tu voz... volverá...

---

[54] *es un judío:* hasta Clarín reproduce, por boca de Bonis, esta forma de insulto que es, en castellano, llamar a alguien judío. Y sin embargo a Clarín no se le puede acusar de antisemita. Desde un temprano artículo de *El Solfeo,* de 1878, hasta el «palique» publicado en *El Heraldo,* de 31-I-1898, con motivo del asunto Dreyfus, Clarín protestó siempre contra el antisemitismo (*vid.* Lissorgues, 1980, págs. 137 y ss.).

Y aquí, al recordar la voz que él había adorado, Bonis estuvo a punto de llorar también.

Mas el rostro de Serafina volvió a asustarle. Aquella mujer tan hermosa, que era la belleza con cara de bondad para Bonis... le pareció de repente una culebra[55]... La vio mirarle con ojos de acero, con miradas puntiagudas; le vio arrugar las comisuras de la boca de un modo que era símbolo de crueldad infinita; le vio pasar por los labios rojos la punta finísima de una lengua jugosa y muy aguda... y con el presentimiento de una herida envenenada, esperó las palabras pausadas de la mujer que le había hecho feliz hasta la locura.

La Gorgheggi dijo:

—Bonis, siempre fuiste un imbécil. Tu hijo... no es tu hijo.

—¡Serafina!

Y no pudo decir más el pobre Bonis. También él perdía la voz. Lo que hizo fue apoyarse en el altar de la capilla oscura, para no caerse.

Como él no hablaba, Serafina tuvo valor para añadir:

—Pero, hombre; todo el mundo lo sabe... ¿No sabes tú de quién es tu hijo?

—¡Mi hijo!... ¿De quién es mi hijo?

La Gorgheggi extendió un brazo y señaló a lo alto, hacia el coro:

—Del organista[56].

---

55 *Una culebra...:* en el cap. XV Minghetti silba una cavatina «con un silbido de culebra», en el cap. XVI, Marta, «con el rostro de culebra que se infla», se ríe a carcajadas, que «quería(n) ser una serie de bofetadas» contra Bonis. El contexto es el mismo: cuando Bonis se reviste de su papel de padre, quienes le rodean, la opinión social, en suma, adopta a su vez el de culebra, preparada para herir ponzoñosamente a Bonis. En su penúltima intervención de la novela Bonis lanza una exclamación de dolor, «como si hubiera sentido a su amada envenenarle la boca al darle un beso...»: la culebra viene a relacionarse así con el maligno sapo simbólico de *La Regenta,* en cuyo final, transcurrido también dentro de la iglesia, el beso de Celedonio hace sentir a Ana Ozores «sobre la boca el vientre viscoso y frío de un sapo».

56 *Del organista:* esta escena, con la denuncia por Serafina de la traición de Emma y de la presunta paternidad de Minghetti, recuerda inevitablemente otra muy parecida en *Fortunata y Jacinta,* esa novela que tantas huellas dejó en

—¡Ah!, exclamó Bonis, como si hubiera sentido a su amada envenenarle la boca al darle un beso...

Se separó del altar; se afirmó bien sobre los pies[57]; sonrió como estaba sonriendo San Sebastián, allí cerca, acribillado de flechas.

—Serafina... te lo perdono... porque a ti debo perdonártelo todo... Mi hijo es mi hijo. Eso que tú no tienes y buscas, lo tengo yo: tengo fe, tengo fe en mi hijo. Sin esa fe no podría vivir. Estoy seguro, Serafina; mi hijo... es mi hijo. ¡Oh, sí! ¡Dios mío! ¡Es mi hijo!... Pero... ¡como puñalada, es buena! Si me lo dijera otro... ni lo creería, ni lo sentiría. Me lo has dicho tú... y tampoco lo creo... Yo no he tenido tiempo de explicarte lo que ahora pasa por mí; lo que es esto de ser padre... Te perdono, pero me has hecho mucho daño. Cuando mañana te arrepientas de tus palabras, acuérdate de esto que te digo: Bonifacio Reyes cree firmemente que Antonio Reyes y Valcárcel es hijo suyo. Es su único hijo. ¿Lo entiendes? ¡Su único hijo!

F I N

Su único hijo. En «Final», IV, Maxi Rubín «con cierta frialdad implacable, propia del hombre acostumbrado al asesinato», va asestando el terrible golpe de la traición de Juanito Santa Cruz con Aurora. Si el despecho y el rencor de Maxi son sentimientos semejantes a los que mueven a Serafina, la reacción de las víctimas es radicalmente diferente, y en esa diferencia estriba en buena parte lo que *Su único hijo* tiene de respuesta a *Fortunata y Jacinta* (*vid.* la «Introducción», II-2).

[57] *se afirmó bien sobre los pies:* resulta notable este gesto en un personaje al que, en las ocasiones graves, le hemos visto desmayarse o temblarle las piernas, como cuando dice, «este era el síntoma fatal de todos sus desfallecimientos».

Cátedra pública en el Ateneo de Madrid.

Sinfonía de dos novelas*
(Su único hijo. Una medianía)[1]

---

* En otoño se publicará *Su único hijo,* y en invierno su continuación *Una medianía.* [Nota de la primera edición en *La España Moderna.* Véase Introducción, cap. III.]

[1] *Una medianía:* si en *Su único hijo* don Diego Valcárcel es el genio superior de la familia, Marta y Emma se consideran con derecho a la condición de seres superiores y Bonis aspira a que su hijo sea el genio que él no ha sido, también en *Su único hijo* se constata la insuperable mediocridad de Bonifacio Reyes. Se establece así una dialéctica entre el genio y la medianía, que supone un giro sustancial en la dialéctica triunfo-fracaso que Stendhal y Balzac habían imprimido a la novela realista, con sus historias de duras luchas por la supervivencia o por el ascenso social en medio de la ebullición del capitalismo más salvaje. Tal vez sea Ventura, el violinista de «Las dos cajas» (1883), el primer caso de aspirante a genio que viene a parar en «una medianía precoz», de manera que toda su historia no pasó de ser «un sueño del orgullo; una extravagancia de una medianía». Y tal vez sea el propio Clarín el segundo paso en la conciencia de todo el patetismo que se encierra en su concepto de las medianías: un Clarín que fue durísimo en la crítica de las mediocridades literarias, se aplica una y otra vez a sí mismo —con evidente incomprensión— el concepto: así, en carta a Galdós reconoce «la vergüenza de ser una medianía más» *(Cartas a Galdós,* pág. 241) y en *Rafael Calvo* habla de «nosotros, las consecuentes medianías y nulidades» (pág. 9). Es desde esta conciencia desde la que diseñó su ciclo novelesco, basado en la contraposición Antonio Reyes-Juanito Reseco: «Antonio Reyes, es la medianía que acaba por suicidarse, cuando adquiere la evidencia de esa *medianía* que es», pero «Juanito es superior a Antonio (...) Juanito no se suicida» *(Epistolario,* II, págs. 54-55). Pero cuando Clarín llega al final de *Su único hijo* ha encontrado una síntesis posible a la dialéctica genio-medianía, la del santo-demócrata, probablemente no prevista cuando concibió el ciclo.

I

Don Elías Cofiño, natural de Vigo, había hecho una regular fortuna en América con el comercio de libros. Había empezado fundando periódicos políticos y literarios, que escribía con otros aficionados a lo que llamaban ellos el cultivo de las musas. Cofiño se creyó poeta y escritor político hasta los veinticinco años; pero varios desencantos y un poco de hambre, con otros muchos apuros, le hicieron aguzar el sentido íntimo y llegar a conocerse mejor. Se convenció de que en literatura nunca sería más que un lector discreto, un entusiasta de lo bueno, o que tal le parecía, y un imitador de cuanto le entusiasmaba. Y además, comprendió que a Buenos Aires no se iba a ejercer de Espronceda[2] ni de Pablo Luis Courier[3] (que eran sus ídolos), y

---

[2] *Espronceda:* L. Alas acepta a Espronceda en la nómina de los pocos grandes poetas españoles del XIX: Campoamor, Núñez de Arce, Zorrilla sobre todo, Espronceda, el Duque de Rivas y «Quintana, casi, casi» («Los poetas en el Ateneo», *Sermón perdido*), pero así como a Campoamor, a Núñez de Arce y a Zorrilla les dedica estudios y numerosas referencias pormenorizadas en su obra, y de Zorrilla hace uno de sus padres espirituales, Espronceda no pasa de ser una cita frecuente y siempre de pasada, sin reposar.

[3] *Pablo Luis Courier:* militar, helenista y escritor político francés (1772-1825). Como militar, su carrera fue desastrosa: empezó con una deserción y acabó con el abandono del Ejército en 1812. Su participación en la campaña bélica de Italia, le sirvió mucho más a efectos de estudioso de las letras clásicas que a efectos militares, y descubrió en Florencia el manuscrito de *Dafnis y Cloe,* por ejemplo. Es autor de numerosos escritos políticos, dotados de agudo sentido del humor. Su *Pamphlet des pamphlets* (1824) pasa por una pieza clásica y H. Taine lo consagró como a uno de los grandes maestros de la prosa francesa. Tal vez Clarín se inspirara en sus sátiras contra la Academia, de las sátiras del francés: *Lettre a messieurs de L'Académie des inscriptions et belles lettres.* Su

que sus chistes e ironías recónditas, casi copiados de Courier y de *Fígaro*[4], no los entendían bien aquellos pueblos nuevos. En fin, se dejó de escribir periódicos, y descubrió con gran satisfacción su aptitud latente para el comercio. Importó libros franceses, ingleses y españoles; estudió el gusto del público americano, lo halagó al principio, «procuró rectificarlo y encauzarlo» después; se puso en correspondencia con las mejores casas editoriales de Londres, París y Madrid, y en pocos años ganó lo que jamás literato alguno español pudo ganar; y decidido a ser rico, continuó con ahínco en su empeño, y no paró hasta millonario.

La muerte de su esposa, una linda americana, hija de inglesa y español, poetisa en español y en inglés, le quitó al buen Cofiño el ánimo de seguir trabajando; traspasó el comercio, y con sus millones y su hija única, de siete años, se volvió a Europa, donde repartió el tiempo y el dinero entre París y Madrid. La educación de Rita (así se llamaba la niña, por recordar el nombre de la difunta madre de don Elías) era la preocupación principal de Cofiño, que quería para su hija todas las gracias de la Naturaleza y todos los encantos que a ellas puede añadir el arte de criar ángeles que han de ser señoritas. Ensayó varios sistemas de educa-

---

Collection complète des pamphlets politiques et opuscules littéraires se publicó en 1826, postumamente, tras su asesinato.

[4] *Fígaro:* Larra es, para Clarín, el primer humorista ibérico (*Sermón perdido,* pág. 300), y los artículos de su primera época están llenos de paráfrasis de Fígaro: «aquí de lo que se trata es de medrar: el arte por Larra, quiero decir, el arte por el lucro» (1876, en *Preludios,* pág. 41), «Las Batuecas empiezan en los Pirineos» (1885, *Sermón perdido,* pág. 108). Justamente al final de este libro hay una invocación-homenaje al maestro y a su frase: «¡Oh Fígaro! ¡Eterno Fígaro! ¡Tus Batuecas están donde siempre, no se han movido de su sitio!» También *La Regenta* aporta su homenaje a Fígaro (1986², cap. VI, n. 17; 1987², cap. XVI, n. 2 y cap. XXX, n. 6), y *Un viaje a Madrid* (1886), de la misma época, recuerda en la concepción misma tanto como en el detalle el arte de Larra. El entusiasmo y la adhesión del joven Clarín se manifiestan directamente en estas líneas: «En la literatura [antes de 1868] sólo aparece un espíritu que comprende y siente la nueva vida: José Mariano Larra, en cuyas obras hay más elementos revolucionarios, de profunda y radical revolución, que en las hermosas lucubraciones de Espronceda» («El libre examen y nuestra literatura presente», en *Solos de Clarín,* 1881).

ción[5] el padre amoroso; nunca estaba satisfecho, ni en parte alguna encontraba, aunque las pagaba a peso de oro, suficientes garantías para la salud material y moral del idolillo que había engendrado. Si pasaba un año entero en Madrid, al cabo renegaba de la educación madrileña, y decía que no había en la capital de España maestros dignos de su hija. Levantaba la casa, trasladábase a París, y allí parecía más contento de la enseñanza; pero después de algunos meses comenzaba a protestar el patriotismo, y temía que Rita se hiciera más francesa que española, lo cual sería como ser menos hija de Cofiño.

En estas idas y venidas pasaron los años, y se gastó mucho dinero; y cuando ya creyó completa la educación de su ángel vestido de largo, se fijó en la corte de España, donde pasaban los inviernos. El verano y algo del otoño los repartía entre Vigo y una quinta deliciosa que había comprado el rico librero cerca de Pontevedra a orillas del poético Lérez[6].

Don Elías, si no todos, conservaba algunos de sus millones, y si algo de su capital perdió en una empresa periodística en que se metió, por una especie de palingenesia de la vanidad, aún sacó, amén de las manos en la cabeza, incólumes unos doscientos mil duros[7] y el propósito de no me-

---

5 *Ensayó varios sistemas de educación:* está llena de la obra de Clarín de casos de padres o maestros que ensayan sistemas de educación para sus hijos, desde el don Carlos de *La Regenta,* con su educación desprejuiciada y paganizante, que Clarín rehúsa, tanto en la novela como en el relato «El Centauro», pasando por la educación a la inglesa de «El Torso», la extravagante de «Don Urbano», la tradicionalista de «El Cristo de la Vega... de Ribadeo», o esa fanática busca de la educación ideal con que don Braulio Aguadet castiga a los candidatos a maestro de sus hijos en «Ordalías», hasta llegar a la reflexión teórica de *Un discurso* (1891), sopesada elaboración de un modelo de enseñanza plenamente espiritualista. No en balde fue Clarín discípulo de los fundadores de la Institución Libre de Enseñanza, y cofundador del programa de Extensión Universitaria en Oviedo.

6 *del poético Lérez:* río de la provincia de Pontevedra. A dos kilómetros de la ciudad y cerca de la desembocadura había un balneario famoso, en un paisaje en extremo pintoresco. Las aguas debían su fama en el XIX a su condición radioactiva y se recomendaban como preservativo de la tuberculosis. Cerca de allí está también el Monasterio de S. Salvador de Lérez, benedictino y fundado en el siglo X.

7 *unos doscientos mil duros:* teniendo en cuenta que don Baldomero Santa

519

terse en malos negocios, por halagüeños que fuesen para su amor propio.

Más poderosa que él su afición a las letras, que se irritaba de nuevo con la proximidad de la vejez, le obligaba a procurar el trato de los escritores, y no siempre de balde. Su primera vanidad era Rita; esbelta, blanca, discreta hasta en el modo de andar, elegante, que se movía con una aprensión de alas en los hombros, que miraba a todo como al cielo azul, seria y dulce, sin más que un poco de acíbar de ironía en la punta de la lengua para el mal cuando era ridículo, y para la ignorancia cuando recaía en varón constante obligado a saber lo que pregonaba tener al dedillo. Pero la segunda vanidad de Cofiño, poco menos fuerte, era la amistad de los grandes literatos. Cuando era pobre todavía y redactaba periódicos, tenía don Elías gusto más difícil; le asustaba la idea de tragarlas como puños, de admirar lo malo por bueno: pero ahora, el bienestar y los años le habían hecho más benévolo y estragado en parte el paladar. Ya tenía por grandes escritores a los que no pasaban de medianos, y aun a algunos que, apurada la cuenta, serían malos probablemente. Él, que no necesitaba de nadie, por tal de ser amigo de *notabilidades,* adulaba a los mismos a quienes solía dar de comer; y a más de un parásito suyo le hizo la corte con una humildad indigna de su carácter, altivo en los demás negocios. A los académicos les alababa el diccionario[8] y el purismo, y la parsimonia de su

---

Cruz (*Fortunata y Jacinta,* I, VI, 3) se había retirado con un capital de quince millones de reales (750.000 duros), los 200.000 duros de don Elías Cofiño suponen una cantidad respetable, que si no le convertían en una potencia económica sí le permitían calificarse de millonario y de disponer de una muy saneada renta, que a un interés bajo, del 5 por 100, produciría unas 50.000 pesetas al año. Bastante más que una cátedra universitaria, que en esta época suponía unas 3.500 pesetas al año.

[8] *A los académicos les alababa el Diccionario:* a Clarín no le debía hacer gracia esta actitud. Para él los Académicos de la Lengua y su Diccionario constituyen una auténtica obsesión satírica. A ellos dedicó Clarín buena parte de su folleto *Apolo en Pafos* (1887), donde dice que la mayor parte de los académicos no pueden ser considerados «padres del idioma» ya que son «medianías y nulidades». La musa Polimnia acaba echándolos del Parnaso: «Fuera de aquí, turba incivil, espanto de las Musas, ingenios almidonados, sabios huecos»

vida literaria, y con ellos hablaba de líneas griegas, de *casti-dad clásica*, y de los modelos. Con los autores revoluciona-rios[9] se explicaba de otro modo, y decía pestes de los rato-nes de biblioteca[10] y de las «frías convenciones del pseudo-clasicismo». A los jóvenes les concedía que había que reemplazar a los ídolos caducos; a los viejos, que con ellos se moriría el arte. Y esto lo hacía el pobre don Elías por es-tar bien con todos, por ser amigo de todos, y porque la ex-periencia le había enseñado que el manjar de esta clase de dioses es la murmuración, y que en sus altares, más que el incienso, se estima la sangre de literato degollado vivo so-bre el ara.

Todo ello se le podía perdonar al antiguo librero, por-que el fin que se proponía no era bajo, ni siquiera interesa-do. Pero lo que no tenía perdón era su empeño de casar a

---

(págs. 60-67). Clarín hace causa común con otro escritor satírico, Antonio Valbuena, autor de un libro titulado *Fe de erratas del Diccionario de la Academia,* y le reprocha al Diccionario —del que por otra parte usa y abusa en sus criti-cas higiénicas— «muchos disparates de abolengo», falsas etimologías, un prólogo abundante en «faltas de gramática y de lógica», etc. Mientras escribe *Su único hijo* las sátiras a la Academia se recrudecen, y en *Mezclilla* (1889) el ar-tículo que cierra el libro, «Cuestión de palabras», arremete hasta el punto de acabar con un «perdonen los lectores, y Dios perdone al Diccionario». Y en 1891, cuando se publica *Su único hijo,* un *palique* del *Madrid Cómico* (1-VIII-1891) predica «la igualdad de sexos» respecto a la Academia, esto es, «que no debe haber académicos masculinos ni femeninos, pudiendo tolerarse a lo sumo los ambiguos o dudosos». Clarín no le perdonó nunca a la Academia que eligiera a Francisco A. Commelerán en lugar de a Galdós en di-ciembre de 1888. Él lo llamaría siempre «el escándalo Commelerán».

[9] *los autores revolucionarios:* el concepto de revolucionario lo identifica Cla-rín con los románticos (Larra) y con los libre-pensadores: «Benito Pérez Gal-dós, que con Echegaray, en el drama, es la representación más legítima y dig-na de nuestra revolución literaria (...) don Juan Valera es en el fondo más re-volucionario que Galdós, pero...» («El libre examen y nuestra literatura pre-sente», en *Solos de Clarín).* El mismo Galdós, en carta a Clarín, le manifiesta: «el 67 se me ocurrió escribir *La fontana de Oro,* libro con cierta tendencia revo-lucionaria (...) al volver a España, hallándome en Barcelona, estalló la revo-lución, que acogí con entusiasmo» (*Galdós,* pág. 21).

[10] *los ratones de Biblioteca:* como don Saturnino Bermúdez, «que amaba la an-tigüedad por sí misma, el polvo por el polvo» (*La Regenta,* vol. I, pág. 178, n. 156), o como Fernando Vidal, el protagonista de «Un jornalero» (*El Señor y...*) a quien los revolucionarios hacen pasar «a mejor vida por la vía sumaria de los clásicos y muy conservadores *cuatro tiritos».*

Rita con un literato ilustre, o por lo menos que estuviese en camino de serlo. Merecía Rita por su hermosura de rubia esbelta, de rubia con un *matiz* de andaluza, suave, mezclado con otros de ángel y de mujer seria; por su educación completa, discreta y oportuna, por su candor, por su talento un poco avergonzado de sí mismo, y por los tesoros de virtud casera que todo lo suyo anunciaba, desde el modo de besar a un niño hasta la manera de doblar la mantilla, merecía por todo eso, y por su fortuna sana, aunque no fabulosa, un novio a pedir de boca, una gran proporción, algo así como un ministro, o un banquero, o un hombre honrado y guapo por lo menos. Pero don Elías exigía a todo pretendiente posible la condición de literato, y bastante conocido.

II

Augusto Rejoncillo, hijo legítimo de legítimo matrimonio de don Roque, magistrado del Supremo, y de doña Olegaria Martín y Martín, difunta, se hizo doctor en ambos derechos[1] a los veinte años, doctor en ciencias físicas y matemáticas a los veintidós, y doctor en filosofía y letras a los veintitrés. Pero desde que tomó la primera borla empezó a figurar y a ser secretario de todo, y a pedir la palabra en la Academia de Jurisprudencia, y a decir: «Entiendo yo, señores», y «tengo para mí».

Y no era que tuviese para sí, sino que quería tener y retener y guardar para la vejez, por lo cual él y su papá bebían los vientos; y apenas se formaba un nuevo partido político, allí estaba Rejoncillo de los primeros, muy limpio, muy guapo (porque era buen mozo, vistoso), de levita ceñida, sombrero reluciente y guantes de pespuntes colorados y gordos. No lo había como él para alborotar ni para manipulaciones electorales. Había él hecho más mesas que el más acreditado ebanista, y el que quisiera ser presidente de alguna cosa, no tenía más que encargárselo[2].

---

[1] *doctor en ambos derechos:* esto es, en el civil y en el canónico, como era tradición y como alcanzó a ser Leopoldo Alas el 18 de julio de 1878, al defender con éxito su tesis *El derecho y la moralidad* en la Universidad de Madrid.

[2] *no tenía más que encargárselo:* Rejoncillo es pues el agente disponible para cualquier cacicada. Lo de hacer «mesas» viene por lo de arreglar los resultados de una mesa electoral, lo que se llamó en castizo un «pucherazo». Fernández Almagro dejó un estupendo relato sobre unas elecciones en Castellón de la Plana: «El delegado del gobernador reúne al Ayuntamiento y alecciona al alcalde: —Usted, que va a presidir la mesa electoral, lo que tiene que hacer es

Era colaborador de varios periódicos, pero confesaba que le cargaba la prensa; él prefería la tribuna. A las redacciones iba de parte del jefe de semana (es decir, el jefe del partido o de la partida en que *militaba* aquella semana Augusto); llevaba *bombos*[3] escritos por el mismo jefe o por Rejoncillo, pero inspirados en todo caso por el jefe. Para esto y para pedir las butacas del Real o los billetes de un baile, solía presentarse en la oficinas de los periódicos, de las que salía pronto, porque le cargaban los periodistas humildes, y sobre todo los que presumían de literatos.

«Él también escribía», pero no letras de molde, en papel de muchas pesetas; escribía pedimentos y demás lucubraciones de litigio. Era pasante en casa de un abogado famoso, que era también jefe de grupo en el Congreso, y presidente de dos consejos administrativos de empresas ferrocarrileras[4].

---

escamotear las candidaturas de la oposición, y en su lugar, meter en la urna las ministeriales: usted lo que tiene que hacer es volcar el puchero, si fuera necesario, para dar el triunfo al candidato ministerial; y, en último término, si ninguno de estos resortes y medios son bastantes para conseguirlo, válgase usted de todo género de recursos, en la inteligencia de que detrás de usted estoy yo como delegado del gobernador, y detrás de mí está el gobernador de la provincia y el gobierno mismo.» Como comenta J. M.ª Jover: «El sistema funciona, pues, de arriba abajo. La Corona otorga el poder a un jefe de gobierno que convoca y "hace" las elecciones logrando, en todo caso, un parlamento adecuado» (*Introducción* a la *Historia de España,* Barcelona, Teide, 1963, pág. 626). Clarín fue muy crítico al respecto, tanto en sus artículos periodísticos (Lissorgues, 1980, cap. I), como en relatos del tipo de «La comisión», y en especial con los caciques asturianos, muy especialmente don Alejandro Pidal y toda su familia: «de catorce diputados que *va a votar Asturias* —escribía el 5-II-1898—, diez serán hijos, primos, cuñados o familiares de Pidal» (Lissorgues, 1980, pág. 31).

[3] *bombos:* se dice del «elogio exagerado y ruidoso con que se ensalza a una persona o se anuncia o publica alguna cosa». Así *dar bombo* es «elogiar con exageración, especialmente por medio de la prensa periódica» (DRAE).

[4] *empresas ferrocarrileras:* el periodo 1856-1866 fue de fortísimo ritmo en la instalación del tendido ferroviario español. Sucedió luego una grave caída, tras la crisis de 1866. Se recuperó en los 80 y volvió a crecer a partir de los 90. Gran parte de los capitales procedía de inversiones extranjeras, francesas y británicas sobre todo. Pero el gran impulso desamortizador de 1855-57 liberó capitales españoles, asimismo: «Vendedores de tierras, propietarios con altas rentas, políticos y altos funcionarios, incluso militares de alta graduación, se convertían en poseedores de títulos de la Deuda, adquirían acciones

Tanto como despreciaba la literatura, respetaba y admiraba el foro Rejoncillo, pero no como «fin último», según decía él, sino como preparación para la política y ayuda de gastos.

Él pensaba hacerse famoso como político, y de este modo ganar clientes en cuanto abogado; y una vez abogado con pleitos, sacar partido de esto para ganar en categoría política. Era lo corriente, y Rejoncillo nunca hacía más que lo corriente, que era lo mejor. Sólo que lo hacía con mucho empuje.

Eso sí: los empujones de Rejoncillo eran formidables; si para ocupar un puesto que le convenía tenía que acometer a un pobre prójimo colocado al borde del abismo, por ejemplo, al borde del viaducto de la calle de Segovia, Rejoncillo no vacilaba un momento, y daba un codazo, o aunque fuera una patada, en el vientre del estorbo, y se quedaba tan fresco como Segismundo en *La vida es sueño,* diciendo para su capote: «¡Vive Dios, que pudo ser!»[5]. Para

---

ferroviarias o financiaban empresas.» Es la época que los ingleses bautizaron como «Railway Age». «Construir nuevas vías parecía el negocio más seguro, más rentable, más beneficioso (...) En ferrocarril —en su regio vagón especial— viajaba Alfonso XII a todos los rincones de España» (J. L. Comellas, *Historia de España Contemporánea,* Madrid Rialp, 1974). Véase la nota 4 al cap. XV.

[5] *«¡Vive Dios, que pudo ser!»:* como ya advirtiera C. Richmond en su edición, Segismundo, después de arrojar a un criado por el balcón, exclama:

«Cayó del balcón al mar,
¡Vive Dios, que pudo ser!»

Clarín debía saberse de memoria pasajes enteros de este drama, sin duda el que más admiraba de nuestro teatro barroco, que tanto admiraba en conjunto (Oleza, ed. 1986[2], cap. III, n. 25 y 1987[2], cap. XVI, n. 19), pues la referencia a versos y pasajes es constante, como puede verse en ocasiones tan variadas como *La Regenta* (cap. X, n. 2; XVI, n. 21; XVIII, n. 3), la ruptura con Lázaro y *La España Moderna (Museum,* pág. 10), o la invención del seudónimo «Clarín», en el que posiblemente tuvo parte el recuerdo del «Clarín» del drama, quien en la III Jornada dice:

«pues para mí este silencio
no conforma con el nombre
Clarín, y callar no puedo».

que la conciencia no le remordiera, se había hecho a su tiempo debido escéptico de los disimulados, que son los que tienen más gracia; escéptico que guardaba su opinión y profesaba la corriente y defendía todo lo estable, todo lo viejo, todo lo que «podía llegar a ser gobierno, en suma»[6].

En un té político-literario conoció Augusto a Cofiño y a su hija. Rita había ido a semejante fiesta porque el ama de la casa era tan política como su esposo, o más, y había convidado a las amigas. Cofiño había aceptado la invitación, porque el político era además literato. Hubo brindis, y Rejoncillo, pulcro, estirado, serio, con unos puños de camisa que daban gloria y despedían rayos de blancura, habló como un sacamuelas ilustrado, imitando el estilo y criterio del amo de la casa. *Hizo furor*. Fue el suyo el discurso de la noche. ¡Qué bien había sabido tratar las áridas materias políticas y administrativas con imágenes pintorescas y otros recursos retóricos, a fin de que no se aburrieran las señoras! Habló del calor del hogar con motivo de insultar al ministro de Hacienda; demostró que el impuesto equivalente al de la sal conspiraba contra esa piedra angular del edificio social que se llama la familia; y una vez dentro de la familia, hizo prodigios de elocuencia. ¿Por qué se perdió Francia? Por la disolución de la familia. ¿Por qué España se conservaba? Por la vida de familia. Hizo el pa-

---

6 *Todo lo que «podía llegar a ser gobierno, en suma»:* aunque el Leopoldo Alas de 1889 ha moderado mucho la radical oposición al sistema de la restauración que mantuvo antes de 1886, y de la mano de Castelar ha aceptado entrar en el juego político e incluso llega a detentar un cierto poder de gobierno municipal, como concejal de Oviedo (véase nuestra «Introducción»), todavía perviven recelos tan sintomáticos como el que deja asomar aquí el Narrador, procedente de la idea de que la política española ha sido falseada por el sistema y es esencialmente corrompida: «La democracia en estas condiciones es imposible.

Digámoslo con franqueza: esto no es una democracia sino una presidiocracia.

El mal es tanto mayor, cuanto que no hay que soñar con variar de sistema» («Sátura» de 5-III-1893).

«Tengo el honor de no creer en el sufragio universal traducido al castellano por académicos como Cánovas, Silvela y Pidal» («Palique», 7-II-1891).

negírico de la madre, el elogio de la abuela, la apoteosis del padre y del hijo, y hasta tuvo arranques patéticos en pro de los criados fieles y antiguos. Pues bien: todo aquello quería destruirlo en *un hora* (un hora, dijo) el ministro de Hacienda. Síntesis: que el único ministerio viable sería el que formase el amo de la casa. De cuya esposa era amante Rejoncillo, según malas lenguas.

El triunfo de Augusto fue solemne. Al día siguiente hablaron de él los periódicos. El amo de la casa del té le hizo secretario suyo. Y él, enterado de que una joven, Rita, que le había aplaudido mucho aquella noche, era rica, se propuso tomar aquella plaza y se hizo presentar en casa de Cofiño[7].

---

[7] *en casa de Cofiño:* Rejoncillo pertenece a ese tipo de personajes inauténticos, trepadores, reaccionarios y oportunistas, vacuos y pomposos, alimentados por la corrupción del sistema, que forman una verdadera galería en la obra de Clarín: don Fermín Zaldúa («Protesto»), Primitivo Protocolo («El número uno»), don Patricio («Don Patricio o el premio gordo en Melilla»), «El caballero de la mesa redonda», Facundo Cucañín («El Cristo de la Vega... de Ribadeo»), el diputado Morales («El sombrero del señor cura»), el duque del Pergamino («En el tren»), o los Mesía, Ronzal, Foja, Joaquinito Orgaz... de *La Regenta*. Su prototipo más depurado, tal como lo veía Clarín, debió ser Cánovas del Castillo.

III

Antonio Reyes era un joven rubio, de lentes, delgado y alto; tosía mucho, pero con gracia; con una especie de modestia de enfermo crónico cansado de molestar al mundo entero. Este modo de toser y la barba de oro fina, aguda y recortada, había llamado la atención de Rita Cofiño en la tertulia de cierto marqués literato, adonde la llevaba de tarde en tarde don Elías.

«El de la tos», le llamaba ella para sus adentros. Mientras multitud de poetas recitaban versos y el concurso aplaudía, y se hablaba alto, y se reía y gritaba, entre el bullicio Rita percibía la tos de Reyes, y cada vez sentía más simpatía por aquel muchacho, y más deseo de cuidarle aquel catarro en que él parecía no pensar. No sabía por qué, la hija de Cofiño encontraba en aquel ruido seco de la tos[1] algo familiar, algo digno de atención, una cosa mucho más interesante que todas aquellas quejas rimadas con que los poetas se lamentaban entre dos candelabros, como si la tertulia pudiera mejorar su suerte y arreglar el pícaro mundo.

Agapito Milfuegos leía poemas caóticos, de los que resultaba que el universo era una broma de mala ley inventa-

---

[1] *aquel ruido seco de la tos:* la atracción de Rita por la tos de Antonio, y el difuso mensaje que cree percibir a través suyo recuerda el bello relato «El dúo de la tos» (1894), en el que dos enfermos, desde sus respectivas habitaciones solitarias de un balneario, se comunican en la noche por medio de sus toses de tuberculosos: «el 36 fue transformando la tos del 32 en voz, en música, y le parecía entender lo que decía, como se entiende vagamente lo que la música dice» *(Cuentos morales)*.

da por Dios para mortificarle a él, el mísero Agapito. Restituto Mata se quejaba en *sonetos esculturales*[2] de una novia de Tierra de Campos, que le había dejado por un cosechero; Roque Sarga lamentaba en romances heroicos[3] (no tan heroicos como los oyentes) la pérdida de la fe, y Pepe Tudela cantaba la electricidad, el descubrimiento del microscopio y la materia radiante[4]. Antonio Reyes tosía.

Rita no habló nunca con Antonio en aquella tertulia. Pocos meses después de haberse fijado ella en él, dejó de sonar allí la tos interesante.

—¿Y Reyes?, dijo cualquiera una noche.

—Se ha ido a París, respondieron.

---

[2] *sonetos esculturales:* como sugiere C. Richmond en su edición ésta podría ser una alusión irónica al parnasianismo. O mejor, a sus imitadores españoles, como Cánovas del Castillo (*Cánovas,* pág. 22), pues Clarín valoraba positivamente a los poetas parnasianos franceses, como veremos en el cap. IV, n. 7. Ahora bien, una de las características del parnasianismo, según Clarín, era su arte de cincelar el poema. Como escribe a propósito de Heredia: «Heredia necesitaba, por razón de los dogmas de la escuela literaria a que rendía homenaje, la de los Gautier, Banville y Lecomte de Lisle, la *parnasiana,* un conocimiento particular del lenguaje que iba a ser como el mármol, el marfil, el ébano, la plata y el oro, y hasta el diamante, en que iba a trabajar como escultor, como sacerdote del cincel» (*Palique,* pág. 152).

[3] *romances heroicos:* aunque el origen del romance endecasílabo o heroico se halla en la segunda mitad del xvii, y en la obra de Sor Juana Inés de la Cruz especialmente, es el Neo-Clasicismo quien lo convirtió en canónico, llevándolo al teatro (*Raquel, Agamenón,* de García de la Huerta; *Zoraida,* de Cienfuegos...) y a la épica y narrativa (Lista, Martínez de la Rosa...). El Romanticismo continuó esta tradición, y en romance heroico escribió el Duque de Rivas *El moro expósito,* Espronceda *La Despedida del patriota griego* o Zorrilla el discurso de ingreso en la Academia.

[4] *la electricidad, el microscopio y la materia radiante:* éste, a diferencia de los anteriores, ha de ser poeta realista y del siglo, amante del progreso y de lo positivo, pues del siglo es el perfeccionamiento del microscopio por Ernest Abbe (1840-1905), muy reciente era la llegada de la electricidad a España (la primera central fue fundada en Barcelona en 1875, en 1881 Madrid conoció la aplicación de la lámpara Edison al alumbramiento público, y al acabar el siglo todas las grandes ciudades españolas disponían ya de alumbrado eléctrico), y todavía no se había elaborado la teoría científica de la radioactividad (H. Becquerel, 1896; M. y P. Curie, 1898). Clarín expresaba así, en 1886, el clima de descubrimientos científicos de final de siglo: «Entre tanto se inventan el vapor, el telégrafo, el teléfono, la luz eléctrica, la sinceridad electoral, mil maravillas; todo progresa menos el hombre, menos el español, menos el madrileño» (*Un viaje a Madrid,* pág. 21).

—¿Quién es ese Reyes?, preguntó Rita a su padre al volver a casa.

—¿Antonio Reyes? Un excéntrico, un holgazán, un muchacho que vale mucho, pero que no quiere trabajar. Es decir... lee... sabe... entiende... pero nadie le conoce. Ahora se ha ido a París de corresponsal de un periódico, de corresponsal político... cualquier cosa... a ganar los garbanzos... es decir, los garbanzos no, porque allí no los comerá... Es lástima, vale, vale... entiende, lee mucho, conoce todo lo moderno... pero no trabaja, no escribe. Es muy orgulloso. Además, está malo; ¿no le oías toser? Un catarro crónico... y la solitaria; además de eso, una tenia... Creo que es gastrónomo... y que come mucho... Es un escéptico, un estómago que piensa.

Rita no volvió a ver a Reyes, ni a oír hablar de él, en mucho tiempo.

IV

—De cuatro a cinco, no lo olvide usted; el viernes... dijo una voz de mujer, vibrante, dulcemente imperiosa; y una mano corta y fina, cubierta de guante blanco, que subía brazo arriba, sacudió con fuerza otra mano delgada y larga.

Regina Theil de Fajardo se despedía de Antonio Reyes, recordándole la promesa de asistir a su tertulia vespertina del viernes. Montó ella en su coche, que desapareció en la sombra; y Reyes, que había ratificado su promesa inclinando la cabeza y sonriendo, quedóse a pie entre los raíles del tranvía sobre el lodo. La sonrisa continuaba en su rostro, pero tenía otro *color;* ahora expresaba una complacencia entre melancólica y maliciosa.

El silbido de un tranvía[1] que se acercaba de frente con un ojo de fuego rojo en medio de su mancha negra obligó a Reyes a salir de su abstracción. En dos saltos se puso en la acera, y subió por la calle de Alcalá hacia el Suizo[2].

---

[1] *El silbido de un tranvía:* el sobresalto de Antonio Reyes anticipa el de doña Berta: «El tranvía le parecía un monstruo cauteloso, una serpiente insidiosa. La guillotina se le figuraba como una cosa semejante a las ruedas escondidas resbalando como una cuchilla sobre las dos líneas de hierro.» Y el sobresalto anticipa su muerte: «Sí, era el tranvía. Un caballo le derribó, la pisó; una rueda le pasó por medio del cuerpo.» El tranvía de tracción animal y carriles de hierro (inventados éstos por Loubat en 1852) tuvo su primera línea en Madrid, y en el barrio de Salamanca, en 1869. Desde 1873 aumentó progresivamente y se sustituyó el motor animal por el de vapor, que es el que aparece aquí.

[2] *el Suizo:* más adelante citado como Suizo Nuevo, estuvo en la calle de Al-

Era una noche de Mayo. Había llovido toda la tarde entre relámpagos y truenos, y la tempestad se despedía murmurando a lo lejos, como perro gruñón que de mal grado obedece a la voz que le impone silencio. El Madrid que goza se echaba a la calle a pie o en coche, con el afán de saborear sus ordinarios placeres nocturnos. Después de una tarde larga, aburrida, pasada entre paredes, se aspiraba con redoblada delicia el aire libre, y se buscaba con prisa y afán pueril el espectáculo esperado y querido, el rincón del café, que es casi una propiedad, la tertulia, en fin, la costumbre deliciosa y cara.

Antonio Reyes entró en el Suizo Nuevo, y se acercó a una mesa de las más próximas a la calle.

—Se han ido todos, dijo al verle don Elías Cofiño, que le esperaba leyendo *La Correspondencia*[3]. ¿Cómo ha tardado usted tanto? ¿Sabe usted lo de Augusto?

—¿Qué Augusto?, preguntó Reyes, mientras se quitaba un guante, distraído, y sonriendo todavía a sus ideas.

—¿Qué Ausgusto ha de ser? Rejoncillo.

---

calá esquina a Sevilla, probablemente desde 1846, en que lo cita Répide. Nombela lo recuerda en sus memorias como lugar de sus tertulias con Manuel de Palacio, Bécquer, etc., allá los 60. El Suizo, con su frontero el Fornos, constituyeron durante décadas el centro de la vida cafeteril del cafeteril Madrid. Hoy, sobre su solar, se asienta el Banco de Bilbao (P. Ortiz Armengol, *Apuntaciones para Fortunata y Jacinta,* Madrid, 1987, págs. 379-380). Sobre el papel de los cafés en la vida madrileña Clarín dejó un reticente testimonio: «Hace tres años los madrileños pasaban seis horas en el café, tres por la tarde y tres por la noche y ahora sucede lo mismo (...) la vida de la mayor parte de los madrileños es de una monotonía viciosa que les horrorizaría a ellos mismos si pudieran verla en un espejo. Todos esos parroquianos del Suizo, las dos Cervecerías, Levante, etc.» (*Un viaje a Madrid,* págs. 20-21). Pero los Cafés jugaron un importantísimo papel en la literatura española del xix y del xx, como sede de las tertulias o como lugar donde escribir, y los testimonios son numerosísimos, hasta culminar en ese gran panegírico que R. Gómez de la Serna dedicó a *Pombo,* libro introducido por un hermoso prólogo: «El *Café* como institución».

[3] *La Correspondencia:* se refiere a *La Correspondencia de España. Diario universal de noticias,* fundado en 1858 y que llegó a ser el diario de mayor circulación durante la Restauración (27.652 ejemplares en 1879). Era monárquico y tenía un estilo grandilocuente que Clarín satirizó en *Nueva Campaña,* pese a lo cual no dudó en colaborar en sus páginas a partir de 1890 y en el «Suplemento de ciencias, literatura y artes».

—¿Qué le pasa?, dijo Antonio con gesto de mal humor, como quien elude una conversación inoportuna.

—¡Que al fin le han hecho subsecretario!

—¡Bah!

—¡Es un escándalo!

—¿Por qué?

—¿Cómo que por qué? Porque no tiene méritos suficientes... Yo no le niego talento... Es orador... Es valiente, audaz... Sabe vivir... Dígalo si no su *Historia del Parlamentarismo,* en que resulta que el mejor orador del mundo es el marqués de los Cenojiles, el marido de su querida...

Antonio, que tenía cara de vinagre desde que oyera la noticia que escandalizaba a Cofiño, se mordió los labios y sintió que la sangre se le caía del rostro hacia el pecho.

—No diga usted... absurdos, murmuró entre airado y displicente. No son dignas de que usted las repita esas calumnias de idiotas y envidiosos. Regina es incapaz de...

—¿De faltar al marqués?

—No... no digo eso. De querer a Rejoncillo. Es una mujer de talento.

Don Elías encogió los hombros. No quería disputar. No creía a Regina incapaz de querer a cualquiera. ¡Le había conocido él cada amante! Pero no se trataba de eso. Lo que don Elías quería demostrar era que Rejoncillo no merecía ser subsecretario de Ultramar, al menos por ahora.

—Pero, ¿usted cree que tiene suficiente talla política para subsecretario?

Reyes contestó con un gesto de indiferencia. Quería dar a entender que no le gustaba la conversación, por insignificante.

—¿Ha estado aquí Celestino?, preguntó, por hablar de otra cosa.

—¡Pobre! Sí.

—¿Se ha quejado del palo?

—Es un bendito. Él no dice nada; pero ese diablo de Enjuto sacó la conversación; le preguntó si anoche le habían hecho salir al escenario todavía... y él se puso colorado y dijo que sí, entre dientes, como si se avergonzara de los aplausos del público. La verdad es que el artículo de

Juanito no tiene vuelta de hoja; es implacable, pero no hay quien lo mueva[4]; tiene razón; el drama es malo, perro, y no merece más que el desprecio y la broma...

—Pues bien aplaudió usted la noche del estreno...

—Diré a usted: la impresión... así, la primera impresión... no es mala; y como es amigo Celestino, y el público se entusiasmaba... pero Reseco ha puesto los puntos sobre las íes. ¡Ése sí que tiene talento![5]

Otra vez se le avinagró el gesto a Reyes. Sacudió un guante sobre la mesa y se puso de pie. Aquella noche estaba inaguantable don Elías; no decía más que necedades. «No había peor bicho que el aficionado de la literatura.» Sin poder remediarlo, y después de un bostezo, dijo Antonio:

—Reseco... ¡ps!... en tierra de ciegos... En París Reseco sería uno de tantos muchachos de *esprit*[6]; aquí es el terror de los tontos y de los Celestinos.

---

[4] *No hay quien lo mueva:* tanto E como S imprimen *no hay quien las mueva.*

[5] *¡Ése sí que tiene talento!:* Juanito Reseco había de ser el protagonista de una novela concebida por Clarín como parte de un ciclo de tres («Introducción, III»). Era ya un proyecto antiguo, pues lo anuncia en 1882, en *La literatura en 1881.* El 11-I-1886, en una carta a Narcís Oller le anuncia de nuevo esta novela «que ha de tener dos tomos y que, por ahora, es mi proyecto predilecto y el más antiguo» y que «también se refiere a la vida literaria pero trata de más cosas». El 1 de abril de 1887 le anticipa a Galdós el carácter del ciclo, con «el lazo común de ser la vida de una especie de *tres mosqueteros psicológicos*», Antonio Reyes, Juanito Reseco y Esperaindeo. El 6-10-1891 le escribe a Menéndez Pelayo contraponiendo a Antonio Reyes, que acaba por suicidarse cuando adquiere «la evidencia de esa *medianía* que es», y a Juanito Reseco «que da nombre a otra novela que tengo empezada hace muchos años; este Juanito es superior a Antonio y es el egoísmo absoluto y de talento sin ocupación, lo que acaba de llamar un novelista ruso "el genio sin cartera". Juanito no se suicida». El 17 de junio de 1891 Clarín había escrito a Galdós que tenía que acabar, durante el verano, y para la editorial Heinrich de Barcelona, esta novela, y el 19 de octubre se disculpaba ante J. Yxart, director literario de Heinrich, por no haberle enviado la primera mitad del libro, tal como le había prometido: «Esa mitad está hecha y la enviaré uno de estos días.» Pero nunca más se supo. La existencia del personaje Juanito Reseco —muy importante en los planes de Clarín— quedó así reducida a una escena de *La Regenta* (cap. XX), a este pasaje de *Sinfonía,* y al testimonio de A. Posada quien dice haber visto páginas manuscritas de esa novela inacabada.

[6] *esprit:* aquí «ingenio»; Clarín escribe «sprit».

Don Elías admiraba al tal Reseco, aunque no le era simpático; pero la opinión de Reyes, que venía de París, de vivir entre los literatos de moda, le parecía muy respetable. Sí, Antoñico, como él le llamaba delante de gente para indicar la confianza con que le trataba; Antoñico frecuentaba en París las *brasseries,* donde tomaban café, cerveza o chocolate o ajenjo notables *parnasianos*[7], ilustres pseudónimos de la *petite-presse*[8] y de algunos periódicos de los grandes; Antoñico había sido corresponsal parisiense de un periódico de mucha circulación, y el tono desdeñoso con que hablaba en sus cartas de ciertas celebridades francesas y españolas, había sobrecogido a don Elías, y le había hecho traspasar poco a poco su consideración de aquellas celebridades maltratadas al que las zahería. Cofiño siempre había sido un poco blando en materia de opiniones, pero los años le habían convertido en cera puesta al fuego. Cualquier libro, comedia, discurso, artículo, o lo que fuese, le entusiasmaba fácilmente; pero una opinión contraria expuesta con valentía, con desprecio franco y con dejos de superioridad burlona y desdeñosa, le aterraba, le hacía ver un talento colosal en el que de tal manera censuraba; dejaba de admirar el libro, comedia, discurso o lo que fuese, para someterse al tirano, al crítico que había subvertido sus ideas, y consagrarle culto idolátrico, mientras no hu-

---

[7] *notables parnasianos:* la actitud de Clarín hacia el parnasianismo francés es positiva, aunque sin una adhesión personal, y a veces con reticencias; como cuando identifica a Cánovas como «este demonio parnasiano español» (*Cánovas,* pág. 22) o convierte a Rubén Darío y a los decadentes en imitadores de los parnasianos. Su aprecio por los parnasianos se expresa sobre todo en artículo encomiástico sobre José María de Heredia y *Los trofeos* (*Palique*) y en la admiración mostrada por Lecomte de Lisle, su poeta más citado (Bull, 1948), y sin duda uno de los más apreciados, como muestra en una «revista mínima» de *La Publicidad* (15-agosto-1894), en la que declara haber ido siempre a veranear acompañado de un libro del poeta, y que el último verso suyo que leyó le hizo llorar, y «sólo los grandes poetas hacen llorar de nada más que de admiración y entusiasmo» (Beser, 1968, pág. 213). Apolo consagra a Lecomte nada menos que como el «sucesor de Víctor Hugo» (*Apolo,* página 78).

[8] *petite-presse:* aquí «petite» se entiende en el sentido de «ce qui est peu marquant dans le domaine économique, historique ou social»: se trata de una alusión a la prensa marginal en la que escribían los poetas parnasianos.

biera mejor postor: otro crítico más fuerte, más burlón, más desengañado y más desdeñoso.

Comprendió vagamente don Elías que a Reyes le disgustaba, por lo menos aquella noche, hablar de Reseco y hablar de Rejoncillo; y como la actualidad del día eran la subsecretaría del uno y el *palo* que el otro le había dado al pobre Celestino, y don Elías difícilmente hablaba de cosa que no fuese la actualidad literaria, o a lo menos política, de los cafés, teatros, ateneos y plazuelas, pensó que lo mejor era callarse y levantar la sesión. Y se puso en pie también, preguntando:

—¿Viene usted a Rivas?

—¿Al estreno de Fernando? Antes la muerte. No, señor; tengo que hacer.

—Lo siento. Yo... tengo que ir... Me cargan las zarzuelas de Fernandito... pero tengo que ir... es un compromiso... Además, tengo que recoger a Rita, que está en el palco de... (don Elías se turbó un poco, recordando lo que antes había dicho), en el palco de Cenojiles.

—¿Con Regina?

—Sí, con la marquesa... Conque, ¿no viene usted?

Antonio vaciló.

—No, dijo, después de pensarlo mucho; no... tengo que hacer... acaso... allá... al final, a la hora del triunfo.

—O de la silba...

—¡Bah! Será triunfo... ¡Ya no hay más que triunfos! Hasta mañana, o hasta luego...

V

Reyes anhelaba quedarse solo con sus pensamientos; reanudar las visiones agradables que le habían acompañado desde la Cibeles al Suizo; pero, ¡cosa rara!, en cuanto desapareció don Elías, se encontró peor, menos libre, más disgustado. Recordó que cuando era niño y se divertía cantando a solas o declamando, si un importuno le interrumpía un momento, al volver a sus gritos y canciones ya lo hacía sin gusto, con desabrimiento y algo avergonzado, hasta dejar sus juegos y romper a llorar. Una impresión análoga sentía ahora: aquel tonto de don Elías le había hecho caer del quinto cielo; le había hecho derrumbarse desde gratas ilusiones que halagaban la vanidad, los sentidos y tal vez algo del corazón, a los cantos rodados de la crónica del día; había caído de cabeza sobre la subsecretaría de Rejoncillo y sus presuntos amores con la de Cenojiles; y después, de necedad en necedad, había rebotado sobre el artículo de Reseco... y... «¡que un majadero pudiera tener tanta influencia en sus pensamientos!» Antonio emprendió la marcha por la calle de Sevilla hacia la del Príncipe, decidido a olvidar todo aquello y a volver a la idea dulcísima (sí, dulcísima, por más que coqueteando consigo mismo quisiera negárselo), de sus relaciones casi seguras, seguras, con Regina Theil. Pero, nada; los halagüeños pensamientos no volvían; no se ataban aquellos hilos rotos de la novela que ya él había comenzado a hilvanar, sin quererlo, mientras subía por la calle de Alcalá. En vez de aventuras graciosas y picantes, representábasele entre los ojos y las losas mojadas y relucientes a trechos, la imagen abstracta de la subsecretaría de Rejoncillo; era vaga, confusa, unas veces en figura de letras de molde medio borradas, tal como podrían leerse en la *La Correspondencia;* otras veces en la forma de un sillón lujoso, algo sobado, no se sabía si de raso, si de piel, ni de qué estructura... y a lo mejor, ¡zas!, Rejoncillo vestido de frac, con gran pechera reluciente, saltando de suelo en suelo por los de *La Correspondencia,* hasta plantarse en el de su subsecretaría; o bien saludando a muchos señores en una sala, que era igual que el vestíbulo del Principal[1], a pesar de ser una sala. «¡Quería decirse que estaba soñando despierto, y que el sueño, a pesar de la voluntad vigilante, se empeñaba en ser estúpido, disparatado!»

Y Reyes se detuvo ante los resplandores de las cucharas junto al escaparate de Meneses[2]. Como si obedeciera a una sugestión, clavaba los ojos sin poder remediarlo en aquellos reflejos de blancura. No había motivo para dar un paso adelante ni para darlo hacia atrás, y se estuvo quieto ante la luz. No sabía adónde ir: ahora se le ocurría recordar que no tenía plan para aquella noche: un cuarto de hora antes hubiera jurado que le faltaría tiempo para todo lo que debía hacer antes de acostarse, para lo mucho que iba a divertirse... y resultaba que no había tal cosa; que no tenía plan, que no había pensado nada, que no tenía dónde pasar el rato, para olvidar aquellas necesades que se le cla-

---

[1] *Principal:* despiste de Clarín, pues Teatro Principal no lo hubo en Madrid, al contrario que en la mayoría de las ciudades españolas donde casi siempre es posible encontrar un Teatro Principal, como en el caso de la innominada ciudad de *Su único hijo* (pág. 192). Es posible, como sugiere C. Richmond, que se le crucen los cables con el Teatro del Príncipe, en la calle del Príncipe, por donde deambula ahora Antonio, y que años más tarde cambiaría su nombre al de Teatro Español, que conserva hoy día. El edificio que conoció Clarín, es casi el mismo de hoy día, reconstruido por Villanueva en 1802, tras un incendio, y reformado en 1840 y 1849.

[2] *escaparate de Meneses:* se refiere a una célebre platería madrileña, situada en la plaza de Canalejas, que tomó su nombre de don Emilio Meneses, el industrial que ideó la aleación de plata de su nombre, que ha quedado en el idioma: en *La Regenta,* en el comedor del Casino, la cena de Mesía y sus doce discípulos, se sirve con «los cubiertos relucientes de plata Meneses» (capítulo XX, n. 30).

vaban en la cabeza. ¿Por qué no estaba ya contento? ¿Por qué aquel optimismo, que casi como un zumbido agradable de oídos, o mejor como una sinfonía, le había acompañado por la calle de Alcalá arriba, ahora se había convertido en *spleen*[3] mortal? «Hablemos claro: ¿le tengo yo envidia a Rejoncillo?» Y Antonio sonrió de tal modo, que cualquier transeúnte hubiera podido creer que se estaba burlando de la plata Meneses. «¡Envidia a Rejoncillo!» El pensamiento le pareció tan ridículo, la reacción del orgullo fue tan fuerte que, como si todas aquellas pasiones que le tenían parado en la acera se hubiesen convertido en descarga eléctrica, dio Antonio media vuelta automática, echó a andar hacia la Carrera de San Jerónimo, descendió por ésta, atravesó la Puerta del Sol, tomó por la calle de la Montera[4] arriba y entró en el Ateneo[5].

---

[3] *spleen:* estado de disgusto vital sin causa precisa, que definieron los románticos: «Je ne sais rire que des lèvres; j'ai le spleen, tristesse physique, véritable maladie» (Chateaubriand, cfr. *Grand Larousse*). El concepto lo difundió Byron y lo heredó Baudelaire, quien lo transmitió a los decadentistas en *Les fleurs du mal* y *Le Spleen de París*. El término se impuso también en España, y lo usa Galdós de manera plenamente acomodada: «Horacio, al retirarse de noche a su casa, se derrumbaba en el seno tenebroso de una melancolía sin ideas, o con ideas vagas, toda languidez y zozobras indefinibles (...) solía padecer fuertes ataques periódicos de *spleen*» (*Tristana,* cap. XI, O. C., vol. V, 1970[7], pág. 1570).

[4] *la calle de la Montera:* vale la pena destacar la rigurosa referencialidad del itinerario de Antonio Reyes: arranca de la Cibeles, sube por Alcalá hasta el cruce con Sevilla y allí entra en el Suizo Nuevo. Al salir, retoma la calle de Sevilla, sigue su prolongación, la calle del Príncipe, llega a los aledaños del Teatro del Príncipe y, distraído por sus ensoñaciones, da la vuelta, retorna por Príncipe hasta la plaza de Canalejas, se entretiene ante el escaparate de Meneses, toma súbitamente una decisión y, girando sobre sí mismo, baja la Carrera de San Jerónimo hasta la puerta del Sol, la cruza y sube ahora por la calle de la Montera hasta el viejo Ateneo, en el número 34. Todo ello en una noche de mayo. El lector es guiado por un Narrador galdosiano, que se mueve dentro de los límites del más estricto realismo espacial, a la manera de *La Regenta.*

[5] *entró en el Ateneo:* todavía estaba el Ateneo en su ubicación de origen, en la calle de la Montera. Éste es dato importante para la cronología de la novela, al menos teóricamente, pues en 1884, y en presencia de Alfonso XIII, Cánovas del Castillo inauguró los nuevos locales de la Calle del Prado. Y digo teóricamente porque en 1887-89 Clarín debía referirse todavía al local de la calle de la Montera, el que él conoció en sus años madrileños, como sede del Ateneo.

Se vio, sin saber cómo, en aquellos pasillos tristes y oscuros[6], llenos de humo: allí el calor parecía una pasta pesada que flotaba en el aire, y que se tragaba y se pegaba al estómago. Sin saber cómo tampoco, sin darse cuenta de que la voluntad interviniese en sus movimientos, llegó al salón de periódicos[7], se fue hacia el extremo de la mesa, y se sentó decidido a no mirar más que papeles extranjeros, por lo menos coloniales, que de fijo no hablarían de la subsecretaría de Rejoncillo. A él mismo le parecía mentira verse repasando las columnas de una colección de *Diarios de la Marina*[8].

Después tomó *Le Journal de Petersbourg*[9]... que estaba cerca. Allí se hablaba, en una correspondencia de París, de las últimas poesías de un escritor francés a quien trataba él. Esta consideración fue un ligero tónico. Reyes fue acercándose a los periódicos españoles; desde la mitad de la mesa comenzaban a verse acá y allá ejemplares borrosos de *La Correspondencia;* tenían algo de pastel de aceite apestoso acabado de salir del horno. No pudo menos; hizo lo que todos los presentes: cogió *La Correspondencia.* En la segunda plana, en medio de la tercera columna, estaba la noticia, poco más o menos como él la había visto sobre las losas húmedas y brillantes de la calle de Sevilla. Allí estaban Augusto Rejoncillo y su subsecretaría; era, efectivamente,

---

[6] *pasillos tristes y oscuros:* «El *Ateneo* era entonces como un templo intelectual, establecido, por no haber mejor sitio, en una casa burguesa de las más prosaicas.» El edificio era «chabacano» y «mísero de belleza arquitectónica.» Tras el portal de la calle de la Montera, se subía por una «escalera nada monumental» al vestíbulo, y de allí se pasaba «a un luengo y anchuroso callejón pasillo, harto oscuro de día, de noche alumbrado por mecheros de gas» (Galdós, *Prim,* 1906).

[7] *Salón de periódicos:* era éste «un recinto vulgar, que lo mismo habría servido para obrador de modistas que para cajas de imprenta, para capilla protestante (...) Largas mesas ofrecían a los socios toda la prensa de Madrid y mucha de provincias, lo mejor de la extranjera, revistas científicas, ilustradas o no, de todos los países. Era un comedero intelectual inmensamente variado» (Galdós, *Prim,* 1906).

[8] *Diarios de la Marina:* diario de La Habana.

[9] *Le Journal de St. Pétersbourg:* periódico escrito en francés (1824-1918) que fue el órgano del ministerio de Relaciones Exteriores de Rusia, según L. Rivkin, ed. 1985, pág. 178.

la de Ultramar. Era un hecho el nombramiento; nada de reclamo, no; un hecho: se había firmado el decreto.

«¡Qué país!», se puso a pensar Reyes, sin darse cuenta de ello; él, que hacía alarde desde muy antiguo de despreciar el país absolutamente, y no acordarse de él para nada. «¡Qué país! Todo está perdido; pero ¡esto es demasiado! Esto da náuseas. ¿Quién quiere ya ser nada? Diputación, cartera... ¿qué sería todo eso para el amor propio? Nada... peor, un insulto... ¿Cómo me había de halagar a mí ser ministro... habiendo sido antes Rejoncillo subsecretario? Por ese lado no hay que buscar ya nunca nada; la política ya no es carrera para un hombre como yo; es una humillación, es una calleja inmunda; hay que tomar en serio esta resolución estoica de no querer ser diputado ni ministro, ni nada de eso, por dignidad, por decoro.» Y en el cerebro de Reyes estalló la idea fugaz y brillante de ser jefe de un nuevo partido, que llamó en francés, para sus adentros, el partido *zutista*[10], el de «no ha lugar a deliberar, el de la anulación de la política, el partido *anarquista*[11] de la aristocracia del ta-

---

[10] *zutista*: de *zut!*: interjección francesa muy familiar por la que se expresa que no vale la pena esforzarse en algo, que lo que se asegura o promete carece de interés, y sobre todo que uno se lo toma a guasa. Poetas decadentistas franceses, encabezados por Charles Gros, fundaron un círculo con esta actitud como emblema, hacia 1883, como ha recordado L. Rivkin, ed. 1985.

[11] *anarquista*: la actitud de Clarín hacia las ideas y la práctica anarquista fue de clara y rotunda hostilidad, como ha demostrado Y. Lissorgues, 1980, págs. LXXVII-LXXIX, a partir de una serie de artículos periodísticos de nuestro autor (págs. 228-250), en los que tacha a los anarquistas partidarios de la acción directa de «esos apóstoles rojos que llaman salvación al crimen», y a los anarquistas en general de «curanderos ácratas». Ello había de hacerle tomar sus distancias respecto a Antonio Reyes, a lo largo de la novela, exactamente como las tomó respecto a Azorín, neto representante del acratismo intelectual que el Clarín espiritualista condenó, a pesar del exquisito tiento de Azorín con su maestro asturiano: «Martínez Ruiz es un anarquista literario; sus doctrinas son terribles, pero él es un mozo listo, listo de veras». Clarín se niega a prologarle *Pasión* por el compromiso que supondría «presentar al público a un hombre que estampa las enormidades morales, sociológicas, religiosas, etc., que se le ocurren a Martínez Ruiz.

Hoy por hoy, este *refractario* es un *autor vitando,* dicho sea con toda formalidad.

¡Esos bohemios recalentados son nauseabundos!, créame usted, simpático

lento[12] y de la distinción». Sí, había que matar la política, convertirla en oficio de menestrales, dársela a los zapateros, a los que no saben leer ni escribir: un político era un hombre grosero, de alma de madera, limitado en ambiciones y gustos, un ser antipático: había que proclamar el *zutismo* o *chusismo*[13], la abstención; las personas de gusto, de talento, de espíritu noble y delicado no necesitaban gobernar ni ser gobernadas. «Iremos al Congreso para cerrarlo y tirar la llave a un pozo»[14], pensaba decir en el programa del partido. Por supuesto, que en Reyes estos conatos de grandes resoluciones eran *relámpagos de calor,* menos, fuegos de artificio a que él no daba ninguna importancia. Dejaba que la fantasía construyera a su antojo aquellos palacios de humo, y después se quedaba tan impasible, decidido a no meterse en nada. «Sin embargo, la idea del partido *zutista* era hermosa, aunque irrealizable.» Sobre todo, había servi-

---

joven. No se junte usted con la *gente nueva;* busque a la *novísima*» (*Madrid Cómico,* núm. 742, 1897, cfr. Ramos Gascón, 1973, págs. 118-119).

En la identificación final del autor con Bonifacio Reyes y en la clara aversión hacia la actitud de un Antonio Reyes-Azorín hay un dato importante para el pensamiento de Clarín en estos años.

12 *la aristocracia del talento:* «El protagonista de *Sinfonía de dos novelas* es un intelectual que reacciona contra la sociedad que le rodea con una mueca negativa, cargada de desprecio, pero ineficaz socialmente.» Anticipa a los héroes novelescos y a los intelectuales del 98: «En Antonio Reyes como en Ossorio, Azorín, César Moncada, Baroja, Unamuno, Maeztu, Pío Cid, Joaquín Costa (...) encontramos la extraña mezcla de rebeldía negativa, filantropía y aristocratismo de la inteligencia», tan característica del fin de siglo y de la angustia ante la impotencia de sus fuerzas para cambiar las cosas (S. Beser, 1960, pág. 243). La abulia, la negación de la realidad y el refugio en el sueño constituirán la reacción consecuente. En este sentido Antonio Reyes da un giro significativo al oblomovismo de Bonifacio Reyes, intelectualiza su apatía, la convierte en programa, un programa de repudio moral, tanto como estético, a una realidad prosaica y degradada.

13 *chusismo:* procede del francés *chut!,* onomatopeya generalmente acompañada por un gesto del índice llevado a la boca para indicar silencio y pedir que alguien se calle.

14 *tirar la llave a un pozo:* resuenan aquí las consignas regeneracionistas de Costa, su *doble llave al sepulcro del Cid,* pero cambiadas: lo que hay que cerrar no es la historia de España sino el Congreso. Probablemente Costa, Azorín, Baroja y Maeztu hubieran estado de acuerdo, pues a fin de cuentas aquello a lo que decían *no* era a la España oficial, tanto en su pasado como en su presente.

do para elevarse a sus propios ojos, «sobre aquellas miserias de subsecretarías y Rejoncillos». No, él no tenía envidia a aquel mamarracho; de esto estaba... seguro; pero el pensar en ello, el irritarse ante la majadería del ministerio que hacía tal nombramiento, ya era indigno de Antonio Reyes; el hombre que llevaba dentro de la cabeza el plan de aquella novela, que no acababa de escribir por lo mucho que despreciaba al público que la había de leer».

En el salón de periódicos comenzó cierto movimiento de sillas y murmullo de conversaciones en voz baja. Los socios pasaban a la cátedra pública. Los gritos de un conserje sonaban a lo lejos, diciendo: «¡Sección de ciencias morales y políticas! ¡Sección de ciencias morales y políticas!...»

VI

La cabeza de Cervantes de yeso, cubierta de polvo, bostezaba sobre una columna de madera, sumida en la sombra; y los ojos de Reyes, fijos en ella, querían arrancarle el secreto de su hastío infinito en aquella vida de perpetua discusión académica, donde los hijos enclenques de un siglo echado a perder[1] a lo mejor de sus años, gastaban la

---

[1] *los hijos de un siglo echado a perder:* ya he comentado hasta qué punto fue agudo el sentimiento de la decadencia de España en los intelectuales del fin de siglo, incluido Clarín (cap. XII, n. 27), y cómo se agudizó con el desastre del 98. Sin embargo, aquí, el sentimiento de Antonio Reyes va más allá, y conecta directamente con el sentimiento de cansancio civilizatorio, de vejez cultural, de imprecisa conciencia del agotamiento de una raza, así como de identificación con Bizancio y con la baja latinidad, y de atracción por una estética de lo enfermizo, de lo alambicado, de lo artificial, de los hipersensible y nervioso, o de lo monstruoso, la belleza medúsea y el sado-masoquismo, los síntomas, en suma, del decadentismo fin de siglo en toda Europa. N. Valis (1979) ve en Antonio Reyes un personaje decadentista y M. Praz (1948) escribe: «Desde alrededor del ochenta hasta principios del siglo actual, el mundo literario se polarizó en torno del concepto de decadencia» (pág. 390). Desde un punto de vista denunciatorio y positivista Max Nordau analizó este estado de ánimo en un libro de gran impacto europeo: *Degeneración* (1893): cabía hablar —según él— de fin de raza más que de fin de siglo, y diagnosticar como histerismo colectivo y locura moral toda una serie de manifestaciones intelectuales. Bajo su dedo acusador venían a amontonarse los nombres más ilustres de la literatura del XIX: Baudelaire y Verlaine, Barbey d'Aurevilly, Huysmans, el propio Zola, Ibsen, Tolstoi, Dostoyevski, Schopenhauer, Nietzsche... José M.ª Llamas Aguilaniedo difundió y aplicó sus ideas en *Alma española* (Huesca, 1909). Desde otro punto de vista muy distinto, el del psicoanálisis, Freud definía esta angustia civilizatoria que abarcaba desde la época romántica hasta el fin de siglo, como el «malestar de la cultura», el precio psicológico que el género humano había de pagar por el progreso y su

---

poca y mala sangre que tenían en calentarse los cascos, discurriendo y vociferando por culpa de mil palabras y distingos inútiles, de que el buen Cervantes no había oído jamás hablar en vida. Sobre todo, la sección de ciencias morales y políticas (pensaba Reyes que debía de pensar el busto pálido y sucio) era cosa para volver el estómago a una estatua que ni siquiera lo tenía. Malo era oír a aquellos caballeros reñir, con motivo de negarle a Cristo la divinidad o concedérsela[2]; malo también aguantarlos cuando hablaban de *los ideales del arte,* de que él, Cervantes, nada había sabido nunca; pero todo era menos detestable que las discusiones políticas y sociológicas, donde cuanto había en Madrid de necedad y majadería ilustrada se atrevía a pedir la palabra y a vociferar sus sandeces, ya retrógradas, ya avanzadas como un adelantado mayor. Aquellos socios, pensaba Reyes, se dividían en derecha e izquierda, como si a todos ellos no los uniera su nativo cretinismo en un gran partido, el partido del *bocio invisible,* del nihilismo intelectual. Sí, todos eran unos, y ellos creían que no; todos eran topos, empeñados en ver claro en las más arduas cuestiones del mundo, las cuestiones prácticas de la vida común y solidaria, que no podrán ser planteadas con alguna probabilidad de acierto hasta que cientos y cientos de ciencias auxiliares y preparatorias se hayan formado, desarrollado y perfeccionado. Entretanto, y hasta que los hombres verdaderamente sabios, de un porvenir muy lejano, muy lejano, tal vez de nunca, tomaran por su cuenta esta materia, la ventilaban con fórmulas de vaciedades históricas o filosóficas[3]

---

consiguiente sacrificio de la vida instintiva *(El malestar en la cultura,* 1930).

[2] *negarle a Cristo la divinidad o concedérsela:* sugería C. Richmond que se trata de una anécdota según la cual se aprobó por mayoría de un voto, en el Ateneo, la divinidad de Cristo (ed., pág. 348). A Clarín debía parecerle una enormidad frívola que en el Ateneo se plantease un debate de socios sobre el tema más delicado, según él, de la relación entre cristianos y librepensadores religiosos, y que tiene hondas repercusiones sobre la construcción de *Su único hijo* como novela (cap. XIII, n. 24 y cap. XIV, n. 17).

[3] *vaciedades históricas o filosóficas:* este panorama, tal como lo percibe Antonio Reyes, es radicalmente diferente a como lo percibió el joven Clarín, quien siguió con verdadero interés las actividades del Ateneo en la sección

todos aquellos anémicos de alma, más despreciables todavía que los políticos prácticos, empíricos; porque éstos, al fin, iban detrás de un interés real, por una pasión propia, cierta, la ambición, por baja que fuese. El miserable que en nuestros tiempos de caos intelectual se dedica a la política abstracta, a las ciencias sociales, le parecía a Reyes el representante genuino de la estupidez humana[4], irremediable, en que él creía como en un dogma. Y si Antonio despreciaba aun a los que pasaban por sabios en estas materias, ¡qué sentiría ante aquellos buenos señores y jóvenes imberbes, que repetían allí por milésima vez las teorías más traídas y llevadas de unas y otras escuelas!

Años atrás, antes de irse él a París, se hablaba en la sección de ciencias morales y políticas de la *cuestión social*[5] *en*

«Movimiento científico y artístico» del diario *El Solfeo*. «Supongo que los lectores de *El Solfeo* no verán con disgusto que de vez en cuando se les hable de las discusiones del Ateneo. Esta corporación ha adquirido una importancia y una popularidad excepcionales y bien merece llamar nuestra atención de manera excepcional también» (9-XI-77). Y en esta sección dio cuenta el joven Clarín de los temas clave del debate intelectual de la época: el positivismo, el krausismo, la cuestión social, etc. (*Preludios,* págs. XLIII-XLV).

[4] *la estupidez humana:* esta idea, como muchas otras, la heredaron decadentistas y simbolistas de Flaubert, y constituyó una de las piezas centrales de su filosofía: el desprecio por las mayorías, por aquel «vulgo municipal y espeso» de que habló Rubén Darío. La misma Ana Ozores se siente acorralada por el «vulgo idiota» (*La Regenta,* 1987², cap. XVI, n. 6), y Bonifacio Reyes será ignorado y burlado por una opinión social mezquina: ambos, en última instancia, comparten la «soledad moral» del héroe problemático. El mismo Clarín de los *paliques* y de ciertos cuentos no está nada lejos de compartir la idea, y en «A muchos y a ninguno» (*Mezclilla*) escribe: «Se habla mucho de la decadencia de los pueblos por exceso de poder, de sensibilidad, de inteligencia, por alambicamiento de ideas, por neurosis complicadas, por vicios quintiesenciados...; pero se habla poco de la decadencia por tontera nacional.» Y lo cierto es que el panorama literario español no está nada lejos de prestaba: «Gracias a esa crítica de periódico callejero, en cuanto alguien dice una tontería lo sabe toda España» (*Museum,* pág. 46). Clarín, en última instancia, sobrepondrá sin embargo su igualitarismo de signo cristiano y su eticismo demócrata a esta tentación: buena prueba de ello es su concepción del «santo demócrata» y la consigna tolstoyana «no engendres el dolor», teorizada en *Siglo pasado.*

[5] *la cuestión social:* efectivamente, este fue el tema de un debate celebrado en el Ateneo en 1878, cuando Clarín tenía muy reciente la elaboración de su *Programa de Elementos de Economía Política* (1877) para la oposición a cátedra. Clarín comentó el debate en nueve artículos publicados en *El Solfeo* y *La Unión,* en los que se negaba a diluir «la cuestión social» en el problema gene-

conjunto, y se discutía si la habría o no la habría. Los señores *de enfrente,* los de la derecha (Reyes se sentaba a la izquierda, cerca de un balcón escondido en las tinieblas), acababan por asegurar que siempre *habría pobres entre vosotros*[6], y con otros cinco o seis textos del Evangelio daban por resuelta la cuestión. Los de la izquierda, con motivo de estas citas, negaban la divinidad de Jesucristo; y con gran escándalo de algunos socios muy amigos del orden y de asistir a todas las sesiones, «se pasaba de una sección a otra indebidamente»; pero no importaba, ya se sabía que siempre se iba a dar allí, y el presidente, experto y tolerante, no ponía veto a las citas de un krausista[7] de tendencias demagógicas, que «con todo el respeto debido al Nazareno», ponía al cristianismo como chupa de dómine, negando que él, Fernando Chispas, le debiera cosa alguna (a quien él debía era a la patro-

ral humano y apostaba por una definición «predominantemente económica». Un tempranísimo relato, «Post Prandium» *(El Solfeo,* 26-31-X-1876), anticipa las posiciones de Clarín, y narra de forma satírica un debate «en la redacción de un periódico subvencionado por el gobierno conservador», y donde salen a relucir la internacional, Marx y *La miseria de la filosofía,* los falansterios y comunas, para acabar todo en orgía pisoteada por Baco *(Preludios,* pág. 90 y ss.).

[6] *había pobres entre nosotros:* anota C. Richmond el eco de las palabras de Cristo cuando una mujer le ungió la cabeza en la casa de Simón el leproso en Betania (San Mateo, XXVI, 11; San Marcos, XIV, 7; San Juan, XII, 8).

[7] *un krausista de tendencias demagógicas:* este krausista demagógico reduce a banalidades posturas muy serias del pensamiento religioso de Julián Sanz del Río, Fernando de Castro o Tomás de Tapia, como la tesis de que las religiones positivas son diferentes manifestaciones humanas, a cuyo través se expresa la idea de Dios, y que por tanto en la Iglesia Universal tendrían cabida desde Buda y Moisés hasta Sócrates y Cristo, o la de que si bien Cristo representa la expresión suprema del espíritu religioso, su naturaleza es enteramente humana. El carácter racionalista e idealista de Krause y su escuela justifican el recurso a Platón, y el estudio comparativo de las religiones (véase cap. XVI, n. 40) la cita de Egipto o de Persia. A su vez el krausismo puso en cuestión el sistema dogmático del catolicismo y la autoridad de la Iglesia Católica y del Papa. Clarín se identificó plenamente con el pensamiento krausista en su juventud madrileña, y aunque al acercarse a los años de *La Regenta* comienza un cierto distanciamiento, no exento de ironía, y una aspiración a sintetizar krausismo y positivismo (el cuento «Zurita», en 1884, es un buen ejemplo de ello), en su madurez se produce una relativa recuperación de los viejos ideales krausistas, aunque ahora subsumidos en el espiritualismo y el *esprit nouveau.*

na), pues lo que el cristianismo tenía de bueno, lo debía a la filosofía platónica, a los sabios de Egipto, de Persia, y en fin, de cualquier parte, pero no a su propio esfuerzo. De una en otra se llegaba a discutir todo el dogma, toda la moral y toda la disciplina. Un caballero que hablaba todos los años tres o cuatro veces en todas las secciones, se levantaba a echarle en cara a la religión de Jesús, según venía haciendo desde ocho años a aquella parte, a echarle en cara que colocase a los ladrones en los altares, y perdonase a los grandes criminales por un solo rasgo de contrición, estando a los últimos. Y citaba *La Devoción de la Cruz*[8], escandalizándose de la moral relajada de Calderón y de la Iglesia.

Entonces surgía en la derecha un hegeliano católico[9], casi siempre consejero de Estado, gran maestro en el ma-

---

[8] *La Devoción de la Cruz:* tragedia de don Pedro Calderón de la Barca, anterior a 1636. El argumento expone la historia de Eusebio, a quien el asesinato de Lisardo, hermano de Julia, la mujer que ama, obliga a situarse fuera de la ley y a vivir como un bandolero. Es la historia del hombre empujado al mal por las circunstancias, desde su niñez de expósito, y que sin embargo conserva su devoción por la cruz. Tras morir y ser enterrado, un sacerdote al que había perdonado la vida y dejado libre, le desentierra, le devuelve a la vida y le confiesa antes de que sufra su juicio, para después devolverlo a la muerte:

«Después de haber muerto Eusebio,
el Cielo depositó
su espíritu en su cadáver,
hasta que se confesó;
que tanto con Dios alcanza
de la Cruz la devoción.»

[9] *hegeliano católico:* se ha venido pensando tradicionalmente, a partir de Menéndez Pelayo, que «el krausismo mató toda posibilidad de hegelizarnos precisamente por el parecido que entre los dos sistemas hay» (E. de Tejada, *El hegelismo jurídico español,* M, 1944). La investigación más actual desmiente esta hipótesis y ha dibujado el cauce de una tradición filosófica hegeliana autónoma respecto al krausismo, y heterogénea en sus actitudes ideológico-políticas, dando lugar a una derecha y a una izquierda hegelianas, ultra algunos independientes. En la derecha hegeliana destaca la obra de Emilio Castelar, maestro de Clarín, y la de Antonio M.ª Fabié y Escudero, especialmente este último, por su dominante contenido católico (J. L. Abellán, *Liberalismo y Romanticismo,* Madrid, 1984, cap. XXIII).

nejo del difumino filosófico. «Se levantaba, decía, a encauzar el debate, a elevarlo a la región pura de las ideas; y la emprendía con *Emmanuel* Kant[10] (así le llamaba), Fichte, Schelling[11] y Hegel[12], que eran los cuatro filósofos que ci-

[10] *Emmanuel Kant:* con los cuatro nombres que encabeza Kant se alude a la gran tradición idealista y racionalista de la filosofía alemana, columna vertebral —en el terreno del pensamiento— del sistema cultural de la Europa liberal y burguesa del XIX, y que en España se prolongaría con el complemento de Krause y Giner de los Ríos. Clarín entró en contacto con esta tradición en sus años de doctorado en Madrid, a partir de 1873, y guiado de la mano de catedráticos mayoritariamente krausistas, entonces con un gran prestigio, y a los que Clarín rendiría homenaje durante toda su vida: Salmerón, Camús, Canalejas, el joven González Serrano y, por encima de todos, don Francisco Giner de los Ríos. En cuanto al filósofo de Königsberg (1729-1804), Clarín parece tener un conocimiento bastante amplio de su obra (Bull, 1948), y lo parafrasea a menudo, y en un «palique» de 1898 lo incluye en la nómina de las grandes influencias de su pensamiento filosófico (cita, además a Humboldt, Giner, Castelar, Menéndez Pelayo, Moreno Nieto, Renan, Carlyle y Platón). En los años en que escribe *Su único hijo* está pidiendo ya un desarrollo intuicionista y vitalista —acorde con sus posiciones espiritualistas— a la filosofía de Kant: «tal vez la famosa cuestión kantiana (...), la cuestión del *fenómeno* y del *noúmeno,* no pueda resolverla la humanidad nunca en un sentido satisfactorio para el valor real de la razón... sino por un acto de voluntad: *no queriendo dudar de la* correspondencia de lo representado con la representación» (*Cuesta abajo,* IV, pág. 294).

[11] *Fichte, Schelling:* si Kant denomina a su pensamiento «idealismo transcendental», el idealismo propiamente dicho es una línea de desarrollo e interpretación de la obra de Kant, que tiene en Johann Gottlieb Fichte (1762-1814), y en Friedrich Wilhelm Joseph Schelling (1775-1854) dos de sus figuras más representativas. Con ellos y con Hegel se constituye la gran trinidad de la filosofía idealista alemana. Para Clarín la filosofía moderna española nace al girar los ojos hacia «esa Alemania llamada cien mil veces cerebro de la Europa (...) Tierra Santa del Pensamiento», donde campeaban «aquellos héroes de la idea, casi legendarios, que se llamaron Kant, Schelling, Hegel» (*El Solfeo,* 1875, en *Preludios,* pág. 16). Son los grandes metafísicos europeos (*Un discurso,* pág. 25) y en la medida que representan el principio de la racionalidad, son considerados enemigos por la Reacción más recalcitrante, que influida por los filósofos tradicionalistas sabe «que los pillos más redomados fueron Kant, que, por negar, negaba a su madre, Schelling, padre putativo de Krause, y Hegel que creía que él era Dios, siendo así que no hay más que tres Dioses, y a todo tirar cuatro si se cuenta con el Papa» (*El Solfeo,* 1876, en *Preludios,* pág. 47).

[12] *Hegel:* sin duda es G. W. F. Hegel (1770-1831) el filósofo más citado por Clarín, de entre los alemanes, el que más a fondo conoció y quien más influyó en sus ideas estéticas, sobre todo en sus años de aprendizaje. De *Museum* es esta afirmación: «bien pudiera decirse que, fuera de las grandes obras capita-

taba en esta época todo el mundo, exponiendo sus respectivas doctrinas en cuatro palabras. Los krausistas de escalera abajo replicaban, llenos de una unción filosóficoteológica, como pudiera tenerla un *bulldog* amaestrado; y con estudiada preterición citaban al mundo entero, menos a Krause[13], el maestro, encontrando la causa de tantos y tantos errores como, en efecto, deslucen la historia del pensamiento humano, en la falta de método, y sobre todo en no comenzar a discurrir cada cual desde el primer día que se le ocurrió discurrir, por el yo, no como mero pensamiento, sino en todo lo que en realidad es...

Todo esto era hacía años, antes de irse él, Reyes, a París. Ahora, recordando semejantes escaramuzas, y contemplando lo presente, sentía cierta tristeza, que era producida por la romántica perspectiva de los recuerdos.

En aquellas famosas discusiones, en que Cristo lo pagaba todo, había a lo menos cierta libertad de la fantasía; a veces eran aquellas locuras ideales morales en el fondo, no extrañas por completo a las sugestiones naturales de la moral práctica; en fin, él les reconocía cierta bondad y cierta poesía, que tal vez se debía a no ser posible que aquello volviese; tal vez no tenían más poesía que la que ve la memoria en todo lo muerto. Ahora el *positivismo*[14] era el rey

---

les de los Aristóteles, los Hegel, y otros pocos, lo mejor de la filosofía del arte, con aplicación a la literatura, se debe a los poetas» (pág. 16). Aunque conoce la *Lógica,* es sobre todo la *Estética* su obra de referencia: de ella le confesará a Menéndez Pelayo: «Participo del entusiasmo de Vd. por Hegel, por su *Estética,* que yo he leído en francés, hace muchos años y después, otra vez en francés, en una reedición en dos tomos» (12-III-1888, *Epistolario,* II, pág. 42). Con el tiempo tomará distancia (*Cuesta abajo,* IV, pág. 294) por influjo tal vez del antihegelianismo de Schopenhauer y sobre todo, de la crítica del espiritualismo filosófico.

[13] *Krause:* Christian Friedrich Krause (1781-1832), discípulo de Fichte y Schelling en Jena, se siente continuador sin embargo de Kant. Su obra fundamental fue *El ideal de la humanidad,* traducido al castellano por Julián Sanz del Río en 1860, y tuvo un enorme impacto sobre la filosofía española de la Restauración. Escribía Clarín en los *Solos:* «En España hoy todavía (...) todo filófoso nace krausista» (pág. 339).

[14] *el positivismo:* en la época en que Clarín publica los *Solos* (1881), polemiza en el Ateneo sobre el Naturalismo, o lo defiende teóricamente en *La literatura en 1881* (1882), va constatando gradualmente la crisis del krausismo y se va

de las discusiones. Los oradores de derecha e izquierda se atenían a los *hechos,* agarrados a ellos como las lapas a las peñas. Aquello no era una filosofía, era un *artículo de París*[15], la cuestión de los quince, o el acertijo gráfico que se llama «¿dónde está la pastora?»[16]. Caballeros que nunca

---

interesando cada vez más por el positivismo, por el evolucionismo y sus nombres clave: A. Comte, H. Taine, J. W. Draper, Spencer, Darwin, Renan... Al final de «Zurita», el krausista arrepentido descubre su verdadera orientación filosófica: «porque él, en el fondo de su alma, siempre había suspirado por la armonía del análisis, y de la síntesis (...) de la fe y la razón, del krausismo y los médicos del Ateneo». Esta es la actitud que domina en *La Regenta* y que García San Miguel (1987) ha bautizado como «krausopositivismo». Sin embargo, Clarín, no da nunca el paso hacia una adhesión formal al positivismo, y desde muy pronto aflora su desconfianza, llegando en algunos casos a críticas notablemente duras. No puede aceptar, de un lado, la pretensión científica de conceder fe «sólo a nuestros sentidos», ni que se desconozca el papel del «genio» en la historia de la humanidad, ni que se niegue «lo eterno femenino», ni que se ignore el papel del «ideal en el arte», pero sobre todo que se rechace «la posibilidad de toda conciencia de lo absoluto y comunicación con lo metafísico» (*Solos,* pág. 91). Clarín se opone asimismo a vincular el positivismo como filosofía al Naturalismo como estética, que sí acepta. Se podría decir en resumen que cuando más se acerca al positivismo queda muy lejos de asumirlo, le atrae más como estética que como filosofía, y sólo en la medida en que su racionalismo, su cientifismo y su modernidad lo hacen compatible con su formación filosófica idealista. Su posición antipositivista se va extremando y alcanza su expresión más sistemática en el último de sus folletos literarios, *Un discurso* (1891), contra el *utilitarismo* en la enseñanza, doctrina pedagógica derivada de la filosofía positivista.

[15] *un artículo de París:* el crítico literario atento a la evolución de la literatura y la crítica francesas, a medida que se interna en su madurez adopta una postura cada vez más recelosa hacia las novedades de París y su entusiasta aceptación por la «gente nueva». A S. Rueda le critica que «canta a Andalucía con teorías de franceses». A Valle Inclán le llama «afrancesado» y califica su *Epitalamio* como «*artículo de París*... de venta en las ferias de Toro o de Rioseco», y en un palique de 1898 denuncia así a los modernistas en bloque: «Es demasiado *snobismo* este snobismo traducido del último correo de París» (cfr. Ramos Gascón, ed. 1973, págs. 108, 128 y 195). Es notable pues este anticipo de 1889, que no se refiere al modernismo de la «gente nueva» sino al positivismo, cuya introducción en España el joven Clarín había seguido atentamente desde finales de los 70, y es notable que lo formule el escritor de *Mezclilla* o de *Ensayos y Revistas,* quien todavía está muy pendiente de lo que ocurre en Francia con los Zola, Daudet, Goncourt, Baudelaire, Bourget, Lemaitre, Guyau, Renouvier, Renan, etc.

[16] *¿dónde está la pastora?:* pasatiempo gráfico en el cual el jugador debe descubrir el dibujo de una pastora disimulado entre las líneas de otro dibujo más amplio y complejo.

había visto un cadáver hablaban de anatomía y de fisiología, y cualquiera podría pensar que pasaban la vida en el anfiteatro rompiendo huesos, metidos en entrañas humanas, calientes y sangrando, hasta las rodillas. Había allí una carnicería teórica. Las mismas palabras del tecnicismo fisiológico [17] iban y venían mil veces, sin que las comprendiera casi nadie; el individuo era el protoplasma [18], la familia la célula, y la sociedad un tejido... un tejido de disparates.

Antonio, muy satisfecho en el fondo de su alma, porque penetraba todo lo que había de ridículo en aquella bacanal de la necedad libre-pensadora [19], se levantó de su butaca azul y salió a los pasillos, dejando con la palabra en la boca a un medicucho, que había aprendido en los manuales de Letourneau [20] toda aquella masa incoherente de datos problemáticos y casi siempre insignificantes.

---

[17] *el tecnicismo fisiológico:* Clarín hace decir a Apolo que le «apestan los literatos que abusan de la fisiología y de la terapéutica y de la patología» *(Apolo...,* pág. 16).

[18] *el individuo era el protoplasma:* el positivismo convirtió a la Fisiología en la ciencia de moda. De ella tomó Zola la concepción de base de la novela naturalista y su léxico especializado se derramó a lo largo y lo ancho del discurso teórico de la época. La Fisiología, aunque con precedentes clásicos, era ciencia reciente y tiene un hito fundacional en las investigaciones de J. Müller (1801-1858) sobre el sistema nervioso. Schleiden y Schwann son los creadores de la teoría celular. El momento de auge de las investigaciones se sitúa hacia mediados del siglo y tiene una culminación brillante en los trabajos de Claude Bernard (1813-1878), cuyas *Leçons sur les phenomènes de la vie* (París, 1879) gozaron de un extendido prestigio.

[19] *la necedad libre-pensadora:* la arremetida de Antonio Reyes contra los excesos de los librepensadores es paralela a la del propio Clarín, quien ya en *La Regenta* analiza «la reacción religiosa que en Vetusta, como en toda España, habían producido los excesos de los librepensadores improvisados en tabernas, cafés y congresos» (cap. II, n. 22). Pero es sobre todo en los años 90 cuando Clarín revisa críticamente el mito del librepensamiento, que había sido central en la formación ideológica de su juventud, y lo revisa desde esa actitud que busca ahora la convergencia de cristianos y librepensadores en un nuevo espiritualismo, actitud que deviene programa en algunos artículos de *Ensayos y Revistas* y en el libro *Un discurso.*

[20] *Letourneau:* Charles Letourneau (1831-1902), sociólogo y médico francés, es un ideólogo clave en el desarrollo de la lectura materialista del Evolucionismo, y desde su posición de privilegio al frente de la Sociedad de Antropología extendió su influencia en toda Europa. Estudió en diversas mono-

«¡Tontos, todos tontos!», pensaba: y una ola de agua rosada le bañaba el espíritu. Ya no se acordaba de Rejoncillo, ni de Reseco; la sensación de una superioridad casi tangible le llenaba el ánimo; sí, sí, era evidente; aquellos hombres que quedaban allí dentro dando voces o escuchando con atención seria, algunos de los cuales tenían fama de talentudos, eran inferiores a él con mucho, incapaces de ver el aspecto cómico de semejantes disputas, la necedad hereditaria que asomaba en tamaño apasionamiento por ideas insustanciales, falsas, sin aplicación posible, sin relación con el mundo serio, digno y noble de la realidad misteriosa[21].

En los pasillos también se disputaba. Eran algunos jóvenes que, sin sospecharlo siquiera Reyes, despreciaban las disputas de la sección. Hablaban también de filosofía, pero no tenía nada que ver su discusión con la de allá dentro: éstos habían venido a parar a la cuestión de si había o no metafísica, a partir de la última novela publicada en Francia. Antonio se acercó al grupo, y no estuvo contento mientras notó alguna originalidad y fuerza en la argumentación. Un joven moreno, pálido, de ojos azules claros y muy redondos, soñadores, o por lo menos distraídos, hablaba con descuido, sin atar las frases, pero con buen sentido y con entusiasmo contenido.

—¿Quién duda, señores, que, en efecto, el positivismo ha de ir... no digo que sea en este siglo, ¿eh?, pero ha de ir

---

grafías la *evolución* del matrimonio, de la propiedad, de la política, del derecho, de la religión, de la literatura, y hasta de la moral: en conjunto son como un tratado general de la evolución de las sociedades.

21 *la realidad misteriosa:* la afirmación del misterio como constituyente esencial de la realidad es una de las actitudes clave del Clarín espiritualista, pero lo es dentro de una dialéctica cuya antítesis es la afirmación de la fe en la razón. Renan, y sobre todo Carlyle, le suministran argumentos para su concepción de la realidad misteriosa, y es en la introducción a *Los héroes,* de este último, donde se expresa con mayor nitidez: «La realidad es misteriosa, pero es.» Es la afirmación del misterio la que abre las puertas a la posibilidad de la metafísica y a la idea de Dios y la que acompaña su meditación sobre la muerte, claves fundamentales de su pensamiento maduro (Lissorgues, 1983, págs. 280-286). Desde esta afirmación cree medir Clarín toda la estrechez del positivismo como doctrina y como actitud ante la vida.

poco a poco...: vamos, modificándose, cambiando, para acabar por ser una nueva metafísica?...

«Esa tendencia ya aparece en algunos escritores», dijo otro, pequeño, rubio, vivaracho, de lentes, que gesticulaba mucho, y al cual el moreno, el distraído, oía con atención cariñosa. Siguió hablando el chiquitín de escritores alemanes modernísimos que repasaban la filosofía de Kant, y la de Fichte, y la de Hegel, para ver de encontrar en ella bases nuevas de una metafísica que había que construir a todo trance.

Entonces Reyes sonrió con disimulado desprecio, satisfecho, y se apartó también de aquel grupo. Al fin había encontrado lo que quería. «También aquéllos disparataban; creían en resurrecciones metafísicas[22]; ¡bah!, tontos como los otros, como los positivistas de café, como los pobres diablos de allá dentro, aunque no lo fueran tanto.»

Salió del Ateneo. El cielo se había despejado; los últimos nubarrones se amontonaban huyendo hacia el Norte; las estrellas brillaban como si las acabaran de lavar; una poesía sensual bajaba del infinito oscuro.

Reyes comparó al Ateneo con el cielo estrellado y salió perdiendo el Ateneo[23]. «Debía estar prohibido discutir los

---

[22] *resurrecciones metafísicas:* en este punto vienen a culminar todos los anteriores desacuerdos ideológicos entre Antonio Reyes y Clarín, pues el autor, a diferencia del personaje, es un radical partidario de la resurrección de la metafísica, y desde esa toma de partido combate al positivismo, que había condenado tanto a la religión como a la metafísica como modos arcaicos del pensamiento, obsoletos en la misma medida en que los avances de la ciencia ampliaban el conocimiento de la realidad. Zola fue el portavoz literario de esta concepción. El Clarín de los 90, que en *Un discurso* declara su adhesión a la ciencia moderna al mismo tiempo que proclama su limitada capacidad de verdad, afirma una y otra vez la necesidad de la metafísica en la civilización moderna: «No se puede vivir bien sin pensar en la metafísica», «la metafísica es un postulado práctico de la necesidad racional», etc. (*Siglo pasado,* página 172), una necesidad que nace de la condición misteriosa de la realidad, de la idea central de Dios, o de la experiencia insondable de la muerte: «no hay muerte sin cierta metafísica; y, como es cierto que hay muerte, es cierto que hay *cierta* metafísica» (*Un discurso,* pág. 7).

[23] *salió perdiendo el Ateneo:* Clarín lo bautizó como «el mismísimo cerebro de España» («Guía de forasteros», en *La literatura en 1881*) y fue asiduo colaborador de la Institución. Incluso en sus últimos años, cuando S. Moret le invita a

grandes problemas de la vida universal, sobre todo cuando se era un *cretino*. Las estrellas, que de fijo sabían más de esas cosas sublimes que los hombres, callaban eternamente: callaban y brillaban.» Reyes, en el fondo de su alma, se sintió digno de ser estrella.

Bajó la calle de la Montera. El reloj del Principal dio las diez. Una mujer triste se acercó a Antonio rebozada en un mantón gris, con una mano envuelta en el mantón y aplicada a la boca. Él la miró sin verla, y no oyó lo que ella dijo; pero una asociación de ideas, de que él mismo no se dio cuenta, le hizo acordarse de repente de su aventura iniciada. Regina Theil estaba en Rivas. ¡Oh!, ¡el amor, el galanteo! Un temblor dulce le sacudió el cuerpo. A dos pasos tenía un coche de punto. El cochero dormía; le despertó dándole con el bastón en un hombro, montó y dijo al cerrar la portezuela:

—¡A Rivas, corre!

impartir un ciclo de conferencias, Clarín no lo dudará y rompiendo su encierro en Oviedo acudirá a Madrid, aunque sea por menos días y por menos conferencias de las que se había comprometido. De manera que la actitud burlona y reticente de Antonio Reyes, que da lugar al magnífico cuadro satírico de este capítulo, es claramente diferente de la de respeto y colaboración que manifestó Clarín hacia la docta casa, sin duda una de las instituciones decisivas para el brillante momento cultural que ha dado en llamarse la «Edad de plata» española.

VII

La berlina, destartalada, vieja y sucia, subió al galope del triste caballo blanco, flaco y de pelo fino, por la cuesta de la calle de Alcalá. Antonio, en cuanto el traqueo de las ruedas desvencijadas le sacudió el cuerpo, sintió una reacción del espíritu, que le hizo saltar desde el deleite casi místico de la vanidad halagada en su contemplación solitaria, a una ternura sin nombre, que buscaba alimento en recuerdos muy lejanos y vagos. Era una voluptuosidad entre dulce y amarga esforzarse en estar triste, melancólico por lo menos, en aquellos momentos en que el orgullo satisfecho le gritaba en los oídos que el mundo era hermoso, dramática la vida, grande él, el hijo de su padre. El run, run de los vidrios saltando sobre la madera, el ruido continuo y sordo de las ruedas, le iban sonando a canción de nodriza; gotas de la reciente tormenta, que aún resbalaban en zig-zag por los cristales, tomaban de las luces de la calle fantásticos reflejos, y con refracciones caprichosas mostraban los objetos en formas disparatadas. Un olor punzante, indefinible, pero muy conocido (olor de coche de alquiler lo llamaba él para sus adentros), le traía multitud de recuerdos viejos; y se vio de repente sentado en la ceja de otro coche como aquél, a los cinco años, entre las rodillas de un señor delgado, que era su padre, su padre que le oprimía dulcemente el cuerpecito menudo con los huesos de sus piernas flacas y nerviosas. ¡Qué lejos estaba todo aquello! ¡Qué diferente era el mundo que veía entre sueños de una conciencia que nace, aquel niño precoz, del mundo verdadero, el de ahora!

Las rodillas del padre eran almohada dura, pero que al niño se le antojaba muy blanda, suave, almohada de aquella cabeza rubia, un poco grande, poblada de fantasmas antes de tiempo, siempre con tendencias a inclinarse, apoyándose, para soñar.

Reyes atribuía a los recuerdos de su infancia un interés supremo[1] conservándolos con vigorosa memoria y con una

---

[1] *un interés supremo:* Antonio Reyes, a través de un mecanismo de rememoración claramente preproustiano (Beser, 1960), que parte de una sensación física, aquí «el traqueteo de las ruedas desvencijadas», se ve arrastrado a sumergirse en el mundo de su infancia, a la busca del tiempo perdido. El procedimiento ya lo había ensayado en *La Regenta,* donde el tacto de la sábana en la mejilla de Ana, produce el mismo efecto (1986², cap. III, notas 6, 7 y 13). Incluso lo había teorizado y bautizado muy tempranamente con «lo que he llamado la perspectiva del recuerdo», que consiste en la superposición temporal y significadora de presente y de pasado *(La Unión,* 10-IX-1879). Pero a medida que nos vamos adentrando en los años 90 no es sólo que el procedimiento se multiplica, sino que el material narrativo abandona los escenarios exteriores y es fagocitado por la memoria. La acción novelística se transforma gradual pero insistentemente en evocación narratoria. Nicolás Serrano, el protagonista de *Superchería* viaja hasta Guadalajara para encontrar la sensación del tiempo huido desde su infancia, y volver a topar el niño que fue desde el hombre que es hoy. Y el protagonista de «Viaje redondo» se traslada espiritualmente a su infancia. Cuentos como «La rosa de oro», «El cura de Vericueto», «Un grabado», «Cristales», «El frío del Papa», «León Benavides», «El sombrero del señor Cura» o «Reflejo» son, estructuralmente, evocaciones narrativas. La melancólica meditación sobre el tiempo que huye, y el atesoramiento de los recuerdos van invadiendo las narraciones del Alas de los años 90, como en ese precioso cuento que cierra *El gallo de Sócrates,* «Reflejo», y que es como la despedida de toda una época literaria. Esta evolución del arte narrativo de Clarín hacia un material-memoria y una estructura evocativas, conlleva otra serie de datos: la interiorización del relato, hasta el punto de convertir la gran mayoría de los relatos en historias de una experiencia sentimental o moral, espiritual en suma, y la impregnación constante del relato por los humores autobiográficos o por sensaciones íntimas: los hay en *Superchería,* en «Cambio de luz», en «La Ronca», en «El dúo de la tos», en «Vario», en «Un grabado», en «Cristales», en «El frío del Papa», en «Viaje redondo», y sobre todo en los del último libro, *El gallo de Sócrates,* donde la dimensión confesional se extrema: «Un voto», «La médica», «Aprensiones», «Reflejo»... No en vano la crítica ha destacado lo que hay en *Su único hijo* de testimonio del mundo de su autor (Lissorgues [1982] y [1986]), y hasta ha llegado en algún caso a interpretar una correlación entre el engendramiento extranatural de un hijo por Bonis y la elaboración de una nueva y extrarrealista fórmula novelesca por Clarín (L. Rivkin, 1982). Toda esta transformación de la fórmula novelesca clariniana culmina en *Sinfonía de dos novelas,* donde este cap. VII ini-

precisión plástica que le encantaba; los repasaba muy a menudo como los cantos de un poema querido. Como aquella poesía de sus primeras visiones no había otra; desde los seis años su vida interior comenzaba a admirarle; su precocidad extraordinaria había sido un secreto para el mundo; era un niño taciturno, que miraba sin verlas apenas las cosas exteriores.

La realidad, tal como era desde que él tenía recuerdos, le había parecido despreciable; sólo podía valer transformándola, viendo en ella otras cosas; la actividad era lo peor de la realidad; era enojosa, insustancial; los resultados que complacían a todos, le repugnaban; el querer hacer bien algo, era una ambición de los demás, pequeña, sin sentido. De todo esto había salido muy temprano una injusticia constante del mundo para con él. Nadie le apreciaba en lo que valía; nadie le conocía; sólo su padre le adivinaba, por amor. En la escuela, donde había puesto los pies muy pocas veces, otros ganaban premios con estrepitosos alardes de sabiduría infantil; él entraba, los pocos días que entraba, llorando; érale imposible recordar las lecciones aprendidas al pie de la letra; sabíalas mejor que los otros, estaba seguro de comprenderlas, y el maestro siempre torcía el gesto, porque Antonio tartamudeaba y decía una cosa por otra. En las reuniones de familia, donde se cele-

---

cia una busca del tiempo perdido, y sobre todo con *Cuesta abajo* (1890-91), novela que es estructuralmente una busca del tiempo perdido y que resulta revolucionaria como fórmula narrativa. Esta línea de evolución había de resultar contradictoria con el ciclo realista clásico, compuesto por *Su único hijo-Una medianía, Juanito Reseco* y *Esperaindeo,* tal como lo concibió Clarín en su principio («Introducción», III), basado en un espacio novelesco exterior, en una España histórica e institucional, en el entramado de relaciones de múltiples personajes, y en un argumento complejo. Por ello, a mi modo de ver, y como puede comprobarse en el artículo que dedica a *Le petit chose,* de Daudet (Oleza, 1988), y en el que defiende teóricamente un cambio de modelo narrativo respecto a «la fábrica naturalista», Clarín había pasado a interesarse mucho más por la búsqueda de sí mismo, por la recuperación del pasado, por la inmersión —en suma— en un mundo interior poderosamente personalizado y temporalizado, que por la suerte de los Rejoncillos, Cofiños y Resecos. El Clarín que acaba *Su único hijo* y que escribe *Cuesta abajo* y el cap. VII de *Sinfonía,* no se debía sentir excesivamente motivado por su propio diseño, años atrás, de un ciclo realista.

braban improvisados certámenes de gracias infantiles, el chico de Reyes siempre quedaba oscurecido por sus primitos, que saltaban mejor, declamaban escenas de Zorrilla y García Gutiérrez, recitaban fábulas y tenían *salidas* graciosas. Se acordaba como si fueran de aquel instante, de los elogios fríos, de los besos helados con que amigos y parientes le acariciaban por complacer a su padre, que sonreía con tristeza, y siempre acudía después de los otros a calentarle el alma con un beso fuerte, apretado, y con un estrujón entre las rodillas temblonas y huesudas. Su padre comprendía que los demás no encontraban ninguna gracia en su hijo. A los dos se les olvidaba pronto y la familia entera se consagraba a cantar las alabanzas del diablejo de Alberto, del chistosísimo Justo, de Sebastián el sabio, que a los siete años anunciaban seguras glorias de la familia de los Valcárcel.

Emma Valcárcel se llamaba su madre.

La imagen de aquella mujer flaca, enferma, de una hermosura arruinada, que jamás había visto él en su esplendor de juventud sana y alegre, llenó el cerebro de Antonio. Este recuerdo fue un dolor positivo; no tenía la triste voluptuosidad alambicada de los otros.

«¡Mi madre!...», dijo en voz alta Reyes; y apoyó la cabeza en la fría y resquebrajada gutapercha que guarnecía el coche miserable. Encogió los hombros, cerró los ojos y sintió en ellos lágrimas. El ruido de los cristales y de las ruedas, más fuerte ahora, le resonaba dentro del cráneo; ya no era como canto de nodriza; tomó un ritmo extraño de coro infernal, parecido al de los demonios en *El Roberto*[2].

---

2 *El Roberto:* alusión a *Robert le Diable,* ópera en 5 actos de Jacques Meyerbeer sobre libreto a A. Eugène Scribe y Germain Delavigne. Se estrenó en París el 21 de noviembre de 1831.